郑逸梅经典文集

艺林散叶

（修订版）

郑逸梅 著

北方文艺出版社

图书在版编目（CIP）数据

艺林散叶 / 郑逸梅著 . -- 哈尔滨：北方文艺出版社，2019.8（2020.8 重印）
ISBN 978-7-5317-4342-2

Ⅰ.①艺… Ⅱ.①郑… Ⅲ.①散文集-中国-当代 Ⅳ.①I267

中国版本图书馆 CIP 数据核字（2019）第 146966 号

艺 林 散 叶
YILIN SANYE

作　者 / 郑逸梅			
责任编辑 / 宋玉成　王　爽		封面设计 / 张　爽	
出版发行 / 北方文艺出版社		邮　编 / 150008	
发行电话 / (0451) 86825533		经　销 / 新华书店	
地　址 / 哈尔滨市南岗区宣庆小区 1 号楼		网　址 / www.bfwy.com	
印　刷 / 三河市嵩川印刷有限公司		开　本 / 880mm×1230mm　1/32	
字　数 / 440 千		印　张 / 20.25	
版　次 / 2019 年 8 月第 1 版		印　次 / 2020 年 8 月第 2 次印刷	
书　号 / ISBN 978-7-5317-4342-2		定　价 / 89.00 元	

目录

001　壹　知　人

579　贰　阅　世

621　叁　自道与抒怀

642　出版说明

壹

◎

知人

1 **康有为**谓："古今书法家，以苏东坡为最劣，不知用笔，若从我学书，当先责手心四十下。"

2 无锡邹翰飞七十生辰，用开吊仪式以代做寿，康有为赠一幛，上书"吊者大悦"四大字。

3 康有为《大同书》之亲笔稿本，书于毛边纸上，颇多涂抹处，乃康之后人康保庄、康保娥捐献，现藏上海市博物馆。

4 康有为有《万木草堂画目》，斥"元四家"为中国画学之罪人。

5 徐桐为乙未会试之总裁，深恶康有为，告司阍者："康某来谒，勿通报。"康知之，亦不往谒。

6 康有为之万木草堂，门榜"崇尚名节，检摄威仪"八字。

7 康有为之《万木草堂图》，出于林琴南手笔。

8 康有为在杭州西湖筑一天园，本一官地，由警察厅长夏超所弃，纳一船家女阿翠侍之。阿翠曾与有为女同壁合摄一影。

9 康有为在西湖丁家山筑一天园，室中陈设中西故物，有路易十四之坐椅，最为希珍。

10 包世臣集其论文论书之作，成《艺舟双楫》。康有为著书，崇尚北朝书体，袭其名为《广艺舟双楫》，胡石查讥其仅论书，未及文，命名殊未妥，乃称之为《艺舟单楫》。后康重刻此书，更名《书镜》。

11 康南海继包安吴论书法，著《广艺舟双楫》，有讥之者，谓"包之双辑，书与画也，今只论书，乃单楫，乌得以双楫为名"。但南海颇自负，有诗云："焚书三次百无留，薄海惟求广艺舟。一事无成人老矣，只将谈艺擅千秋。"

12 康有为居槟榔屿，颜其室为"大庇阁"，绕屋皆花木，有一大树，似榕而经年著花，色黄而繁艳，惟一日即落，康名之为"一日黄"，曾有句云："昨日开来今日落，可怜顷刻短繁华。"

13 康有为善八股文，人戏称之为"八股圣人"，后去"八股"二字，竟以"圣人"自居，号长素。

14 康有为赴礼部试，题为《达巷党人曰"大哉孔子"》。而康试文结语曰："孔子大矣，孰知万世之后，复有大于孔子者哉！"乃隐以自况也。

15 康有为家中有一石井阑，谓乃梁武帝舍身同泰寺之故物。

16 词人郑大鹤精岐黄术，尝以奇方起危急症，著《医诂内外篇》。康有为目为神医，为之登报宣扬。

17 康有为最钟爱其幼女同俊。据云："康妻何旃理梦遭火灾而诞生，因以俊名，同字乃辈行也。本拟许配王蘧常，蘧常以齐大非偶婉谢。同俊不幸于一九二八年在沪西愚园路家门口，被一汽车所撞，车端一尖锐针状物，猛刺胸间，死状甚惨，时年只十八。"

18 康有为力主立宪，陈少白大为反对，与康辩论。陈擅口才，且于古今中外之政治变迁了如指掌，康无以难之，最后惟说："士各有志，各行其道。"又康反对革命，其弟子马君武，却为革命之倡导者。

19 余于吴铁声处，曾见康有为致其弟子书札手卷，虽不署名，一望而知为南海手迹也。信发于日本须磨游存别墅，内容所谈，均复辟活动。

20 张篁溪与李大钊友善，著有《篁溪政论》《篁溪罪言》稿本两册，拟出专书。康有为见之，斥为"此书全是谬论，岂可宣传"，致未能问世。篁溪又根据清宗室溥伟日记，编撰《清室让国记》，刊有单行本。

21 康有为侧室何金兰，学西画，及归康，改习国画，擅花卉；作书学翁覃溪，篆写《峄山碑》，粗解吟咏。

22 康有为有女六人：同薇、同璧、同复、同环、同俊、同令。同令十二岁夭折。

23 康有为述黄公度："昂首，加足于膝，纵谈天下事。"寥寥数语，公度之崛傲状态，跃然纸上。

24 康有为藏殿本《图书集成》，资用乏绝，以之抵押债家，后竟未赎。

25 康有为寿吴昌硕七十诗，有云："陶潜曾现宰官身，遯（遁）世归来作逸民。"康氏时忘却"遯"字之写法，乃留一空隙，备稍缓填写，奈寿期迫促，匆匆即以送呈。昌硕展阅，倩人补入"遯"字，张诸壁间，无觉察者。

26 康同凝，为南海康有为之幼子，喜驾汽车，一度应考飞机驾驶，以有心脏病未录取。其夫人庞莲，乃南浔庞青臣之女，晚应聘上海文史馆。

27 康有为住宅，在沪西愚园路一百九十二号至一百九十四号，具园林之胜。康既卒，于一九二九年，其宅以六万元让售与人。家具拍卖六千元，古玩书画无甚精品，拍卖四千元。

28 **梁启超**之饮冰室，在天津旧意租界玛尔谷路一花园洋房中，室甚宽畅，在二楼，梁著书偃息其间。别有一幢蔚蓝色之三层建筑，即十万卷善本之藏书楼。

29 梁启超所撰《新中国未来记》，为理想小说，书中有一宪政党首领黄克强，实则此黄克强与辛亥革命时期之黄兴字克强者无涉。梁撰小说时，黄兴尚默无所闻也。

30 梁启超任司法总长，出则乘双马车。

31 梁启超在南京东南大学讲学问之趣味，有云："我是个主张趣味主义的人，倘若用化学化分梁启超这个东西，把里头所含一种元素名叫'趣味'的抽出来，只怕所剩下仅有个零了。"

32 梁启超谓："康有为太有成见，我太无成见。"

33 梁启超亡命日本，李端棻赠赤金二百两，梁即在横滨办《清议报》。梁妻李蕙仙，乃端棻堂妹，蕙仙死，梁御素服，撰悼启。

34 梁启超书斋中，有埃及金字塔及意大利邦俾古城之砖石，作为点缀。

35 梁启超十岁应童子试，同舟诸人，以咸鱼佐膳。或以咸鱼为诗题者，梁应之曰："太公垂钓后，胶鬲举盐初。"

36 梁启超有一菊花砚，唐才常所贻，江建霞刻铭。

37 梁启超办《新民丛报》，自居刊物中之第一流，而以赵彝初、陈黻宸合办之《新世界学报》为第二流。

38 梁启超为我国学者在著作中提到马克思之第一人。当一九〇二年，梁署名中国之新民，撰《进化论革命者颉德之学说》，刊载《新民丛报》第十八号，涉及马克思，惟马克思译为麦喀士。

39 梁启超自称"书呆子"，谓"书呆子"常被人利用。

40 梁启超曾云："说到美人，便离不了病，真是文学界一件耻辱事，我盼望往后文学家描写女性，最要紧先把美人的康健恢复才好。"

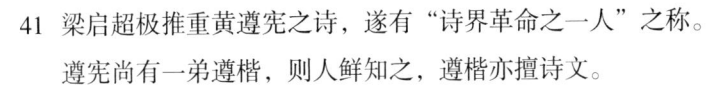

41 梁启超极推重黄遵宪之诗，遂有"诗界革命之一人"之称。遵宪尚有一弟遵楷，则人鲜知之，遵楷亦擅诗文。

42 张勋复辟，段祺瑞马厂誓师，是文出于梁启超手笔。

43 梁启超故居，在广东新会县熊子山下茶坑村，当时之读书亭尚存。

44 姚名达撰《朱筠年谱》，梁启超见之，批曰："为朱筠作谱，颇有无益费精神之嫌，但借此以锻炼作史之才，未为不可耳！"

45 **谭嗣同**著《寸碧楼玩物小记》，惜未脱稿，遭祸而死。

46 谭嗣同癸巳赴北闱试，寓龙绂瑞家两月，朝夕晤谈，情逾昆仲。

47 谭继洵督促其子嗣同学习时文制艺，嗣同在书册上书"岂有此理"四字。

48 唐才常赠砚梁任公，谭嗣同为题："任公之砚佛尘赠，二人石交我作证。"佛尘，才常别号。

49 清光绪二年，北京发生人瘟疫，谭嗣同时年十二岁，被传染，死去三日始苏，其父继洵为之取字"复生"。

50 谭嗣同作联有隽才，曾为憩园四照厅撰联云："人影镜中，被一片花光围住；霜华秋后，看四山岚翠飞来。"

51 《谭嗣同年谱》，先由陈乃乾撰，后由杨廷福撰。陈简略而杨丰赡。

52 戊戌六君子中，以谭嗣同最为杰出。嗣同有兄嗣襄，跳荡不羁，控骏马，挥鞭绝尘，为游侠者流，先嗣同卒，年三十有三。

53 **慈禧**太后喜诵李白诗，能背诵十之三四。

54 代慈禧太后绘画者,为缪素筠、阮寂蘋香。

55 山东曲阜孔府之宴席,菜肴特丰赡,一席凡一百九十六道,糕点又独具风味。清慈禧太后六十寿辰,衍圣公孔令德备肴进呈,慈禧称赏不绝。民国时代,山东督军张宗昌,亦于孔府朵颐大快。

56 李玄伯有《玄武笔记》,我见其残页,有一则,谈慈禧太后之起居,亦清宫故事之珍屑也。如云:"慈禧夏天,每早起在六钟,冬天则在七钟,晚间十二钟始睡,睡于乐寿堂西暖阁。暖阁中间,有雕花落地罩,上挂黄门帘,落地罩内北面为睡床,上悬黄绸幛。罩与床之间,更挂有黄绸幔,平时不垂,须慈禧睡熟后方垂下。"

57 慈禧太后之照相,均裕勋龄所摄。德龄、容龄,皆勋龄之妹也。

58 慈禧太后,饕餮成性,又复厌故喜新。一日,御厨以甜酱及糖醋为制特式羊肉,慈禧朵颐大快,称誉之为"它似蜜",言其味甘可口也。是肴本无名,因即以"它似蜜"名之。后清真馆仿制是肴,误称之为"他司密",令人无从索解。

59 清慈禧太后,对于服御极讲究,认为旗装之美,在任何国家之上;尤喜浅蓝色,认为浅蓝色为任何采泽所不及。

60 清季,慈禧太后生于十月十日,年年于是日举行祝寿,各商铺例必标"万寿无疆"帜幅。徐敬吾在沪市福州路设一小书铺,私售革命刊物,铺门前独标"万寿失疆",卒被禁闭。同时林白水亦有诗"每逢万寿必无疆"。

61 溥心畬早年藏有缅甸之贡品祖母绿宝石,乃慈禧太后赐溥心畬祖父恭亲王奕訢者。

62　慈禧喜蓄葫芦。

63　慈禧有一句话："谁给我一时不痛快，我就叫他一辈子不痛快。"

64　慈禧六十寿辰，上海美华书馆负责人费启鸿及李提摩太，特印一极华贵之基督教《圣经》，作为寿礼。

65　琉璃厂琴工张春圃，为士大夫所赏，慈禧欲学琴，召入宫。张于宣召时，先与内监约，不能跪弹，必须坐弹始成音，慈禧许之，但不使之面对慈禧。

66　清季，李瀚章督粤，进贡端州石屏，镌《海屋添筹图》，极精工，慈禧后嫌其巨重，不喜之。

67　宜兴和桥豆腐干有盛名，曾进呈清宫，慈禧后喜啖之，大加嘉奖。首先创制者，为皖人盛理卿。

68　清光绪帝习画于翁松禅及张之万，十六岁时作《烟樵雨牧图》，仿大涤子，然不恒作，甲午后遂废弃。

69　载湉能唱京剧《武家坡》。

70　载湉能画兰，自谓日写兰一枝，像不像不之计也。

71　李鸿章说："天下最容易的事，便是做官，倘使这人连官都不会做，那就太不中用了。"

72　李鸿章家藏南唐官砚，上有欧阳修一百六十六字砚铭，砚盖刻有翁方纲题"南唐官砚"四隶书。是砚后落入日本画家坂东贯山手。《广仓砚录》为日本研究古砚之专书，拓名砚一百数十方，而以南唐官砚列于卷首。

73　李鸿章笃信西医，设立陆军军医学堂，提倡西医。

74　张之洞喜玉玩，家中常雇玉工若干人。

75　张之洞有《金陵杂诗》十六绝，樊增祥和之，苏渊雷亦和十六首，以示朱大可，大可更赓和之，前后录存一册。

76 张之洞藏书，佳者均归高凌霨。

77 张之洞曾劝人刻书，谓凡有力好事之人，若自揣德业学问不能过人，而欲求不朽者，莫如刊布古书；但刻书必须不惜重费，延聘通人，甄择秘籍，详校精雕，其书终古不废，则刻书之人，亦终古不泯。

78 张之洞晚年善睡，对客数语，往往鼾声遽作，客辄自引退。

79 张之洞喜闻爆竹气，龚定庵怕听饧箫声，同为怪癖。

80 张之洞母朱氏，善弹古琴。既卒，遗琴二，张有"梦断杯棬泪暗倾，双琴空用锦囊盛"句。

81 张之洞压制革命，致群情愤激，其后造成武昌起义，因有人称张之衙署为制革公司，言其制造革命也。

82 我国留学美国之第一人为容闳，字纯甫，广东香山人，设保国会，张之洞捕之。我国留学日本之第一人为戢翼翚，字元丞，湖北房县人，创《国民报》，张之洞护之。

83 冒徵君鹤亭，应经济特科试，文中用"卢梭"二字，阅卷者张之洞，素恶新名词，因而被斥。都人士有诗戏之云："赢得南皮唤奈何，不该试卷用卢梭。从今卷起书包去，且应明年进士科。"

84 **张香涛**督粤，创广雅书院。书院废，改为东文传习所，复改为高等学堂，又改为第一中学校，面目全非矣。

85 张香涛官两广总督，搜罗端溪砚石，曾以石片赠其戚湖州赵氏，赵氏珍蓄之。上有天然月兔形，甚为妙肖，且凡端石之优点，无一不具，其后人作为传家之宝。

86 南京鸡鸣寺豁蒙楼匾额，出于张香涛手笔，抗战时拆去，供筑壕之用。

87　清季铸当十铜圆，乃陈衍建议，张香涛试行者。

88　张香涛慕阮文达甚，阮创学海堂，张创广雅书局。阮刻解经诸书，张刻考史诸书，不相袭而遥相师也。

89　张香涛一日与李希圣谈诗，张谓诗以咏梅及雪，最难着笔，因古人咏之者太多，义被搜尽也。李谓不难，立成梅雪各七律一首，以逞其才。诗载《雁行楼诗草》。

90　张香涛好人佞谀，易实甫以俚语为诗以调之云："三十三天天上天，玉皇头戴平天冠，天平冠上竖旗竿，中堂更在旗竿巅。"

91　张香涛喜表，往往数表随身。

92　刘申叔、梁鼎芬、章太炎，均参张香涛幕府。

93　刘肇均有《樱宁斋诗》，惜不永年，张香涛爱而手录之，高潜乞之归，为刊印成书。

94　**溥仪**从庄士敦学英文，乃徐世昌所绍介。

95　溥仪生于光绪三十二年正月十四日，但祝寿辄于正月十三日行，因正月十四日，乃道光旻宁之忌辰。

96　溥仪尝对人说："我身边有二百个御医，可是我的身体还是那么瘦弱。"

97　溥仪著《我的前半生》，得酬四千元。皇帝卖稿，此属创例。

98　溥仪喜读《红楼梦》，曾咏一诗，有"红楼拟作小蓬莱，中贮金陵十二钗"之句。

99　**溥杰**之启蒙师，乃书家赵世骏，由陈宝琛绍介入宫。

100　唐石霞为溥杰前妻，喜藏各种纪念金币。

101　**唐石霞**，女画家，满族。乃翁志赞羲，主辑《同文沪报》及《南方报》，与包天笑相稔。石霞以天笑为父执，特往拜访之。

102　唐石霞，女画家，所用口红乃从古方自制。

103 唐石霞女士，私自学画，不使人知，习作既久，居然可观。一日，忽被其父志锜发觉，大为惊讶，后刊《石霞画集》。

104 唐石霞在香港，广播北京掌故，月入三百金，但只敷屋租。

105 **段祺瑞**喜围棋，而以国手自居，实则其术殊不高超也。常与客弈，客揣知其意，乃于末局故意输一着，段大喜，以己术之终于胜人也。客若大负，则段反不悦，谓客作伪止步，我胜之不武。段之幼子亦善弈，与父对垒，率直为之，段不能胜，于是忿斥之："你什么都不懂，只有这一套。"

106 周善培告人："段祺瑞曾秘密行见溥仪，谋复辟，由于溥仪傲慢，段拂袖而去。"

107 段祺瑞为一武夫，却能文事，曾著《因雪记》《策国篇》《和李经方戏弈》诗。我藏有段所书楹帖，又在于右任家见段之寿联，皆大气磅礴也。

108 **袁世凯**一度欲聘章太炎为总统府秘书长，张仲仁力阻，谓太炎书生气太重，不称职，始作罢。

109 袁世凯撤销帝制令，由王式通起草。

110 袁世凯尝悬赏十万元，购何海鸣头。袁死，何常自炫其头颅代价之高。或谓当时悬赏仅万元，所谓十万，何自高身价耳!

111 袁世凯洪宪造瓷四万件，承事者报销二百四十万元。

112 吴长翼所编《八十三天皇帝梦》，收罗资料，以袁世凯女袁静雪《我的父亲袁世凯》为主，兼录张国淦、叶恭绰、唐在礼、梁漱溟、李泰棻、恽宝惠等笔记。按刘厚生之《张謇传记》，其中有若干节涉及袁氏，如《袁世凯之借刀杀人》《洪宪皇帝最得意之笔》《洪宪帝制之前因与后果》《洪宪皇帝梦中之背景不是泰山是冰山》等，内容翔实，确实可信，却遗漏之未选入。

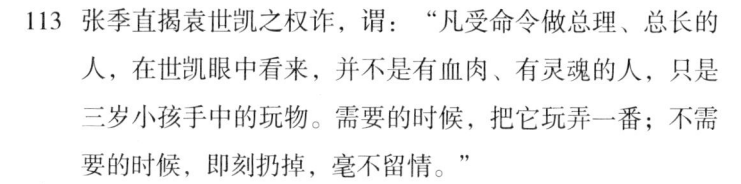

113 张季直揭袁世凯之权诈,谓:"凡受命令做总理、总长的人,在世凯眼中看来,并不是有血肉、有灵魂的人,只是三岁小孩手中的玩物。需要的时候,把它玩弄一番;不需要的时候,即刻扔掉,毫不留情。"

114 袁世凯曾拜张季直为师。此后帝制自为,笼络耆旧,称张季直、徐世昌、赵尔巽、李经羲为"嵩山四友",当时有人仿《月令》题曰:"是月也,师化为友。"

115 袁世凯自民国总统至洪宪皇帝,过渡时期,曾称主座。

116 袁项城妾洪氏,有羊脂白玉麻雀牌一副,所刻字纹绝精致,乃出宋小坡手。

117 袁世凯长子克定,人以"克宗定皇帝"戏呼之。

118 步林屋告人:"袁项城微时,曾受河南巡抚倪文蔚之栽培,心殊德之。"文蔚号豹岑,故项城生次子,即名之为克文,字豹岑,以示不忘。

119 袁项城任大总统,总统府设秘书厅,秘书长乃梁士诒。梁之属下,有机要秘书三:一张仲仁,一陈汉第,一冯学书;又有三秘书:一夏寿田,一闵尔昌,一曾彝进,皆知名之士也。

120 袁项城与诸贵显联姻,如长子克定娶吴大澂女,三子克良娶张之洞女,五子克权娶端午桥女,六子克桓娶陈启泰女,七子克齐娶孙宝琦女,八子克轸娶周馥女,九子克久娶黎元洪女,十子克坚娶徐世昌女;其长女伯祯为张人骏媳,三女叔祯为杨士骢媳。

121 **袁克定**娶吴大澂女,于归时,携大澂画扇多柄,分贻群季。

122 恽宝惠有一小文谈袁克定,有云:"克定暮年潦倒不堪,寄居在他表弟张伯驹的海淀别业。曾有一次,张国淦接他到城内,留其一饭,有我及张联棻作陪,他衣服破烂,步履蹒跚,我代送至大门,看他坐三轮车回海淀,后来即死于其地。青宫储贰,如此结束,原非意料所及。"

123 袁克定厌恶徐世昌,背人呼之为"活曹操"。又袁世海演三国剧,善饰曹操,亦有"活曹操"之称。一存其质,一状其人。

124 **黎元洪**在甲午之战充海军某舰长,舰被击沉,黎泅水得免于难。

125 上海《新闻报》三十年纪念,时黎元洪任总统,书八字以贻之:"目上于天,耳下于泉。"

126 黎元洪书一大对联,句云:"文章惟读周秦汉,儒术兼通天地人。"作端楷,有正书局影印问世。是手笔,抑代笔,不得而知。

127 溥仪结婚,黎元洪书赠一联,"汉瓦当文,延年益寿;周铜盘铭,富贵吉祥。"浮泛不切,绝属敷衍。

128 **蔡锷**等在云南起义,讨伐袁世凯,称护国军。当蔡未出京前,住护国寺大街,起义前商议名称,蔡即提出"护国"两字,一致通过。

129 蔡锷字松坡,英迈善骑,南社吴恭亨曾见之,谓:"蔡为云南都督时,法国人邀之赴河口观操,所乘马皆高至五尺外,演毕,军乐作,主宾均起缆辔,法将领经三四卒扶之始上登,蔡则略一仰身,以手点鞍,一瞥间腾跃飞驰,中外人观者如堵墙,皆噪而目送之"。

130　自电影《知音》一剧，演蔡锷讨袁皇帝事，蔡锷之名，重震于时。上海旧有松社，在徐家汇路，设蔡锷祠堂；更有松坡图书馆，乃梁任公倡办者。松坡，蔡锷之字也。

131　蔡锷逝世，孙中山挽以一联："平生慷慨班都护，万里间关马伏波。"

132　**张勋**曾将当时有名人士之来信，装成《松寿堂来鸿集》。张死散出，许稚黄收得五册，内容颇多史料。

133　张勋喜阅《御批通鉴辑览》。

134　张勋卒，万绳栻为之清理资财。

135　**孙中山**写英文，较写中文为敏捷。

136　清光绪十九年，孙中山来沪，由陆皓东绍介，与王韬相晤。

137　列宁逝世，广州举行追悼大会，孙中山亲自致祭，并写"国友人师"四字祭幛，每字二尺余，甚为显著。

138　孙中山曾以我国莲子赠日本友人田中隆，田贮藏三年，转贻以研究莲花负盛名之大贺一郎博士。博士种于园池中，开花甚茂，且分茎移植东京。

139　李仙根之《岭南书风》，咏孙中山书："光明正大垂青史，天下为公写至文。总理聪明自天禀，何尝槃礴学乌云。"注语云："总理孙先生自谓平生未尝习书，谭组安谓孙先生书不但似东坡，而往往有唐人写经笔意，正直雍和如其人，真天亶聪明，凡夫虽学而不能也。余奉侍久，尤敬识之。"按以上云云，未免有夸张语。据余所知，中山作书，有时出于田桐、田桓兄弟二人代笔。

140　一九二四年五月三十日，上海《中国晚报》留声部，邀请孙中山作录音讲演，讲题为《勉励国民》，共录六片。现尚存其中之第一片于广东中山图书馆，惜已残损三分之二。

141 常为孙中山理发者，其人为林耀光。中山逝世，最后理发，亦林耀光为之。剪下之发，由宋庆龄用玻璃盒盛之，留作纪念。

142 孙中山学医于香港，觉香港街道甚为整洁，及返香山县，觉香山街道之整洁远不及香港，乃每天亲持扫帚，将所居门前之街道，扫除一清以示范。

143 海宁盐官镇，有天风海涛亭。一九一六年，陈去病伴同孙中山来此观潮，遂改称中山亭。

144 孙逸仙在日本进行革命组织，为避免政敌注意，对外则称"中山樵"，姓中山而讳言孙。厥后章行严迳称之为孙中山，从此孙亦以"中山"为彼之别署。

145 孙中山到松江，曾游醉白池，当时地方人士为开欢迎大会，迄今犹有人道及之。

146 上海永安公司经理郭彪，遣人送孙中山极珍贵之皮大衣一袭。中山大为讶异，曰："上海不算十分冷，回广东更不冷，我又不到北方去，要此奢侈品何用？"婉拒不受。

147 上海孙中山故居，留有淡紫色床单一，中山生前用过，上有补缀处。

148 **徐绍桢**治兵南京时，购后湖地十五亩，建藏书楼。辛亥革命，为张勋所焚，藏书二十万册，尽付劫灰。

149 辛亥革命，徐绍桢被举为江浙联军总司令，编制下之人员，颇多才俊之士，如范光启、于伯循、沈缦云、孙毓筠、陶骏保、马君武、马良等。

150 **秋瑾**小字玉姑，居绍兴南门和畅堂，为明神宗时大学士朱赓别墅。

151 一九六〇年，上海中华书局刊《秋瑾集》，最近又出版，为第五次重刊矣。但尚有《登吴山》一绝，为集外遗珠。其诗云："老树扶疏夕照红，石台高耸近天风。茫茫灏气连江海，一半青山是越中。"

152 秋瑾任大通学堂督办，为革命机关。南社人士参加该校任教员者，有姚勇忱。

153 秋瑾童年，一至五岁，居福建厦门，其父在海关工作。后其父调至诏安县，秋瑾随之而往。海关设于鼓浪屿之鸡峰山下，今其楼址尚存。

154 宋渔父与秋瑾相识，渔父乙巳一月十三日日记有云："巳正，至秋璿卿寓，谈良久，时秋君与诸同志组织一演说练习会，每月开会演说一次，并出《白话报》一册，现已出第二册。余向秋君言，愿入此会，秋君诺之。戌初回。"

155 秋瑾创《中国女报》，馆址在上海北四川路厚德里九十一号，刊有吕碧城、徐寄尘之诗文，又陈伯平之妹挽澜女士之小说。

156 秋瑾之死，甚易记，时为前清光绪三十三年，秋瑾年三十三岁。

157 秋瑾就义，有人作嵌字联挽之："悲哉秋之为气，惨矣瑾其可怀。"

158 上海电影制片厂，摄《秋瑾》片，我参与座谈会，谈及秋瑾其人之状态，我谓"毛泽东诗：'飒爽英姿五尺枪'，'飒爽英姿'四字，可为秋瑾写照。则不妨易一句，为'英姿飒爽一倭刀'。"盖秋瑾常御和服，身佩日本刀也。

159 **邹容**，四川巴县人，故重庆有邹容路以纪念之。

160 号称"革命军马前卒"之邹容,能刻印,留学日本时,同学某以"壮游日本"四字,倩邹镌刻,邹立以石掷还,曰:"尔仅游日本,即曰壮,彼环游地球者,又谓之何?"邹所刻印,现尚存朱文印,刻"大海琴心"四字;又白文印,刻"飞来佳禽息梧"六字,为极希珍之品。

161 "苏报案"发,邹容本由张溥泉藏之于虹口一西教士家,邹闻章太炎被捕,遂于闰五月七日自首,翌年乙巳二月廿九日瘐死狱中。

162 邹容为柳亚子写一泥金扇面,"中国少年少少年"七篆书,一面由金松岑画一人吹军号。

163 邹容与彭家珍俱为蜀人,蜀中因有"吾川创建民国之士,始于邹容,成于彭家珍"之说。彭家珍配合孙中山六路北伐,于一九一二年一月二十六日,深入虎穴,壮烈牺牲。兹建专祠,许德珩为之题联。

164 **宋教仁**拟与徐血儿合作《辛亥革命外史》,未果。

165 宋教仁逝世后,遗书归南京龙蟠里国学图书馆。

166 **陈独秀**在狱中,大书对联赠人。

167 陈仲甫,名独秀,原名乾生,人鲜知之。

168 陈独秀提倡非孝,有人反对之,作《非非孝篇》。其时小型报刊故开玩笑,作《非非非孝篇》,又有人续作《非非非非孝篇》,使人骤观篇题,究不知是赞成或反对矣。

169 民国初年,北京大学某届毕业,师生合摄一影,陈独秀与梁漱溟并肩坐,独秀一腿伸在漱溟之前。照片印出,独秀见之曰:"照得很好,只是梁先生的腿伸得太远了。"学生曰:"这是您陈老师的腿啊!"独秀为之大笑。

170　**瞿秋白**父世玮,能绘山水。秋白传其家学,又善吹洞箫。

171　瞿秋白之父世玮,擅画山水,潘伯棠藏之,捐献上海市文物保管会。伯棠为镒芬子,镒芬治黄河三十年,尤以花园口之施救工程,厥功尤伟。镒芬与世玮,交谊甚厚。

172　瞿秋白故居常州青果巷八十六号,厅上悬一匾"敬修堂",乃同邑钱名山所书。

173　瞿秋白、杨之华夫妇合用一四字印"秋之白华",颇具巧思。

174　**蒋光慈**衣袋中常置香瓜子或糖炒栗子,边食边创作构思。

175　蒋光慈妻吴似鸿,善绘画。

176　钱杏邨与蒋光慈,同住沪西小沙渡路附近之广业里,保密不使人知。编辑《拓荒者》,即在是屋。后又迁居吕班路之万宜坊,亦与蒋同居,与丁玲、胡也频为近邻。

177　蒋光慈死于一九三一年,用蒋资川名,葬上海江湾庙行公墓,墓穴七七七号。解放后,一九五三年,乃迁葬虹桥公墓,碑文用蒋光慈真名,由陈毅亲笔题写。

178　**冯玉祥**笑对人说:"'卧薪尝胆'四字,现在的人,不懂得尝胆,只懂得卧薪。所谓卧薪,那就是困在床上,而领取干薪。"盖旧政权时,挂名领月俸者,成为风气,冯所以讥之也。

179　冯玉祥曾聘阎甘园教授书画。

180　**杨杏佛**之妻赵志道病,嘱其后人,彼死后,不要换衣服,家人不须佩黑纱,骨灰弃之可也。赵擅作打油诗,均散佚。

181 李大钊被难,京中人士举行公祭与游行,杨杏佛撰一挽联,张诸游行队伍最前列,引人注意。联云:"南陈(指陈仲甫)已囚,空教前贤笑后死;北李犹在,那用吾辈哭先生。"

182 **沈尹默**以求书者太多,不暇应付,一度蛰居沪上凤阳路之钱须弥家以避之。

183 沈尹默、褚保权夫妇书法相类似。郁达夫、王映霞夫妇亦然。

184 沈尹默与褚保权本为师生,后结为伉俪。褚之年龄,较沈小二十岁。

185 沈尹默自谓生平喜诗,然不轻易作诗,亦不轻易谈诗,更不轻易为人点定诗。

186 于右任于沈尹默书,比之梨园之科班,而自比梨园之客串。

187 沈尹默二十岁时,一度写赵之谦书。张秉三藏有沈书之五言楹帖,署款为沈君默。四十年后,沈别书一联,用尹默名易之归。

188 沈尹默以决明子代茶叶,十余年不辍。

189 沈尹默集宋词书联,甚隽雅,其联云:"拥莲媛三千,画舸频移,花扶人醉;度清商一曲,小楼重上,秋与云平。"

190 五四运动前,在国内作新体诗之第一人,乃沈尹默;国外乃胡适之。

191 沈尹默否认为南社社员,谓此乃柳亚子所强拉,本人未曾同意也。

192 沈尹默有一印"家在花桥月湖间"。

193 沈尹默对北碑、二王、苏米等字体,用力颇勤,但家中无真迹及珍希之碑帖。所有者均普通品,较好者亦仅珂罗版本而已,曾谓:"凡罗致名贵碑帖者,无非借以标榜自己,向社会炫耀,或居为奇货,待价而沽,均与实际应用背道而驰。"

194 有花名"二月蓝"者,沈尹默爱其名之隽雅,以之入诗。

195 沈尹默掌教北京大学,邀陈独秀任文科学长,独秀又邀胡适之任教授。

196 沈尹默酷喜杨凝式之《韭花帖》,谓《韭花帖》与《兰亭》最为接近。

197 胜利后,沈尹默由渝来沪,一次在友人家,与冒鹤亭初次见面。冒以沈发言略带秦音,问所由来,沈答以生于关中,并提及其父之名字。冒即说:"令先尊为我早年好友,真是克家有子。"沈闻之唯唯诺诺,不作他语。盖冒以前辈自居,而视沈为世侄也。

198 沈尹默谓书法虽无色,而有画图之灿烂;无声,而有音乐之和谐。的是妙喻。

199 沈尹默知胡问遂哲嗣胡考能书,欲观其作书之运腕,奈目力不济,于是当胡考临池时,以一手轻按其腕,从肌肉之活动,借知其挥洒之法度,为之称善者再,且谓"将来造诣,在乃翁之上"。

200 **林散之**与沈尹默同以书法驰誉。人称"林散之为南京之沈尹默",称"沈尹默为上海之林散之"。

201 林散之藏有吕留良虫蛀砚,又铜雀台瓦砚,均作古风以咏之。

202 **钱化佛**自称:"生平遇到三位仙人,革命遇到孙逸仙,演戏遇到孙菊仙,书画遇到杨草仙。"

203 钱化佛蓄一犬,客来狂吠,甚厌恶之,弃之他处。未几,犬复来归,再携犬乘船渡黄浦,弃之彼岸,岂知犬泅水过江,重返钱家。

204 抗战时，上海沦为孤岛，凡敌伪所出告示，钱化佛一一揭取，揭取必于昏夜，防人发觉也。先以水湿润，然后以轻捷之手法为之，尤以雨夜为宜。直至抗战胜利，先后具有系统，共一百数十幅，悉归公家保存。当时其冒险行径，并家人不之知，盖知则必加阻拦，不能达其目的矣。

205 钱化佛喜集藏，家有岑春煊奖给小连生银牌一。小连生者，京剧名角潘月樵之艺名也。是牌为银质，长约三寸，阔寸许，正面为玻璃框，嵌入岑的照片；反面刻有文字："太子少保前四川云贵两广总督邮传部尚书岑，为伶人兴学校、救灾、醒世警俗，特制此牌，以示表彰，俾戏曲改良观感，易于进步，亦助风教，励同胞之一端，有厚望焉。持赠小连生。宣统三年二月吉日。"阅数月，武汉起义，上海响应，潘助陈英士攻克制造局，立首功。彼功成不居，仍在新舞台粉墨登场。

206 钱化佛之长子小佛，侨居海外，为摄影名家。

207 **陈蝶仙**筑蝶庄于西子湖头，以爱镜故，廊间多置长镜，但楹联入镜，字作反影，颇以为憾，因拟用字之正反相同者为联以张之。其女小翠曾撰若干联，其一云："北固云山开画本，东山丝竹共文章。"盖繁体字适相称也。

208 陈蝶仙，别署天虚我生，其小传出于朱云光手撰，较为详赡。

209 陈蝶仙晚年病肠胃，却又饕餮成性，每进食，其子女辄加限制。

210 王钝根撰《聂慧娘弹词》，书中人之诗，由陈蝶仙代作。

211 陈蝶仙早年名嵩寿，别号惜红生，知者不多。

212　杭州西湖博览会，于民国十八年夏开幕。陈蝶仙特辟无敌牌化妆品商场于西泠桥北，门前有喷水泉，所喷为无敌牌花露水，香气四溢，游女过此，辄以罗巾承之。

213　樱川三郎、服部次郎、藤谷古香、富士始一，往往认为扶桑人，实则三郎乃陈蝶仙，次郎乃陈少白，古香乃孙希孟，始一乃夏爽夫之化名。

214　陈蝶仙一度入蜀，其女小翠居沪上，家报辄以古风代之。蝶仙覆书，小翠又演绎为律诗，再寄蝶仙，以博老人一笑。

215　陈蝶仙喜蓄芙蓉鸟，以其鸣声似莺簧百啭也。

216　陈蝶仙于清戊戌政变前，曾与何公旦、华痴石创办《大观报》于杭州，鼓吹维新学识，被封禁。

217　陈蝶仙诗词，不自留稿，周拜花为之收存，涂筱巢谋刊行，不意印刷所遭火灾，致丁卯以后所作被毁。筱巢乃著易堂书店主人涂紫巢之子。

218　陈蝶仙刊《栩园丛稿》，共十册，由著易堂印行，以急欲入览，乃先印若干部付装订。不料印刷处失慎，原稿及原版被毁，不得已，乃据先印出者重行排版，始得流传，亦云幸已。

219　陈蝶仙有云："读死书，殊无益，惟于一事一物能穷其理，则一旦豁然贯通，无不可以尽知。"

220　陈蝶仙自营生圹于杭州西湖桃源岭之麓，颜曰"蝶巢"。并立二碑，一为"天虚我生传"，一为"懒云夫人传"，均西湖伊兰手书。盖蝶仙别署天虚我生，其妻朱恕，号懒云也。蝶仙且列一联："未必频年两祭扫；何妨胜日一登临。"作达者语，殊妙。

221 陈蝶仙在家中，常独坐作书，不理一切。其夫人懒云谓为"坐关僧"。

222 天虚我生晚年，喜用钢笔为人写扇。

223 陈蝶仙在沪寓病逝，弥留时，坚执其女小翠手，只说"西湖"二字，余则含糊，家人亦不解何所指也。

224 陈蝶仙卒，陆澹安挽之："公真无敌，天不虚生。"因蝶仙创无敌牌牙粉，又别署天虚我生。

225 杭州才女包者香，为陈蝶仙弟子，工诗，晚年则学佛。

226 **陈定山**于当代书画，服膺叶誉虎之书、吴湖帆之画。

227 陈定山于西湖诸景喜西溪，其妹小翠却爱理安，因有"何当分作东西宅，各领名山五百年"之句。

228 陈定山藏马湘兰山水小帧，甚精。王百谷、魏冰叔、费秋渔先后题咏，凡二十余家，为高邕之家旧物。

229 陈定山论画，谓"画盛于宋，精于元，大于明，工于清"。

230 **陈小蝶**买地杭州西湖之白堤，旧为蕉石鸣琴之胜，三面临水，桃花极盛，土名小桃源。其上乃康有为之一天园。

231 陈小蝶诗文，胜于乃翁蝶仙。陈小翠诗文，胜于乃兄小蝶。

232 陈小蝶诗稿，其妹小翠往往戏书其旁："窃自翠句。"

233 抗战时期，江小鹣避难居昆明引津街，陈小蝶亦来滇，寓居小鹣家，笑称"两小无猜"。

234 陈小蝶云："凡聪明人，必带三分神经病。"

235 **陈小翠**，女词人，与李后主同日生。

236 陈小翠适汤寿潜之孙念耆，志趣不同，遂告离异。

237 汤念耆爱猫，其妻陈小翠与之不洽，进膳各自分餐。念耆饭，辄容一猫蹲桌上，分剩余与之食，似相伴然。

238　陈小翠谓诗须兼色香味。

239　陈小翠尝向顾佛影索阅诗稿，顾覆书云："江湖鸿雁之音，恐不为绮罗人所喜。"小翠以为讽彼，大不怿。

240　陈小翠诗："樱颗每因私语小，梨涡常现笑痕圆。"足补王次回《疑雨集》所未及。

241　顾佛影病，求陈小翠预撰墓志铭云："请作六朝文，须纪实，骂几句倒不妨。"小翠填《金缕曲》以慰之。

242　陈小翠对清代女画家，认为以吴藻为最杰出。吴字蘋香，号玉岑子，钱塘人，生于嘉庆初年，不但高情逸致见于绘事，又工倚声，著《花帘词》，颇有纳兰容若神味。

243　涂筱巢设著易堂书局于沪市，陈小翠出嫁，筱巢预取小翠诗稿，为刊《翠楼吟草》，以充奁赠。

244　陈小翠在沪，赁屋而居，屋主拟以善价出顶，迫之迁让，奈一时无相当处，屋主扰之不休，引为大苦。既而小翠觅得一舍，得暂安息。余往访之，小翠为绘一花鸟小册为赠，题诗以寓意云："微禽身世可怜生，风雨危巢夜数惊。借得一枝心愿足，夕阳无语自梳翎。"

245　陈小翠赏花，谓色是花之容，香是花之德。

246　钱名山称陈小翠诗有独到处，劝其弗作旁艺，专力治诗，可以传世。

247　抗战时期，晚间灯火管制，以防敌机投弹。而是岁夏日，又复多雨，陈小翠女诗人有诗咏之："收灯门巷千家黑，听雨江湖六月寒。"

248　当"四凶"猖狂，对陈小翠女诗人横肆暴力。小翠始终抗拒，曰："是可忍，孰不可忍？"

249 陈小翠，女诗人，于"四凶"肆暴时被迫死。临死赋绝命诗，被撕毁，未得流传。

250 **顾鹤逸**子公硕，画传家学，居吴中朱家园。"四凶"逼害，夜赴城外虎丘，投剑池，从屈大夫游。

251 画家顾鹤逸，有古梅盆栽一，甚喜之，奈失诸乱离中。既而被林纫庵在海上购得，知为顾氏物，即以还归鹤逸。鹤逸之子公雄，绘《归梅图》以志纪念。

252 顾鹤逸喜栽盆梅，历四十余年，颇多名品。

253 吴中顾鹤逸藏有宋刻《龙川略志》六卷，《别志》四卷，乃曹楝亭家故物。楝亭，著《红楼梦》之曹雪芹祖父也。

254 顾鹤逸藏巨然《海野图》名迹，秘不示人，吴湖帆索观不得，杨无恙曾一寓目。

255 顾鹤逸藏"绛云楼"三字牙印，匣有桂未谷观款，及鹤逸自题诗，牙质润泽如红玉。

256 吴中画苑祭酒顾鹤逸，名麟士，其过云楼藏画，名著南北。《柳南随笔》，亦涉及顾麟士，谓"为人介特，不苟受施。东阳张公国维抚吴，延先生傅其子，笔砚外绝不干以私"，则为乾嘉时别一人。

257 吴中顾鹤逸，畜鹤于怡园，抗战沦陷，鹤被日寇煮食。杨无恙藏七弦古琴，并遭焚毁，杨因有《煮鹤焚琴》诗。

258 吴中顾鹤逸怡园之老梅桩，被园丁盗至海上，售给闽人林纫盦，杨无恙介鹤逸子公雄赎回。公雄作《归梅图》，纫盦赋《沁园春词》。

259 **孙师郑**乃孙子潇之后人。子潇之双红豆卷子，师郑宝藏之。

260 孙师郑貌似纪晓岚。

261 孙师郑作《味辛斋笔记》，均述清代朝野轶闻。

262 孙师郑收清人诗集，叶遐庵收清人词集，郑振铎收清人文集。

263 孙师郑选道光、咸丰、同治、光绪四朝诗，中多显宦，且有生者。王壬秋来京师见之，讶曰："四朝诗人，何无我分耶？"

264 孙师郑推崇杨无恙诗，谓可敌李越缦。

265 孙师郑自谓不能画而通画理。

266 孙师郑任北洋客籍学堂监督，时袁寒云就学，年仅十五。

267 孙师郑生于丙寅年，姚茫父生于丙子年，同寓京师莲花寺，订双丙会。当时有诗妓姚华，师郑邀茫父同访，盖茫父名华，为双姚华也。

268 江建霞居京师西砖胡同，孙师郑居绳匠胡同，过从甚密。

269 孙师郑移居，检捆典籍，凡十余车，装载不尽，乃用李越缦"束装多半累图书"句，作轳辘体，索诸诗友和之。

270 常熟孙师郑晚年耳聋，友来电话，辄由当差者代接，颇多隔膜。

271 **许地山**爱啖花生，屋后隙地，亲自种植，获得丰收，引为至乐，且用"落花生"为笔名。

272 许地山擅弹琵琶。

273 同时以"地山"为名，而负声誉者，有钱塘夏地山，为夏穗卿（曾佑）之族侄；有方地山，与泽山为昆仲，称"扬州二方"；较后者有许地山，名赞堃，著有《空山灵雨》《危巢坠简》诸书。

274 **胡寄尘**不佞佛，却素食十八年。彼喜啖糖炒栗子，谓糖炒栗子，宋时行于汴京，随南渡而传至江左。此则尚未有人考证过。

275 胡寄尘寓沪南西门，小楼一角，不逾方丈，而瓶花铲篆，布置精妍。

276 胡寄尘中午往往不进饭，以一面包充饥。

277 胡寄尘在上海，居福履理路，有《福履理路诗钞》；又居萨坡赛路，有《萨坡赛路诗话》《萨坡赛路杂记》。

278 胡寄尘居上海西门大吉路之大吉里，未几，又迁东安里，继迁永兴里，均在大吉路也。徐卓呆赠彼联半副，曰："数月三迁，依然大吉。"倩寄尘自撰下联，寄尘对之曰："一椽重借，还是永兴。"盖彼初住永兴里四十二号，以邻家太喧扰，乃迁四十七号。

279 胡寄尘与人论文，谓："天下文章，上焉者在名山大川之间，其次在蔓草荒烟之里，乐者在园林歌舞之中，哀者在琐尾流离之际。"

280 古董称"骨董"，胡寄尘认为乃阿剌伯语。

281 杭州飞来峰，相传自天外飞来，成为神话。胡寄尘云："此殒石而已，无神秘可言。"

282 胡寄尘拙于口才，虽友朋酬酢，终席极少发言。

283 胡寄尘喻唐诗如中国水墨山水，善写意；宋诗如西洋油画，善刻画。

284 胡寄尘著书，往往有自撰自编自发排自推销，以比卓别林之电影，自编自导自演出。

285 胡寄尘之处女作《香兰小传》，刊登《中外日报》。

286　天竹蜡梅，为岁暮清供。蜡梅亦有写作腊梅者。胡寄尘有诗云："黄瘦真如蜡，兼以腊月开。两名皆可取，何必费疑猜。"

287　胡寄尘精治斋舍，而服御却殊朴素，尝谓："服御给旁人看，何必讲究。斋舍陈设，乃自己享受，不可不有瓶花炉香、文几雅座也。"

288　一九一七年，有《小说革命军》一书出版，短篇小说凡七篇，总发行所为上海西门外安澜路大吉里二十三号波罗奢馆，则胡寄尘之所居也。小说不具名，可知乃寄尘手笔。首篇《我儿之小史》，述其子胡道静童年事甚详，予即以是书赠道静。

289　**傅沅叔**喜校书，每日以校三十页为度，生平共校八千卷。

290　傅沅叔得北宋本《广韵》，大喜，以示沈寐叟，沈题诗四首。

291　傅沅叔得宋元《通鉴》二部，因号"双鉴楼"。

292　藏书家傅沅叔少年时，曾以吴挚甫之介，入直隶清苑县劳玉初幕，循例月致薪水十两。玉初以沅叔有文名，且得挚甫之介，特年增二十两，盖殊遇也。

293　辛酉岁，傅沅叔（增湘）获得宋版书多种，甚为喜悦，乃于小除夕为祭书之会。与会者董绶经、王叔鲁、徐星署、朱翼庵、沈无梦、张孟嘉、彦明允、张冷僧、邵幼石，主客凡十人。徐星署以宋本《陆宣公奏议》，朱翼庵以宋本《汉官仪》来会，展玩竟夕，沅叔诗以记之。

294　或问傅沅叔当日琼林宴情形，傅云："琼林宴，由光禄寺及礼部承办，新科进士齐集后，拜揖入座，二人一席，席各陈干果十几事。坐定后，旋即起揖辞去，干果则由伺役攫之而空。视此颇似戏台上之饮宴，只少吹牌子耳。"

295 **丁福保**先后所辑书，分四大部：一、《医学丛书》；二、《文学丛书》；三、《进德丛书》；四、《佛学丛书》，凡二十年竣事。

296 丁福保富藏书，一时名流，如缪荃孙、袁寒云、王雪澄，常以佳椠质之。

297 丁福保常劝人多啖香蕉，谓可使小溲不臭。

298 丁福保告人，油类以奶油为最佳，多进油类，可免伤风症。

299 丁福保蓄书，尝谓得铅石印十，不如得木版一；得新刻十，不如得旧刻一。

300 丁福保曾从华若溪学数学。

301 丁福保二十八岁始学医。

302 丁福保学医，师事赵静涵。

303 丁福保设有诊所，人有就医者，往往劝人弗服药，但须戒除荤腥，呼吸空气，以及种种卫生之道。

304 瞿止庵相国，民国初年侨寓沪上，丁福保常至其家诊病。

305 丁福保著医学书，得力于日文。当清光绪二十七年，盛宣怀于沪东虹口谦吉里办东文学堂，罗叔蕴任校长，日本人藤田丰八为教习，丁氏日文，始基于此。当时所读者，为《中等日本文典》。

306 丁福保主张丧礼宜素肴，并不得饮酒。

307 丁福保自谓："早年孜孜为名，中年孜孜为利，晚年孜孜为善。"

308 《道藏精华录》，编辑者守一。守一，丁福保之化名。

309 简体字"乾"省为"干"，丁福保谓："干为乾之本字。"《独行传》："明堂之奠，干饭寒水。"又《晋帖》："淡闷干呕。"

310 洪宪帝制,有人荐引丁福保参加筹安会,丁以诗谢之:"家住江南旧板桥,长安残梦付渔樵。无心沮溺安知孔,避世巢由不识尧。烈士暮年还射虎,英雄失路惯吹箫。牛医贱技吾藏拙,五斗元来未折腰。"

311 丁福保自述:"幼时阅《三国演义》,文理之进步极速。"我执教语文,亦常嘱学生阅读《三国演义》,谓"从语体文至文言文,起桥梁作用"。

312 丁福保六十岁左右,须发已全白,然神采奕奕,大有伏波当年之概。沪上某人参号,乃向之借一照片而放大之,置橱窗中借以号召,实则福保不服人参也。

313 丁福保处境裕如,亲朋向之告贷者不乏其人。晚年,整理旧箧,借据单契累累,乃按户寄还,作为馈赠之资,人咸德之。

314 丁福保治岐黄、说文、释道、词章之学。其初拜华若溪为师,从事数学,曾应聘京师大学,任算学教习,撰《算学书目提要》《代数学》《算学详草》等书。

315 丁福保不擅书法,作书多倩人代之,绝少亲笔。

316 丁福保晚年,记忆力大减,甚至与客晤谈,忽欲小溲,溲毕,已忘客人在室,彼独自散步庭除。

317 丁福保子惠康,藏瓷器,辑印《藏瓷图录》一巨册。

318 **张丹斧**,名延礼,知之者少;最初名扆,知之者更少。

319 张丹斧藏有红豆数枚,乃印度泰戈尔诗人所贻。

320 邓散木极称张丹斧之书法,谓丹斧书笔笔如杨柳,随风飘拂,实则笔笔踏实,自然坚动。古人所谓百炼钢化为绕指柔也,因此信手涂抹,歪斜颠倒,却始终不离法度。

321 张丹斧伪造"班固"二字玉印,龚怀希认为真品,以巨值购之。

322 姚民哀体瘦弱,辛亥革命曾充敢死队,张丹斧戏之曰:"这种革命党,一块钱可买一打。"

323 张丹斧,扬州、苏州、上海,均有其家,人以"狡兔三窟"称之。

324 张丹斧与吴观蠡,一居沪,一居锡,笔墨均甚锋利。因此,张丹斧有"上海吴观蠡"之称,吴观蠡有"无锡张丹斧"之号。

325 张丹斧与人书札,什九潦草出之。曾见彼与黄宾虹书,却作工小楷,讨论学术,累累数纸,现藏裘柱常处。

326 张丹斧有口头禅"奇谈",黄季刚却以"奇谈"为别署。

327 张丹斧一度居沪市大世界游艺场对面之首安里,余有事致书,而忘其号数,姑写首安里某号以试之,不意竟递到。丹斧作覆云:"首安里,是某号,大书居然寄得到,郑司农,呱呱叫。"书法飞舞,余宝藏之。

328 张丹斧喜作打油诗,每作常于句末自加双圈或三四圈,成为习例。

329 张丹斧写字颇自负,陈蝶野称彼书法神似瘦金,丹斧乃精心作一字幅,寄赠蝶野,并附一札云:"此书真离纸三分,入木一寸,不知登善能胜过几许?遑论瘦金!"蝶野作《无厄道人字歌》答谢之。无厄道人,为丹斧之别署。

330 狄平子评张丹斧诗"雅近温飞卿",我却认为"瓣香韦应物"。

331 张丹斧以"传简、惊梦",广征分咏诗钟。有盐官程挹九者,以十字应之:"忽逢青鸟使,打起黄莺儿"为压卷。

332 张丹斧藏《敬敬斋玺印集》四册。

333 张丹斧晚寓吴中,颇爱其地水土清嘉,多园林之胜,因有句云:"安得蜀地锦,裹此苏州城。"人称其隽妙。实则丹斧句脱胎于苏东坡诗:"五百年间异人出,尽将锦绣裹山川。"

334 张丹斧生前,曾自抄较得意之诗,装订成册,甚精雅。丹斧于抗战时受惊悸死,遗诗不知散落何处。

335 **潘伯鹰**有"狂人"之号,有以所刊之诗集贻彼者,往往鄙薄之,或垫砚,或揩笔。

336 潘伯鹰有狂人之目,于客室中,榜曰:"不读五千卷书,不得入此室。"

337 潘伯鹰致书叶遐庵,辄称"番禺夫子大人"。

338 潘伯鹰为人写扇,上款与下款相并,以示不甘居人之下。

339 潘伯鹰倩谢稚柳绘《苏州河诗意图》。

340 潘伯鹰笔名,凫公、博婴外,尚有东门雨。

341 潘伯鹰著《塞安五纪》,仿唐人传奇文,极古茂,周知堂甚称赏之。

342 潘伯鹰喜磨墨,谓磨墨饶有趣味,甚至可说是一种享受。

343 潘伯鹰谓明代程君房、方于鲁墨,其黑偏淡,原因由于取烟细、用胶轻之故。

344 潘伯鹰与沈剑知均卞急成性,叩门或与人通电话,应之稍迟,便怫然而怒。

345 潘伯鹰录存其诗,凡六册,拟倩章孤桐作序,未果。

346 高二适致姚鹓雏书有云:"承示大作,敬佩无斁,都下致力于五七言,窃尝语柳劬堂、尹硕公,当推公斐然于著作之林。其如伯鹰、履川诸子,则望公尘而莫及,下则东涂西抹,等自郐矣。"当民国卅八年春,平秋翁辑印《名家书简》,是书搜罗在内,潘伯鹰、曾履川二人见之,大不以为然,认为鹓雏扬己以抑人,有乖友道。实则秋翁向鹓雏索借诸名人手札,鹓雏疏懒成性,随意与之,内容如何,并未审阅也。鹓雏不得已,乃向二人致歉。再版时,将"伯鹰、履川"四字挖去之。

347 潘伯鹰少时,风流倜傥,能写小说,著有《人海微澜》《隐刑》,流行一时,后乃弃去,一意学书。

348 潘伯鹰之《人海微澜》,为其早年所作之小说,刊载天津《大公报》。其中若干资料,乃吴宓所供给。书中主人海伦,乃彼临撰时,阅到北京高师同学录中有海伦之名,觉甚新颖,遂随意袭用之。吴宓因识海伦者,遂介绍与伯鹰相见。此后,上海影戏公司改编为电影剧,名《春水情波》。

349 潘伯鹰以书法名,其叔父学固,为上海文史馆馆员,诗文书法,亦凌轹于时,一九八二年逝世,年九十。

350 潘伯鹰认为:"书法之最高境地,当于字外求之。"彼主张正书与草书不妨同时为之,正书是草书之收缩,而草书为正书之延扩,相辅相成作用。

351 潘伯鹰多才艺,人评之:"书法第一,诗第二,文第三,小说第四,鉴赏第五。"

352 潘伯鹰以手书《论印绝句》诗十八首赠吴铁声,写作俱佳。伯鹰逝世,铁声装裱成卷,由潘夫人张荷君书签,谢稚柳作引首,范祥雍、邹梦禅为跋识。

353 一九四九年,民主人士飞往延安,进行和谈。代表凡六人,有章士钊、邵力子、江翊云、颜骏人、黄绍竑、张治中。潘伯鹰任和谈秘书长。

354 沪上豫园,为明代潘允端筑,有《豫园记》一篇。潘伯鹰为之重书,书法褚河南,足为学书之范本。伯鹰一九六六年逝世,年六十三岁。

355 潘伯鹰寓沪,一再移徙,最后卜居胶州路万国殡仪馆对门。未几,伯鹰逝世,遗体即送对门成殓,甚为便捷。

356 怀宁潘伯鹰,以书法名海内,作书所钤印章,均出当代篆刻名家之手。伯鹰于一九六六年,在沪逝世,年六十有三。其夫人张荷君,检集其所用印章凡一百七十五方,由钱君匋倩符骥良拓印成集。刻印者,有沙孟海、王福庵、陈师曾、杨千里、乔大壮、吴朴、陈巨来、叶露渊、方去疾、高式熊、钱君匋等三十余家,极一时之选,君匋且为作序。一九八二年五月,其海外侨友周颖南,在新加坡精印出版,国内传本甚稀,弥足珍贵。

357 潘伯鹰遗诗,杨廷福为之抄存,得四册。

358 潘伯鹰于抗战前受诬,被禁百余日,成诗一卷,曰《南冠集》。

359 **章太炎**作书,上款不加称呼。黄楚九故意用"楚公"署名,倩之作楹联,太炎不察,径写"楚公",黄常以炫示于人。

360 章太炎寄寓上海敏体尼荫路(今西藏南路),厅堂不张书画,只挂大鳄鱼皮一张于壁间,客来见之,咸为诧异。

361 章太炎居苏,每晨九时起身,练习八段锦。

362 章太炎极推崇恽铁樵,谓铁樵之医,并南田之画,子居之文,为恽氏三绝。铁樵有三嗜好,读书、下棋、雀战。

363 章太炎极称黄季刚之才,谓:"季刚清通练要之学,幼眇安雅之辞,并世吾未见有比也。"

364 章太炎致孙仲容书,后署"末学",在太炎书札中为仅见。

365 章太炎在日本,常与梁启超往还,且在梁处认识孙中山。

366 有人问章太炎:"你的学问经学第一,还是史学第一?"太炎笑答:"都不是,我是医学第一。"

367 章太炎斥龟甲文,谓:"龟甲文字,乃向壁虚造,不足凭信。"

368 章太炎之侄女菉君,任章士钊私人秘书。

369 章太炎拟黎宋卿为明太祖,而以刘青田自居。

370 民国初年,以虞舜之《卿云》一曲作为国歌,章太炎大为反对,谓:"民国之产生,革命流血而来,不能与尧舜禅让相比。"

371 章太炎知医,著有《猝病新论》《霍乱论》。其时恽铁樵亦著《霍乱论》,刊印以授徒。

372 章太炎致陈三立书,约于某日偕一日本友人来访,请陈整其服御,毋作偃蹇落拓之态。

373 章太炎曾以佛学《法相宗》证明《庄子·齐物论》。

374 章太炎初从俞曲园,后背离师门,因作《谢本师》文。周作人初从章太炎,后亦有谢本师之作。

375 章太炎于袁世凯主政时期,建议设立考文院,彼愿任院长,奈未通过阁议,以经费太巨也。

376　章太炎尚汉学，唐蔚芝尚宋学，颇多矛盾，然唐主持国学专修馆，却倩太炎作学术演讲。

377　章太炎因"苏报案"被逮，清吏因章为名士，以为必曾中式，即问得中何科，章微笑答曰："我本满天飞，何窠之有。"盖故意用鄙夷不屑之口吻，以"科"作"窠"也。

378　章太炎不喜浴，家人强之始澡身。

379　章太炎不满于梁鼎芬，谓粗知伦理者，不欲与衔杯酒。

380　梁任公撰文，原稿辄自留，章太炎撰文，往往不自留稿。

381　章太炎不轻为人书联，即书直写求者之名，不加称呼。昔桂未谷，不轻易应人求书，自撰一联云："愿与不解周旋人饮酒，难为未识姓名者作书。"

382　章太炎与人谈，谓："刘光汉之《左盦全集》，全帙数十册，其中著述，十之八九属于仪征刘氏祖孙伯叔未刊行之遗稿，光汉剽窃据为己有，其弟子滥行甄录，遂成此芜杂著作。"

383　章太炎之客室，贴有字条："来宾谈话十分钟为限。"但彼与客谈，滔滔汨汨，动辄一二小时。

384　章太炎论《治学》，谓："曾涤生得力于《文献通考》，胡林翼得力于《资治通鉴》，左宗棠得力于《方舆纪要》。"

385　朱镜宙为章太炎女婿，有《咏莪堂诗》，堂名，太炎所取也。

386　李根源与刘成禺，均面有痘瘢，人称根源为李麻子，称成禺为刘麻哥。时章太炎居吴中锦帆路，生辰大会宾客，根源与成禺同往视瑕，太炎云："你们两个麻子，陪我照相。"及太炎逝世，根源诗赠成禺："我是腾冲李麻子，君为江夏刘麻哥。回首吴门十年事，太炎不见奈之何！"

387 一九三五年，华北事变，上海学生赴南京请愿，列车被扣于苏州。时天寒风厉，群情益愤，居苏之章太炎知之，立请吴县县长，以饼饵等为饷。翌年六月十四日，太炎患鼻菌及胆囊炎逝世。

388 章太炎遗体，于一九五五年四月三日，从苏州移葬杭州西湖之张苍水墓旁，由汪旭初、金兆梓、范烟桥、谢孝思、周瘦鹃送往。

389 章太炎墓，最初在苏州锦帆路，周知堂曾去访谒，且在墓前摄一影。

390 **汤国梨**谈及章太炎，辄称先外子。

391 《章太炎自订年谱》，汤国梨谋付剞劂，张溥泉劝阻之，因此印数甚少，只赠少数亲友，绝不公开，盖其中对于孙中山、黄克强等颇有微辞也。解放后，载诸《近代史资料》中。

392 **章士钊**初师事章太炎，后结契为兄弟。

393 章士钊读书时的长沙东乡之老屋，庭前有梧桐，皮青干直，彼日夕徙倚其间，因自号青桐。后赴日本，旅居无聊，黯然有秋意，感于诗人之秋雨梧桐，遂易青桐为秋桐，晚年又易为孤桐。

394 上海诗妓李蘋香，乃黄左田之后人，其真姓名为黄篏，字鬘因。章士钊曾著有《李蘋香》一书。

395 章士钊藏有章太炎早年残稿，又孙师郑《诗史阁笔记》手稿。

396 姜书阁之《桐城文派评述》，附《桐城派文人传表》，以章士钊殿于后。

397 《凌霄一士随笔》，谓："章士钊为律师，辩护之作，率文采斐然。"

398 章士钊曾言："我弱冠涉世，交游遍天下，认为最难交者三人，一陈独秀，一章太炎，一李根源。但我与三人，都保持始终，从无诟谇。我恃以论交之唯一武器，在'无争'二字。然持此以对付黄克强，则顿失依凭，何以言之？我以无争往，而彼之无争，尤先于我，大于我。且彼无争之外，尤一切任劳任怨而不辞，而我无有也。由是我之一生，凡与克强有涉之大小事故，都在其涵盖孕育之中，浑然不觉。因而我敢论定，天下最易交之友，莫如黄克强。"

399 章行严一日与人谈作诗，谓："初学作者，先做三千首，既成付诸一炬，然后再做三千首，考虑去取。"

400 章行严别署"黄帝子孙之嫡派黄中黄"，许啸天仿效之别署"黄帝子孙之嫡派许则华"，又蔡冶民别署"汉种之中一汉种"，张溥泉别署"黄帝子孙之一个人"，均因袭之也。

401 章行严为吴北山女婿。北山墓志铭，乃沈寐叟书，行严遂喜寐叟手迹，见辄蓄之。

402 章行严纳坤伶雪明珠为如夫人，人有背后称行严为"老头子"，雪闻之娇嗔作态，谓"不许乱呼"。

403 章行严办《甲寅》杂志，其时北京大学学生张清源，致书行严，有所请益。行严阅信，觉文采斐然，事理条达，大为称赏，立致复书，此后每期杂志，由邮寄赠。清源后以第一名毕业于北大，一度与我同事，动乱中，被殴辱死。

404 章士钊于一九七三年五月二十五日从北京乘飞机赴香港，七月一日病逝，吊唁者千余人。其中颇有已往之电影名星，如黎明晖、李萍倩、林楚楚、陈娟娟等。

405　**蒋维乔**，号竹庄，有日记八十册，不易印行，归诸公家，此外尚有《竹翁年谱》六册。

406　蒋维乔于一九〇三年，任爱国学社教席，著有《鷦居日记》，其中颇多革命资料，盖学社乃革命组织也，惜未刊行。

407　蒋维乔与高梦旦同事上海商务印书馆，编小学国文教科书，某课文中提及"镬"之用途，蒋用"釜"字，高则坚持要用"鼎"字，认为"釜"字不通俗；蒋则认为"鼎"字古老，距离时代太远，二人哓哓不已。张菊生闻之，前往劝解，原来梦旦闽人，闽人称"镬"为"鼎"也，结果用"釜"字。

408　蒋维乔晚年耽禅悦，法名显觉。

409　叶尔恺法名观澄，蒋维乔法名显觉，皆学佛有得。

410　蒋维乔与章太炎相稔，曾记太炎琐事颇趣，谓："太炎嗜烟卷，不绝口。一日余见其写一条，与友人汪允中云：'今已不名一钱，乞借大洋两枚，以购纸烟。'余曰：'既借钱，何不多借几元？'太炎笑曰：'与彼不过两元交情，多恐不应也。'"

411　蒋维乔、黄炎培，均喜出游，凡所到处，辄择名胜摄取照相。商务印书馆所出版之各地名胜图片，大都取材于此。

412　**叶恭绰**十八岁，撰《铁路赋》，张百熙见之，大为称赏。

413　叶恭绰居北京小麻线胡同，乃施琅故宅。

414　某岁，无锡杨味云寿，叶恭绰拟填词一阕以祝之，词未就，欲作一画以代词，画又未成，乃写一大"寿"字，又不惬意，而杨寿已过矣。

415　叶恭绰喜集藏佛教图书文物，实则彼并不信佛。

416　叶恭绰曾见明邵僧弥山水长卷，上有金圣叹题跋。

417　叶恭绰藏有朝鲜笔，笔名崩浪，不知何所取义。

418　叶恭绰自称公文第一，诗未成家。

419　沈鸿烈邀叶恭绰作青岛之游，叶应邀，在青岛盘桓一周，为写"观音瀑"三大字，泐于崂山临海崖石上，轮舶入港，远处即见。

420　叶恭绰早年预购北京西山数十亩地，作为生圹，名幻住园，后开辟市区，园夷为平地；又在南京紫金山中山陵旁，筑仰止亭。及叶逝世，其骨灰即埋葬亭畔。

421　叶恭绰致其内兄孙慨翁书，有云："孙伯亮已来过，人极清逸，涉猎甚广，拟与之合辑《清词存目》。"某日，伯亮诣恭绰于懿园，适夏剑丞在座，恭绰为之介绍，剑丞莞尔曰："君夹袋中何多少壮而有为之士耶。"

422　叶恭绰，在北京翠微山辟幻住园，为他年埋骨地，曾刚甫、罗瘿公逝，均瘗葬园中。齐白石生前，预求分幻住一角，恭绰诺之。白石死，却别卜丘垄。恭绰作古，付诸火葬，骨灰埋南京中山陵之仰止亭畔。仰止亭，恭绰生前所建也。

423　叶恭绰有欢迎胡志明诗，越南黎有正译为越南文，借以广播。

424　武进巢章甫，有《海天楼》图，倩叶恭绰亦绘一帧，叶诺之而因循未著笔。及章甫下世，乃伸缣为之，以当季子之剑。叶童年学画于陈衍庶，而陈名不彰。

425　叶恭绰藏有叶小鸾遗像，毁于战火。我亦有小鸾遗像一帧，乃陶运百手绘，未知有所根据否矣。

426　叶恭绰工书，为人书联，不肯率尔命笔，往往因未得佳联语而延搁多日者。

427 叶恭绰有《新画中九友歌》，九友为张大千、吴湖帆、汤定之、余越园、夏剑丞、溥心畬、冯超然、邓芬、齐白石。

428 叶恭绰矮小瘦弱，而书法却气雄力厚，殊不相类。

429 叶恭绰与人书，有云"僻处沪西，有同大隐"，盖指其居建国西路之懿园而言。

430 叶恭绰访古吴门，得贾秋壑"花下琴声"刻石一片，署"半闲堂"，八百年前南宋物也。

431 叶恭绰藏有易实甫手稿，曾托陆丹林转贻实甫后人易君左。

432 叶恭绰官交通总长，既卸任，犹喜人称之为叶总长。

433 叶恭绰编《全清词》，所收清人词集凡三千余种，留与陆微昭，俾继续其业。陆于一九八〇年一月三十一日，病逝杭州。

434 叶衍兰，号南雪，为叶恭绰之先人，博洽于学，又富藏书，自书篆联张壁："尔雅虫鱼，离骚草木；钟鼎款识，书画题签。"又善吹笙度曲，有晋宋人风趣。

435 冒鹤亭、潘兰史，均师事叶恭绰之祖父叶南雪。

436 **叶遐庵**不仅画竹，偶亦画兰、画梅、画松，饶有逸致。

437 叶遐庵赠吴湖帆联："绩学源三郑，奇珍集四欧。"盖湖帆为吴郑龛孙，沈郑斋外甥，潘郑盦侄婿。四欧，则所藏欧阳率更四帖也。

438 叶遐庵撰有笔记廿万言，多属于清末民国初年之政治内幕，一度拟整理付刊，奈因事未果，只发表一小部分于北京之《文史资料选辑》而已。

439 叶遐庵旅游巴黎，法友导观屠宰场，二万多头牲畜，两小时内，剥皮去骨，血流成渠。叶睹之惨然不乐，从此戒除肉食，四十余年如一日。

440　叶遐庵喜倚声，启导之者，武陵王梦湘。

441　王献之《鸭头丸帖》，曾藏长沙徐叔鸿家，徐因榜其室为"宝鸭斋"。最后由叶遐庵收购，归上海市博物馆。

442　叶遐庵谓松烟墨虽色黑，然易于污染，且不能透入纸内，真正书家，不喜用之。

443　叶遐庵斋名"宣室"，有两重意义：一取唐人诗意"宣室求贤访逐臣"，一藏明代宣德炉甚多也。

444　吴中沧浪亭东邻结草庵，有一古栝，俗称白皮松，干大数围，明代沈石田曾提及庵中有古栝十寻，数百年物，则距今殆千年矣。叶遐庵寓吴，时去观赏，有"消得僧房一亩荫，弥天鬐甲自萧森"句。

445　刘开渠为叶遐庵塑像，遐庵画竹报之。

446　顾闳中之《韩熙载夜宴图》，曾留叶遐庵家经旬，图中名物服御，遐庵一一考征之。

447　若干年前，每逢上巳及重九，旅居南京之诗人，例有雅集。某次，在清凉山扫叶楼作登高会，函约叶遐庵，遐庵婉谢曰："此会我不便参加。"盖扫叶楼有类于庞凤雏之落凤坡也。

448　叶遐庵之夫人为孙敏庄，字蕊漪，无锡人，善诗翰，能饮酒，又能操京语与粤语。遐庵与之若接若离。抗战时，同来上海，遐庵居建国西路懿园，夫人住愚园路柳林别业，遐庵每年除夕，必至柳林别业，向悬挂之祖先神像拜祭，旋即离去。夫人有事，则亲赴懿园，以粤语交谈，亦旋即离去。敏庄之胞兄慨翁，无锡名宿，有诗集行世。辛亥革命，无锡成立军政分府，慨翁任副司令，坠马伤足，故行路微蹇。未几，应遐庵之招，往北京，任其私人秘书。盖遐庵之父仲鸾与慨翁之父虎峰，为光绪十四年戊子乡榜同年，同以知府分发南昌候补，相交莫逆，遂成姻亲。当遐庵就婚无锡孙家，逗留数月，仍返江西，虎峰以秦蕙田《五礼通考》赠之。

449 叶遐庵藏宣德炉四百件，本拟考释，编一图录，以窘于生计，藏炉悉以易米。

450 叶遐庵妻孙蕊漪，居住沪上乌鲁木齐南路，患瘫痪。孙为梁溪人，与孙靖圻为一家，无子女，与遐庵分居数十年。

451 叶遐庵侧室净持早卒，埋骨北京西山幻住园。后罗瘿公死，无葬处，遐庵让隙地以葬瘿公。

452 叶遐庵著作与刻印之书甚多，有《诗文词前后集》《自订年谱》（六十岁止）、《书画集》《清代学者像传续集》（前集为其祖父叶兰台所收集，而遐庵刊行之。遐庵所辑之续集，有像无传）、《广东省考》《清代军机处考》《广东丛书》一二集、《清词钞》《五代文》《同人词钞》《清词存目》《续箧中词》《慨翁诗录》等。

453 徐子为四十生辰，叶遐庵以郭频伽手写《楞严》及《金刚》《心经》赠之。

454 叶遐庵藏《楝亭夜话图》，曹寅故物也。纸本墨笔，夜月苍凉，庭院沉寂，屋内置烛台，作三人共话状。三人者，曹寅、张见阳、施世纶也。后归吉林省博物馆。

455 宋陈简斋，有"简斋铜"印，守湖州有年。清袁子才号简斋，得"简斋铜"印于湖州某处一井中，遂据为己用，后辗转为叶遐庵所购得。某岁，陈协之生日，叶即以是印为寿礼，陈固素喜简斋诗者。

456 叶遐庵五十岁生日，以寿金助赈。

457 叶遐庵晚年喜画竹,张大千、吴湖帆见之,常为加笔,以掩补其稚弱。

458 潘兰史受业于叶南雪,南雪为叶遐庵之父,故潘与遐庵,交谊甚厚。

459 叶南雪著《枢垣小识》,惜未成书。

460 **潘兰史**为粤中海山仙馆潘仕成后人,曾随何星使廷璋,渡地中海,游意大利。

461 潘兰史眷女校书洪银屏,银屏离去,兰史于香港襟海楼为之饯行。以《红豆》为题,作诗惜别,先后得五十余人之题赠,如吴趼人、邱菽园、冒鹤亭、陈蝶仙等,合为一册,名《红豆图咏》。

462 **陆澹安**谓为人之道,亦一艺术,其艺术千变万化,比任何尖端科学为难。

463 陆澹安不怕热,虽盛暑不流汗,不挥扇。

464 林琴南译《茶花女遗事》,语挚情深,为时所称。陆澹安却认为语多疵累,为之窜改,友以徒劳无益劝止之,乃中辍。

465 陆澹安藏王韬《蘅华馆日记》原稿本一册,自咸丰五年七月一日起,至三十日,后被毁。

466 云南白药,乃滇人曲焕章所发明。陆澹安游滇,带来沪上,沪人始知是药之功效。

467 陆澹安品评晚清四大小说家:以吴趼人为第一,李伯元次之,刘铁云又次之,曾孟朴为殿。

468 陆澹安爱书画,朋好中擅书画者颇夥,但从不向人索求。

469　陆澹安颇好客，尤欢迎稔友之来临，每来一次，彼辄记录之，因此朋好行踪，了如指掌。

470　陆澹安撰《古剧备检》，包罗万象，都二百万言；搜集资料，不仰求于人，亦不涉足图书馆，可见其收藏该类书籍之多。

471　旧时发行一种奖券，名"发财票"，每条一元，若得末尾奖，则一元还本。陆澹安却从不购买，谓"购之往往掷之虚北，不购则无异于得一末尾奖"。

472　陆澹安之弟若严，作书喜学陶浚宣，有所变化，为新魏体书之创始。

473　陆澹安长子生月日时与母同，幼子生月日时与父同。

474　陆澹安子祖康，因名其长孙为小康，小康擅刻印。次孙为大同，能书画。

475　陆澹安曾啖熊掌，谓味似洋鲍鱼；又尝驼峰，谓有特殊气味，均不可口。

476　**丁叔雅**尝寓吴北山家。

477　丁叔雅蓄古琴，名沧海龙吟。

478　丁叔雅与妇不协，弃家出游，晚居京师，嗜青花瓷及古琴，时亦购书。

479　丁叔雅尝寄居吴北山家。

480　清末四公子之一丁叔雅，宣统己酉卒，老伶工潘月樵为料理丧事。

481　**马相伯**述上海旧事，曾见西洋第一艘轮船，乃海关验关所用，船名"孔夫子"。

482　马相伯曾参加春阳社，演话剧《黑奴吁天录》，马饰老黑奴。老黑奴之子，则许啸天所充饰。

483 潘月樵当时艺名小连生，演新剧常作激昂慷慨之说白。马相伯演说，既有表情，又有动作，因此有人谓小连生做戏似演说，马相伯演说似做戏。

484 柳亚子赠马相伯，有云"一老南天身是史"，七字允当。

485 马相伯曾云："食以养体，学以养心，信仰以养性，明理以养神。"所谓信仰者，盖相伯天主教徒也。

486 演说大家马相伯九十寿辰，适孙菊仙供奉自京南下，应聘演剧，年亦九十，沪人传为美谈。余槐青有一诗云："名士登台演说长，名伶演剧亦登场。年华九十同称颂，南北双星酒一觞。"

487 马相伯晚年居沪郊土山湾之孤儿院中，室在三楼，因特备小型升降机，便老人上下。

488 当"一·二八"淞沪抗日战争，吴中耆宿张仲仁义愤填膺，发起组织"老子军"以助战。拟有草案，有云："青年有童子军，则老人应有'老子军'。少者壮者，前程远大，来日方长，若多牺牲，未免可惜。至老者忝在父兄，理应奉率。以年齿论，如商贾早有赢利，折阅本在意中，视死如归，是其天职。故取吴中范希文小范老子之意，创为本军草案。"后虽被军事当局劝阻，未成事实，然鼓励士气，具有功绩也。时马相伯年九十八岁，亦参与其事。

489 马相伯老人一百岁祝寿，适其玄孙诞生一百日，因摄一影，称为《双百图》。

490 马相伯在重庆，复旦大学学生为祝百岁寿。林子超、吴敬恒主持其事，于右任司招待，均御蓝袍短褂。

491 **汤临泽**畏寒，暑天亦御夹衣。

492 汤临泽家，藏有项墨林之书桌。

493　汤临泽初至上海，作印无人顾问，黄晦闻力为揄扬，生涯乃大佳。王秋湄却鄙视临泽，谓其作印无古意，故临泽深德晦闻而殊恶秋湄。

494　汤临泽寓居沪西拉都路兴顺里，一楼一底，凡二宅，一为其起居之所，一则其伪造书画之工场也。工场设一裱画桌，雇一工友，庭除墙壁间，悬有文徵明、祝允明，甚至文天祥、史可法等条幅，一任雨淋日晒，破损不完，然后就破损处加以修补，作为前人真迹出售，人往往受欺。

495　平湖葛昌楹购得名人印甚多，如文徵明、仇十洲以及方孝孺、史可法等，后知乃汤临泽伪作，遂质入某银行，不赎。

496　龚心钊辑《瞻麓斋古印谱》，后附女道士"鱼玄机"三字白文印及文天祥牙章。二印龚以二百金得之，实乃汤临泽伪作也。

497　汤临泽能仿古制紫砂壶，可以乱真。吴湖帆有曼生壶一，因倩汤仿制一柄，既成，交呈湖帆，湖帆不辨孰真孰伪，汤指示之，湖帆乃分别贮藏。既而汤又以一柄给湖帆，湖帆大为讶异，询何来此第三柄。汤遂告以此乃尊藏原物，前二柄均仿制，聊以戏探耳！

498　汤临泽尝以破旧宋纸，重行榱造，居然完好如新。

499　**孙籌成**体甚健，十八岁一病，八十岁再病死。

500　孙籌成有一怪癖，喜赴殡仪馆观死者遗容。及孙逝世，人往吊之，有人戏谓喜观遗容者，人亦观其容。

501　旧时有一俗语："秀才遇着兵，有理讲勿清。"孙籌成为清末秀才，辛亥革命，又参军攻南京。秀才与兵，彼一身而兼之，因自号戎马书生。

502　朱大可以三民主义制一谜,射一人名:孙筹成。

503　**吴梅**之父国榛,字声孙,著有《勤甓斋残稿》,清光绪十二年卒,时吴梅只三岁。

504　吴梅与黄摩西友善,然颇以摩西能诗文而不能饮酒为憾。

505　吴梅藏有阮大铖原刻四种曲,后董绶经刊四种曲,吴梅发现谬误擅改处甚多,谓他日必发其覆。既而战乱,吴梅客死,始终未揭。

506　吴湖帆得虞世南手迹,吴梅劝其制一匾曰"虞斋",而以四欧堂、丑簃、宝董室、梅影书屋为两庑,如圣门四配之列,亦可傲睨千古。

507　龙榆生称吴梅专究南北曲,制谱、填词、按拍,一身兼擅,晚近无第二人。

508　太湖石,为园林之主要点缀品,陈从周之《园林谈丛》一再谈之。吴梅有《朣庵笔记》,亦有所述,足资证考,且《笔记》未刊单本,寓目者少,乃录存之:"石以太湖石为佳,其玲珑剔透处,系水冲激而成,非人工也。顾真者极难得,往往石工矫揉造作,置诸水中,磨去棱角,如是者数年,出售亦得善价,惟有识者知其为伪耳。盖真者,乃石骨受波浪之涤荡,年久,孔穴自生,因在水中,殊难运致。惟元至正间,吴僧维则门人,运石入城,延朱德润、赵元善、倪元镇、徐幼文,共相商榷,叠成狮子林,有狮子、含辉、吐月诸峰,为江南名胜,此外未有能运致者。余少时,尝闻狮子林诸胜,顾经洪杨之役,峰石倾侧,几不成为园林,迁延不果游也。客岁为上海李平书君所购,欲筑双香别墅,芟繁涤秽,始偕俞粟庐宗海一至其地,当时尚未毕工,其石固错落有致,俟工竣,更需往游焉。相传明季张南垣,曾过此间,大肆评弹,至目为乱石坝,则未免过分。南垣善叠假山，不应如此轻率也。"今则狮子林，修复原状，为旅游重点，惜吴梅捐馆，未能涉足领胜也。

509 从吴梅学而工词者，有唐圭璋、胡士莹、卢冀野、陆维钊、徐声越、王玉章、蔡正华、徐益藩。

510 吴南青，为词曲家吴梅哲嗣。毕业于金陵大学，欲谋一职，适南京某中学欲聘一教员，吴梅却推荐与南青同班之某女同学以承乏。吴梅夫人责怪之，乃曰："某女同学成绩在南青之上，则更胜任愉快也。"

511 吴梅藏曲六百种，刊其尤者一百五十种，为《奢摩他室曲丛》。

512 吴梅辑刊《紫钗记》《南柯记》《四声猿》，往往删改原文，认为前人失律。

513 吴梅晚年病喉喑，不能讲学。

514 先母六十，祝寿于沪南也是园，颇多寿联。具有代表性者，厥惟吴梅手笔。惜于动乱中失之，并联语亦失忆。

515 **吴眉孙**藏有张勋复辟及洪宪帝制全部文献，极珍视，不料于战乱中失之。

516 吴眉孙手写《绿幺韵语》一书，陈汝衡珍藏之。

517 吴眉孙为文，于解放后，对于满清官僚之称谓，仍用谥法，汪旭初认为失体，劝止之。

518 吴眉孙有诗云："萧瑟澄泓俞恪士，清刚隽上郑苏庵。若论悱恻缠绵意，惟有苍虬鼎足三。"则以俞明震、郑海藏与陈曾寿相提并论也。

519 徐益藩拜吴眉孙为师，吴不受贽敬，只收领火腿一，谓如此始符合束脩之古例。脩者肉也。

520　吴眉孙批校典籍，喜过录前人评识手迹。

521　吴眉孙手抄《绿幺韵语》，方地山作一跋，现藏陈汝衡家。

522　吴眉孙擅制联，其赠校书小银，嵌字云："闻说是乡亲，何明月二分，小时不识；谁能莫离别，正秋星一点，银汉无声。"眉孙字清庠，江苏丹徒人。

523　吴眉孙诗人卒于一九六一年冬，锺泰经纪其丧。

524　**刘申叔**作字奇拙，有如孺子学书。

525　刘申叔作书极稚拙，其妻讥之，刘不服曰："我书之佳趣，惟章太炎知之。"

526　刘申叔记忆力甚强，在北京大学任教，须参考典籍，致书仪徵家中，说明在何橱何格，何排何册，家人一索即得，从无误记。

527　刘申叔谓："古时王侯自称不榖，不榖合音即为仆。"

528　有见刘申叔者，谓刘身颀而瘦，沉默寡言笑，手不释卷，汲汲恐不及。

529　柳亚子认识苏曼殊，出于刘申叔介绍。

530　刘申叔之《左盦全集》，不尽为彼作，往往攗拾他人著述，其中有《史说》，即章士钊作品。

531　**孙玉声**著述，多上海掌故，如《报海前尘录》《上海沿革考》《沪壖话旧录》《沪壖物产考》《沪壖古迹考》《沪壖岁时记》《上海百业小掌故》等，均未刊单行本。

532　孙玉声撰小说，辄于晚上八九时起，至十二时后止，取其静也。是时家人均入睡，惟留一小猫为伴，行文时恒抚摩以为乐；又于几上列置盆盎，花香溢座，以助文思。

533 昆曲组织有仙霓社，此名称乃孙玉声所取。

534 韩子云所著《海上花列传》，初名《花国春秋》，与孙玉声之《海上繁华梦》，同时撰述，二人本相识也。孙著《海上繁华梦》着笔之先，将书中人物分列一表，如编剧然，酌定孰为正角，孰为配角，孰系生旦，孰系净丑，若者为主，若者为宾，于是逐幕登场，逮剧毕而全书告成，署名警梦痴仙，讳其真姓名。

535 沈瘦东《瓶粟斋诗话》有云："孙玉声颀躯修髯。"实则玉声不蓄须，且参加无须老人会。其时有许月旦，为鸣社中之修髯者，与玉声同社，瘦东乃误许为孙也。

536 海上漱石生，为孙玉声之别署，撰有数联，既通俗，又饶意味。如云："谦到十分防有诈，让人一步不为愚。"又："蝶为才子化身，活泼飞来又飞去；花是美人小影，娇憨宜惜不宜攀。"又："冰天雪地，冷则冷矣，却能历练精神；酒海花城，豪则豪矣，最易消磨志气。"

537 孙玉声别署漱石生，女婿二：一陆子冬，一郁葆青，均席丰履厚，有名海上。

538 孙玉声有两弟子，喜写作：一钱香如，一汪仲贤，香如早卒，享名不如仲贤。

539 著《海上繁华梦》说部之孙玉声，别署警梦痴仙，生于清同治二年癸亥十二月二十四日，卒于民国己卯正月十八日，寿七十八岁。

540 《海上繁华梦》作者警梦痴仙，乃孙玉声之化名。孙又号海上漱石生，卒年七十七，朱大可挽之以联云："同甫文，放翁诗，耐庵稗史，六十年驰骋坛场，硕果天留惟此老；秦淮雨，隋堤月，西子烟波，廿余载追陪杖履，少微星陨更何人。"确是实录。

541　孙志飞，乃著《海上繁华梦》孙玉声之子，藏有仇十洲画扇四，扇骨为原配，尚完整，可执以拂暑；一面乃文徵明、祝允明、唐六如等所书，朱大可曾赏玩之。

542　**韩子云**化名花也怜侬，撰《海上花列传》一书，最初连载于《海上奇书》中，后刊单行本。

543　著《海上花列传》之韩子云，江苏松江人。韩氏合族，无不精围棋，而以子云为最，茸城推为国手。其时湘军将领，什九喜弈，而谭青崖军门，闻于云弈名，延入幕府，常与对局。

544　**平襟亚**少时在海虞，于旧书铺见宋版《常建诗集》，钤"绛云楼"印章，钱牧斋家烬余物也。上有牧斋及柳如是亲笔识语，以索值高，襟亚力不胜，旋被丁祖荫购去。

545　网蛛生为平襟亚之笔名，所著长篇社会小说《人海潮》，为其代表作，是书出版，不胫而走。当时予为校勘，封面袁寒云书，亦予所代索也。

546　平襟亚为沈氏赘婿，因刻有"竹溪沈氏"一印。某岁，避氛吴中，即化名沈亚公。

547　平襟亚夫人为陈秋芳，人以秋娘称之，襟亚因自号秋翁，榜其室为"秋斋"。

548　平襟亚之父，食马胶鱼致疾卒，襟亚终身不忍食马胶鱼。

549　谌则高与平襟亚为谱兄弟。

550　平襟亚设中央书店于福州路，彼即居楼上。一次巡捕房侦探来抄，在楼上抄得《金瓶梅》影印真本一部。翌日，法院来传襟亚，目为出售秽亵书，攸关风化，原书没收，且罚锾若干。襟亚询法官："是书禁售，是否禁阅？"法官谓："阅看不干禁例。"襟亚即谓："我处楼下为书店，楼上为居宿所，在居宿所被抄，且仅一部，明明为阅看无疑。况书有周越然钤印，乃周越然所贻。"法官察之，果然，遂宣判无罪，原书发还。盖法官即周越然之侄，周由廑之子也。

551 《九尾龟》说部作者**张春帆**，口微吃。书中章秋谷，影射自己，秋谷口若悬河，则殊不类。

552 著《九尾龟》说部之张春帆，别署漱六山房。某次，致书平襟亚，书末为"漱六山房鞠躬"。襟亚笑曰："危险危险！山房鞠躬，岂不倾塌，人被压死乎！"

553 著《九尾龟》说部之张春帆，其甥陶叔平，亦喜治小说家言。

554 **丁慕琴**家门前，以较细之树枝，一纵一横，钉于门上，恰成一"丁"字，非常朴雅。

555 周璇有"金嗓子"之称，生前，常赴丁慕琴家，故周之照片，丁家特多。

556 善画墨竹之阮性山，双耳失聪；丁慕琴晚年亦患聋，而艺乃益高。

557 丁慕琴于己酉孟冬廿四日，患肺气肿卒，著有《四十年艺坛回忆录》，刊载《东方日报》。

558 **唐驼**本名子权。初在无锡周家任收租账房，事极闲散，每日临摹一木刻本九成宫帖，后竟为沪上写市招之名手。

559 唐驼拜访萧蜕安，称之为"大书家"，自称"小书匠"。

560 **任伯年**当时画扇，润笔三角，甚矣其廉。

561 任伯年不谙文翰，题画颇有误字。

562 任伯年为虚谷和尚画像，肃穆中具有神态，是年为虚谷六十五岁。像后归高邕之，最后归高络园。

563　任伯年父淞云，为人画像，名不出里闬。

564　任伯年子堇叔，曾代欧阳巨源辑《繁华报》。

565　任伯年之幼子天树，演新剧，与长子堇叔不同道。

566　上海豫园，为小刀会起义指挥所，任伯年曾为是园绘《观刀图》。据其后人堇叔谈，其父伯年，曾一度参加太平天国戎幕。

567　颜纯生钩摹其师任伯年所画人物花鸟稿本，约千余幅，日久散失。其子文樑以仅存二百余幅，给浙江人民出版社选印六十幅以问世。

568　**管际安**与潘某貌相若，吴瘿安往往不能辨别，见际安先问："尔是管某，还是潘某？"际安告之，相与大笑。

569　管际安寓居上海陕西南路四八八弄一号，原为撰《张謇传记》之刘厚生故居。厚生名垣。

570　管际安曾在上海人民电台演讲昆曲唱法。

571　管际安曾偕报界诸巨子观光东北，张学良特贻手枪一枝，子弹一匣，际安无所用，乃转给上海商团。

572　**王胜之**太史拳酒无敌，有"拳王"之号。

573　王胜之太史逝世，所有已收润资而未着笔之书画，由吴湖帆、冯超然二人或书或画以酬求者。

574　**冒巢民**有自绘董小宛病中小影，金拱北曾摹绘一帧，罗瘿公为题。

575　冒巢民故宅在如皋，后人冒鹤亭以八千金购归。

576　**冒鹤亭**于前清光绪二十九年，应考经济特科，彼在试卷上涉及卢梭学说，张之洞阅卷，怒斥之。

577　冒鹤亭参加癸卯经济特科考试，文中引用卢梭《民约论》，被张之洞摒弃。张对人说："卢家没有好人，卢俊义是男盗，卢莫愁是女娼。"

055

578　冒鹤亭谓著《浮生六记》之沈三白，才力薄弱，不足取。

579　一日，诸名流聚谈于周炼霞家，郑慕康、孔小瑜合作《螺川诗屋雅集图》，冒鹤亭拉炼霞幼子参加其间，炼霞却之。冒曰："我辈均老年，一旦谢去，图被废弃，幼年在内，庶得留存较为久远也。"

580　冒鹤亭曾赴宜兴，谒陈贞慧墓，遂于墓周植柏树百株。

581　冒鹤亭曾倩人刻一印"成吉思汗子孙"，自谓"冒姓为蒙古族"。

582　冯康侯为冒鹤亭刻白文印"成吉思汗之子孙"。盖冒姓，非汉族也。

583　冒鹤亭藏吴渔山赠其先德冒巢民楹联。

584　丙辰秋，冒鹤亭在武林，购得朱竹垞砚。明年正月，读《风怀诗》，因成《诗案》一卷，即用此砚。

585　青浦有酒名商榻，冒鹤亭饮而称美。

586　冒鹤亭撰有《钝宦随笔》稿本十余册，所述皆清末民国初年政海波澜及词人墨客之轶事，惜未刊行。

587　冒鹤亭书室中，悬有一照片：吴挚甫、林琴南凭几坐，冒立侍于后。

588　冒鹤亭藏有精本《花月痕》，亲加眉批。

589　蒋兆和曾为冒鹤亭画像。

590　冒鹤亭与吴眉孙时相过从，交谊殊厚，晚年为考证古代丧仪，发生争执，各是其是，以致失欢，从此不相往来。

591　冒鹤亭生于清季同治癸酉三月十五日，与其先德冒巢民同日生。辛亥三月十五日，鹤亭邀集诸诗人于北京夕照寺，为巢民作三百年生日。

592　冒鹤亭力辟董小宛入官之谬。孟心史有《董小宛考》，亦证小宛死于家，为元旦次日，年二十八岁。

593　冒巢民菊饮诗卷，在江建霞处。建霞持赠巢民后人冒鹤亭，文道希为之题词，有"寂寥二百年间事，留与君家翰墨香"之句。

594　李审言甚推崇冒鹤亭，谓鹤亭子部杂家之学，信缪艺风、沈乙庵后一人。鹤亭亦推崇李审言，有诗云："旧人零落无寻处，只剩扬州李审言。"

595　冒鹤亭过冼玉清之琅玕馆，观藏书及书画文物，曰："是真可谓登大雅之堂。"

596　冒鹤亭任温州关监督，事先，曾在赛金花寓，勾留约二三旬，一时名士坚要冒在赛寓设宴，冒漫应之，届时却托故未至。况蕙风乃于赛寓榜书三字"放鹤亭"。

597　冒鹤亭当壮盛之年，即蓄长髯称老夫。陈石遗谓之曰："老有何好处？君惟未老，乃喜称老，若既老，则推之不去矣。"

598　冒鹤亭念其先德辟疆与陈迦陵之交往，乃于迦陵墓畔植松三百株。

599　冒鹤亭一度游罗浮，及归，购得大批荔枝、曹白鲞鱼、女儿香，分贻友好。

600　敝箧藏有王惕夫、曹墨琴夫妇诗册，为诗龛中物。诗龛主人法式善（梧门），冒鹤亭却鄙其人，谓："诗龛主人，特好事耳，诗实不工。"冒又有句云："风雅衰于嘉庆末，笑他祭酒诩诗龛。"

601　冒鹤亭有一印"东林复社后人"，六字朱文，赵㧑叔手刻。

602 冒鹤亭曾藏新莽建国二年镜，偶一不慎，失手堕地，碎而为二，乃用银镶之，后归公家。

603 冒鹤亭家一度遭火，所藏顺康至光宣十朝名人专集，都二千数百种，皆有关朝野掌故者，付诸焚如。其他孤本精本，亦为灰烬。时为庚申正月九日。

604 冒鹤亭修《三水志》，未竟离粤，续修者误陆丹林已去世，列入《儒林传》中。后为鹤亭阅及，因谓丹林："恭喜你生入《儒林传》。"即写诗于扇头赠之，有句云："翻遍史家无此例，一编文苑在生前。"

605 张鸿所著《续孽海花》，其中人物有顿梅庵，乃影射冒鹤亭，盖姓氏引自冒顿，梅庵以冒氏先德辟疆有影梅庵，著有《影梅庵忆语》。

606 陈伯弢之《抱碧斋诗话》，有讥讽冒鹤亭处，夏敬观为之辑刊。诠次之余，将是则列诸首卷，因此冒夏二人有芥蒂。

607 冒鹤亭八十生日，款待戚友，仅备面肴。李释堪来，觉无下箸处，即托故而去。

608 冒鹤亭壬辰年，失足倾跌，左胫受损，诊治年余始转痊，时正八十高龄。

609 冒鹤亭之舅氏周云将，娶风尘女沈缜如为侧室。缜如号栗娘，善作董香光书，弄笛操琴，人以"今之马湘兰"称之。

610 **冒孝鲁**藏陈石遗之《石遗室诗话》，眉端有其父鹤亭之批识，且甚详赡，后归公家。孝鲁，名景璠，鹤亭第三子。

611 "四凶"横行，力斥孝道，因此冒孝鲁改为冒效鲁，单孝天改为单晓天，惟张孝权、汪孝文不改。

612 冒孝鲁于南社诗人，最推崇黄晦闻。

613 黄牧父为冒辟疆后人鹤亭刻"水绘园"白文印，今尚存鹤亭子效鲁处，效鲁作札钤之。效鲁一字叔子，"叔子"二字白文印，则陈巨来刻。

614 **曾孟朴**一度居苏城高墩弄其内侄沈节夫家，撰《孽海花》说部，即在沈家涉笔。

615 曾孟朴撰《孽海花》，以写作心神所注，呼人取物，往往误呼书中之人名物名。

616 曾孟朴撰《孽海花》二十四回戛然而止，回目却拟至六十二回，青浦陆上谔乃自告奋勇，循其回目续撰至六十二回。既出书，曾以事前未征同意，讼之法庭。结果曾不得值，因陆署己名，未冒用曾之名义也。

617 曾孟朴赴北京应顺天乡试，住常昭馆，对门一女子，豆蔻梢头，丰致楚楚，曾爱之。后曾撰小说《恋》，书中有一阿林，即影射对门之女子，因女子林姓，名杏春。

618 曾孟朴称洪文卿为太老师，因呼赛金花为小太师母。曾告人："赛金花丰度甚好，眼睛灵活，纵不说话，而双目中传出像是一种说话之神气。譬如同席吃饭，一桌有十人，赛可以用手，用眼，用口，使十人俱极愉快而满意。"

619 曾孟朴与杨无恙为同乡友，曾晏起，杨早睡，竟岁不一值。

620 曾孟朴之常熟虚霩园，园中银杏桑树，俱数百年物，孟朴死，树斫以出售，窗棂户牖，亦半为薪材，湖石鬻于窑户，大有荒榛断梗昔日之琼蕤玉树之概。

621 曾孟朴之子虚白，主持《时事新报》笔政，本字煦伯，谐音为虚白。

622　曾孟朴为杨云史之表兄，长云史三岁。

623　**杨云史**佐吴子玉戎幕，著《江山万里楼诗集》，又擅填词，有"帘外一天春水，杜鹃声里江南"，人称杨杜鹃。

624　杨云史为吴子玉幕客，此前曾任江西督军陈光远秘书，既而以事非其人辞职，其辞职书殊雅隽，有云："得山妻书，谓园梅盛开，君胡不归，不禁他乡之感，又动思妇之怀，清辉玉臂，未免有情，疏影高窗，亦殊可念。清狂是其素性，故态因之复萌。"

625　有滕榆生其人，特制小茗壶，上有云史款，以贻杨云史。云史嫌无雅气，不喜之，乃移赠陈巨来，陈迄今留为纪念。

626　杨云史之石花林，在常熟九万圩，临水面城，去虚霩园三四十步。

627　杨云史称钱仲联为"异才"，在仲瞿、仲则伯仲之间。

628　杨云史妻李氏早卒，继娶徐霞客，伉俪殊笃。民国十四年，云史与霞客旅寓岳阳，霞客染时疫死，云史撰《谥妻记》以哀悼之。越年，眷陈美美，为美美绘绛梅，题有"近来英气消磨尽，只画梅花赠美人"之句，后纳狄美南为如夫人，晚年同居九龙潭。云史著有《江山万里楼诗》，署名有扬圻、朝庆、汉忠、鉴莹。

629　杨云史闲居虞山石花林，时女评弹家醉霓仙在虞，云史招至其家，弹唱《三笑》，与其姬人狄美南聆之为乐。

630　杨云史姬人狄美南，庞镜蓉女史曾见之，谓"美茜多姿，确非庸脂俗粉"。

631　**朱启钤**曾任京师市政督办，辟社稷坛为中央公园，朱自撰《中央公园记》。

632 北京北海公园，有来今雨轩，为游客品茗之所，我深羡其命名之隽雅，颇以未涉其处为憾。来今雨轩之来历，出于杜甫之《秋述诗》。兹据朱启钤之高足刘宗汉所谈，始知不尽如此。盖今之北海公园，乃清代之社稷坛。一九一四年，朱启钤任内务总长时，辟之为公园，来今雨轩之名，即朱氏题取。原来朱氏幼年失怙，依外祖兄傅寿彤为生。傅家在长沙，有园名止园，中有来今雨轩，朱氏即居其间，追念外祖父养育之恩，北海公园亦辟来今雨轩。

633 **高野侯**喜蓄绿色鸟。

634 高野侯之弟络园，得雨花台石一，天然有文，仿佛一老人曳一犬，石端则有字形，又仿佛"高络"二字，络园视为至宝；谓老人即彼，彼生肖属犬，高络又为彼之姓名，甚为巧合也。

635 高野侯画梅极多，无一幅雷同者，即所题之诗，往往集杜少陵句，殆在千首以上。

636 高野侯获王元章《画梅》，有"梅王阁主"印，陈旸若所刻也。旸若为陈巨来之弟，早卒，刻印流传绝少。

637 高野侯藏《画梅》名卷甚多，斋名为"五百本梅花之室"，尤以王元章《画梅》为冠冕。

638 高野侯画梅有一印"画到梅花不让人"。钱瘦铁不甘让步，自谓"画到梅花不怕人"。某在旁打趣说："我也能画梅，可称'画到梅花吓坏人'。"

639 高野侯善画梅，有《集杜咏梅》之辑。野侯又精篆刻，有《方寸铁斋印存》。其子颖晖，亦善奏刀，奈早逝，所作不多，以所存者，附于《方寸铁斋印存》后。

640 高野侯曾见友人持一扇,一面为顾亭林书,一面为石涛画,为之惊叹。

641 高野侯与吴湖帆,均珍藏《梅花喜神谱》。野侯所藏者,乃五砚楼主袁寿阶之影摹本,付古倪园沈氏翻雕者,自洪杨之役后,流传极鲜,值兼金,未易得也。湖帆所藏者,乃景定宋刻。湖帆自跋云:"元旦,往外家贺岁,得观此书,诧为眼福。越十二日,内子三十诞辰,外舅即以此书授女为仪,余得永永读之,岂非厚幸。"按湖帆外舅为潘仲午,其夫人潘静淑,亦擅丹青。

642 高野侯、陈叔通,均以藏有王元章梅花自豪。野侯谓叔通所藏者,经他人增笔,不无遗憾。

643 高野侯擅画梅,亦善治印,徐花农、陈仲恕深喜之,野侯刻以贻赠。

644 高野侯画梅以清疏胜,钤一印曰"画到梅花不让人";王湘绮论诗,谓"今人诗莫工于余",皆作自负语,然咸妩媚可喜。

645 梅王阁主高野侯,曾于泥金扇上绘红绿梅,绝古丽,配以朱漆扇骨。陈左高三十寿,野侯孙高言德,以此扇赠之。

646 高绎求为高野侯之弟。野侯在杭州,有红栎山庄,绎求别辟络园,联额均出一时名手。南社周子美曾一度往游,子美以健于记忆见称,或试之,子美背录络园之联额,无一误漏。

647 高野侯卒于壬辰闰五月二十四日,与郑午昌同日逝世。

648 **姚鹓雏**以明末侯方域自居。

649 姚鹓雏与胡寄尘,均居沪上西门白云观附近,鹓雏因有"两家清绝白云边"之句。

650　姚鹓雏于诗推尊梅宛陵，而姚所作不尽相类。

651　姚鹓雏晚年失健，游金山诗，有"独上安车君莫笑，登山腰脚已疲癃"，人以"癃公"呼之。鹓雏一度病痢，友人谓红茶加糖，投入金桔饼一二枚，饮之可止。及愈，犹时时啜之，引为佳味。

652　姚鹓雏著《家乘小草》，稿本未刊。《小草》自述其行踪："余卒业郡学，即北游京师，历苏宁，客海上，走星洲，过武汉，下洞庭，南至长沙，经辰沅荒僻之区，游贵筑，渡乌江而止于巴渝，足迹所经，逾数万里。"又记其松江之居地："余家濒市河，前为肆，后室三楹，为起居食息之所。堂榜曰'耕历'，杨古蕴先生所书。旁一轩额曰'谈月'，不知何人书矣。前后皆有楼，楼前作露台一，夏夜，家人辄登台纳凉。河之南，虚旷多林木，每夜，新月上林杪，往往有笛声起窗棂间，渡水声益清凄感人。余十许岁时听之，致忘寐，至今此境犹仿佛心目间也。"

653　姚鹓雏谓："批评并时生存人著作最难，声气相及，不无恩怨，一也；尚未盖棺，自难论定，二也；报章杂志之所见，或非本人定稿，三也。"

654　姚鹓雏论诗，有云："诗之腴瘦，自有天分。言唐则佺期、之问腴矣，而东埜、柳州，峻嶒遒上则瘦。宋东坡腴矣，山谷则瘦。唐尚风神，宋尚气骨，此亦腴瘦之判也。"又论词云："劲折清空之词，宜用仄韵，曼眇富丽之词，宜用平韵。白石善用仄韵，故顿挫处声可裂帛；梦窗善用平韵，故感慨处情致婉约。"

655　姚鹓雏撰《鸿雪印》说部，书中主人为梅畹华，笔墨赡丽可诵，载《太平洋报》，未刊单行本。

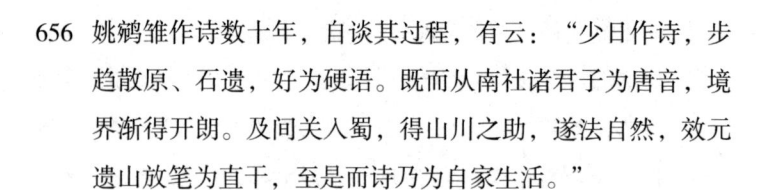

656 姚鹓雏作诗数十年，自谈其过程，有云："少日作诗，步趋散原、石遗，好为硬语。既而从南社诸君子为唐音，境界渐得开朗。及间关入蜀，得山川之助，遂法自然，效元遗山放笔为直干，至是而诗乃为自家生活。"

657 姚鹓雏谓："叶小凤不善骂人而善骂我，闻野鹤最爱骂人而尤爱骂我。羁栖白下，冷落朋樽，风雨鸡鸣，每兴骂我者谁之叹。"

658 商衍瀛深惜姚鹓雏之才，致书鹓雏，谓才华而不遇时，不获与康乾间诸大家争盟坛坫，各立千秋；仅在天之一涯，海之一角，为人所倾倒，天之生才不易，此可为痛哭者也。

659 姚鹓雏对于王国维之《人间词话》颇有微词，谓"抑彊村而扬夔笙，为主观之见"；对于柳亚子之编刊《南社丛刻》亦有微词，谓"诗文各稿，尽量披采，有取无舍，未免稍滥"。

660 **包天笑**与尤怀皋为表兄弟。天笑自幼宿于尤家，尤家富藏书，因得遍读。

661 包公毅，为前辈小说家包天笑之原姓名，不知清代亦有包公毅其人，字迪仙，浙江吴兴人，工山水，载《历代画史汇传补编》。

662 包天笑曩居吴中文衙前七襄公所隔壁。公所具花石亭台之胜，本名艺圃，为明文徵明故宅之药圃。清王石谷绘有《药圃图》。刘敦桢之《苏州古典园林》一书中，详述是园之结构，且列照片。

663 包天笑阅《红楼梦》，谓书中人物，最令人敬佩者为紫鹃。

664 包天笑之《秋星阁图》，最早为陆廉夫绘，最后为谢闲鸥绘。而闲鸥倾佩天笑，画特精工。

665 包天笑之小说《海上蜃楼》，书中有祖书城其人；又有《拈花记》，书中有左诗晨其人，实则均谐声"做书人"，夫子自道也。

666 毕倚虹卒，包天笑藏其所致长札数十通，拟辑印一书，未果。

667 包某倩人，刻一印章"孝肃后裔"，包天笑见之曰："包孝肃是没有儿子的。"某乃废印不用。

668 包天笑早年丰采甚好，人称"包小姐"。及老，有人谓其转丑，彼即以"老丑"为笔名。更有人谓其早年各报刊无不染指，又自署"染指翁"。

669 包天笑治稗官家言，罕作诗，偶有所成，辄得佳句，如："低头细捉花间虱，翘首常期海外鸿。"又："生憎撼雨蕉林碧，却喜经秋桂子香。"

670 包天笑爱种碎锦牵牛花，蔓延窗前，以蔽烈日。

671 包天笑曾居上海爱而近路庆祥里一五九号A，时其内弟江红蕉寄寓其家。

672 包天笑港居，庭前有白兰花树一，高及四层楼，花时，香溢帘栊。一夕为台风吹折，天笑惜之。

673 包天笑在香港，时年已九十，行路倾仆，适修衢道，跌入黄沙中，一无损伤。

674 包天笑手掌殊腴厚，相者谓晚年必发大财，但九十八岁卒，依旧一穷书生，相者之言未验。

675 包天笑卒于一九七三年十一月二十四日下午二时，寿九十八岁，讣告则称积闰享寿一百有一岁。此计年，乃循粤俗，天笑媳，粤人也。

676 **彭逊之**别署亚东破佛，卒于丙戌秋日，年七十有一。马一浮有《哀彭逊之》一文。我友彭味辛，逊之之子也。

677 亚东破佛彭逊之，与马一浮友善。彭早卒，其子味辛孤露无依，马扶掖培植之，今味辛已幡然成翁，犹深感马德。马晚年居杭，且多病，味辛常由沪往视，及马归道山，又为之奔丧服孝。

678 **马一浮**赴任何处宴饮，不必主人请彼上座，彼却先据首位。

679 马一浮甚推重谢无量，客有见询而难以详答者，辄曰"可请谢无量解答"。

680 马一浮喜饮普洱茶，平日茹素，以久病，缺于营养，从亲友之劝，乃稍进肉食。

681 马一浮居蜀中久，因操四川音。

682 马一浮作书，例不写上款，如须上款，润资加倍。

683 马一浮为人书件，不喜加题上款，有云："求书者多索题上款，昆弟之雅，昔唯限于通家；先生之称，今乃施之行路，既嫌滥附，亦病不诚。自兹以后，一律弗题上款。"

684 李叔同掌教浙江第一师范学校，常介绍学生请益于马一浮，马亦乐于接纳，每见辄叩学生读何书，并提出若干问题问之，学生往往瞠目不知所对。从此学生不敢往，恐受窘也。

685 汤寿潜致缪艺风有云："女婿马耕馀，勤学可喜，是汪容甫、章实斋一流。"马耕馀为马一浮之早名，人鲜知之。

686 马一浮《雨中诗》有句云："深山五月黄梅雨，坐看行云度翠微。"为我所喜诵。

687 丰子恺极敬佩马一浮，其所著《桐芦负暄》一文有云："我每次从马氏门中出来，似乎吸了一次新鲜空气，可以继续数天的清醒与健康。"

688 马一浮病，溧阳彭味辛邮贻二百金。马答一函，谓"此款留为他日墓畔植树之需"。

689 马一浮自谓"不祥之身"，因称其生日为"禊日"，以示修禊祓除不祥。

690 马一浮门人刘公纯，年近七十，犹随侍左右。一浮八十寿，周岐隐诗以颂之："白头诗弟子，素履古精神。"

691 马一浮病，花朝预作《告别诸友诗》，不久果死，付诸火葬。怀宁洪传经，有诗悼之："花朝已了生前事，月旦宁移火后身。"洪著有《敦六诗存》，善以新事物入诸篇什，如咏游泳竞赛云："滚滚排山堆白雪，滔滔斗浪夺红旗。"

692 马一浮弟子甚多，最后为龚慈受，曾撰《追忆马一浮先生》一文，载《浙江文史选辑》中。

693 **陆丹林**每日作日记，从不间断，抗战时付诸一炬，遂辍笔。

694 陆丹林喜啖狗肉，自称"张大帝第二"。

695 陆丹林一目失明，代以瓷目。

696 陆丹林强于记忆力，朋好甚多，其住址不录于册，悉凭记忆。

697 商笙伯嗜越剧成癖，陆丹林却最不喜观越剧。

698 陆丹林与人书，字迹殊草，叶玉甫尝规之，谓其笔姿雅健，若多临池，必为书家。

699 陆丹林藏叶恭绰书札，凡数百通；余藏丹林书札，亦数百通。

700 某书店，拟以罗瘿公、曾刚甫、黄晦闻、梁鼎芬遗诗，汇编《近代岭南四家诗》，致书陆丹林，征求意见。陆以梁鼎芬为复辟余孽，不应列入，谓可以黄公度或潘兰史或胡展堂诗代之。书店主持人竟去梁而加入黄、潘、胡三人，改称《近代岭南六家诗》。

701　一九一七年，陆丹林以扇面托蔡哲夫代求温其球绘画，其球画《红树室图》。丹林从此始用"红树室"为斋名。温字幼菊，号菊叟，广东顺德人，工山水花卉。

702　谭瓶斋有一联贻陆丹林："倔强犹昔，沉吟至今。"

703　徐悲鸿、叶浅予、张正宇、司徒乔、胡亚光，均为陆丹林画像，但以亚光所作为最肖。

704　刘开渠为陆丹林塑像，费时两月。

705　郁达夫《毁家诗记》原稿及书札，藏陆丹林处，由钱杏邨之介，归北京图书馆。丹林又藏徐悲鸿、张大千、高剑父、溥心畬四人合作屏幅，柯绍忞题"四美具"三字于上，捐献广东博物馆。

706　陆丹林藏二横幅：一孙中山书"博爱"二字，一蔡元培书"教育救国"四字。

707　陆丹林五十寿辰，张大千写六尺联以祝之，联云："无忧惟著述，有道即功勋。"集屈大均句，大气磅礴，见者无不叹为大手笔。

708　黄秋岳集宋姜白石词，书赠陆丹林："几度拂行轩，篱角黄昏，认郎鹦鹉；何时共渔艇，竹西佳处，呼我盟鸥。"秋岳死于非命，丹林叹曰："以文取人，失之秋岳。"

709　陆丹林别署枫园，斋名"红树室"，丰子恺取苏曼殊句绘《满山红叶女郎樵图》，以赠丹林。丹林又藏有潘达微所绘之《红梅》，达微埋葬黄花岗七十二烈士遗骨，亦风义卓绝者。

710　抗战胜利后，溥心畬来沪，陆丹林邀心畬及吴湖帆、张大千、冒鹤亭宴饮其寓。溥、吴、张三人即席合绘《秋林高士图》，冒题诗其上云："南张北溥东吴倩（湖帆悼亡常署吴倩），鼎足声名世所钦。能令英雄尽入彀，当今惟有陆丹林。"

711 陆丹林晚年生活艰苦，张大千与丹林有深交，在海外辗转寄赠山水画一帧，苍郁有奇致，精品也。丹林付诸装池，视为瑰宝，后以食无瓶粟，仰屋兴嗟，忍痛让出，不啻李后主挥泪对宫娥也。

712 《逸经》停刊，陆丹林在香港别出《大风》，孔远之为写《上海通讯》。孔远之者，周黎庵之化名。

713 陆丹林任职道路会，隔邻为沪市公用局局长徐佩璜之私邸。佩璜以局长身份，常到道路会借打电话，往往不打招呼，擅自为之。丹林恶而面斥，佩璜诉诸市长吴铁城，铁城不之袒，谓"借打电话，扰人办公，殊不合理"。此后佩璜不再往打。

714 陆丹林主编《逸经》，曾访鲁迅，鲁迅云："你编的杂志，我已看过，风格确实与众不同。"

715 叶玉甫刊印屈大均《皇明四朝成仁录》，属其乡人翁子光与无锡孙伯亮分别校注。陆丹林笑谓孙伯亮曰："翁子光与尊姓名恰成巧对。"

716 郑子瑜藏有周作人《论人境庐诗草》原稿，因编撰《人境庐丛考》一书，在新加坡刊行。子瑜以一册寄赠陆丹林，既而陈景昭又投寄一册。丹林即以景昭所投转赠，今尚存"纸帐铜瓶"室。按黄公度之斋名，"人境庐"外，又有"醉六纯盦"。

717 **徐世章**为徐世昌弟，藏有纪晓岚手撰《四库提要目录》原稿。

718 徐世章喜蓄砚，砚必刻铭，刻倩戚叔玉为之。时戚年仅弱冠。

719 **胡朴安**读曲，只赏词采，不解音律。

720 胡朴安告人："宣纸出于泾县，泾县属于宜城府。"又王禾告人："湖笔出于善琏镇，善琏属于湖州府。"

721 胡朴安蓄长须后，觉甚累赘，剃去；但剃须后，越三四日必须修面一次，觉更费事，乃重蓄如故。

722 胡朴安生平只一袭衣，不畏寒，绝少穿御。

723 胡朴安赴昆山，访龙洲其墓，未得，有诗云："不见龙洲墓，空瞻数仞山。"我亦一度往访，未见，引为遗憾。龙洲，宋词人刘过也。

724 胡朴安与汪子实（洋）为至交，汪有云："闽海谭诗，淞滨剪烛，其间共笔墨、数晨昏者，近三载。唱酬之作，积之盈寸。"

725 胡朴安评唐宋诗，谓："宋诗如八股，难学而易工；唐诗如古文，易学而难工。"

726 胡朴安晚年中风，半身不遂，自署"半边翁"。

727 胡沨平，为胡朴安女，能画，临《天台石梁图》，许静仁见而大加称许，挽媒为其子许诚妇。

728 **陈乃文**，女诗人，别署蕙漪，斋名"蕙风楼"，从江南刘三为师，因得识苏曼殊。

729 陈乃文乃胡朴安女弟子，字蕙漪，著《蕙风诗》。

730 陈乃文为胡朴安女弟子，有《冬日杂诗》，其一云："闲写丹青墨未干，一帘风露夜光寒。绿窗月上婆娑影，画谱新添竹数竿。"陈之画，乃从谢闲鸥学。

731 **吴昌硕**一字香补，知者不多。

732 有人以吴昌硕所刻"还砚堂"印赠王个簃，王因名其居为"还砚楼"。

733 王个簃之画桌，乃吴昌硕所贻。

734 吴昌硕初来上海，与张子祥同住一小室，只容二榻及一桌，甚为局促。

735 荀慧生艺名白牡丹，倩吴昌硕写一斋额"小留香馆"。奈昌硕误写为"小留云馆"，后需重写一帧。而此"小留云馆"额，转入朱其石手。

736 张祖翼与吴昌硕，皆工书，皆有金石癖，且皆肥硕，又矮而无须，见者咸误为阉人。

737 民国初年，日本朝仓文夫，为吴昌硕范铜为像，一藏于彼邦，一贻昌硕。昌硕不欲自私，丁仁、吴潜、王震等为筑龛藏于杭州西泠印社，诸宗元撰《缶庐造像记》，书以泐石。

738 吴昌硕不擅作山水，山水画往往由赵子云代为之。

739 李筱盦以极品田黄冻石二方，倩吴昌硕奏刀，吴刻成不署款，李请加边跋，吴曰："如此美材，何忍加以黥矹。"固请之，则于顶角镌绝小之"老缶"二字。

740 吴昌硕刻印，七十后由徐星洲代刻，八十后由钱瘦铁、王个簃代刻。

741 吴昌硕喜啖笋，题画竹云："客中虽有八珍尝，那及山家野笋香。"其友沈石友每春辄以常熟名产象笋馈之。象笋者，莹白似象齿也。

742 吴昌硕爱梅成癖，题画梅有云："囊空愧乏买山钱，安得梅边结茅屋。"又题："十年不到香雪海，梅花忆我我忆梅。"

743 梁溪吴观岱斋名"觚庐"，吴昌硕却名其斋为"削觚庐"，实则不与观岱敌对也。

744 天台山农晚年学画菊，苦其不似，请教于吴昌硕。昌硕云："画菊何必似菊，即鲜鲜艳艳之真菊，能值几何！"

745 吴昌硕尝对人说："人家说我善于作画，其实我的书法比画好；人家说我擅长书法，其实我的金石更胜过书法。"

746　吴昌硕画梅，将花放大；高欣木画梅，将花缩小。

747　翁松禅日记中，曾一提吴昌硕，如云："江苏试用知县吴俊卿送诗并印谱，似不俗。"按昌硕早年字俊卿，有时作吴俊。

748　吴昌硕早年刻印，一度署名剑侯。

749　杭州西泠印社，有吴昌硕铜像，乃日本雕塑家朝仓文夫所制赠。昌硕作《西泠印社图》，题有一诗云："柏堂西崦数弓苔，小阁凌虚印社开。记得碧桃花发处，白云如水浸蓬莱。"

750　陶冷月善画梅，吴昌硕见之，以己所镌之"明月前身"印章赠之。

751　吴昌硕称杨藐翁作草隶，海内独步。

752　吴昌硕有一指无甲，乃刻印时指被刀创，流血太多，及指愈而甲不茁。

753　吴昌硕甚谦抑，作诗常倩况蕙风润色，致函称蕙风为"吾师"。

754　江潜之云龙，官京师，狷介甚，吴昌硕赠诗云："千金不受一金受，无怪人呼野翰林。"

755　陈蒙安藏郑叔问手写笔记二册，内有一则，涉及吴昌硕刻印，谓："往见老铁刻一石罢，辄持向败革上着意磨擦，以取古致，或故意琢破之，终乏天趣，亦石之一厄。"

756　吴昌硕喜画牡丹及水仙，且常缀以一石，自谓："画牡丹易俗，画水仙易琐碎，只有加上石头，才能免去这两种弊病。"

757　吴昌硕所治印，往往由方仰之、徐星洲、方节庵及吴藏龛代刻。

758　吴昌硕卜居沪北山西路吉庆里，附近居民均不知昌硕为谁，及梅兰芳往访，始知为书画大家。

759　诸宗元与吴昌硕友善，得昌硕刻印及书画，几可充箧。

760　日本人有名字甚雅者，如水野疏梅，与吴昌硕友善。

761　为吴昌硕画像者，为王一亭、王复生、王竹人、任伯年，且有自画像。

762　王一亭为吴昌硕画小像，寥寥数笔，神情毕肖。

763　吴昌硕喜昆剧，八十岁时，某晨犹自提袍角，手执木矛，教儿辈作戏剧架式。

764　钱瘦铁夫人韩秀，从吴昌硕学书，昌硕为之取字步伊，励其学习伊秉绶也。

765　王一亭与吴昌硕交谊甚厚，昌硕欲观剧，致电一亭，一亭驾车往迓，陪同前去剧场，剧终，送昌硕回家。

766　刘海粟游虞山，访墨井遗迹，绘言子墓，出示吴昌硕，吴称其"一点不落套"，为题二句："吴中文学传千古，海色天光拜墓门。"

767　某书画商，以吴昌硕画梅一幅出售，购者倩昌硕辨真伪。昌硕披阅之余，即断为真品。时况蕙风在旁，曰："此画写安吉为安杏，乌得为真！"昌硕笑曰："我老矣，错写时有之。"既而购者持画去，乃语蕙风曰："明知非我所作，姑不说穿。如此书画商可以赚钱度日，于彼有益，与我无损，何必认真！"

768　吴昌硕好吸鼻烟，蓄烟壶百余具，玉石晶瓷，方圆大小，各不相同。昌硕摩挲把玩，爱不释手，且将所藏者，一一摄影。

769　吴昌硕幼时，适逢洪杨之役，避难他方，以树皮树叶果腹，尝谓人曰："树皮树叶，榆较适口，非他树可及。青草有细芒，不堪下咽。"

770　吴昌硕早年有一别署香圃。

771　吴昌硕早年,刻印学吴让之,篆书学杨沂孙,行楷学黄小松。

772　吴昌硕早年,客吴大澂家,喜以刀乱刻,几椅刻石鼓砖文,大澂不乐。不久,昌硕离去,赴大通,为朱子涵盐署中幕僚。

773　吴昌硕早年寓苏候补,日至观前街某茶馆品茗,馆中春联及账册封面,皆昌硕手书。

774　吴昌硕藏有赤乌残砖一,甚宝贵,乃沈公瑾所赠。

775　吴昌硕治印,一次,曾于石章上刻边款云:"老苍臂恙虽剧,刻罢自视,尚得遒劲之致。"

776　吴昌硕谓:"附庸风雅,世咸讥之,实则风雅不可不有附庸,否则风雅之流,难免饿死。"

777　吴昌硕喜进杏仁酪,戚友纷纷馈之。

778　沈裴庐从张子开广文学书,子开惟工真行,裴庐于四体书则无所不工。吴昌硕见其篆书,大为称赏,且示其子东迈曰:"此合肥沈裴庐所书也。年未三十,而下笔遒劲若此,异日所造,何可量耶!"昌硕曾作一诗赠裴庐以励之。

779　刘葱石有一白文印"开元乡南山村刘葱石鉴赏记",钤于所藏书画上,出吴昌硕手刻。

780　吴昌硕次子藏龛,亦擅画,先昌硕死,家人隐瞒之,故昌硕始终未知。

781　吴昌硕追悼会,挽联一百四十余,李拔可、诸宗元推许方药雨一联为最能表达吴之生平。联云:"纯乎金石气,发于笔墨间,得之者生,学之者死;相对辄忘言,久别又相忆,人重其画,我重其人。"而费龙丁、赵云壑、汪英宾等,则谓方联皮里阳秋,立论失体。

782 浙江菱湖施姓，为吴昌硕之岳家，检出昌硕手写之诗稿及亲拓之印谱，甚为希珍，后归公家保存。

783 **商笙伯**擅画花卉，谨守法度，一笔不苟。吴昌硕谓之曰："尔是三考出身，我乃野狐禅也。"

784 嵊县画家之克享高寿者为商笙伯，名言志，号安庐。中年作品师法青藤、白阳、八大、石涛；五十后，受赵之谦、任伯年影响，趋向写意；花甲后，又转作工笔花卉。我尝访诸沪西念吾新村，画案出于特制，较寻常为高，盖彼喜立地挥洒，不设座椅，终年九十有四。张鸣珂《谈艺琐录》，所谈皆过去人物，笙伯却列入其中，时笙伯尚健在也。

785 **秦伯未**好饮酒，自叙平生所结之酒社，有沧社、真社、醒社、壶社、弦社、不社、平社、未名社、瓦当斋、山人集、碧壶小集。

786 秦伯未、顾佛影等组织弦社，每月上弦初八日、下弦廿三日为宴叙之期。

787 秦伯未为名岐黄家，又擅绘事，取法赵子谦，故号谦斋。

788 **沈商耆**，江苏青浦人，精音乐，工草书，熟读《汉书·艺文志》，任江苏省立第二师范课。某次，在《时报》上发表《民国法制刍言》，时蔡元培任教育部部长，见而称赏，由时报馆转致一函，招为教育部佥事。

789 沈商耆丧妻，服素三年。

790 **毛子坚**为沪上名绅，居城中四牌楼，夏屋渠渠，生计裕如。当时杨东山、冯超然，均馆于彼家，且为之鉴别书画。超然有烟霞癖，夜深人静，始展纸挥毫，庭中蓄一黄背巨龟，家人戏称之为"黄先生"。"黄先生"往往越槛入室，格格作声，方弗来为超然解寂者，超然认为空谷足音，画兴为之飙举。

791 辛亥革命，上海大南门火钟楼鸣十三下为起义信号，敲钟者乃毛子坚。

792 海上名人，有毛子坚，又有毛子佩，不知者，以为昆仲也，实则两人绝不相关。子坚为鸣社诗人，与我为同社，家道丰赡，冯超然、杨东山曾馆其家。辛亥革命，上海起义，鸣火钟以为号，子坚冒险为鸣钟者。彼食量殊宏，每进点肴，例必双份，若仅一碟一碗，谓为老虎吃苍蝇，不够一嚼。毛子佩则报界前辈，主办《铁报》，为小型报中之铮铮者，晚应聘文史馆，与我为同馆。一九八九年冬，患癌遽卒。

793 **樊樊山**最嗜北京马乳蒲桃，且以入诗。

794 樊樊山喜闽中凤翔酒，以"圣人酒"名之。

795 樊樊山谓兰亭诗无一佳者。

796 樊樊山与易实甫齐名，诗均喜用典。樊常用生典，易则用熟典，各极其妙。

797 樊樊山在江宁布政使任内，有候补老巡检，久无差缺，上呈求进学堂，樊批一诗云："六十衰翁进学堂，此生堪笑亦堪伤。禁烟所里须差遣，挂个名儿也不妨。"

798 樊樊山藏书二十余万卷，书画碑帖之属，十余巨簏。

799 樊樊山善居积，逝世遗现金二万元、股票二万元，其后事，由傅治芗为之料理。诗文稿凡五十一册，由王书衡为之编辑。樊山生前，自谓"晚年多游戏应酬之作，刻稿须甄别"，书衡秉此遗言，而有所去取。

800 梅兰芳喜栽牵牛花，花时宴客欣赏。

801 梅兰芳摄《洛神》影片，事先观赏故宫博物院宋人所摹顾恺之之《洛神图》手卷。摄拍时，图画背景由胡若思精绘。

802　梅兰芳初编《嫦娥奔月》,即在银行家冯幼伟客厅上,合二巨桌作为戏台,载歌载舞试演之。

803　梅兰芳喜湘妃竹扇,所存数以百计。

804　梅兰芳演《探母回令》所用女蟒袍,系清宫后妃遗物,价值千金。

805　梅兰芳灌唱片甚多,但彼不喜听自己之唱片。

806　梅兰芳与杨瑟君貌相似。瑟君,名毓瓒,泗县杨杏城之嗣子。一日,杏城游中央公园,见梅兰芳前行,呼毓瓒而止之,梅不之应,进而曳其裾,始知为梅非瑟君。

807　梅兰芳之《天女散花》,婀娜多姿。盖叫天却谓其中有石秀探庄之身段,运用入妙。

808　梅兰芳常服霍山石斛,借助嗓音之朗澈。

809　梅兰芳得岳武穆书幅,非常珍爱,倩樊增祥书宝岳楼额。

810　徐悲鸿为梅兰芳绘《天女散花图》,按照梅之剧妆头饰为之,梅大喜,悬诸北京护国寺街寓所。

811　福芝芳初搭田际云之崇雅社戏班,由罗瘿公之介,得识梅兰芳,一九二一年冬,结为夫妇。

812　梅兰芳所演之《黛玉葬花》剧本,乃杨尘因、张冥飞、许姬传三人合编,共四场,临演失去第一场,不得已只演三场。

813　梅兰芳之妹蕙芳,嫁徐碧云,碧云以《女起解》一剧负盛名。

814　**梅畹华**爱猫成癖,在上海思南路宅内蓄一大白猫,后赴北京,未携猫同去,既而思念之,李春林乃送灰色驯猫一,梅加以抚摩,作为良伴。

815　梅畹华作画,题款多由李释堪或黄哲维代笔。所绘梅花,在北京由汪蔼士代,在上海由汤定之代。

816 梅畹华作画，由于吴昌硕赠梅花画幅所引起。既而罗瘿公建议，倩王梦白教画，因此畹华曾谓学皮黄是吴菱仙开蒙，昆曲是乔蕙兰，画则王梦白。

817 梅畹华藏有薛素素小像及马湘兰之《落花诗卷》。

818 穆儒丐所著《梅兰芳》一书，颇多诋毁语，冯耿光悉数收购而焚之。书为小说体，共十五回，附有彩色剧照，及梅之小影。内容由梅之出身叙起，直至梅赴日本演出为止，前有序文数篇。一九一九年，盛京时报社印行。

819 京剧女演员**张文艳**，曩时有声红氍，某次患病，汪洋医生一针治愈，当时各小型报纷纷谈汪洋事，因有"一片汪洋"之称。

820 坤伶张文艳，与宋小坡同赁一屋，张居楼上，宋住楼下。张每晨吊嗓，宋聆之，自谓耳福不浅。

821 **冯春航**，为民国初年京剧名旦角。柳亚子为刊《春航集》，能诗工书，一度鬻书海上。郑海藏为订润例，但流传不多。今夏，我获得一扇，冯春航书，钱化佛画，款为桐珊。按桐珊姓赵，艺名芙蓉草，亦当时名角也。

822 冯春航能作石鼓文，曾赠朱大可石鼓文屏幅，甚工整，惜于抗战中失之。

823 赵如泉藏有冯子和主演《新茶花》之全部舞台照片。子和，即柳亚子早年揄扬之冯春航。

824 **汪桂芬**素为程长庚操琴，某次，程骤病，由汪代之，为其登台演艺之始。

825 汪德僊，擅演京剧，一次登台，汪桂芬观之而笑，盖藐视之也。德僊因改名笑侬以自励，曾撰一联云："墨笑儒，韩笑佛，司马笑道，侬惟自笑也；舜隐农，说隐工，胶鬲隐商，伶亦可隐乎！"彼演《哭祖庙》，连唱一百二十句之反调二六，为汪桂芬所不及。

826 **朱之榛**虽双目失明，但行路不须杖。

827 朱之榛权江苏按察使，凡十次。其第五次时，人谓之忤逆不道，盖"忤"与"五"，"逆"与"臬"音相谐也。

828 **罗振玉**在日本颇有声誉。罗甚喜赵叔孺治印，乃向日方文艺界力为称扬，因此日本名宿内藤虎、长尾甲、中村不折等，纷纷倩赵篆刻，赵名遂大震。

829 罗振玉、振常兄弟，设蟫隐庐书铺于沪市三马路望平街口，振常逝世，所存书悉让售。当整理时，其戚樊丰龄曾见有一批名人尺牍，大都有关刘铁云事，今不知落于谁手。

830 罗振玉以百元得《澄清堂帖》，而以万金转让于日本大西隈侯。大西隈侯因名其居为"帖祖斋"，盖《澄清堂帖》为《阁帖》《潭帖》《绛帖》之祖本也。

831 罗振玉著《谈碑小笺》，年仅十八岁。

832 罗振玉曾以部分清宫档案，让给李盛铎。

833 罗振玉曾获溥仪所颁之"贞心古松"四字匾额，晚年遂以贞松老人自号。

834 《罗振玉传》，陈邦直著，附照片多帧，有与王国维合摄者，当时伪满曾印之成书。

835 **徐天啸**悼亡后，随邹天雷赴桂林，天雷且以其长女嫁天啸为继室。

836 徐天啸与吴双热早年，曾执教于虞山西南湖上之谊育小学，乡人邹氏所办也。后二人同主上海《民权报》笔政，蜚声文坛。

837 **徐枕亚**之《兰闺恨》说部及《花月尺牍》，实则出于陈韬手笔。

838 徐枕亚有二子：一名无咎，前妻蔡蕊珠所生；一名无病，后妻刘沉颖所生。无咎早殇，枕亚、沉颖先后死，无病由其兄徐天啸领养。

839 徐枕亚在《民权报》连载《玉梨魂》，名始著。其最早作品，则发表在《虞报》上。

840 徐枕亚之《玉梨魂》，为鸳鸯蝴蝶派代表作。当此书风行一时，上海明星影片公司以之搬上银幕，亦颇卖座。王汉伦饰梨娘，王献斋饰何梦霞，郑鹧鸪饰崔翁，杨耐梅饰筠倩，任超君饰鹏郎。由郑正秋编剧，张石川导演，铢两悉称，徐枕亚亲往观之，感而有诗。

841 刊物编有索引，便于检查，曩时所未有也。民国初年，徐枕亚编《小说丛报》，曾分门别类，刊为目录表，用有光纸印一单张，以赠订阅者，为索引之滥觞。

842 **廉南湖**愿以小万柳堂抑值让予樊云门，托沈曾植代为致意，但云门资力不赡，诗以谢之。

843 廉南湖之小万柳堂有两处，一在上海曹家渡，一在杭州西湖。南湖诗："曹家渡口秋风早，万柳堂前秋月辉。"此咏上海。又云："山色撩人万柳丝，只因春雪误归期。"此咏杭州。厥后，南湖为债项所逼，二堂行将出让，其友孙寒厓深为惋惜，致书南湖："请留一曲长廊，为看月仰天搔首之地。"

844 廉南湖写信，喜用明信片，能在火车行驶时，于明信片上作蝇头小楷，非常工整。

845 沪西万航渡路之小万柳堂，主人廉南湖，以绌于资用，售之于人，靳云鹏知之，为之赎归。

846 廉南湖有日记数十册，均归吴稚晖，吴赴台湾，此册不知下落。

847 廉南湖获得洪宪钤印二纸，一为中华帝国之玺，一为皇帝之宝，均阳文篆书，曾倩章太炎题诗其上。

848 甲子冬，廉南湖任点查故宫物品事，于端凝殿见溥仪所剪发辫，南湖题诗一首："燕雀犹飞恋阙魂，九重忍扫旧巢痕。贞元朝士无人在，一发千钧未易论。"

849 廉南湖之主张：生不做寿，死不开吊。

850 **徐凌云**杭州有一别墅，具花木亭石之胜，沈伯诚画家病，常休养于别墅中。凌云喜摄影，影中须有人物，或作闲眺，或为吟啸，其人什九为沈伯诚。伯诚一作泊尘。

851 徐凌云七八岁时，见过王韬，又曾随其父棣山，访袁翔甫之杨柳楼台，谓杨柳楼台在沪市福州路浙江路口，隔壁为一日本人所设之玩具店，附近有海国春西菜馆。

852 徐凌云生平不饮绿茶，虽洞庭碧螺春亦不喜饮。

853 上海徐园主人徐凌云，在市上购得鸦片烟枪，为湘妃竹之上品，乃雇巧工，改制湘妃竹扇，用以拂暑。

854 徐凌云擅昆剧，又工丹青。其子徐洪，字韶九，亦能书画。

855 徐凌云制一谜语："瞎子唱大面。"射俗语一："眼不见为净。"

856 徐凌云为双清别墅主人，善于培养山栀子，蓄于瓷碗中，著花益清芬可喜。

857 徐凌云喜玩名瓷，搜集罗均甚多。同时岐黄家唐乃安，亦嗜罗均，每闻某古玩铺有罗均，立即驱车往购，虽就医者满室，乃向就医者致歉，请稍待之。

858 徐凌云与穆藕初均喜昆剧,又同喜蓄蟋蟀,当金风玉露时,乃出以相角斗。

859 有人误识"江海关"("关"繁体字为"關")为"红梅阁",徐凌云闻之曰:"是与误识'畅园'为'汤团',同一可笑。"

860 双清别墅主人徐凌云,亦名霈也,喜啖冰糖豚蹄,某岁除夕,家人为煮豚蹄二簋,以供老人一醉,凌云竟尽一簋。是夕迟睡,旧俗所谓守岁也。至子夜觉有饥意,并所余一簋亦佐酒尽之。岂知滞食致病,病数日,不治死。

861 **江红蕉**于十年动乱时,大受折磨,神志失常,致遭车祸死,著《大千世界》《江南春雨记》《海上明月》等。

862 江铸撰小说,欲取一笔名,适案头有江建霞之《红蕉词》,即以"红蕉"为笔名,后刊《江红蕉小说集》。

863 **贺天健**作画,有时署江东健叟。

864 贺天健幼年,曾从传神画师孙云泉学画。

865 贺天健祖母能诗,母善武术,本江苏丹阳蒋墅人,寄籍无锡已七代。

866 贺天健自称诗第一,画次之。人却认为彼画第一,诗次之。

867 贺天健白发盈颠,常谓:"我的头发,不是绘画绘白的,而是作诗作白的。"

868 贺天健游八公山,右足趾触石损骨,从此出必持杖。

869 贺天健梦在宋牧仲书室中,有人以玉质印章畀牧仲,牧仲给彼赏之,印章为"达屋"二字,醒而异之,即以达屋为别号。

870 贺天健云:"猫类虎,犬不类虎,故与其说画虎不成反类犬,不如说画虎不成反类猫。"

871 贺天健作画，钤一印章，文为"自食其力"。

872 贺天健喜观京剧，能效丑角走矮步。

873 贺天健之前妻能画，后妻能刻。

874 一九五九年，贺天健在丹麦举行个人画展，博得观众叹赏，被聘为丹麦美术家协会荣誉会员。

875 **张公束**有《寒松阁谈艺录》。寒松阁旧址，在嘉兴秋泾，迄今尚存门庭，但已颓圮不堪。

876 赵扪叔与张公束结金兰契，后公束殊不以扪叔为然。某岁，公束寿辰，扪叔为镌一印，且四面刻识款，遣仆送呈，不料公束立即磨去边款，扪叔大为不悦。

877 **陈子展**撰旧体诗，署名楚狂老人。

878 陈子展每日写日记，及白色恐怖，遂辍止不写，且将累年所积之日记本，付诸丙丁，有诗一首云："日记千言自此休，悔将椽笔写闲愁。腐儒事业一锅面，看汝糊涂到白头。"

879 陈子展、汪馥泉、赵景深在湖南教书时，曾编《野火周刊》。子展日记曾记其事，有云："《野火周刊》，因为骂了省政府秘书傅君剑，出了两期就被禁止。傅君剑那时也做中学国文教员，反对白话文，却又自称白话老祖宗。"按君剑即《红薇感旧》之傅屯艮。

880 **刘大白**原姓金，名德裔，一名庆棪，清贡生。

881 新诗人刘大白，能作旧体诗，刊有《旧梦集》。

882 刘大白有眼波一绝，传诵人口，任瘦红以"刘眼波"称之。

883 马寅初长教育部，延诸宗元为秘书。不久，马辞职，刘大白继任，诸不安于位，亦离去。

884 **柳亚子**与人通讯，有时数年不复，有时早复而夕再复。

885 柳亚子作书极草率，不易识，惟姚大慈均能识之，盖姚作书，更草率于亚子。一次，亚子致书曹聚仁与张天放，信尾注："你们读不懂的话，隔天见了面，我再读给你们听。"

886 外间称柳亚子为柳七，人乃误为排行，实则亚子居长，其父念曾，廿一岁与费吉甫之女结婚，翌年即生亚子。亚子无兄姊，只有弟妹。

887 盛泽郑理卿，与柳亚子祖父笠云为中表亲。亚子夫人郑佩宜，理卿之孙女也。

888 柳亚子夫人郑佩宜，自号红梨湖上女郎。

889 柳亚子有义女三人：陈縰祥、谢冰莹、萧红。縰祥，陈巢南女也。

890 徐孝穆早年治印，以印存册倩其姨母舅柳亚子为题，亚子挥笔立就："刻画精工值万钱，雕虫技小我犹贤。何当掷去毛锥子，歼尽岛夷奏凯旋。"金鹤望为印存作一序，以骈体出之，如云："游心于阳冰之间，蹑足及安庐之室。"亚子字安如，故有安庐云云。

891 林一庵耳聋，柳亚子口吃，两人相晤，恒不作语。

892 雷铁崖致书柳亚子，力誉女伶郭凤仙，谓："上下五千年，纵横数万里，惟郭乃算真美人。"亚子以文人狡狯，不足征信斥之。

893 费韦斋乃柳亚子之舅父，甥舅不相容，誓不通庆吊。韦斋死，刊印诗集，亚子却作一序，叙述彼此交恶事。

894 柳亚子一度颇消极，拟将所作《磨剑室诗》付诸一炬。

895 柳亚子推崇龚定庵备至，题《定庵集》云："三百年来第一流，飞仙剑客古无俦。只愁辜负灵箫意，北驾南舣到白头。"

896 沈呐之有《瘗雀图》《雪夜逃劫图》，均由柳亚子题诗。

897 柳亚子致陈仪书，达四十余纸之多。

898 抗战时期，南社中人有腼颜事敌者，柳亚子称之为南社失节诸獠，一再诗以斥之。

899 抗战时期，柳亚子在重庆，某画家绘屈原像，即以亚子为模型。

900 郭沫若称柳亚子，谓有热烈的感情，豪华的才气，卓越的器识。

901 柳亚子有《礼蓉招桂龛缀语》三十二则，为丁卯张秋石女士成仁而作。《文史周刊》登二十一则，《大公报》之《艺林栏》，续刊全篇。

902 柳亚子自谓生平有两大不便：口吃说话不便，近视出门不便。

903 柳亚子以弃疾为名，其子命名无忌，均袭用古人之名。蔡元培亦名其子为无忌。

904 柳亚子称胡寄尘诗："味在酸咸外，功参新旧中。"

905 柳亚子从不穿西服及中山装，虽到日本、菲律宾和中国香港，仍御原来之长衫。冯自由却只穿西装，与柳适相反。

906 柳亚子自一九二九年至一九三二年所作诗，倾向左翼作家，因名其诗稿为《左袒集》，多忌讳，未能刊行，曾录成一本，寄钱杏邨。

907 柳亚子与"左联"作家往还，一度居沪上复兴中路，防人注意，其底层由其戚唐惠民医生设立诊所。惠民今尚健在。

908 一九四二年秋，柳亚子在桂林发表《新诗和旧诗》一文，谓"旧诗必废，时期不会超过五十年"。

909 一九四三年，柳亚子流寓桂林，时年五十有七，诸同文如尹瘦石、熊佛西、何香凝、端木蕻良、欧阳予倩、谢冰莹、林北丽、宋云彬、陈孝威、司马文森、王羽仪、李玉良、巨赞、吴枫、黄尧、安娥等，觞亚子及亚子夫人郑佩宜于嘉陵馆，一时裙屐联翩，觥筹交错。瘦石擅速写，即在席上，一一绘像，像旁各署一名，成为《漓江祝嘏图》。李一氓书引首，题者有俞平伯、夏承焘、聂绀弩、廖沫沙、黄苗子、任中敏等，承瘦石采及葑菲，乃集龚定庵诗云："秀出天南笔一枝，少年哀艳杂雄奇。只今绝学真成绝，坐我三熏三沐之。"亚子当时自题二律，有云："班生九等分人表，青史他年任品题。"曾几何时，同文纷纷辞世，存者不多矣。

910 一九五〇年十月，柳亚子从北京来上海，向陈毅市长提出，愿将彼黎里故居及上海寓舍所藏图书文物，以及种种资料，全部捐献公家，即委托其姨甥徐孝穆为之清理点交。

911 柳亚子在京口，乘人力车覆车。及赴绍兴，《绍兴新闻》之陈编辑，以自备车供亚子乘坐，并嘱车夫加意扶持。亚子感之，因此其《浙游杂诗》有"余郎婉娈故人子，重遇尊前已十年。更喜陈生能厚我，一车借坐最安便"之句。所谓余郎，指余十眉诗人之子小眉，不期而遇也。

912 柳亚子有晋明帝太宁三年砖砚，乃陈勒生烈士生前贻之者。

913 柳亚子有警卫员李金然，自烟台侍送至青州，亚子有诗赠之："此是人民新战士，老夫耄矣合低头。"

914 柳亚子与胡朴安书札，装成若干册，藏上海图书馆。

915 柳亚子由沪赴香岛，卖字卖诗卖文，在报端登一广告，有云："亚子浮海南来，萧然瓶钵，顷为自给自足计，发起'三卖'运动。"

916 谢冰莹致柳亚子书,以长者称之,亚子婉谢,谓"我愿意做一个小弟弟"。

917 柳亚子颇称赏林庚白,谓亡友庚白,自负所作,谓能突过杜陵,俗流徒震其狂,不知庚白生平造诣,实有不可及者在。

918 柳亚子当缇骑围捕,彼匿复壁中,赋诗有"长啸一声归去也,世间竖子竟成名",实乃套取李秀成诗而锻炼之。秀成当金陵被围,乃西望咨嗟,忧形于色,有感时诗云:"我欲乘风归去也,卿云横亘斗牛高。"

919 朱鸳雏因唐宋诗之争,被柳亚子驱斥出社,且公布于《南社丛刻》中。但亚子所编之《南社纪略》,附有《南社社友姓氏录》,仍列朱鸳雏名,时鸳雏作古多年矣。

920 柳亚子取王船山"从天乞活埋"联语,榜其室为"活埋庵"。

921 柳亚子之《羿楼日记》,记辛亥革命前后之史事,连载茅盾主编之《笔谈》中。"笔谈"二字之封面题签,亦出亚子手笔。

922 柳亚子有《革命文库》,分二部:第一部为清末民国初年之革命文物,第二部则从大革命时期开始之物也,均捐献北京图书馆。

923 柳亚子诗崇唐音,辑有《全唐诗精华》,由正风出版社刊行,但坊间绝少见。

924 胡道静与柳亚子为上海市通志馆同事,胡学识渊博,为柳所器重。柳虽离沪,与胡书信往还,积有一二百通。柳作书草率,不易辨认,胡却能辨认无误。胡曾以柳信两通赠吴铁声,均为一九五一年春所书,胡加附释文,始能卒读。其中一信有云"你对于我的字的认识,程度太高了"等语。浩劫中,胡被诬陷,柳信散失。

925 民国初年，南社社员任阁员者，孙中山临时政府时期，黄兴长陆军，居正长内务，景耀月长教育，马君武长实业，吕志伊长司法，于右任长交通。唐绍仪组阁时期，宋教仁长农林，陈其美长工商。因此柳亚子戏谓"请看今日之域中，竟是南社之天下"。

926 吴江吴日生，明季抵抗清兵，壮烈不屈死。柳亚子提倡民族气节，乃征集其旧刊，又得吴尧栋手抄本，奈次序凌乱，讹误较多，亚子乃倩陈巢南重为编纂，名为《吴长兴伯集》，国学保存会印行，为《国粹丛书》第二集，附有《唱酬余响》《袍泽遗音》。此书绝版久，我却庋存一部。

927 柳亚子故居胜溪养树堂，旁有一柏，叶楚伧往访。楚伧昂藏七尺躯，抱之犹不尽，林百举填百字令以咏之。

928 柳亚子曾谓："骂人家老顽固的，若干年后，不要做顽固才好。"

929 弘一法师六十岁，柳亚子寿之以诗："君礼释迦佛，我拜马克思。大雄大无畏，救世心无歧。闭关谢尘网，我意嫌消极。愿持铁禅杖，打杀卖国贼。"弘一报以《红菊花》诗："亭亭菊一枝，高标矗劲节。云何色殷红，殉教应流血。"

930 柳亚子晚年，著有《左袒集》，得见者寥寥无几人。

931 柳亚子晚年，署其斋名"上天入地之室"。

932 一九六〇年，范烟桥赴北京，访柳亚子夫人郑佩宜。佩宜以柳亚子遗物，捐赠苏州文物保管会。其中南社雅集照片，均保存无缺，曾在苏州博物馆举行展览，又在亚子故乡吴江，亦展览数日。

933 柳亚子卒于一九六〇年，其夫人郑佩宜，迟六年亦下世。

934 一九六二年，苏州博物馆展出柳亚子遗物，有南社照片、《南社通讯录》及柳所藏文嘉《垂虹亭图》、文柏仁《石湖草堂图》等。

935 **徐孝穆**为巴金刻一竹镇纸，所刻为端木蕻良所书之《巴山夜雨诗》。

936 徐孝穆善刻紫砂茶壶，有备用于四季者：春为梅花，题"迎春"；夏为枇杷，题"逭暑"；秋为菊花，题"吟秋"；冬为水仙，题"销寒"。绘者唐云、程十发。又刻砚，唐云绘山水，谢稚柳绘竹枝，关良绘钟馗，黄胄绘米芾，亦皆出于名手。

937 **谢稚柳**所用印章六七十方，大都为陈巨来所刻。

938 画家谢稚柳，为常州谢仁湛之子。仁湛工诗词，与钱名山、潘霞青时相唱和，号柳湖，此稚柳命名之所由来。

939 **曹聚仁**自比但丁。

940 曹聚仁喜《红楼梦》，往往到一处购一部，以便随时翻阅。

941 曹聚仁五十岁，马来亚出版社为刊《火网尘痕录》一书，上卷为《明远楼前》，中卷为《莲韬馆外》，下卷为《涛声》与《芒种》，大都人物掌故，此间不易看到。时为一九五三年。

942 曹聚仁之父梦岐，力主生活教育，与陶行知有相类处。或谓梦岐是乡村带泥土气之陶行知，陶行知是吃过面包之曹梦岐。

943 **周采泉**专研杜诗，知杜甫年谱有二十六种之多。

944 周采泉有一诗赠朱大可及余云："郑公长寿君长乐，各占春申一段街。"盖朱居长乐路，余居长寿路也。

945 周采泉赠女画家周炼霞诗："金碧楼台凭十指，玲珑心眼压千家。"

946 当"四凶"肆暴，书籍稿本，不得藏庋，悉作废纸处理。周采泉有句云："提要钩元盈尺稿，论斤卖得二三文。"

947 清雍正乙卯博学鸿儒试题，为《春雪》七言排律十二韵，甲寅花朝，杭州大雪，周采泉戏效其体，中有："六街辐辏添轮辙，万里空航减客机。"采泉自谓客机一韵，为古今咏雪绝唱，时代之赐，非当日鸿博所能梦想也。

948 周采泉有感冒、排队分咏格诗钟："不可以风三尺涕，谁人立法一条鞭。"

949 周采泉喜作诗，刻一印章"此身合是诗人未"。

950 新画家罗坤峰画竹，枝干大可盈抱，以象征毛竹丰收。周采泉为之题云："竹箄载竹竹边过，回首尚留竹满山。"罗氏欣喜，绘竹一帧以报之。

951 **刘语石**久居吴中，足迹常涉留园，有《东园访古图》。东园即留园，别于戒幢寺之西园而言。

952 刘语石诗词稿毁于火，其《无长物斋诗存》乃烬余草。

953 刘语石身短口吃，自谓合晏婴、邓艾于一身。

954 **杨廷福**逝世，年正六十，著述颇多未完稿。潘景郑挽以联云："名山未尽千秋业，良药难驱二竖侵。"

955 唐律专家杨廷福，曾从沈尹默学书，绝肖其师。

956 **沙孟海**擅书，其夫人包稚颐亦擅书，人以沈尹默与褚保权比之。

957 陈巨来与况蕙风女绵初结为夫妇，作伐者沙孟海。

958 沙孟海刻印，早年私淑赵叔孺，后学吴昌硕。

959 **吴大澂**请缨御倭，绘军用地图，以青绿山水为之，甚工致。及失败，仓皇退，此画由陆廉甫携回，廉甫随大澂戎行也。

960 吴大澂于甲午之役，请缨出关，时吴昌硕适见度辽将军古铜印，即购以赠之。或谓印系伪作。

961 **吴湖帆**对于当代文人画，推重四家：一陈仁先曾寿，二金甸丞蓉镜，三夏剑丞敬观，四宣古愚哲。对于书法，则推郑海藏之隶书，叶遐庵、沈尹默之行书，王枬缘之小篆与大草。

962 吴讷士为吴湖帆父，一足微跛，善书法。

963 吴湖帆一鼻孔经常窒塞，医治无效，只得任之，遂镌一印"一窍不通"。

964 吴湖帆不喜秋菊，谓闻到菊之气息，即感不适，因此生平不画菊。

965 吴湖帆嗜西瓜成癖，每夏瓜未上市，即谋先尝，直至秋凉，瓜已落市，尚在进啖。

966 吴湖帆患胆囊结石，施行手术，取出结石，石作卵圆形，色微黑。吴倩陈巨来刻结石印，奈石质松，不能刻，始止。

967 吴湖帆有一居第印"淮海草堂"，以所居密迩沪西淮海路也。印乃叶潞渊刻。

968 吴湖帆有一玫瑰红青田石章，作正方形，绝类蜜饯山楂糕，就灯光照之，更殷红莹透，非常可爱。是石原为许姬传物，许以银币一百元，购诸北京市上。后许倩湖帆绘青绿山水直幅，送润资一百元，湖帆以彼此相交有素，不肯受，许不得已，将是石章作为馈赠。湖帆得之大喜，倩陈巨来刻"大痴富春山图一角人家"十朱文，与其所藏黄公望《富春山图》同宝。

969 吴湖帆藏有郑所南画兰，只寥寥十七笔，为国内唯一手迹，既而归南浔庞虚斋，后闻流至美国。

970 汪东，字旭初，为章太炎大弟子。既卒，吴湖帆将汪东寄彼之诗词书札，合装一册，倩向仲坚题二字"东风"。

971 吴湖帆藏欧阳询四帖，因名其堂为"四欧堂"。子二人，一为孟欧，一为述欧；女二人，一为思欧，二为惠欧，以符"四欧"。

972 吴湖帆见有破损古画，辄以廉值购之，委裱工刘定之装池，破损处，吴亲自填补加笔，了无痕迹。

973 吴湖帆作画，不喜人点品。求墨笔者，辄为设色，求设色者，反以水墨应之。有人面求小幅，请仿某一家，吴即以笔授之曰："尔既懂得，不如尔自己挥毫！"又一次有人持吴所绘单款小幅，求加一双款，吴竟谓之曰："此画非我所作，我乌得加墨。"实则是画确出吴手，吴故意拂逆之耳。

974 吴慈堪为钝斋吴郁生之侄，作书画往往署"小钝"或"阿钝"。吴湖帆谓："小钝可，阿钝则不可。"

975 吴湖帆家，有虎牙笔架一座，乃其祖父愙斋出猎，获得一虎，凿取其牙而加工精制者，遂为梅景书屋长物。

976 吴湖帆获得黄子久《富春山居图》卷，乃民国二十七年，时湖帆卧病，得此而霍然，或比诸陈橼杜诗。

977 吴湖帆旧藏汉苢夫人白玉印，以周炼霞名苢，乃以是印赠之，亦解佩之意也。

978 吴湖帆用扁型宋体字印鬻画润例，问人："是否像讣告？"

979 吴湖帆爱猫，画室中悬有极大之猫照片。

980 吴湖帆有董香光"画禅室"三字印，乃彼六十寿，叶遐庵所赠者。据丁柏岩谈，是印由彼在燕都购得，石经火乃损断，遂去其纽,叶遐庵见而喜之,即以贻遐庵。后经考证,始知是印非香光物,清乾隆帝曾命其臣工刻画禅室印凡四方,见香光画辄钤其上,而遐庵、湖帆始终未之知也。

981 吴湖帆藏清"四王"、明四大家立幅,往往尺寸一致,人讶其巧合。冯超然却告人曰:"古画入吴手,非斩头,即截尾,务使同一尺寸,盖长者短之,短者长之,妙运其接笔也。"吴笑谓人曰:"我是画医院中外科内科兼任之医生。"

982 吴湖帆集米襄阳、文征明、唐子畏书画中之"吴湖帆"三字,制成三种名片;又集王右军帖中之"文怀沙"三字,以赠文怀沙。

983 吴湖帆一署丑簃,因藏隋《常丑奴墓志》以自喜。该本为金冬心旧物,后为湖帆外祖沈韵初所得,由韵初而归吴大澂,湖帆六岁就学,大澂以之奖给湖帆。

984 吴湖帆夫人潘静淑,三十岁生日,其父仲午以家藏宋版孤本宋器之所作《梅花喜神谱》二册给与之,湖帆遂署其斋为"梅景书屋"。

985 吴湖帆藏唐六如遗诗甚多,盖平素见唐画题识,无不录存之也。

986 吴湖帆谈画,谓:"学古人画,至不易,如倪云林笔法最简,寥寥数百笔,可成一帧,但摹临者,虽一二千笔,仍觉有未到处。黄鹤山樵笔法最繁,一画之成,假定为万笔,学之者,不到四千笔,已觉其多。"

987 吴湖帆藏有黄山谷书太白诗草书卷,首句"迢迢访仙城";又藏米襄阳书多景楼诗册,有句云"迢迢溟海六鳌愁"。因倩张大千绘《迢迢阁图》,并以明代青田石倩陈巨来刻"迢迢阁"三字朱文印,更制"迢迢阁"用笺。

988 吴湖帆有金圣叹手书直幅,乃割裂而装潢之,成一五言楹联。

989 吴湖帆评顾飞画,谓"学黄宾虹,而澹远处宾虹不之及"。

990 吴湖帆作书画,必自磨墨,谓"如此不但能掌握墨汁之浓淡,且磨墨时亦构思时也"。

991 吴湖帆早年有二印:一"吴生习气",一"出门一笑大江横"。

992 吴湖帆夫人潘静淑,患腹膜炎,痛历昼夜死。湖帆为赋《丹凤吟》词以悼之。

993 吴湖帆继室名宝珍,湖帆易之为抱真。同乡姚啸秋戏谓之曰:"抱真为唐代跋扈军阀,看您如何应付得了。"

994 吴湖帆与顾抱真结婚,钱大钧作证婚人。

995 吴湖帆门人中收藏乃师手迹最多者为董慕节,并编成乃师之画语录。

996 董慕节有《未央堂影存》,集当代名人照片甚多,颇多外间所未见者。慕节为吴湖帆弟子。

997 吴湖帆为陈巨来绘《安持精舍图》横幅,甚精工。巨来抄家时被掠去,流至台北,张大千见而购之,辗转寄归巨来。

998 抗战胜利后,吴湖帆被汤恩伯软禁于沪上锦江饭店,经若干时日,幸由叶遐庵为之设法,始得恢复自由,故吴深感叶德。

999 吴湖帆获"六如居士"瓷印,常州吕学端得一"金陵解元"牙印,均唐伯虎之物也。湖帆坚欲配二印为一匣,学端乃割爱赠之,湖帆则绘一山水长卷以为报。

1000 倪寿川,喜搜集书画文物,与吴湖帆相稔,辄以古人书画易吴作品,因此藏湖帆画颇多。十年浩劫,湖帆所作,被诬为"黑画",讽刺新社会,打成"反革命"。倪恐怖之余,将湖帆作品悉数毁去,惜哉惜哉!

1001 吴湖帆藏《画中九友》真迹，均甚精审，喜而各临一幅，成为册子。

1002 吴湖帆曾为成都杜甫草堂作六尺高之巨幅山水画，写杜甫诗意。

1003 吴湖帆与诗人陈运彰，居相密迩，因借汽车事失欢，从此两人断绝往还。

1004 朱梅邨从吴湖帆为师，既而某为绍介于张大千，湖帆知而大愠，遂罢。

1005 吴湖帆称其词集为《佞宋词痕》。按"佞宋"之称，前早有之。黄丕烈每于除夕，布列家藏宋本经史子集，以花果名酒酬之，自号佞宋主人。

1006 梅景书屋，吴湖帆得宋本《梅花喜神谱》而取名。景即"影"之本字，古无"影"字，葛洪之《字苑》，始于"景"字加"彡"。

1007 吴湖帆为人写扇，往往为二十八字一绝句。写时，毫端墨饱，着纸飕飕，不蘸第二笔，于是精神贯注，一气呵成。而字迹后写者先干，先写者后干，盖先写者，墨沈淋漓，最为酣足也。

1008 吴湖帆斋名"梅景书屋"，盖藏有宋刻《梅花喜神谱》，及宋汤叔雅《梅花双爵图》，孝钦后临汤叔雅本而命名者。湖帆居吴中，为金俊明春草闲房故宅，又得金俊明之画梅。此后续获邵弥《冻立瘦蛟卷》，金冬心《黛影脂香图》，皆梅画冠绝一时者。又罗两峰仿赵松雪之二色梅，南田、南沙、巢林、叔美、小松、南阜、贞慜等各梅花精帧。所未餍足者，为杨补之、王元章、陈宪章、陆包山诸作。未几见包山四梅，湖帆遍临一过，卒亦归梅景书屋，湖帆乃自诩集梅画之大成。

1009　吴湖帆藏有罗两峰、方白莲夫妇合作梅花卷，极精雅。两峰有题，如云："予画此卷，三日始成。内子白莲展观再四，嫌其不甚分明，晨起乃摘牵牛花，浸汁渍其花瓣，令观者一目了然，予不可不记其苦心。"湖帆亦有题："王元章好画繁枝直干，此卷深得神似，白莲染色尤韵致。"

1010　吴湖帆有《四王吴恽集锦册》《画中九友册》《扬州八怪册》《金陵八家册》《马湘兰薛素素美人香草合册》。稀世瑰宝，汇聚一堂，真谈何容易哉。湖帆为吴大澂文孙，藏大澂精品凡七件：《临王翚山水册》《临恽南田山水花卉册》《临黄易嵩洛访碑图册》《仿古山水册》《花卉册》《诗册》《篆书册》，幸归公家，浩劫中未遭损毁。

1011　吴湖帆早年已擅画艺，张季直诗以勖之，小引云："吴万（湖帆原名），友人讷士之子，愙斋前辈之孙。画山水，清遒有致，唯一亟称其贤，适以所仿烟客摹大痴小卷见寄，万年裁二十一耳。赋诗为报，且勉其进于是也。"唯一，为昆山名士方还。

1012　吴湖帆所藏四欧帖，除《虞恭公碑》为愙斋旧物外，其他三种，如《化度寺》《皇甫诞》《九成宫》，皆潘伯寅所藏，盖湖帆夫人静淑，潘氏女也。尚有宋汤叔雅梅花中堂及《梅花喜神谱》《萧敷敬太妃墓志》，昭陵之崔敦礼姜遐两碑，亦由潘氏归诸梅景书屋者。

1013　张充仁留学比利时，擅雕塑，又擅水彩油画素描。当时吴湖帆以阎立本《帝王图》本，共十三幅，出示其弟子董慕节，慕节一再摹临，终无相似处，又觉比例不对。湖帆为之介绍张充仁，学素描，得知以透视法运用入国画。因此慕节能画石膏像，为模特儿写生，迄今不忘师门。

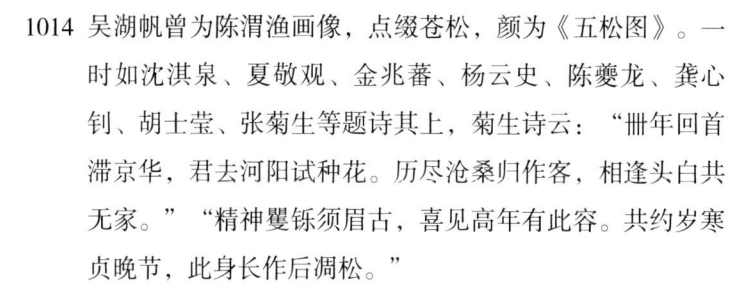

1014 吴湖帆曾为陈渭渔画像，点缀苍松，颜为《五松图》。一时如沈淇泉、夏敬观、金兆蕃、杨云史、陈夔龙、龚心钊、胡士莹、张菊生等题诗其上，菊生诗云："卅年回首滞京华，君去河阳试种花。历尽沧桑归作客，相逢头白共无家。""精神矍铄须眉古，喜见高年有此容。共约岁寒贞晚节，此身长作后凋松。"

1015 吴湖帆家畜一大鹦鹉，殊爱之。该鸟死，湖帆为赋《丹凤吟词》以悼之。

1016 透光古铜镜，靳巩与吴湖帆各有一具。

1017 潘祖同为画家吴湖帆之外舅，我获得其印拓，有"旧史氏""梅逸道人""还读书堂""万五千卷书屋""吟兰书屋图记""同是天涯沦落人""春冰竞畅秋水澄鲜"。

1018 吴湖帆一九六三年中风，一九六五年又中风。

1019 **李涵秋**所著《双花记》，约四万言，为一中篇小说。一九三八年，何可人为之易名《青萍吼》，别谋出版。

1020 李警众著有《破涕录》及《红冰碧血录》，有声文坛，曾为李涵秋刊印《沁香阁诗集》五卷。涵秋为名小说家，兼工韵语，又能画山水花卉。其夫人柔馨，亦通文翰。

1021 小说家李涵秋能书，且能画菊。当在扬州任教时，凡学生作文成绩特佳者，乃作书画扇为奖励品。

1022 李涵秋喜蓄鸟，听鸟鸣以助文思。

1023 李涵秋之《雌蝶影》小说，被包柚斧据为己有，涵秋为文诋之。实则柚斧亦能文，著有《新鼠史》十二回，载《月月小说》。

1024 李涵秋早年，著《雌蝶影》说部，由包柚斧取去，售诸《时报》馆，及刊出，则易涵秋名而为包柚斧。涵秋怒诘之，包向之道歉，知涵秋嗜啖狮子头（镇江大肉丸），既松且腴,名肴也。包氏妻如法烹煮,以馈涵秋;更备一马褂料,又一百五十元,作为稿酬,纠纷始解。

1025 包柚斧与李涵秋为宿交,柚斧谓"涵秋善骂",涵秋云:"柚斧知吾,但不知今日之吾,固非昔日善骂之吾。"

1026 民国初年名小说家李涵秋,时居扬州,我常与之通信。涵秋应狄平子之聘,来沪编《时报》副刊,始得与之把晤,其扬州之书斋沁香阁,闻之而未一至也。顷见友人张翼鸿有《李涵秋先生传略》,谈及沁香阁,爰摘录之以窥一斑:"沁香阁,后名韵香旧馆,为宛虹桥江都烟业会馆之东屋。屋仅三楹,结构殊雅致,为涵秋早年设馆,后充著作室之用。壁悬吕凤子所书对联,余为石拓之古碑帖。石楚青夫妇往谒,曾有句云'四壁烟云古洞天,师门同叩李青莲。'可见其环境之清幽。室前有小圃,杂莳花木,檐前有鸽棚,养鸽十余头,系铃高飞,声闻九霄。"

1027 李涵秋著《雏鸳影》长篇小说,刊载《上海商报》,未刊完。国华书局谋出单行本,易名《活现形》,待印甚急,而涵秋又适抱病,不得已,由贡少芹及其子芹孙续成全书。

1028 **陈石遗**足迹,达十四行省。

1029 陈石遗生于浴佛节,八十寿辰,举行堂会,如魏新绿演《文昭关》伍员,徐琴芳演陈宫《落店》,尤为生色。魏为石遗女弟子,徐则电影女明星也。

1030 陈石遗以浴佛日生于闽中长乐县,引为佳兆。

1031 陈石遗谓史学考据,皆为人作计,无与己事。诗虽小道,然却是自己性情语言。

1032 江阴祝丹卿吏部，尝招陈石遗食河豚，石遗食而甘之，即席赋诗。

1033 陈石遗谓苏州寒山寺名甚大，实则平凡无奇。

1034 陈石遗辑有《近代诗抄》，曾几何时，所列诗人先后凋谢，而朱大可却为仅存之硕果，吴仲珺为刊一印，"近代诗抄剩此人"七字朱文。不数年而大可亦下世。

1035 陈石遗之《石遗室诗话》，录赵熙诗，谓熙为光绪庚寅进士，实则赵熙乃光绪壬辰翰林，字尧生，四川荣县人，散馆授编修，官至江西道监察御史，与吴绚斋、张菊生、夏孙桐、汪颂年同科。庚寅进士为赵惟熙，字芝山，江西南丰人，散馆授编修，官至甘肃提法使，与文廷式、俞明震、夏穗卿、黄绍第同科。石遗混淆赵熙与赵惟熙为一人。

1036 淞沪战役，敌机常飞苏侦察，其时陈石遗在苏，或劝之避居他处。石遗曰："苏城十万户，若独被炸，是十万签中头彩矣。"卒不迁移。

1037 陈石遗喜淡交，虽朋好，亦不数数相访。

1038 陈石遗目空一切，谓："古今文人，不知凡几，而真能文者，实无几人。"

1039 陈石遗识梁启超，乃林旭介绍。

1040 陈石遗与陈声聪之叔父息楼友善，时声聪年事尚幼，即能韵语，石遗见之，云："令侄西湖、西溪诸作，意境殊胜，方在韶年，未可限量。"

1041 陈石遗深喜李拔可之诗，谓："拔可诗最工嗟叹，古人所谓凄婉得江山助者，不必尽在迁客羁愁也。"

1042 陈石遗喜读杜工部诗，谓："任是如何景象，俱写得字字逼真者，惟有老杜。"

1043 《近代诗钞》编者陈石遗，寓吴中燕子桥附近，改称胭脂桥，频入诗篇。

1044 陈石遗之《近代诗钞》，采诗三百余家，什九皆同光体诗。南社诗，只有谢无量、诸宗元、黄晦闻、徐仲可、潘飞声、沈宗畸、林亮奇七家。

1045 陈石遗晚年来吴，以七千余金购得胭脂桥茅家弄一宅。有人访之，谓略具庭园之胜，壁悬章太炎寿联，及石遗自书之迁居联，案几杂堆，无甚陈设。

1046 陈石遗善煮熊掌。某次，李协和以二熊掌馈金松岑，金倩石遗煮之，邀客宴饮。

1047 陈石遗八十生日，章太炎撰一寿联云："仲弓道广扶衰汉，伯玉诗清启盛唐。"

1048 陈石遗晚居吴中胭脂桥畔，丁丑有事返乡，六月二十九日抵闽，七月八日捐馆，得埋骨故丘。

1049 陈石遗子公荆，媳王孟玉，均能诗。

1050 《陈石遗年谱》，出于陈声暨手笔。

1051 **陈蜕安**喜啖常州之水面饼，曰为惟一佳品。

1052 《苏报》主人陈蜕安喜菊，病中欲赏之，其友黄叔希赠以名菊六十盆，英英艳艳，蔚为大观，陈大乐，病亦旋愈。

1053 办《苏报》之陈蜕安诗："十年癖嗜紫霞膏，才熄帷灯便寂寥。"此其沾染恶习之自打供招也。

1054 陈蜕安女撷芬，光绪二十八年，在沪办《女报》。蜕安当时颇垂青于章行严，欲婿之。章亦眷撷芬，乃未能如愿。章谓由于吴稚晖谰言所伤。

1055 **傅增湘**著有《清代殿试考略》，为科第文献，曩年曾由天津大公报馆发售，今已不可复得矣。

1056 藏书家傅增湘,于辛亥革命之际,曾随唐绍仪到沪,参加和议。

1057 傅增湘富藏书,得珍本必加跋语,颇隽雅。如云:"时大雪初霁,园林皎然,玉润珠晖,清光袭入几案间,与冷淡生活之趣相映发,笳鼓严城中,作萧然物外之想。吁!可乐也。"又:"大雪满园,坐琪花玉树中,展玩异书,真所谓清极不知寒矣。"

1058 傅增湘在故宫废纸堆中,获得自己考试卷,乃珍藏以为纪念。

1059 傅增湘收到年羹尧散馆卷子,有文一篇、诗二首。

1060 傅增湘富藏书,号藏园。贺松坡之师王小泉,著述宏富,亦号藏园,松坡为作《藏园记》。

1061 **闵葆之**父小白,擅丹青,曾为云蓝阁画《鹁鸪笺》数十幅。

1062 江都人拟重修史可法祠,称史忠正公祠,闵葆之独持异议,谓宜用南明谥忠靖,称史忠靖公祠,盖忠正乃乾隆所谥也。黄文涵题联云:"万点梅花,尽是孤臣血泪;一抔故土,还留胜国衣冠。"

1063 **王一亭**有"诗书画三绝"之称。实则一亭罕作韵语,诗辄由海门王个簃代笔,部分画由高尚之代笔。

1064 画家王一亭,先后有二人:一王钟,字一亭,乾隆时人,能诗工书画,载《海上墨林》;一王震,字一亭,别号白龙山人,画人物神似黄瘿瓢。

1065 **宁太一**自署齐王门下鼓瑟人,于民国二年九月二十五日,被黎元洪所杀。

1066 宁太一幽居,每日以运动、习字、读书、作文为自课。

1067 傅屯艮与宁太一，相晤辄龃龉，相违又苦念。

1068 宁太一因从事革命，被系长沙三年，成诗六百余首，为从来狱中诗之最多者。

1069 宁太一被系武昌狱，刘约真往探之，尝谓约真曰："倘共和底定，余命犹存，当与君卜居万山中，力耕自给，不与世竞荣利。"

1070 宋遯初既被害，谭组安劝宁太一养晦东瀛，且以千金为赆，太一执不可，未几亦被害。

1071 **蒋竹庄**同时有两人：一常州人，名维乔，以学术有声于时；一梁溪人，名旭丹，工书善画，皆以"竹庄"为署。

1072 蒋竹庄侄君稼，为票友之杰出者，梨园名宿陈德霖、王瑶卿均盛誉之，灌有唱片，如《醉酒》《二进宫》《五花洞》《战蒲关》等。

1073 蒋竹庄卒于丁酉十二月二十三日，年八十五。名须生杨宝森亦是日逝世。

1074 **蒲作英**与名校书所谓"四大金刚"之一金小宝相识，金画兰，往往由蒲代笔。

1075 蒲作英死年，颇成疑问。朱其石曾于友人处，见日者为蒲所批之命书，按计之，有三岁之差。

1076 蒲作英殁于清宣统末年，诸宗元为作《蒲山人墓志铭》。其墓地在嘉兴，吴昌硕为之经营者。

1077 **高太痴**之希社，设于丁沪南城隍庙西园之访鹤楼。

1078 希社祭酒高太痴，能画钟馗。

1079 高太痴师事文小坡。

1080 高太痴居沪南小校场，颜其寓为"百盆花斋"。

1081　高太痴精于医，著《医案》。

1082　高太痴女卜昌，拜潘兰史为师，太痴赋诗以代贽敬。

1083　**樊云门**案头诗稿，用薄竹纸订一厚本，约百余页，不数月，已写满，又易一本矣。南社胡石予亦似之。

1084　金雪塍极称赏樊云门书法，谓"古遒有致，云门虽不以书名，而非名书家所能望其项背"。陆丹林却谓"樊书有似木炭"。

1085　樊云门以"墨竹换诗诗换蟹"七字，嘱其儿辈为对句，儿辈皆不能对，樊乃自对之："画松如篆篆如龙。"

1086　樊云门嗜鼻烟，有碧玉鼻烟壶二，色泽湛然，作琵琶状，樊甚珍之，乃袁慰亭所贻，为大内物。

1087　樊云门曾在沪购宅，既而赴北京，乃鬻去沪宅而别购京宅，为数不敷，乃向叶遐庵商借，此函藏陆枫园处。

1088　摩登乃英文modern之译音，义为现代。樊云门之《后彩云曲》有"白发摩登何足数"句。有曾繁其人，认为樊之摩登，远在新人物高唱摩登之前，彼已创此纪录。实则樊之所谓摩登，不作时代解说，而指摩登伽女也。又樊之《彩云曲小序》，述及傅彩云与英女皇并坐照相。或谓并无其事，乃用二照片凑合重摄而成，特借以炫人耳。

1089　蔡伯浩擅制诗钟，须发苍白，忽而剃去，一日往访樊云门，云门几不相识，及道姓名，相与大笑，乃约梁鼎芬、陈伯严等为诗钟之会，赓五日不辍。云门钞撮成《樊园五日战诗记》。越数月，又相会作诗钟，云门又成《樊园战诗续记》。时云门卜居沪西宝昌路，即今之淮海路。

1090　樊云门赏识章遏云之演艺，赠之以诗，有"越女采莲讴未阕，华鬘天际彩云垂"等句。末署"珠尘女士樱粲"。"樱粲"一词似未前见，殆所谓樊素樱桃耶！陈庸庵续有

所作："阳春白雪解人难，秦女吹箫蔡女弹。若使庐陵续旧史，也应新补女伶官。"我曾一度观遏云与金少山合演《霸王别姬》，确殊佳胜。

1091 樊云门藏有郑所南画《无根兰》，吴湖帆亦藏所南《兰》，不知是否即云门旧物。此画后归庞虚斋，流至域外。

1092 袋鼠为西方兽类，樊云门、吴士鉴却同咏之。

1093 **萧蜕庵**名盅孚，善篆书。其弟盅友，善隶书，均有名艺苑。

1094 萧蜕庵论书，谓"近代之清道人、郑孝胥、康有为、吴昌硕，学者皆不可沾其习气"。

1095 萧蜕庵寓吴，初居金狮河沿，后居大石头巷。

1096 **徐润周**斋名"四乐簃"，有一印"老健犹能不负春"。

1097 我友徐润周，寓沪西愚园路，自号愚村新民，一昨致一长函，见告康有为旧居事甚详，大好掌故也，录之于下："康南海晚年，卜筑于上海西郊愚园路镇宁路西首，门牌自七二〇至七五〇号（当时称为极司斐尔路）。一九二四年，创设天游学院，登报招生，余（润周自称）于本年秋季，通函请谒，不待复音，逾数日自行前往，竹篱板门，类隐士居。向门房投刺后，立即引入，过一小桥，右方小片草地，莱芜不剪，一茅亭耸立其中，树旁系一驴，左向较宽，石径蜿蜒，达洋房主宅。楼下敞厅两间为客室，设沙发数具，堂屋深处置老式红木大搁几十座，上面悬一木质金色匾额，颜曰'天游堂'，乃溥仪御赐康氏七十生辰者。匾额下，挂古画中堂并对联一副，旁壁悬徐悲鸿所绘康氏肖像。正观望徘徊间，南海从书房出，穿呢面夹袍，厚唇广颐，风度潇洒，邀余入座。首询职业，告以服务大生纱厂，南海云，创业人张季直，吾之旧友。继询年龄，答称二十六岁，南海云，曾湘乡于同岁开始研寻圣道，尔正同此年岁，大可及时求进于道。方今国事阽危，立志以远大为鹄，书法乃小道，仅可余时为之耳！正谈论间，宾客络绎而至，聆其语调，大抵皆门人后进，登堂请益者。约半小时请辞，南海起立，嘱其门人王君代送。王君常在康家，兼司总务，另居旁屋，布置楚楚，略谈天游学院入学条规而出。岁华电驰，忽忽六十年矣。"

1098 徐润周取陈简斋"微波偶摇人，小立待其定"诗意，名其斋为"微波阁"，托笺扇庄代求陈巨来刻一印，后遇巨来，审视为伪作。润周姑妄钤诸笺牍，高君藩见而爱之，润周乃倩巨来弟子刘世襄别刻一印为赠，并系以诗云："君历微波我亦波，一章分用志同科。相逢莫逆于心境，且寄闲情在乐窝。自哂性偏过访少，却歆主雅客来多。刘郎青出真来秀，应胜师门俗手摹。"另撰祝君藩八十寿诗，亦有"耄岁相交频促膝，一年差长共微波"之句，盖润周时年八十一也。

1099 **黄宾虹**论画：谓"简笔宜求法密，细笔宜求气足，简笔难于细笔。"

1100 黄宾虹四岁，从父定华诵诗，后又从歙县汪宗沂习《诗经》及《楚辞》。

1101 黄宾虹、刘季平，均好杯中物。一次，刘约友宴叙，黄亦被邀。是日于三小时内，共倾绍兴酒三十斤，而以黄刘二人所饮为多。

1102 黄宾虹生平作画甚多，其致郑轶甫书有云："历年所作，约数千件，已成未成，除搬移散失，尚有千馀件，向不取资，亦不欲轻易投赠。"

1103 黄宾虹画以繁胜，齐白石画以简胜。论者谓黄画用加法，一加再加，加到不可再加为止；齐画用减法，一减再减，减到不能再减为止。

1104 黄宾虹与陈叔通友善，为叔通画，动辄长题，有数百言者，甚至累累千言。

1105 黄宾虹与齐白石两画师同生于一八六三年。

1106 蔡寒琼有《校碑图》卷，乃黄宾虹五十五岁作，茆屋数间，疏树掩映，石坡又磊落有致，佳作也。

1107 黄宾虹山水初学四王，继学渐江，出入查二瞻、黎二樵之间。

1108 黄宾虹与丁佛言为金石交。丁名世峄，精研金文与古钵，藏古钵极多，写钟鼎文，宾虹自叹不如，戚叔玉师事之。

1109 黄宾虹作画，每日平均两小时，积件数千，凡外界求画，不论是否相识与有无润金，一律慨结墨缘。因之，彼之作品，流传较多。

1110 黄宾虹一次在沪开个人画展，购者寥寥，忽一人购三十件，宾虹叩其姓名，知为傅雷，二人遂定交为友好。

1111 黄宾虹画，收藏最多者为傅雷，次为裘柱常。盖裘夫人顾飞，为黄氏弟子，每逢老师生辰，必送礼祝嘏，黄则赠以画幅，历有年数，故所得甚夥。傅雷于动乱中被迫害死，藏品失去。今藏黄画最多者，惟裘顾夫妇矣。

1112 黄宾虹藏有史可法手写赠戴练师诗册，在南社雅集会上，出供社友欣赏。

1113 高君宾倩黄宾虹画扇，宾虹云："老宾为小宾作画，义不容辞。"

1114 黄宾虹于时人画，最不喜吴石仙与林琴南。

1115 黄宾虹之书札，内容涉及学术及画艺者，有人以重值收之。

1116 黄宾虹致女弟子顾飞书，论画凡一千余言，顾飞装成手卷，吕贞白、顾起潜、钱君匋为之题。

1117 黄宾虹谓："山可以任意画，画出来便算做山。如果有人说不像山，那么请他到桂林、阳朔两处去找，一定可以找到。"

1118 沪上有人诋黄宾虹作山水，一团黑气，如乌金纸，如古拓碑。郑午昌闻之，不以为然，因致书倩宾虹画一幅用墨特重之山水，具有代表性，由彼分析解释。

1119 香港陈凡，极倾倒黄宾虹，为辑《黄宾虹画语录》《画法要旨》，颇以未及一亲謦欬为憾。

1120 寿石工一次在北京稷园雅集，遇到张大千，戏对大千说："你窃取黄宾虹的名号！"听者为之哗然。盖宾虹于民国初年即以大千为笔名，撰文刊载《真相画报》也。

1121 黄宾虹谓："四王之山，乃纸上之山，不是自然之山。"

1122 黄宾虹富收藏，画幅画稿三千余帧，手稿一大箱，历代书画一千有三十八件，铜玉印八百九十三方，铜器七十九件，玉器二百十九件，陶瓷器及砚、砖、瓦一百六十二件，均捐献归公。

1123 黄宾虹撰一联："华采择今新鼓铸，文辞勒石旧盘游。"书赠高吹万，祝其七十寿。

1124 黄宾虹尝谓："人遇难事，如在深山遇虎豹，不能胆怯，要学武松，过得景阳冈，便可到家。学画之道也如此。"

1125 黄宾虹著《黄山析览》一书：一、《总论》；二、《山川道路》；三、《寺观桥梁》；四、《卉木禽鱼》；五、《古迹名胜》；六、《金石摩崖》；七、《图经画册》；八、《诗文杂记》。甚为完备，若刊之成册，可作黄山导游录。

1126 陆俨少评黄宾虹画,谓在七十岁以前,无甚可观,当八九十岁时,突然一变,墨法神奇,开了面目。

1127 刘海粟以七上黄山自豪,但不知黄宾虹九上黄山,较彼更胜一筹。

1128 黄宾虹钦佩维新人物,曾与谭嗣同通函,力辟阴阳五行之说,二人意见甚为惬合。嗣同殉难,宾虹诗以挽之,有云:"千年蒿里颂,不愧道中人。"

1129 黄宾虹有沈三白花卉一帧。

1130 黄宾虹组织百川画社,对刘海粟说:"百川归海。"海粟答之云:"我仅沧海一粟,不敢以海自居。"

1131 黄宾虹藏书画,亦兼藏名人尺牍,有文彭、王宠、文震亨、王觉斯、高攀龙、倪元璐、周公瑕、王百穀、黄道周、方以智、沈石田、唐伯虎、祝枝山、莫是龙、徐文长、邵瓜畴、傅青主、查士标、陈老莲、董其昌、陈眉公、郑簠等。

1132 黄宾虹别署大千,尚在张爰别署大千之前,曾为《真相画报》绘有《海西庵》及《焦山北望》二图。

1133 黄宾虹由蜀返沪,曾写《蜀中山水册页》十二帧,贻陆丹林。丹林装裱后,倩陈三立、林山腴、吴虞、许承尧、谢无量、易大厂等题识。一日,友人过访,见此册赞美不绝口,丹林即在册末加写数语,慨然赠之。

1134 黄宾虹曾刻一印贻秦更年,更年逝世,印归吴仲珺。又更年亲琢一砚,亦为仲珺所有。及仲珺卒,其后人以印砚并金石拓本,廉值让给某书画社。施蛰存闻之,即向书画社购取,藏诸北山楼。

1135 黄宾虹逝世，零星之件，颇多归郑铁甫所有。

1136 黄宾虹后人黄用明，所藏先人作品，悉失诸浩劫中。

1137 伶人**田际云**，艺名想九霄，为梆子花旦之翘楚。文廷式学士却深恶其人，骂之为"忘八旦"。或谓"想九霄""忘八旦"恰成妙对。

1138 民国初年，国会初开，有举伶人田际云（即想九霄）为议员。袁项城语人曰："想九霄若作议员，吾当以总统一席让给谭鑫培。"

1139 清末民国初年，梨园有《斗牛宫》灯彩剧，轰动一时，创始者为想九霄。

1140 **白蕉**论书，谓："笔有缓急，墨有润燥，缓则蓄，急成势，润取妍，燥见险，得笔得墨，而精神全出矣。"

1141 白蕉早年作诗，颇自负，钤一印"传诸千秋"。

1142 白蕉本姓何，废姓不用。其女名白雪，亦废何姓。

1143 何白蕉去姓不用，径称白蕉，人误以为白姓。刘海粟早年亦去姓，径称海粟，人误以为日本人。

1144 白蕉喜啖鸭肫肝，有馈之者，必以书法为报。

1145 白蕉曾北上访齐白石，白石见白蕉题画诗，大加赞赏，即伸纸为作画屏赠之，白石画不轻赠人，此乃破例也。

1146 白蕉诗与书，颇高自位置，尝云："诗已清腴书瘦硬。"又云："诗成或在宋元时。"

1147 白蕉谓暑日毒热，此时摒妇子，谢客裸卧，亦一大适意事。

1148 如白蕉论书，颇多妙语，如云："运笔能发能收，只看和尚手中饶钹。空中着力，只看剃头司务执刀。"又云："包慎伯草书用笔，一路翻滚，大是卖膏药好汉表演花拳模样。康长素本是狂士，好作大言欺俗，其书颇似一根烂绳索。"又云："学书始欲像，终欲不像。始欲无我，终欲有我。"

1149 白蕉擅画墨兰，极雅韵，且作绝句题其上，亦清逸有致："二月春风起睡仙，乾坤无恙酒杯圆。偶然挥洒何须诉，管领清芬五百年。"

1150 白蕉善行书，善画兰，又善韵语，记得其两句："低昂时论谁为主，掩映春灯尽是悲。"风神独绝。

1151 白蕉编有《袁世凯与中华民国》一书，经古红梅阁主评阅。古红梅阁主者，吴中张一麐也。白蕉别有《袁世凯的压迫言论自由》一文，载《人文月刊》。

1152 **刘厚生**之《张謇传记》，谓"张謇是第一个赏识袁世凯而提拔他的人，也是第一个与袁世凯翻脸的人"。

1153 管际安寓居上海陕西南路四八八弄一号，原为撰《张謇传记》之刘厚生故居。厚生名垣。

1154 刘厚生与洪述祖相稔，因此谈及宋教仁案，对洪颇多恕辞。

1155 **周信芳**曾赴临川，寻玉茗堂故址，谒汤显祖墓。

1156 周信芳演剧，能自编自导，在袁世凯帝制自为，编演《王莽篡位》；"五四"运动，攻击卖国贼，又编演《打金刚》；军阀横行，编演《博浪椎》，以引起群众之义愤。信芳擅书法，当时把晤，深惜未求片楮尺缣，以留纪念。

1157 周信芳艺名麒麟童，盖童年即登台也。张中原编有《麒麟童真本》凡十册。中原乃信芳女婿。

1158 张中原为周信芳之快婿，亦擅皮簧，如《四进士》《追韩信》等，袍笏登场，居然老伶工也；又精画艺，翎毛兰竹，满纸清趣。其女玉縣，作蝶翅画，纯以蝶翅为之，翎毛兰竹，望之俨若丹青染翰，且成轴卷舒，历久不损，尤为难能可贵，真所谓巧夺天工哉。

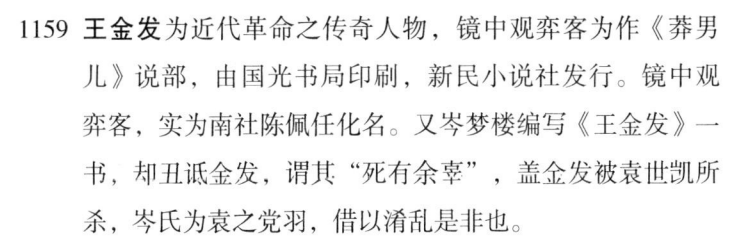

1159 **王金发**为近代革命之传奇人物，镜中观弈客为作《莽男儿》说部，由国光书局印刷，新民小说社发行。镜中观弈客，实为南社陈佩任化名。又岑梦楼编写《王金发》一书，却丑诋金发，谓其"死有余辜"，盖金发被袁世凯所杀，岑氏为袁之党羽，借以淆乱是非也。

1160 "秀才强盗"王金发，与秋瑾同执教于大通学堂，亡命时，化名为夏子黎；通文翰，能书，曾自撰一联："礼乐攻吾短，山林引兴长。"

1161 **刘海粟**名槃，十三岁时，将在校所作课文自订一册，题之为《刘槃策论》；年十七，即创办上海国画美术院，为中国第一所美术学校。当时有乌始光其人襄助之，乌名不彰。

1162 刘海粟祖父刘镛，与清代四大书家翁、刘、梁、王之刘镛同名。父家凤，娶洪亮吉之小孙女为偶。故居常州，有一楠木厅，榜额"静远堂"，因此海粟一署静远老人。

1163 刘海粟寓上海大厦之最高楼，为题"寥天楼"三字。

1164 刘海粟有"艺术叛徒"之号，据其弟子袁志煌见告，始知其由来。当一九一七年，上海味莼园举行美专校成绩展览会。陈列品中，有人体习作，时风气未开，群众见之，引为诧异。城东女校校长杨白民且斥之为"艺术叛徒"，海粟即以"艺术叛徒"自号。钱化佛曾倩海粟画一便面，复倩"文学叛徒"胡适之作书，称为"叛徒扇"。

1165 刘海粟为我国画模特儿之首创者，军阀孙传芳认为有伤风化，欲逮捕之。

1166 陈独秀在狱中，书联赠人，刘海粟得其一。联云："行无愧怍心常坦，身处艰危气若虹。"海粟珍藏之。

1167　刘海粟谓："善与美，一而二、二而一而已，以德感人者善，以艺感人者美。"

1168　徐志摩欣赏刘海粟之画，谓："您是世界的人，不是中国的人。"

1169　刘海粟画黄山，曾云："入黄山，当出黄山。"

1170　刘海粟倩甘珩刻一印"昔日黄山为我师，今日我为黄山友"。

1171　松江石湖荡之古松，有"江南第一松"之号，刘海粟往观之，作一写生画，且题古风一首。

1172　刘海粟自谓以三石为师，三石者，石田、石涛、石溪。

1173　刘海粟游虞山，访墨井遗迹，绘言子墓，出示吴昌硕，吴称其"一点不落套"，为题二句："吴中文学传千古，海色天光拜墓门。"

1174　一九二三年，刘海粟访徐志摩于北京松树胡同，时梁启超在座，倩海粟为作一画，海粟画竹二竿，梁题"孤竹君之二子"。

1175　一九三五年，上海江湾举行第一次全国儿童画展览会，陈列刘海粟十二岁所绘之《螃蟹》一幅。

1176　**沈禹钟**生于旧历正月初五日，适为财神诞，因有句云："了无瓜葛到钱神。"自明非资本家也。

1177　沈禹钟早年，于嘉善故乡，犹见郭频伽之灵芬馆界石，晚得紫檀笔筒，乃频伽故物。频伽手镌十六字铭，甚质朴。铭刻环筒近底处，盖上面留待作画再刻也。

1178　沈禹钟于当代女诗人，推崇陈小翠。

1179　沈禹钟与王大觉为诗友。一次，王改窜沈诗，沈少年狂傲，大不以为然，从此断绝往还。

1180　沈禹钟谓："作律诗，不宜先成联句，再装首尾，须自首句做起，自然脉络贯通，统体顺适。"

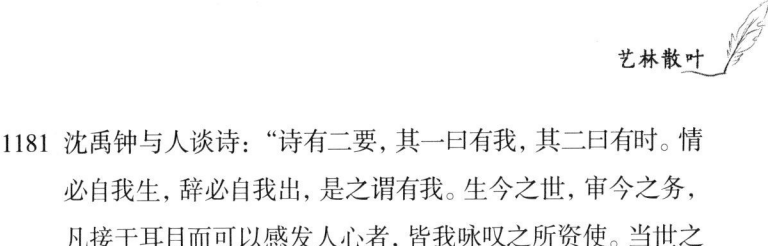

1181 沈禹钟与人谈诗："诗有二要，其一曰有我，其二曰有时。情必自我生，辞必自我出，是之谓有我。生今之世，审今之务，凡接于耳目而可以感发人心者，皆我咏叹之所资使。当世之治乱，民俗之忧喜，跃然毕现于纸上，是之谓有时。"

1182 沈禹钟于敌伪时，家养一犬，见逻卒来，狺狺而吠，逻卒怒，击毙之。禹钟曰："是亦国殇也。"诗以哀之。

1183 沈禹钟丧妻钱敬则，哭之以诗，有云："帘内呻吟帘外雨，不堪并作一时听。"

1184 唐云有一澄泥砚，倩沈禹钟作铭，铭云："长乐欤！铜雀欤！水精月魄，文章舒。"因砚作月圆形也。

1185 沈禹钟谓："国人作人物画，遗貌以取神，西人作人物画，尽貌以传神。"

1186 朱大可有《论印绝句》二十四首，邮示沈禹钟。禹钟亦作《论印绝句》二十四首，以相竞胜。

1187 沈禹钟评柳亚子诗，谓中年胜于晚年。

1188 沈禹钟谓龚定庵诗以雄奇胜，学之者众，然得其神髓者，千无一人。

1189 沈禹钟一再称赏龚定庵"叱起海红帘底月，四厢花影怒于潮"名句。余谓之曰："此套用孙星衍妻王采薇诗也，采薇句'一院露光团作雨，四山花影下如潮'，脱胎如此，却能青出于蓝。"

1190 沈瘦东鄙薄吴梅村诗，谓熟而兼俗。同时沈禹钟亦轻吴作，甚至并《圆圆曲》而否定之。

1191 沈禹钟畏暑，有句云"树借蝉声诉叶干"，道人所未道。

1192 沈禹钟寓沪上江湾路一〇一弄，密迩虹口公园，奈因患气喘，艰于步履，终日除偃卧外，惟以读书吟诗为遣，凡若干年，从未一涉园门，或比诸下帷攻苦目不窥园之董仲舒。

1193　沈禹钟于辛亥十一月二十八日逝世，临死前一日，犹作七律诗二首，一寿陈文无八十，一寿刘蓬庐九十。

1194　**刘季平**，好饮，常自制药酒，每餐辄进之。

1195　刘季平作书，得力于《石门颂》，授课北京大学，与沈尹默合订鬻书润例。

1196　邹容烈士死，刘季平为之埋骨于其家黄叶楼畔。季平女刘缙，于重修墓地后，经常前往扫除。

1197　**杨味云**刊印《云在山房丛书》四十种，颇多珍秘之作，尚拟续刊而未刊者，有吴昌绶之《吴郡通典》，沈宗畸之《便佳簃杂钞》，杨寿枢之《壶公书画录》，杨寿枏之《沧粟斋杂记》，傅增湘之《藏园所见宋本题记》，陆增炜之《鸳湖梦影记》，吕凤之《和漱玉词》。

1198　无锡杨味云葺有贯华阁，为清代纳兰容若与顾梁汾去梯深谈之地，葺既成，绘《贯华阁图》，并乞章行严赋诗，未及为而味云下世遂辍。越若干年，味云子复求行严补为，沈尹默、汪旭初、潘伯鹰均有题咏。

1199　**刘介玉**曾应县知事考试，三场考毕，主试者颇赏识之。不意有嫉妒者，指彼为乱党，由侦察队逮捕，幸程雪楼力保始释；从此灰心仕进，取号天台山农，以寓归田之意。

1200　天台山农，为刘介玉之别署，健啖，卒以胃病逝世。

1201　嘉兴新篁里所产之樆李，天台山农刘介玉觅种试植之，成绩不佳，因是种局限于一隅，不宜移植。

1202　**姚石子**辑录其先人遗著，成《姚氏摭残集》。

1203　姚石子居松江金山张堰，因战乱，移家沪上，检得亲朋告贷之借券，几盈一箧，乃付诸一炬，引为"生平快事"。

1204　姚石子藏有陈眉公《梅花诗》书册，共十六页，甚精。白蕉见之，叹为观止。

1205　姚石子，有妹三：湘筠适高君定，湘湄适周迪前，盟梅适高君宾。盟梅工诗，遣嫁时，石子为刊《盟梅馆诗初稿》，共千册，置诸妆奁，且为作一序。

1206　姚石子妻王粲君，与柳亚子妻郑佩宜为同学。

1207　姚石子逝世，其后人昆群、昆田，以遗书五万册捐献上海文物保管会。有崇祯本《松江府志》、朴学家张啸山日记手稿、算学家顾观光手稿、田箕山批校《五代史》、各家批校本前后《汉书》、李日华《恬致堂集》等希珍之书。陈毅市长有《复庐藏书致语》。

1208　**严复**致书其子，有云："临帖作书，可代体操。"

1209　严复学海军，恒劝人弗学海军。

1210　张之洞延严复办译书局，有诽议者，复作书详言译书之重要。此书由侯疑始收藏。

1211　严复致其于严浚家书，有云："暇时仍当料理旧学，勿任抛荒。人前以多见闻默识而少发议论为佳。至臧否人物，尤宜谨慎。"

1212　汪辟疆亲见严复治《庄子》《老子》《王荆公集》《太史公书》，皆批校十数过。

1213　**吴芝瑛**擅煮藤花羹，孙寒崖啖而甘之，咏之以诗。

1214　廉南湖之《小万柳堂》，吴芝瑛集句为联，颇多可诵者，如："佳人渺天末，凉风起坐隅。"又："野老时一望，游子澹忘归。"又："屋小疏茅覆，门深乱柳遮。"

1215　吴芝瑛所写之《楞严经》，乃汪兰皋代笔。

1216 吴芝瑛《祭秋瑾文》，廉南湖代笔。徐自华《西泠重兴秋社并建风雨亭启》，陈巢南代笔。

1217 林琴南与魏易合译《黑奴吁天录》，最初由廉氏小万柳堂刊行。琴南题识云："是书开场、伏脉、接笋、结穴，处处均得古文家义法，可知中西文法有不同而同者。万柳夫人为加圈点及句读，以便读者。"万柳夫人，吴芝瑛也。

1218 **朱孔阳**毕业杭州之江大学，与郁达夫、范烟桥同学同班。

1219 太守，为古代官名，朱孔阳却自称太守。人问其故，曰："我之所谓太守，乃责己之太保守，不合新时代也。"

1220 朱孔阳继娶金启静，伉俪甚笃，因取一斋名"联铢阁"，"铢"字合朱金二姓也。

1221 朱孔阳自谓五十岁前为生人服务，五十岁后为死人服务，盖营公墓安人窀穸也。

1222 云间朱孔阳，曾赴狱中数次，为罪犯施教，苦口婆心，罪犯为之感动。

1223 朱孔阳有灵芝琢成之佛像一尊，乃程十发所贻。

1224 胡鼻山有天、地、人三才砚，天砚已失，地砚、人砚，现在朱孔阳家，朱因榜其斋为"人地两宜室"。

1225 朱孔阳珍藏之砚，精拓为《联铢阁砚谱》；又以他人所藏之砚，别拓一册，名之为《联铢阁砚鸠》，意谓鸠占鹊巢，本非己有也。

1226 朱孔阳一度与陶冷月合作扇面，朱书陶画，登广告，标题："陶朱公卖扇"。

1227 朱孔阳藏龚橙一联："直使天惊真快事，不教人骂是庸才。"

1228 朱孔阳有黄州石，大如鸽卵，清宋牧仲物，宋作为案头清供者。

1229　朱孔阳以旧藏镂字精忠柏，捐献杭州岳庙。

1230　朱孔阳藏有笔匣一，雕镂绝精，匣有夹层，出之则一臂搁。

1231　朱孔阳藏手杖，自己所用，取名耘杖。其他尚有李越缦、于右任、陈去病及日本人犬养毅所用杖。

1232　朱孔阳既得陈季常印，又得苏东坡雪堂印，谓乃陈眉公旧藏。

1233　朱孔阳藏有洪述祖、洪深父子二人印章。

1234　朱孔阳，一日被人窃去小皮夹，内藏纸币十余元，随之失去，盖窃者用磨薄之铜制钱割衣为之。在仓卒间，窃者之铜制钱，遗落于孔阳袋中。孔阳别购一小皮夹，制钱留置皮夹间。经若干月，孔阳参观某展览会，皮夹又被窃，尚未发觉，不多时，忽有人向之曰："先生皮夹，落于地上，兹拾得奉还。"孔阳谢纳之，既而始悟其人即窃者，见皮夹中有此特殊制钱，认为同道耳。

1235　抗战时，高天梅已逝世。其夫人何亚希，在沦陷区不能脱险，适朱孔阳任青年会救济难民工作，为之设法，得来上海。亚希感之，备盛宴为款，并倩其叔高吹万代为东道主。

1236　予失偶，朱孔阳致予函，末语"敬请单安"。杨达邦悼亡，孔阳致杨函，谓"从此河东无狮吼，可来舍谈谈"。

1237　**杨了公**任宝山教谕，诋松江太守戚扬，称为"伸手包龙图"，讥其外清而内浊也。了公被革职，遂致力卖字，创孤儿院，作一联云："革去宝山县学正堂，升迁孤贫儿院校长。"

1238　朱孔阳藏有杨了公之手稿册，颇多耐人寻味语，如云："人之目的，富贵寿考，我之目的，翰墨神仙。"又："立志要做一个好人，有谁阻我！其阻之者我也。"又："有作诗之俗子，有不作诗之雅人。"又："何谓少？老年好动便是少。何谓老？少年好逸便是老。"又："城市之嚣张，不如山林之恬适，我视

城市亦恬适者，胸中有山林也。"又："有赔钱之穷鬼，有不赔钱之富翁。"

1239 杨了公喜填词，词稿曾付石印，成一册，颜曰《杨了公先生墨宝》。

1240 金山张云林赴青浦，杨了公谓沈瘦东不可不访，赠以诗云："翩然有客到松江，共对闲鸥醉一觞。此去青溪须记取，柳阴深处沈东阳。"

1241 沈瘦东常徇友人之邀，狂饮助欢。杨了公为诵明李西涯句："莫将性命作人情。"

1242 杨了公官奉贤，绅士中惟推重朱遁庸。

1243 海上有一以测字著名者，称小糊涂，真姓名反不彰，慕杨了公法书，辗转托人索之，了公为写一联云："俯拾即是，触处皆通。"

1244 杨了公丁卯冬，绾奉贤县篆，仅官二月即辞职，谓书生作吏，如坐针毡，罗掘皆空，补苴无力。

1245 杨了公赠金山张云林诗，有云："此去青溪须记取，柳阴深处沈东阳。"注："青浦沈瘦东先生，不可不访。"按瘦东故居无柳，迨移居濠上，环溪植柳六七株，及繁荫匝地，而了公已前卒矣。

1246 **袁克文**多结金兰契，如张树声、张勋、步林屋、唐在礼、刘登阶、刘山农、周南陔、周瘦鹃等，均为谱弟兄。

1247 项城袁克文，获宋代王晋卿之《蜀道寒云图》，遂自号寒云。其弟克权，娶端午桥女，定婚之日，午桥授以宋椠百衲《史记》，遂号百衲。

1248 袁克文能演丑角戏，学于郭春山。

1249 袁克文搜罗各国金质稀币，装以锦盒，分格庋之，后以贫乏质于人，无力赎回，遂绝没。

1250 黄荛圃有"百宋一廛"，袁克文有"皕宋书藏"，所藏宋版书凡二百种，更在士礼居之上也。袁曾手写《宋本二十八种提要》，贻其弟子俞逸芬。

1251 洪宪称帝，袁克文有讽喻诗："绝怜高处多风雨，莫到琼楼最上层。"称帝既成事实，却又撰《辛丙秘苑》力为亲讳，饰词以掩之，如云："悖乱之徒，妄冀大位，群奸肆逐，众小比朋，如朱启钤、梁士诒、杨度、夏寿田、张镇芳辈，诪张扰攘，共济凶谋，先公日理万机，未遑察及患之伏于眉睫也。"

1252 **姚虞琴**善画兰，任何人请求，无不应酬；任何画展，请彼加入，无不参加。

1253 姚虞琴见高吹万词"猫生一子宛如娘"，甚称赏之。适彼家之猫亦生一子，而与母猫相肖，因名儿猫为宛如。

1254 **李浩然**遗诗数十首，由《新闻报》同事周冀成携去，拟代付印，周旋赴海外，遗诗不知下落。

1255 李浩然啖面，喜倾入少许高粱酒于面中，云馨逸胜于胡椒末。

1256 **林庚白**能算命，洪荆山尚藏有林为彼所批之命书一册。

1257 林庚白诗极自负，谓："诗初以郑孝胥为第一，我居第二位，今则始知我已登峰造极。综合古今，我居第一，杜甫次之，至于郑孝胥之流，卑卑不足道。"

1258 林庚白论诗，谓："诗有三要，要深入浅出，要举重若轻，要大处能细。三者备，可以为诗圣。"

1259 林庚白善以新事物入诗，如"舞终电柱如虹灿，人满脂香作态狂"，则咏舞场霓虹灯也；又"辛苦红衣除道者，低徊白袷少年时"，则咏穿红衣制服之清道夫也。

1260 林庚白喜穿西装，但不会打领结，常假手于人，因此必兼备中服，盖急须外出，而适无代劳打结者，不得不改御中服也。

1261 林庚白面貌，颇肖邹韬奋。

1262 林庚白与世侄女林北丽结婚，年龄相差一半以上。

1263 林庚白与其妻林北丽，曾住九龙金巴利道月仙楼二号，乃杨云史之旧居。

1264 **齐白石**善画虾，盆中常畜小虾，观其潜浮跃动，以为画范。

1265 齐白石，木工出身，师傅为周之姜。仇十洲，漆工出身，惜其师傅未留名。

1266 齐白石自谓二十岁后，弃斧斤学画，为万虫写照、百鸟传神，只有鳞介中之龙，未曾见过，不能大胆为之。

1267 齐白石谓作画不似则欺世，太似则媚俗。彼深喜吴昌硕于六十五六岁时之作品，认为前此失之滞稚，后此流于狂放。

1268 商笙伯谓齐白石作画，用墨不能化。

1269 齐白石谓："青藤、雪个、大涤子之画，能横涂纵抹，余心极服之，恨不生前三百年，为诸君磨墨理纸者，诸君不纳，余于门之外饿而不去，亦快事也。"

1270 齐白石读徐文长诗，最欣赏其一句："破帽残衫拜孝陵。"

1271 齐白石认识齐如山，再由齐如山认识梅兰芳。

1272 陈师曾云："工笔画梅，费力不好看。"齐白石闻之，画梅始用写意法。

1273 张篁溪居北京左安门内新西里，传系明崇祯间袁崇焕故宅，略具泉石之胜，人称张园。齐白石喜其清幽，篁溪乃迎之消夏，齐榜之为"借山馆"，且绘《张园春色图》以张之。篁溪子次溪，与齐殊熟稔，因撰《齐白石一生》，凡数十篇，作系统介绍。

1274 蔡松坡拟从齐白石学画,未果。

1275 齐白石所绘之《超览楼禊集图》,为长沙瞿鸿机作,是图藏朱省斋处,有瞿之后人蜕园跋语。

1276 齐白石有一画,名为《寻旧》,题有诗云:"海上风清明月夜,杖藜扶梦访徐熙。"徐熙乃指徐悲鸿而言。

1277 齐白石在泥金扇面上绘白茶花,别有一种风致。徐悲鸿曾得一柄。

1278 齐白石别署情奴。八十一岁时,署名九九翁。

1279 齐白石之寄萍堂横额,乃王湘绮所书。

1280 某岁夏,舒舍予以粽子馈齐白石,齐即绘粽子,佐以枇杷樱桃,成一小幅以报舍予。

1281 齐白石师事萧芗陔,萧画像颇有名,齐以自画李铁拐像为贽。

1282 齐白石观《黄瘿瓢画册》,始知己画过于形似,无超凡之态。

1283 齐白石喜绘蔬果,其题大白菜颇趣,如云:"牡丹为花之王,荔枝为果之王,独不尊白菜为菜之王,何也?"

1284 齐白石作画,未及题识,越季忆起,乃加题云:"画虫时节始春天,开册重题忽半年。从此添油休早睡,人生消受几灯前。"

1285 齐白石门上,贴一字条:"晚过九时不开门。"

1286 齐白石榜于门上之告白,有云:"白石老人心病复作,停止见客,若关作画刻印,倩由南纸店接办。"

1287 有人索齐白石绘《烛台与鼠》,齐一挥而就,题句云:"烛火光明如白昼,不愁人见岂为偷。"

1288 朱屺瞻酷爱齐白石之刻印,倩齐所刻,约达百方,且揄扬备至。齐感之,为刻"知己有恩"一印,赠之以留念。

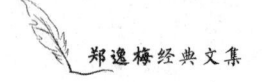

1289 齐白石绘《不倒翁》，题词作讽刺语，绝妙。如云："头上齐眉纱帽黑，虽无肝胆有官阶。"

1290 金鹤望倩齐白石绘红鹤，而愿为齐作小传以报之。

1291 于非闇曾从齐白石学刻印。

1292 谭延闿获齐白石所刻石章，认为太粗犷，磨去之，后齐白石享盛名，乃请之重刻。

1293 齐白石能以小刀刻大印。

1294 齐白石所用印泥，为朱啸山所特制。

1295 齐白石有一自刻印"客久子孙疏"。

1296 徐悲鸿钦佩齐白石篆刻，因倩白石刻"见贤思齐"印。齐者，齐白石也。

1297 抗战军兴，日寇于民国三十三年已处日暮途穷之境。齐白石画蟹，以讽刺语为题，如云："处处草泥乡，行到何方好。去岁见君多，今岁见君少。"

1298 汪孝文喜搜罗齐白石画笺，认为精严蕴藉，标致高超，装成一册，颜之为《醉白集》，嘱我作短跋。

1299 齐白石别署三百石富翁，此由金冬心别署百二砚田富翁而因袭之也。

1300 电影名演员顾而已，喜爱齐白石画，藏数十幅。

1301 齐白石晚居北京西单辟才胡同内跨车胡同十五号。既卒，埋骨北京西郊魏公村之湖南公墓。

1302 **徐悲鸿**曾为柳翼谋画扇，作枇杷数颗，浑圆可喜，著一二叶，亦疏落有致，题云："明年定购香槟票，中得头标买枇杷。"

1303 徐悲鸿喜蓄雨花台石子，彼最爱其中三枚：一浑圆形，黑白纹交互成太极图；一云中白鹤，翱翔如生；一松鼠偷葡萄，绝肖

1304 有人欲画马，师事徐悲鸿，徐婉谢之，谓："画马必须以马为师，若以画马之我为师，落下乘矣。"

1305 《李印泉像》，徐悲鸿手绘，参用任伯年之勾勒法，再加西洋画之晕染，别开生面。

1306 徐悲鸿获《八十七神仙卷》，斋名为"八十七神仙馆"。

1307 程砚秋初露头角，徐悲鸿绘一仕女扇贻之，画中人极肖程之扮相。

1308 徐悲鸿自法国归，携来西洋红，色泽绝鲜丽，以贻马叔平，谓掺入印泥中，可使印泥益红润可喜。叔平试为之，钤印果更增美观。不料越若干年，再行展视，则黝黑无光，反为玷疵，远不及我国之纯净朱砂历久弥美也。

1309 徐悲鸿绘画，从临摹吴友如人物入手。

1310 上海中华书局澳门路新厂落成，徐悲鸿画巨幅奔马，上题"日进千里"，以表祝贺。

1311 徐悲鸿与乔大壮同执教于中央大学，悲鸿为大壮画像，时大壮御西服，乃加穿一长衫，负手而立，悲鸿运笔迅速，仅五分钟勾勒而成，神态毕肖。大壮女无疆来访，承以画照见贻，殊堪留念。

1312 贵州都匀所产皮纸，非他处可比，宜于书画。时吕学端客黔，徐悲鸿托特制二千张，中有水印"悲鸿"二字。

1313 徐悲鸿用印，以唐醉石、简琴斋、杨仲子、易大厂、齐白石、李茗柯等所刻者为多。

1314 徐悲鸿与中华书局有深厚友谊，书局为彼刊行《悲鸿画集》若干种。其时沈谷身任书局印制课，与悲鸿接洽频繁，成为稔友，悲鸿辄作画贻之。年来悲鸿画益为世重，谷身以有急需，投向书画收购处，收购处认为伪品，谷身说明此乃悲鸿亲自绘贻者，亦不置信，甚矣鉴赏之非易也。

1315 徐悲鸿与李曼双，均以画马名，徐画东方风格之马，李画西方风格之马，二人晤见，甚为相得。李画辄善价而沽，徐劝之，谓："画非迫于生计不能卖，惬意者，卖之悔惜于己；不惬意者，卖之贻讥于人。"

1316 徐悲鸿为某大宦作图，钤一印"照得等因之阁"。

1317 徐悲鸿绘"天寒翠袖薄，日暮倚修竹"唐人诗意图，疏篁数竿，一婵娟依抚其间，飘逸幽秀，得无伦比，此图印入《悲鸿画集》中。外传悲鸿画马，实则画马非悲鸿所长也。

1318 孙传芳在军阀时代为风云人物，被一弱女子施剑翘所刺死，为父报仇也。冯玉祥以其孝，且为国除害，请释之。徐悲鸿以其生于午年、生肖属马，绘马一幅以为赠，今尚存徐悲鸿纪念馆中。

1319 画家徐悲鸿喜食葱蒜，常劝人多啖，谓可以却疾。

1320 徐悲鸿之前妻蒋碧薇，作书绝肖悲鸿，能法语，颇倜傥，乃蒋梅笙女。

1321 徐悲鸿掌教南京上庠，有女学生孙多慈，聪颖绝伦，悲鸿目为英才，乃特殊施教，实则师生关系，不涉其他。而悲鸿妻蒋氏疑之，诉诸校长，斥退多慈，因此夫妇肇成恶感，旋即离异。

1322 **张善子**生于光绪壬午年，大千生于己亥四月初一日，少于善子十七岁。善子性严肃，不苟言笑，故大千敬畏之。

1323 张善子名正兰，张大千名正权，知者甚少。

1324 画家张善子为天主教徒，其弟大千则为基督教徒。善子于吴中网师园畜一虎，却倩高僧印光法师为虎诵经受戒，三教合流，萃于一门。

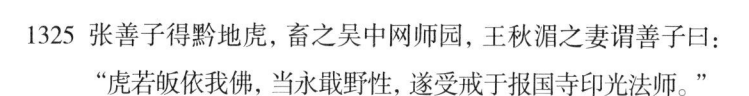

1325 张善子得黔地虎,畜之吴中网师园,王秋湄之妻谓善子曰:"虎若皈依我佛,当永戢野性,遂受戒于报国寺印光法师。"

1326 张善子擅画虎,熊松泉擅画狮,二人合开画展,即以"张虎熊狮"为号召。

1327 张善子生于民国前二十九年,卒于民国后二十九年,六十岁。

1328 **张大千**收购自己之早期作品,不惬意者撕毁之。

1329 四川内江县之张氏,以张大千享名最盛。兄为善子,善画虎。次丽诚,经营商业于贵阳。再次文修,治岐黄。再次即大千。大千弟君绶,能书画,早卒。

1330 张大千有一印"昵宴楼",用以纪念所珍藏之韩熙载《夜宴图》;又有一闲章"无限离情无穷江水无边山色"。

1331 张大千在北京,每逢金少山、郝寿臣二大净角登台演剧,常往观之,先至后台,坐于金或郝开脸之桌旁,细观用笔之法,盖二大净角,大千与之熟稔也。大千谓人曰:"郝寿臣勾脸,极工细,一笔不苟,似仇十洲之界划画。金少山则反之,勾脸至神速,大刀阔斧,寥寥数笔,近看极粗,似八大山人之画。但二人出台上场,均神采奕奕,无分上下也。"

1332 宋美龄嘱张群访张大千,倩绘妇女礼服图样,大千婉谢之。

1333 张大千画马有特长。盖其儿女亲家某任某军军长,驻陇西,其人善相马,为大千谈,凡良驹,耳必小而上耸,蹄必细而有劲,等等,大千固习闻之也。

1334 李秋君女画家五十生辰,张大千亲刻一印,仿瓦当"千秋万岁"四朱文,极超逸,人遂知大千亦擅刻。

1335 张大千得张大风画,因以"大风"为其斋名。大千在抗战前所作人物,开相无一非张大风风格。

1336 张大千早年得张飖画卷,即以"大风堂"为斋名,兄善子偶亦用之。抗战期间,大千以张卷与人易画,朋辈闻之,乃以"大风起兮云飞扬,安得画卷归髯张"为笑谑。

1337 张大千之大风堂,以所藏唐宋名迹炫耀于世,溥心畬旧藏陆机《平复帖》及韩干所绘《照夜白图》,自诩足以压倒大风。奈曾几何时,二迹已易主,王孙早归道山,而大风堂巍然独存。

1338 吴湖帆之梁楷《睡猿图》,或谓乃张大千伪作。大千画就,置诸庭除,一任日晒雨林,画幅破损暗旧,然后加工修整之。旁题廖莹中识语,无古本可对证也。

1339 张大千某岁结伴游黄山,以绝壑多奇境,乃缒下探之,不意见一大蛇,惊而援索以上。

1340 溥心畬曾居北京西山,因以西山逸士自号,时张大千亦寓西山,与溥为比邻,朝夕过从,遂成莫逆。溥之楷书,神似成亲王,为大千所钦服,故大风堂藏画,颇多溥之题签。

1341 张大千画走兽,独不画虎,盖让其兄善子专美,不敢僭越也。

1342 张大千自诩最擅烹调,尤以煮鸡及炖青鱼,别饶风味。

1343 江翊云诗:"难忘听雨萧萧夜,出网江鱼手自烹。"风调独绝,盖谓张大千善烹调也。

1344 张大千二十余岁,即蓄髯,髯长于以髯著名之曾农髯。

1345 谢无量赠张大千句:"莫倚长髯欺俗客,惯携白帽入春丛。"

1346 张大千作画忙,谢玉岑为之代撰题句。

1347 张大千画钟馗,即以己容为范本。

1348 冯若飞乃庄思缄之女婿,曾撰联赠张大千:"富可敌国,贫无立锥。"大千用八尺宣纸,以"石门铭体"自书之。

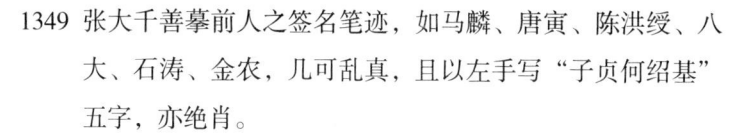

1349 张大千善摹前人之签名笔迹，如马麟、唐寅、陈洪绶、八大、石涛、金农，几可乱真，且以左手写"子贞何绍基"五字，亦绝肖。

1350 抗战时，张大千到香港，居简琴斋家。一日早起，仿琴斋篆隶书数纸，既而琴斋见之，误为己作，一经说明，为之大笑。某岁，大千在常州，仿钱名山笔法写联，亦可乱真。时郑曼青随名山读书，即云："老师如无暇作书时，可请老八代庖。"名山为之莞尔。大千行八，故云老八也。

1351 张大千论书法，曾谓颜真卿未必尽颜，钱南园却笔笔是颜。

1352 张大千生平只佩服两个半画家：一、吴湖帆；二、溥心畬；半个乃谢稚柳，谓谢之花鸟，直入宋元人堂奥，较山水为胜。

1353 明代李日华画松，既成，长髯扫污，有题云："髯翁写松髯扫墨，翁髯髯松一时黑。"闻张大千亦有此情状。

1354 张大千画室，标名较多，按时顺序，首先为大风堂，次为迟秋簃、昵燕楼、摩诘山园、环筚庵、摩耶精舍等。摩诘山园在巴西。环筚庵在美国，乃一九七二年自巴西迁至洛杉矶郊区所筑者。

1355 张大千画册，刊过多种，陆采薇汇编其诗词，欲为出版，大千婉谢，谓："所作仅为消愁解闷计，无补国计民生，请弗贻灾梨枣。"

1356 张大千寓成都乐公祠，有友自青城山获得一雪鸦，以赠大千。是鸟除尾端稍有黑点外，其余纯为白色。大千甚喜，谓"天下乌鸦一般黑，此说不尽然矣"。

1357 张伯驹（丛碧）病入医院，张大千之文孙将赴美，前往探问，并摄一影，伯驹甚为感动，作诗寄怀大千云："别后瞬将四十年，沧波急转换桑田。画图常看江山好，风物空教岁月圆。一病翻知思万事，余情未可了前缘。还期早息阋墙梦，莫负人生大自然。"伯驹不久病不起，大千知而伤之。

1358 谢玉岑以书名，唐玉虬之作画，遂以丹青自遣，张大千一度与之合作。

1359 张大千与谢玉岑交谊殊深，大千之题画诗，颇多由玉岑为之。玉岑去世，大千致赙五百金，其时为一巨数也。玉岑外舅钱名山，赋诗代谢。

1360 壬戌四月，张大千作《行吟小景图》，寄赠陈巨来，题诗一首："卅年不见陈无己，想得新来瘦益奇。清到梅花寒澈骨，寻常犹自爱吟诗。"下署"大千弟爰，摩耶精舍，年八十有四矣，奈何奈何"！

1361 平湖陈渭渔六十六岁寿，张大千为之画像，像作昂首遐望，下补苍松。金兆蕃、沈淇泉、高野侯各赋诗一首。越二十年，大千为之重题，并加绘梅花一枝，益饶雅韵。

1362 张大千喜收集八大、石涛、老莲画，所刊《大风堂书画录》第一集收藏品约二百件，其中八大书画三十五件，石涛书画六十件，老莲书画二十四件，可见其癖好三家之深。

1363 北京丰泽园，以鱼翅著名。一次张大千赴宴，园主仰其画誉，以鱼翅五簋为饷，每簋煮法不同，大千朵颐大快，以六尺宣纸六张拼成巨幅，绘山水为报。

1364 张大千擅画各种鸟类，人询鸟名，大千曰："我在四川青城山见到各色飞禽，多至数百种，均不能举其名，所以我画者，只白色鸦，确有是物，其他悉以意为之而已。"

1365 张大千得一极长之画幅，悬于楼头，除去楼板，直垂至楼下，以资观赏。

1366 张大千晚年居美国,颜其斋为"环荜盦"。

1367 内江晏济原,张大千弟子也,集蛱蝶数百种,作为画本。

1368 **钱名山**谓:"常州人诗多俗气,不俗者仅一孙渊如。"

1369 上海"八一二"战事爆发,时钱名山在常州,书名颇盛,乃当众挥毫,所得润资,悉捐献为抗战之需,凡数千金。

1370 钱名山曾改窜岳飞《满江红》词。夏承焘则谓《满江红》词非岳飞作。

1371 钱名山作书,凡不相识者求之,则钤癸卯进士印,人问其故,曰:"彼等所重者为科甲,非重我之书法也。"

1372 汪憬吾仰慕钱名山,曾专程赴常州访之,赠以七律一首,有云:"呕心文字千秋泪,晞发山阿一代人。"

1373 钱名山与李梅庵为光绪十九年癸巳举人同年,与曾农髯为光绪廿九年癸卯进士同年,三人交谊殊厚。然名山却不以梅庵、农髯书法为然,谓故意屈曲以为古,徒惊世俗,非真书法家也。

1374 镇江王英冕日记载,钱名山中举后,数上春闱不售,直至癸卯方得第,然其在甲午、乙未、戊戌三次会试,虽名落孙山,但其试文,却为宗师所赞誉,而传诵一时。

1375 李梅庵与钱名山,皆喜作道装。

1376 钱名山自负极高,抗战时居沪,访之者甚多,十九不能垂青。有句云:"到来面目多相似,望去花技不觉妍。"

1377 钱名山曾居沪西复兴中路桃源村二十一号,时贺天健、金问源,亦居该村。

1378 钱名山论文,谓:"作文须头顶天,脚立地,推倒山,撞倒壁,目空并世。"名山旧居常州白家桥寄园。

1379 钱名山少号谪星，有《谪星诗草》。

1380 李超琼，字紫璈，四川合江人，著有《石船居士媵稿》，一度游宦常州，慕钱名山之诗名，便服简从，亲至东郊菱溪，登门拜访，且有文记之。

1381 抗战军兴，钱名山避难沪西桃源村，自署"海上羞客"，时邓春澍（青城）亦来沪，春澍之父，为名山启蒙师，故世谊殊厚。某次，春澍举行个人画展，别辟一室，陈列所藏名山光绪二十九年中式二甲进士服官刑部时所与通讯，悉为恭楷，所贻诗幅，有楷、有隶、有篆、有行草、复有小帧墨笔山水，以及鬻印润单，则知名山早年，固擅山水画与铁笔刻印也。别室所陈列者，概不出让。

1382 钱名山之得意弟子，有谢玉岑、谢稚柳、王春渠、郑曼青、陈沧波、唐玉虬、陆孔章。

1383 钱名山世居常州孝仁乡之白家桥，抗战军兴，避难来沪，赁庑复兴中路桃源村二十一号。诗什中一再涉及桃源，如云："纵有桃源号，曾无水一条。"又云："桃源不是住神仙，海上羁栖又几年。"民国三十三年秋，逝世于桃源村。

1384 **苏渊雷**得苏东坡墨妙亭残碑砚，为黄石斋、袁爽秋故物，苏作长歌以宠之。

1385 苏渊雷居永嘉之平阳仙坛寺，为葛稚川炼丹台故址。

1386 苏渊雷有《钵水斋诗集》，未刊，内有《玄黄集》《鞭影集》《婪尾集》《出关集》等。

1387 苏渊雷，每餐必进酒，近赴兴化，参加郑板桥纪念馆开幕仪式，只一日，即言病，拟赋归去。人询之，始知其酒瘾发也，为备酒一瓶，即神旺气壮，挥毫作书。

1388 苏渊雷偶画墨竹，题诗云："吾家东坡善画竹，犹输老可两三竿。我今作此嫌太瘦，化为清风六月寒。"大有板桥老人意味。

1389 苏渊雷退休归永嘉，作诗甚富，名之为《归休草》，即用草书自录一巨册。

1390 **陈渭渔**在闽中任候补同知，与赵叔孺为同寅。因此其子巨来从叔孺为师。叔孺曾以先后自刻之印拓，约二千有余，悉贻巨来收藏。巨来分门别类，汇装成册，并倩溥心畬楷书题签。新中国成立，叔孺族侄赵鹤琴自香港邮来叔孺之《二弩精舍遗作》一巨册，乃函索叔孺之印拓，谓拟再辑印谱，以广流传。巨来因倩许效痹（德高）为序，不料邮去付诸洪乔，只有奈何徒唤矣。

1391 金兆蕃太史与陈渭渔友善，渭渔逝世，兆蕃挽之以联："宦海早抽身，回思知己平生，倦羽潜归，一念沧桑余涕泪；衡门耽戢影，幸有佳儿养志，蟠螭伏虎，卅年甘旨总馨香。"所谓佳儿，指陈巨来及其弟左高而言。

1392 陈渭渔家藏清嘉庆御用墨，外装锦匣，绝精致，墨上均为中南海各斋阁轩堂之景迹，以三希堂一锭为冠，全套为六十二式。渭渔于光绪癸卯晋京，由一式微之清宗室出让，已用去五锭，所剩五十余，渭渔以巨值得之，曾分贻朱古微、褚礼堂、赵叔孺等，时袁寒云居流水音，即以流水音墨为赠。此后北京各南纸铺及古玩铺纷纷仿造，颇得善价。

1393 陈渭渔（鸿周）于抗战胜利后二年逝世，时金兆蕃尚在，愿为作传，奈以精力衰退未成，卒由其子通尹代笔。通尹为土木工程界前辈，兼擅文翰。

1394 **陈巨来**曾听况蕙风、朱古微读词,谓抑扬顿挫,极有韵味。

1395 陈巨来信术者陈克武语,谓赴东北大利,遂毅然去,结果铩羽而归。

1396 陈巨来刻田黄印,粉屑贮藏之,谓伤指可以止血,有特效。

1397 陈巨来娶况蕙风女绵初,乃冯君木作伐。巨来为君木弟子。

1398 陈巨来戏仿赵㧑叔"小脉望馆"白文一章,赵叔孺见之曰:"可以乱真。"遂代巨来刻边款,仿㧑叔原款,尤为妙肖。

1399 施舍赠陈巨来诗,有云:"石破天惊留此手,凤鸶鸾铩岂低眉。"盖谓巨来被屈多年,卒得平反也。

1400 陈巨来自谓生平作印达三万方,自视可存者,三百余方而已。

1401 陈巨来不仅鬻刻,且复鬻书,订有润例。

1402 陈巨来刻印,边款极雅致,不仅运刀如笔,且胜于运笔多多。

1403 陈巨来作《印话》,誉李茗柯为"百年来治印之巨匠"。

1404 黄岳渊有句"韩康卖药我栽花",陈巨来为刻一印赠之,黄以所著《花经》为报。

1405 陈巨来之父渭渔患病,日需服羚羊角,羚羊角为贵重药,巨来力不能致。张大千知之,乃绘画若干幅以赠之,且单款,便其出让也。其中有一幅,用元人写经纸作墨笔山水,渭渔爱不忍释,谓他画可卖,此画留以欣赏,并倩大千加一上款,大千允之,以写经纸色灰暗,题为《岷江晚霭图》。

1406 陈巨来之刻印弟子,凡四十余人,而以黄怀觉年最长,且长于乃师巨来,怀觉又擅刻碑、刻石像,冠绝一时。

1407 陈巨来藏有李鸿章之讣告,凡四十余页,木版雕成而精印者,为清代一等侯之规定格式。

1408 陈蒙安、陈巨来,曾合辑《印坛点将录》。

1409 平襟亚倩陈巨来刻一印"誓成乌贼墨人比楚山云"。

1410 陈巨来推崇赵㧑叔之印，谓㧑叔寻常朱文，每参以完白之法，然其挺拔处，非完白所能到；又谓㧑叔之作，不同于俗，而实宜于俗，不泥乎古，而实合乎古。

1411 李疏畦致陈巨来书："倘晤大千兄，请告以李佩秋家徒四壁，无以卒岁，任侠疏财，活此读书种子，正吾大千所有事也。"巨来示大千，大千果贻千金，为救贫之粮。

1412 溥心畬一度居沪西铜仁路，与陈巨来所居相近。巨来常造访之，见其作书作画，其速无比，每一画成，须设色者，往往任其如夫人及弟子信笔为之，其漫不经意如此。一日，溥醉后兴发，忽谓巨来云："请君一观我自认为得意之作。"言时，即命其如夫人启其笥箧，检出一大卷，凡五十余幅，有山水，有花卉，有翎毛，有人物，以及鱼虾草虫等，无一不精湛夺目，与平日所见者有天渊之别。巨来始信溥之盛名，非幸致也。

1413 陈巨来一再为溥心畬刻印，心畬殊感之，为撰《安持精舍印集序》。既而心畬夫人逝世，心畬自作墓志铭，拟觅石勒之。奈贞珉不可得，遂以是铭手稿，贻巨来以留念。

1414 鄞人朱复戡，由其太岳丈张让三（美翊）之介，拜吴昌硕为师，刻印造诣甚高，但极自负。昌硕下世，乃谓陈巨来："印坛属于鄞人矣。鄞人以赵叔孺为第一，我次之。"及叔孺下世，又谓巨来："君在印坛，当升为第二位。"盖以第一人自居也。巨来不服气，嗤之。

1415 陈巨来为程潜刻印，先后凡二百方。

1416 陈巨来为粤人杨庆簪刻印甚多，杨号盍斋，刊有《盍斋藏印》，陈蒙庵为作序。巨来弟旸若，亦擅刻印，曾供职两路局文书科，与诗人沈禹钟同事。

1417 王个簃、陈巨来、邓散木，均为程潜刻印，而以巨来刻者，为数尤多。

1418 陈巨来之印拓，不愿与王福盦并列。

1419 陈巨来藏袁寒云遗物：一小篆长联，且有长跋；一隶书横幅；一宋代古钱当百一枚；一毛笔一枝，上刻"寒云用笔"四字；一《奇双会》剧照，与程继先合摄者。

1420 陈巨来喜骂人，朋好不被骂者，仅十之二三，但转瞬间，被骂者又被称誉。人以其反复无常态，被骂者不以为辱，被誉者不以为荣，一笑置之。

1421 张伯驹得陆衡《平复帖》，倩陈巨来刻"平复堂"印；得杜牧所书《张好好诗卷》，又倩陈巨来刻"好好先生"印。

1422 陈巨来侄女陈贞馥，从陈佩秋学画，可以乱真。

1423 **溥心畬**，别署旧王孙，清宗室也，佳客往访，辄作书画为赠。其如夫人某却甚吝啬，往往俟客告辞，由后门绕出，追而问之曰："先生！您所持二爷书画，是否付过润资？"若答以此乃见赠之品，即向之索回，曰："明日携润资来取。"心畬不之知也。此乃陈巨来见告者。

1424 溥心畬一署旧王孙，前清宗室也，当诞生三朝，景庙命名曰儒，且训语曰："汝为君子儒，毋为小人儒。"可知心畬名儒之由来。心畬因倩陈巨来刻"毋为小人儒"五字印。

1425 吴贵芳博综于学，更熟悉上海地方文献，溥心畬与之交谈甚契，及知贵芳亦旗籍，交谈更契。

1426 心畬亦有不近人情事。王福庵弟子某，慕溥名，特为溥精刻二印，由荣宝斋主持人梁子衡介绍，踵门贻溥。溥略一瞻视，曰"正缺石头"，即将某印就砚石磨去之，子衡大窘，某潜身遁走。某次，吴仲坰以手集古人印拓一册贻溥，溥亦略一瞻视，随手交在座之陈巨来曰："送给你。"巨来曰："吴先生之精拓，不敢受领。"溥立向字纸篓中投之，吴亦为之大窘。

1427 **赵含英**除写字、绘画、刻印外，旁擅京剧、昆曲、钢琴、琵琶、洞箫。

1428 女画家赵含英善饮，白兰地可立尽一瓶，谈笑自若。

1429 **吕碧城**早年曾习绘事，去国后，遂废置，晚年在欧洲撰译佛学诸书，决心刊落浮华，不事词翰。

1430 吕碧城身材矮小，每次摄影，往往摄半身以掩之。

1431 吕碧城曾从严复学逻辑。

1432 金松岑与吕碧城，乘舟作水上游，吕见田塍间耕牛戽水，加以眼罩，面松岑适御近视眼镜，乃戏以"两岸枯樗牛戴镜"七字倩松岑为对。时吕穿长裙，松岑一笑对之曰："一行荇藻鳖拖裙。"

1433 清末民国初年，吕惠如任南京女子师范学校校长，吕美荪任奉天女子师范学校校长，吕碧城任天津北洋女子师范学校校长，吕坤秀任厦门女子师范学校教师，姊妹四人同事教育工作。

1434 吕碧城与其姊吕惠如，均能画。

1435 章士钊云："淮南三吕，天下知名。"三吕乃吕惠如、吕美荪、吕碧城三姊妹。向迪琮、汪旭初均称碧城之词，为女界中百年所未有。

1436 吕碧城之父凤岐太史，著有《静然斋笔记》，见者寥寥。

1437 某次，叶遐庵约吕碧城、杨千里、杨云史、陆枫园诸人于其家懿园作茗叙，无意中谈及碧城之婚姻问题，碧城云："生平可称许之男子不多，梁任公早有妻室，汪季新年岁较轻，汪荣宝尚不错，亦已有偶。张啬公曾为诸贞壮作伐，贞壮诗才固佳，奈年届不惑，须发皆白何！我之目的，不在资产及门第，而在于文学上之地位。因此难得相当伴侣，东不成，西不合，有失机缘。幸而手边略有积蓄，不愁衣食，只有以文学自娱耳！"闻民国初年，费仲深曾以袁克文征求碧城意见，碧城微笑不答，是日亦提及，谓"袁属公子哥儿，只许在欢场中偎红依翠耳"。

1438 香港有宝莲禅院，为何东爵士之妻所建。吕碧城寄寓院中，碧城死，由该院经纪其丧，碧城蓄有港币二十万金，捐入该院。

1439 女词人吕碧城殁于香港，遗嘱将遗体火化，和入面粉为小丸，抛入海中，供鱼吞食。

1440 **陈半丁**不擅词翰，题画均录前人之作，往往有不甚适合者。一日为江采女士绘扇，作一燕，而录题雁之诗。次日，江采笑谓之曰："老师其笔误耶？"半丁即加题曰："老夫耄矣，误燕为雁，翌日熄灯后记之。"江采又询之曰："老师能在黑暗中挥毫耶？"半丁一笑了之。

1441 陈半丁能刻印，其自用印甚佳，甚至有超过其师吴昌硕者，但为人刻，则平庸无出奇处。

1442 **李梅庵**论书有云："当于古人求古人，不可于今人学古人者求古人。"

1443 清末，李梅庵任两江师范监督，倩萧俊贤任国画教席，为我国学校有国画科之始。

1444 李梅庵仆蔡福田，与李同过危城枪林生活。蔡病，李托哈少甫为谋一良好医院，善为治疗。盖蔡为清真教徒，与哈同教也。

1445 曾农髯写一条幅，作论书语，有云："郑羲下碑，北书中之能手，然踽蹙中规，少天趣，阿某困此几二十年，卒以散盘变之，乃起生。"所谓阿某，清道人李梅庵也。

1446 李梅庵少聘武陵俞氏，未婚即夭折，续娶其妹梅仙，未久亦逝，再娶其妹玉仙，数年又卒，乃取斋名"玉梅花庵"。

1447 清鼎既革，遗老组织超社，以吟咏为遣，李梅庵谓"超"字从走从召，难怪有人走马应召也。盖借讽遗老之不甘落寞。

1448 曾见李梅庵书联："岂能尽如人意，但求无愧于心。"可作格言读。

1449 李梅庵易箦于夜半，晚饭后，犹手书八联。

1450 李梅庵有弟筠庵，精鉴赏，富收藏，然不著名。

1451 胡小石曾居李梅庵家，因知梅庵事特详。

1452 **江南刘三**，为南社老社友。社集第一编，首列其诗六首，以后不再见载，大有神龙见首不见尾之概。

1453 江南刘三之印章，出于苏曼殊手刻。

1454 江南刘三之黄叶楼，在上海市西南郊华泾，一时诗人常咏及之，如于右任云："江南黄叶近何如？长许人间早卜居。"诸贞壮云："并世江南黄叶在，华泾楼傍说刘三。"所谓并世者，盖以陆丹林之红树室比拟之也。

1455 泗泾梁某，年逾古稀，续娶松江赵氏女为继室。赵女年只十八，合卺之夕，适为中秋佳节。江南刘三撰联赠之："伯鸾迟暮续鸾胶，老去风情犹刻骨。飞燕新装增燕婉，梦回月色正当头。"既合其姓，又符其时，见者无不击节。

1456 江南刘三告人："刘成禺之监察委员，由于大骂于右任而获得。"

1457 陆灵素，江南刘三之夫人，能诗，长昆曲。刘三宴客，往往自吹箫管，灵素度曲，宾主欢腾一室。刘三于一九三八年病逝，灵素辑刘三诗稿，油印《黄叶楼遗诗》，自号黄叶遗孀，盖孀与孀同音也。

1458 书家**余觉**，居吴中石湖之滨，即宋范成大农圃堂故址，是居乃吴子深所赠。

1459 余沈寿，善绣，有"针神"之称，其真姓名为沈灵芝，字雪宧。余，乃其夫余觉之姓。慈禧太后七十寿庆，彼以绣品为贡，慈禧书"寿"字以颁之，遂以寿为名。

1460 谢林风为樊樊山女弟子。三十寿辰，针神余沈寿以绣画为林风祝嘏。

1461 **马君武**译书甚速，一面阅西文原作，一面译为中文，同时吸烟与友朋交谈。

1462 马君武曾与段祺瑞下棋，段赏识之，任命为司法部总长。

1463 马君武于清末力劝其母读书，亲友间传为笑柄，盖祇有父母督促子女读学，而无为子者劝母上学也。

1464 我国人在德国得博士学位之第一人，乃马君武。

1465 马君武参加会议，反对读总理遗嘱。

1466 马君武每日外出，常怀卷烟二十枝，有上品者，有普通者，普通者自吸，上品则以飨客。

1467 马君武为中国自制无烟火药之第一人。当第一次欧战，外货来源断绝，广州石井兵工厂制造枪弹，缺乏原料，由马设法自制，以应急需。

1468 得博士学位而出任省长者，第一人为马君武，任广西省长；第二人为伍廷芳，任广东省长，均由孙中山任命。

1469 马君武子，初名保罗，后以"保罗"二字，有基督教徒色彩，乃易名"保之"。

1470 **高振霄**太史，以手写《梅花诗》二百首付印赠人，印数寥寥，得者珍之。

1471 高振霄太史，刊有《梅花诗》二百首，原迹石印甚为精雅。其哲嗣式熊，谓其先人梅花诗凡五百首，所刊尚未及半，手迹均保存在家。

1472 高振霄为清末翰林，乃取《左传》成句"我太史也"，刻一印章。

1473 高振霄太史，曾馆于沪上可炽铁行，年俸八百金，其时为一巨额。

1474 高振霄太史，在京师拟一联，倩殿撰陆凤石书之。时辛亥革命，振霄南返，凤石书就，托虞和钦转交。未几，和钦作远游，联置箧间，旋忘之矣。阅四十年，偶检箧，忽见是联，乃设法交至振霄处，振霄大惊喜，遂于联端加以跋识，并倩龚心钊题之。盖凤石归道山多年，成为遗墨。是联尚保存在高式熊家。式熊，振霄哲嗣也。

1475 太史公高振霄，字云麓，能书，间亦作画。清嘉庆时，别有高云麓其人，为黄勤弟子，画栈道行驴，高逸有致。

1476 **唐云**曾居富春大石山，因号大石居士。

1477 唐云藏有汉晋砖砚二：一为张叔未题刻，一为杨龙石题刻。

1478 唐云，画家，居沪西江苏路中一村，乃丁辅之故居。

1479 秦瘦鸥撰《秋海棠》说部，书页上之秋海棠，唐云手绘也。

1480 唐云学画，无所师承，乃临摹珂罗版画册，日夕不倦，终于有成，自称"珂（科）班出身"。

1481 唐云擅画花卉，以花卉什九可充药材，因以"药翁"自号。且彼早年曾署侠尘，"药"与"侠"又复谐声。

1482 唐云藏有八大山人所绘佛手画幅，悬诸室中，垂五十年。

1483 傅雷夫妇失和，唐云辄为调解人。

1484 画家唐云之小孙，甫五岁，已识数百字，能背诵前人诗若干首。

1485 **杨千里**名天骥，能文，能诗，能词，能书，能刻，能治稗官家言，无一不佳。实则均未下苦功，盖绝顶聪明人也。

1486 杨千里诗稿一百余首，印谱二十册，留置北京，"七七"事变中失去。

1487 钱崇威太史与列宁同日生，杨千里曾刻"我与列宁同日生"印章赠之。

1488 杨千里诗贻马万里，有云："风荷池馆杖藜过，各笑雕虫结习多。画苑书林新食邑，灯明花乳小盘阿。"

1489 蔡寒琼与谈月色结婚，寒琼倩杨千里书"寒月吟窝"额，及书就，则为"琼室"。寒琼询其故，千里曰："纣王与妲己之居处为'琼室'，君号寒琼，甚为适合，不妨借用。"

1490 刘成禺之《世载堂诗待删稿》，最早寓目者为杨千里。千里于书端题记云："三十四年七月一日，禺生顾我于重庆大明市楼，见赠是册，时初校毕，尚未发行也。千里记。"此书辗转为彭长卿所得。

1491 杨千里之母费氏，乃吴江费璞盦之姊。孝通，璞盦哲嗣也。

1492 杨千里弟君谋，肄业吴中东吴大学。时鄂省水灾，为赈灾演剧，君谋饰一为富不仁之银行经理，被人手刃，不意刺客者一失手，弄假成真，竟致牺牲生命。宋教仁与千里共事《民立报》，宋作联挽之："思天下有溺者，非正命而死之。"

1493 **吴东园**工骈文，又擅诗，多女弟子，自比随园老人。

1494 骈文家吴东园之父，设吴德隆布庄于伍祐，延洪文卿之堂叔洪千里为经理。文卿过伍祐，乃书联以贻东园之父，联云："莲叶东南临水槛，柳条西北看山楼。"文卿为殿撰公，书法名重翰苑也。

1495 周梦庄，为吴东园弟子，藏东园手稿若干册，交苏南文物保管会保存。

1496 **陈铭枢**，字真如。盖陈一度学佛，"真如"二字，乃欧阳竟无为彼所取之法名，陈常用之。

1497 陈铭枢晚年韬晦，意态萧闲，尝有咏兰诗，殊佳胜，临池又甚勤，喜作汉隶。

1498 **于伯循**曾自新疆携来哈密瓜佳种，赠上海黄园主人黄岳渊，黄悉心培植，高尺许即萎，因土壤不宜，难于发荣。

1499 于伯循以擅书名，有时画兰，饶幽逸之趣，但极少见。

1500 于伯循游常熟虞山，顺便访赵古泥，倩古泥刻印，古泥长髯飘拂，与伯循有虎贲中郎之似。

1501 于伯循研究草书，有《标准草书千字文》之印行。或谓彼书学之成功，乃在"七上"，即车上、马上、机上、船上、轿上、床上、坑上，远胜古人之"三上"。

1502 有慕于伯循书而请求之者，于鄙其人，乃作一小立幅，写"不可随处小便"六字，其人却欣然持之去，割裂乱次而付装池，成为"小处不可随便"。

1503 **张鸿**居燕园，喜听弹词，尤赏识谢乐天、陈小天二弹词女，诗以宠之。

1504 著《续孽海花》之张鸿，为翁松禅之从孙女婿。

1505 《续孽海花》之作者张鸿，居常熟燕谷园，乃钱牧斋之故宅。庭中有石一堆，蜡梅一丛，罗汉松一树，称为"三婵娟"。张能画兰竹。

1506 燕谷老人张鸿之《蛮巢诗稿》，有题自画竹，可知张鸿亦善丹青，但绝少见。

1507 燕谷老人张鸿，喜绘兰、竹、香橼，均属文人画。

1508 《轰天雷》说部，叙述常熟沈北山事。燕谷老人张鸿谓情节颇多舛错，描写亦多过甚，因之其所撰《续孽海花》第五十四回《沈北山联登老甲第，米筱亭悔结错姻缘》，将《轰天雷》中所载失实之处，在该一回书中，一一纠正。张鸿与沈北山为总角交，且官内阁中书，深知朝野事也。米筱亭，乃费念慈之影射。

1509 钱炳寰，读书常熟七弦河畔之孝友中学，校长张鸿，即著《续孽海花》之燕谷老人也。炳寰见告："张校长，御眼镜，唇留修剪整齐之短髭，口衔雪茄烟卷，人未到，烟气已先来。经常穿大团花蓝青长袍，外加黑马褂，头戴瓜皮小帽，有时持一较粗之黑手杖，仪表俨然。性爱竹，亦善于画竹，大则中堂，小则扇册，墨笔不设色，益见其古雅。其时有一单身司阍者，勤于职守，张校长青眼有加。据云，张校长曾赴日本，司阍者随侍之。一次，张校长失慎堕水，司阍者冒死救之始出险。"寥寥数语，而张鸿形象，似在目前。

1510 朱竹垞《风怀诗》手稿，一度藏燕谷老人张鸿家。

1511 唐文治赴常熟鹁鸪峰，访翁松禅墓，燕谷老人张鸿导引之，两人徘徊墓侧，均痛哭失声。

1512 邵廷庆见告，其外祖张鸿，别署燕谷老人，著有《成吉思汗实录》一书，手稿未刊，凡二三十册。张鸿无后嗣，稿存廷庆处，十年浩劫，被抄去，不知所终。

1513 别署神州酒帝之**顾悼秋**，擅吹笛。

1514 沪市有一酒肆，名"马上侯"，无非取马上封侯之意。有人邀顾悼秋往饮，顾辞曰："我淡于功名，无干禄求官之想也。"

1515 徐铸生有句云:"却笑梅花清绝世,骚经从未一评量。"顾悼秋不以为然,反其意有句云:"毕竟风流高格调,不随卉众入离骚。"

1516 周柳初作有《茶瓜轩词》一卷,未刊。顾悼秋录之以贻周迦陵,盖柳初为迦陵族祖也。

1517 顾悼秋有《灵云别馆散记》及《服媚室酒话》,均未刊。

1518 **胡石予**,昆山蓬阆镇人,而执教苏城,月必一归以省高龄之母。蔡寒琼妻张倾城,为绘《倚闾图》。

1519 胡石予晚署萱百,以祝母寿。

1520 胡石予儿孙众多,生肖十二俱全。

1521 胡石予寒冬不戴帽,不御裘。

1522 胡石予生平不穿绸衣,镌有"大布之衣"印章,人以"胡布衣"称之。

1523 胡石予撰有《画梅赘语》,散刊报章杂志,余汇抄成为一卷,恐孤本或遭水火之劫,乃录副以贻一二知好。

1524 胡亚光画木芍药,题"多买胭脂画牡丹"。胡石予画红梅,却题"胭脂买得须珍重,不画唐人富贵花",恰属相反。

1525 方唯一之子,读书吴中草桥中学,一次违反校规,时胡石予任舍监,力主开除。石予固与唯一交谊甚厚,一方面由校长出布告除名,一方面石予立趋唯一家表示歉意。

1526 胡石予有句"腊雪墙阴堆过年",范君博大为称叹。

1527 胡石予诗"得书似妾傍人艳",沈瘦东认为趣极。

1528 胡石予《咏墨菊》有云:"强使灵均餐异色,几教元亮被贪名。"刻画入妙。

1529 金鹤望谓交友中诗骨之清而不染时习者,蓬阆胡石予。然石予诗苦无佳题,故乏变化。

1530　胡石予家中，处处悬有古今人格言。

1531　胡石予先师，学画于管快翁。翁字少泉，卜居太仓南门外雪葭泾，清季诸生，光绪己亥重游泮水，与王汝骐、张雪望常唱酬，有《补梅草堂诗稿》未刊，兼擅岐黄。

1532　**梁鼎芬**，号节庵，字星海，番禺人，陈兰甫弟子，倡南园诗社，曾见其雅集照片，同列者有关冕伯、吴昌绶、颜韵伯、陈公辅、石德棻、凌福彭、盛芰舲，均一时耆宿。鼎芬多斋名，凡九十有余，如琴庄、冬庵、款红楼、苕华室、幽兰居、识字寮、红玉簃、芬花宅、葵霜阁、种树庐、四柿亭、红柑树、藤戒轩、香叶山房、双溪精舍、小玉玲珑馆、二十八松草堂等。

1533　梁鼎芬在官时，常邀客宴饮，曾见其邀客札一，有云："万花如绮，春色可人，请野服过我。"

1534　梁鼎芬将崇陵之积雪，装入瓶中，遍送亲贵遗老，向之捐资，为崇陵种树。

1535　梁鼎芬于丁亥年立春日蓄须，时年二十有九，粤中名流为之举行贺须会。

1536　梁鼎芬藏书数十万卷，其后人思孝，悉捐诸广东省立图书馆。思孝晚年，憔悴京华，既聋且瞽，甚为艰苦。

1537　梁鼎芬自号悲观，而目沈子培为怒观，樊云门为乐观。

1538　梁鼎芬晚号葵霜，取苏子瞻诗"枯葵已泫霜"句意。

1539　梁鼎芬擅作联语，当时陈夔龙、朱益藩、黎湛枝、朱汝珍等，常请代作。

1540　梁鼎芬寓京师，自题其栖凤楼联云："三间破屋长相对，一代完人不易为。"

1541 梁鼎芬作古,陈宝琛挽之以联:"一柱擎天,魂魄自应归帝所;卅年相爱,衰迟犹及送君归。"复一归字,且不脱遗老口气。

1542 林暾谷(旭)为戊戌六君子之一,取斋名"晚翠轩"。时梁鼎芬居焦山,多枇杷树,谓:"周兴嗣文'枇杷晚翠',则'晚翠轩'斋名,应属于我。"

1543 梁鼎芬为文罕存稿,晚年见辄焚之,谓"我生孤苦,文字凄凉,不欲传出"。既死,其弟子南海杨敬安为刊布之。

1544 刘禺生为梁鼎芬弟子,但其所著《世载堂杂忆》,对梁颇多贬语。

1545 梁鼎芬常称宝熙为宝二爷,易实甫为易小姐。

1546 宋拓《醴泉铭》,梁鼎芬、端匋斋均藏有一本,端且以所藏,付石印赠人。

1547 **邓散木**,名铁,号天乎,一署钝和尚,知者较少。

1548 邓钝铁于一九二九年起,废姓而称粪翁。

1549 侯晔华得一砚,上镌赵古泥像,乃持赠邓散木,散木大喜,盖古泥为散木治印之师。

1550 印家邓散木,一度以粪翁署名,榜所居为"厕间楼",朋好访之谓登坑,作书常钤"不可向迩""逐臭之夫""粪土之墙不可圬也""遗臭万年"等印章。

1551 邓散木一度为《申报》写报头,书摹《爨宝子碑》而不具名,征求读者猜测为谁手笔。蔡晨笙揭之为邓书,一发中的。邓喜,遂书撰一联为赠,蔡与邓适共居沪西山海关路懋益里,乃往还为友。

1552 赵古泥与萧退闇为儿女亲家,邓散木从赵学刻,从萧学书。

1553 邓散木初学书，无碑帖，见客堂壁上之书屏，依样临摹，屏乃越人李肃之所书，不久即从之为师。

1554 邓散木致平秋翁札："晚来独酌，对影无月，只灯光照人，摇摇作态而已。安得小红月上之流，伴我浅斟按拍。"大有晚明人风味。

1555 邓散木之《艺林谈往》，专谈书法家，如梅调鼎、李生翁、赵古泥、陈白、王锈、张丹斧、李肃之、陆渊雷、了生和尚，其中颇多擅书而不著名者。

1556 邓散木之《艺林谈往》有云："我十六岁那年，因受到英国籍教师的无理捆辱，罢课离校，发愤学书。"按散木所读之学校，乃上海工部局所办之华童公学，英人名康普。散木署名粪翁，无非追忆往昔之被捆，认为佛头著粪也。

1557 刻印者，有高甜心其人，所拓印谱，倩邓散木题识。邓用吊古战场文"秦欤汉欤"四字题之，讥其不伦不类，非秦非汉也。

1558 邓散木壮年即白发盈巅，因刻有"白发三千丈"之印。

1559 赵飞燕玉印，历代珍视，曾藏王晋卿、顾阿瑛、严嵩、项子京、李日华、何梦华、文后山、龚定庵、何子贞、潘德舆、陈簠斋、徐世襄诸家，今归故宫博物院。邓散木摹刻者，形神毕肖，与真迹不相上下。

1560 柳非杞曾倩邓散木刻"柳非杞氏集藏杜甫纪念文物"十二字之朱文印。

1561 邓散木印例，一字五金，陆陇梅戏之曰："何拒寒士之甚耶！"散木曰："无非为伧夫加一铁门槛耳。"

1562 邓散木昔署粪翁，举行书法展，请柬印于拭秽用之草纸上，杨达邦为之承办，印数甚多。及印成，印刷所谓大折其本，必须于所付印资外贴补油墨费。盖草纸吸墨性大，所耗油墨，倍蓰于寻常纸张也。

1563 何之硕喜李义山诗"雾夕咏芙蕖，何郎得意初"，邓散木因为刻"夕蕖阁"三字印。

1564 陆渊雷与邓散木论印，各有见解，渊雷不以散木刻印为然，谓其"杂用秦汉战国，人为气息太重，不够自然安和，令人一望而知是今人所刻"。

1565 法院对于罪证，有对验笔迹以定案者，邓散木一度应聘任对验笔迹工作，王蕴章继之。蕴章觉笔迹有类似而实非者，不易分辨，若妄定之，则有关出入，甚至生死系之，于心不安；月余，即婉谢其事。

1566 邓散木与余空我通问，彼此均以打油诗代柬，甚为风趣，散木于笺端钤一印"老而不死"。

1567 邓粪翁曾写《三民主义》全文，十余万言，留南京中山陵藏经楼。

1568 沪上西藏路，旧有宁波同乡会，高楼巍然。邓粪翁（散木）一日随人登高层，撰一打油诗，颇发笑，如云："绝顶宁波会上台，眼睛十只（五人）一时开。丝丝乌气烟囱出，滚滚车轮马路来。万屋见方成匣子，一家送死有棺材（俯视适见出殡）。凭栏心胆摇摇碎，失足呜呼我命灰。"

1569 邓散木晚境坎坷，有句云："士贱惟余鬼唱酬。"

1570 邓散木一女名家齐，一女名国治，国治死于非命。

1571 **李蘋香**有诗妓之目，冒鹤亭介绍于曹君直，遂为曹之女弟子。

1572 李蘋香本姓黄，为黄左田之后，后又改姓名为谢文漪。

1573 李蘋香藏黄左田手书遗稿八册，蘋香本姓黄，左田乃其先祖。

1574 曹君直有赠李蘋香诗云："谁知红烛夜，背坐泣琵琶。"盖蘋香师事君直，而君直深悲蘋香之可怜身世也。

1575 **黄蔼农**作篆隶，仿伊墨卿，但作书添添改改，有人讥之为"面条"。

1576 或问黄蔼农养生术，黄答道："生平不思过去，思过去徒增懊恼；不思未来，未来不可知，思亦无益；只思现在，现在生活大好，云何不乐。"

1577 陈叔通太史为黄蔼农书联，上联有嵇中散云云，叔通书嵇作稽，蔼农戏之曰："太史公不识字！"叔通翻检某籍，嵇与稽通，乃还戏蔼农曰："大书家不识字！"相与大笑。

1578 郑振铎为高梦旦之女婿，作媒者黄蔼农。

1579 黄蔼农、郑午昌之花卉，有时由潘君诺代为之。

1580 榕树蕃生于闽粤间，不适宜于他处。黄蔼农曾移植一株于其蔗香馆之庭院中，初时尚有生机，稍长即萎瘁而死。

1581 黄蔼农多方外交，常赴苏州，居灵岩山寺中，沪寓恐人访问，彼于后门口挂一小黑板，上书"老农入山去了"。

1582 黄蔼农有一印"后高达夫十年学诗"。

1583 黄蔼农有"二十一代书香"朱文印，马公愚则有"书画传家二百年"印。

1584 上海商务印书馆之招牌，本郑孝胥手书，及郑赴"满洲国"参加伪政，乃改用黄蔼农之汉隶。

1585 黄蔼农曾皈依印光法师，法名智本。

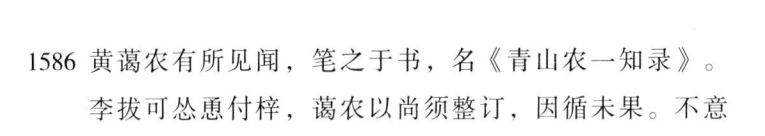

1586 黄蔼农有所见闻，笔之于书，名《青山农一知录》。李拔可怂恿付梓，蔼农以尚须整订，因循未果。不意"一·二八"之役，付诸劫灰，并片纸只字无存矣。

1587 黄蔼农有《蔗香馆图》。黄乃庶出，"蔗"字从草从庶也，遂请庶出之名人为题，有张菊生、陈夔龙、陈懋恒、林子有、张其淦、陈石遗等十余人。作图者夏剑丞，则不知夏是否庶出矣。

1588 闽人有俗语："破钵撞破琉璃缸，乃言贱可抑贵也。"黄蔼农遂名其室为"破钵庵"。

1589 书家黄蔼农偶亦作诗，将诗稿用各种诗笺作各种书体，成一大册，聊以自娱。

1590 黄蔼农治印，早年自刻，晚岁乃倩人代之，亲镌边款而已。

1591 黄蔼农为庆祝其母寿，请名流画松，名《百松多寿图》，间有素少作画之李瑞清、曾农髯、朱古微、陈宝琛、郑太夷等，亦为之画松，尤为珍稀。

1592 章一山介绍黄蔼农进爱俪园，整理金石图片，同时李拔可又介绍蔼农进商务印书馆为美术部主任。结果，蔼农舍爱俪园而进商务，任职二十年。

1593 民国初年，胡瑞霖一度任福建督军，有"老虎"之号。属下各部纷纷馈送礼物以媚之。时黄蔼农任省立图书馆馆长，独无呈献，胡讶询蔼农其人，谓"欲亲访馆长"。蔼农疏懒成性，御下又极宽弛，图书凌乱不之理，督军来临，恐遭谴责，故意避之，且在馆门贴一字条："今日停止办公。"督军来，严责司阍，非开启一观不可。见书籍纵横，又不上架，忿然作色而去。蔼农知之惧，或谓曷不贻文物以结其欢，盖胡虽武职，却擅文翰也。蔼农乃亲刻二图章，遣人送之督军署，蔼农非但未遭斥训，且增馆俸。若干年后，蔼农来作海上寓公。一日，忽有一僧人来访，称名妙观，蔼农漠不相识，僧人曰："我即曩年闽督胡瑞霖也。以风波宦海，遁入空门。"于是倾谈往事，握手欢然。翌朝，指书一七言楹联，谓"弄斧班门，尚希正腕"，蔼农笑领之。蔼农逝世，其子聿丰，犹悬联盍庵，而以此一重故事见告。

1594 **翁松禅**藏有杨忠愍公狱中与子书真迹，是书与外间传布者不同。

1595 翁同龢罢官归，隐于萧寺，寺为万松寺故址，因自号松禅。

1596 翁同龢常自悔失言，不能守口如瓶，因号瓶庵。

1597 翁松禅未识樜李之状，以意图之，既而客饷以樜李百枚，乃复图以酬。

1598 翁松禅每年于端午节，以朱笔写一"虎"字，随意贻人，妇孺辈珍藏之，谓可以压邪。

1599 翁松禅取同治五年丙寅五月初六日为寅年寅月寅日寅时，为庞锺璐作一笔狂草"虎"字。此后每逢寅年，常写"虎"字贻友好，且钤虎形印。

1600 苏州东吴大学之校牌，乃翁松禅手书。

1601 翁松禅擅书，偶亦作画，其手迹有一六尺卷，临倪鸿宝山水，藏同邑俞运之家，除翁自题外，尚有陆懋宗、梁节庵、徐花农、沈涛园、沈子培、庞劬庵题句，为翁画中尺幅最长者。

1602 成澹堪得翁松禅癸巳闱中短札二百多通，装成二册。

1603 成澹堪藏翁松禅癸巳闱中短札百余通，均致济宁孙文恪商量文字者。

1604 王仁东字旭庄,而翁松禅常误称之为王旭东。

1605 翁松禅学隶书十年,自以为不工,遂辍止。

1606 翁松禅有自挽联:"朝闻道夕死可也,今而后吾知免夫。"盖迭获严谴,有感而发。

1607 翁松禅由荣禄媒蘖倾陷而被黜,当翁之离京,荣赆以千金,且执手呜咽而泣,其作伪有如此。

1608 翁松禅罢官后第二年,生活艰困,即出让所藏书画,有句云:"箧中图画都捐尽,卖到长江万里图。"盖《长江万里图》,为其秘笈中珍品也。

1609 赵古泥书学翁松禅,可以乱真,松禅即以己印二方付之,以便代笔。

1610 茶陵谭泽闿藏有翁松禅手书《谕仆帖》四册,乃松禅手示其侍者姚永善者。

1611 东吴大学,校额为翁松禅手笔,校训十字:"扶天地正气,法古今完人。"今已易名苏州大学,校址在葑门天赐庄。

1612 松江醉白池,有《云间邦彦图》,常熟翁松禅题诗有跋云:"云间邦彦图,门人顾香远所刊。因思吾乡先贤及旧家画像,亦当摹绘成幅,奉诸寺庙,憾吾老不能从事也。"按顾香远,为高吹万之外舅。

1613 何禹昌出示其所藏翁松禅天中节用朱笔所作扇,一面草书一"虎"字,一面绘枇杷,题一绝句,末句为"可愧老夫无一物,蘸朱聊画洞庭黄"。又何蝯叟画兰,亦少见,疏叶冷蕊,别饶逸致。

1614 宋拓薛少保《信行禅师碑》,为海内孤本,有王觉斯手跋,常熟翁松禅愿斥八百金为代价,结果何蝯叟以千金购得之,因刻"宝薛轩"印以为纪念。

1615 牛乳粉乃舶来品，清季始来我国，其时市上尚不多见。翁松禅喜进之，常托人在上海购买。

1616 翁㯋卿，别署味幻仙人，卒于壬寅，年六十六。其叔松禅老人挽之云："垂绝呼予，只道山中有修竹；平生学佛，固知世上是空花。"

1617 翁松禅与潘祖荫（伯寅）交谊殊厚，祖荫逝世，松禅于日记中载之，如云："李兰孙信来云，伯寅疾笃喘汗，急驰赴，则凌初平在彼开方，已云不治矣。余以参一枝入剂，入视，则伯寅执余手曰，痰涌恐难治，尚手执眼镜看凌方，汗汗然也。李若农至，曰参附断不可用，舌焦阴烁，须梨汁或可济，再入视，益汗。余往横街，甫入门，而追者告绝矣，徒步往哭。"松禅挽以联云："金石录十卷人家，叹君精博；松陵集两宗诗派，剩我孤吟。"盖祖荫有"金石录十卷人家"小印，故联语云云。

1618 翁松禅有时作画，以《小湖田图》为最精，绘于纨扇上。田塍池水，芙蕖错落其间，远堞遥岑，依稀在望。扇藏翁宗庆处，翁出示张菊生，张撰题识，录《松禅日记》，述及钱鼎臣邀赏荷花，越日为绘一扇云云，借以证实经过，更觉可珍。

1619 翁松禅喜啖其家乡常熟所产之马铃瓜，时官军机大臣，每年瓜熟，辄由海舶运至北京。

1620 翁松禅以涉及"康梁案"，被遣回籍，销声匿迹于白鸽峰，一九〇四年卒；后追谥文恭，则为一九〇九年，宣统即位矣。

1621 **翁宗庆**喜玉器，虽破损者，亦胶补以珍藏。

1622　俞钟颖有《南郭老人诗稿》附词数阕，其子运之工小楷，录成一册，未刊，末有庞蘅裳题诗，今存翁宗庆处。

1623　**费龙丁**为李平书之妹婿，因得窥李氏平泉书屋所藏。

1624　弘一法师有奇楠香念珠一串，赠松江费龙丁。奇楠香可治胃病，龙丁曾磋去部分为粉末，作为药剂服之，致其中有数颗稍欠匀整。龙丁死，物归朱孔阳，孔阳以赠彭长卿，长卿又转送厦门李芳远。芳远，弘一法师之弟子也。

1625　王念慈与费龙丁交谊深挚，费死，王为之辍画有年。

1626　冯超然与费龙丁同学诗于沈约斋明经。

1627　或询费龙丁取号佛耶居士之意义，曰："合佛教与耶稣教为一耳。"

1628　王慧，字小侯，八分书学杨见山，擅篆刻，与费龙丁相友善，二人均沉默寡言者。丙寅岁，二人不期而遇于冯超然家，费云："久违久违，体尚健否？"王答以："一别三年，休尚顽健。"二人对坐约半小时，无他言。冯好戏谑，曰："君等是否哑巴，抑彼此有深仇宿怨乎，何缄口如此？"二人但微笑，默然如故。冯以告人，引为笑柄。

1629　**陶牧**，字小柳，词近二晏，晚年体衰，又复失偶，自号病鳏。

1630　陶牧，字小柳，致友书："牧之命蹇，至于极步，小儿又复病故，已成孑然一身。"一年以内，既遭女丧，又遭子丧，复遭兵灾，加以贫困，真不知何以为计，苦至于牧者，今世界殆无其匹。陶牧，南社诗人。

1631　**陈蓝洲**，名豪，号冬暄草堂主人，擅书画，偶或刻印，然传世书画多，刻印殊少见。吴厚庵于冷摊获得其一，即赠蓝洲子仲恕。

1632 陈蓝洲（豪），叔通之父也，客汉川，于金家桥畔，见银杏双株，秋容可喜，即憩坐其下。儿童有来观者，蓝洲问："尔等曾见此树开花否？"一儿答曰："白果开花人不知。"蓝洲讶其恰为七言句，乃续之："白果花开人不知，村儿天籁即成诗。"白果，银杏俗称也。

1633 陈蓝洲之《冬暄草堂笺存》原札，现存上海图书馆，共装二十四册，影印问世者，仅一部分而已。

1634 陈蓝洲与杨文莹交谊甚笃。杨病剧，蓝洲挟枕被往，同榻共眠。

1635 杨文莹著《砚铭》一书，陈蓝洲为之序，未刊行。

1636 陈蓝洲藏砚尤嗜鸲眼。

1637 **弘一法师**颇镇静，晚上邮来快函，置不启封，云："即有任何紧急事，亦须明日办理，何必急急自扰，致妨睡眠。"

1638 弘一法师凡友人来往信札，作覆而后，每交其弟子李芳远保存，十年动乱散佚殆尽。

1639 民国十六年，当局主张拆毁寺院，弘一法师语其弟子宣中华曰："和尚这条路还当留着。"宣乃国民党干部，遂停止毁寺。

1640 郁达夫旅闽时，曾访弘一法师，弘一赠以著作数种。及别，弘一谓郁云："你与佛无缘，还是做你愿做的事吧！"

1641 弘一法师作书，得力于《清颂碑》。出家后，所有碑帖，悉以赠人，独留《清颂碑》。

1642 叟书铭从黄蔼农刻印，后业医，弘一法师书一立幅赠之："不为自己求安乐，但愿众生得离苦。"佛家语也。

1643 弘一法师五十七岁，偶诵前人诗"一事无成人渐老"，及"一钱不值何消说"，认为两个"一"字，颇有道理，遂取别号为二一老人。

1644 弘一大师《圆觉经起章》手稿，为玉扣纸自订本，双页十六张，乃摘引《华严经》章句加以讲解阐发，现藏刘仙舫处。

1645 李叔同之出家，实受彭逊之影响，夏丏尊有一文纪之云："弘一法师自虎跑寺断食回来，曾去访过马一浮先生，说虎跑寺如何清静，僧人招待如何殷勤。阴历新年，马先生有一朋友彭先生，求马先生介绍一个幽静的寓处。马先生忆起虎跑寺，就把这位彭先生陪送到虎跑寺来住。恰好弘一法师正在那里，经马先生之介绍，就认识了彭先生。同住了不多几天，到正月初八日，彭先生忽发心出家了，由虎跑寺当家为他剃度，弘一法师目击当时的一切，大大感动。"所谓彭先生，即指彭逊之而言。逊之，溧阳人，名俞，号竹泉生，一号亚东破佛，出家后法名安仁，著有《虎跑寺志》。皈依不久，其子味辛迎之归，遂回俗。味辛与我相稔，数年前辞世。敝筐有逊之手札及遗像，味辛所贻也。

1646 李叔同居上海，与袁希濂、蔡小香、张小楼、许幻园同组城南文社，号称"天涯五友"。

1647 李叔同时备布履四双，人或疑之，则曰："一礼佛著，一闲时著，一外出著，一如厕著。"

1648 李叔同能治印，曾与陆丹林书谈及其印云："昨午雨霁，与同学数人，泛舟湖上。山色如娥，花光如颊，温风如酒，波纹如绫，才一举首，不觉目酣神醉，山容水意，何异当年袁石公游湖风味，惜从者栖迟岭海，未能共挹圣湖清芬为怅耳。薄暮归寓，乘兴奏刀，连治七印，古朴浑厚，自审尚有是处。从者属作两纽，寄请法正，或可在红树室中与端州旧砚、曼生泥壶，结为清供良伴乎！著述之余，盼覆数行，藉慰遐思。春寒惟为道自爱，不宣。"按红树室，乃陆之斋名。

1649 李叔同仁慈戒杀,谓布葛可代绮罗,冬日畏寒,宜衣驼绒以代丝棉。

1650 李叔同早年蓄须,以演《茶花女》,饰玛格丽特女角,乃剃去之。

1651 李叔同丧母,改名李哀,号哀公。

1652 李叔同知医理,病则自己觅旧存之药服之,且断食一日,减食数日,病自就痊。

1653 癸丑五月十四日,为夏丏尊二十八岁生日,李叔同摹汉长寿钩文以祝寿。

1654 李叔同在杭州第一师范教音乐与图画,朋侪往往索彼书件,彼磨墨挥毫,无不立应。有时砚有余墨,乃向诸生曰:"有宣纸者可持来!"直至墨尽始止。

1655 袁希濂屡饭于天津李叔同家,谓李家夏屋渠渠,门前有进士第匾额。

1656 李叔同曾入大慈山断食十七日,摄一照片,复以是照制成明信片,分贻方内外。

1657 李叔同作书刻印,从天津唐静岩,静岩曾为叔同写钟鼎篆隶各种范本,叔同为刊《唐静岩真迹》一册。

1658 南杜王海帆与李叔同同应浙江乡试,王长于李三十二岁,榜发,王及第,李书扇赠之。

1659 李叔同掌教浙江第一师范,时主持校政者为经子渊(亨颐)。叔同有事请假,往往电致校工,罕与校长及教导主任接话。

1660 李叔同多门下士,著名者如丰子恺、李芳远、曹聚仁、刘质平、金咨甫、李鸿梁、李增庸、黄寄慈等。

1661　李叔同有一印"三十称翁"。叔同卒,姚鹓雏挽诗,因有"海角惊初见,堂堂三十翁"之句。

1662　**李芳远**为弘一大师弟子,藏弘一大师戒牒,三十年来,随身南北,来回万里,保存不失。

1663　李芳远纪弘一在厦门轶事,曰《厦谷幽光录》。

1664　李芳远为弘一大师弟子,弘一逝世,撰《弘一大师本行记》若干万言。既成,邮寄马一浮批阅,不料马遽病,不及加墨,未几作古。《本行记》稿本,幸由马之岳家汤氏保存,始得归还芳远。

1665　李芳远听弘一法师讲经,撰《佛教之简易修持法》一书,印行问世。

1666　闽中李芳远馈桂圆二种:一皮壳呈铁色,乃漳州产;一呈粉红色,乃莆田产,即唐梅妃故里物。

1667　**太虚法师**赴德演讲,郑太朴充译员;赴印度演讲,陈定谟充译员。

1668　释家造诣,最高为佛,次菩萨,再次为罗汉。余访太虚法师于沪西玉佛寺,询太虚所造,则云已臻菩萨级。余乃自夸生逢活菩萨。

1669　**石瓢和尚**还俗,有诗寄同文云:"如今谢却空王去,还我初名林石瓢。"

1670　石瓢和尚还俗,进文史馆,称林石瓢。有人以鸳湖沈七娘玉还作伐,因故未成。

1671　**虚谷和尚**,善画像,曾涤生、张鸣珂像,均出其手。

1672　上海西门关帝庙,虚谷和尚居之作画,后有了然和尚居之作书。

1673 **潘天寿**作画，钤一印"一味霸悍"。

1674 潘天寿为经亨颐、李叔同弟子，能作指画，但不常作。一次，有人索之，天寿画竟，殊不惬意，题云："久不作指画，运指如运未练之兵。"

1675 **朱其石**为刘山农之外甥，藏有吴昌硕致山农书札一大册，失诸浩劫中。

1676 朱其石藏有日本文《禁苑之熹光》一书，丁士源题扉页，内多伪宫照片，有溥仪在大殿屋顶饰剑侠一影，尤怪。

1677 钱聪甫年九十岁，为朱其石写一扇，朱又倩黄西爽之子作画以配合，西爽子年十九岁。

1678 朱其石佐其兄大可编写《古籀蒙求》，尽探甲金文字之奥，遂究心古钵，施诸铁笔，瘦硬夭矫，骎骎乎自树一帜。

1679 朱其石自用印，刻"任头生白发，信手写黄山"，又刻"平生无能事，能事画梅花"。

1680 溥仪之《我的前半生》，先后三易其稿：第一次为油印本，第二次铅印凡二册，第三次删存为一册。朱其石藏三种不同本。

1681 朱其石画梅，有一印"且画梅花过一生"。

1682 朱其石考证《清明上河图》，搜罗有关材料甚多。

1683 朱其石生时，院中木樨盛开，因号桂荨。

1684 朱其石患手腕萎缩，遂废刻印。其最后一印"费长房缩不了相思地"九字，现存陆鸣冈处。

1685 朱良揆为朱其石高足，有手册四本，其石所擅各种书、各种画、各种篆刻，应有尽有。

1686 **庄蕴宽**少时文思敏捷，日能成时文十篇。

1687 庄蕴宽早年取字借抱，盖应科举试，深希捷报之来临，借抱与捷报谐音也。

1688 常州庄蕴宽有妹二人：长茝史，工画；次蘩诗，擅书。

1689 名旦尚小云，演《摩登伽女》新剧，轰动一时，剧本出于常州庄蕴宽手。

1690 **戚饭牛**，满口吴侬软语，实则余姚人也，家贫，有钱便挥霍无度，人讶而问之，戚打油诗答之："有钱即须送，送与他人用。我若不放松，必有鬼来弄。"

1691 戚饭牛与名印家王冰铁为连襟，均娶四明方氏女。

1692 戚饭牛之先祖，曾参汤斌幕，故其所著《陆稼书演义》述及汤赋事，独详实有据。

1693 **郑苏堪**之海藏楼，在沪西南阳路。地约三亩左右，门前有大柳数株，楼为三层，环莳花木，楼前为广场。春樱秋菊发荣时，主客常游赏其间。后于场南筑盟鸥榭，为饮酒论诗之处。场西又有一小亭，署名思鹤，其弟子朱莲垞拟购双鹤贻之，以郑北上而罢。

1694 郑苏堪每夜九时睡，三时起身，因颜其室为"夜起庵"。自谓摄生之道无他，惟少食少睡多劳动而已。

1695 郑苏堪瘦而长，顾石公肥而短。郑不能饮，顾饮量殊豪，两人甚相得。

1696 郑苏堪谓作诗如照像，妍丑听之，何必修饰。

1697 郑苏堪日记原稿六十八册，由中国历史博物馆资料室收藏。

1698 **吴似兰**居吴中百花里，得婆罗花一株，移植于家，因名其画室为"婆罗花馆"。

1699 吴似兰行六，家中人以六爷呼之，遂号绿野。

1700　吴子深、吴乗彝、吴骏声、吴似兰为四昆仲，均擅六法。

1701　吴似兰为吴子深弟，纳钱漪兰（藕姑）为如夫人，似兰死于非命，漪兰无所依。适贺天健丧偶，乃娶漪兰为妻。天健居沪西襄阳公园对面之公寓，西为画室，天健悬其前妻小影，东为新房，漪兰张其前夫似兰所绘花卉画幅于壁，均示不忘其旧。

1702　**沈瘦东**一度居青浦小虹桥侧，屋狭隘甚，自谓不啻岸上牵舟。

1703　沈瘦东室名"瓶粟斋"，其所著笔记，即名《瓶知》。

1704　沈瘦东居青浦一陋屋，但壁张各地人士致彼之诗翰，可谓琳琅满目，阅时稍久，别易一批，又复满目琳琅。

1705　沈瘦东谓随园论律诗难于古体。余未敢苟同其说，盖古体虽无声律对偶之拘，譬之李广行军，无部伍行阵，然非训练有素，使人人知守纪律之严，鲜不偾事，此似易而甚难。至于律诗，不过如程不识之刁斗森严，使士卒不敢犯而已，然似难而实易也。

1706　沈瘦东对于数十年来诗人之评品，谓樊山如百宝流苏，鲜明绮丽；太夷如月冷江空，孤鹤夜警；沧趣如幽燕老将，须髯戟张；香宋如秋山吐色，静女扬蛾；缶庐如溪女浣纱，乱头粗服；名山如虢国朝天，不施脂粉；蜕园如乌衣子弟，雍容华贵；大鹤如幽泉泻涧，自谱宫商；墨巢如冰荷在堑，冷香袭人；苍虬如山中白云，只堪自悦；鹤望如城中高髻，好作时装；鹤亭古玉含温，孤月流媚；眉孙如空谷佳人，天寒倚竹；小翠如华严楼阁，弹指即现；紫宜如秦川锦绣，巧夺机襄；了公如竹外桃花，嫣然三两；鹓雏如半老徐娘，风华未减；石予如野蔌山肴，不称豪举；佛影如春雨乍霁，花气袭人；雪塍如空山月明，鱼梵初动。

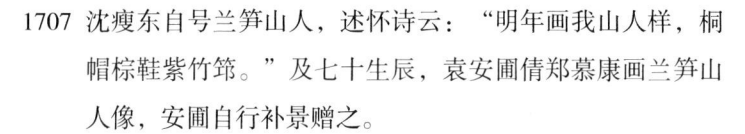

1707 沈瘦东自号兰笋山人，述怀诗云："明年画我山人样，桐帽棕鞋紫竹筇。"及七十生辰，袁安圃倩郑慕康画兰笋山人像，安圃自行补景赠之。

1708 沈瘦东断句："缛卷偏逢书压底，界栏终苦字斜行。"人谓其神似放翁。

1709 沈瘦东镌一小印"自笑生平为口忙"。

1710 沈瘦东以唐宋诗喻之食品，如云："论诗我贵色香味，缺一不足称诗王。少陵味真惜太苦，温李甜腻樱花糖。退之生硬桂花栗，山谷辛辣如山姜。微甘不腻清且芳，王维李白差颉颃。"

1711 沈瘦东年四十七，纳一姬人，年二十一，虽贫勿怨，因谓糟糠妻难，糟糠妾尤难。

1712 南通张健庵，于沪上冷摊得一不书姓名之诗册，以示其戚徐咏绯，皆莫能推求何人所作。顾其中颇多沈瘦东修改涂乙处，驰函询瘦东，遂知为俞慧殊诗，乃归瘦东保存。

1713 沈瘦东对陈石遗颇多微辞，如云："石遗诗往往挟长卖名，时有率笔。"又云："《随园诗话》，世多讥其滥，然除其自装门面外，闲言语却绝少，《石遗诗话》便不能矣。"

1714 沈瘦东之《瓶粟斋诗话》三十六卷，加《诗话余渖》四卷，合之为四十卷，末附诗话人名索引，为诗话之创例。

1715 沈瘦东六九述怀诗："明年画我山人样，桐帽棕鞋紫竹筇。"袁安圃为绘《兰笋山人扶筇觅句图》以贻之。题图者，如冒鹤亭、李蔬畦、瞿蜕园、戴克宽、陈小翠等，此图后归青浦县博物馆收藏，作为地方文献。

1716 青浦城中，有业照相之方野芹其人，与沈瘦东为至交。瘦东家无主中馈者，日必在方家共酌。方善园艺，小圃栽花，芳菲不断，瘦东嘱何之硕为方之草堂书"蔓草庐"额，何以章草书之。瘦东诧曰："从未见有人以章草作榜书者。"

1717 沈瘦东之《瓶粟斋诗话》，认为陈声聪之《兼与阁诗话》，为诗话中之上乘。

1718 沈瘦东极喜周炼霞画梅题句，如云："春愁如梦无寻处，只有香魂化冷云。"又："米盐不是琼瑶屑，莫怪梅花冷笑人。"一次，瘦东自青溪来沪，王蘧川宴之于莺弦室，蘧川招炼霞，有诺言矣，临时未果来。瘦东云："毛嫱西子，不必见而始知其美。"按炼霞早期确具风致，而清颖潇洒，比诸楚泽芳兰。敝笥尚藏有彼小姑居处之照影，垂垂项珠，发光似漆。浩劫中失而复得，引为幸事。

1719 沈瘦东，诗名动东瀛，彼邦人士水岛刚太郎等，从之为师。

1720 沈瘦东师事叶袖东，郑质安亦袖东高足。

1721 沈瘦东爱种月季花，与金咏棠有同癖，二人结为花木交。

1722 沈瘦东云："作诗如作画，水气多，云气多，则韵致生动。若满纸重冈复岭，则死板呆滞，有何足称。"

1723 沈瘦东有一印"江南沈郎"。及六十生辰，自撰生挽联云："得上公怜才，小妻怜老，义士怜贫，细数遭逢，夙世有缘皆巧合；幸旧诗早刻，名山早游，良田早卖，略加点检，毕生无憾可长眠。"

1724 叶袖东，留学日本，工诗，有句云："碧云何处雨，残日一帘秋。"又："乱石破云龙欲下，长芦点水雁初南。"沈瘦东师事之。

1725 青浦公园有一茅亭，制作古朴，沈瘦东题额"竹榭"二字，字大逾尺，仿赵子昂体，甚工。可知瘦东不仅工诗，亦擅书法。瘦东与诗人金剑花甚投契，剑花曾佐钮永建参加辛亥革命，居青浦城中县后街，瘦东居青浦北门小红桥，时相过从。《时报》记者金雄白，剑花之侄也。

1726 张静莲为沈瘦东表伯，工诗，时出新意，有句云："邻竹声喧风乍起，庭花影小月方中。"又："浴水鸥同鱼串戏，偷花蜂与蝶分赃。"

1727 沈瘦东晚境殊艰困，孙沧叟以鬻书所得沾润之。

1728 郁达夫嗜酒，在火车上亦手不释杯。

1729 郁达夫自谓诗词门径得自《沧浪诗话》《白香词谱》。

1730 郁达夫有诗："但求饭饱牛衣暖，苟活人间再十年。"果然越十年，死于异域。

1731 郁达夫于福州天君殿，卜得一签，有云："寒风阵阵雨萧萧，千里行人去路遥。不是有家归未得，鸣鸠已占凤凰巢。"郁以签语不啻为己而作，即收入己之诗集中。

1732 郁达夫有诗赠韩槐准，韩为海南岛人，文化仅高等小学毕业，但钻研学术，始终不懈，成为国际考古学家。有人称彼是南洋一千九百万人口中最奇特的人才。

1733 王映霞未与郁达夫离婚前，有时写作，以王郁为笔名。

1734 王映霞与郁达夫离异，郁撰《毁家诗纪》，并附注语甚详。郭沫若谓郁达夫不但外扬其家丑，且夸大其家丑。《诗纪》寄《大风杂志》发表，《大风》编辑陆丹林，登载其《诗纪》，删去其附注。

1735 徐悲鸿画，郁达夫为题，有云："各记兴亡家国恨，悲鸿作画我题诗。"

1736 郁达夫一名文，刻印"郁郁乎文哉"。

1737 郁达夫诗，余最欣赏其二句："常因酒醉鞭名马，为恐情多累美人。"

1738 郁达夫与陆丹林友善，一日，达夫谓丹林曰："君名如集古诗为联，上联可用'丹青不知老将至'，下联则杜甫之'玉露凋伤枫树林'，可勉强作对。"丹林谓："下联过于衰飒，与上句不称。"达夫曰："周豫材赠我诗，有一句'梅鹤凄凉处士林'何如？"丹林谓："我有妻有子，与林处士不相涉。"达夫云："容再商酌。"遂罢。

1739 郁曼陀为达夫之兄，能画山水，常过若瓢和尚处，认为煮茗谈禅是一种享受。

1740 **舒舍予**，同时同姓名者凡七人，而以老舍之舒舍予为最著名。

1741 舒舍予喜集扇，有出于京剧演员之手者，如王瑶卿、杨小楼、余叔岩、时慧宝、朱素云、梅兰芳、荀慧生、程砚秋、尚小云等，山水花卉，各擅胜场。

1742 老舍小说《骆驼祥子》，最早发表于《宇宙风》，原稿在陶亢德处。亢德于一九八三年病逝沪上，老舍原稿，闻已由陶氏家属交与公家保存。陶氏历编杂志若干种，与当代作家书札往还，所藏手迹甚多，几经变革，恐已散失无留矣。

1743 **吕贞白**，江西德化人；龙榆生，江西万载人，均为夏敬观家常客。夏则江西新建人也，三人作江西话，旁人听之，茫然不解。

1744 吕贞白宏于茶量，有七碗之风。

1745 吕贞白娶表姊罗蕙春为妇，伉俪甚笃。蕙春于甲寅冬逝世，年七十一，贞白撰悼亡诗六十首。

1746 吕贞白有《怀人诗》二百余绝，裘柱常就其中认识者，请吕录若干首以留念。

1747 易大庵为吕贞白刻印百数十方。贞白尝谓大庵穷，不足为大庵病，治印不足以尽大庵；知音大庵者，当钦其奇郁之气与真挚之情耳！天倾地坼，安得一孤村穷岛，遁迹其间，与大庵煮酒纵论,以观人世之变哉!大庵逝世于一九四一年,距今已四十余载。

1748 吕贞白晚年便溺失禁,彼恐命在旦夕,立写遗嘱,既愈废之。未几,又病失禁,重写遗嘱,时废时写,迄未定稿。

1749 易大庵门下,能词曲而健在者,只吕贞白与庄一拂,均白发盈颠矣。两人相见,即唱昆曲《长生殿》,一拂为生,贞白为旦,拍桌为板眼,声震屋宇,客来访,为之骇退。

1750 吕贞白致吴湖帆书札,湖帆积存成册,颜之为《白帖》。

1751 吕贞白作《浅语词》,经朱古微、夏敬观、冒鹤亭、叶遐庵、汪旭初评选,均毁于浩劫中;近两三年所作,又有三百多阕,加以整辑,仍以《浅语词》为名,行将问世。自谓:"所作大都婉约靡靡之音,不能唱金少山、侯喜瑞之铜锤,只能哼几句梅畹华、程御霜之缓吟低唱。"

1752 **范烟桥**居吴中温家岸,与顾氏雅园为比邻,旧栽山茶尚存。烟桥有诗:"一角雅园风物旧,海红花发艳于庭。"

1753 范烟桥能书,出其舅氏钱云犟指导。

1754 叶小凤与范烟桥,皆魁梧雄伟,人称"南人北相"。

1755 范烟桥为上海《社会日报》写稿,专谈吴中食品,名其长篇为《苏味道》,借用唐凤阁舍人姓名,颇具巧思。

1756 黄熟梅子,去核捣烂,并去其酸汁,和以糖霜,煮成梅酱,范烟桥喜啖之。

1757 范烟桥一度别开生面,撰连续性之短篇小说若干篇,每篇各自起迄,在形式上各自独立,而书中主人翁却始终为一人。

1758 范烟桥辑《苏州明报》,曾出黄摩西、陈巢南及沈三白专号。

1759 一九五六年，重修苏州虎丘塔，夹层中发现许多文物，范烟桥曾往观之，谓从文物中得知是塔正确之建筑年代，始建于五代周显德六年，至宋建隆二年落成，纠正文献记载隋仁寿年修建之误。

1760 解放初，市上有桥牌香烟，范烟桥偶吸之，曾以"烟桥吸桥烟"征对。此五字顺倒读之，原文不变，人难应征。

1761 范烟桥有《鸥夷酿诗图》，倩袁寒云为题，寒云数年不报。一日，忽检得，为之填词一阕，精楷书之，快邮寄烟桥。烟桥以阅年久，淡忘其事，无意获得，喜出望外。

1762 吴中有星社，沪上有云社，皆以文会友之组织，取名者范烟桥。

1763 范烟桥父葵忱，于一九三九年卒于吴中温家岸，年六十九岁。烟桥检乃翁所遗日记及其他著述，辑成年谱若干卷，未刊。

1764 范菊高，乃烟桥之弟，亦喜操翰，有人以同音异字戏呼之为"饭粥糕"。

1765 **李伯元**之《芋香印谱》，早已失去，后由其族弟李锡奇访得。

1766 李伯元卒于清光绪三十二年丙午三月十四日，而上海大东书局出版李伯元之《南亭四话》，其中有二则，乃纪光绪三十二年春日以后事，阅者诧为奇迹。

1767 李伯元之《文明小史》，颇多影射时人，较显著者如叶澄衷、端午桥、张之洞、姚孟起，均为书中人物。

1768 李伯元深赞潘兰史之诗才，谓"老兰诗如寥天一隼，回翔高秋"。

1769 著《官场现形记》之李伯元，于寓所大门上张贴春联，每年自撰，而由欧阳巨源代写。

1770 清季，李伯元在沪组织书画社，在《游戏报》上登一启事，有云："篆刻虽小道，实为书画所必需；擅此者一体入社。"

1771 李锡奇为伯元之侄，著有《李伯元生平回忆》一书。

1772 **王蕴章**乃光绪壬寅科举人，年仅十六。

1773 王蕴章有烟霞万古司马印，甚喜之，盖彼有烟霞癖，借印文以寄意。

1774 伊秉绶以八分书负盛名，王蕴章却推重其行书。

1775 民国十一年，北京大学聘王蕴章为词曲教授，王恐欠薪未就。

1776 王蕴章自题其小影，有云："其目无人，其心有我。不善时趋，遂与物左。虱寄世间，百无一可。偃仰书城，哀吟饭颗。"

1777 王蕴章嵌"紫罗兰庵"四字为联赠周瘦鹃："紫钗红拂罗双美，菊秀兰芳共一庵。"

1778 上海颇多成衣铺，以苏式广式为尚，故称苏广成衣铺。王蕴章初到上海，以苏广成衣铺触目皆是，私念衣铺中之苏广成，殆肉铺之陆稿荐，茶食铺之稻香村，刀剪铺之张小泉相类，故冒牌者至多。既而知之，乃哑然失笑。

1779 王蕴章得赵君兰之《碧桃仙馆词稿》，甚珍喜之，盖贮有君兰父秋舲之《香销酒醒词》，合为双璧也。

1780 **寄禅上人**，自称光头书生，游山竟日，动辄忘归，饥渴则饮寒泉，啖古柏。

1781 寄禅上人，曾卓锡宁波天潼寺，顶礼者多，乃每月接见数次。当接见时，众僧鸣钟击鼓，捧持炉香，上人在炉香缥缈中御袈裟出，凡跪地顶礼者，一一抚顶，口诵经文，若干时礼毕。

1782 寄禅上人卓锡金陵，谓"六朝无限兴亡事迹，都在石城杨柳暮烟中"，吐语抑何隽永。

1783 **方地山**有联赠张大千："八大到今真不死，半千而后又何人。"

1784 方地山与姜离异，姜欲携其所生子女同去，方不许，乃相龃龉，结果由子女自决。方曰："兽知有母，不知有父；人知有母，亦知有父，人兽之分在此。"子女聆之，遂毅然归方。

1785 方地山与弟泽山，相差一岁，共灯而读，同被而寝，极友爱。

1786 方地山善制联语，曾以《打樱桃》剧中书僮语"我想平儿，平儿才不想我"，对翠屏山剧中杨雄语"您说石秀，石秀也说您"。

1787 方地山有二印章：一"贪财好色"，一"寡人有疾"，大有自我检讨之意。

1788 方地山评袁寒云词，谓每有不合格律处。

1789 方地山善制联，梅兰芳祖母八十寿，地山有联云："三月三日，丽人孔多，祝阿母长生不老；一觞一咏，群贤毕至，喜文孙天下知名。"

1790 方地山藏尚方铜器，袁寒云见而喜之，以明代申时行行书、周之冕画《梅扇》易之。

1791 方地山善作联语。一日宴集，地山迟到，座客以"杨柳岸晓风残月"作对以难之。地山匆促就座，席尚未暖，即对曰："牡丹亭姹紫嫣红。"

1792 方地山，自号大方，擅作联语，有"联圣"之称。巢章甫与之善，曾录其名联成册见赠，我喜诵之，奈失诸浩劫，仅记其一联云："杨柳岸晓风残月，牡丹亭姹紫嫣红。"

1793 袁寒云子伯崇，为方地山女初观婿，当结合时，双方交换一古钱，且在旅邸中一交拜而已。地山有一联云："两小无猜，一个古钱先下定；万方多难，三杯淡酒便成婚。"

1794 **边政平**擅写砖文，亦能绘事，寥寥数笔，却具轻微淡远之致。

1795 边政平极欣赏顾佛影绝句，如："水荭花外暝烟升，小市人家欲上灯。愁煞扁舟卧居士，卷帘低烛过西兴。"谓渔洋不是过也。

1796 边政平谈书法，谓前人质胜于文，今人文胜于质。

1797 边政平临草书，目注于帖，而不措意笔之在手。

1798 边政平斋名"君子馆"，后改为"竹轩"，盖竹有君子之称也。

1799 边政平每岁自刻一千支印章。

1800 边政平家购薪柴，其中有一竹片质甚坚好，政平乃锯截而琢磨之，为一臂搁，钩摹鸭头丸帖而精心镌刻；别配竹片一，琢磨成对，摹刻右军《奉桔帖》于其上。

1801 边政平工楷，录朋好致彼之手札，汇成一册，名《上明室》贻赠尺牍。

1802 边政平藏金石拓本甚富，辑有《三千金文馆金文》一书，鲍扶九作数万言之长序，待刊。

1803　边政平用北京徐正盦印泥，谓胜于南方张鲁庵。

1804　边政平作书，辄钤其自刻印，取其风格一致。

1805　当抗战时，敌机肆暴，居民防玻窗震碎，乃贴纸条以固之。边政平治金石，遂剪纸为汉砖文，或以线香烫纸为瓦当式，黏于窗上，弥饶古泽。

1806　**严几道**著《英文汉诂》一书，于一九〇二年由商务印书馆出版，为我国使用横行排版刊印中文之始。

1807　严几道蓄辫，辛亥初，被章太炎剪去。

1808　严几道女严璆、严珑，均能画山水。

1809　**吴虞**字又陵，有时作幼陵，原名永宽，知者不多。彼淡于名利，人称吴山人，彼乃以吴山人自称。

1810　世界书局初创，沈知倩吴虞公撰《新二十年目睹之怪现状》，吴为之执笔，实则其时吴之年龄，尚未弱冠。

1811　吴虞公、陶寒翠，均自经死。

1812　**张锡銮**购得吴中网师园，彼终身未一至。

1813　吴中网师园旧主人张今颇（锡銮），在辽东有"快马张"之称，又著《张都护诗存》一册，盖武夫而擅文翰者。郑苏堪曾述其人："长身赭面，眉目耸异，三十年间，驰骋关外，捕贼却敌。崛起牧令，以历监司，其排难解纷，抑强扶弱，满蒙羌汉，望若神人。家人婢媪，举其名以止儿啼，此又一张辽矣。"

1814　苏州网师园旧主人张今颇家厨，善烹豆腐，有七十二品之多。

1815　吴中网师园旧主人张锡銮，晚年为天津寓公，张作霖每年馈贻万金，直至锡銮逝世始已。

1816 **郭沫若**不喜杜鹃鸟，谓杜鹃状既丑恶，性又残忍，却获得诗人咏叹，譬诸世之欺世盗名者。

1817 郭沫若故居四川嘉定之沙湾，附近有大渡河，及流入大渡河之雅河。大渡河古称"沫水"，雅河古称"若水"，因号"沫若"。

1818 郭沫若乳名文豹，因其母梦豹子而生。

1819 郭沫若喜啖湘省土产地瓜，湘人称之为凉薯，粤人称为砂果，郭认为甘嫩可口。其妻于立群亦喜啖之。

1820 郭沫若称王国维头脑是近代式的，感情是封建式的。

1821 一九六一年初夏，郭沫若登泰山，谓在山下观之并不高，及登临之余，觉甚费力，有句云："山底培塿视，登临自不同。"

1822 郭沫若之《李白与杜甫》一书中，谈及杜诗"顿顿食黄鱼"，引《尔雅·释鱼》，鱣字下注云："大鱼，似鱏而短鼻，口在颔下，体有邪行甲，无鳞，肉黄，大者长二三丈，今江东呼为黄鱼。"余认为此所谓黄鱼，乃鲟鳇鱼，吴中称之为"着甲"。至于石首鱼，亦称黄鱼，与此无涉。又郭沫若谓李白嗜酒，有"酒中仙"之名。实则杜甫之嗜酒，更甚于李白。李白现存诗文一千五十篇，涉及饮酒有一百七十篇，为百分之十六强。杜甫现存诗文一千四百余篇，涉及饮酒，有三百篇，为百分之二十一强。

1823 郭沫若之师，姓名可举者，有沈焕章、刘虞宾、陈济民、易晴窗、帅平均、黄经华。

1824 徐云叔曾刻郭沫若之《百花诗》为一印谱，以一部赠郭。

1825 帅平均乃廖季平之弟子，帅曾教郭沫若读《礼记》。

1826 金祖同所撰《郭沫若归国秘记》，初稿写在日本神户西村旅馆所赠送之纪事簿上。是簿织锦缎封面，甚为精致。

1827 **袁励准**藏有唐李廷圭墨一,同时福开森亦藏一锭。

1828 诗人袁励准,冬日喜反穿羊皮马褂,据云是学苏武羁北时服装。

1829 袁励准喜收藏,凡见书画佳品,辄欲得之,如无力购置,彼力劝友人罗致之,便于异日借来赏玩。

1830 袁励准写米襄阳书,有一印"臣书刷字",暗合米书之品评。

1831 **舒新城**与刘济群,恋爱凡十阅寒暑,来往信札都二十余万言,曾由中华书局为刊《十年书》。

1832 舒新城擅摄影,故其作品,如《故乡》及《蜀游心影》,附照片独多。

1833 **程霖生**出巨价购得八大山人绘花卉四幅,每幅长一丈二尺,阔仅尺许。其中一幅为荷,梗长达八尺余,一笔到底,劲力弥满,程告人曰:"张大千虽善作伪,决无此魄力也。"胜利后,霖生死,有人以此询大千,大千曰:"四幅均我所作也。当时将纸幅铺于长桌上,边走边画而已。"

1834 皖人程霖生收藏书画,均重行装裱,配上整根红木轴头,于轴头上刻字。

1835 画家**来楚生**有一印,其文云"与黄道婆同乡"。

1836 画家来楚生,晚署初二门,初取谐声,二门切生字。

1837 **丰子恺**,名仁,子恺之号,乃其师单不庵所代取。

1838 丰子恺画佛,不论大小,均作一百零八笔。

1839 丰子恺嗜枇杷。

1840 丰子恺之漫画,受日本竹久梦二之影响。

1841 丰子恺曾为其师弘一大师画像。

1842 丰子恺画题:"小桌呼朋三面坐,留将一面与梅花。"耐人寻味。

1843　丰子恺曾游桂林，谓桂林山水奇而不美，所谓桂林山水甲天下，不如称桂林山水奇天下。

1844　"漫画"二字，成为一新名词，始于《文学周报》。时在民国十二年左右，丰子恺喜作小画，《文学周报》编者为之逐期铸版登载，称之为《子恺漫画》。

1845　丰子恺喜于无人相识之市井中彷徨观察，自称"人生之旁观者"。

1846　丰子恺之译本，第一部为《苦闷的象征》，商务印书馆出版，原作者日本厨川白村。同时，鲁迅亦译此书，丰由陶元庆之介绍，访鲁迅，说明无心之冲突。

1847　丰子恺于古人诗，最喜陶渊明与白居易，根据陶、白诗，绘成许多画。

1848　丰子恺作人物，取法七道士。七道士所作画，粗笔焦墨，别具轮廓，仿佛漫画，而苍劲自具意致，非率尔为之也。七道士，世往往不能举其真姓名。检《广印人传》有云："曾衍东，山东嘉祥人，流寓永嘉，字七如，别号七道士，工书及篆刻，善写人物花鸟。"我在钱玉斋处见七道士所作《塾戏图》，诸生徒捉迷藏，状态生动，神情毕肖，不易多觏也。

1849　**陈飞公**别署"烦恼菩提尊者"。

1850　陈飞公尝寓上海神州日报社，是报停刊，飞公亦它迁。一日过旧址，凄然曰："神州陆沉矣！"

1851　**侯疑始**寓北京九条胡同，乃王次回赠妓左阿锁之旧居。

1852　夏自怡泥皇茶圣之阁匾额，出于侯疑始手笔。

1853　侯疑始之妹碧漪，从张大千，工翎毛花卉，嫁费子彬，费为岐黄家。

1854 侯疑始著有《洪宪旧闻》,力为乃师严又陵辩诬,谓筹安会束邀,严以疾辞,直至筹安会结束,未尝一莅石驸马街望筹安之门。当时且有威胁之函,嘱阅后付火,严却秘藏于箧。

1855 侯疑始一度寓重庆,生活困难,化名"治星相"。

1856 侯疑始卜居京都香炉营,太常仙蝶恒至其家。后疑始司榷崇明,一夕,太常仙蝶又止于榷所,驯习如故,逾两昼夜飞去。

1857 **寿石工**别署印丐,不喜食鱼,榜其书室"不食鱼斋"。

1858 书家与刻印家订润例,往往有"劣纸不书""劣石不刻"等语。寿石工却不然,无纸不书,无石不刻。

1859 寿石工喜藏墨,间亦藏名人所用之笔。

1860 沪上某饼家,有一横额"推潭仆远"四字,极古僻,实则典出于《汉书·西域志》,谓味美逾恒也。一日,张志潭与寿石工购饼其家,张不解此四字,以问石工,石工戏语之曰:"君字远伯,则此四字中,君之名字已有其二,且'仆'与'扑'通,'推'与'扑'同为动词,明明是打倒老兄之标语也。"相与大笑。

1861 寿石工有墨癖,著《重玄琐记》,未刊,张子高藏有节钞本。

1862 寿石工蓄梁山舟先生著书墨,甚宝之。石工卒,其妻宋君方倩徐悲鸿题墓石,而以是墨酬之。

1863 **毕倚虹**之《人间地狱》说部,书中人物,颇多隐射,如柯连荪乃作者自道,盖谐声可怜生也;姚啸秋为包天笑,赵栖梧为姚鹓雏,华稚凤为叶小凤,苏玄曼为苏曼殊,戈微尘为钱芥尘,严兰洲为周南陔,彭蒿洲为庞京周,庄艳芬为张文艳。

1864 毕几庵(倚虹),别署娑婆生,著《人间地狱》长篇小说。几庵乃毕遯庵之子,方地山之表甥,李伯行之外甥婿,与袁寒云相晤海上,叙述姻谊,甚为契洽。

1865 毕倚虹妻杨芬若，乃诗人杨云史之女，著有《绾春词》。

1866 称报纸副刊为"报屁股"，此名创始者乃毕倚虹。

1867 毕倚虹有一日记本，留存在包天笑处。

1868 张静庐于民国初年小说家，极推崇罗韦士与毕倚虹，谓"倚虹之《人间地狱》，不愧佳作"。孙东吴亦称"《人间地狱》，情文并至"。

1869 孙绮芬拟刊《绮芬浪墨》，广征耆宿题序。及出书，则所谓"浪墨"，未见一字，盈篇累牍，皆他人之序文题诗也。毕倚虹写入《黑暗上海》说部中，引为笑柄。

1870 毕几庵湖上词之一云："短塔方塘住夕阳，凭阑纤手擘鱼粮。他生愿得如鱼乐，一世浮沉皱月廊。"盖咏杭州西子湖景色也。陈小蝶之《武林旧思录》，有《皱月廊》一则云："李可亭避暑湖上，与家君夜宿清涟寺，予时尚童子，何公旦、潘老兰皆在座，诗酒唱和，凡十二人，清响竞逸，时夜月方朗，游鱼出听。寺僧乞留鸿印，因为署曰'皱月廊'，家君制跋，华痴石秉烛，何公旦书焉。"按文中所称家君，乃小蝶之父蝶仙，号称天虚我生者是。可知"皱月廊"之题名，尚在民国时期，不甚久远也。

1871 毕倚虹诗极清丽委婉，著有《天贶楼诗词集》，未刊，倚虹死，诗词集散佚殆尽。

1872 毕倚虹病肝，形销骨立，自分不起，钱芥尘为介绍臧伯庸医士义务治疗。倚虹诗以志谢云："瞑坐围炉苦畏寒，馀生已分共年残。蓬瀛归客臧文仲，为我殷勤涤肺肝。"盖伯庸留学日本也。

1873 毕倚虹病中，典质俱尽，每向陈定山乞贷，手札盈匣。倚虹殁，定山不忍检点，将札付之一炬。倚虹幼子庆康，依定山为生。

1874 张碧梧乃毕倚虹之表弟，初无文名，倚虹为之介，识周瘦鹃。瘦鹃其时兼辑先施公司之《乐园日报》，乃命碧梧助理笔政。碧梧即在是报日写小说，笔墨生动，颇受读者欢迎，后为成名作家，与张舍我、张枕绿称"小说界三张"。

1875 **丁辅之**藏有张子虞试卷，付诸装池，后归吴铁声。

1876 聚珍仿宋体字模创办人丁辅之，人肥而矮，面黝黑，深度近视，戴阔边玳瑁圆腔眼镜，大袖长袍，所携红藤手杖，高逾其人，见者诧为怪物。

1877 钱唐丁辅之藏丁钝丁印，多至七十二方，故自署七十二丁庐。

1878 丁辅之收藏尺牍，什九为杭州乡贤。

1879 丁辅之、丁善之兄弟，创始仿宋铅字，时在一九一五年，朱义宝手刻。一九二一年，以铜模让给中华书局，称"聚珍仿宋字"，排印《四部备要》，继之排印《二十四史》。此后外间纷纷仿制，书刻者有陶子麟、韩佑之、钮君宜、徐锡祥、周焕斌、邹根培、钟士光、易大庵、高云塍、朱永寿、陈履坦、吴铁珊、巢德春、张燕昌、张宗浩、周揖三、张云健、孙叔民等。

1880 丁辅之藏有纪晓岚大烟斗拓片，称为"纪大斗"，裱成立轴，有吴昌硕长题。原物一度藏陈仲恕处，我曾目睹而摩挲之。

1881 丁辅之藏有八大山人花鸟画，为八开大册页，为谋善价，分页出让。将整部画册四分五裂，未免有煞风景。闻唐云得其二页。又解放初，市场书画商以八大山人书札十通，送赵季华求售。赵以价高未购，既而悔之，追踪而往，已为爱好者所得，赵怅然累日。

1882 丁辅之所至名山大川，悉有诗文纪述，撷取部分，用甲骨文写成长卷，别作《观水玩山图》以附之。

1883 丁辅之藏有罗两峰画鹤立幅，遂以"鹤庐"名其斋。

1884 丁辅之游踪所至，辄有诗篇，乃用商卜文写之成卷，附以楷书释文。

1885 丁辅之晚年得丁龙泓所刻"鹤庐"二字印，遂自号鹤庐。

1886 **高剑父**不能作英语，偶接待外宾，即用哑人手语交谈，不知者以为高本人乃一哑巴。

1887 民初，高剑父居沪上，主持《真相画报》，聘粤人郑苌为编辑。郑纵酒佯狂，人以为戆，潘达微为作《郑戆公传》。郑精绘事，书法崛强奇横，别饶情趣。

1888 岭南派画家高剑父、高奇峰兄弟，奉居廉为师，而受日本画家竹田栖凤、横山大观之影响甚深。

1889 张大千好在朋好前作画写字，高剑父却最怕即席挥毫。

1890 高剑父作画，如不认识，例不题上款，虽厚润亦不破例。

1891 "一·二八"之役，高剑父绘《淞沪浩劫图》巨幅。画之中心，乃东方图书馆之被焚，火光熊熊，对之令人惊心触目。

1892 伍德彝与高剑父同为居廉画弟子。德彝藏古画颇富，剑父欲假之临摹，德彝谓"须拜我为师，始得出借"。剑父立即向之下拜，呼之为师。如此，剑父潜心临摹，画学大进。若干年后，剑父名满海内，为岭南派巨子，德彝绝少有人提及。实则德彝画有特长，但不遇赏音耳。

1893 简又文藏高剑父画，有三十余件，当时致润九千余元。

1894 **王湘绮**之《湘绮楼日记》，写在旧账簿上。

1895 王湘绮论书，谓王逸少不如李北海，陈子鹤胜于董香光。马夷初以为是不知书法之妄语。

1896 王湘绮自言："我诗非唐非宋，非明非清。"

1897 王湘绮勤于抄经，积庋累累；多女，每嫁一女，即以抄经一部为添妆。

1898 易实甫号哭庵，王湘绮极不赞成，曾用孟子语"先生之号则不可"，借以讽劝之。

1899 王湘绮谓艳情之咏，夏景难工。

1900 王湘绮释《尚书》，于《禹贡》之璆琳琅玕，谓璆即今之金刚钻。

1901 王湘绮提携三手艺工人，称为"王门三匠"，即铁匠张仲飏、铜匠曾招吉、木匠齐白石。

1902 王湘绮谓："寄禅诗能为岛寒，不能为郊瘦。"故寄禅晚年作诗，多效东野体。

1903 王湘绮日记，有云："岁暮借钱，亦是一乐。"其乐为何，惜不能起湘绮于地下而问之。

1904 王湘绮自谓所作小字，雅于翁覃溪。

1905 王湘绮应江督端午桥之招，李审言宴湘绮于沪上愚园，在座者皆一时名流。

1906 费行简为王湘绮弟子，故其所著《近代名人小传》，即首列湘绮，而叙述特详，且多夸誉。沃丘仲子，即费之化名。

1907 陈仲恂初从王湘绮游，后改师陈散原，因自称湘绮叛徒。

1908 尹和白为王湘绮门下客，擅用宋人法作墨梅。瞿蜕园游湘绮门，因从尹学点染之法，尹画流传不多，于非闇、周紫宜各藏一帧。

1909　**马万里**喜蓄小画片及名人照相，晚年喜观剧。

1910　马万里曾绘《水墨葡萄》一幅，由外交部转贻美国罗斯福总统。

1911　画家马万里乃御医马培之之曾孙，培之曾入宫诊慈禧太后病。吴中马医科巷，即培之医寓也。万里藏有培之之巨幅遗像，又若干医案及日记，悉于浩劫中被毁。

1912　画家马万里有红黄蓝白黑五色印泥，乃某贝子后裔赠彼者，大内物也。万里固擅刻印，曾以自刻印及杨千里所刻印装成一匣，颜之为"千里万里之章"，又印有《马万里写杨万里诗意册》问世。

1913　马万里深佩梁公约之画艺，师事之若干年，得公约画数十帧，尤以为其妻眉倩所绘之花卉，寥寥数笔，妙到毫巅，为之珍藏不释。既而眉倩病逝，万里将是画付诸装池，张挂壁间，既悼其妻，又悲其师侘傺以殁，具双重纪念也。

1914　**张元济**曾参与康梁变法，事后镌一章"戊戌罪人"，作书偶钤之。

1915　张元济晚年头脑不清，翁宗庆往访，辄询其叔祖殁夫遇见否，实则殁夫三十年前已逝世矣。

1916　商务印书馆印行《四部丛刊》，均取善本，自己未年始，壬戌乃成，凡历四年。丙寅重印，更易以秘笈，亦耗时三载，由张元济主其事，有"书囊无底，善本难穷，随时搜访，不敢自足"之语。

1917　张元济有《涉园序跋集录》一书行世。所谓涉园，在浙江海盐之南郭，以林泉台榭之盛与所藏典籍之富，康乾以来，著称浙右。是园创于明万历之季，为张大白读书之处，及张螺浮，始观厥成，顾鼎挚为之题额。洪杨之役，园被毁。直至元济之世，犹及见烬余之老屋数楹，原有之希白池尚未淤塞，丛篁古木，周遭掩映，树有数围者，奈工巨力薄，未克修葺。当嘉庆年间，元济之先人鸥舫，尝集四方来宾之题咏，刊有《涉园题咏》。元济又于诸家集中散见有关涉园者，录而存之，为刊《涉园题咏补编》。

1918 王乃徵为**沈乙庵**治病，直至易箦。

1919 张孟劬、孙益庵、王静安，每日必赴沈乙庵之海日楼，相与探讨学术，一时有"沈门三君"之称。时沈居沪上新闸路。

1920 孙隘堪称沈乙庵为生平第一知己。

1921 **倪轶池**年八十余，患疝气，拟就医施行手术，或劝阻之，谓年事已高，开刀有危险。倪云："年高不妨冒险为之。施手术而愈，可以乐我余年；施手术而致死，风烛残年，亦不足惜。至于青年却不能贸然从事，反须郑重考虑。"

1922 倪轶池办薄海同文学会，地址上海南京东路大庆里。

1923 **徐卓呆**有"笑匠"之号，为余写纪念册："为人之道，须如豆腐，方正洁白，可荤可素。"

1924 徐卓呆好弄狡狯，曾以一鸡蛋纳入玻璃瓶中，瓶口小于鸡蛋，人见之以为奇。问以法，始知先将鸡蛋浸入醋液，凡一昼夜，蛋即软化，且有弹性，因得塞进小口瓶中，经一二日，蛋壳复坚硬如初。不知此中秘诀者，固莫名其妙也。

1925 徐卓呆谓日本人运石，系石于船尾，不载船上，盖石在水中，由于水之浮力，可减轻石之重量。

1926 上海新舞台有所谓连环戏，将舞台剧与电影剧相互结合，乃徐卓呆所设计，共演两部：一为《凌波仙子》，一为《红玫瑰》，曾轰动一时。

1927 徐卓呆闻有一种草本植物，名徐长卿，觉甚怪异，遂用作笔名。

1928 余以亡友遗札，装裱成册，颜之为"人琴之恸"。徐卓呆见之，笑谓余曰："最好请您不要出续集。"

1929 徐卓呆之子，从胡亚光学画，彼此相稔，例不取酬。而卓呆特备一红封袋，上书"贽敬"二字，亚光却之。卓呆云："此戋戋之数，不可不笑纳。既而拆封，乃纸币二角。"

1930 西方某学者，谓"衣服是人类一切误会之根源"。我友徐卓呆，亦认为人之贵贱，以服御而分，若一丝不挂，赤裸相见，则彼此无所谓贵贱，因撰一小说，名《浴堂里的哲学》。

1931 徐卓呆病入医院，铺位二百五十一号，彼自言"没有生路"。原来彼在数年前，购得公墓一穴，号数为二百五十一号，适相同也。

1932 徐卓呆从未到过杭州，某年夏初，朱双云邀赴杭州城站第一台演剧，卓呆欣然前往，其妻汤剑我亦同去，得暇即雇舟游湖。订期三个月，期满谋返，奈囊橐空空，薪金悉耗于游宴矣；无已，乃以金约指兑去，始得返沪。剑我犹恋恋六桥三竺，低诵"山外青山楼外楼"，卓呆接诵云："指环薪水一齐休。"

1933 严荫武体肥硕，重二百数十磅。一日，访徐卓呆于新舞台之后台，卓呆谓："我当介绍一人为君友。"及出，则名净许奎官，亦庞然大物也，相与大笑。

1934 **朱大可**，浙江嘉兴人，取朱希真"莼菜鲈鱼留我住鸳鸯湖侧"词意，榜其斋为"莼留馆"，且作《莼留馆图》。

1935 朱大可生平不穿绒线衫，不御围巾。

1936 嘉兴朱氏，一门四杰，且名与字均为拆字格。如朱奇，字大可；朱碁，字其石；朱琪，字其玉；朱麒，字其鹿。四杰中尤以大可之诗、其石之篆刻最负重望。

1937 朱大可有一印"八十中风以后作"。

1938 朱大可晚号诗佹。

1939 朱大可作书，谨严不苟，或询之，曰："作书谨严不苟者，辄享大年，古人如此，今人亦不例外。"

1940 曾农髯署其寓斋为"游天戏海室"，朱大可从之游，乃以师弟论文谈书画之语，随笔录之，称《游天戏海室雅言》。

1941 陈萝村、朱大可均豪于饮，陈自号"酒王"，朱愿屈居"酒相"。

1942 张文涛别署松庐，倩朱大可作松庐鹤顶格联，大可既撰且书云："松雪书功承逸少，庐陵文法本昌黎。"

1943 余得潘君诺画，不著一字，乃请朱大可代为题识，朱题"三藐三菩提"。余询其何作佛语，曰："画为兰竹与石，三者均妙，但均无题，三藐三菩提者，三妙三无题也。"

1944 俗有无巧不成书之说，朱大可独否之曰："当作无书不成巧。"王云五又有"无错不成书"之说，盖慨乎言之也。

1945 朱大可论书法，谓工俗不如拙雅，盖工可于字中求之，而雅非曾读破万卷书不办。袁子才自云拙于书者，然其所书，风神简远，如魏晋间人。邓石如世所推为大家，一生精力，皆致于书，然读书不多，终有子路行行之概，乃雅与俗之分也。

1946 朱大可任校课多，课卷由邹湛如、陈秋水二人代改之。

1947 朱大可谓天干自甲至癸，均属兵器；地支自子至亥，均为动物象形。

1948 朱大可著有《宋诗研究》一书，未刊。

1949 孙颂陀与朱大可，均居沪西蒲石路，竟号蒲石居士。

1950 朱大可蓄须，有句："来日东阡南陌上，不妨对面看罗敷。"

1951 朱大可谓："三才天地人，可对四声平上去。因普通话之四声，只有阳平、阴平、上声、去声，无入声。"

1952 苏东坡以欧阳修未到西湖为遗憾。朱大可则以王渔洋未到西湖为更遗憾。

1953 朱大可（莲垞）深惜王渔洋不到杭州西湖，致六桥三竺九溪十八涧之胜，未入诗篇。

1954 朱大可以金文纠正许叔重说文之误，著有《说文匡谬》一书。谓"也"字，许氏训为女子阴，则《论语》即有四百六十二"也"字，将何以尊我宣圣哉！

1955 朱彊村逝世，其弟子朱大可即集乃师词句以挽之。

1956 柳北野以所著《芥藏楼诗》千余首，就正于乃师朱大可，大可遍阅之，谓《楼外楼》一绝可为代表作。诗云："五年七度到杭州，每到杭州登此楼。山色湖光餐已饱，不须风味问鱼头。"

1957 朱大可谓前人称一个钱为一文钱，此"文"字乃"枚"字之误，实则谓一枚钱也。

1958 刘醉蝶晚年，图章尽失，朱大可倩人刻"金缕词人"一印以贻之，因刘喜填金缕曲词，有三百阕之多。

1959 唐罗虬撰《比红儿词》，谓爱红儿而卒刃之。朱大可考为非事实，按其事最初见于记载者，乃《唐摭言》，有云："诘旦手刃绝句。"手刃者，手㓨也，㓨即创，谓创作绝句以咏之也。

1960 朱大可出手卷,倩胡亚光为其亡弟其石绘一遗像,赋诗寄之云:"妙手传神比老迟(陈老莲号老迟),阿连况早托深知。仪容从此留长卷,襟袖还堪补小诗。丘壑闲情原不朽,人琴余痛倘能支。只惭高谊浑难报,润笔曾无帛一丝。"

1961 朱大可有龙骨化石一,徐朴生见之,为之镌刻,大可曰:"君真雕龙手也。"

1962 朱大可自谓有三不想:"无理不想,无法不想,无趣不想。"

1963 朱古微集联语为《梣鞠录》,朱大可又集联语为《梣鞠续录》。

1964 朱大可蓄闲章甚多,钤成一册,每印一诗,颜曰"与石同寿,贻赠马伯讷"。

1965 程小青逝世,年八十有四,朱大可挽诗,颇饶风趣,如云:"高年仅次包公毅,正命非同周国贤。"公毅乃天笑之名,年逾九十而卒。国贤乃瘦鹃之名,于浩劫中投井而死。

1966 朱大可赠庄籛山诗,有"白茆庵里白头僧"句。白茆庵在嘉兴南湖之滨。嘉兴有东西两南期,当时朱竹垞《棹歌》"湖东不住住湖西"是也。故宫博物院院长唐兰,嘉兴人,作古后,其子唐复年,访寻其父遗迹,问白茆庵何在,无知之者。最后,始由唐兰幼年同学朱瘦竹导往。则所谓白茆庵,即庄籛山之居舍也。

1967 蔡某善制禽类标本,朱大可以诗赠之,诗为五言排律,每句用一禽典。不意在推敲之顷,忽从窗外飞来一小鹦鹉,大可喜蓄之,奈饲非其道,小鹦鹉死,大可又作悼惜诗二绝。

1968 朱大可挽金蓉镜联云:"吏治如陆平湖,学问如朱秀水,砥砺气节如张桐乡,三载记从游,回首清尊成故事;义理在太极说,经济在减赋书,感慨沧桑在遗老集,一朝悲永诀,伤心残稿付何人!"蓉镜富著述,仅印《彪湖遗老集》，其他均未印行。

1969　朱大可读书小学时，朱希祖、钱玄同执教某中学，并兼小学课，大可得受其教益。

1970　朱古微有《超山宋梅古风》一首，乃朱大可代笔。

1971　朱大可生平不穿皮鞋，不用钢笔，亦未曾注射西药针剂，人以"今之古人"称之。

1972　朱大可补朱竹垞《鸳鸯湖棹歌》，庄一拂、吴藕汀、沈茹松三人各和二百首，盖一拂写抗战前嘉兴风物暨名人轶事，藕汀专述抗战八年嘉兴城乡情况，茹松纪解放以来嘉邑各方变化。不料在左倾思潮泛滥成灾时，认为反动作品，一拂、茹松被系，藕汀、大可一在南浔，一在沪上幸免。二人既释，又复赋诗纪之，名为《棹歌案》。

1973　朱大可藏书甚富，斋中累累皆是，甚至厕间，亦列书架，充斥图籍。

1974　朱大可父丙一，工画擅刻，又善作书，秀水邑庙之杨忠烈公涟碑，即出丙一手笔。

1975　朱大可之父丙一，擅书画，居嘉兴，某岁患病颇剧，军阀谋独立，开炮示威，丙一一惊而死。

1976　朱大可妻孙企馨，名慕征，曾从林铁尊、许默斋、姚劲秋学，能诗，有"离人魂梦关山阻，寒士生涯蜀道难"句，郑质庵叹为饶有唐音。企馨七十三岁逝世，大可悼亡诗，有"回头不见君，雪涕空如雨"，甚为沉痛。

1977　朱大可有《莲坨诗》，一度脑溢血，既愈，又著《中风集》。其子小可，名夏，留学瑞士，为地质学专家，亦能诗，有《地质旅行纪诗》数十首，以科学入诸吟什，别成风格。

1978 朱小可为诗人朱大可之子，渊源家学，名夏，留瑞士，学地质，学成归国，考察地质，曾入蜀，循竹索桥过大渡河，与铁索桥同为险境，作七律一首咏之。复倩其友朱子鹤为绘一直幅，子鹤以未至其地，渺无印象，深觉不易涉笔，因循未果。去岁知小可患癌，勉图之，小可于逝世前二日，犹且睹之。

1979 朱大可弟子李旦旦，为我国最早之女飞行员，旦旦后易名霞卿。

1980 陈筱石为清末显宦，日本明治天皇曾颁给一大型徽章，藏诸笥箧有年。及抗战，上海沦陷为孤岛，陈乃检出悬于堂上，日军警来见之，辄对之行礼，不敢惊扰。

1981 陈筱石幼时上学之书包，乃其母所手制，及陈重游泮水，书包犹存，因有"发箧莫寻陈蠹简，压箱犹剩旧萤囊"之句。

1982 陈筱石卜居九龙把芬道，即署其寓为"把芬庐"。

1983 陈筱石家厨，用晚香玉花片加于竹笋汤中，既清且香，陈散原为之题名"玉胎羹"。

1984 庸庵居士陈筱石，卜居沪市孟德兰路，小有林泉，境殊闲适。其子昌豫又善伺之，得鲤庭蔗境之乐。居士之《梦蕉亭杂记》，即出昌豫所笔录。其序有云："虫声四壁，皓月在天，庸庵居士与儿辈纳凉梦蕉亭花阴深处，默数年华，忽忽已六八甲子矣。"观此，其融泄可见一斑。时物值激增，生活不易，昌豫不使乃翁知之，恐乃翁之耽忧多虑也。一日，居士探囊出一金，嘱家人备一小筵，昌豫私斥三十金办之。于是鱼鲙肉炙，虾蟹登盘，居士举箸大快，谓是肴之价廉适口也。

1985 清季，诏举经济特科，陈筱石以俞陛云疏荐，曲园老人赋诗志谢，筱石和之，有云："俞楼得地高千尺，不待吹嘘已上天。"俞楼，筑于杭州孤山，为曲园老人息隐之所。陛云，老人之孙也。

1986 **鲁迅**喜啖风干荸荠。

1987 鲁迅为章太炎弟子，颇思为太炎印诗集，如与许季茀书云："读太炎先生狱中诗，卅年前事如在眼前。因思王静安殁后，尚有人印其手迹，今太炎先生诸诗，实为贵重文献，似应乘收藏者多在北平之便，汇印成册，以示天下，以遗将来。"

1988 鲁迅曾誉周瘦鹃为："昏夜之微光，鸡群之鸣鹤。"

1989 蔡元培挽鲁迅联："著作最谨严，岂徒中国小说史；遗言犹沈痛，莫作空头文学家。"

1990 鲁迅最早之翻译小说《域外小说集》，封面题签乃陈师曾手笔。

1991 鲁迅谈诗，谓一切好诗，到唐已被作完，此后倘非能翻出如来掌心之齐天大圣，大可不必动手。

1992 洪北江诗话，谓钱秀才季重，其柱帖云："酒酣或化庄生蝶，饭饱甘为孺子牛。"可知鲁迅诗"俯首甘为孺子牛"，实有所本，而鲁迅诗饶有革命意义，非前人所能及也。

1993 鲁迅常用之名章，当时乃委西泠印社代刻者，实则出于顿立夫之手。

1994 墨有以金不换为名者，笔亦有金不换，鲁迅喜用金不换笔作书。绍兴卜鹤汀笔店善制是笔，乃以黄鼠狼与野山兔之毛混合制成者。

1995　鲁迅笔名何家干，王小逸居沪南何家支弄，遂以何家支为笔名。

1996　鲁迅与张宗祥同在浙江两级师范任教时，搜集有效之验方五十条，取名《验方实录》，手抄本未刊。

1997　鲁迅致日本学者增田涉书云："研究曼殊和尚，确比研究《左传》《公羊传》等更饶兴趣。"盖增氏喜研究苏曼殊者。

1998　**周作人**喜诵张心斋之《幽梦影》，谓是那样的旧，又是这样的新。

1999　周作人爱竹，因此爱及竹制之文物用具。

2000　周作人不涉足剧场，却收集戏剧史料甚多。

2001　周作人号启明，著述宏富。按古时亦有周启明其人，字昭回，宋金陵人，官秘书郎，改太常丞，藏书数千卷，皆手自传写，著《古律诗赋笺启》，又杂文千六百余篇，载《江浙藏书家会略》。而《古今同姓名辞典》却漏列。

2002　《诗经》有"周王寿考，遐不作人"二语，因此周作人别署遐寿。

2003　最近印行旧说部，有《侠女奇缘》，有《儿女英雄传》，实则一书而异名耳。周作人先后读过两遍，谓："这书写得不错，大抵他通达人情物理，所以处处显得大方。就是其陈旧迂谬，也不使人怎样生厌，这是许多作者都不易及的地方。"按是书作者文康，字铁仙，勒保孙，历官理藩院员外郎、安徽徽州府知府、驻藏大臣，能古文，著有《史梅叔诗选序》，列入《八旗文经》中，盖文康为旗人。

2004　周知堂嗜茶，曾谓于瓦屋纸窗之下，清泉绿茶，用素雅的陶瓷茶具，同二三人共饮，得半日之闲，可抵十年尘梦。

2005 周知堂有十三字长之署名"京兆布衣八道湾居士苦茶庵主"。

2006 周知堂自谓"前身为一和尚",五十自寿诗,因有"前世出家今在家"句。

2007 **张伯驹**居李莲英旧墅,廊宇建造,仿排云殿规模。据传落成时,那拉后曾临其地。园内海棠称盛。

2008 北方之张伯驹与南方之庞莱臣,为海内两大收藏家。

2009 壬申正月,张伯驹三十五岁生日,梅兰芳临摹佛像一幅,佛手抱一猫,以为伯驹寿,因伯驹爱猫成癖也。

2010 张伯驹妻潘素能画,伯驹亦擅丹青,自以为不如,因刻一印"绘事后素"。

2011 张伯驹夫人能画,本名承素,后取单名为"素",乃潘景郑曾祖玉泉之曾孙女,从叔祖祖颐之孙女,居吴中西百花巷。

2012 郭则澐等每星期叙谈一次,相约各人交笔札一则,凡朝野珍闻、人物掌故,以及书画金石之品评,均无不可,积数月,以油印汇成册子,名《知寒轩谈荟》,如是者共若干集。厥后,张伯驹效之,名《春游琐谈》,出六集。所谈范围亦甚广。所谓春游者,乃伯驹得展子虔《春游图》,借以志喜也。

2013 张伯驹得隋展子虔《游春图》,因名所居为"展春园",自号"春游主人",辑《春游琐谈》六集(第七集辑成而未印)。

2014 李香君之桃花扇,藏侯壮悔后人家,曾持至北京,民国初年,陶伯铭犹于市上见之。扇为折叠式,当时杨龙友就血痕点画数笔,成折枝桃花。扇正背,清初人题咏无隙处。且以紫檀为盒,内衬白绫,绫上亦有题识,伯铭欲购之,而索值五千金,难以应,其人持去。再访之,已无踪迹矣。是扇张伯驹曾目赌之。

2015 张伯驹幼与袁项城第四子克端、六子克桓、七子克齐、八子克轸，同读于天津新学书院。及洪宪帝制，诸子各置皇子印，伯驹戏对克轸曰："尔行八，为皇八子，奈皇八谐音殊不佳何！"克轸亦为之失笑。

2016 陈莼衷为戊戌会元，张伯驹生于戊戌，常戏呼陈为"老同年"。

2017 张伯驹似村农，郑午昌类店伙，人不可以貌相有如此。

2018 谭篆青以其谭家菜得汤尔和称赏，人有以"谭篆青割烹要汤"征对，无人应。既而张伯驹与其夫人潘素合开画展，夏枝巢老人来观，欣然曰："对有偶矣，'张丛碧绘事后素'。"伯驹大为得意，倩张牧石为刻朱白文各一印。丛碧，伯驹别署也。

2019 张伯驹，人知其工诗词，能绘事，擅京剧，精鉴赏，罕知其棋艺之高超。

2020 张伯驹得杜牧书《张好好诗》手迹，大喜，因自号好好先生。《古今谭概》有一则，述好好先生之来历颇趣。如云："好好先生，相传出于三国司马徽，徽不管好坏都说好。某日，有人自述儿子死亡，他答道，很好。妻子责备他，答道，你说得很好。"

2021 绿萼梅外，尚有绿萼杏，张伯驹于北京社稷台见之。

2022 张伯驹购《平复帖》，代价二万元，又酬介绍人三千元。

2023 张伯驹为其表兄袁寒云辑刊《洹上词》，蒙邮贻一册，中有《踏莎行》一阕，伯驹特于书眉亲笔加一识语云："某岁，寒云与余演戏于开明戏院。寒云与王凤卿、少卿父子演《审头刺汤》，寒云饰汤勤，余演战宛城饰张绣，红豆馆主溥侗饰曹操，九阵风饰婢娘，钱宝森饰典韦，许德义饰许褚。散场已夜二时，寒云与余同宿粉房琉璃街霭兰室。夜雪，寒云左持盏，右挥毫作此词。亦一梨园故事也。"

2024 张伯驹藏有曹寅之《楝亭图》四卷，共十图，为禹之鼎、戴本孝、严绳孙、恽寿平等所绘。题咏者，有纳兰容若、顾贞观、陈恭尹、姜宸英、毛奇龄、余怀、梁佩兰、王丹林、徐乾学、韩菼、尤侗、王鸿绪、宋荦、王士禛、方嵩年等，凡数十家。后北京图书馆赵万里，以是图卷，有关《红楼梦》资料，劝出让，遂归公家。

2025 张伯驹逝世，施蛰存有联挽之："走海移桑，闲老京华贵公子；尘琴掩瑟，歌残梁苑旧词人。"张诸追悼会上，颇有人赏识。

2026 **夏丏尊**于抗战时，一度被敌军所拘，备受磨折，内山完造营救之。

2027 夏丏尊有《小梅花屋图》，为陈师曾所绘。

2028 在旧社会，教书最为清苦。夏丏尊执教多年，自撰联云："不如早死，莫作先生。"又一联云："命苦不如趁早死，家贫无奈作先生。"

2029 **张恨水**有一姬人名秋霞，张喜宠之。所著说部《落霞孤鹜》，其中即有秋霞影事。

2030 张恨水撰小说，四十年来，成五千万言。本名心远，偶读李后主词"自是人生长恨水长东"，喜而以恨水为笔名。

2031 张恨水撰有长篇小说《太平花》，连载某报上，后刊单行本，时北京故宫绛雪轩前适开太平花，即以所摄之花影作为封面。按太平花，一名瑞圣花，范成大有《瑞圣花诗》。

2032 **向仲坚**，善词，又精医道，辑《中医文献》。

2033 词人向仲坚,曩年曾被匪绑去,花三千金赎出,已酉春三月十三日逝于沪上。

2034 向仲坚藏画,颇多名迹,印有《玄晏室画集》。

2035 向仲坚藏墨,著有《玄晏室知见墨录》,既逝世,墨尽散出,余得"挥毫落纸似云烟墨"一,为曹素功本人自制者。

2036 向仲坚以藏墨著称,向氏故世后,藏品散出,有明方于鲁墨及清代康熙、乾隆御墨二十多种。我购得"挥毫落笔如云烟墨"一锭,装以锦匣,标"艺粟珍秘",出向氏手笔,"艺粟"者,曹素功之斋名也。(后墨店即名"曹素功"。)

2037 向仲坚词人,于已未岁自京赴蜀,探省其父,不意甫入蜀境,为土匪所掳,旬月始得出险,因倩人绘《望云涉险图》,遍征题咏。

2038 向仲坚有《柳溪填词图》,乃吴湖帆与周炼霞合作者。

2039 向仲坚居沪上河滨大楼三百十三号。仲坚逝世,为已酉三月十三日,骨灰盒亦为三百十三号,亦云巧矣。

2040 **闻野鹤**与钱病鹤,俱供职民国日报社。一日,野鹤、病鹤二人,同在厕所,叶小凤戏于门幔上粘一纸条:"内有双鹤,三个铜元看一看。"

2041 闻野鹤早年治词章及稗史,中年研究甲骨文,晚年则为语言学专家。

2042 诗人闻野鹤,著有《野鹤零墨》,本名在宥,取《庄子外篇》"闻在宥天下,不闻治天下也",后改单名为宥。

2043 **钱病鹤**爱幼孙,六十老翁,犹助其幼孙放风筝于旷场。

2044 钱病鹤绘一罗汉,既成视之,状态绝类徐卓呆,即以是画赠之。

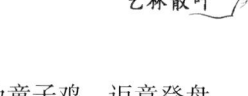

2045 钱病鹤与友辈醵饮于某酒家，点一肴为童子鸡，讵意登盘而鸡肉殊老，不胜刀箸，咸责酒家之欺人。病鹤曰："此鸡中之少年老成也。"合座为之喷饭。

2046 老画家钱病鹤，晚境甚窘。一次拟告贷于但杜宇，羞于启齿，乃托我转商，杜宇慨然以百金予之。

2047 **李拔可**喜藏伊秉绶书，榜其室为"墨巢"，因伊别号墨卿也。其初，李本不知伊书之佳胜。一日，闽人某，以伊秉绶及郭尚先字轴求售，黄蔼农适在旁，劝李购之，李心殊不欲，以碍于情面，斥五十金以易二轴，张之于壁。越日，陈叔通至，见而大赏，谓墨卿之书，得汉隶真传。李喜，乃广事收购伊书，积存较多，且以所藏由商务印书馆用珂罗版影印成册，从此伊书声价十倍。

2048 李拔可搜罗伊墨卿书件甚富，知甘翰臣藏有伊之画扇，以伊画绝少觏见，坚欲得之。黄蔼农与甘有旧，因代向甘氏商让，甘慨然为赠。

2049 李拔可不饮酒，宴客例不置酒。曾农髯不饮酒，宴客例必备酒。

2050 杨锺羲为李拔可之受业师，杨晚境坎坷，拔可时有馈赠，不使有匮乏之忧。

2051 李拔可藏有张之洞与各署往来密电一大束，其中颇多史料。甲午之役，拔可父，适在张之两江幕府任文案也。

2052 李拔可以福州荔枝之色香味易变，乃航空运装来沪，邀客啖之，作荔枝会。

2053 李拔可家，凌霄花奇古修挺，来客辄赏之。

2054 李拔可与黄秋岳甚友善，每赴南京，辄访之，饮酒赏花为乐。

2055　李拔可与李释堪为堂兄弟。

2056　刘公鲁有《载书图》，李拔可为之题。

2057　沈瑜庆与李拔可友善，见拔可为林暾谷刻书，乃谓拔可曰："异日刻吾诗，亦舍君莫属。"戊午秋，瑜庆卒，拔可果为刊《涛园集》。按涛园在闽中侯官，为清初许瓯香别业。周栎园赠句，有云："文献旧家余硕士，河山故国有涛园。"庚辰，瑜庆购之，于东偏楼上，供瓯香栗主。

2058　李拔可，壬辰九月初三日，弥留前，约朋作重九之会。

2059　叶恭绰与李拔可，均辟园沪上。及日寇肆暴，乃离居它处，拨可有《掷园诗》。拔可死，恭绰挽之，涉及此事。

2060　**陈三立**八十岁后，绝少作诗，每逢元旦，偶作告存诗而已。

2061　陈三立于戊戌政变后，尝自号神州袖手人。

2062　一九三六年，英国伦敦举行国际笔会，邀请中国代表参加。其时派代表二人：一胡适之，代表新文学；一陈三立，代表旧文学。但陈三立年八十四岁，不能远涉重洋，不果行。

2063　罗瘿公寿陈三立七十诗，有句云："满院菊花齐上寿，笑簪鬓发未全斑。"虽酬应之作，亦吐属不凡。

2064　陈三立不知稼穑事，一次游白门，乘车谒明孝陵，见两旁新稻满畦，曰："南京确是好地方，连韭菜也长得如此蕃茂。"

2065　陈三立八十寿，门生故旧，倩江小鹣为铸一铜像。

2066　**苏曼殊**甚虚心受教，有所作，常就正于章行严、章太炎、陈独秀、周南陔。

2067　苏玄瑛号曼殊，同时傅芸子亦号曼殊。梁启勋又有《曼殊室随笔》。

2068 "满钵擎来尽落花",世误以为苏曼殊句,实则曼殊偶用昔人《雪峤山居诗》也。原诗云:"村斋一饱乐无事,满钵擎来尽落花。"见《广阳杂记》卷二。

2069 苏曼殊出家经过,陈少白知之最为详尽。民国十八年,少白莅沪,向陆自在缕述,陆笔记之载于《申报》附刊,柳亚子根据之,将彼所撰之《苏曼殊传》加以修改。盖曼殊当年由日赴港,寄寓少白主持之中国日报社中,剃发为僧,即在此时,因此曼殊一切行动,少白无不知之。

2070 苏曼殊喜啖吴江土产麦芽塔饼,一啖尽二十枚,较常人有倍蓰之量。

2071 苏曼殊喜啖饼干,常啖者,为阿兰治饼干、玛丽饼干、月眉饼干。

2072 民五之际,苏曼殊独居西湖巢居阁,尝令放鹤亭畔妇人制一布衲,既成,畀以十金,妇人大惊曰:"何消如此!"欲却之,曼殊不顾而去。

2073 苏曼殊之书联颇少见,却为普陀普济寺僧舍写五言联:"乾坤容我静,名利任人忙。"

2074 萧纫秋所藏苏曼殊杂记手迹,录有二句云:"芙蓉腰带春风影,茉莉心香细雨天。"绝佳,但不知是否曼殊所作。

2075 苏曼殊致刘三书,有云:"来女郎索画过多,不得已定下新例,每画一幅,须以本身小影酬劳,男子即一概谢绝。吾公得毋谓我狂乎?"

2076 陈独秀与其妻高君曼,曾居上海嵩山路吉益里,苏曼殊常过之。

2077 苏曼殊与邓绳侯友善,绳侯乃金石名家邓石如之曾孙。

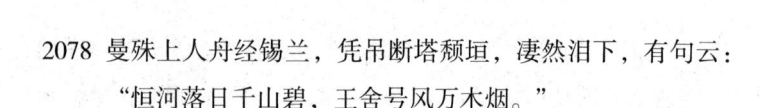

2078 曼殊上人舟经锡兰,凭吊断塔颓垣,凄然泪下,有句云:"恒河落日千山碧,王舍号风万木烟。"

2079 苏曼殊之《断鸿零雁记》,初刊载南洋某报,某报停刊,乃移载上海《太平洋报》;《太平洋报》又停刊,稿尚未完,胡寄尘加结束语若干言,为印单行本。

2080 苏曼殊之《断鸿零雁记》,曾摄影片,书中静子一角,由李丽华充饰,甚为佳妙。

2081 苏曼殊以《长恨歌》、《红楼梦》林黛玉《葬花诗》、《木兰辞》及李白诸诗,译为英文,刊印《汉英文学因缘》,由上海求益书社印行,外间绝少见。顷承陈鸿钧见贻一册,始得一读以为快。《汉英文学因缘》与《汉英三昧集》为姊妹编。

2082 林琴南之翻译小说,因不懂外文,所译不能忠实于原著。苏曼殊懂外文,所译往往掺加己意,亦不忠实于原著。

2083 苏曼殊埋骨西湖畔,有建议筑燕子龛于墓侧,未果。

2084 民十六年春,邵元冲、张默君夫妇赴杭州孤山,省苏曼殊灵藏,以红白梅各一枝献之。

2085 **周瘦鹃**之紫兰小筑中,畜绿毛龟凡六,小者三,中者一,大者一雌一雄,乃名画家彭恭甫所畜之百年物。日本及德国名流往观,均摄影而去。瘦鹃日饲以虾肉及小鱼,但农历十月后,即不进食,翌年清明节,又复开始食鱼虾。

2086 周瘦鹃之紫兰小筑,栽有方竹,乃洞庭西山晚香书屋庭院中物而移植者。

2087 周瘦鹃仿唐子畏《蕉石图》、夏仲昭《半窗晴翠图》,制为盆景,题一诗云:"蕉石神传唐伯虎,竹枝貌肖夏仲昭。生香活色盆中画,不用丹青著意描。"

2088 周瘦鹃爱紫罗兰,秦伯未赠诗有云:"一生低首紫罗兰。"

2089 周瘦鹃所治盆景,有《山阴访戴图》,仿石涛《听松图》,仿夏昶《竹趣图》及《山居图》,均由彭华士为之摄影;《又蕉下把盏》,谢泗春摄;《金银花》,尹福康摄,彩色雅丽,为一时所称赏。

2090 周瘦鹃治园艺,得杨彭年手制之竹根形紫砂花盆,甚为珍视,自谓将来逝世,骨灰必须装在此盆中,置于其家梅屋,插以灵芝,衬以灵璧石。岂料遭"四凶"之厄,死于非命,未能如其所愿。

2091 周瘦鹃考吴中玄妙观之无字碑,谓是碑本为方孝孺书撰,自燕王棣篡位,方逆其旨被杀,碑文遂被磨去。

2092 周瘦鹃搜罗明清两代周氏之书画,有周天球、周东村、周之冕、周芷岩等,张挂四壁。

2093 袁中郎《瓶史》,为插花之唯一专书,日本人极推重之,当作教科书读,甚至别创一派,名"宏道流"。周瘦鹃对于插瓶花颇有研究,而对于袁之《瓶史》,认为卖弄笔墨,不切合实际。如《瓶史》云:"浴梅宜隐士,浴海棠宜韵客,浴牡丹芍药宜靓妆妙女,浴榴宜艳色婢,浴木犀宜清慧儿,浴莲宜娇媚妾,浴腊梅宜清瘦僧。"实则浴者,仅花上喷水而已,甚为简单,任何人都能为之,如此严于人选,岂非多事。

2094 周瘦鹃曾居沪南黄家阙路,据云是处为元代黄铭之西郊野趣轩所在,因以得名。

2095 清光绪间,吴中胡焕章,擅盆栽,有盆梅摄影三十二帧,周瘦鹃得而珍藏之。

2096 周瘦鹃游石公山归，即以携带回来之小石，堆成具体而微之石公山盆景。

2097 周瘦鹃喜植梅，掌握一规律，云红梅比绿梅开得早，白梅最迟开。

2098 吴中木渎石家饭店，有名肴鲅肺汤，周瘦鹃谓鲅鱼实斑鱼之误，而所煮者乃肝非肺，并云："朱竹垞斑鱼三十韵，有句'起肝淘以面'，更足为证。"

2099 徐枕亚曾画过山水，周瘦鹃曾写过对联，实则幕后有人，所作均属伪托。

2100 周瘦鹃于中西莳花会，获得两次总锦标杯，因有诗云："要他海外虬髯客，刮目相看郭橐驼。"又云："愿君休薄闲花草，万国衣冠拜下风。"

2101 俞剑华每夜有梦，皆恶梦。周瘦鹃每夜有梦，皆好梦。

2102 周瘦鹃颇以未晤苏曼殊，为生平遗憾。

2103 刘契园因爱菊，兼爱陶渊明之为人。考得陶之去世，乃宋文帝元嘉四年。而周瘦鹃考得陶所赏之菊，为九华菊，白瓣黄心，花头甚大，有清香，枝叶疏散，现已绝种。

2104 周瘦鹃爱花成癖，却从未见过丹桂，直至一九五八年国庆节，赴首都观礼，始于北海公园及颐和园看到丹桂，为之欢喜赞叹。

2105 杭州吴蘋香女史有愿天速变作男儿图，周瘦鹃则有愿天速变作女儿图。

2106 周瘦鹃喜孩童，又喜老人，谓"孩童之喜，喜其天真；老人之喜，喜其慈祥"。

2107 英国大文豪史蒂文森，少时在中学读书，编《一人杂志》，作者编者均彼一人独任。所载多冒险离奇之故事，以及小品文章，给同学阅看。我友周瘦鹃之《紫兰花片》，由大东书局出版，凡二十四期，亦属个人杂志，内容丰富，则后来居上矣。

2108 周国贤为周瘦鹃之原名。当时梁启超自日本归国，择婿周国贤，以女令娴嫁之。报刊纷载，误周瘦鹃为梁启超之坦君，实则别一周国贤也。

2109 周恩来总理爱花，一次赴吴门，曾莅临周瘦鹃之紫兰小筑，一赏其所栽卉木，尤爱马蹄莲与郁金香。

2110 周瘦鹃晚年治园艺，曾在吴中山塘五人之墓畔购得一老干梅桩，因称之为"义士梅"。抗战时，移至沪上愚园路之田庄，花时邀友赏之，我亦列席其间，诸画师且对之写生，颇多妙品。时叶遐庵不在上海，有《寄讯周园义士梅》一诗："问讯周园义士梅，疏花应尚向春开。湖光山渌浑如故，只惜逋仙不再来。"瘦鹃对此花爱护备至，以所居阳光空气之不足，乃寄存于黄岳渊之家园中。不意是年冬令，严寒特甚，竟受冻萎死，瘦鹃为之痛惜不置。

2111 或谓首译高尔基小说为中文者，乃周瘦鹃，刊入《欧美名家短篇小说丛刊》中。时鲁迅适任教育部佥事科长，亲自审阅加批，颇有好评，此乃一九一七年事。实则译高尔基小说为中文者，当以吴梼为第一人，时为一九〇七年，早瘦鹃十年，发表在《东方杂志》第四卷第一期小说栏中。但吴梼是由日本长谷川二叶亭译本而加以重译者，高尔基译为戈尔机。至周瘦鹃始译称高尔基，瘦鹃谙英文，不解俄文，亦由英文转译者。

2112 周瘦鹃参加中西莳花会，出于蒋保厘之介绍。蒋与瘦鹃为民立中学同学，又为莳花会会员。

2113 周瘦鹃园中,有白山茶及紫杜鹃盆栽,著花繁茂,为潘祖荫家故物,且搜罗古盆,有萧韶明、陈文卿、钱炳文、陈贯栗、杨彭年等名家作品。

2114 周瘦鹃曾从潘天寿学画,未成。

2115 周瘦鹃家有爱莲堂,远纪其先祖周濂溪也,后又辟紫兰小巢,朋好戏称之为"花国贰臣"。

2116 方城之戏,有所谓挖花者,周瘦鹃喜为之。又《新闻报》旧记者徐耻痕,更精此道,他操必胜之券。

2117 郑子褒别署梅花馆主,与周瘦鹃为儿女亲家。瘦鹃吴人,子褒越人,子褒因谓"吴越昔有世仇,今乃转为世好"。按此一重姻缘,有足资谈助者。某岁,某君举行书画展,乃托子褒分发请柬,瘦鹃在被邀之列,但事忙不暇前往,嘱其子伯真代为酬应。伯真见一少女,便娟娴雅,为展览会设计布置,井井有条,大羡之,归告乃翁瘦鹃。瘦鹃即致书子褒,托为蹇修,讵知少女已有匹耦,未克进行。子褒夫人笑云:"不妨移花接木,盍以我女玉带说合之。"子褒初以为自荐非妥善之道,其夫人曰:"彼此熟友,姑试之,无妨也。"遂以其女照片伴函以复瘦鹃,瘦鹃父子均惬意,即订婚约。而又有巧合者,瘦鹃有一恋人名吟萍,情好相投,奈因事未谐,瘦鹃为之念念不忘。时方辑《紫兰花片》,特辟一栏,取前人长短句中有"银屏"二字者,标为《银屏词》,"银屏"与"吟萍"取其音相同也。既娶子褒女玉带为媳,银屏玉带,恰成巧对。

2118 周瘦鹃家园中,植有醉芙蓉,一日之间三变其色:早作白色,午时泛作浅红,傍晚转为深红,甚为名贵。

2119 "文革"运动起,吴中周瘦鹃与程小青均受冲击,当批斗会散,周、程同行,走至僻巷,路无行人,程低声语周曰:"坚强些!"奈周经不起凌辱,自沉于井死。

2120 **陈苍虬**性爱菊,咏菊诗独多。

2121 陈苍虬师事沈寐叟,有诗述寐叟之食云:"昔闻我师官京曹,盘餐苜蓿衣缊袍。珠巢街南数间屋,索租人至常喧嚣。"窘乏可见一斑。

2122 海上闻人杜月笙庆寿,以重金请名流撰寿文,时陈病树甚窘困,却不屑为谀辞,婉谢之。陈苍虬与人书述及之云:"闻病树辞杜寿文不作,极合文章之价,非多金所能贬也。"

2123 周梅泉与陈苍虬友善,频通鱼雁,既而苍虬病,音问遂疏,梅泉寄以诗云:"尚余一息在,还望百书来。"

2124 陈苍虬卒于己丑闰七月九日,年七十三。当七十岁时,子弟为之称觞,苍虬犹乘飞机自燕来沪,其弟微明为兄设榻于寥志楼下小室,院中有梧桐二、桂树一,苍虬为绘《双梧一桂轩图》。苍虬名曾寿,别署耐寂、复志、焦庵,仁先其字也。其弟均以先为字,如诒先、询先、觉先、农先、灼先、识先、厚先。

2125 陈苍虬卒,其子以其父所用之书画古砚,送给上海文物保管会。

2126 **余空我**不敢开电风扇,人问其故,云怕触电。

2127 老报人余空我,客串青衣,善演《女起解》。

2128 余空我曾用余哲文名为律师,出庭仅一次。宓季方、唐世昌虽挂律师牌子,却从未出庭。

2129 余空我戌年生,生肖属狗,其父亦属狗,其子又属狗,三代属狗,因倩人画狗以寓意。

2130 **张聿光**画百鹤扇面一，获得润资，倩诸熟友宴饮，云："不敢焚琴，何妨煮鹤。"

2131 张聿光有一印"南轩后人"。

2132 张聿光、王敦庆，拟合辑《中国漫画史》，未果。

2133 张聿光藏有《洪杨举义图》，刘成禺为题。

2134 张聿光两鬓耸起，人以"中国华盛顿"称之。

2135 **冯超然**先后获得明人鸳鸯画扇凡十八柄，均作交颈比翼状，因名其室为"卅六鸳鸯馆"。

2136 冯超然与吴待秋，常赴沪市福州路之题襟馆，盖书画家集合处也。一日，二人因细故相争，卒至互出恶言，遂致绝交。

2137 冯超然尝谓："万事求白不白，惟大不白乃能大白。"

2138 冯超然摹柳如是像，娟秀绝伦。

2139 辛亥革命后，冯超然来沪，主大收藏家李平书之平泉书屋，遍观所藏，画艺大进。既而卜居嵩山路，吴湖帆亦自苏来沪，与超然为近邻，又得窥见湖帆之梅景书屋所藏。

2140 张颂周辟静菌园于沪西真如镇，冯超然为绘《静荫园图》，赵叔孺题之。

2141 冯超然得柳如是小像，半身便服，丰神绝世，上有沈归愚、赵瓯北题诗。超然装裱成卷，更倩叶遐庵、冒疚斋、夏剑丞、俞粟庐等十数人题之。超然病剧，将是卷付其弟子袁安圃珍藏。岁癸卯，安圃在香港遭车祸死，此卷不知散落何处矣。

2142 袁容舫为冯超然弟子，著《清芬随录》二卷，未刊。

2143 **赵子云**画花卉，常袭用乃师吴昌硕题句，有时别出心裁，则出于胡石予代撰。

2144 善绘月份牌之郑曼陀、谢之光,同从赵子云学国画,成就谢胜于郑。

2145 赵子云居吴中葑门内十全街,榜其门额为"十泉十梅之居"。

2146 **谢玉岑**抱病,医生戒进水果,彼不得已,乃倩诸画友绘果品册页,病榻玩赏,以解馋吻。

2147 谢玉岑与严子材,均赋悼亡,一署孤鸾,一署独鹤。

2148 谢玉岑喜听方红宝鼓词,一再入诗。

2149 某年,沪上举行书画赈灾,谢玉岑与冯文凤各写数十联。玉岑写者署文凤名,文凤写者署玉岑名,以为笑乐。

2150 谢玉岑之妻,为钱小山之姊。钱小山之妻,为谢玉岑之妹。

2151 谢玉岑倩张大千画白荷花百幅,以悼念其妻钱素蕖,并索方介堪为刻一印章"孤鸾室发愿供养大千居士百荷"。

2152 谢玉岑既丧其妻钱素蕖,曰:"欲报外舅,惟有读书。欲报吾妻,惟有不娶。"外舅,常州钱名山也。

2153 谢玉岑与张大千交谊殊厚,藏大千画扇二十余柄。玉岑不寿,归邵润龙。闻浩劫中,亦失去。

2154 谢玉岑体质极弱,三十七岁即下世,怕寒殊常,临卒前,覆被六条,犹觉欠温。

2155 谢玉岑子,名伯子,工画,口哑不能言语。

2156 谢伯子虽病哑,却极颖慧,张大千赠以画稿甚多,伯子临摹之,居然大千也;复从外祖钱名山学书学诗,居然名山也。伯子,为谢玉岑后人。

2157 **梁任公**推嘉应黄公度、钱唐夏穗卿、诸暨蒋观云,为诗界三杰。

2158 龙游余绍宋,一再劝梁任公写章草,任公一再因循,未果。

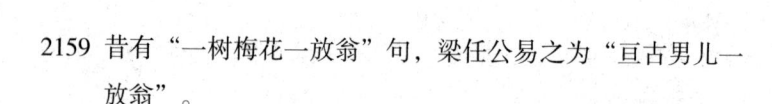

2159 昔有"一树梅花一放翁"句,梁任公易之为"亘古男儿一放翁"。

2160 梁任公自谓为"现在中国不可少之一人",又云"数年以后,无论中国亡与不亡,举国行当思我耳"。

2161 梁任公以巨值购《淳化阁帖》,矜为宋拓,前后有宋、明人及清翁覃溪题识,实则皆高要何瑷玉一手伪造。

2162 梁任公为父祝寿,王湘绮、梅兰芳均为贺客,罗瘿公见之,乃挽湘绮、兰芳比肩坐,曰:"此我国第一名士也,此我国第一名伶也。"

2163 梁任公在北京寓南长街。任公卒,由其弟启勋居住。

2164 **金鹤望**为严惕安女婿,严为岐黄家,治伤寒称能手,往往一服而愈,因有"严一帖"之号。

2165 吴江教育局局长谈福昌,金鹤望认为"福"字太俗,谓可去"福"字为谈昌,谈从之,改称谈昌。

2166 金鹤望曾为王佩诤画《水墨菊石》,题曰:"以醉墨写菊石,菊石皆含醉意。"姑解嘲曰:"五百年必有因人而宝此画者。"

2167 邹蔚丹撰《革命军》一书,无力梓行,金鹤望首为之倡,与柳亚子、蔡冶民、陶赓熊、黄宗仰等,斥资助之,是书始得问世,共七章,凡二万言。封而题签,出于章行严手笔。

2168 金鹤望藏书数万卷,后归清华大学。

2169 金鹤望、蔡冶民、陈巢南,均江苏吴江人,有"松陵三杰"之称。

2170 金鹤望寓吴门,某岁元旦,撰一联贴于大门上,联云:"骐骥志千里,鹪鹩借一枝。"

2171 金鹤望力主以史为文，犹薄章太炎之为文近子，认为非大家。二人固结金兰契者。

2172 金鹤望晚年，喜饮青梅酒，饭前必进之。

2173 金鹤望逝世，旧政权征遗产税，其家人将所藏书籍悉数售诸清华大学，以付税项。王欣夫、钱太初，均鹤望弟子，参预其事，书全部未散失。

2174 王欣夫等，拟将鹤望在清末民国初年发表于报章杂志之论文及小说，如《国民新灵魂》《孤根集》《女界钟》及《孽海花》首四回等，辑为《天放楼外集》。未几，值十年动乱，欣夫下世，遂未果。

2175 金鹤望逝世，李根源为作传。

2176 吴江大名士金鹤望之子季鹤，家学渊源，尤擅词章，性嗜饮，寄寓吴中。某岁其家乔迁附近，季鹤醉归，仍投旧寓，而旧寓别有主人，季鹤认为鸠占鹊巢，与之争吵。翌日酒醒，向之道歉，一时引为笑谈。

2177 **顾醉萸**拟撰《吴中喜庆凶丧俗礼纪略》一书，奈病目，因循未成，旋下世。

2178 顾醉萸谈林译小说谓《块肉余生述》，在《茶花女遗事》之上。

2179 顾醉萸在吴中冷摊上，购得洪状元文卿之名号印章若干纽，予曾得其印拓。

2180 **张秉三**在朵云轩购得沈旭初上款之书画扇，以赠汪旭初。

2181 张秉三头部微向右偏，人以"一点钟"呼之。

2182 **朱遹叟**喜啖笋，一再见诸吟咏。

2183 朱遹叟手写日记二百余册，诗文杂著，均载在日记中。

2184 **吴友如**所绘上海湖心亭、九曲桥，桥为木制，与豫园隔以竹篱。桥畔有卖卜者、拳击者、乞食者、拉洋片者，形形色色，以写真出之，为现今所难目睹。或比诸张择端之《清明上河图》，惟具体而微耳。

2185 《吴友如画宝》原稿四千余帧，藏吴中洞庭山席子佩家，上海博物馆以一千数百元购之。又吴友如所绘之《中兴图》一百余帧，乃吕晚村后裔售出，亦归上海博物馆收藏。

2186 吴友如脱离西人控制之《点石斋画报》，别创《飞影阁画报》，时为清光绪十九年（一八九三年）八月，开设于沪市石路（今福建路）公兴里。每月朔望发行，每册十二页，石印散页，定价五分。内容分人物、仕女、仙佛、鸟兽、鳞介、花卉、草虫、山水、名胜、考古、纪游、探奇、志异等，分类成册。首冠小启，节录如下："夫诗中有画，金推摩诘化工；颊上添毫，惟仰长康神似。良由法超三昧，故能誉播千秋也。余幼承先人余荫，玩愒无成。弱冠后，遭赭寇之难，避难来沪，始习丹青，每观名家真迹，辄为目想心存，至废寝食，探索久之，似有会悟，于是出而问世，借以资生。前应曾忠襄公之召，命绘功臣战绩等图，进呈御览，幸邀见赏。余由是忝窃虚名，迨事竣旋沪，索画者纷集，几于日不暇给，故设《飞影阁画报》，借以呈正。蒙阅报诸君惠函，以谓画新闻，如应试诗文，虽极揣摩，终嫌时尚，似难流传。如绘册页，如名家著作，别开生面，独运精思，可资启迪。何不改弦易辙，弃短用长，以副同人之企望耶！"此后文瑞楼汇集画幅，印成《吴友如画宝》，小引付诸删除。近今上海书店复印，距文瑞楼所印，已逾七十余年矣。（按：吴友如曾为苏州桃花坞云蓝阁作年画，小引却未提到，殆鄙视此类工作，有所讳言。）

2187 旧时笺纸，颇多名人所绘，吴友如所作不多，仅见一纸，一女子手挽花篮，绝娟秀，物稀为贵矣。

2188 **赵眠云**家有台钟一具，外有玻璃罩，乃黄克强家故物。

2189 赵眠云喜集书画扇，余笑其痴，若干年后，余集书画扇，其痴更胜于赵。

2190 赵眠云藏奚铁生画，钤有"丙后之作"四字印。赵不解，以询陈迦庵，始知奚家曾遭火灾，所谓"丙后之作"，失火后之作也。

2191 赵眠云嗜酒，所作即名《酒痕春绿馆酒痕》。

2192 沈钧儒以衣箱藏石块。赵眠云以衣箱藏摺扇，数以千计。

2193 赵眠云著《云片》及《双云记》诸说部，家吴中胥门外之枣墅。其父书城辞世，胡石予挽云："百年枣墅寻芳躅，一水西江招古魂。"许指严挽之："祖德绵延看后起，先生解脱亦人豪。"

2194 旧俗多迷信，谓西藏活佛之哈达，可以延年却病，赵眠云辗转获得之，供诸净室。不意仅旬日，一病几殆，及愈，乃毁弃之。所谓哈达，乃一缣帛，上有藏文符咒。

2195 **潘祖荫**旧藏抄本《儒林外史》一部，但不知与坊间刊本有否相异。

2196 潘祖荫曾倩赵之谦刻《汉学居》《八求精舍》《龙自然室》《金石录十卷人家》诸印，均极精审。

2197 潘祖荫身后，家人以红木书橱二，售给旧货铺。议价五十元。及搬取，见橱中堆满废纸，以无用，弃之潘氏门前。其时某君寓潘家对门，见而取视，则皆闱墨卷粘贴名人手札，喜甚，捧之归，以多不胜取，呼仆人助之。适夏闰枝过而见之，得三册，皆何子贞手迹也。

2198 潘祖荫长刑部,满员某欲媚之,进见时,以诗自呈。祖荫翻阅,首章题《跟二太爷阿妈逛庙》,祖荫大笑。

2199 韩小亭观察,有玉雨堂藏书,既卒,藏书归潘祖荫。有残宋本《金石录》十卷,又明周元暐《泾林续记》。周氏,别署天南逸史,万历丙戌进士,先有《泾林祖记》,今佚不传,而《续记》孤悬三百余年,幸而仅存,潘刻之行世,时光绪甲申季夏也。书中有《闽广奸商》一则,为《今古奇观》洞庭红之本。又苏城李某登甲科之前段,颇似《儒林外史》马二先生与洪憨仙事,或为《外史》之本也。

2200 吴中潘祖荫,藏书多宋元善本,叶昌炽为编《滂喜斋藏书记》,附有书目,刊布流传。实则此仅一小部分,非全目也。祖荫无后,以弟之子承继,早卒;续嗣孙,亦殇;再嗣曾孙又死,最后以潘景郑次子家则立为曾孙,奉继大宗。所有宋元精本,归诸上海图书馆。

2201 **辜鸿铭**别署东南西北人,谓娶于东方(妻为日本人),生于南方(福建厦门),学于西方(留学西洋),居于北方。

2202 辜鸿铭发作金黄色,有似西人。

2203 辜鸿铭博通西国文学,但与国人晤谈,从不杂及英语,以示不数典忘祖。

2204 唐蔚芝主持上海南洋公学(即交通大学之前身),聘辜鸿铭授英文,辜每来校,辄乘自备马车,引人瞩目。

2205 辜鸿铭授课,辄携一大茶壶上讲坛,且饮且讲。

2206 辜鸿铭在北京,眷校书纫香老九。纫香善饮酒,貌不美而别有风致。

2207 辜鸿铭于一九二八年,卒于北京椿树胡同私邸。

2208 **易实甫**名顺鼎,自谓富于种族革命思想。易顺鼎,即易顺治之鼎而归诸汉族。闻者笑之。

2209 易实甫曾著一书,自述其生平,名《呜呼易顺鼎》。顺鼎,实甫之名也。书藏程伯葭处,高吹万借抄一过。吹万于近人诗,极喜易实甫,搜罗易之遗著,不遗余力。

2210 易实甫,为易君左尊人,号哭庵,自撰《哭庵传》,谓"天下事无不可哭,然未尝哭,虽其妻与子死不哭,独不见其母可哭,于是无一日不哭,誓以哭终其身"。邓散木、火雪明等慕其才,组哭社为诗钟之戏。其时当局以其取名怪诞,火姓更稀见,疑为非法组织,抄袭之。散木等撰《哭祸记》记其始末。

2211 易实甫云:"性癖山水,与妇人并重。得山水则摒妇人。"

2212 易实甫喜为诗钟,某次酒叙,有人拈"次如"二字为鸢肩格,实甫先成一联:"艳体次回疑雨集,美人如是绛云楼。"合座为之搁笔。

2213 易实甫喜修饰,鬓发已半白,犹用乌须药染之。

2214 易实甫自谓为张船山、张春水后身,此全无根据之胡说。且春水生,船山尚在世,后身云何哉!

2215 易实甫自言前身为张梦晋、张船山云云,乃袭用乃翁佩绅之故技。佩绅曾自言前身为支道林、唐六如也。

2216 易实甫居京师,日者言其寿不过五十九,益放荡歌场舞榭,赋诗云:"名士一文值钱少,古人五十盖棺多。"

2217 易实甫诗:"十日九风偏少雨,一春三月总如烟。"曾蛰庵诗:"十日层楼九风雨,三年故国百思量。"二诗风格类近。

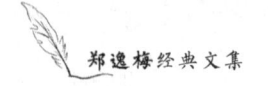

2218 易实甫诗集,以《魂》为集名,有《魂东》《魂西》《魂南》《魂北》,合称《四魂集》。

2219 易实甫云:"爱看他人妾,喜吟自己诗。"

2220 易实甫名士气重,官广西右门道,为岑春煊所劾,谓"名士如画饼,不足以充饥"。

2221 军阀马鸿逵,曾拜易实甫为师。

2222 南汇奚燕子,一日途中遇余,时天雨,各擎一伞,奚滔滔不绝,与余立谈两小时而别。

2223 "国魂九才子"之一奚燕子,为南汇召楼镇人,豪富称浦左第一,以不事生产,而又挥霍成性,晚年殊穷困,且沾染阿芙蓉癖,无以解癖。画家有同癖者,任之吞吐,倩代撰画题,彼出笔敏捷,无不适合。

2224 卢彬士著《莳花一得》及《碗莲吟》,彼能使莲种在碗中开花结实。

2225 安庆迎江寺之钵莲,为海内名种。吴中卢彬士善植碗莲,即迎江寺传来之秧种。

2226 杨锺羲《雪桥诗话》,为诗话中资料最丰富者,写诗话时所依据之诗集凡数千种。后由其家人售与复旦大学。

2227 杨锺羲发言,往往有耐人寻味处,如云:"犬之性不一,驯扰之,皆可为吾用,所以相争不已者,投以骨者之过也。"

2228 杨锺羲之子懿涑,号澹园,能书善画,供职上海商务印书馆,同事偶谈及其先父,懿涑辄起立致敬。

2229 邓秋枚之《鸡鸣风雨图》凡二,一杨东山绘,一黄宾虹绘。

2230 邓秋枚与吴眉孙同住沪西张园旧址,彼此为近邻,但两人不相识,从未往还。

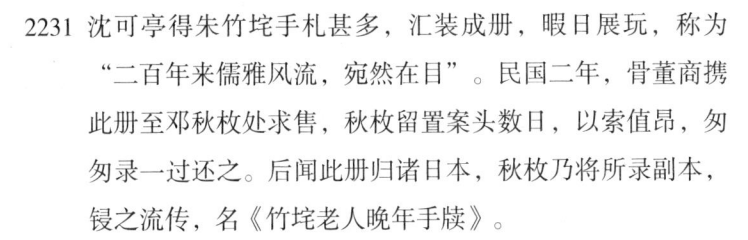

2231 沈可亭得朱竹垞手札甚多,汇装成册,暇日展玩,称为"二百年来儒雅风流,宛然在目"。民国二年,骨董商携此册至邓秋枚处求售,秋枚留置案头数日,以索值昂,匆匆录一过还之。后闻此册归诸日本,秋枚乃将所录副本,锓之流传,名《竹垞老人晚年手牍》。

2232 邓秋枚晚年多病,辛卯冬,又复失健,认为宿疾复发,取旧方撮药服之,即昏厥不醒而死。

2233 **朱竹垞**有《鸳鸯湖棹歌》一百首,同时谭石洲和之,但只七十四首,附见《曝书亭集》中。朱莲垞见而续和二十六首,足成百数。

2234 朱竹垞生前,倩人为绘一像,题者皆一时名流,嘉兴金甸丞以二百金得之,复征题咏。甸承以朱大可与竹垞同姓又复同乡,因谓大可曰:"俟我死后,君可出二百金向我后人商购之。"大可欣然。及甸丞死,像由他人购去,大可引为遗憾。

2235 **张聊止**有《俗语考古录》,凡一百数十篇,曾载《益世报》,拟刊单本未果。

2236 张聊止藏梅兰芳照片甚多,有一帧乃梅赴苏联向列宁墓献花。

2237 张聊止与无锡杨云楣结金兰契。云楣乃味云之犹子,工书善诗。

2238 **华吟水**足迹半中国,喜啖西瓜,谓西瓜以关东瓜为第一。

2239 《扪烛脞存》谓屈原沉江,非五月五日,乃五月十五日。华吟水谓蜀中称五月十五日为大端阳,非无据也。

2240 商务印书馆发行一内部刊物,取名《同舟月刊》,华吟水藏有全份。

2241 **陈季鸣**书家,字文无,人不知其取义,盖文无为中药当归之别名。陈籍江苏江阴,家有适园,侨寓海上,颇有归田园之意也。

2242 陈季鸣，名文无，擅书铁线篆，喜观电影，汇电影说明书，每年订一巨册，精装烫金，煌煌列玻璃橱中，在浩劫中付诸荡然，共十余册。

2243 陈季鸣居沪西康定路之绿杨村，撰有绿杨村嵌字联："春水绿波杨柳岸，秋风黄叶夕阳村。"

2244 陈季鸣与陈病树同游海虞，舟中一乡老见季鸣无须，病树则须髯载张，乃误为父子两人，实则两人同岁生，于是季鸣亦蓄须。

2245 陈病树临卒之前数日，陈季鸣往访，病树欲季鸣同赋自挽诗以遣岑寂，季鸣以勿自苦劝止之。

2246 **缪筱珊**卜居金陵，自撰联语："饱暖自矜稽古力，萧闲天与著书年。"

2247 缪筱珊晚年，有日记三巨册，记各种版本及轶闻，遗命其子禄保，不许刊布。

2248 **范君博**诗人怕狗，见狗辄避道而行。

2249 范君博辑《中国妇女人名大辞典》，未刊。

2250 范君博著有《吴越国宫词》，未刊。

2251 **童大年**一度居沪北宝山路，"一·二八"之役，沪北居户，纷纷趋避租界，途为之塞。大年好饮，藏有醇酒一坛，乃携之出逃。

2252 童大年病居杭州。一日，闻人谈及艺事，谓画推阮性山，篆刻有王福庵。童于此道颇自负者，却不举及，乃大愤，病遂加剧，竟致不起。

2253 童大年居杭，隔垣一老树，枝干犹饶生意。既而建屋欲伐之，大年请于当局，议加保护，盖宋柏也。当局不之理，遂遭斧斤，作为薪柴，大年乃别购薪柴易之归，置庭除间。后大年卒，此柏蜕不知所终。

2254 无锡**杨令茀**女画家，曾入宫为溥仪后婉容画像。

2255 制大观园模型著名之杨令茀女士，有《莪慕室诗草》。

2256 **廖季平**为疑古派之一，往往不当疑而疑，谓："屈原无此人，《离骚》乃秦始皇命人所作。"

2257 廖季平云："如能熟读《白虎通》，便足横行天下。"

2258 **端方**不喜汽车，凡乘汽车来求见者，常被挡驾。

2259 清光绪病，方剂有鲜佩兰叶。端方即贡佩兰五十盆。

2260 王闿运访端方，端适获一古瓷瓶，喜以示王，王笑曰："是瓶阅岁确甚久，奈其形不端不方何！"端为之大窘。

2261 端方居南京红纸廊，金石图书，皮藏甚多。端方逝世，文物尽散。李审言有诗叹之："槐影扶疏红纸廊，冶城东畔又沧桑。摩挲石墨人空老，忆到金陵便断肠。"

2262 **纪果庵**自称纪晓岚后人，著述从不就正于人，且不求人作序及题署，谓"自己之文，只有自己知道，何必以此烦人"。

2263 纪果庵乃李释堪弟子。

2264 瓦德西《拳乱笔记》，王光祈译，纪果庵谓笔墨奇劣，不能达意。

2265 纪果庵家中不备日历，往往误星期一为星期二、三，任教学校，时常脱课。

2266 **顾子山**有过云楼藏画，颇怀疑古代女子作品。如云："易安墨竹，淑真画菊，并见记载，属在闺阃，易于名世。故下至马守真、薛素素亦分片席，然安知无饰粉黛于壮士，蒙衣袂于妇人者。"

2267 顾子山过云楼，藏有李易安画竹，朱淑真画菊。

2268 顾子山过云楼藏有八大山人所绘走兽册页，辗转流入东瀛，被日人住友宽一所得，曾以此刊入《八大山人与牛石慧》一书中，名此册页为《狗子图》。朱省斋见之,认为所绘者是猫非狗,有疑而询之者,省斋曰:"妙处就在似与不似之间,而八大题句,含有禅意,妙处亦在于可解与不可解之间,至于猫乎狗乎,无关宏旨。"

2269 吴中顾子山之怡园,乃明代吴宽之旧宅。

2270 宣古愚别署黄叶翁,能画山水,袁寒云题其山水便面云:"而今又见倪高士,怪石疏林寄慨深。一棹秋风尘不到,独来何地足登临。"

2271 **宣古愚**,高邮人,以藏古钱负盛名,从高邮赴东北,觅古钱,先后若干次。最珍希者,为元钱别品,共一百四十一枚,其中如延祐三年、大昊天寺钱,尤为难得。古愚卒,其孙宣森,献给公家。

2272 宣古愚诗,有两句甚趣:"醉中偷过新丰市,怕有胡姬索酒钱。"

2273 宣古愚别署黄叶翁,不喜家中见客,每假茶馆以晤谈。

2274 宣古愚之孙宣森,娶妇章姓,年长于森母二岁,为年事不相称,森早蓄须以示老,妇靓妆以见少。

2275 **郑午昌**曾为郑海藏绘《夜起庵图》,海藏携入宫廷。伪宫有画松一幅,款"郑昶恭绘",亦海藏倩午昌所绘者。

2276 郑午昌乃张相弟子,郑入中华书局,出于张相绍介。

2277 画家郑午昌,罗致明清人对联,约有四五百件之多,颜其居曰"墨鸳鸯楼"。吴湖帆与午昌为甲午同庚,绘贻《墨鸳鸯楼》图卷,绝工细。

2278 郑午昌擅画柳,有郑杨柳之称;又喜画白菜,人又称之为郑白菜。其题画菜云:"余写菜,意在似与不似之间,破笔乱扫,愈不经意,则愈有味,推想懊道人之荷,青藤道人之牡丹，泼墨纵笔，有意无意，无法有法，真得画趣，为可乐也。"

2279 郑午昌设汉文正楷印书局，首先创制各号正楷活字，每号九千有余。字为书家高云塍书写，甚工整，蔡元培见之，誉为中国文化事业之大革新。午昌继倩书家黄蔼农写隶书字一套，拟创隶书全套活字，以资金短绌，未能完成，而午昌于一九五二年逝世。

2280 郑午昌于一九五二年即逝世，年五十有七，幸克家有后，其子郑孝通，孙郑岱，媳妇尤冰如，均擅山水花卉。又一孙郑刚，年只六岁，即以作品参加上海市少年儿童美术展，获奖送日本展出，十二岁为上海少年美术家协会会员。

2281 郑午昌集楹联四百余，榜其居为"墨鸳鸯馆"，盖楹联均成双作偶，无异水上文禽也，且倩吴湖帆绘《墨鸳鸯馆图》。午昌卒，楹联悉散出，是图归让郑洪年。

2282 **陈征雁**画梅，姿态百出，为时所重。征雁自谓："身在闹市，心在梅林。"

2283 陈征雁为郑午昌之高足，画梅却有出蓝之誉。其画梅也，萼有附枝者，亦有不附枝者，但离数步观之，则不附枝者，无一不附枝。问其故，曰："萼之附枝者，此笔之所至，亦即理之至。萼之不附枝者，此意之所至，与理固无乖也。"

2284 **高望之**，乃高吹万之长兄，擅古文，谓："我死，请戚友不送花圈。花圈，我不喜也。"余为之深表同情。

2285 金山高望之崇俭，但其侄君藩在松江购因而园，费数千金，却赞助之，谓："人以数千金购一名人手卷，则远不如以数千金购一园林，成一活手卷也。"

2286 **高吹万**病中致海上诸老诗，有云："两足垢于乌蟹锈，一身瘦似士蟆皴。"士蟆，为哈士蟆，福格之《听雨丛谈》作哈什玛，谓为盛京产物。

2287 高吹万于癸亥年始留须。

2288 高吹万藏沤波舫未刻文二册，王惕甫手写。

2289 高吹万寓居沪西海格路之格簃，地形低洼，大雨后积潦数日不退，于是困居楼头，不能行动。有句云："四面烟波容小隐，一楼飘泊似孤舟。"

2290 松江张堰之银子湾，高吹万斥资建一桥，易名为凝紫桥。

2291 高天梅曾书一联赠高吹万云："大隐东方朔，著书扬子云。"

2292 郑雪耘祝高吹万七十寿，有云："生比东坡迟九日，人从南社数耆年。"

2293 一门风雅，无不能诗，常熟为俞金门家，松江为高吹万家。

2294 高吹万与高天梅为叔侄，均学诗于庄瘦岑。

2295 乙卯岁，高吹万与社友游西湖，舟中备有小册，写诗若干首，同舟林秋叶大醉，以诗册掷诸湖中。

2296 高吹万嗜饮茶，徐仲可赠以君山茶，刘末林赠以江西茶，丘潜庐赠以闽茶铁观音，朱培元赠以洞庭茶碧螺春，董拗叔赠以川茶，汪谦甫赠以徽茶，郭辅庭煮潮州工夫茶以饷之，又在号称"茶圣"之夏宜滋家饮梅花水仙茶。吹万自谓集茶之大成。

2297 高吹万喜饮茶，赴杭州，品龙井而誉之；及品理安茶，始知理安更胜于龙井。

2298 高吹万旧藏《古文辞类纂》，有十种不同版本。

2299 高吹万常用二印章：一"书骏子"，一"吹万无用文字"。

2300 高吹万之"可读斋"匾额，乃银杏木者，其孙高锌犹保存之。

2301 高吹万之《望江南词》，有云："山庐好，时序烂成霞。夏似春光桃夹竹，老逾年少叶如花。诗句发天葩。"或戏评之曰："夹竹桃、老少年，本非门当户对，多谢吹万作月老，经过一度颠三倒四之说合，居然将它们匹配成为嘉偶。"

2302 高吹万之书斋，曰"可读斋"，斋旁一小室，为贮粮之所，吹万自书门联云："世间惟有读书好，天下无如吃饭难。"

2303 癸亥季秋，金山高吹万之闲闲山庄菊花盛开，乃叠菊成山，家宴欢赏。吹万取杜樊川句"菊花须插满头归"七字，夫妇儿媳，分韵咏之。吹万更作七韵各体诗及霜花腴词，遍寄友人徵和，一时耆宿如朱昂若、叶潄润、柯逸云、顾遁盦、胡石予、徐仲可、徐慎侯、许半龙、马适斋、蔡竹铭等叠韵唱和，汇刊《黄华集》。吹万有句云："秋尽冬来无一事，花山叠后叠诗山。"

2304 高吹万之闲闲山庄，在金山张堰秦山之西北，拓地十亩，自谓国危政乱，乐桑者之闲闲；味淡声希，期穷年而矻矻，敢取斯义，小筑山庄。丁巳落成，记工一年有半。

2305 高吹万之闲闲山庄，藏书三十余万卷，抗战时，吹万避居海上，藏书被人捆载而去。初不敢揭发其人，厥后，吹万致温廷敬书，始言其人为陶某，固与吹万相识者。

2306 高吹万喜《诗经》，《诗经》有"正而葩"之称，因号葩叟。其榻侧悬宋赵构所书"思无邪"三字拓本，巨大饶有魄力。

2307 高吹万致姚鹓雏书："尊诗轻而不飘，轻而不浮，轻而不薄，轻而不滑。自读君诗，自顾拙诗，觉无一而非重滞矣。"

2308 高吹万极欣赏《幽梦影》一书，谓："此书语妙绝伦，不可方物。字字出人意表，而却字字入人意中。"

2309 高吹万游黄山遇雨,至云谷寺,僧人出僧衣僧屐,倩吹万易之,居然老衲。

2310 高吹万印章累累,刻者有费龙丁、黄宾虹、邓尔雅、朱积诚、吴松楸、邱梅白、黄肇豫、虞受言。

2311 董玉书得高吹万所贻诗笺,先后以百计,汇装成册。其中《看月诗》,即有三十首之多。

2312 高吹万七十岁,刊《吹万楼诗集》,而于苏东坡生日,假座沪西武定路玉皇山道院,为寿苏雅集,并以自寿。我偕金息侯往祝之。

2313 高吹万藏有沈芥舟书册,为张叔未家旧物。吹万女高馨,适刘氏子,即以是册为奁赠。

2314 高吹万有二女:一韵严,适昆山顾氏;一韵芬,适南浔刘氏。韵芬早卒,吹万思念殊切,有《幽明唱和录》一书。

2315 金巨山与高吹万为儿女亲家。巨山从其里人施南琴广文受经学。南琴名赞唐,号槁蟬,著有《聊复轩诗存》。

2316 朱遯叟生前颇多与高吹万唱和诗什,遯叟卒,吹万以其手迹赠遯叟子积诚保存之,积诚倩吹万作一跋语。吹万又与昆山胡石予先师时相酬唱,石予先师客死铜陵,吹万以先师手迹见贻,约数十纸。

2317 高吹万见赠一红木臂搁,光泽可喜,阴面乃张子祥之人物,雕刻亦精。

2318 高吹万所藏善本书,大都杭州朱慎初之抱经堂物。

2319 高吹万晚年窘乏,入晚即睡眠,以省电炬之费。

2320 顾荃士,有《城北草堂诗》,稿未刊,高吹万什袭藏之,盖荃士后人顾香远,为吹万外舅。诗稿末附《锁泪缄思》,乃悼亡诗百绝,极有情致。如云:"刚酬酒债松条脱,又买奇书典宝钗。"又:"欺人燕子骄矜甚,故故双飞认旧巢。"

2321 高吹万有《寒隐图》长卷,图作雪景,为陆廉夫精作。题者如吴昌硕、冯蒿叟、褚礼堂、周梦坡、徐仲可等,均裱入卷中。有交卷迟,未及裱入者数家。戊寅之乱,吹万楼藏书,被匪徒捆载而去,图亦不克留存。及收拾残余,却于废纸堆中获得陈巢南所题《寒隐图》一诗,固当时未裱入卷中者。吹万逝世,其嗣君君藩,知我搜罗南社文献,即以为贻,印入《南社丛谈》中。

2322 **高君藩**,吹万次子,宝藏徐颂阁砚,因名其斋为"一砚斋"。

2323 宋人绘《睢阳五老图》,载《西青札记》。是图一度存留上海高君藩处,有吴宽、胡缵宗等三跋,绢本,钤嘉庆、宣统御览之宝印,则清宫之物也。《札记》云,有宋人跋,则早已无存。

2324 高君藩有一园,在松江城内,名怡园,明代建筑也。园中有桂,有山茶,均名种,今已枯萎。所存者,仅湖石一堆,木屋数间而已。

2325 黄伯惠某次客松江高君藩之自怡园,晨起啜粥,主人供粥肴四碟,一为糟蛋,伯惠引为美味,一碟尽,再进之,又尽,共尽七碟之多。

2326 华亭张楝辰,能书画,购得明代建筑之松风草堂以为菟裘。其后人式微,乃以草堂让与高君藩,黄宾虹下榻其间,凡一月,绘《四腮鲈》一幅以贻君藩。

2327 **柳翼谋**未刊之《奴隶史资料》《人民生活史资料》,均存文物保管会。

2328 柳翼谋遗稿，有《劬堂随笔》，未刊行，而于十年动乱中作废纸处理。

2329 柳翼谋子屺生，颜其室为"吉人天相"。或询其取义，曰："我家十一口，天天局居厢楼中，吉字为十一口，相则厢之简写也。"

2330 柳翼谋一度考证刺花，谓刺花为文身之遗绪，乃搜访资料，拟辑一书。

2331 柳翼谋师事缪艺风，癸卯岁，随艺风东渡，考察教育，著《日游汇编》。

2332 缪凤林为柳翼谋高足，精史学，胜利后，贫病交迫而死。

2333 **王国维**供职学部，致力于戏曲，著有《曲录》《戏曲考原》《优语录》《宋大曲考》《古曲脚色考》《宋元戏曲史》等书，为近代治通俗文学之首创者。

2334 容肇祖谓王国维之词，实胜于况周颐、朱祖谋。

2335 王国维不仅推重李后主之词，并其为人亦加以褒誉，谓俨有释迦、基督担负人类罪恶之意。

2336 王国维甚推崇柯凤孙诗，谓"今世之诗，当推柯凤老为第一，以其为正宗，且所造甚高也"。

2337 王国维论《三国演义》，谓《三国演义》无纯文学之资格，然其叙关壮缪之释曹操，则非大文学家不办。

2338 张孟劬作《史微》一书，沈乙庵颇加称誉，王国维却谓"中多无根之谈"。

2339 蒋汝藻藏《袁安高卧图》，甚为珍秘。王国维忽于古董商罗恽处购得高宗御书"汝南高节"四字横额，上有"吴荣光敬藏""臣潘延龄"二印，乃《高卧图》之引首也。国维移赠汝藻，俾成全璧。

2340 王国维推崇罗福颐之印章，谓："白文印纯似汉人，朱文尤精雅，虽仿明人，实在明人之上。"福颐，贞松老人之子也。

2341 王国维曾谓："彊村学梦窗，情味较梦窗反胜。"

2342 日本人富冈，为彼邦名画家铁斋之子，研究古镜有年，颇多收藏，闻我华徐乃昌藏镜，特来沪访之，以语言不通，王国维为之翻译。

2343 王国维于北京颐和园鱼藻轩前之池塘中自沉，在自沉前数日，犹为其门人谢刚主写扇，录陈宝琛《落花诗》，似已蓄自戕之意。

2344 **姚茫父**在北京，曾设黔菜馆于六部口街，招牌为"香满园"，肴馔甚精，陈设书画又极雅。

2345 姚茫父购得金晓珠绘《双凤轴》，款识有水绘庵，盖晓珠名玥，冒辟疆姬人。茫父有诗："获得冒家双采凤，居然画本见金娘。"

2346 姚茫父谓书画伪品，多出维扬；金石伪品，多出青齐；著有《艺林虎贲》一书。

2347 姚茫父演印度诗圣泰戈尔诗，成《飞鸟集》二百五十六首，均五言。

2348 姚茫父工书善画，又擅诗文。画家题画，以诗为多，词较少。茫父往往以曲为题，甚至唱辞亦作题材，为画坛创举。其所作《秋草诗》寄托遥深，情致幽妙，一时和者数十家，陈师曾为绘《秋草图》，人又称茫父为秋草诗人。

2349 姚茫父中年病废，每作书画，凡惬意者，乃钤"半臂挥毫"一印。

2350 姚茫父晚年中风，一手偏废，用白居易《新丰折臂翁》句刻一印"一肢虽废一身全"。

2351 姚茫父晚年，弟子王伯群为辑诗文集，正谋剞劂，姚已下世。

2352 姚茫父（华）孙女姚伊，偕其婿邓在宽见访，蒙惠贻茫父遗影一帧。茫父居北京城南莲花寺，是影茫父端坐堂上，典籍鼎彝，纷呈左右，盆花又复环绕，即世称弗堂者是。因此茫父有"弗堂老人"之号。

2353 **章一山**与人书，论及今世古文，谓："马其昶不足齿，鄙意独推富阳夏伯定，次则湘阴郭复初。弟学文过晚，嗣又专力公牍，今已赶不及成家矣。"

2354 章一山撰《女小学》一书，当时女子师范学堂采用之。

2355 章一山每于春暮，与僧元照，设伊蒲馔于上海龙华寺中，招胜流，赏桃花，严畸盦亦与其盛。越若干年，畸盦偕友龙华踏青，章早下世，因有感为诗："不见桃花笑，惟余宿草悲。"

2356 章一山太史，晚号抱冬，寓津门，涉足歌场，欣赏章遏云，刊有《遏云集》。一山生于咸丰十一年，卒于一九四六年，八十六岁。

2357 章一山己丑正月二十日，卒于杭州勾山里寓所。

2358 **夏敬观**初字鉴诚，旋改鉴臣，后易剑臣，最后为剑丞。

2359 夏敬观在沪西康家桥辟有园林，植名卉近百种，牡丹尤佳，且有魏紫。

2360 夏敬观筑屋于沪西康家桥，有西皋、汲砚、借哇、趺窝、梅台、虹亭、荷桥、锦屏风、忍古楼、晚娱堂、窈窕释伽室诸胜，每胜各系一诗，且绘《康桥居图》。

2361 夏敬观裒集其知好下世之书札，颜之为"故手馨香"。予则装裱亡友手翰，为"人琴之恸"。

2362 夏敬观有饭会，每周聚餐一次。丁福保有粥会，亦每周聚餐一次。

2363 夏敬观丧母，其讣告不附遗像及哀启，止叙病情，不涉家世事状。

2364 夏敬观深于词学，叶誉虎所谓"词坛尊宿，合继王（半塘）朱（彊村）者也"。敬观有手批《梦窗词》全集，逐一阐述，发前人所未发。近世治《梦窗词》者多，见者无不钦其精邃。敬观以手稿交其门人何之硕庋藏，以谋刊行。卷末有何之硕题记，志其始末，丹徒吴眉孙见而喜之，借去录副。不意眉孙遽归道山，此稿不知流落何处，之硕访觅不得，引为遗憾。

2365 王式园广交游，辑有《时贤书画集》；陆丹林广交游，亦有《时贤书画集》，均倩夏敬观为题。

2366 夏敬观晚年，常至回力球场，以赌博作消遣。

2367 夏敬观之女，取名均为双文，长者名明明，次者名艮艮。

2368 **周梅泉**嗜饮咖啡，日至沪市国际饭店高楼，招黄蔼农共饮，历三年之久，风雨无间。

2369 周梅泉初治数学，来沪后卜居爱文义路之鹪寄庐，与南阳路郑苏堪之海藏楼相去不远，过从既频，遂受郑之影响，为尖叉之学，不数年居然成名，刊有《今觉盦诗》。

2370 周梅泉、夏剑丞均畏水，友人约以观潮，谢不敢往。

2371 周梅泉喜蓄意大利石刻美人像，列置几案，有诗咏之："突兀最怜秦女化，温馨不禁汉皇窥。"

2372 周梅泉论词,谓文道希学苏辛,文小坡学清真,皆深入堂奥;惟梦窗最难学,六百年来,得其嫡髓者,朱彊村一人而已。

2373 周梅泉,屡以佳石倩陈巨来镌刻,一二年之间,巨来几乎专为梅泉一人服务,且每刻必点品,巨来厌之,乃荐粤人冯康侯以自代。盖康侯刻印,常仿黄牧甫,梅泉却深喜牧甫一派者。梅泉所藏田黄、鸡血、白芙蓉冻等佳石,均倩康侯奏刀。

2374 **倪轶池**诗词稿,姚养怡为之誊录。轶池逝世,交浙江图书馆保存。

2375 镇海倪轶池,曾在沪上创薄海同文会,招生教授古文,当时白蕉、邓散木、陈运彰、姚养颐,均列入门墙。

2376 **秦彦冲**藏濮仲谦酒尊、朱松邻雕佛,因颜其室为"濮尊朱佛斋"。

2377 秦彦冲著《竹人三录》,既成而被毁,盖被厄于"四凶"也;藏绿端大砚,爱护备至,浩劫中,砚亦失踪。

2378 **龚心钊**藏汉印"父意"二字,甚为珍视,人倩钤拓,往往靳不与人。龚老有童心,室中满列玩好之品,自谓古今中外之玩好,无不备具。

2379 龚心钊辑《瞻麓斋古印谱》,后附女道士"鱼玄机"三字白文印及"文天祥"牙章。二印龚以二百金得之,实乃汤临泽伪作也。

2380 **蔡元培**,字子民,晚年一度署周子余,盖蔡母周氏,因用母姓,且取义《诗经》"周余黎民,靡有孑遗"也。

2381 蔡子民在前清时,常署蔡振;民国后,始称元培。

2382 蔡元培三十三岁学日文，四十二岁学德文。

2383 蔡元培主持北京大学，成立画法研究会，聘贺履之、陈师曾、汤定之为中国画部导师，李毅士为西画部导师。

2384 北伐后，南京设立大学院，蔡元培主持其事，第一次聘请特约著作员，为鲁迅与李审言。

2385 蔡元培曾云："不问过去为功为罪，但看现在是正是邪。"

2386 蔡元培常御西服，质料极不讲究，取其廉值也。

2387 蔡元培能书，人有讥其书如鸡爪者，元培闻之笑曰："余曾学黄山谷书，惜未得其长，而短处辄不能自掩耳！"人服其雅量。

2388 蔡元培逝世，棺木由商务印书馆赠送。

2389 **胡适之**幼读于上海南市之万竹小学，盖其地为露香园故址，园有万竹草堂之胜也。

2390 胡洪骍肄业上海澄衷学堂，国文教席杨千里，一次讲达尔文物竞天择、适者生存学理，胡感动，即改名适，字适之。

2391 胡适之耽酒，其妻劝阻之，特制金约指一，上镌"止酒"二字。

2392 胡适之任课北京大学，卜居米粮库四号，所谓藏晖室者是。

2393 胡适之谓吴敬梓可代表安徽人，张丹斧谓吴瘪安可代表苏州人。

2394 胡适之轻视谭复堂，谓谭献的文章，既不大通，见解更不高明。

2395 影星贺蓉珠，嫁张云伏，胡适之为证婚人。

2396 胡适曾从胡朝梁学诗。

2397 **陈衡哲**应蔡元培之聘，在北京大学教西洋史，为我国第一个女教授。衡哲后与任鸿隽结婚，夫妇二人，我曾在黄岳渊园中见过。

2398 陈衡哲呼胡适为弟，家有佳肴，必邀适之共饭。

2399 庄思缄为女作家陈衡哲之舅父。衡哲幼时，深受其教。及庄逝世，衡哲挽之云："知我、爱我、教我、诲我，如海深恩未得报；病离、生离、远离、死离，可怜一诀竟无缘。"

2400 **熊希龄**年六十六，娶三十三岁之毛彦文。吴宓固恋毛甚挚者，至是乃大懊丧。

2401 熊希龄妻为毛彦文，其前妻朱其慧，乃美而有才者，传说洪宪宫中，曾任女官长。

2402 熊希龄推崇皮鹿门。一日，集诸生于长江书院，倩皮升堂讲学，熊亲自秉铎，因有"鹿皮讲学，熊掌摇铃"之谑。

2403 **陈叔通**撰文，常就正于唐恩溥。

2404 陈叔通颇谦抑，作诗辄就正于夏敬观。

2405 陈叔通集周秦迄宋元钵印九百余纽，以"千印"名其斋。

2406 陈叔通藏《汉双鐾》。岁暮，插梅高与屋齐，寒苞乍吐，光气四溢，画梅张壁，掩映悦目，约高梦旦、李拔可、夏敬观、刘崧生、刘子楷于室内，仿野餐以赏之。

2407 某次，陈叔通及随属人员乘京沪车西行，路局特备专车一节，陈谓："火车凡若干节，每节以乘一百二十人计，则为我一人而使一百二十人失其座，成为特殊化，我不取也。"

2408 江弢叔手书诗卷，藏于陈叔通处。

2409 陈叔通娶媳，媳拜见舅姑，叔通购缝纫机一架以为觌仪。

2410 陈叔通与姚茫父、汤定之、杨无恙交至契，三人先后逝世，叔通为刊《三家书画册》，徐森玉为之序。

2411 陈叔通喜东坡句"此心安处是吾乡"，尝刻小印钤用。

2412 张菊生逝世，其日记归诸公家，陈叔通审阅之，谓在学术上无甚大贡献，遂搁置未印。

2413 陈叔通辑刊《宣杨汤姚四家画选》，皆其旧藏也。宣为宣古愚，杨为杨无恙，汤则汤涤定之，姚则姚华茫父，共计十一幅，印数少，外间不经见。

2414 陈叔通倩俞平伯书联，款为"云麋"。"云麋"为叔通早年之字，人所罕知。

2415 邵裴之五十生辰，陈叔通赠以古凤瓦当。

2416 陈叔通谓："一时代之诗，必以一时代之事实树之背。"

2417 陈叔通六十生日，效董香光故事，以文房珍品分贻同好。

2418 杨无恙逝世，后人生活艰困，陈叔通月送二十金，赡其家族，直至叔通病卒始止。

2419 **林琴南**善舞剑。

2420 林琴南曾十三度谒景陵，语人曰："我自感知遇，非求遗老名也。"

2421 林琴南谓人曰："凡人必有野蛮之体魄，而后有文明之精神。"

2422 林琴南画松私淑黄筠庵，山水取法陈文台。

2423 林琴南之《庚辛剑腥录》，改名为《京华碧血录》；《铁笛亭琐记》，改名为《畏庐琐谈》；《践卓翁笔记》，改名为《畏庐漫录》。是新是旧，一时混淆。

2424 谓中国之旧文学当以林琴南为终点，新文学当以林琴南为起点。

2425 林琴南一日与人作雀戏，谋一副三台大牌，不意竟被上家拦和，致功败垂成。林大愤，时值岁寒，室中炉火甚炽，林遽投雀牌火中，旋又深悔之，自此遂不复作是戏。

2426 林琴南喜归有光文，归有《先妣事略》，林亦有《先妣事略》；归有《项脊轩记》，林有《苍霞精舍后轩记》，则更摹其神貌而仿佛似之。

2427 林琴南自谓治韩文三十年，能解韩文而不能为韩文。

2428 林琴南评《古文辞类纂》，谓惜抱近欧而慕韩，故集中所选韩文特多，欧次之，凡余平日所慑于韩柳者，惜抱则皆录之矣。黎庶昌、王先谦均有续集，黎则古今杂收而不审择，王本专收近人，于桐城之弟子为多，幸皆不悖于法，然其行世仍不如姚选之盛。

2429 易宗夔评林琴南山水画，谓"用笔浓密，而仍有萧疏澹远之致"。

2430 林琴南所译小说，有被毁于"一·二八"之役，以未留底稿，而荡然无存。此后尚有应《香草》杂志之征请，译有中篇小说《小白菊》，不意印刷所失慎，亦付诸劫火。

2431 林琴南好使气，动辄忤人。同邑高尔谦曾把其腕，哭泣力谏，琴南感之，作《气箴》一篇，谓"天下之爱惜其朋友，仁至义尽者，无如子益"。子益，尔谦之字也。

2432 林琴南以古茂文言译小说，当时东海觉我徐念慈大不以为然，有云："如此遣辞造句，只能被旧文学界人士视为知音，而不能为具有普通文化程度的读者所接受，不利于翻译小说的普及，更不利于裨助世人汲取新学，拓宽眼界。"

2433 林琴南授课北京大学，课毕，每至监督室，进牛乳及牛肉汁，借以解渴疗饥。

2434 民国初年，林译小说，风行一时，盖皆林琴南与人合译者。琴南不谙外语，自谓："予不审西文，其勉强厕身于译界者，恃二三君子，为予口述其词，予耳受而手追之，声已笔至，日区四小时，得文字六千言。"于此可见其敏捷。实则合译者凡十六人，以毛宗麟为最多，凡五十四种。魏易次之，三十五种。毛文锺十九种。曾宗巩十三种。王庆通九种。李世中、陈器、力树谖、王庆骥各二种。王寿昌、林骆、廖琇昆、胡朝梁、林凯、严培南、叶于沅各一种。按魏易，字冲叔，与曾宗巩均林氏门人。王庆通、王庆骥、陈器，皆林氏同乡。李世中，侯官人。毛文锺，吴县人。毛宗麟，静海人。王寿昌，名晓，字子仁，号晓斋，闽侯人，马尾船政学堂毕业，赴法巴黎习法律，官天津洋务局，汉阳兵厂总办，工诗文，有《晓斋遗稿》。胡朝梁，铅山人，字梓方，号诗庐，乃陈散原弟子。琴南译书处，为北京宣南望瀛楼，殆寓海客谈瀛之意耶。

2435 北方有《平报》，陆军部之机关报也。主笔政者臧荫松，约林琴南排日写笔记，名《铁笛亭琐记》，登毕，平报社为刊单行本，后版权归上海商务印书馆，改名为《畏庐琐记》。

2436 林畏庐著《蜀鹃啼传奇》二十出，叙述剧中人连蔚间，谓生性冷僻，提起"做官"两字，如同恶病来侵；说及交友一途，即便拼命无惜。所谓连蔚间，谐声林畏庐，夫子自道也。

2437 林畏庐所译西方小说，与陈家麟合作者凡数种，林与陈曾同执教鞭于京师五城中学。

2438 魏季渚与林畏庐友善，一日，劝林译法国小说，林谢不能，强之，乃曰："须请我游石鼓山乃可。"魏雇舟导游，王子仁同往，遂约子仁口授而林笔译之，即《茶花女遗事》也。

2439 林纾不以诗名,偶有所作,得数十首,以示陈石遗。石遗谓工者十之二三,不工者十之七八,劝其大加删汰。

2440 林纾所译之书,详载于阿英之《晚清小说目》及朱羲胄之《春觉斋著述记》;但有一种《布匿第二次战纪》,乃英国阿纳染德著,林纾与魏易同译,由北京大学堂译书局印行者,阿英与羲胄均漏列。

2441 林纾、魏易合译英哈葛特之《情侠传》,末附冒鹤亭题《情侠传》之《竹枝词》。

2442 林纾于民国二三年间,每作一画,必题一绝句,作画百余幅,而题句都不省记;后回忆所得,仅三十首,录存集中。

2443 **杨增荦**曾参张鸣岐幕,擅内功。

2444 杨增荦曾任龙济光秘书,遗诗八卷,王揖唐为之刊行。

2445 **楼辛壶**寓居上海山海关路山海里三号,与谢之光为隔邻;节衣缩食,于杭州建一屋以为菟裘,不意被国民党军人所占居,辛壶气愤而死。

2446 楼辛壶好乘自由车,陈冷血早年亦然。

2447 **胡汀鹭**每逢有人作集锦画册,必郑重下笔,煞费经营以为之,曰:"此摆擂台也,不能示弱。"

2448 胡汀鹭善睡,往往作画如风扫叶,及搁笔,酣然入梦矣。

2449 胡汀鹭得顾梁汾诗扇,甚宝之。

2450 胡汀鹭藏有纳兰容若自书诗扇一,背面则顾贞观书寄吴汉槎之《金缕曲词》。

2451 戊寅九秋,胡汀鹭以所绘菊花立幅赠孙伯亮。自是伯亮每逢重九,辄悬此画,聊寄东篱之思。

2452 倪云林居梁溪，胡汀鹭有一小文记之云："吾乡倪云林之清秘阁，在邑之东乡祇陀寺旁，今阁已废，问诸父老，亦不能指其遗址。近处小山疏树，一似云林之画。"

2453 胡汀鹭与霍丘裴伯谦友善，得纵观壮陶阁宋元真迹，画乃大进。

2454 胡汀鹭卒，发现彼之画幅甚多，均为未题款之精品，盖彼生前作画，得意之笔，往往留存之也。

2455 **傅屯艮**自书一横卷，"精神一到何事不成"八字，后附长歌一首。

2456 傅屯艮与高吹万、高天梅同游沪上半淞园，且摄一影，傅题诗一律，张之园壁，有"凉意作秋宜茗碗，晚风吹袂谢车尘"句。

2457 傅屯艮与刘约真生同庚，两人生子亦同庚，因结"庚庚社"。

2458 傅屯艮授徒于醴陵王仙镇，以仙人王子乔得名。既而汤芗铭督湘，傅屯艮急，以其密谋革命也，乃匿青楼黄玉娇处，得免于难。"玉娇"二字，略去点画，适为王乔，亦云巧合。

2459 **冯君木**撰文，甚为审慎，朱骏声之《说文通训定声》常置案头，借以翻检。

2460 冯君木以文就正于郑海藏，海藏评之为"华而不实"，君木大不怿。

2461 冯君木娶媳，乃贾人女，见冯家书帙累累，讶曰："何账簿如此之多耶！"

2462 王个簃善琴，曾为冯君木弹之，君木为之赋诗。

2463 沙文若从吴昌硕学刻，从冯君木学文。王个簃从吴昌硕学书画，从冯君木学文，沙与王成为吴、冯同门。

2464 镇海虞辉祖与冯君木善，为作《回风堂诗序》，有云："余宿其家回风堂，时雪月初霁，寒光照屋壁，吾两人倚炉吟咏达夜分，其意兴未衰。"

2465 洪佛矢著《悲华经舍诗》五卷，与冯君木友善。洪颇自负，有赠君木诗："海内诗歌我与君。"

2466 旧诗人冯君木间亦作白话诗，某次，作《吊花冢》诗一首："花吓！你排愁超出清虚境，我还是带水拖泥不肯行。"时况蕙风丧其继室卜氏，诵此两句，触类增感，为之泪下。

2467 冯君木妻俞季则，工词，有句云："闲愁无数，绿遍天涯路。"况蕙风亟赏之。

2468 冯君木逝世，其后人倩陈散原撰墓志铭，致润三百金。此文《散原精舍文集》中未载，却载于袁伯夔集中。袁为散原弟子，可见是文乃伯夔所代笔。

2469 **袁孟醇**师事冯君木，因寝馈典籍，专勤逾分，忽患精神病。某次，叩师门而诟斥之，君木不之理，遣人送之归。家人遂将典籍束诸高阁，不许诵阅，如是者年余始痊。

2470 著《雪野堂文稿》之袁孟醇，以脉搏失常，装起搏机，朋侪以机器人呼之。

2471 袁孟醇著有《家人集》《陈情集》《雪夜录话》等，均遭难失去。

2472 **马小进**，新宁人，能操吴语。

2473 马小进为南社诗人，尝撰一联，悬诸壁间："善亦懒为何况恶，死犹多恨不如生。"世人恶乌鸦，彼之诗集，却取名为《鸦声集》。

2474　马小进藏朋好所贻手札，名《飞花片片录》。

2475　**袁寒云**藏卞玉京象牙小印。

2476　袁寒云自刻印，仅见"江采"二字白文，乃为女画家江南蘋所刻者。

2477　袁寒云喜啖岭南荔枝，一啖百颗。

2478　袁寒云之妹子昭，嫁梁溪薛汇东，能诗，有句云："半榻凉生知夜雨，又添小院几分秋。"

2479　袁寒云得宋巾箱本《周易》《尚书》《毛诗》《礼记》《周礼》《孝经》《论语》《孟子》，辟八经室以储之。

2480　李纯被刺死，袁寒云挽之以联云："尽狗盗鸡鸣，举眼未逢真国士；空龙蟠虎踞，杀身谁泣故将军。"

2481　袁寒云工诗，有见示其处女作："醉陟翠微顶，狂歌兴正酣。临溪坠危石，寻径越深潭。云气连千树，钟声又一庵。苍茫归去晚，胜地此幽探。"乃丁未六月养疴于京西翠微山龙王堂学诗之作也。

2482　袁寒云能演丑角戏，学于郭春山。

2483　巢章甫藏有卢葵生小漆砚，又周芷岩所刻小笔筒，皆袁寒云家物，寒云逝世，散失在外间者。

2484　袁寒云嗜戏剧，先后组成饯秋社，温白社、延云社，假北京之江西会馆开演，以昆曲为主。

2485　况蕙风与袁寒云本不相识，当时有一术士杨好古，湖南辰州人，能以祝由科为人治病，适况、袁二人同患鼻菌，倩杨施术，相遇一见如故，遂得订交。当时杨好古不受诊金，求二人在报上为之吹嘘。况先袁卒，袁挽以联云："比梦窗白石，老宿成家，尽低唱浅斟，一代词人千古在；溯沤尹罂庐，殷勤共话，怆子楼清夜，十年江国几回还。"

2486 袁寒云罕事篆刻,曾为江南蘋(采)治一印,南蘋作画偶钤之。

2487 袁寒云有肖像印,镌刻者王冰铁。

2488 袁寒云喜搜罗各国稀有金币,寒云不谙外文,辄倩周瘦鹃译述之。

2489 袁寒云早年喜搜罗女子书画,方药雨以所藏陶素卿墨梅轴畀之,寒云题跋其上。是画后归丁柏岩,丁亦喜收罗女子书画者,我在丁家见之。

2490 袁寒云题嘉兴鸳鸯湖烟雨楼联云:"十顷湖天,鸳鸯何处;一楼烟雨,杨柳当年。"曩年许雪门题烟雨楼联:"读竹垞歌,两岸渔庄蟹舍;记梅村曲,扁舟杨柳桃花。"两联并皆佳妙,倘重葺烟雨楼,当复制悬之,邀人欣赏。

2491 袁寒云题易安《荼蘼春去图》,有云:"春到荼蘼人亦瘦,未秋恐已比黄花。"即取"帘卷西风,人比黄花瘦"词句而套用之,别有妙致。

2492 袁寒云与二校书合摄一影。寒云居中,左王秀英,右富春楼六娘,题之为《拍肩图》。

2493 袁寒云次子家彰,字仲燕,与俞逸芬结金兰契。

2494 搜罗袁寒云遗著者,有张伯驹、钱芥尘、刘少岩、俞逸芬、步虞初。虞初,林屋山人步章五之子也。

2495 **王秉恩**茗饮,辄进普洱茶。

2496 曹秋岳之《竹垞图》,藏王秉恩家。

2497 **胡道静**著有《上海图书馆史》,谓现代图书馆之在上海出现,始于十九世纪道光末年上海开埠以后。

2498 胡道静撰《"苏报案"索隐》，甚详尽，曾刊登《上海通》，复由金世德之介，以此文送章炳麟亲自校阅。

2499 胡道静考证《梦溪笔谈》，甚为详赡，曾觅得该书作者沈括《苍山题石》之明拓片，拟制版刊入书中，不意十年动乱中被毁，深为嗟惜。盖括《苍山题石》，早无存矣。

2500 或访胡道静，见其室内，衣箱凡数十具，深讶其服御之多，但道静衣殊简朴，却又不类。问之，始知彼喜藏各种旧报，累累数十箱，均旧报纸也。

2501 英国著名东方科技专家李约瑟博士八十寿，胡道静倩徐孝穆精刻一竹臂搁为寿礼，博士得之，爱不释手。

2502 **徐仲可**为朱研因快婿。朱于杭州胥山麓筑乐山草堂，啸傲其间。

2503 徐仲可之《可言》，有云："宵分人静，风撼小楼，剪烛观书，自领荒寒幽杳之趣。诵昔人只有一株梧叶，不知多少秋声二语，为之爽然，而又觉富贵之于我，真如秋风之过耳也。"酷似晚明人口吻。

2504 汗衫始行于清季，徐仲可见而善之，谓夏日得免裸裎之羞，可以羞袒名之。

2505 商务印书馆曩年发行一种精装日记本，眉端每日列前人诗一二句，适合是日者，乃徐仲可所编录。

2506 徐仲可署所居为"天苏阁"，莫知其取义。夏敬观戏告人曰："徐先生认为女子以苏州而天足者为美，故名天苏。"

2507 上海康定路，昔名康脑脱路，徐仲可曾居此，认为我辈操笔墨生涯，非用脑不可，脑而脱，则生机绝矣，乌乎可！与人通讯，书地名改"脑"为"瑙"。

2508 徐仲可自撰门联:"海上居,大不易;人间世,欲何之!"

2509 徐仲可之《纯飞馆图》,杨葆光绘;《天苏阁图》,黄宾虹绘。

2510 昔人有"走马看花"之说,徐仲可却有《汽车看山》之诗。

2511 徐仲可好麦食,尝进麸皮面包。

2512 蛋炒饭乃寻常食品,不知其中亦有烹调艺术在。曩时上海福州路有一肴馆,名大西洋,以"六小姐饭"著名。所谓"六小姐"者,为一名校书,指导该馆厨司所煮之蛋炒饭也。我曾尝之,此饭色香味三者俱全,且松软殊常,为之朵颐大快。闻绍兴有春宴楼,以"三太娘蛋炒饭"脍炙人口,"三太娘"者,楼主而当炉者。徐仲可《闻见日钞》载之。

2513 徐仲可女新华,善书法,录写夏敬观诗一卷。新华逝世,敬观深悲之。

2514 **何桂笙**曾主《申报》笔政,生平所著,自署曰《一二三存稿》,则取"贾长沙一痛哭二流涕三长太息"之意。

2515 《申报》主笔政之何桂笙,别署高昌寒食生,人不解其取义。实则彼生于三月初九日,《高昌行记》一书载高昌国用隋文帝开皇七年历,以三月初九日为寒食也。

2516 **黄兴**有《广州起义报告书》,原迹藏谢良牧处,谢付诸装池。书中颇不以胡毅生、姚雨平为然。

2517 黄兴率领同志三月二十九日广州起义,发难之前,写遗书与其子一欧,其书云:"一欧吾儿,努力杀贼,父字。"

2518 黄兴之遗墨及用过之猎枪,由其子一欧捐献湖南文物保管会。

2519 **丁传靖**,字秀甫,号闇公,又有岱思、湘舲、招隐行脚僧、沧桑词客等,则知者甚少。

2520 丹徒丁传靖，应光绪丁酉科江南乡试，房师颇赏其文，主考却批以文有杂语抑之，盖引及《淮南子》也。房师为之力争，遂列入第二十二名副榜，则殿军矣。

2521 丁传靖极喜吴谷人书法，谓谷人诗词骈文，皆非余所服膺，惟行书之妙，窃谓在山舟、梦楼之上，清代惟陈勾山足与并驾。佳在无意求工，而字里行间，无非书卷气也。

2522 丁传靖以陈圆圆事谱为《沧桑艳传奇》，木刻赠人，甚精雅，但印数不多。上海扫叶山房主人见之，贸然石印出售，传靖与之交涉，由雷君曜出面调解，且出扫叶山房书目，倩传靖于书目中任意选择，悉以奉贻，遂了一重公案。迄今《沧桑艳》木刻原本已无存，幸此石印本，得以流传。

2523 丁传靖曾宴客，陈宝琛、樊云门二老均至，主人难定首座，卒由二老相推，首座为陈宝琛。

2524 丁传靖号闇公，刻《闇公诗存》二巨册，印成蓝印本若干部。"一·二八"之役，版毁于兵燹，未及印黑字本。

2525 丁传靖哲嗣柏岩，早年在香港，雇一粤女事炊濯。一日，丁写一横幅，录白居易之《琵琶行》，粤女在侧观之不离去。丁询之，始知女曾读过唐诗，《琵琶行》且能背诵，即命试背，果不遗一字。丁大愧，盖彼却背诵不出也。

2526 **丁柏岩**，乃丁传靖之子，能诗文，传其家学。晚年多病，榻畔悬寒暑表，作为晨起御衣之准则。

2527 丁柏岩，镇江人，谓镇江书画，以潘画王题为多，潘为潘恭寿莲巢，王为王文治梦楼；亦有截去潘款，仅留王题，以为梦楼偶然作画，希见而求善价，借以欺人者。

2528 丁柏岩遍检其家谱，凡二十代，寿逾八十者，并彼只三人，深叹高龄之不易。

2529 丁柏岩与徐森玉为连襟，然各有意见，不相往来。

2530 丁柏岩谓陈南楼女史，工画不能书，凡画题皆委人代笔，故评南楼画，而以题款作标准者，皆门外汉也。

2531 丁柏岩谓李竹懒作书甚勤，有求必应，而传世极罕，其画亦然，不知其故；又调竹懒辨别书画，往往以伪为真，以真为伪。明代鉴赏名家，大都如此，不独竹懒一人也。

2532 丁柏岩搜集古今女子书画扇，凡二百柄。

2533 项子京藏仇英所绘《对弈图》，二老人相对坐，一见面，一见背，一僧旁观作惊讶状，棋枰布黑白子，寥寥只若干枚，乃初入局也。丁柏岩临摹一纸，认为仇画不合理，棋局尚未至胜负关头，而旁观者作是态，殊不称也。柏岩之三弟擅围棋，乃嘱之为布一奇险之局，而柏岩改绘之，神情毕肖，佳构也。

2534 梁溪女冠王韵香善画，但流传不多。丁柏岩藏有韵香花卉扇二，一赠叶恭绰夫人，一自留存。

2535 丁柏岩藏有明清画扇，均装成册页。丁每页题一二诗，并界以乌丝栏，遍录各家关于画者之纪事。凡名较僻冷者，证考更力求赡备，俾后之收藏者，不致忽视，洵有心人也。柏岩某次购得一紫檀笔筒，口微敞，底有一箍，镌有铭文，金丝嵌之，署款"允执"，图章模糊，细视则"雪居"二字。出售者，不知"允执"为谁，索值甚低，实则孙克弘（雪居）所手制者。

2536 丁柏岩善鉴古物，凡尽人皆知之古物不之购，谓什九赝鼎也；见尽人皆不知并己亦不知之古物，辄购之归，谓决无人作假，且值亦低廉，得之摩挲证考，往往由不知而知，赏鉴因之益广，记之于书，洵足快意。

2537 丁柏岩谓书画文物，玩赏日久，便觉生厌，最好与同好者彼此变换，以增兴趣。

2538 上海文物保管会所收购或捐献之名迹，辄摄一照片。时丁柏岩供职会中，乃遍留一副本，如韩熙载《夜宴图》、孙位《高逸图》、董北苑《潇湘图》、王献之《鸭头丸帖》等，无不备列。

2539 丁柏岩于素纸作朱丝栏，不作直线，而曲纹有度。人询其法，不之告，卒窥得之，则以细锯齿为规，循以画之也。

2540 丁柏岩能书画，书胜于画，晚年精力不济，书画均废。

2541 **周梦坡**家厨，善制羊臑豚蹄。

2542 周梦坡生前所藏书画、铜器，赝品为多。

2543 周梦坡藏宋徽宗之松风琴，曾在吴中顾氏怡园举行琴会，参加者凡十五人，各携一古琴往，经品评后，以松风琴为第一。

2544 周梦坡藏宋徽宗琴、春音词集，某次即以宋徽宗琴为课题。

2545 **陈家庆**喜临《曹全碑》，有句云："不知门外春多少，镇日蕉窗写郃阳。"

2546 丁卯上巳，徐澄宇与陈家庆结缡于北京颐和园之仁寿殿。

2547 陈家庆于己酉夏逝世，为南社最后之女诗人。其长兄家鼎、次兄家㶇均能诗。二嫂唐家伟，擅刺绣，上海孙中山故居客堂有家伟所绣花卉一帧，悬挂壁间，来访故居者剧赏之。家庆之姊家英，诗词造诣更高一筹。家庆为徐澄宇夫人。

2548 **黄节**收藏六朝及唐人石刻，身后悉归北京历史博物馆。

2549 黄节有四子，皆不寿。

2550 **张相**学识渊博，所著《诗词曲语汇释》，为传世之作。此外，有吴文英之《梦窗词》与周美成之《清真词》批注，颇多警辟论评，惜未竟其功，引为遗憾。

2551 民国初年，张相为中华书局编选《古今文综》，选入曾国藩之《讨粤匪檄》，大受外界攻击。

2552 屠寄与张相辩证成吉思汗陵寝，往返书札，达十万言。

2553 中华书局陆费伯鸿之文牍，先为张相，后为喻守真。

2554 **郑大鹤**别署石芝崦主，任立凡为绘山水卷，大鹤题之云："山吾心，水吾神，后五百年，石芝崦中见是人。"自负如此。

2555 郑大鹤应科举考，七试不售，遂绝意进取，自镌一私印，文曰"江南退士"，以示无意作进士也。

2556 吴中有半塘桥，郑大鹤谓王鹏运曰："君号半塘，宜卜居之。"

2557 王鹏运之先垅，在桂林东半塘，因以"半塘"自号，不忘誓墓也。郑大鹤曾谓之曰："去苏州三四里，有半塘彩云桥，是一胜迹，宜君居之，异日必为高人嘉践。"鹏运心肯，赋《点绛唇》以见志。未几，鹏运染疾逝世。

2558 王半塘谓："郑大鹤诗名因词而掩，书名因画而掩。"

2559 沈寐叟藏有康南海之《广艺舟双楫》木刻本，书眉多评语，郑大鹤手笔也。

2560 郑大鹤藏有唐宫脂盝。

2561 郑大鹤善吹洞箫，有金昌歌伎张小红，擅琵琶，郑置诸其寓閶金桥巷，所谓冷红簃者是，更为小红取别号曰南柔，曰可可。每作词，或自吹箫，令小红歌之，或由小红弹琵琶而自歌之，务期协律，稿始定。《冷红词》即是时所作，顾若波为绘《冷红簃填词图》。图为庭园小景，怪石修篁，掩映左右，郑坐茆亭内，伏案拈毫，小红侍立，侧首望天外鹤翔。王晋卿题之云："瘦碧微吟工擪笛，小红低唱记吹箫。"

2562 俞曲园有一短文，涉及郑大鹤，有云："大鹤先生门下有钱生，茶山衣钵，无虑或坠。"钱生，指钱瘦铁而言，瘦铁固师事大鹤词人者。

2563 郑大鹤著有《瘦碧词》，复有《冷红词》，瘦碧冷红，自成偶对。

2564 郑大鹤词人五十岁，于吴中护龙街饮马桥畔之孝义坊，买地五亩，筑室数间，榜其门为"通德里"。从邓尉购嘉木名卉，杂莳庭院。其东则高冈迤逦，称之为吴小城，复筑亭于冈，颜曰"吴东亭"，绕以竹篱，足供远眺。盖东城，吴之故城也，白居易曾有《吴东城桂》一诗。孙益庵贺其新居有文云："度地新规，洞天别启，近邻萧寺，旁枕清溪。"大鹤亦有《满江红小序》云："己巳之秋，诛茆吴小城东，新营所住，激流植援，旷若江村。岁晚凄寒，流离世故，有感老杜卜居之作，聊复劳者歌其事云。"大鹤捐馆，后人售其宅，只索二千金，王凤琦欲购之，奈有赁居者二家，难于迁让，遂罢。

2565 郑大鹤晚年贫甚，欲以旧拓本百余幅售之李梅庵，皆细字密题，余纸或画佛像及山水，精妙可喜，梅庵亦囊涩无以应。

2566 郑大鹤生平所蓄书画金石，什九于晚年出让于人。谓："物无久聚，终必散出，与其给儿孙出售，三钱不值两，不如及身料理，尚能得相当代价。"

2567 郑大鹤喜以银杏木制书匣，匣由吴中良工吴阿保手制，精雅无伦，且倩陈嵩俆太史以八分书为标题。戊午年，大鹤卒，遗书均散出。

2568 **刘定之**，乃句容人，谓裱工分苏、扬二派，苏派擅精裱纸本及绢本，虽数百年不损也，但漂洗灰暗之纸绢及修补割裂等技，远逊于扬派；扬派能一经装潢，洁白如新，奈不及百年，纸绢损裂矣。刘之装裱，属于苏派，故梅景书屋自藏之书画，均出刘氏所裱。若元明名家破损或灰暗之画，辄交扬派老裱工马老五为之。

2569 何亚农藏有王良常小篆录《诗经·七月流火》为八大幅，刘定之商购之，以赠吴湖帆。

2570 周志醒收藏名人所书"寿"字，凡一百二十幅。刘定之所藏名人所书"寿"字，凡四百幅。

2571 **吴待秋**作画殊勤，无日不挥洒。一日病，头痛甚，犹裹一巾于首，执管如常。

2572 民国初年，吴待秋至北京，为某部小官僚，开始订润鬻画。当时有张樾丞者，设一文具铺，所出售之铜墨盒、铜镇纸，或书或画，均出待秋手，待秋之名，遂渐著于北方。

2573 吴待秋杜门不出，有人访之，辄曰："请原谅，不回访。"因回访既费时，又耗车资也。

2574 吴待秋所用印，十九出胡匊邻手刻。

2575 吴待秋作画，间亦作书，曾书对联给一农民，句云："李白桃红杨柳碧，豆青麦绿菜花黄。"全属田亩景色，农民得之大喜，时其子养木尚幼，目睹之，迄今未忘，有人请作书者，辄录写此二句。

2576 吴待秋作画甚勤，其时寓居沪西四明村，地低洼，大雨后，辄水漫堂宇，彼搭以木板，立板上照常挥洒。一次头部作剧痛，彼缠以素帕，作画如故。

2577 吴待秋居吴中残粒园，在大王家巷，园中有玉兰一树极大，为吴中第一。待秋辞世，其后人养木仍居其间，丹青挥洒，颇有乃翁风格。

2578 **蔡哲夫**曾设骨董铺于香港。

2579 蔡哲夫曾为上海南洋烟草公司编一日历，每日缀一故事，并配一画，得润三百余金。

2580 吴瞿安藏汉袁安碑拓本，蔡哲夫以画梅易之。

2581 归来堂校碑砚，为宋赵明诚、李清照夫妇故物，蔡哲夫得之。

2582 蔡哲夫家，吉金乐石，图书法帖，触目皆是，客至可观赏永日。

2583 蔡哲夫作枯笔山水一小幅赠柳亚子，为订交之券。

2584 蔡哲夫有"折芙"二字朱文印，乃我佛山人刻赠者，边款有"哲夫先生一笑　趼人"。

2585 **樊增祥**藏有吴梅村手书《劫灰录》十七叶。

2586 有偷儿潜入樊增祥家，为增祥夜吟惊走。

2587 坤伶王克琴，名噪红氍毹上。樊增祥认为"克琴"二字无意义，为改"琴客"，然克琴以既享盛名，不便改易，谢之。

2588 樊增祥任江苏藩台，时丁传靖亦在南京，以诗呈之。诗涉及西太后，增祥固受西太后恩宠者，见之大为称叹，于是诗翰往来，甚为亲密。

2589 辛亥武昌起义，黎元洪檄文布告，动辄以骈文出之，为时传诵。执笔者饶汉祥，乃樊增祥弟子，增祥为之润色者。当庚子西狩，所下罪己诏，时枢府无人，亦增祥所拟。

2590 **钱士青**，杭州人，著有《杭州掌故谈》。

2591 民国十八年，杭州举行西湖博览会，欧美人士来参观者甚多，钱士青将西湖名胜古迹撰印英文小册，借以宣传。

2592 广德钱士青，喜诵《孟子》七篇，彼所著述，汇刊《诵芬堂文稿》七编以符之。

2593 蔡锷、唐继尧云南起义，时钱士青任滇省盐务稽核所所长，先后拨助起义军费，因此获得"拥护共和"一等纪念章及纪念金币。

2594 **潘博山**藏缪艺风上款之尺牍四十余册，皆当时友朋往返讨论目录金石者。

2595 潘博山曾从颜纯生学画，从姚荷卿学文。颜纯生乃颜文梁之父，姚荷卿乃姚苏凤之祖父。

2596 潘博山与潘景郑为昆仲，均喜收藏，得宋代蜀刻《后山集》，因署其室为"宝山楼"，倩吴湖帆篆额。

2597 潘博山所藏明季忠烈尺牍，乃无锡沈旭庭（梧）之旧物。旭庭善书画，精鉴赏。

2598 潘博山所藏明清人尺牍，大宗得自吴江沈梧家。沈梧以藏尺牍著称，殁后，所藏分为七份，除一份不知去向外，余六份均由博山购得。博山印成《明清藏书家尺牍》《明清画苑尺牍》。博山下世，其弟景郑为之续刊《元明诗翰》《明季忠烈尺牍》《瞿忠宣蜡丸书侯忠愍尺牍合册》《杨涟左光斗尺牍合册》《吴中三老书札合册》，又整理《明吴中乡贤尺牍二百家》，无力付印作辍。解放后，景郑将所有尺牍手迹捐献北京图书馆，据张葱玉云，已移交故宫。

2599 《潘博山传》，出于叶揆初手撰。

2600 **徐信符**藏有屈大均之《翁山文外逸文》钞本四册，计文三十四篇，朱希祖借钞一过。

2601 留存文澜阁之学海堂及广雅书局书版，约十五万块，由徐信、符绍棨负责保管，虽经变乱，而书版无恙。后抗战军兴，徐与黄希声、廖伯鲁设法将书版运至广州乡间，分存以避兵燹。

2602 **朱古微**体矮，手指纤白类妇人，语音低细。

2603 朱古微生平不打电话。

2604 朱古微喜玩麻雀牌，有人劝止之曰："久坐伤肝，久视伤脾。"朱笑答之曰："其奈久闲伤心何！"

2605 朱古微为词坛祭酒，颇称誉临桂况夔笙与南海陈述叔，有诗云："新拜海南为大将，更邀临桂角中原。"

2606 朱古微有《词坛点将录》，未完成。彼署名觉谛山人，自许为"双枪将董平"。

2607 朱古微著《词坛点将录》，已配合泊人一百有八名，惟缺赞语，委朱大可为之。未几，古微下世，此稿留存大可处。

2608 朱古微之《彊村词》，分《寒灰集》《腹痛集》《怀舟集》《篁次集》。首冠王半塘一简以代序。

2609 况蕙风目空一切，一日，读朱古微《梅州访旧》《人境楼话旧》诸作，曰："吾不能不畏之矣！"

2610 朱古微与况蕙风为词友，但朱致况书，辄称蕙风师。前辈之谦抑有如此。

2611 蔡正华读朱古微之《彊村语业》，谓："人多恨《语业》删削过严，吾却惜其汰除未净。"

2612 鹤园在苏州韩家巷，为庞蘅裳别墅。园中丁香一树，著花蕃茂，乃朱古微词人手植。

2613 朱古微寓吴中鹤园，手植紫丁香，邓邦述书"沤尹词人手植丁香"八字，刻石于壁。

2614 朱古微晚年作词不多，自谓理屈词穷。

2615 **孙沧叟**藏有宋代苏、黄、米、蔡四书家之画石，甚为珍视，实则皆赝鼎也。

2616 孙徹晚号沧叟，为汝林子。辛卯岁，汝林应乡试，徹同赴，馀力为父代作，是科父竟中举人。

2617 孙沧叟在南通故乡，筑园有数十百亩之大，建楼藏书，有几十万卷之富，经战后，都付劫灰；晚年在沪上，赁庑数椽，居处逼仄，而读书写字，萧然无改其常。

2618 号称"大耄"之孙沧叟，在《范肯堂诗集》中称孙童子。

2619 孙沧叟年事高，有"大耄"之称，居沪西颖村三楼，客往访，竭诚款洽，及去，叟必亲送至楼下，不以梯级上下为劳，然客不安，相率不敢多访。

2620 孙道东辑《书画家简谱》。道东，沧叟之子也。

2621 甲骨文书家孙沧叟，其侄生于蜀中，因名蜀生，娶诗人杨宛叟之侄女为妇。杨女生于日本，九岁始归华，因名樱汝，号蓬雪，从程瑶笙学画，花卉清妍，绘松鼠尤为神肖，程门女弟子中第一人也。

2622 **诸贞壮**遗稿凡七巨册，梁爰居仅钞得三百十二篇，为刊《大至阁诗》，非全璧也。稿本归朱钵文收藏。

2623 诸贞壮喜听琵琶。

2624 诸贞壮寓杭州，有前后两楼屋，不戒于火，后楼被焚，仅有前楼，甚为局促，因有句云："十口全家住一楼。"

2625 诸贞壮藏古籍甚富，民国十八年杭寓遭火，付诸一炬，心殊痛惜，其时年五十五岁，已白发盈颠，俨然古稀老人。民国二十一年，病逝海上。

2626 **马茂元**，为古文家马通伯之后人，饰其新居，榜曰"晚照"。

2627 马茂元谓："武则天自名为曌，乃在李敬业檄讨之后，当时称'传檄天下文'。《古文观止》标题为《讨武曌檄》，实失当。"

2628 马茂元熟《楚词》，上课不挟书本，而讲述滔滔不绝。

2629 何禹昌赠黄怀觉诗："扫尽人间没字碑。"盖怀觉擅刻碑也。

2630 有以"上海自来水，水来自海上"征对，何禹昌对之云："先秦没字碑，碑字没秦先。"

2631 **林寒碧**娶徐小淑为妇，陈巢南为之媒。

2632 林寒碧于沪上马霍路，被西人克明汽车撞死。诸贞壮箧中有其遗衣，留为纪念。

2633 **张季直**十二岁，在私塾读书，蒙师见门外有人骑白马，即出七字："人骑白马门前过。"命季直属对，季直应声曰："我跨金鳌海上来。"蒙师大喜，逢人夸说："我之学生，将来必大魁天下。"

2634 张季直所居南通濠南秋色坪，栽有七色牵牛花。

2635 张季直甲子、乙丑两年诗文稿手写本，藏袁安圃处。

2636 张季直晚年，惮于临池，酬应之作，颇多由费范九、曹舜卿代笔。

2637 费范九，乃张季直门生，撰写张季直事迹若干万言，颇多珍秘史料，晚年将稿本献诸公家。

2638 张季直于旧小说，最喜《儒林外史》。

2639 张季直早年自制笺纸，有"吴国男子张謇致书"八字。

2640 张季直藏宋元以来名人所绘十二生肖图，最精者二十四幅。

2641 梅兰芳与欧阳予倩，应南通张季直之邀请，在更俗剧场演唱十天。季直特建梅欧阁，并撰一联张之云："南派北派会通处，宛陵庐陵今古人。"

2642 张季直在南通伶工学校，校址在南通城南望仙桥堍。其时学生有李金章字斐叔者，习旦角，梅畹华至南通，季直为之介绍师事畹华，畹华任之为私人秘书。

2643 张季直写日记，自清同治十三年始，其时季直二十二岁，至民国十五年八月二日止。辛亥十月二十四日日记，有云："去发辫，寄退翁，此亦一生纪念日也。"退翁不知何许人。后季直根据日记，自订年谱。

2644 子为父传，创始于张孝若所撰《南通张季直先生传记》，都三十余万言。

2645 **高式熊**早年喜刻印，一无师承，且隐瞒乃翁振霄太史。一日，所刻印忽为赵叔孺所睹，力嘉奖之，并告振霄，遂为备印谱，公开学刻，艺乃大进，成名刻家。

2646 高式熊藏有精雅之蟋蟀盆，乃龚怀希所贻赠者。龚喜养蟋蟀，有贾秋壑风。

2647 挽联往往焚毁，绝无留存者，而高式熊却留存溥心畬挽陈筱石一联。

2648 高式熊试以殷红之珊瑚玛瑙，磨之成粉，则均为白末，失其本色。因知市间所谓八宝印泥，均为伪托，八宝决不能糅诸印泥中也。即夏宜滋之藕丝印泥，亦不可靠。

2649 高式熊家，秋葵著花作殷红色，乃陈夔龙家名种而移植者。

2650 **陶冷月**善画瀑布，谓瀑有瀑龄，年数短者，瀑下石块累累；年数久者，瀑下石被水冲去，一片光洁矣。

2651 陶冷月画巨干梅花，往往烂漫满幅，花朵上小下大，谓此乃当然之物理，奈一般画家不知审察何！

2652 陶冷月画蕉竹立幅，题诗云："虚心似修竹，无心似芭蕉，闲来写竹复写蕉，窗前秋思何萧萧，黄茅板屋朱阑桥，此中清福真难消。归欤归欤吾与汝，竹上清风蕉上雨。"画亦潇洒，与题殊称。

2653 陶冷月喜阅还珠楼主之《蜀山剑侠传》，以其所写各地景迹，一一如在目前，且大都彼所经历者，乃凭之绘山水册若干页。

2654 释仁济画梅，自谓用心四十年，作花圈始圆耳。陶冷月曰："作花圈固须圆，但亦有不须圆者，一味求圆，有乖透视。"

2655 陶冷月喜绘《水墨葡萄》，谓温日观以善画葡萄著名，但所画欠浑圆，非佳作。

2656 国画，前人尚浅绛，陶冷月则尚浅碧。

2657 陶冷月作画，题诗大都出于其表叔王佩诤手。

2658 陶冷月琢绿萍砚，谓"绿萍"谐声"乐贫"也。或谓人当少安于贫，壮乐于贫，老忘于贫。君老矣，不当乐而当忘。

2659 陶冷月特织"冷月"二字成为图案之白绫，用裱己画；又特制"冷月"二字暗文之扇面，为人画扇。

2660 陶冷月喜啖鲜芡实，认为无上隽品。

2661 陶冷月，为陶芑孙之后人。芑孙名然，字藜青，擅辞赋，刊有《味闲堂课钞》。冷月作画，善用前人七墨法，即淡墨、浓墨、焦墨、破墨、宿墨、积墨、泼墨，藏有程君房墨，间或用之。

2662 陶芑孙、陶诒孙,皆陶冷月之祖父行,一以诗名,一以画著。

2663 陶冷月之父,在吴中任双塔小学校长,冷月常至其地,绘有《双塔图》,为其成名之作。按双塔始建北宋兴国七年,有双塔寺,自宋至清,寺塔屡经修葺。咸丰十年,寺毁,仅存双塔与正殿遗迹。近复大事整修,新建廊屋及砖刻门楼,姬鹏飞为书"寿宁万岁"四字,廊壁间悉为碑刻,自北宋起,历朝均有名人题记。最珍贵者,如绍熙元年《吴郡寿宁万岁禅院之记》碑、嘉靖《重修双塔记》碑,今归园林处接收,作为旅游胜地。寺塔在定慧寺巷,曩年我赁庑其间,塔影斜阳,启户即见,距今已五十余年矣。

2664 陶冷月幼时,即喜作画,读书某校,一次举行图画考试,某同学倩冷月代画一纸,冷月却之曰:"是自欺欺人也,不可。"某同学忿然曰:"不要稀奇,看你将来靠此吃饭。"后冷月果以画名,借鬻画为生涯,固非某同学所逆料也。

2665 陶冷月掌教湖南雅礼大学有年,刻一印"故乡第二是三湘"。

2666 于右任书赠陶冷月画家一联云:"异石归海岳,高士称云林。"以米海岳、倪云林比之,甚为可喜。

2667 陶冷月自谓:"解放前,清高思想救了我;解放后,清高思想害了我。"

2668 陶冷月晚年治一印"年老亲知见面稀"。

2669 **唐蔚芝**主持上海南洋公学(交通大学前身),其校长室中有一联云:"天地生材皆有用,他人爱子亦如余。"

2670 唐蔚芝云:"欲爱国家,先爱国学。"

2671 唐蔚芝尝告人:"人当以财发身,不当以身发财。"

2672 唐蔚芝之茹经堂在无锡被毁,今于鼋头渚风景区为之重建。"茹经堂"三字,由陆定一书,碑文则王蘧常手笔也。

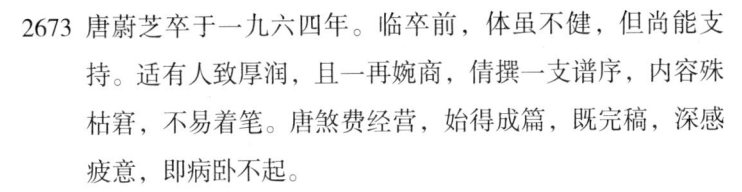

2673 唐蔚芝卒于一九六四年。临卒前，体虽不健，但尚能支持。适有人致厚润，且一再婉商，倩撰一支谱序，内容殊枯窘，不易着笔。唐煞费经营，始得成篇，既完稿，深感疲意，即病卧不起。

2674 怀永楼主人藏唐蔚芝（文治）书札，则为蔚芝目未失明时，在农工商部侍郎任内亲笔所书者。

2675 唐蔚芝之子庆怡，中年目盲，一似乃翁，授英文于交通大学，以目盲故，不能批阅课卷，遂由陈文无之子以鸿代之。

2676 **周炼霞**生于九月初三日，因白居易有"可怜九月初三夜，露似珍珠月似弓"之句，乃于生日举行珍珠会。

2677 周炼霞女画家，一目明，一目较眊，乃倩来楚生刻"一目了然"印，又倩高络园刻"眇分予怀"印。

2678 周炼霞不但工画，诗才又极敏捷。某年冬，沪上红榴春诗会，课题岁寒用具。炼霞咏风帽，有云："覆领恰齐眉黛秀，遮腮微露酒涡春。"又云："莲花座上参禅女，杨柳关前出塞人。"盖观音大士与朔漠明妃，均戴风帽也。合座无不击节，惟杨怀白却有微辞，谓明妃所出者乃雁门关，与唐人诗"羌笛何须怨杨柳，春风不度玉门关"无涉。炼霞从善若流，立易为："一龛法象参禅女，万里明驼出塞人。"

2679 周炼霞词："但得两心相照，无灯无月何妨。"冒鹤亭亟称之，谓不让李漱玉。

2680 或有以"莫三鼻给"，倩周炼霞作对，炼霞曰："是不难，可对'程十发图'。"时十发绘《剑胆篇》，下署"程十发图"四字也。

2681 有唐莺莺者，年只九岁，善弹琵琶，周炼霞词以宠之云："人如嫩柳，拂拂垂髫秀。珍重芳华初度九，未到月圆时候。琵琶一曲登场，居然唱彻伊凉。小字双文重见，他年谁是张郎。"末语尤趣。

2682 周炼霞具巧思，有虎、瞽女分咏诗钟云："添来两翼威无敌，嫁得重瞳恨始平。"

2683 周炼霞善制谜语，尝以"嘴罩"射时代语"口头一套"，"丰收"射沪语"大有苗头"。

2684 周炼霞因某事与人约，约期为阴历某日，其人却以为阳历某日，以致相乖，炼霞笑曰："此所谓阴错阳差也。"

2685 汪欣生为画家周炼霞女婿，能文工书，执教有年。讵意癸亥冬一病不起，炼霞挽之以联云："千万里归来，匆匆一面，何期天上乘龙，人间泣凤；卅三年相处，抑抑多思，忍见经空绛帐，尘满东床。"盖炼霞赴美探亲，归来不多日也。

2686 炼霞女史尚有其他断句，耐人寻味，如咏柳："如何一夜开青眼，不待东风送晓钟。"咏鲈："一样银鳞逐晚潮，登盘终让四鳃骄。"又："东涂西抹年时梦，都付新陈代谢中。"又："略似池塘秋雨后，莲花老去结莲蓬。"又："脱口新词万口传，缥缃何用护残篇。"

2687 周紫宜（炼霞）许为陈声聪绘《观荷诗梦图》，越二十年始践宿诺。唐云为之补石。

2688 周炼霞女画家，晚年拄杖，胡亚光谓可绘《美人策杖图》。

2689 周炼霞之父鹤年，擅画菊，炼霞藏之，倩冒鹤亭题诗。

2690 **王秋斋**居苏，厅事榜为"北濠草堂"。所悬书画，均属王姓所作，如王守仁横额，王世贞、王铎、王士禛、王夫之、王文治等书幅，王蒙、王冕、王时敏、王蓬心等名画，皆为珍希之品。

2691 王秋斋与人通问，辄用自制笺，如北濠堂、觉岸草堂、养寿斋、金昌濠堂等，均绝精雅。秋斋原名世仁，字君演，号秋斋，一九四四年病逝海上。其父鹤邻，能文有名。

2692 **赵香宋**与程白霞书，有云："今年与太夷诸君排日作社，以图聚饮，亦复为诗，有时行径，略似《儒林外史》，可为一笑。"

2693 赵香宋致人书，辄用自制"赵熙"二字笺，有时则用自制"龙远"二字笺，可知"龙远"亦为香宋别署。

2694 赵香宋与其师胡孝溥唱和，诗计一百三十余首，全用明信片写寄，为集中所未收。

2695 赵香宋诗用茶韵，江翊云、曹纕蘅均叠韵和之，各叠四十余次，刊有《斗茶集》。

2696 **孙伯亮**搜罗《赵香宋集》外遗诗甚多。

2697 袁随园最不喜加注之诗，孙伯亮却谓诗中有注，最耐人玩索，注语愈多愈佳。

2698 孙伯亮得赵香宋书札甚多，皆极精妙，乃装成巨册，其师杨楚孙为长文跋之，抗战时被毁。

2699 孙伯亮谈："王韵香题诗，大都乃顾皋代笔。"

2700 王莼农著有《梁溪词话》，稿本未刊。莼农逝世，孙伯亮欲购置之，作为乡邦文献。伯亮，梁溪人也，奈已被人攫去，颇以失诸交臂为憾。

2701 梁溪坐观老人，不知为谁，孙伯亮见告，乃张祖翼之别署。

2702 孙伯亮得金俊明"春草闲房"印，春草闲房在吴中双林巷，吴大澂曾居之。伯亮以示秦清曾，托转贻吴湖帆，愿得一画。清曾谓湖帆画难以日期限，且此印价值在湖帆画之上，不必相易也，遂止。

2703 梁溪孙伯亮录示曩年包天笑泛舟万顷堂，复乘人力车至荣巷沿途所见诗："条桑犹记旧邠风，扶杖呼儿野渡中。秋老亦如人老健，芦花头白映丹枫。"

2704 梁溪孙伯亮，抱独身主义，先师胡石予绘《红梅》一幅，并题七绝寄赠之，诗云："孙郎第二林君复，不隐孤山隐锡山。赠与红梅一帧画，书窗相对不愁鳏。"因此伯亮自称"红梅花下一鳏夫"。既而伯亮变更独身，与丁静嬿结成美眷，时避难沪上也。胡汀鹭绘《双燕图》以贺，并缀小诗："燕燕双栖处，春风澹荡中。玉楼人醉后，相映杏花红。"我与伯亮相识于一九二八年，彼少我八岁。

2705 《慨翁诗录》石印本，出于孙伯亮手写，其墨迹本为番禺忆江南馆主人黄荫普取去。谓字体之佳，类廉南湖。慨翁孙姓，叶遐庵之内兄。

2706 陈旧村名永，为梁溪王鹤高足，喜画鲤鱼，尤工花鸟，晚寓吴中，逝世有年，孙伯亮挽以联云："田子方以贫贱骄世，黄要叔为花鸟传神。"旧村与陆定一为儿女亲家。

2707 梁溪孙伯亮别署晴梅馆主，藏其乡贤吴松厓之墨梅横幅，孙圃僧为题，有云："晴梅馆里春如许，仿佛孤山处士家。"圃僧早年游学日本，时孙中山在日本倡导革命，以《民报》为机关报，圃僧作《敢死论》一篇，寄《民报》，中山大为称赏，特引为同盟会会员。后毕业于日本中央大学法律系，归应学

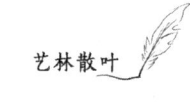

部试，列最优等，得法科进士，即俗所谓"洋进士"也。

2708 红岩烈士许云峰之兄许瘦峰，能书画篆刻，与梁溪孙伯亮比邻居。我年九十，伯亮特倩瘦峰手刻二印，作为寿礼，一白文"逸梅九十以后翰墨"，一朱文"补白大王长寿翁"，刀法章法，均饶古致。我居沪西长寿路，尤为切合。

2709 **邹翰飞**曾馆苏州瓣莲巷叶家，江建霞往访之。

2710 邹翰飞掌教沪西徐家汇法人主持之启明女学。其子邹鲁，留学归国，神经失常，见西人辄痛殴，翰飞讲席，几因之被摈。

2711 邹翰飞有梁溪"酒丐"之号，掌教沪西启明女学，贫病交迫，学生中有王浣青、张曙蕉、王临美等，家均富有，常集资以敬师。

2712 邹翰飞在沪，执教数校，课卷不及批改，乃倩何立三代为之。翰飞别署酒丐，立三别署醉痴生，一丐一痴，同为曲蘖中人。

2713 邹翰飞晚年折胫骨，不能行步，每外出，由人负之。

2714 邹翰飞别署梁溪酒丐，无锡后宅人，清光绪元年秀才。长子疯颠，次子与三孙殇，六十二岁时妻故，辛酉覆车折右股，失教馆，以及其他不幸遭遇，因作《十哀诗》。著述有《三借庐赘谈》十二卷，已刊。《续赘谈》八卷，未付梓，邑人沈锡民取去，谋为刊行，未果，稿被散佚。

2715 《海上尘天影》作者梁溪司香旧尉，《春江花史》作者梁溪潇湘馆侍者，实则均无锡邹翰飞所撰也。翰飞晚年覆车伤足，不良于行，出入由人背负，八十二岁卒。所作以《三借庐赘谈》，博得盛誉。

2716 邹翰飞名弢,别署酒丐,有与孙伯亮书一通,略云:"图书馆一见,便印心根,想前生广大天中,香火因缘不小也。比接《新闻报》函约续撰笔记,自维衰朽,岂复有此精神,拟即以《三借庐赘谈续稿》,交与刊登,惟该稿前由沈君锡向弟取去,既不付刻,亦不见还,日以为念。乞阁下代弟设法要回为感。又弟有《酒丐图》七帧,题词者三十余家,写作俱精,装潢整册,如蒙代为醵资,付之石印,以广流传,印资至多百元,弟愿自筹三之一,请将鄙意与素吾、春圃诸兄一商之。此颂著祺。酒丐弢上言。"据伯亮见告,函中之图书馆,乃无锡县立图书馆。沈锡君乃蔡缄三学生,任商会会长。其子沈雁西,从伯亮游,好戏剧,拜王瑶卿为师,为言慧珠操琴,任上海戏剧学院教授。《三借庐赘谈续稿》,始终未璧还,《酒丐图》亦未印成。涉及素吾,姓杨,春圃姓孙。此函乃翰飞八十一岁所书,字迹极难辨识。

2717 著《青楼梦》之俞吟香,名达,号慕真山人,居吴中洞庭西山,中年沦落,有《醉红轩诗》两卷、《笔记》八卷,既卒,二书不知散佚何处,生前与邹翰飞为至契。俞下世,邹成诗五十首以哭之。

2718 **洪深**留学美国,初学陶瓷工程,后转学戏剧。

2719 洪深对于天地会,颇有研究,曾导演《天地会》戏剧。

2720 **王蘧常**于同光诗人中,极推陈散原用字之新奇,如"冷压千家静",此"压"字为人意想不到。

2721 王蘧常童年作《太极赋》,唐蔚芝大为称赏。

2722 王蘧常十七岁,即为人写寿屏,楷书十六幅,得酬三十金。

2723 王蘧常患糖尿病，自称雅疾。盖糖尿病，即司马相如茂陵秋雨之消渴疾也。

2724 王蘧常以钱萼孙於诗少许可，即古人亦侃侃肆讥弹，无恕辞，当者无完肤，乃以诗中之商君、韩非子比之，谓其酷刻少恩也。

2725 有人以仰韶出土之古陶器赠王蘧常，蘧常遂取斋名为"仰韶楼"。

2726 沈淇泉与唐蔚芝所撰之《墓志铭》及《寿序》，颇多王蘧常代笔。

2727 王蘧常擅章草，曾为郑板桥纪念馆书联："余事艺三绝，狂吟月二分。"

2728 王蘧常喜作联赠人，赠陈左高云："木落归根，何时结伴还乡水；笔开生面，精意新汇记事珠。"盖左高寓沪久，故乡浙江平湖也。

2729 法国某博士，研究我国之阴阳五行及《易经》《洪范》等，请教于王蘧常，蘧常认为难得，据所知详告之。

2730 章草书家王蘧常，老当益壮，犹复挥毫著书。其夫人沈静儒，为沈钧儒之从妹。

2731 王蘧常出生后，其父王步云，见其手指既长且白，极爱之，谓"此儿玉手，他日必能以擅书名世"。及长，果如所言。

2732 王蘧常乃翁王步昀，曾参台湾巡抚邵友濂幕，著《二欣室旅窗随笔》，记台湾事较详。蘧常之长兄铭燕，又认识台湾志士邱仓海，谓"仓海躯干魁伟，广颡丰耳，两目炯炯有光，言时声震屋宇，手弄两铁丸，无须臾止"。蘧常习闻其事，因撰有《回忆台湾及民族英雄邱仓海》一长文，具有史料价值。

2733 王蘧常鬻书，润例特高，自谓"昔皇甫持正作《福先寺碑》，每字三缣，裴文忠不以为过"，借以自喻。

2734 王蘧常作《沈寐叟年谱》，于沈参加政局，略而不详，盖有所讳言也。作时，与沈之嗣子慈护一再商榷。年谱后，附《寐叟著述目》。

2735 吴士鉴书法甚腴美，王蘧常曾见吴于钱塘，谓貌奇丑，五官无一端正者。

2736 道家养生，往往睡眠不用枕，其练习法，用纸千张，每天抽去一纸，积以岁月，遂得离枕。王蘧常却无枕可入睡，兹年高多病，其夫人为制高枕，劝蘧常用之。

2737 王蘧常晚年手震，饭时以匙进汤，辄倾沾席上。作书手亦震，但结体谨严，笔画挺拔，却无战颤蚓曲之痕。

2738 王蘧常之学书女弟子，以冯谷贞为最得意，所作章草，可以乱真。蘧常之章草，可继沈寐叟，冯谷贞可继王蘧常，三代相传，且皆为秀水人，成为佳话。谷贞为庄一拂寄女，一拂爱逾亲女，为赋《娇女诗》一百六十韵，将一先韵全部用完，并加以注释，洋洋大观也。

2739 **陈从周**从事古代建筑，因署梓翁。

2740 陈从周于吴门得印光法师竹臂搁一，倩徐孝穆刻之。

2741 陈从周研究古代建筑，谓修复古建筑，谈何容易，若整旧如新，则古意乖离，当整旧如旧，斯为允当。

2742 嘉兴沈曾植住宅将拆毁，陈从周适至南湖，乃劝阻之，并倩王蘧常书"寐叟故居"四字立石，遂得保留。

2743 陈从周有一印：我与阿Q同乡。

2744 陈从周谓明代造园艺术家计成，亦同里镇人，提议在同里造"计亭"以为纪念。

2745 海盐有绮园，结构精妙，榜额石刻，南社高吹万书。陈从周称之为"两浙园林第一流"。

2746 陈从周采取吴中网师园之殿春簃一角，移筑美国纽约，彼邦人士得睹我国传统之古雅堂庑与泉石，大为称赏。从周有诗云："我为名园重作主，苔痕分绿到西洲。"

2747 我国之桥梁建筑，有声于世，陈从周辑《绍兴石桥》一书。实则吴中以小桥流水著称，若更辑《苏州石桥》，定必成为双绝。

2748 陈从周为园林学专家，余亦喜园林曲水高阜之胜。从周因称余为泉石忘年之交。

2749 **钱仲联**与王瑗仲，有"江南二仲"之号。瑗仲八十岁，仲联作五古八十韵以寿之，谓"非我莫能为，非君莫能受"。

2750 金松岑称钱仲联之诗："图王既不成，退亦足以称霸。"

2751 我于《文苑花絮》中，撰有《校注专家钱仲联》一文。仲联阅之，乃致书云："介绍弟之情况，刻画无盐，殊增惭恧。写我身裁一段，儿孙辈读之捧腹，以为绝肖。素未谋面，不知何以知之？"

2752 钱仲联七十诞辰，王蘧常撰联寿之："高才八斗，看诗同潮，文同海；生朝七十，正露似珠，月似弓。"盖九月初三生也。

2753 **殷明珠**曾摄一半身影，臂外露，殊饶风致，有人为之题云："夜凉如水，问玉臂寒否？"

2754 殷明珠之父星环，擅丹青。

2755 殷明珠女士幼时得一梦，走入一鸽笼式之小屋，既而屋冉冉上升，醒而异之，时尚不知有电梯，亦未闻有电梯也。若干年后来沪，游楼外楼，乘电梯登最上层，遂觉与梦境相合，乃更讶异不置。

2756 徐琴芳于已往影坛女艺人，深誉殷明珠容态之美妙。

2757 三四十年代，电影明星，如胡蝶、阮玲玉、黎明晖、杨耐梅等，尤以殷明珠为最早。据徐琴芳谈："其中姿容绝秀艳者，当推殷明珠。"明珠为我子汝德之寄母，今尚寓居九龙。

2758 殷明珠晚居九龙，儿女散处异域，颇有孤寂之感，因此多忧多虑多疾病，我辄致书劝慰之。

2759 殷明珠嫁但杜宇，生女茱迪，绝婉秀，寄寓香港，一九五一年，得选香港小姐第一名，既而赴美，又获选世界小姐第四名。此后，香港每年有此选举，但获选香港小姐者，从无获选世界小姐。

2760 但杜宇嗜画成癖，一日在市上见一油画，甚爱之，奈标值昂，无力购置，乃归而谋诸妇殷明珠，出饰物质钱以易画。

2761 影坛艺人殷明珠，晚年罕与人通问，作书，伏案即头晕，胸口作恶。

2762 《辛丑销夏记》，以考证精博称，世皆知出于佛山**吴荷屋**所撰，实则乃宁乡黄本骥代荷屋执笔者，本骥别署虎痴。

2763 著《二十年目睹之怪现状》之吴趼人，乃吴荷屋曾孙。

2764 **吴趼人**以《二十年目睹之怪现状》一书负盛名，实则其所撰《恨海》，虽仅十回，却为成功之作。

2765 著《二十年目睹之怪现状》一书之吴趼人，与李葭荣、周桂笙为莫逆交，而以李不能饮，周不能诗为憾。

2766 吴趼人云："世人皆知以汤沃雪，则雪立化，似无一人能悟及以汤沃雪则汤与雪两败俱伤者。"此说颇具妙理，尚未有人道及。

2767 吴趼人著《恨海》，颇自许，谓著《恨海》，仅十日而脱稿，未尝自审一过，即持以付广智书局。出版后偶取阅之，至悲惨处，辄自堕泪，亦不解当时何以下笔也。

2768 吴趼人创刊《月月小说》，主经济出纳者为汪维甫，胡寄尘与维甫相稔，维甫常为寄尘道趼人往事，因此寄尘所知趼人特详。

2769 吴趼人常用之印二：一朱文"我佛山人"，一白文"忠义乡民"。

2770 李怀霜与吴趼人为莫逆交。吴卒，李作《小说家吴趼人传》，谓吴于庚戌九月十九日，以喘疾卒于上海旅寓，得春四十有四，得秋四十有五。

2771 魏绍昌与徐恭时，为探索吴趼人史料，访寻吴之埋骨处，于一九六二年，在宝山县大场之广肇山庄丛冢中发现。墓为二四五八号，有一小碑，书"佛山吴研人之墓"，误"趼"为"研"。

2772 沪市南京路，旧时有一茶馆，市招为仝羽春，乃吴趼人所取，合古代品茶二名人卢仝、陆羽而为之，颇饶意义。

2773 末代状元**刘春霖**，石印其殿试策，末页附小字一行："翻印究罚。"

2774 或有劝殿撰公刘春霖俯仰趋时者，刘谢之曰："人有巧拙，拙者我之短，亦即我之长，若妄欲效人，恐用力愈多，见功愈寡。"刘有一印"平生志不在温饱"。

2775 王文衡家藏太史公刘春霖致其婿徐枕亚书札，有数十通之多。

2776 **申石伽**曾从俞陛云学词，成词数百阕，但词为画掩，人不之知。

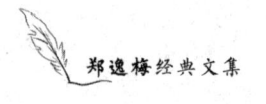

2777　申石伽从张子固学画，子固为程十发之叔岳丈。

2778　申石伽善画竹，常观竹于园林间，谓观竹最宜于薄雾中，淡淡漠漠，作为背景，而竹之枝干更突出，每一丛竹，自成一幅画稿。

2779　申石伽印有名片，用六号铅字，绝纤小。一日，晤一客，例须交换一名片，客短视，视之久，乃作敷衍语"久仰久仰"。申为之匿笑，盖客倒持其片，姓名未之辨也。

2780　申石伽喜盆栽，列于案头者，均饶画意。

2781　陈叔通倩申石伽作画，贻以故宫之石青石绿。

2782　申石伽有一印"赏词都错作画全非"。

2783　申石伽辑有《历代题画韵语选》，凡一百四十万言，分订十六大册，费二十五年精力成之，惜于动乱中被毁。

2784　申石伽有一杖，木质而琢成竹节形，柄端雕一蝉，做抱枝静息状，绝工细。石伽见告："此乃十年浩劫时所蓄，以寓噤若寒蝉之意。"

2785　某公共场所，倩申石伽作画以补壁，石伽画风竹，适悬于西窗畔，浩劫中认为此乃西风压倒东风，以"大毒草"斥之。

2786　**周岐隐**邃于医理，常为病家惜费，不浪用珍贵药物。药铺中人嗤之为草药郎中。

2787　周岐隐、采泉兄弟工诗，有《同怀联吟图》，友于之情可知。

2788　周岐隐于全国地理，了如指掌，在直皖战争、直奉战争时，甬上《时事公报》，每日报端所载战争形势图，皆出其手。岐隐工诗，五言如云："云痕随地远，雁字落天迟。"七言如云："夜静时闻云入树，昼长频见鸟窥楼。"又送赵铁僧归海陵云："千里送君心不住，横飞诗句过长江。"戊申岁，岐隐卒，葬鄞县黄沙山之麓，立碣题"诗医周岐隐之墓"。

2789 周岐隐从杨霁园、炘江明学诗文，从张龢菜学医。岐隐，周采泉之兄也。

2790 新剧家**汪仲贤**，曾学海军，与萨镇冰为同学。

2791 汪仲山与汪仲贤为弟兄，仲山作画，仲贤演新剧。钱瘦铁与钱无量为弟兄，瘦铁作画，无量变戏法，道不同不相为谋。

2792 《宣和遗事考证》，出于汪仲贤手撰。仲贤号优游，为戏剧家。

2793 **沈思齐**藏有汪巢林手写诗卷。

2794 沈思齐鬻书，以字数论值。

2795 沈思齐晚年耳微聋，然健于谈。

2796 **伊墨卿**教人学汉碑："须备两本，一大轴，悬壁而视；一裱册，据案而仿。"伊书经李拔可广事搜罗，名益著。

2797 伊墨卿、杨见山，先后以隶书名，论者谓伊隶为隶中之鲁公，杨隶乃隶中之率更。

2798 伊墨卿得虢叔钟于扬州，后转入沈秉成中丞手，藏吴中耦园。耦园今已修葺一新，供人游观。

2799 伊墨卿砚，辗转流入李拔可之手。墨卿五世孙近岑闻之，乃以长物易归，倩人绘《归砚图》。

2800 **谭鑫培**喜吸鼻烟，每演戏必先洗鼻孔。言菊朋无鼻烟癖，亦效之成为习惯。

2801 谭鑫培有"伶界大王"之称，美国芝加哥博物馆藏谭氏所用鼻烟壶，上刻彼所演之《定军山》戏像，马少宣手笔也。谭嗜鼻烟成癖，因此票友学谭派戏者，往往亦多喜吸鼻烟。

2802 谭鑫培,艺名小叫天,有一渔翁装绣像,梁任公为之题:"四海一人谭鑫培,声名廿纪轰如雷。"

2803 京剧须生谭鑫培,有谭派之称,生于道光丁未三月初九日,名金福,湖北黄陂人,小叫天为其艺名。六次来沪,海报称之为"伶界大王"。某岁,其女婿夏月润邀之,既定约矣,不料某剧院以重金聘去,月润很不怿,翁婿遂疏。一九一七年,当道欢迎陆荣廷,谭演堂会于北京金鱼胡同那桐宅,越旬日即逝世,时为丁巳三月二十日。其父擅须生,艺名谭叫天。

2804 "伶界大王"谭鑫培,在上海新新舞台演《盗魂铃》,被喝倒采,引为大辱。

2805 谭鑫培最后一次来沪,在新舞台演出十场。某夕,唱《白帝城》,琴弦忽中断,谭以足按拍,声色不稍动,陆陇梅有诗咏之云:"忽来变徵弦中绝,一座愁听白帝城。"

2806 某次,谭鑫培演全本《珠帘寨》,马连良托人向谭说情,在是剧中充当一名龙套,借以实地学习。

2807 谭鑫培演《定军山》,有特种刀法,红豆馆主溥西园得其真传。

2808 谭鑫培逝世,天台山农撰一祭文,全以戏名缀成,自署上海天台山农,亦嵌入《上天台》戏名。

2809 **程砚秋**,初名艳秋,因此有人作嵌字联以贻之:"艳色天下重,秋声江上寒。"罗瘿公对之奖掖备至,易实甫亦加称赏,有句云"不见如秋见艳秋"。按如秋为孟金喜,清季誉噪红氍。光绪丙子,好事者为开菊榜,朱霞芬为状元,蒋双凤为榜眼,孟金喜为探花。

2810 《剧学月刊》，程砚秋曾主编若干期。

2811 马夷初颇称程砚秋，谓砚秋之歌，婉转促顿，固别有所长。其最佳处，纳音至于塞绝，而忽悠扬清曼，乃如高山坠石，戛然而止。

2812 宣古愚曾为程砚秋绘《玉霜簃图》。砚秋结婚，陈庸庵贺联云："日暖春烟人似玉，蒹葭秋水露为霜。"亦嵌"玉霜"二字。砚秋本名艳秋，当时亦有嵌字联："艳色天下重，秋声江上寒。"

2813 程砚秋有日记，有云："劳累终日，饱食玉米，而感香甜愉快。"玉米，玉蜀黍也，沪人呼之为珍珠米。

2814 程砚秋家，有"四代翰林之家英和之印"。砚秋，旗人英和之后嗣也。

2815 程砚秋在北京，经常到三个处所：一长巷头条胡同广州会馆罗瘿公处，一大马神庙王瑶卿处，一北芦草园梅兰芳处。

2816 程砚秋早年喜打牌，罗瘿公严肃规劝之；又喜烟酒，陈叔通赠以镌有"戒烟绝酒"四字之金约指。砚秋从善若流，立即戒赌并绝烟酒，视瘿公、叔通为良师益友。

2817 程砚秋藏罗瘿公之写经册。

2818 当北京将解放，程砚秋在围城中画梅，题诗有"料得喜神将莅至，毫端先放几分春"。

2819 京剧名演员**盖叫天**，有"活武松"之称。其演景阳冈打虎，架势极多，俯仰前后，尽其种种动作。或询其敌，曰："二楼三楼多观众，如此则上下均能看到。梅兰芳演旦角，每出场，妙目四睐，亦群众观点也。"

2820 关良喜作京剧水墨画，盖叫天为之讲解每一出京剧之动作意义与特点。

2821 **承名世**，常州人，曾访李兆洛之故居，谓屋殊卑朴，庭中有一石榴树，尚能结实，当时兆洛所手植也。

2822 承名世，常州人，与李兆洛家有戚谊，且居址相去不远，藏有兆洛所用之端砚一方，惟无题识。我怂恿之撰一铭，倩人镌刻，否则有湮名砚。

2823 承名世能书画，精鉴别，古物经目，立判真伪。如孙位之人物画，为艺苑中之至宝，宋徽宗题之为《高逸图》，但始终不知所谓高逸者为谁；而承名世窥测，断为《竹林七贤图》之残本，图中四人为山涛、王戎、阮籍、刘伶，盖从人物之神态、服饰及手持之器物以定之。又明初画家同姓同名为"孙龙"者凡二人，《佩文斋书画谱》误之为一人，后人遂延误至今。又一书卷，原为阮元之旧藏，无款无印章，罗士琳等名家考证之，以文理有欠雅驯，认为是元代武夫手笔。承名世对于此一类之疑窦，不惮其烦，细加研探，结果被揭破，为朱元璋亲给徐达之手令，是件乃归上海博物馆收藏。最近，名世应新加坡方面邀请，出展其书画，彼邦为刊《承名世书画选》。

2824 上海博物馆所藏丈二尺之傅青主字幅，在动乱中几被弃去，由承名世检出，始克保存。

2825 **李审言**流寓上海，拟写《海上流人录》，未果。

2826 李审言先馆于蒯礼卿家，后馆于刘聚卿家。

2827 李审言为刘聚卿家西席，刘公鲁从之读书。

2828 李审言曾参蒯光典幕，蒯甚敬礼之。

2829 李审言云："我之诗，自成为李审言之诗，不欲依草附木，使人云此学某家某家。捧心之颦，龋齿之笑，皆世所矜道者，我则羞之。"

2830 冒广生称方今骈文，北王南李。王谓汾阳王式通，李谓兴化李审言。审言晚年，作一骈文，汗出不止，几殆，服参附乃愈。因改定润例，凡求骈文，要先两月通问，先奉润金三百元，不依此格者，付之不答，其自矜如此。

2831 蒯礼卿深敬李审言之学行。某岁，李应试，蒯宴请之曰："今科君获售则已，否则请来为我注《文心雕龙》，此酒为约。"

2832 李审言不轻许人，惟对王晋卿颇致钦佩，谓："王晋卿，北方老宿，经训、小学、史家别裁，曾经研究，故其为文，咸有根柢，不觉叹服。"又对于冒鹤亭亦有好评，如云："鹤亭，子部杂家之学，与陈石遗等，信缪艺风、沈一庵后一人。"

2833 吕幼舲生于咸丰己未四月初二日，与李审言同年同月同日生。

2834 李审言有日记八十余册，藏于家，未刊。

2835 **陈少石**有《宝迂阁日记》，于书画收藏，评定价值，堪与《书画录》并重。

2836 陈少石有《宝迂阁日记》，前后二十年，无一日间断，除朝野见闻外，又涉及书画收藏，且附诗什。此手稿后归陆陇梅，未刊行。

2837 **顾起潜**毕业燕京大学研究院，毕业论文为《吴大澂年谱》，后吴湖帆为之印行。

2838 顾起潜（廷龙），为顾侠君之后人。当年之《秀野草堂图卷》，久已佚失，引为憾事，既而《图卷》散出，起潜亲戚潘景郑见之，以告起潜，始得斥资购还，以存其先人遗泽。

2839 **向迪琮**藏有宋代蔡君谟端砚一方。

2840 向迪琮藏有辛稼轩手札。

2841 向迪琮喜蓄墨,曾撰《玄晏室知见墨录》,抄存二册,一册赠寿石工,石工卒,不知流落何处;又一册,在日本人处,闻已付印流传。

2842 向迪琮刊有《柳溪长短句》,尚有续录,则未梓行。

2843 **秦翰才**早有左癖,后有谱癖。所谓左癖者,搜集左宗棠史料;所谓谱癖者,搜集古今各家年谱。

2844 秦翰才有《伪满洲国官印集存》卷,柳亚子为题。

2845 秦翰才广搜历代名人年谱,共有二千四百多种,甚至有一人多至若干种者。如王守仁谱有十三种,杜甫十二种,王安石、岳飞均八种,李煜七种,陆务观六种,苏东坡五种,黄公度四种,蔚为大观。或问翰才何不为自己写一年谱,答尚未考虑及此。

2846 秦翰才藏十钟山房按摩口诀,录副贻袁道冲,劝彼按诀试习。道冲年逾九十,犹北上赴津沽,就其子供养,深感翰才之惠爱。

2847 秦翰才云:"清朝二百六十九年的天下,兴于摄政王多尔衮,亡于摄政王载沣,固是一奇;而由一位福建人洪承畴协助顺治入关,又一位福建人郑孝胥协助溥仪出关,也是一奇。"

2848 秦翰才搜罗历代名人年谱,凡数千种,彼所撰述者仅二种:一《高吹万年谱》,乃吹万次子君藩所供资料;一《蒋敦复年谱》,敦复诗文杂作,藏松江雷君曜处,由君藩索得,以贻翰才者。

2849 **潘光旦**,喜研究冯小青。

2850 潘光旦因病截去一足。

2851 **钱基博**谓文学与哲学、科学不同。哲学解释自然,科学实验自然,文学描写自然。

2852 梁溪钱孙卿与钱基博为孪生兄弟,面貌相类,初识者几难辨别。

2853 钱基博面有痘瘢,侏儒无威仪。

2854 钱基博曾参江西提法使陶大均幕府,后任光华大学教授,其所著《中国现代文学史》,乃执教时之讲义。

2855 梁溪钱基厚与钱基博为昆仲,均有文名。基厚子锺韩,基博子锺书,幼同学文,但锺书文思敏捷,为锺韩所不及,锺韩遂易辙,从事数理。

2856 无锡许国凤,丁酉举人,号仁盦,有《重台莲花馆集》。钱基博师事之。

2857 梁溪有清风茶座,为品茗之所,钱孙卿至,则四座默息。盖孙卿吭音宏亮,且复资望甚高也。古文家钱基博乃其弟。

2858 **寄禅**诗僧口吃,自号吃衲。

2859 寄禅宿杨度山斋,度出纸,强其录诗,十字九误,点画不备,窘极大汗,书未及半,言愿作诗,以求赦免,度许之。命题击钵,宏篇立就。

2860 寄禅诗僧致死之原因有二:一谓民国初年寺院多为军队占据,寄禅往京请愿,寓法源寺,时值隆冬,寄禅畏寒,入睡时,未熄煤炉,致煤气中毒死;或谓寄禅代表佛学会,入京请发还湘中寺产,与内务部主管司长某伧夫言语抵牾,伧夫怒,掴其颊,寄禅愤懑之余,死于法源寺。

2861 **唐才常**为欧阳予倩启蒙师。

2862 唐才常起事被逮,最先审问者为郑孝胥。

2863 **立山**有朝珠三百六十五串,日换一串,一年之中,从不重复。朝珠之下乘者,犹值千金。

2864 户部尚书立山,以反对义和团被杀,家人不敢收尸,名伶路三宝与之契,备棺殓之。

2865 **朱鸳雏**入南社,由杨了公、姚鹓雏二人介绍。

2866 吴遇春与朱鸳雏为诗侣,朱埋骨云间,吴有《送葬诗》云:"嗤予不改旧时顽,十六年来鬓已斑。世事如斯生莫羡,看人渐上北邙山。"

2867 朱鸳雏、许蟾仙夫妇往还书札,积得一百五十通,黏之成册。鸳雏谓"若就事诠释,须十万言不尽",但始终未加诠释。书札部分收入《二雏余墨》中。"二雏"者,姚鹓雏与朱鸳雏,均松江人,且同隶南社。

2868 朱鸳雏与杨了公、姚鹓雏、俞白壶、李康弼、郁醉红、吴遇春诸子,颇多唱酬之作,乃辑为《遣春》《销夏》《秋声》三集,惜未刊行。予认为《秋声》不如易之为《吟秋》,再加《款冬》,则四时皆备矣。

2869 朱鸳雏与姚鹓雏,有"云间二雏"之号。鸳雏貌韶秀,曾演话剧《双鸳碑》,饰女主角,宛转动人,观者掌声似雷。

2870 朱鸳雏名其子为星曲,星曲既长,不知其取义,以询周炼霞。炼霞谓出于《星经》,有望子成龙之意。

2871 朱鸳雏年二十四,即下世。其子星曲方三龄,未及受家学。及长,却能填词。

2872 **马连良**得一古历本,因名其斋为"古历轩"。

2873 某巨公宴马连良于其私邸,是日所用器皿,图纹悉为骏马,甚至几椅,亦为马之浮雕。

2874 上海延安东路，有洪长兴羊肉肴馆，经营羊肉面点、馅饼与涮羊肉。馆主马某，乃马连良之叔父，因此京剧艺人趋之进食。

2875 **赵叔雍**摄有唐代伶工黄幡绰之墓影，墓在江苏昆山正义镇，距镇五里许，土阜培塿，即名绰山，与顾阿瑛之园址相近。

2876 赵叔雍逝世于新加坡，时主《星洲日报》笔政。

2877 **俞剑华**谈文人画，谓自有文人画而画意超，自有文人画而画法坏。

2878 俞剑华为陈师曾弟子，辑《槐堂师弟子画集》。

2879 俞剑华曾赴敦煌观壁画，撰有《敦煌壁画的内容》，五万余言。

2880 俞剑华曾假潍县陈簠斋所藏七千六百余汉印中之赵氏者，拓朱文四十，贻赵蕴安。

2881 《中国画家人名大辞典》，乃济南俞剑华所编，归神州国光社，不意桂林孙鳣掠美为己作，且列弁言，有云："《中国画家人名大辞典》，宾虹先生命鳣编辑。"惜黄宾虹已归道山，不能起地下而证之矣。

2882 俞剑华谈："西画往往作倒影，此我国自古有之。唐僖宗时，蜀僧梦休善画竹，有《雪竹图》，巨石倒影，下落叶数片，浮水面，旁一枯木，亦倒影。"见《米氏画史》。

2883 俞剑华与人谈画，谓绘画分为两途：一是职业画家的作家画，一是业余非职业画家之文人画。作家画重法度，文人画重气韵；作家画重物质，文人画重精神。文人掌握宣传工具，著书立说，大力鼓吹文人画，吹捧文人画家，于是文人画日盛，作家画日衰，文人画成为中国画之主流。

2884 俞剑华不喜王麓台画,谓麓台满幅都是笔墨,但内容却很简单,只有三种东西,就是石头、树木和几条线组成的房屋。那石头也没有石头的质感,只是大大小小,从山脚堆到山顶,土石不分,远近无别。树干的画法,也是统一的规定,毫无变化。树叶子只有三四种,大树小树、近树远树,也很少区别。他的画,实在精华太少,糟粕太多。

2885 **易君左**任江苏省督学,甚严峻,教员动辄被撤职。

2886 易君左将出行,有人赠以食品,且附一札。君左以诗谢之云:"满盘白糯珍珠肉,一碟红椒玛瑙鱼。慰我舟车千里路,劳君笔墨八行书。"

2887 易君左谓人生最怕住宿逆旅,逆旅最怕隔室有人打鼾。

2888 吴中可园,有铁骨红梅一树,易君左观赏之,称为"江南第一枝"。

2889 易君左为实甫嗣君,不仅能文章,书法亦恣肆可喜,为我写纪念册,有云:"本来天上无双色,化作人间第一香。抗战胜利后,自渝来沪,重晤逸梅兄,别十年矣。"极得体。

2890 **郎静山**曾倩钱铸九绘其全裸体巨幅像,且制版登某刊物。

2891 郎静山曾为陈夔龙摄一巨大像,几与身垺。

2892 郎静山在台北,为摄影界之老前辈,生于闰六月十二日,当彼九十六岁时,自计度过七个闰月,自称"年仅七岁"。

2893 **钱玄同**反对桐城派文,致陈仲甫书云:"此辈所撰,直高等八股耳,文学云乎哉!"

2894 钱玄同曾发一怪言论:"四十岁以上的人都可枪决。"发此言论时,彼亦年逾不惑,大约本人例外矣。

2895 钱玄同反对阴历,因此其弟子吴奔星为作年谱,年月一律按公历计算。

2896 钱玄同于民国成立之前，叙年往往书作太平天国亡后几年。

2897 钱玄同能书，曾撰写一联："文章真处性情见，谭笑深时风雨来。"

2898 钱玄同任课北京大学，课余常赴中山公园春明馆品茗。古柏阴森，环境清寂，玄同冥思默想，若有探讨，对任何友朋概不接谈，有如不相识然。

2899 **金性尧**笔名文载道，其妻武桂芳，亦能辞翰，一文一武，成为佳偶。

2900 金性尧当"四凶"肆虐时，备受诬害，及拨雾见天，金偶阅《水浒传》有感，成诗一首云："白虎堂前一剑陈，稗官犹记昔年真。但教国少高衙内，闾里何来侧目人。"金有《唐诗三百首新注》一书，风行一时，彼则罕事吟咏也。

2901 **陈勒生**别署大楚击筑，获晋明帝太宁三年砖，制砚赠柳亚子。

2902 陈勒生谋革命，制炸药失慎死。

2903 南社烈士陈勒生死，林子超为筑墓于杭州。

2904 **裘柱常**录存黄宾虹与人书札，约三万言。

2905 裘柱常藏有张梦晋一画，"金冬心"一砚，奉为至宝。

2906 裘柱常藏丁敬一联，作真书，甚难得，有李平书、宣古愚藏印并识语。

2907 **文道希**介费念慈女为叶恭绰妻，未成，后嫁沈北山。

2908 文道希《云起楼词钞》有《素君词》，而程颂万之《美人长寿盦集》中亦载之。岂类欧阳永叔之《元夜词》，亦见诸朱淑真之《断肠词》欤！

2909 **沈剑知**画学董香光，谈诗颇以纪晓岚之见解为善，范祥雍以十字贻之："谈艺画禅室，论诗阅微堂。"

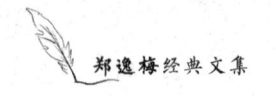

2910 沈剑知一署三娱老人。

2911 沈剑知能画,谓画折扇,山水以平远为宜,花卉以折枝为宜,人物最好不布景,即有亦以简少为妙。金笺扇面要重色才压得住,作水墨画较好,能仿米家雨景,尤易入目,若作浅绛山水,则难于出色。

2912 沈剑知能书能画,然不轻为人作,若贻人扇面,则必书画兼施,盖彼自视甚高,深恐空留一面,随便配合,不相称也。沈又善诗,而诗集未刊,仅油印其《黄山吟拾》一卷。

2913 沈剑知谓王静安之《人间词话》,乃笨伯所为。

2914 沈剑知极佩纪晓岚之评诗。

2915 沈剑知以董香光《鹦鹉赋》书册让给杨素公,谓:"日后再让给人,必须先通知我,得我同意。"

2916 沈剑知傲慢成性,有请之写条幅者,彼展纸抚摩一过云:"纸太劣,恐有损我之佳笔。"拒绝不书。

2917 沈剑知有闲章:一"文肃二十四曾孙",一"三度出军",一"三娱花鸟孙"。

2918 沈剑知游黄山归,图成若干幅,拟积存数十帧,举行画展,以病因循未果,只油印其《黄山吟拾》,分贻友好。剑知诗,亦颇自负也。

2919 沈剑知藏田黄弥勒佛坐像,雕工绝细致。

2920 沈剑知倩高式熊刻印,式熊精心为之,剑知嘱磨去重刻,式熊殊不自惬者,剑知却大为赞赏。

2921 沈剑知任上海市文物保管会事,凡有文物书画请之鉴别者,什九以赝鼎斥之。

2922 沈剑知晚年多病,誓不作诗,后又拟留百首以为鸿雪,仅选四十余首而逝,稿在陈兼与处。近兼与应剑知子祖定之请,为之整理，并就原稿再选数十首，以足百首之数，谋付剞劂。

2923 **姚苏凤**幼读于吴县第二高等小学，校长徐震之，喜其颖慧，以女素瑛妻之。

2924 姚苏凤撰一中篇小说《女人女人》，连载《申报》附刊。后天一影片公司摄制第一部慕维通有声片《歌场春色》，即根据《女人女人》改编而成者。

2925 姚苏凤喜唊沪西沧浪亭（食品店）之生煎馒头，临卒，神志昏迷，犹呼："让我吃生煎馒头去。"

2926 **王韬**字紫诠，一字仲弢，早字子久，则知者不多。

2927 王韬喜唊芥辣，誉为江乡佳品。

2928 吴静山著《王韬事迹考略》，颇赡备。

2929 王韬书札，一再提及中丞师，乃指丁日昌而言。

2930 王韬妻杨梦蘅，乃嘉庆丁卯科顺天举人杨采町之女。梦蘅兄醒逋，即最早发现沈三白之《浮生六记》者。王韬继妻林冷冷，为改名林怀蘅，以示不忘故旧。

2931 **赵叔孺**擅画马，订润甚昂。画中马与厩中马值几相等。

2932 赵叔孺刻印，初宗赵次闲，四十以后，以赵㧑叔为法，㧑叔变化多端，因此叔孺亦无所不能。但㧑叔之印得一"浑"字，叔孺得一"秀"字。叔孺画马，则抚郎世宁，花卉则学王忘庵，又擅草虫，曾作一手卷，高二寸，长可八尺，草虫凡百余种，无不栩栩如生。

2933 赵叔孺刻印，不愿对客为之。

2934 赵叔孺颇誉钱瘦铁题款，谓地位之得势，可与吴昌硕媲美。

2935 谭延闿擅书法，赵叔孺却不之喜，有谭写行书四屏幅，塞诸字簏中。

2936 赵叔孺藏三代彝器，颇多为马氏小玲珑馆旧物。

2937 赵鹤琴藏有吴仲圭墨竹真迹，赵叔孺借观兼旬，爱不忍释。

2938 赵叔孺自五十一岁起，每逢元旦，焚香静坐，自刻纪年印一方，凡一年中得意之作，常钤用之，迄七十一岁，未尝中断。

2939 赵叔孺之父有淳，以避清同治帝御名，改为佑宸，字粹甫，为咸丰时名翰林，曾充同治帝冲龄启蒙师，后出任松江府知府、镇江府知府，官至太常寺卿。

2940 赵叔孺原名润祥，盖其诞生，乃父佑宸适署镇江府，镇江古名润州也，晚年得汉延熹、蜀汉景耀二弩机，因自署二弩老人。

2941 二弩精舍，为赵叔孺斋名，家藏二弩机，一有吴大帝年号，一有蜀汉后主年号，为仅见之物。叔孺卒，二子各得其一。

2942 赵叔孺弟子凡七十二人，以符仲尼杏坛之数。著名者，如徐邦达、张鲁盦、陈巨来、陶寿百、叶露园、叶蔥青、厉国香、潘君诺、陈祖麟、陈子受等。

2943 陶寿伯，为赵叔孺高足，本姓王，出嗣外家，遂姓陶。

2944 陶寿伯少在吴中汉贞阁学刻碑，与钱瘦铁为师弟兄。本姓王，出嗣外祖陶家，因姓陶，其弟王开霖，在沪设冷香阁碑帖铺。

2945 陶寿伯摹写《好大王碑》"愿大王陵安如山固如石"以贻余，余即张之榻侧。盖余素有"补白大王"之称，榻乃比诸陵寝也。

2946 **蒋吟秋**学诗，得沈眉若指导，书法得汤定之指导，刻印得丁二仲指导，皆一时名彦也。

2947 蒋吟秋擅书，子伯康治医，不能书，孙大新却传乃祖衣钵。

2948　吴中曹根荪、费韦斋，有所书，常倩蒋吟秋代笔。

2949　苏州沧浪亭畔之可园，为清沈归愚读书处，江苏省立图书馆设于其间，有铁骨红梅一株，艳如胭脂，虽折枝，其里亦作殷红色，名种也。时蒋吟秋任馆长，邀章太炎夫人汤国梨来赏之。翌日，蒋成一诗，电话告汤，且诵诗请正，汤接电后，谓："请稍缓挂断，我当奉和一首。"不数分钟，竟口占电答。

2950　抗战时，蒋吟秋与其妻陈碧筠避居皖之黟县，有《山居好》《山居苦》各一百首，均用《望江南》词调。

2951　蒋吟秋画红梅，有声吴中，其夫人陈碧筠偶于梅旁添一二竹石，弥觉有致。碧筠治生物学，曾从画家柳君然游，颇有成就。

2952　有以八月八日为父亲节，取"八八"与爸爸谐声也。某年之八月八日，适为立秋节，蒋吟秋之哲嗣伯康，以乃父名秋，而父亲节又巧逢立秋，遂谓乃父曰："吾家之父亲节，更切合于他家之父亲节。"吟秋为之莞尔。

2953　**钱君匋**为书画、篆刻、装帧设计家，固多才多艺之士也，又富收藏，有华新罗绢本画册九十余帧，分装八册，为新罗中年杰作，极精审。又赵子谦、吴昌硕印章数以百计。曾刻《鲁迅笔名印谱》《长征印谱》行世。

2954　钱君匋之书籍装帧，颇著声誉，最早为开明书店设计之《寂寞的国》《破垒集》，适鲁迅来书店访章锡琛，见之大为赞赏。

2955　钱君匋藏新罗山人册页，凡九十余幅，山水花鸟，各体俱备。

2956　叶露园与钱君匋合辑《中国鍨印源流》，自明清至近代已故印人，各列一传，成一巨册。钱君匋藏有新罗山人画数十帧，因榜其斋为"新罗山馆"。

2957 钱君匋谓:"郑板桥曾将自藏之印章,拓为《四凤楼印谱》。四凤者,即高凤冈、高凤翰、潘西凤、沈凤是。"但彼颇以仅闻其名而未见其谱为憾。

2958 钱君匋得金冬心书联,联云:"奇书手不释,旧友心相知。"

2959 钱君匋藏于右任书件五六十幅,无一非精品。

2960 **于右任**每餐必备锅块与炒蛋。

2961 于右任与其夫人不融洽,往往与客谈笑风生,夫人一出,立即易容,有凛若冰霜之概。

2962 常为于右任治病之医生孙万俊,有锌版名片"孙万俊"三字,为钢笔书,盖右任濒危时所写,借以纪念也。

2963 于右任深恶鸦片之毒人,其《宜川道中诗》有云:"川原如锦人如醉,罂粟花开不忍论。"

2964 于右任任监察院院长,世界书局月送三百元。

2965 于右任书件,所用印章,陈扇册小件,用杨千里所刻小印外,其他常用之印凡四,均吴昌硕手刻。数十年来,治印者纷纷赠刻,凡百余方,皆藏而不用。

2966 于右任三原故宅,有双仙人掌,高数丈。

2967 于右任尝语人:"生平所书碑版,无虑千数,而认为惬意者仅有其二,一《周石笙墓志》,关中郭希安刻;二《李早勤墓碑》,兰州颜宗林刻。希安与宗林,均西北刻碑名手也。"石笙为于氏妹夫,留学日本,一生致力教育事业,桃李遍西北各地。二子,伯敏、鸿勋。伯敏亦工书,仿于氏书体可乱真。墓志原石久毁,庚子秋,何之硕在西宁觅得该志拓本,曾影印若干份,并以其一寄北京屈武。李早勤,甘肃静宁人,兴学劝农,造福桑梓。其墓碑于浩劫中被毁,并拓本亦无存,仅钞得其碑文。早勤子世军,怀念先泽,倩何之硕按原文重书,树立如故。

2968 杨文献得于右任所用砖砚，右任自题"我生无田食破砚"七字楷书，刻于砚侧，绝雅逸，潘寄沤以拓本见贻，可宝也。

2969 于右任晚年为人写碑，必嘱须倩关中郭希安手刻，郭盖西北石工之良者。郭已于数年前作古。今之关中擅刻者，惟颜宗林一人，颜亦年逾古稀，息隐于湟源县，课其子侄辈，非熟人相浼，不肯一施椎凿也。

2970 余寄文喜诵于右任诗，见辄录存之。《右任诗存》一书，即余所录存而加以编次者。

2971 **马夷初**为文，林畏庐谓其似恽子居。

2972 马通伯识章太炎，由马夷初为之介。

2973 林迪臣为马夷初之受知师，林卒，每逢公祭，马虽风雨，必往参与。

2974 邵伯䌹知马夷初喜临池，乃倩寓津之朝鲜人制中楷、小楷笔二种贻之。后高贞白特向朝鲜汉城永兴堂购笔赠夷初，夷初目为佳品，谓细如丝发，柔于狼毫，悬肘运指用之，无不如意，凡晋魏名书中许多笔法及姿态，皆可自然得之。

2975 马夷初一次遇到一同姓而名骉驫者，由一马而累成三马，不之识，引以为怪。及检《康熙字典》，果有此二僻字。

2976 马夷初喜收词集，蔚为大观，其他书籍，收罗亦富。解放后，曾以二万册，捐献辅仁大学。

2977 马夷初对于冯蒿叟，颇多微辞，如云："骈文无气魄，散文无从容自然之致，尚有未中绳墨处，惟其论词较佳。"

2978 马夷初词，往往就正于刘毓盘、吴瞿安。

2979 马夷初阅《荡寇志》，谓："书中所述战具，如奔雷车之类，竟如现代之坦克车、机关枪、高射炮，亦奇思也。"

2980　马夷初谓砚以坚润质细为佳,砖砚不可用,虽古砖亦不可用。

2981　马夷初应徐森玉、邵茗生约,观故宫所藏兰亭,虞永兴、褚河南、柳诚悬、冯承素四本,皆断为赝鼎。

2982　马夷初评书法,往往别有见解,谓:"近有两派恶书,即学于右任与康长素也。于、康字皆不恶,康犹胜于远甚,然二人似恃其善书,有玩世之意,亦有所作随意为之,亦入恶道者。"

2983　汤蛰仙赠马夷初一联云:"新书海外吾妻镜,旧拓河间君子砖。"

2984　马夷初妻妾同居,时相交谪,当交谪时,夷初不左右袒,往往挥毫作书,置诸不问不闻,此时神凝意专,所书乃特精妙。

2985　马夷初晚年病废,失去知觉,人称之为植物性之生命。

2986　**顾佛影**,原名廷璧,知者甚少。

2987　顾佛影,上海南汇黑桥人。康竹鸣,南汇大团人。二人为诗友,过从甚密。

2988　顾佛影有诗:"硬语盘空我不能,甘心做了软诗人。"朱其石即为刻"软诗人"三字印章。

2989　顾佛影有集,称《大漠呼声》。秉志有集,称《科学呼声》。

2990　《大漠诗人集》,顾佛影所著也。首列幼年所作,自谓:"此我十六岁旧作,中多不通语,然当时之患在不通,今日之患在太通,存之以见少年心力。"

2991　顾佛影刊有《大漠诗人集》及《大漠呼声》二书,《大漠》获得郑苏堪、朱古微之好评,《呼声》则陶行知赏识之,谓《大漠》充满浪漫颓废旧气氛,《呼声》形成时代意识新精神,迥然不同。

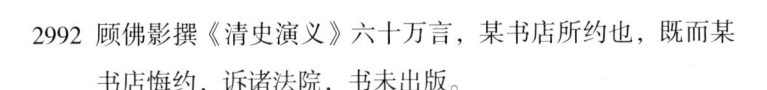

2992 顾佛影撰《清史演义》六十万言，某书店所约也，既而某书店悔约，诉诸法院，书未出版。

2993 顾佛影谈诗，谓学诗宜先七绝，既免对仗之艰，易造轻灵之语；次则进学律诗，近体既成，更为古体，此由卑及高、由迩及远之法也。

2994 顾佛影与人书札，有云："客腊移家，忙似搬姜之鼠；及春小极，懒于煨灶之猫。"

2995 顾佛影榜其室为"呆斋"，著有《呆斋随笔》。自谓呆者，即《儒林外史》季恬逸每天换了两个烧饼呆在刻字店里板凳上之呆也。

2996 《清异录》有所谓佛影竹，有人劝顾佛影觅种栽之。

2997 有以诗稿倩顾佛影正削者，逾数月，再造顾寓叩询之。顾云："我没有看到你的诗稿！"其人见彼手抄之诗册，尚在案头，即指以请教。顾云："这也算是诗，难怪我没有看到了。"

2998 顾佛影多女弟子，刊有《红梵精舍女弟子集》，凡五十余人，颇多可诵之句。如以《夕阳》为题，佛影拟作，有"白描北苑蘼芜国，黄到南朝燕子家"。自以为工，及观其女弟子沈乐葆作，有"乱山无语向人黄"七字，为之击节称叹。又《村景》："牵牛初放半篱花。"亦乐葆佳句。其他如范汉贞《春雨》："此中大有销魂事，燕子成雏芍药肥。"许心箴《偶成》："几日新篁高过屋，小斋虚署碧云天。"沈嘉宝《题画》："溪头红白离离处，半是桃花半李花。"又附顾慕飞《芦花》："浔阳月满琵琶急，樊榭风凄粉黛消。"慕飞，佛影妹，既而改默飞，最后径称顾飞。

2999 顾飞为佛影妹,初字默飞,后省去一默字,乃黄宾虹得意女弟子。居沪郊浦东黑桥,家有小园,植桃多株,阳春三月,发花灿似红锦。宾虹往赏之,赋《周浦纪游》诗七绝十六首,又与张善孖、张大千合作《红梵精舍图》,谢玉岑为题。

3000 顾佛影游西湖,同行九女伴,皆海关职员。佛影作一诗颇趣:"偶逢锦袖偶追陪,明日天容许暂开。我欲销愁应税否,诸君都是海关来。"

3001 大漠诗人顾佛影之先室周淑群,解吟咏,与朱鸳雏妻许蟾仙同学。淑群下世,蟾仙有诗挽之。

3002 顾佛影之曾祖父顾趾卿,著有《迈窝脞录》二卷,佛影因名其斋为"小迈窝",曾印《佛影丛刊》,内容有《小迈窝诗草》《红梵词》《红梵精舍笔记》《簏衍丛钞》《灯唇说集》《剪裁集》《横波曲》等,首列其肖像。佛影一度任昆青嘉公立农业学校校长,校址在安亭,其地有诗人钱梯丹,常相唱和,梯丹有句云:"不妨留得销魂谱,付诸斜阳笛里吹。"

3003 抗战时,顾佛影旅居北碚,忽患病甚剧,自分必死,乃草一遗嘱,有云:"通告亲友,谢绝吊唁,礼金礼物,一概不受。如必欲送挽联,请书于信笺上赐寄。诗词稿,俟战事结束,交朱大可付刊,余稿悉付一炬。"佛影病转危为安,直至胜利返沪,奈生活困难,一足又受创伤,抑郁死。

3004 **张鲁庵**生活裕如,有向之告贷者,丧事有求必应,婚事辄被拒,谓丧事刻不容缓,婚事可以从缓也。

3005 张鲁庵藏古今印章四千余方,历代印谱四百余种。藏印中有何雪渔印二十一方,拓为专集;又"放情诗酒"一印,乃仁和魏稼孙旧物,印套中尚留稼孙遗墨。

3006 张鲁庵藏古今印谱，推海内第一。其姊张汝钊，字蕉园，年十一，已能韵语，著有《绿天簃诗词集》《海沤诗文集》《烟水集》《般若花》等。其少年诗，有"窗挹千山翠，云添一榻寒"，为时传诵。

3007 **陆衍文**自撰一联云："生无可乐死何惜，笑不成欢哭亦痴。"

3008 《瓶外卮言》乃评《金瓶梅》之一种秘笈，外间绝少流传，陆衍文斥重值得之。

3009 **胡亚光**，杭州人，唐炼百为刻一闲章"家在南北两峰六桥三竺九溪十八涧之间"。

3010 戴用柏乃胡亚光之外祖父，以丹青名。当时有日本女子二，朝鲜女子一，居其家习画。

3011 胡亚光以其父萼卿所写词稿，装成一册，颜曰《虫天幸草庐遗墨》。

3012 胡亚光之幼女名蝶，绝颖慧，八岁而殇，亚光痛惜之，遂取斋名为"梦蝶楼"，张大千书榜。

3013 胡亚光不作诗，偶而出之，却有佳句，如咏渔父云"只钓游鱼不钓名"。

3014 画熊猫者，北有吴作人，南有胡亚光。熊猫邮票，吴所绘也；熊猫苏绣，胡之画本也。

3015 胡亚光画熊猫，辄画熊猫抱子，人询其故，曰："熊猫为希少动物，不能不珍视其嗣种也。"

3016 **祝嘉**善书，有《论书》十二绝句，颇多度世金箴。彼深佩刘熙载所云："学书者，始由不工求工，继由工求不工，不工者，工之极者也。"

3017 近代论书法之著述，以祝嘉为最宏富，成书五十九种，计三百万言。祝海南岛人，寓居吴中，书法与汪星伯、蒋吟秋齐名。

3018 祝嘉以书法自负,却推崇马一浮、谢无量、吕凤子三人之书法。

3019 吴中名书家祝嘉,实则为海南岛文昌县人。书法理论出版凡六十六种,三百多万言,为历来书家所未有;且无日不临碑帖,临过一百二十多种,每碑帖至少临一百次,有多至六七百次甚至千次者,真所谓朝斯夕斯,寝馈于此者矣。

3020 **颜文樑**,字栋臣,五行缺木,其父纯生为取木旁之字为名。明知樑为俗字,当作梁,以樑字多一木,从俗为樑。

3021 颜文樑云:"人不可俗,但又不能不随俗。"

3022 颜文樑幼年读苏东坡《承天寺夜游小记》,印象甚深,直至耄年,犹喜玩赏夜景,往往月夕外出,踽踽独行,但家人以其目钝耳聋、步履不健,阻止之。

3023 颜文樑擅操碗琴,凭七瓷碗叩之,极抑扬高低之妙。

3024 油画家颜文樑谓:"作画有四字诀,即写生到底。写生乃以所见为所见,有景有我;否则以所知为所见,则有我而无景。"

3025 颜文樑收藏摄影机,自最早一架极简陋者起,直至近今最新颖者止,共数十具。

3026 颜文樑幼时,与顾颉刚同学于长元和公立高等小学。一日,二人因细故相殴,颉刚力大,文樑不之敌,被颉刚抓破手腕,迄今犹留遗疤。

3027 抗战时期,颜文樑携其苏州美专学生同赴吴兴乡间以避难。既而金松岑亦来,共居一舍。松岑无案几,文樑借与之,松岑出其所带典籍,且读且饮,曰:"乐哉!乐哉!"

3028 颜文樑绘油画,从未与人合作。有之则李丁陇画马,文樑为补雪景,此创例也。丁陇自称八法老人外,又有疯子、傻子、呆人、哑人、聋人诸号,实则彼不疯、不傻、不呆、不哑、不聋。

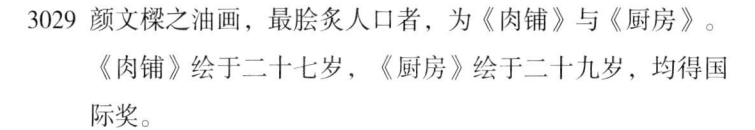

3029 颜文樑之油画，最脍炙人口者，为《肉铺》与《厨房》。《肉铺》绘于二十七岁，《厨房》绘于二十九岁，均得国际奖。

3030 颜文樑喜音乐，当九十大庆，其女弟子陈衣云往祝嘏，为唱颜老自作之歌曲，盖衣云不仅擅油画、国画，且亦学习声乐与钢琴也。

3031 颜文樑生于光绪十九年癸巳，迄今犹藏癸巳年之时宪书一本。

3032 油画名家颜文樑，幼年应试入商务印书馆，试题为《积财千万不如薄技在身说》。

3033 颜文樑喜阅两种各趋极端之书，而彼有定见，不为游移。

3034 颜文樑擅作油画，曾绘一厨房，梁柱似经烟熏，作黝黑色，桌被油透，别有光泽，壁角悬菜筐已半旧，一狸奴蹲于地上，谋攫残食，情状逼真。民国十七年，颜作国外游，携此画以俱。越年，法国举办春季沙龙画会，作品盈万，甄选百幅，给予荣誉奖，颜之《厨房》，名列前茅，为中国在沙龙得奖之第一人。

3035 **步林屋**每日尽茄立克香烟一罐，凡五十枝。刘山农每日尽大前门香烟一罐，亦五十枝。

3036 步林屋嗜烟酒成癖，日尽茄立克一罐，白兰地一瓶。

3037 刘山农病，步林屋开一方剂，服之而愈，诧其医术之神，乃辟自居之余屋，躬为布置，作为林屋诊所。

3038 步林屋能文知医，每出诊，必携其门人代书方剂。某次，门人他往，匆促间，拉朱其石承乏，奈其石不谙药名，随书随问，甚为费事。

3039 邹咏春探花,清鼎既革,誓不进饭,每日三餐,以粥代之,聊寓不食周粟之意。步林屋曾作联自挽云:"半生沉顿书中,落得词人二字;十载穷居海上,未用民国一文。"遗老头脑,一何愦愦。

3040 **陈病树**为文,深叹无知之者,谓知其妙,惟尹石公耳。

3041 陈病树寓沪上,为居停所逐,彷徨无所之。顾公雄为作《居无庐图》。

3042 陈病树有《典衣图》,自暴窘态。

3043 某力誉杭肴东坡肉之腴美,陈病树谓川菜有太白鸭、贵妃鸡足以抗之。太白鸭创始于四川与贵州间之松坎,相传为李太白最喜爱之下酒物。《随园食谱》载有烹制法,称为徐鸭,则其异名也。某又力誉杭肴之宋嫂鱼,病树谓川菜之麻婆豆腐,亦不弱也。

3044 曾与王季迁合编《明清画家印鉴》之德国女士孔德,治汉学,尝请益于陈病树。

3045 陈病树晚年,生活艰苦,蛰居沪西大华商场内之斗室,室后置一榻为偃息地,黑暗无光,昼须电炬。某岁,欧阳永叔生日,诸诗人宴集其家,因病树步蹇,不便策杖外出也。家中既少椅凳,又乏餐具,然宾主却尽欢觞咏,不拘行迹,几忘其局天促地。

3046 国史馆馆长为张溥泉,副者但焘,但焘实主持之,聘请编纂人员,曾及陈病树,病树谓:"我文不许更易一字,否则请别聘。"病树卒未就职。

3047 **李木公**谓汪容甫、章太炎、冯君木,均不善古文。

3048 李木公作札,极审慎,稍不惬意,即弃之重书。某次作一札,竟尽信笺一匣。

3049 李木公精鉴赏，一九五〇年重阳节，觉甚温燠，乃思沐浴，不料一浴受凉，奄卧床榻，数日竟不起。

3050 **周坚白**曾拜赵叔孺、冯超然为师，奈二人均瘾君子，俾昼作夜，无从请益。

3051 周坚白获得博青主所绘扇面，一酒坛，络以藤条，古朴有致，坛后横一折枝梅，盎然有春意。画为雪峰和尚作，且有题识云："雪峰和尚，惠余佳酒，酒尽索瓮，瓮为游兵所击，作此报之，以发一噱。"时崇祯十六年冬，傅山记，钤一印"阳曲逸民"。

3052 **乔大壮**貌与陈师曾似昆仲，书与词又与寿石工相类近。

3053 乔大壮手写词，由其女弟子斥资印行，名《波外乐章》。

3054 张慧剑之《辰子说林》，谓"中国有三大天才，皆死于水，一屈原，二李白，三王国维"。予谓尚得补充二人：四乔大壮，大壮，四川华阳人，乃乔树枏之孙，诗词书法及篆刻，一时无两，溺死于吴门梅村桥下。汪旭初深悼之，记诸《寄庵随笔》。五周瘦鹃，早期从事稗官，颇著声誉，晚治园艺，名传域外，浩劫中投井死。

3055 **顾青瑶**有朱文印"若波女孙"。

3056 上海有正书局之《珂罗版画册》，设色者，大都出顾青瑶手笔。

3057 何卍庐于冷摊得金鸳鸯汉印一，顾青瑶父敬之见之，遂有相收之意。未几，卍庐、青瑶竟成伉俪，倩孙慕唐绘《金鸳鸯室校碑图》，因夫妇均精碑版之学也，后离异。

3058 **杨无恙**画花卉，自题润单云："不卖残山剩水，但写大叶粗枝。豪气未除湖海，生涯先买燕支。"

3059 常熟杨无恙，工诗，自号江东诗虎，题常州邓春澍画册六言一绝："读书千卷万卷，游山千峰万峰。诗里纵横上下，画中南北西东。"别饶致趣。无恙亦能画。

3060 杨无恙游日本，颇多诗什，如云"峨峨下女内家妆"，又"新町凉月路桠杈"，又"纸窗人影月无声"，又"红炉揎袖煮鱼羹"，又"屐声都到小西湖"，皆瀛岛风光也。

3061 杨无恙曾作扶桑游，有一女名岛田福子，欲从之回国，女知诗，杨作诗婉谢之。

3062 杨无恙喜啖日本人所煮之鳗鱼饭，认为惟一美味。

3063 杨无恙喜食辛辣致病，乃画姜椒，张壁以自戒。

3064 杨无恙居常熟虚霸园，壁悬自撰一联云："好骑屋栋打腰鼓，企脚北窗听琵琶。"

3065 常熟杨无恙每吊丧，必流涕；蒋志范每吊丧，辄发言，肆其褒贬，人以狂士目之。

3066 杨无恙赴芜湖，清明陟赭山，是日来游者特多，询之，始知芜俗登高有二度，一清明，一重阳也。

3067 杨无恙秋日病痁，顾公雄赠以戴醇士、汤雨生两印，谓用以镇压，病果愈。

3068 杨无恙自负其诗，刻一印"江东诗虎"。董绶经为刻《无恙初稿》。

3069 癸未岁，杨无恙僦居常熟虚霸园，为销夏计，绘宋人词意图册，此册现藏纸帐铜瓶室。

3070 常熟铁琴铜剑楼藏有狄青作战之铜面具，杨无恙观之有诗。

3071 杨无恙诗人，有"六十我满意"之句，奈于壬辰人日化去，只五十九岁。

3072 杨无恙年未及六十卒，遗稿归上海文献图书馆。钱仲联、祁薇谷为之校辑，王宽诚、裴延九醵资影印，夏敬观、李拔可、陈叔通、钱仲联为之序。首冠遗像，儒衣僧帽道人鞋，且拄一杖，殊觉不伦不类。

3073 **许指严**赴苏，常以着甲下酒。着甲者，鲟鳇鱼也。《清嘉录》载沈朝初《望江南词》有云："苏州好，冬日五侯鲭，蜜蜡拖油鲟骨鲊，水晶云片鲫鱼羹。"可知鲟鳇确为吴中佳味。

3074 许指严居西湖净慈寺，凡数旬，撰《湖艇漫笔》。

3075 恽铁樵与李定夷，同师事许指严。但定夷对师唯敬，铁樵对师有微辞，定夷不以铁樵为然。

3076 民国四五年间，许指严在北京，任财政部印刷局文牍，事简多暇，编成《清鉴易知录》一书。

3077 **盛宣怀**之父盛康，于宣怀诞生之前夕，梦庭中老杏著花，甚为繁盛，遂以杏荪为宣怀字。

3078 常州盛宣怀，藏历代状元手迹，凡二百余家。

3079 苏州留园，为盛宣怀产，江翊云有诗讽之云："客子争夸泉石好，主人翻爱市朝喧。"

3080 孙宝琦与庆亲王奕劻及常州盛宣怀为儿女亲家。

3081 **狄平子**名楚青，为狄曼农之子。平子幼随父游宦江西，故平子能讲江西话。

3082 《时报》主人狄平子，其父曼农，擅书法，平子设有正书局于沪市望平街，发售摹印本之对联，即以曼农书联制版印行。联语殊佳，一云："寒天展碧供飞鸟，落日留红与断霞。"二云："只如此以为过分，要怎样才是称心？"三云："立定脚跟，留些手段；放开眼孔，大着肚皮。"

3083 《时报》主人狄平子治佛学，极少作诗，偶见一律，且为绮语，尤为希罕。如云："万劫深情一晌缘，自将钩锁化缠绵。梦中隐语灯为证，别后闲愁蜡自煎。棋局攻心抛四角，月宫掩面怯初弦。碧桃休认前生影，开到人间倍惘然。"

3084 民初，上海时报馆附设之有正书局，石印戚蓼生序本《红楼梦》，书眉有评语，不署姓氏，实出于狄平子手笔。

3085 狄平子办有正书局，发行《珂罗版字帖》，制版者，日本人龙田。

3086 狄平子设时报馆于上海福州路望平街口，成一浮屠形之建筑物，后为扩充计，添辟新屋，狄偶与刘襄亭谈，谓："如何使一室有净洁感？"刘随口答云："只有壁砌瓷砖，始能纤尘不染。"狄笑曰："那么不是成为新式厨房吗！"当时不过玩笑出之。不料若干年，时报馆迁大新街口，添辟之新屋，果然开设菜根香素菜馆，作为厨房。

3087 狄平子虽参加戊戌变法运动，号维新派，但其《平等阁笔记》，内容多怪力乱神，使人难以索解。

3088 狄平子有一闲章"爱画入骨髓"。

3089 狄平子藏黄鹤山樵《青卞隐居图》，绝珍贵。某岁，日本开南画展览会，征品及此，平子躬自护持而去，躬自护持而归。是画现归上海市博物馆。

3090 狄平子能画，画竹六，标题为《六根清净》。

3091 狄平子所藏山水名迹，均临摹一过。既逝世，家人检得其临摹之稿甚多，惟不署款，不钤印，初不欲示人也。

3092 **彭长卿**有蟾蜍砚，余为作一铭云："心弥坚，形自全，蟾蜍灵物月中坠，吞吐烟云千百年。"

3093 彭长卿见贻《绿满书窗六种》，六种乃《唐六如诗钞》《尤西堂四书诗》《吴梅村鹧鸪斑》《孙退谷碑帖考》《叶小鸾返生香》《袁简斋续诗品》，系道光元年刊本。版心高1.9市寸，字体类四号铅字，为木刻书中稀见之小书。

3094 彭长卿毕业上海师范学院，为谈该院诸教授："包玉珂上课，满口吴侬软语，吐语精炼，不用教案，滔滔不绝。胡云翼语无抑扬高低，引人入睡。姚蓬子一发言，即额汗淙淙，解衣襟以纳爽。魏金枝操绍兴话，无风趣。陈子彝主持图书室，不上课，与之谈，却渊博通雅，迥异常流。"

3095 彭长卿偶得一雨花台石，石有纹，一面为黛玉弹琴，一面为宝玉读书，神情毕肖。

3096 **王欣夫**藏端砚一，有二十八眼，仿佛星罗天宇，欣夫因称之为二十八宿砚。

3097 丁芝孙藏陈少章、何义门亲笔批点之《唐诗鼓吹》，后归王欣夫。

3098 王欣夫治学，自言平生服膺者，为惠定宇、钱竹汀、王怀祖、顾千里。

3099 夫字与甫字通，均男子之美称。但王欣甫与王欣夫，却为别一人。王欣甫官上海知县，王欣夫为圣约翰大学教授。

3100 曹君直手校金陵局本《三国志》，叶揆初、王欣夫皆欲得之，卒归欣夫。

3101 **陈去病**之《百尺楼丛书》数百卷，一度藏于柳亚子之沪上寓庐。

3102 陈去病曾睹明季东林复社名贤手札，约三千余通。

3103 上海手枪击人之第一案，乃万福华于金谷香西菜馆刺广西巡抚王之春。醒狮曾编一剧本，载《二十世纪大舞台》。醒狮乃陈去病之化名，剧名即《金谷香》。

3104 陈去病拙于辞令,与友常无言相对。

3105 陈去病,病疡,病竟未去。

3106 **沈子培**与翁同龢,书法多变化,学之殊不易。或谓学沈子培不成,成为谢复园;学翁同龢不成,成为赵古泥。

3107 沈子培不喜吃虾与蟹。

3108 沈子培与何之硕论书法,谓:"书唯求生,庶几免俗。然书法做到一'生'字,谈何容易。越中书家有徐生翁者,取名之义,殆亦以此。第我观其书,正坐不生,论者少之也。"

3109 沈子封与沈子培为昆仲,同寓海上。子封有感苏子瞻与其弟子由语:"宦游相别之日浅,退休相从之日长。"即以"日长"榜其寓楼。

3110 《孽海花》第十一回,有云:"忽见院子里踱进两人,一个是衣服破烂,满面污垢,头上一只帽子,亮晶晶的都是乌油光,却又歪戴着;一个是衣饰鲜明,神情轩朗。走近了一看,认得前头是荀子佩,名春植;后头是黄叔兰的儿子,名朝杞,号仲涛。"按荀子佩,乃影射沈子培(曾植)。我在蔡晨笙处见到康有为致沈子培书一通,请子培会见日本公使之前,整洁衣冠,以庄观瞻。可知《孽海花》云云,非无稽之谈也。

3111 沈子培卒之前一年,其弟子封卒于京寓,前五个月,其弟子林卒于沪寓,子培甚为伤怀。

3112 **梁星海**致沈子培书,有云:"近来最怕人说离别,闻公行,悒悒数日。"

3113 梁星海早达,以忤李鸿章被抑,时年二十有七,因刻一印"年二十七罢官"。

3114 余越园乃梁星海之外甥,梁之诗集,即余所刊印。

3115 **严畸盦**藏有封泥大印,凡三十有二字。

3116 严畸盦养尊处优,晚年却事事躬亲,有句云:"已散门僮自赴工。"

3117 严畸盦父应钧、祖父凤岐、曾祖正邦,均享大年,因绘《三世耄耋图》。

3118 严载如自泰山抵济南,得尝蒲菜,称为隽品。

3119 上海圣约翰大学旧址,有一大樟树,高八九丈,枝叶交荫可亩许,寿逾千年。鸣社诗人严载如有《巨樟行》一首。甲辰岁,樟忽萎折。

3120 严载如有《三世耄耋图》,广征题咏,应者纷纷,乃曰:"并世名辈,大抵皆入我彀中。"

3121 严载如曾从程瑶笙学画,所画绝不肖似瑶笙。

3122 严载如有洁癖,一自晚境坎坷,癖乃除去。

3123 严载如晚年作画,钤印有"晚景萧疏画不成"。

3124 严载如渊雷室藏有董香光书卷,吴昌硕为书引首。张大千画香光遗像,吴湖帆加以题识,谓生平所藏董书凡四五十件,所见者则以二三百件计,推此卷为最精审。

3125 严载如每逢元旦、除夕,辄各作一诗,三十余年不辍。又郑质安每年有重九诗,载如必和韵,质安逝世,载如仍每年一首。

3126 清光绪戊申秋,淞滨二十四老人于沪南豫园摄千龄会照。童子严载如,方十一岁,随其祖父殿卿同来,时殿卿年七十有四。今则二十四老人均早下世,童子严载如,为鸣社耆宿,年近九十矣。

3127 **黄晦闻**之《蒹葭阁图》，乃陈讱之所绘。

3128 黄晦闻不肯为不相识者题咏，即送润金，或托友人转求，亦拒绝。

3129 黄晦闻藏陈白沙砚，绝珍秘。

3130 黄晦闻云："诸葛武侯所谓苟全性命于乱世，'苟全'二字，便有无限功夫。性命者，又不独生命之谓也。"

3131 黄晦闻诗学陈后山，有"后山以后"四字印以自负。

3132 黄晦闻于光绪壬寅，应试北闱，试官袁季九，一阅晦闻卷，叹为奇才，再三荐引，奈不获售。袁大为不平，遂斥资将晦闻卷付梓，以供众评。袁，天门人，名玉锡，官兵部郎中。

3133 黄晦闻由刘栽甫之推荐，从京返粤任教育厅厅长。晦闻素无政治头脑，时与旧友谈诗唱和，广州报界人士以"诗人厅长"称之。

3134 黄晦闻以《蒹葭楼诗》著名，然彼自谓："我诗未足传，我书闲澹颇自喜。"

3135 黄晦闻之印，如"木根""苕之华""如此江山"，均徐星州刻。

3136 人评南社诗，以黄晦闻为第一，朱贞壮次之。晦闻名节，字玉昆，号纯然。

3137 黄晦闻在北大讲顾亭林诗，未辍而卒。卒前有句云："一念未完今日事，灯前还对顾忠清。"亭林在复社，以忠清为名。

3138 黄晦闻临终，尚著《亭林诗说》一书，稿未竟。

3139 黄晦闻卒于民国二十四年一月二十四日，临死前，犹为孙名棪侍郎书"壁书楼"三字榜额。壁书楼所藏，均焚禁书也。

3140 黄晦闻埋骨广州御书阁。

3141 《黄晦闻墓志铭》,乃章太炎所撰,余绍宋书丹,张尔田篆盖。章、余、张均属浙人,而治学不同。

3142 **金篯孙**以先世居休宁安乐乡,既念余泽,复慕嘉名,遂署安乐乡人,刊《安乐乡人诗》。

3143 屈伯刚得金篯孙札数十通,装潢成册,不幸毁于劫火。若干年后,又得篯孙札数十通,再装之。

3144 金篯孙谓论定庵诗者,惟以程金凤跋,称其声情遒上,如万玉竞鸣,最为知言。

3145 **许承尧**得厉樊榭之《宋诗纪事》手稿三十卷,遍征题咏。

3146 皖诗人许承尧与李拔可论书,谓生平最恶顽伯之顽俗,最爱默庵,认为清代第一,谷口、未谷、蝯叟皆不及,盖其真能自辟一境于奇古中见力量也。按默庵乃伊秉绶,顽伯乃邓石如。

3147 清宫**德龄**女士,喜啖胶州白菜。

3148 清宫德龄女士,于一九四四年十一月廿二日,在加拿大被汽车撞死。

3149 **汤修梅**室中,悬李清照画像,断红双颊,丰致娟然,汤具香花供奉之。

3150 汤修梅垂老之年,犹喜于郊外放风筝。此前,老画家钱病鹤,自制风筝,与其小孙于旷场放之为乐。

3151 **巢章甫**曾从向迪琮学词。嗜藏古墨,亦受向之影响。

3152 巢章甫藏有张船山致其友米人札,有云:"夫人枉驾,闺人拜服,两胭脂虎结一段翰墨缘,亦佳事也。"两人均惧内,而言之不讳,殊趣。

3153 巢章甫所用印，大都出于寿石工、金禹民二人手镌，拓成《海天楼藏印》一册，余于冷摊上得之。

3154 **庞蘅裳**在苏为鹤园主人，园在韩家巷，既易主，庞署梦鹤词人。

3155 庞蘅裳常为陈夔龙代笔作书。

3156 **陈刚叔**，镇江人，别署天罡侍者，主持烂漫社，作花卉以劲遒胜，自谓身居千刀万刃之中，心在三代羲皇以上。

3157 陈刚叔，号天刚侍者，工书画，又擅演红生戏，《白马坡起关羽》，尤具功力。

3158 **曾纪芬**八十寿自订年谱，名《崇德老人八十自订年谱》，由女婿瞿宣颖为之执笔。纪芬逝世，瞿又为编《崇德老人纪念册》，附《年谱》于后。

3159 清光绪九年，想九霄设咏霓茶园于上海，演京剧，园中仅电灯一盏，余皆为煤气灯，为各戏园用电灯之始。曾纪芬乃涤生后人，嫁聂缉椝，曾往观剧，载于其自订之《崇德老人年谱》。纪芬一度寓上海虹口西华德路谦吉里，诗人瞿蜕园，其女婿也。

3160 **邓春澍**爱蜀中青城山，因自号青城。

3161 邓春澍画墨龙，私淑糜小牧，一度居常州化龙巷，更大绘夭矫之神龙。

3162 画家邓春澍，居常州四韵草堂，其自题草堂诗，有云："镌印闲摹钟鼎篆，敲诗静爇瓦垆香。"可知春澍亦擅刻印也。

3163 邓春澍喜梅，著有《四韵草堂梅花集韵》，皆有关梅花之记述也，未刊。彼画梅四十余年，颇以自豪。

3164 **潘君诺**无子女，却极喜儿童，常与儿童为伍；爱诗人朱大可之小孙，每次到朱家，不访大可，而访大可之孙以为乐。

3165 潘君诺画竹，谓："胸有成竹，不如胸无成竹。胸有成竹，失诸拘滞；胸无成竹，则活泼泼地自饶生气。"

3166 潘君诺年十五六，过秦更年斋舍，见案头有一空白扇面，即挥毫为作花卉，掷笔即去，更年见而大异之。后若干年，君诺竟为花卉名手。

3167 潘君诺画梅花，题云："邓尉探梅，偷折一枝，入我画中。"

3168 潘君诺居沪西万航渡路，榜其室为"虫天小筑"，秦更年为绘《虫天小筑图》，盖君诺乃画虫圣手也。其画蝉，先以浓墨画背，使黑而有光，充满质感；再用澹墨染飞翼，使有震动感。因此或栖止，或飞动，各具其致。我藏有君诺所作之小幅，荔枝累累，一蝉抱枝，极饶妙趣，盖彼连画若干帧，择其最惬意者为赠。惜此次印其遗作《花虫小品》，未之收入。

3169 **林语堂**虽居美国纽约有年，却不喜穿西装。

3170 《逸经》杂志稿酬，论篇不论字数，林语堂认为是最合理之办法。

3171 有人谈林语堂，谓彼之长处，即对外国人讲中国文化，而对中国人讲外国文化。

3172 林语堂喜读刘铁云之《老残游记》，而与铁云之侄刘季陶友善。

3173 西人观我国京剧，颇以台役在台上出入为怪。林语堂谓中国人看戏的眼光很高，他们专心注意角儿在演唱，至于台役的走动，只当他是空气，是布景，根本视若无睹。

3174 刘和珍为革命而牺牲之前一日,以英文作文簿交林语堂,林闻噩耗,深为嗟悼,并将刘和珍之英文作文译之为汉文,载诸某杂志。

3175 林语堂家所悬之书屏,有出吴经熊者,亦有出徐志摩者,尤以志摩书较稀见。

3176 林语堂治英文,《牛津字典》常随身携带。

3177 **许息盦**谓世所绘观世音像作女相者,为三十二化身之一,旧京雍和宫之观世音像,无一女相。

3178 拄伴室主许息盦,于学无所不窥,为星社之年事最高者,耳重听,曾与严独鹤同寓一宅。

3179 **程子大**号十发居士,与今之程十发同署,擅画石,为夏敬观绘一扇。敝笥亦有子大画石扇。

3180 程子大家中,直系儿孙,多至三十七人。

3181 吴伯乔,为程子大弟子,别署我尊,晚号杏友,又号微管,工诗善书,在北京时又从老伶工陈德霖习京剧。

3182 **赵古泥**在常熟,曾居沈公周家,得窥沈家藏印。

3183 赵古泥,字石农,妻于金预,因题生圹曰"金石龛"。

3184 赵古泥病不戒口,临危犹食河豚下面。

3185 赵古泥能一方面刻印,一方面与人下棋。

3186 赵古泥初从李愚庄学篆刻,后从吴昌硕,艺乃大进。

3187 汪大铁从赵古泥游,专治刻印。古泥死,大铁倩胡汀鹭绘《拜石庐图》以纪念师门。古泥名石,别号石庐。

3188 赵古泥幼年,为药铺学徒,喜刻印,苦无师承。适有吴昌硕高足李虞章,与药铺掌柜者相熟,见古泥刻印,大为欣赏,认为可造之材,因以己之心得传授之,且赠以《六书通》。某岁,吴昌硕游虞山,李即介绍古泥从之学刻。昌硕劝古泥辞谢铺务,住居彼之契友沈石友家。沈收藏古印、古砚、法书、名画甚多，古泥摩挲观赏，艺乃大进。

3189 擅学翁同龢书，用以乱真者，一为赵古泥，一为黄元瑞，黄字玉麟，常熟人。

3190 赵古泥六十岁卒，死之前三星期，病榻上支一矮几，将积搁未刻之一百八十六方印章，全数刻竣，谓莫欠来生债。

3191 **陈白**，号无咎，浙江义乌人，工书，见邓散木作书，谓之曰："写字除执笔运笔外，还要注意墨法，就是字要写得黑。所谓黑，不在墨浓，而在笔笔中锋，将墨送到。"

3192 书家陈白，号无咎，中年从戎，两耳被炮声所震，遂失聪。

3193 **程潜**喜青田石章，有白果、酱油、豆绿、兰花冻、五色虎斑，均佳品。

3194 杨世骥撰《辛亥革命湖南史事》，程潜为之纠正谬误。

3195 程潜作书，笔笔露锋，平画尖细而长，别有风格。顷见秦代筒瓦志文，用笔即如此，殆程潜之所取法乎！

3196 **陈散原**不喜人以"遗老"称彼，谓："我虽年老，并非清遗。"

3197 凡以文就正于陈散原及郑海藏者，散原褒多于贬，海藏贬多于褒。

3198 蔡乃煌墓志铭，出于陈散原手笔，润金二千元。

3199 陈散原中进士，时主考为陈宝琛，试题《岁寒然后知松柏之后凋》。散原晚年，住居庐山，八十生日，陈宝琛寿之以诗，有"平生相许后凋松，投老匡山第几峰"之句。

3200 有人评陈散原文为青绿山水，色泽浓厚。

3201 张慧剑于近代诗人，最钦佩陈散原，谓其"穷理格物，实为诗人之真正修养，值得吾人师法"。

3202　陈散原后人，无一不佳，却无一学乃翁之诗。

3203　**沈昌直**擅诗文，曾习医。

3204　沈昌直极推崇柳亚子，谓："灵芬馆之后，胜秀桥头之柳亚子，无多让焉。"灵芬馆，为郭频伽之斋名。

3205　**杨守仁**擅栽大丽花，且用桂交配，成为有香。

3206　杨守仁喜植大丽花，凡一百五十余种，分茶花型、菊花型、芍药型、小球型等。

3207　杨守仁自沉英国利物浦，激励革命，用心良苦。当其吊沈荩诗，早已署名蹈海生，具见投水之念，蓄之有素。

3208　**林宰平**居闽垣怀德坊，与黄蔼农居康山兜尾，相去不数步，交往甚密。

3209　林宰平工诗善书，自识陈师曾、姚茫父、汤定之、余越园后，亦画竹石。

3210　林宰平能绘竹石，但不多作。

3211　林宰平谓："今后无知诗者，诗可不作。"

3212　林宰平留心古今学人年谱，生前收藏达三百多种，全部捐献科学图书馆。

3213　闽侯林宰平，著有《北云集》，自谓"以我为诗，绝不以诗役我"。宰平曾从汤定之学画。

3214　**侯湘**体甚健，七十余高龄，入冬犹卧凉簟。

3215　侯湘曾为丁宝书家西席，宝书画花卉翎毛，侯观之者再，遂能绘事。

3216　侯湘从丁宝书学画，宝书出一画稿，往往嘱侯临二三十遍，然后指导之，谓基本练习，非如此不稳固也。

3217　**洪佛矢**落拓不羁，性耽酒。某次宴会，与虞辉祖同席，虞除诗文外不多谈，而洪等则拉杂笑谑，虞厌恶之，洪斥其迁，相与诟谇，经人劝解始已。

3218 洪佛矢为四明名士，论史有特识，性懒罕事笔墨，诗又颓唐，与冯君才为同学，君才再规劝之，二人致失欢，不相往还。

3219 **叶揆初**谓纪晓岚之文，蹊径平凡，无过人之处；又谓康南海诗，诗境不高，去黄公度不啻天渊；又谓王之涣《凉州词》"黄河远上白云间"，"河"当作"沙"，否则"黄河"二字，与下三句不贯串，若作"沙"字，则第二句之万仞山便有意义，而第三、四句字字皆有着落。第一、二句写出凉州荒寒萧索之象，便为第三句"怨"字著力，于是此诗全体灵活矣。

3220 叶揆初喜读医书，常为人处方。其所藏书，初属寻常之本。当丁戊间，吴昌绶出售明刊旧钞四十种，为嫁女之资，揆初纳之，遂为搜罗善本之始。

3221 赵尔巽奏议，颇多出于叶揆初手笔。

3222 叶揆初弟景莱，字仲裕，愤世嫉俗，投江死。《神州日报》为刊《志士叶仲裕事略》一文，有云："本报创始于乙巳，而成立于丁未，出版不及三月，毁于火。同人以神州大业，不能随劫灰以去，于是叶君仲裕及某君继续组织，分任经理。叶君对于本报之筹画，竭尽心力而坚忍不拔，置一身一家于度外，叶君之于本社肇造之功，斯亦勤矣。"

3223 **吕思勉**治史学，《二十四史》阅读七遍有半。其弟子沈北宗仅读一遍有半，引以为愧。

3224 史学家吕思勉，精弈棋，著有《象谱概说》。

3225 吕思勉不喜观剧，足迹不涉剧场。

3226 吕思勉谈："小说家，古与儒家道家等并称。此'说'字当读去声，与游说之'说'同，今读作入声，误矣。"

3227 吕思勉逝世后，其后人辑《诚之诗稿》一册，用打字机印。诚之，吕之字也。

3228 **黄幻吾**作画，常钤一印"新会黄罕周游七国归来后作"。

3229 国画家墨守成法，绘山水例无倒影。岭南黄幻吾大不以为然，谓："倒影乃客观存在之现实景色，前人诗有'楼台倒影入池塘'，倒影既已入诗，为何不能入画。"

3230 **耿伯齐**于松江普照寺陆机故宅，建二陆草堂，兼祀陆云。

3231 松江耿伯齐招集诸吟友于二陆草堂，祀陆机、陆云，分韵赋诗。

3232 耿伯齐喜穿皂靴。

3233 耿伯齐侏儒而虎步，生气勃然。

3234 耿伯齐晚年失明，犹日作大字自遣，信手为之，辄问人识不识。

3235 **邓邦述**之《群碧楼善本书》，有名海内，邓下世，藏书皆售于中央研究院，代价五万元。时丁文江任研究院干事，谓邓书购之有何用，若以此五万元研究地质，岂非有益于国计民生。

3236 江宁邓邦述借债以买书，后卖书以偿债。

3237 邓邦述身后萧条，家存《群碧楼书目》版片及所辑《双砚斋丛书》版片，几至论斤作薪柴。潘承弼闻之，即托书友杨鉴庭以大米十石易得，即送赠苏州图书馆。此两书流传均不广，倘能取版付印，亦属佳事。

3238 **张鸣珂**之《寒松阁谈艺琐录》，初名《景行录》，付刊时，吴受福为易今名。

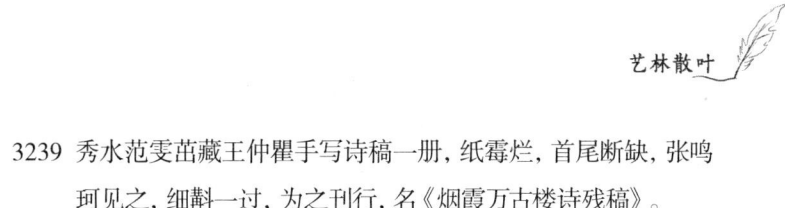

3239 秀水范雯茁藏王仲瞿手写诗稿一册，纸霉烂，首尾断缺，张鸣珂见之，细斠一过，为之刊行，名《烟霞万古楼诗残稿》。

3240 张鸣珂至沪，访虚谷和尚于城南，吴伯滔为作《海上访僧图》。

3241 张鸣珂与赵㧑叔友善，知赵书之必传，乃勤与通函，数年来得赵覆书累累；有时与赵论学谈艺，故意拗别，赵不服，作长书辩之，张获之珍似琅球。

3242 著《寒松阁谈艺琐录》之张鸣珂，曾参李朝斌幕，案牍余暇，与周陶斋、潘麐生、黎庶昌、陆芝山、吴仲英、魏槃仲、朱修庭辈，结修梅阁书画社。时在吴中，俞曲园为订润目。

3243 歙人程雪笠，工山水花卉，尝客江西景德镇画瓷器，以七寸小瓶，画《寒松阁图》以贻张鸣珂。

3244 张鸣珂逝世，潘景郑自同邑黄钧家收得鸣珂手稿二十余册，乃手自订定，请名流评识。及抗战军兴，景郑来沪，手稿失去无存。

3245 **吴公之**能书能刻，而书胜于刻。

3246 吴公之因寓所后门，常有人小溲，乃写一字条，借以禁止，奈一无效果。彼遂购一东厨司令神像，粘贴其处，小溲者遂趋避之。

3247 扬州园林有小盘谷，建于清同光年间，两江总督**周馥**居住其中。

3248 李鸿章于某岁新春，遨游市间，见一写春联者，字颇秀整，招之来谈，并提掖之，其人即周馥。

3249 **吴受福**藏有《板桥残照图册》，内有《马湘兰听鹂深处印》及《卞玉京写经砚》《柳如是菱花镜》《李香君小影砚》四拓本，集秦淮四艳，甚为难觏。

3250 吴受福与许竹筠交谊甚厚，闻许死于非命，在家中设位招魂。

3251 吴受福妻沈佩蘅，能书画，早卒，吴为撰《委蜕记略》。

3252 **勒深之**不以康南海为然，谓有为窃取杨升庵之绪余以愚来学，误天下苍者，必此人也。

3253 勒深之落拓京师，归来署其门联："潦倒英雄无赖贼，凄凉乐府可怜虫。"以贼自居，殊为少见。

3254 **蔡晨笙**居上海南京西路石门二路口，车声彻夜不绝，以汽车之一称"市虎"也，乃榜其居为"虎啸楼"。彼藏有沈寐叟之书法，乃摹集沈书中之"虎啸楼"三字为匾额。

3255 陈夔龙卒于沪上孟德兰路私邸，藏书出售每斤七分计值。蔡晨笙知之，以每斤一角，满载而归，什九木版诗文集。

3256 蔡晨笙，浙江四明人，谓四明人绝少探四明山之胜。余曰："与姑苏人从不登姑苏山而访姑苏台，同为忘本。"余曩年为大东书局编撰《苏州游览指南》一书，亦漏而未及。

3257 葛咏裳之日记本，藏蔡晨笙之宝寐阁。

3258 蔡晨笙之宝寐阁，藏沈寐叟法书，凡数百件，费新吾往访，见而叹为观止。因摹临数纸，不署款。一日，晨笙携示寐叟子慈护，慈护曰："此先父遗墨也。"其乱真如此。

3259 蔡晨笙藏有尤西堂诗笺一纸，西堂九世孙景达见而欲得之，乃以佳酿四罂易归。景达出示，为作一跋。

3260 蔡晨笙藏沈寐叟书，凡四五百件，汪仲山为绘《宝寐阁图》，陈运彰以《沁园春》词题之。

3261 搜罗沈寐叟法书，北有章行严，南有蔡晨笙。蔡藏沈之精品凡数百件，辟宝寐阁以庋之。

3262 **汪笑侬**，一度署长乐老。

3263 汪笑侬曾与其谱弟欧阳予倩合编《柳如是》《李香君》等剧。

3264 **欧阳予倩**自欧洲返国，经地中海，天际彩虹，作半圆形，垂垂及地，船自圆形彩虹中穿越，引为奇观。

3265 欧阳予倩所演之《晴雯补裘》，乃杨尘因所编；又《黛玉葬花》，乃张冥飞所编。

3266 欧阳予倩夫人刘韵秋，有"针神"之号，曾绣翎毛花卉团扇，贻袁抱存。

3267 欧阳予倩为演剧练习哭与笑，往往于清晨至味莼园空旷处为之，其时欧阳在上海。

3268 **程小青**在上海，先与周瘦鹃同寓，后与徐碧波同寓，故知瘦鹃者莫详于小青，知小青者莫详于碧波。

3269 撰写侦探小说著名之程小青，某夏纳凉，坐帆布小榻，偶不慎，左手小指于框架交折处轧去一小节，痛彻心肺。既愈，成诗记其事，其老友徐碧波和之，有"不期断指能成谶，四十年前旧事新"。因四十年前，小青曾撰有《断指党》长篇侦探小说也。

3270 金嗓子周璇主演《董小宛》电影剧，剧本出于程小青之手。

3271 程小青古稀高龄，犹驾自行车出入，为吴中独无二之康健老人。

3272 **郑正秋**师事庄乘黄。庄擅诗文笔札，曩年《新闻报》副刊，颇多其作品。

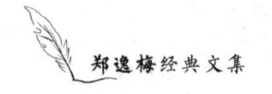

3273 庄乘黄在潮州郑家当西席，郑正秋即彼之学生。其时正秋学名伯常。

3274 报刊有剧评，始于上海《民立报》，有《丽丽所剧谈》，作者郑正秋。盖郑曾以剧评投稿《民立报》，该报主笔于右任见而善之，遂辟剧评一栏，聘郑排日撰述。此后《民权报》《中华民报》皆以剧评一栏，请郑任之。于是相习成风，各报皆有剧评，作者亦辈出矣。

3275 有一次，某剧社演武松，郑正秋饰武大郎，欧阳予倩饰潘金莲，汪优游饰西门庆。三个近视眼除去眼镜，凑在一起，演戏有似捉迷藏。

3276 我国第一部长篇故事影片，为郑正秋所编之《难夫难妻》，指摘封建婚姻，时为一九一三年，正秋年事较高，影界咸称之为"老夫子"而不名。

3277 早期演话剧之**陆镜若**，名辅，号扶轩。其弟露沙，名爽，号菊轩，均陆纬士（尔奎）之子。镜若外出，常戴黑缨垂垂之土耳其帽，帽系红色，引人注意。

3278 春柳社陆镜若逝世，朋辈为之举行追悼会，包公毅曾撰一联："如此英年，忍听销磨谁之罪；竟成悲剧，空教惆怅不如归。"按《谁之罪》《不如归》，均为剧名，而镜若更以擅演是二剧驰誉。镜若为商务印书馆主编《辞源》之陆尔奎子。

3279 **宣景琳**，本名金林，摄电影，郑正秋为易景琳。

3280 宣景琳，在电影片中饰一乡媪，事先居住外婆家，学外婆之容态动作，因此所演乃逼真，人以"小老太婆"称之。

3281 影坛艺人**韩兰根**，南通吕四港人，为谈"相传吕纯阳四至其地得名"。

3282 电影老艺人韩兰根,能自动其双耳。

3283 **三六桥**诗人,家世驻防杭州,曾考朱淑真词"花市灯如旧",谓南宋之花市,即今迎紫门直街;又考朱之故居,在宝康巷。

3284 蒙古诗人三多,藏纳兰容若画像直幅,有严绳孙题记。

3285 三多司马,号六桥,尝游沪上,访友于三多里,一再问讯,友或嘲之曰:"三多不识三多里。"苦无其对,后有人对之曰:"百顺胡同百顺班。"盖北京有百顺胡同,内有百顺曲班也。

3286 蒙古诗人三六桥,居北京西斜街,为宝竹坡侍郎之旧居。

3287 蒙古诗人三六桥,喜为诗钟,有马褂,羊叔子分咏云:"三字译名羹尔伯,千秋绝对骆宾王。"羹尔伯,蒙古语,马褂也。

3288 三六桥畜一猴,甚驯。

3289 元张光弼之桐雅古琴,藏三六桥家。琴上镌有光弼题诗,又有清仪阁宝玩万年少题数十字。

3290 三六桥藏文三桥遗砚,颇以未得成容若之六桥双凤砚为憾。六桥双凤砚,藏罗瘿公家。

3291 **刘公鲁**书赠潘勤孟:"论诗说剑俱第一,心夷貌惠那可双。"

3292 刘公鲁富收藏,上海商务印书馆印《中国名画集》向借名人画幅,摄影制版,不料适逢"一·二八"之役,所借者均被焚毁。

3293 刘公鲁藏有"岳武穆"及"文信国"砚,有"双忠砚"之称。岳砚曾载《两般秋雨盦随笔》,文砚刻有谢叠山跋识。

3294 刘公鲁拜郑海藏为师，海藏命其先读《左传》。

3295 松江**郭友松**作书，喜写古体，每逢权（權）字，往往缺一末笔，盖其父名权，故意避之也。

3296 松江郭友松玩世不恭，然颇敬其师，每岁首必绘一画以奉献，如子岁绘鼠，丑岁绘牛，如是者有年，十二生肖俱全，且极工致。

3297 **王凤琦**欲购屋吴中，有绍介沧浪亭五百名贤祠隔邻之老屋，为沈三白故居，且有碑额。索价只二千金，奈有赁居者，不能迁让，即止。

3298 王凤琦为尺牍收藏家，彼购名贤手札，不计值，不挑剔，书画商乐就之，数年来蔚为大观。

3299 王凤琦喜藏扇，有二柄绝珍稀，一年羹尧书，一吴绛雪画。

3300 王羲之《上虞帖》，初在骨董商人手，出示王凤琦，索价二百元。凤琦对是物，存怀疑态度，未购。后归公家，奉为艺林至宝。

3301 **陈文无**撰《正反同形篆文汇录》一大册，如开、文、同、员等，皆正反同形者。俞运之为题二律，亦用正反同形之篆文，朱大可见之，更用正反同形篆文步其韵。

3302 陈文无貌似余尧衢。

3303 陈文无喜观电影，尝以所见，编为《云烟集》，凡三巨册。

3304 陈文无于蓝纸上用金笔画梅，别饶妩媚。

3305 **马公愚**本为公禹，以"禹"字颇多人不识，乃于"禹"下加一"心"字为"愚"。余戏谓之曰："公真有心人也！"

3306 胜利后，国民党政府，于西陲得佳玉，刻一官印，作为国玺，剖解之碎块，辗转为马公愚所得，刻二小印。

3307 马公愚书画外，兼善刻印，谓摹印之难在篆，不在刻。

3308 马公愚闲章，有"禅心剑气相思骨"，又"书画传家二百年"，又"薄解篆书粗传隶法"，又"金石癖"，又"家在永嘉山水窟"，又"雁山老樵"。

3309 马公愚晚年多病，且病殊复杂，乃以病状写成小文，付诸油印。客往探问，则以油印病状一纸与之，以省口述之烦。

3310 马公愚生平所书碑碣，数以百计，拟缩印成一专册，名《耕石簃墨痕》，以精力不济，未果。公愚卒于己酉正月初五日，碑碣拓本，均散失。

3311 **沈曾植**少时家极贫，昆弟如曾棨、曾桐、曾樾，四人只长衣一袭，每出门辄更易穿之，又无袜，常赤足。

3312 沈曾植母老多病，曾植侍之，亲尝汤药，遂通医理，能自处方。

3313 王廉生与沈曾植，均喜收藏碑帖，价昂者归王廉生，价廉者归沈曾植。

3314 沈曾植有蕉白水坑砚，赋诗刻诸砚匣。

3315 林瑜庆谓日本樱花，乃蜀中海棠移接。沈曾植曾以千叶樱花与海棠对勘，觉枝叶跗萼皆相类，亦认为二花同种。

3316 沈曾植嗣子慈护，酒量甚宏，半日之内，倾啤酒数十瓶。

3317 沈曾植有石章三百余方，均出名手镌刻。曾植逝世，石章悉归其嗣子慈护。朱大可与慈护为酒友，谓可以铃之，成一印谱，慈护因循未果。及慈护死，石章乃散佚。

3318 沈曾植所遗藏书，在抗战时期由其嗣子慈护以二十万金让与陈人鹤。

3319 **陈夔龙**晚年病目，医生为之挖去其一，而代以伪目，人称之为"独眼龙"。

3320 陈夔龙子子康，于壬子逝世，生平喜藏扇，镌一印"扇癖"。

3321 **邹梦禅**与人论书法，谓："近代如杨见山、张遹先、冯桂芬以及曾农髯、李梅庵、马公愚、王莼农，在当时为普通书家，今则已鲜有及之者，书道日降，可慨也。"

3322 书家邹梦禅，名其子为平平，名其女为仄仄。

3323 **童心安**得杭州雷峰经石，因刻"雷峰片石草庐"印。

3324 吴仲珺为镇江金石家，童心安觅得北宋初年《镇江十字街砌井记》精拓本，即寄赠仲珺。

3325 **汤定之**居北京太平湖，号太平湖客。

3326 汤定之获其先德之贻汾砚，因颜其斋曰"砚还"。

3327 书画家中，汤定之风度甚好，飘飘如画中人。

3328 汤定之美须鬓，以《左传》有"于思于思"句，因自号双于道人。

3329 汤定之画毕题款，即以作画之笔为之，使其更相融洽也。定之能诗，但自觉功力不及黄晦闻与陈师曾，逐藏拙，不用己诗题画，而取前人成句。

3330 李释堪之《握兰簃裁曲图》，汤定之绘。

3331 汤定之自评其书画，谓行草第一，画松次之，山水又次之；而相人术却在书画之上。

3332 敌伪政府，年节馈三百金与汤定之，汤却金不受。

3333 汤定之（涤）为贻汾之裔孙。工书，临摹汉夏承碑数十年，得其神理。擅画苍松，又工画兰，然颇自矜重，不轻为人作。一日，何之硕访其师夏敬观，定之亦在座，忽语何曰："我拟以画兰之诀授君。"何闻言欣然道谢。翌日，何至沪西胶州路汤寓，汤即以画兰稿一束贻之，曰："回家善自琢磨可也。"何辞出，汤送至门次，大笑曰："韭菜炒虾仁，足够吃一辈子。"盖指兰叶似韭菜，花蕊类虾仁也。

3334 陈仲恕之弟叔通，喜蓄苔，谓"苔与雪花相同，均六出"。汤定之以苔石赠之，投其好也。

3335 汤定之晚年患喉癌，施手术，割去声带，不能言语，客来，辄作笔谈。

3336 汤定之患喉癌死。

3337 **梁鸿志**任伪行政院院长，所属仅江、浙、皖、上海、南京三省二市而已。时华北执伪政权者为王克敏，梁鸿志常赴北京有所请示。当时李释堪尝笑谓人曰："王克敏在读《前汉书》，梁鸿志在读《后汉书》。"盖同为汉奸也。梁躯肥硕，王则枯瘠，又有人谑之为"北有行尸，南有走肉"。

3338 梁鸿志贵显时，岁终，辄资馈诸耆旧，独摈除汤定之，盖定之擅相人术。民国初年，与梁在北京相识，背后告人曰："梁某将来不得善终。"被梁所闻，因恨之入骨。

3339 阎立本之《历代帝王像》，为其生平得意之作，国宝也。画原藏福建林氏，后归梁鸿志，梁以七万金售与日本人。

3340 梁鸿志工诗善书，惜事敌不得善终。汤定之藏有鸿志所写之扇，我藏有鸿志所写之信。

3341 **谭复堂**，晚号半庵，自谓仕学皆及半而止。

3342 陈仲恕、陈叔通昆弟二人之名，均谭复堂所取。

3343 **俞天愤**以己之小影，加以剪裁，立诸瓶中，然后再摄一影，成为瓶中人，见者讶异之。

3344 小说家俞天愤，为俞金门子，娶妇姚鸿茝，工诗。鸿茝姊倩君，亦工诗。倩君夫婿言笠甫，为刊二人诗于日本东京，名《南湘室诗草》。

3345 余曩居吴中甫桥西街双塔寺前,常熟俞天愤来苏见访,谓此屋彼曾住过,盖应科举试时,此屋乃供考生赁居也。

3346 小说家俞天愤,一度喜玩鸭蛋壳之有彩绘者,以玻璃匣盛之;又喜莳兰艺菊,能识草木之性,秋兰每盆舒萼二三十箭,花时,香气远溢户外。菊得泰州迁道人之术,接苗于桑本,花开盈百,团团若宝盖。丁丑冬,寇难城陷,乃挈眷避阳羡山中,逾数月,思归,道过毗陵,以忧劳卒于舟中。

3347 海虞俞天愤,民国初年小说家也,喜摄影,曾倩人为摄怪相一百帧,每帧不同,制版载某杂志。天愤于乱离中客死他乡,临死,其容特异,或谓此百怪相外之又一怪相也。

3348 上海闻人**杜月笙**家中有一联:"春申门下三千客,小杜城南尺五天。"出饶汉祥手笔。

3349 沪上"闻人"杜月笙,某岁祝嘏,陈布雷作一寿文,杜酬以红木家具一堂。

3350 沪上闻人杜月笙寿辰,有人以岳飞所书《出师表》长卷作为寿礼,装潢十分讲究,门客中有鉴别认为赝品,月笙云:"人家送礼是一片盛意,不好扫兴,收下就是。"并嘱发付使力五百元。

3351 **刘半农**十七八岁时,由李君磐携之至开明社试演话剧。半农饰一顽童,徐卓呆为之化装。后卓呆任《时事新报》编辑,半农邮寄翻译小说二篇,请卓呆发表,一即登载《时事新报》,一介绍中华书局之《中华小说界》。既而卓呆进中华书局,半农亦入中华任编辑。

3352 卢溢芳与冯梦云,合赁一屋,刘半农为题斋名"非驴非马之室"。

3353 刘半农幼年喜作画，惜中辍未成。

3354 刘半农早年有《灵霞馆笔记》。

3355 刘半农谓北京大学之有北河沿，可以媲美英国剑桥大学之剑桥。

3356 《水浒传》金批本，今已少见，刘半农甚推崇金批本，谓金圣叹所批七十一回本，在文学价值上占最高地位。金对于《水浒》，只是有功，不是有罪。

3357 刘半农于民国二十三年夏，赴内蒙古，患回归热，返北京医治，延误致死。

3358 刘半农墓志铭，周作人撰，魏建功书，马叔平篆盖。

3359 刘天华为刘半农之弟，治乐曲，《良宵》即其创作。

3360 **夏曾佑**号穗卿，娶许舜屏之妹德蕴为佳偶。德蕴号佩芷，能诗。穗卿先卒，德蕴诗以哭之。

3361 编中国历史教科书，以夏曾佑为第一人。

3362 夏曾佑诗："天杀黑龙才士隐，书薶赤鸟太平迟。"鲁迅谓是诗有意使人不懂，可恶可恶！

3363 **倪文宙**有一印"二元后人"，盖指倪元璐、倪元镇而言。

3364 倪文宙自撰一联云："好读书不求甚解，且饮酒难得糊涂。"

3365 倪文宙晚号越州钝叟。

3366 倪文宙赴绍兴，访鲁迅故居，晤周作人之子丰一。丰一亦能诗，录文宙录示，兹仅忆其二句："衣沾不足惜，但使愿无违。"

3367 **翁叔平**曾于吴中见方瓣莲花，诗以咏之："吴人好事说方莲，密蕊重台面面全。我道不如虚一面，好花何必十分圆。"

3368 清廷宠臣，得赏听戏，荣事亦苦事也。翁叔平与其侄蓉卿书有云："今年赏听戏至四日，闻须初更始散，笙簧酒醴，荣幸已极，惟有敬慎自持，竭力当差。即此四日，颇费精神也。"又一札云："幸未赏戏，得早退。"

3369 **钱释云**钱释云参加新南社，刻一印"南社余子"。

3370 钱释云善吃西瓜子，能以一撮纳入口中，不多时，尽吐壳而瓜仁完整不碎。

3371 徐碧波忽以印度甘地夫人家世函询钱释云，释云戏以三绝句答之。其末首云："甘地名甘实不甘，一身辛苦味难堪。嗜痂有癖君诚最，刻骨相思到阿三。"注："俗称印人为印度阿三。"

3372 钱释云曾为高尚之作题画诗，先后约百余首。钱不留稿，高录存一册。及高下世，诗册不知散失何处。

3373 **高二适**以诗自负，所谓"二适"者，高适第二也。

3374 高二适擅书法，论书别有见地，如谓"赵松雪书学不得。包慎伯以善北碑得名，其人于书无妙解。鸭头丸帖，殊未见佳"。

3375 高二适刻有二印：一"骨节张索"，一"江东羊薄"。张索指张芝、索靖而言，羊薄指羊欣、薄绍之，以上四家，均擅章草也。

3376 **谢闲鸥**蓄一端砚，乃邹小山旧物。

3377 谢闲鸥幼年，阅《大共和日报》，该报附石印画刊，随报赠送。闲鸥大感兴趣，乃开始学画，卒传钱慧安之衣钵。

3378 继钱慧安画派之谢闲鸥，善绘仕女，娟秀有致，因有"谢美人"之号；为人绝恳挚，我往访，辄留膳，临别又必送我上车，及车行，始挥手离去。

3379 谢闲鸥无子，有三女：采琴、采文、采琪，均能传其父业，画人物仕女。

3380 **曹元忠**嗜佛手柑。某岁元忠病，其弟叔彦，以佛手柑馈之，罗列满前，或如巨灵掌，或如钩弋拳，元忠为之大喜，病亦痊愈。

3381 曹元忠为吴中耆宿，由张锡恭之介，就松江秀野桥韩氏馆。

3382 朱彊村深赞曹元忠之学行，谓具子政、稚圭之经术，叠山、所南之怀抱。

3383 **夏承焘**号瞿禅，晚年蓄长须，因改称瞿髯。

3384 夏承焘幼年，苦家中无书，乃移居温州籀园图书馆附近，博览馆中藏书以成学。

3385 夏承焘赶武夷山，啖虎肉，引为佳味。

3386 **王同愈**太史著有《选砚刍言》，朱念孝曾油印若干份，绝少流传。

3387 居正、何成浚，均为王同愈弟子。某岁，同愈八十寿诞，居、何各赠寿幛，縢以千金，同愈只收上下款，幛及千金璧还不受。

3388 **吴彦复**藏张廉卿书札，装成数册，甚精，盖皆廉卿致彦复父武壮者。

3389 吴彦复有《北山楼集》，首为其照相，西装戴博士方冠，颇英俊。

3390 都门有两瘿公，一为吴彦复吴瘿公，一为罗惇曧罗瘿公。

3391 吴彦复以田黄、田白、鸡血石称雄于时。

3392 吴彦复有鸡血昌化石十二方，绝精致，请吴昌硕刊之。既而以贫乏质于龚心铭处，计三百金。数年后，向龚赎还，龚以逾期却之，彦复大不怿。杨十骧慨然以千金代为解纷，彦复深为感德。厥后，石归张季直父子。

3393 彭嫣为吴彦复姬人，能为小诗词，善草书，又工篆刻，与彦复所刻印，陈浏极称之，谓二人皆有清刚隽上之气，而吴于博大处见之，彭于妩媚中求之。

3394 **何蝯叟**酷喜王蓬心画，见即购之，认为蓬心画，大都彼乡潇湘景色也。

3395 何蝯叟一度居吴中金狮巷。

3396 何蝯叟有《构山使蜀日记》，亲为录存，盖未刊之稿本也。秦更年见之，重录为副本，谓蝯叟书遇"汉"字，皆缺末笔，以避其父凌汉之讳。

3397 何蝯叟后人何辛叔，寓沪白克路侯在里，鬻书画为生，门榜"蝶灵仙馆"。

3398 **锺泰**于十年动乱时居江宁，及归沪寓，则寓中所庋诸稿本，悉被家人付诸一炬，盖恐"四凶"之嫁祸也。锺懊丧无及。

3399 锺泰晚年耳聋，家又无应门五尺之童，致客来访，不得其门而入，乃废然而返。

3400 **王文韶**晚年耳重听。

3401 王文韶为人柔和宛转，有"琉璃蛋"之称。

3402 **熊十力**喜立不喜坐，冬不御裘，御裘则病，虽居北京亦然。

3403 熊十力应聘复旦大学，提出要求，只接触教授，不接触学生。

3404 熊十力应上海复旦大学之聘，提出一要求：每饭须备一鳖。

3405 熊十力曾云："我生平不喜小说。某年赴沪，舟中无聊，友人以《儒林外史》进，吾读之汗下，觉彼书之穷形尽态，如将一切人及我身之千丑百怪一一绘出，令我藏身无地。"十力于一九六九年卒，年八十有六。

3406 **易培基**不精鉴赏，并其堂中所悬彭雪琴画梅，亦赝鼎。

3407 易培基（寅邨）自云："吾未尝远游外国，亦未毕业学堂，专以土货而忝高位。"

3408 **宋恕**，浙江平阳人，母分娩前，梦见一怪物，群燕逐其后，因字燕生。

3409 宋恕，字平子，为著名学者，马叙伦以之比汉代郭泰。

3410 **张菊生**主持上海商务印书馆，为辅助华侨教育，始于新加坡设立分馆，延吴渔荃经理分馆事。渔荃为夏穗卿之女婿。

3411 唐文治与张菊生订金兰契。

3412 上海福州路旧时工部局东之惠福里，设一英文馆，教授者温宗尧。张菊生每晨八时即至，学习英文。

3413 上海商务印书馆之涵芬楼，被兵燹，张菊生手检别储之书，幸免于烽火者，编为《烬余书录》。

3414 张菊生刊印百衲本《二十四史》，不惜重金，征求薛居正《旧五代史》，未有应者。后知是书藏丁乃扬家，李拔可曾访丁询之，始知若干年前，粤中某藏书家以所藏书籍及瓷器让渡与彼，当时曾有书目。及出示，果列有薛居正史，李大喜，助之翻检凡数日，无薛史之踪影。盖丁有瓷癖，于书籍淡然处之，不知薛史何时失去也。范祥雍识丁之子云甫及丁之女婿汪某，云甫时年尚幼，不悉其事；汪某略有所知，遂以告范。

3415 张菊生晚年患癃闭，甚危急，入医院，施手术两次始愈。

3416 **赵烈文**有《落花春雨楼日记》，未刊。语溪徐益藩曾摘录一卷。

3417 赵烈文有《能静居日记》，稿本六十四册，抗战时为某某所获。某某以生活艰困，以五百元售给陈群。

3418 **黄克强**识熊成基,乃萧翼鲲介绍。熊谋革命,易姓名为龙潜,号望云。

3419 **黄克强**有一印,"铲除世界一切障碍使者"十字白文。

3420 **孙宝瑄**曾斥章太炎著作流传,造孽不浅。

3421 **孙宝瑄**与人论居第,曰"有树便佳",此语简隽,可入《世说》。

3422 前人诗"九日驰驱一日闲",可知古人以十日得一日之休息,因此每月分上旬、中旬、下旬。旬一作浣,为上浣、中浣、下浣,谓休息在家,可以浣涤也。至于七日一休息,则始于清光绪年间。孙宝瑄《忘山庐日记》光绪三十三年二月十一日云:"迩来新机大启,官府学校,无弗有休沐期,七日为常,肇始于景教,诸国民俗,靡然从之,今兹骎骎流入吾华。推稽其故,曰元始神人,合宇宙,铸万物,六日而毕,七日乃告厥成功之期也。"

3423 **陶模**,官至两广总督,出身清寒,常自市菜,担水于河,因之得悉民间疾苦。

3424 秀水茂才陶惕若,为陶模之侄孙。戊午岁,就馆于平湖陈家,擅山水及草虫小品,又善治浙派印,时陈巨来年十四,即从之学,为篆刻之启蒙师。后陶任嘉业堂刘翰怡家西席,卒年七十有四。

3425 **廖仲恺**著有《双清诗钞》,流传甚少。

3426 **廖仲恺**曾于《八大山人松壑图》上题《金缕曲》。

3427 **刘师复**于一九一五年三月二十七日卒,瘗骨杭州烟霞洞畔。

3428 刘师复提倡世界语,其墓碑碑文,即为世界语。

3429 **陈蒙安**颇以缪艺风所刻书,多讹字为病。

3430 陈蒙安善书，又能画竹，着墨不多，而清疏有致。

3431 陈蒙安藏南汉卖地券拓本二纸，一李应庚跋，一叶遐庵跋。

3432 陈蒙安有《宋词新选》，未及完稿而逝世。

3433 陈蒙安藏有李慈铭之《越缦堂日记》集外稿，凡二十页；又藏宋代手抄本《范石湖诗集》四册，诗篇较刊本为多，均让归公家。

3434 陈蒙安藏有李越缦《癸巳琐院旬日记》手稿本，自清光绪十九年九月一日至十一日，足补《越缦堂日记》之缺。

3435 俞曲园之自制笺，有若干种，最佳为《吴中曲园图》《杭州俞楼图》，及《右台仙馆图》。其后人俞平伯尚藏有方格五行每行十二格之笺纸木版，右端有"仿苍颉篇六十字为一章"十字，左下端有"曲园制"三字，乃重印出售，撰有《出卖信纸》一文。

3436 俞曲园所居，有俞楼，在西湖孤山之麓，乃门第子徐花农等为建筑者，曲园撰有《俞楼杂纂》五十卷。又买地杭州右台山下，辟右台仙馆，其夫人所居曰"茶香室"，曲园撰有《右台仙馆笔记》十六卷及《茶香室丛钞》。晚年寓吴中马医科巷，本潘姓废地，乃创建宅舍，构屋三十余楹，有乐知堂、春在堂。旁有隙地，形如曲尺，乃叠石凿池，杂栽花木，颜曰"曲园"。李少荃、恩竹樵、顾子山、陆存斋，皆助以资力，徐花农为绘《曲园图》，李少荃且题榜曰"德清俞太史著书之庐"。落成于前清光绪元年，四月十四日迁入，时曲园年五十有五。是年七月十二日，为其母姚太夫人举觞，庆九十寿，极一时之盛。曲园著有《曲园杂纂》五十卷，《春在堂杂文》三十七卷。曲园与朋好通问，喜用自制笺，我藏有曲园笺、俞楼笺、右台仙馆笺。闻李蘦堂以湖南永顺所出凤滩石制砚，赠曲园，镌文"曲园著书之砚"。曲园孙绍莱，早卒。陛云为科甲探花，生于同治七年戊辰，故小名阿龙，当代红学家俞平伯之父也。

3437 俞曲园有所撰述，往往由其孙陛云代笔。彭谷声谓《右台仙馆笔记》，笔墨较逊于《春在堂随笔》，疑出陛云手。

3438 浙藩司刘树堂，以署中琼花折枝赠俞曲园，曲园为赋《琼花歌》，又撰《琼英小录》，并移一株归植曲园。

3439 俞曲园致徐花农书，有云："主讲诂经三十年，将来必有两种议论，一谓曲园在此，造就人材不少；一谓两浙人材，皆败坏于曲园一人之手。"不图今日果有此言，则亦不敢辞也。

3440 博览群书之俞曲园，颇以未见《金瓶梅》为憾。

3441 "好景须将诗纪录，欢情也要酒维持。"作时代新人物口吻，不知出于清代耆宿俞曲园手笔。

3442 韦秋梦不喜俞荫甫诗，谓"阅其诗稿，读至终篇，殊少惬意处"。

3443 俞曲园有自制寿字笺，散于市间甚多，常州吕学端以廉值购得之。

3444 俞曲园有《袖中书》，金粟香有《兰言偶录》，均友朋函札也。

3445 俞曲园每日写日记，有云："余自来湖上，以食物见馈者甚多，然不可书，书之则为酒肉账簿矣。惟涌金门外三雅园豆腐干及岳坟烧饼，则皆西湖美品也，不可不书。"

3446 朱莲垞之太夫人，德清人，与俞曲园同乡。能诗，有《紫石英馆诗集》稿本，每诗经曲园亲笔批改，莲垞宝之，请朱古微、郑海藏、金蓉镜、潘飞声等题词，最后请林半樱加题。而抗战起,半樱家毁,诗稿亦归乌有。

3447 彭雪琴尝寄寓俞荫甫之俞楼,许画梅花一幅,以当屋租。俞赠以诗:"一楼甘让元龙卧,数点梅花万古春。"

3448 俞樾堕齿一,与姚夫人遗齿,合瘗杭州孤山之麓,曰"双齿冢"。

3449 俞樾之曲园中,叠石为小山者,其人钮姓,吴兴人。园中有衡山方竹,乃彭雪琴所赠;又有一铜鼓,乃潘伯寅所赠。

3450 俞荫甫,道光元年十二月二日,生于浙江德清县东门外乌巾山阳南埭之鹊喜楼;光绪三十二年十二月二十三日,卒于苏州城内马医科巷之曲园,八十六岁。

3451 **俞慧殊**问诗于任堇叔,堇叔劝其多诵玉溪生律诗。

3452 俞慧殊初师叶袖东,后师任堇叔、沈瘦东,其佳句有:"鸡头菱角无边缘,酿作城东一段秋。"

3453 青浦俞慧殊诗人,喜植凤仙花,有一信致孙鸿熙云:"复瓣凤仙花子,恳为留意觅致。每种务须分别包开,标明颜色,至要至要。"

3454 青浦俞慧殊,籍隶南社,有诗才无仪容。

3455 俞慧殊眷白下名校书侯熙凤,有句云:"江干独有侯熙凤,占断秦淮旧日春。"

3456 **俞平伯**从不接受教会大学之聘书。

3457 《三侠五义》说部,俞曲园重加修订,改称《七侠五义》。民国初年,上海亚东图书馆主持人,请曲园曾孙俞平伯加新标点,印行问世。

3458 俞平伯曾作《沈三白年谱》。

3459 叶圣陶、顾颉刚、王伯祥、章元善、俞平伯合摄一影,名《北五老图》,五老中以俞平伯为最小。

3460 俞平伯有诗"而今陌上花开日，应有将雏旧燕归"，因名其杂文集为《燕知草》。

3461 俞平伯尝谓"西湖的画舫，不如秦淮河的美丽"。奈此为数十年前之秦淮，今则面目全非，未免系人怀想。

3462 **林鹍翔**，号半樱，因肺疾延及心脏，于己卯腊八日在沪逝世。

3463 文人往往相轻，造成恶感。林鹍翔之友好有争端，每为之解释，务使双方言归于好。

3464 **吴绛雪**，名宗爱，以美慧名永康间，时耿精忠部下攻浙，欲得之，绛雪投崖殒命。黄燮清谱《桃谿雪传奇》以彰其事。王凤琦藏有绛雪所绘花卉草虫扇，甚为珍秘。

3465 吴绛雪坠崖死，有《桃谿雪传奇》述其史迹，俞曲园为撰年谱。

3466 **吴瞿安**唱曲，喜唱青衣，但方脸八字须，殊不相称。

3467 吴瞿安藏书，归北京图书馆。

3468 吴瞿安藏有明嘉靖刻本词曲一百种，因颜其斋名为"百嘉室"。

3469 吴瞿安藏《琵琶记》，乃元椠本，常熟钱谦益弟谦孝物，辗转入士礼居，后为端方所得，以赠翁松禅，再由翁家散出，归诸瞿安。

3470 顾濯汉以康熙丙子墨贻吴瞿安，盛以彩舆，如新嫁娘状，又媵一诗，题曰《遗玄姑适延陵》。瞿安为之莞尔，次韵声谢。

3471 黄季刚逝世，诸弟子检其遗作，有《菩萨蛮》一词，疑为未完稿。吴瞿安阅之曰："此乃回文词之全文。"诵之果然。

3472 吴瞿安曾教小学生作对，知小学生喜读《水浒传》，即以"混江龙"为下联，嘱对上联。小学生略一思索，答为"跳涧虎"，瞿安大喜，乃在日记中述之："凡小儿心思窒塞，须就其所好者渐渐引入，决不可加以严厉手段。"

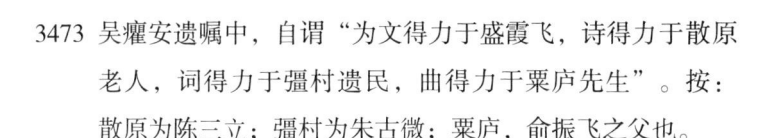

3473 吴瞿安遗嘱中，自谓"为文得力于盛霞飞，诗得力于散原老人，词得力于彊村遗民，曲得力于粟庐先生"。按：散原为陈三立；彊村为朱古微；粟庐，俞振飞之父也。

3474 **邓孝先**有一印"四十学书五十学诗六十学词七十学画"。

3475 邓孝先别署群碧楼主，盖藏有宋刻本《李群玉集》及《碧云集》也。

3476 邓孝先晚寓吴中侍其巷，梧桐庭院，花竹小斋，校书之暇，作画自遣。

3477 **胡朝梁**工诗，然不敢自信，常请陈鹤柴为之修正。

3478 铅山胡朝梁，刻意苦吟，多病，医嘱其戒诗不作，因作《止诗》一绝，有云："渊明止酒我止诗，止诗之难十倍之。"

3479 **谢之光**画家，其恋人名慧珠，而夫人亦同名慧珠。

3480 画家谢之光父迪昌，有一造像，乃赵藕生手绘，周慕桥补奚童囊琴，张聿光再补双鹤，贾叔香、袁抱存、简经纶、王钝根、毕倚虹、范君博、张丹斧等加以题识。

3481 浩劫中，上海画院之画师，什九被厄，谢之光幸而免，乃暗中袒护钱瘦铁诸画师。

3482 **徐乃昌**著述甚多，既卒，散佚殆尽。其子子高仅留诗词残稿，潘景郑录副存之。

3483 徐乃昌妻马韵芬，藏书往往钤夫妇合印。

3484 **孙菊仙**九十岁，犹登台唱《打渔杀家》。

3485 孙菊仙极少摄影，郑子褒却有其全身半身照各一帧。

3486 **周越然**购书成癖，"一·二八"之役，被焚古本书一百七十余箱，西书十余大橱。

3487 周越然有《六十回忆》一书，内容有《苏人苏事》《言言斋》《我与商务印书馆》《康有为伍廷芳陈独秀》《小难不死》等篇。

3488 周越然藏有《续镜花缘》四十回稿本，作者华琴珊，别署醉花生、竹风梧月轩主，上海人。

3489 周越然藏清朱素臣著《翡翠园》精本，乃王静安旧物。

3490 周越然祖父岷帆，名学源，著《蟭巢日记》，稿本未刊。父镜芙，名蓉第，吴平斋为题小像，有云："二十成进士，声闻满帝京。观政在铨曹，激扬励官箴。"据此可知亦宦途中人。

3491 **吴颖芝**不仅擅书，且能绘松，但绝少见。

3492 吴颖芝太史工书，亦擅画松，居吴中乘马坡巷，创保墓会，名人窀穸，保全甚多。

3493 **姚梅伯**所眷有三姬，而以居室为其名：一兰语楼，一玉觥楼，一彤琯冰蚕阁。三姬中以彤琯为最儇慧，彤琯尝忤梅伯被逐。既而彤琯追悔，乃请蒋敦复作《彤琯冰蚕阁赋》，或比诸汉宫人之请司马相如作《长门赋》也。

3494 鄞地藏书家冯孟颛，收姚梅伯稿本甚多。

3495 **宝竹坡**著《西山纪游行》古诗，长达二千九百二十一字。

3496 宝竹坡为旗人中之博雅能诗者，自书一门联云："小室难容佳客坐，柴门未许俗人敲。"

3497 宝竹坡贫甚，张香涛访之，以新熟之良乡酒，佐以咸齑一碟，与香涛对饮。

3498 宝竹坡醉后辄忤人，友屡劝之不改。

3499 宝竹坡名长子曰富寿，小名曰一二；次子曰寿富，小名曰二一。

3500 宝竹坡娶兰溪江山船女，女先宝死，遗像楚楚有姿，费行简与宝子寿富友善，曾见之。

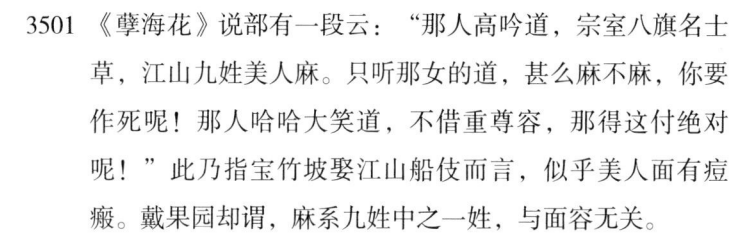

3501 《孽海花》说部有一段云:"那人高吟道,宗室八旗名士草,江山九姓美人麻。只听那女的道,甚么麻不麻,你要作死呢!那人哈哈大笑道,不借重尊容,那得这付绝对呢!"此乃指宝竹坡娶江山船伎而言,似乎美人面有痘瘢。戴果园却谓,麻系九姓中之一姓,与面容无关。

3502 **江翊云**尝常熟桂花栗,觉馨腴胜于良乡所产,但常熟所售,辄标良乡栗以炫夸,有诗咏之云:"虞山栗子木樨香,午憩僧房瀹茗尝。不解吴儿偏贵远,店门金字贴良乡。"

3503 江翊云游域外,饮某酒而甘之,既而再沽,却不知其名,遂以瓶之特征,绘示卖酒家。有句云:"欲唤香醪名不识,抽毫画与酒瓶看。"

3504 上海文史馆长江翊云(庸),好饮酒,有宴客不置酒者,曰:"主人不识趣。"

3505 江翊云(庸)在京沪两处,均当过律师。抗战前,张大千在京,与梁燕荪涉讼,翊云为大千出庭而得胜利。后翊云任上海文史馆正馆长。

3506 江翊云(庸),能诗,丙寅以前者,称《攻错集》,就正于黄晦闻,黄每首加以评语。翊云有汤山和林宗孟韵云:"萧条景色暮何堪,辇道秋花剩两三。记否去年灯火夜,一楼烟雨住江南。"黄评为"风韵独绝"。

3507 吴慈堪以波斯种兔儿花两盆,贻江翊云,为岁朝清供。

3508 **金雪塍**旧藏知足斋烟墨,墨为圆柱形,饰以泥金书画,绕柱老梅,着花繁茂,题"一生知己"四字,背有"光绪戊子知足斋藏烟"九篆字。既而知沈瘦东戊子生,与墨同年,于其六十八岁生辰,以墨贻之,并媵《烟墨歌》。瘦东感之,报酬一律。

3509 张冷僧与金雪朦交至稔，冷僧尝告雪朦，生平手抄书九千卷。雪朦曰："抄书一卷，必增一分智慧，抄九千卷，智慧增九千分。我懒散并一卷书而未抄，则智慧当逊君远甚，但我虽疏陋，与君相较，似乎非九千与一之比，可见君之慧根，尚不及我也。"

3510 金雪朦谓评诗殊难允当，譬之于色，燕瘦环肥，不无偏爱；譬之于味，南清北腻，未易尽谐，不能以个人之所见如此，而谓人人皆然。

3511 **陈乃乾**拟编纂《书目大辞典》，未成。

3512 陈乃乾眷一女子，排行为九，乃作《九思图》。

3513 龙华寺，为上海之古刹，有《龙华寺志》，虽老于上海者，亦未见其书。陈乃乾却获得是志钞本四册。

3514 **陈莲舫**，上海青浦人，名秉钧，应召入宫，为光绪帝治病，饭食月费银三百五十两，在当时为一巨数。

3515 青浦陈莲舫，名秉钧，精岐黄术，曾设诊所于沪上六马路。余童年病，曾就诊之，两剂而愈。后光绪不豫，被召入京，遂有御医之号。与沈寐叟友善，寐叟患疟，莲舫诊视，既愈，寐叟写一诗扇以贻之。

3516 **朱贯微**为唐庆诒之启蒙师。

3517 崇明朱贯微著有《五十年追思录》。

3518 **陈巢南**，斋名"绿玉青瑶馆"，乃撷倪云林词句，而其母倪氏，系出云林也。

3519 陈巢南藏永历钱，以寓故国之思。

3520 陈巢南有越南犀杖，辛卓人贻之，陈颇珍视。

3521 陈巢南之《感逝录》，谈南社王大觉，谓"年少能文章，丰神俊朗，一翩翩浊世之佳公子也。丁卯中秋病瘵卒，昱花幻影，君子惜之"。寥寥数语，似见其人。

3522 宋教仁曾约陈巢南撰《南明史》《后金国史》，未成。

3523 南社成立于吴中虎丘，陈巢南为发起人之一。巢南捐馆，即埋骨虎丘之麓。经十年浩劫，墓尚保留，惜未整修，行人过此，绝少注意。

3524 陈巢南曾撰笔记，名《五石脂》，刊载《国粹学报》。陈卒于一九三三年，其治丧委员会请人抄录成书，都八万余言，抗战军兴，未能刊行。

3525 **景定成**著有《东西南北》一书，记载彼在东京、山西、岭南、北京等地情况。

3526 于骚心、景定成，服御饮食，不脱秦晋人习性。

3527 **邹韬奋**当抗战时，避居广东梅县之江村，接触农民，学会当地之客家话。

3528 邹韬奋创办刊物，无不认真对待，谓"与其敷衍，不如不办；如其要办，决不敷衍"。

3529 **戴果园**每年元旦作一诗，寄友以代告存。易大岸每次大病，病愈作一词，亦寄友以代告存。

3530 戴果园与文史馆馆员同撰《近百年上海史》。

3531 戴果园七十五岁时，曾约同庚者，如张公威、廖味云、余云岫等八人作酒叙，称为"饮中八仙"，合摄一影。其中同姓张者两人，果园有诗："七姓八人六百岁，再加五倍三千年。"

3532 **樊少云**喜昆剧，每出绘一小幅，一时名流，纷为题识，装成若干册。

3533 樊少云主张画山水先要攻树石，更要学会画枯枝。朱梅村从之学，即整整一年练习画树石及枯枝。

3534 樊少云擅书画，又善琵琶，为崇明派之鲁殿灵光，曾灌有留声片。某次自苏来沪，寓汇中旅馆，夜间解衣欲睡，忽闻隔室琵琶声，绝工妙，知是能手，遂以己之名片，从门隙塞入。其人启户纳之，通姓名，始悉为吴梦飞，二人乃订交。

3535 **文廷式**为清光绪十六年庚寅翰林，殿试得榜眼。文为翁松禅所赏识，本拟置诸第一，奈有人谓宋之文天祥、明之文震孟，皆在末季，文姓为状元，于国不祥，乃降为第二名。

3536 文廷式与王壬秋互不相识，一日，同在友人家宴会，文云："近闻有王壬秋其人，自称名士，奔走权门，口口声声，肃王肃王。"王闻之，不发一言，遁席而去。

3537 文廷式以狷狭评李慈铭，舞文无行斥王闿运。

3538 **徐一士**写掌故笔记，自谓得其三兄龢甫、四兄凌霄启导之力，而朝野轶闻，则濡染于伯父子静、从兄研甫为多。

3539 吴中彭芍亭祖贤，有手写日记，未刊印。徐一士向其曾孙彭心品借阅，节录以充史料。

3540 徐一士之《一士类稿》，其自序有云："《红楼梦》，吾父有手批之本，而其时余不喜阅。"此手批本，不知为何种，从事红学者，可探索之。

3541 **陈鹤柴**别署静照，取意梅宛陵诗："无人知静景，苔色照人衣。"

3542 陈鹤柴从吴保初学诗称弟子，而鹤柴年长于保初。

3543 陈鹤柴爱诵梅宛陵诗："无人知静景，苔色照人衣。"遂名其斋为"静照轩"。

3544 陈鹤柴工诗，而拙于书法，既而右腕病废，左手作书，其拙更甚。

3545 陈鹤柴常用白纸扇，见有佳句，辄录存扇上，录满再易一扇。

3546 陈鹤柴（子言）诗人，供职时报馆及有正书局，二者均狄楚青所创设者。其时有一说部，名《曼玳琳》，由有正刊行，是书为美国盘山克莱原著，洗天客与西泠生合译，文辞润色者，陈鹤柴也。

3547 徐健庵之尚书第，榜之为"传是楼"，在江苏昆山。民国后，其后裔售诸王逸塘，王称之为"今传是楼"，辑有《今传是楼诗话》一巨册，乃出于陈鹤柴代笔。

3548 **孙雪泥**鬻画，颇喜绘梅，有句云："春来不惜磨穿砚，借尔东风换酒钱。"

3549 孙雪泥擅画紫藤，因有句云："文长未筑青藤馆，留得藤花让雪翁。"

3550 孙雪泥咏紫藤云："残英狼藉君休扫，一日辞藤一日疏。"沈其光以孙紫藤呼之。

3551 孙雪泥为诗，时向青浦沈瘦东请益，该处有许家饭店，治肴甚精，孙赴青浦，辄在许家宴请瘦东。

3552 孙雪泥与叶遐庵、冯超然等十人，合置别业于杭州华津洞，因自署华津一士。

3553 **滕白也**擅指画，曾致余一信，出于指书。一九八〇年秋，逝于海上。

3554 一九二五年，南京孙中山塑像竞选，滕白也获得第一名。

3555 番禺**潘仕诚**斋名"周敦商彝秦镜汉剑唐琴宋元明书画墨迹长物之楼"，累累二十一字，历数家珍，用以炫世。

3556 粤中海山仙馆主人潘仕诚，敬礼何子贞，特制牡丹舸、莲花舸两画舫，为珠江游宴之具。

3557　**王梦白**有《彡道人诗稿》，彡表示多须。

3558　王梦白居室，几阁凌乱，杂呈残书秃管，自署"破斋"。

3559　**冯梦华**深恶王湘绮，骂之谓顽钝无耻。

3560　冯梦华有冯煦遗嘱石印本。冯名煦，晚年作书草率，不易辨认，而遗嘱更甚。

3561　冯梦华子松生，早卒，嗣孙祖植亦夭，门内三世孀居。

3562　冯梦华生于癸卯十二月初一日，殁于丁卯七月六日，寿八十五岁，积日记六十二年，易箦前一日犹不辍笔，都四十五册。

3563　**蒋苏庵**师事冯梦华。梦华丁卯七月六日卒，蒋痛哭失声，谓昔朱竹君、程鱼门两先生卒，士有无走处、无谈处之语，今于冯公之逝世，始识其言之恫。

3564　杭州西湖之蒋庄，主人为蒋苏庵，本廉南湖之小万柳堂，苏庵得之，出于冯梦华谐成。

3565　蒋苏庵藏有戴圣铜印及苏子瞻铜如意。

3566　蒋苏庵姬人冯印霜，善画能诗，有"嫁得西风雪打头"之句，为人传诵。

3567　**潘景郑**为滂喜斋后人，刻一印"吴中我亦填词手"。

3568　潘景郑喜搜罗古今章回小说，十得八九。

3569　吴荷屋旧藏宋拓本蔡襄所书《茶录帖》，辗转为潘景郑所得。解放后，景郑捐献公家。是帖有林则徐题识。

3570　潘景郑得张公束《寒松堂全稿》手抄本，凡十八册，校阅之，则坊间刻本非全璧，尚有什之三四未刊。

3571　潘景郑藏宋绍兴婺州刊本《嘉祐集》，乃以书影制笺，淡绿色，甚古雅。

3572 潘景郑藏有文彭印，刻文"有酒且酌"。其他名人印，约五六百方。

3573 承潘景郑惠贻张大风为薛天锡所绘山水扇，祝予九十寿。画有题语，如云："吾画苦不能拙，每自恨其蹊径习气深重，今日此作，略得洗涤一二。"此语别有旨趣。

3574 邓廷桢遗像一卷，为群碧楼收藏，后散出，潘景郑得之。解放初，捐赠南京博物院。

3575 潘景郑藏书数百箱，未及携沪，被其苏居之侄论斤出售，版片二三万件，悉作炊薪。

3576 潘景郑有马湘兰熏炉，铜质，雕花甚精，炉底刻"广生庵"字样，红木楔盖，有罗振玉题字，为群碧楼收藏。抗战时，群碧主人下世，散出于市，景郑购得之。建国后，南京博物院院长曾昭燏来沪相访，欲征南京文物，景郑以马湘兰为秦淮八艳之一，即以是炉捐献南京博物院。

3577 潘景郑为谈诸先贤后裔，谓文徵明后人，已无所知。昔李印泉访古吴中，在某乡遇文氏后代，仅一老媪存在。家藏抄本家谱一册，但截至清初，遂携归，为之刻《文氏宗谱》，辑入《曲石丛书》中。闻文鼎（后山）亦其后裔，太平天国时，避兵绍兴，不知所终。又沈石田后人，亦无可踪迹。解放后，在吴县郊外，得石碑一，为石田夫人墓志，今石存苏州博物馆。又清季状元洪钧去世后，其家属居苏州悬桥巷，其后情况不明。

3578 潘景郑藏有皮鹿门《师伏堂日记》节录本，以陈左高网罗日记，即归之左高，并题一词。

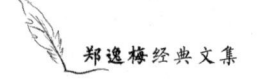

3579 潘景郑昔日有句云："爱我何须问骨肉，论交惟有得深知。"谓"不啻为逸梅而发"。因请黄怀觉刻一印"高密深知"。高密，郑康成也。

3580 潘景郑家旧藏清人诗文集，一千三百多种，景郑补得一千数百种，编成目录，以待再访。清代之《缙绅录》，《乡会试题名录》及清代朱卷，旧藏亦甚多，景郑又补充《缙绅录》，咸同光宣四朝俱全。朱卷原有一千多种，补得千余种，今皆捐献上海图书馆。又拟编《苏州氏族考》，因收苏州诸巨族家谱，有百余种，颇以未得申时行、宋德宜两家为遗憾。又方志亦收罗一部分，江苏、浙江两省均备，拟扩充至安徽，值抗战遂作罢，盖景郑原籍安徽也。综计若干年中，增添图书，加以旧藏，共计三十万卷，贮四百多箱。抗战来沪，所居不能容纳，仅携二万册，为明清较善之本，及手头需用之工具书而已。

3581 潘景郑之祖父谱琴，名祖同，与祖荫为堂弟兄。谱琴好读书，不求古旧精本，而所藏明清刻本，都四万余卷，有《岁可堂书目》。景郑为之编写成书，捐献上海图书馆。

3582 **卢冀野**极崇拜李后主之词，曾根据后主词之明刻本、毛子晋之钞本，加入侯文灿、金武祥、刘继增、朱景行、沈宗畸、刘毓盘、邵长光、王用维、唐圭璋之校补，存词三十七首，冠以后主李煜画像，于庚寅年七月七日用巾箱本刻印成书。盖后主生卒月日相同，均为七夕也。

3583 卢冀野自谓生平爱读四部书：一、《水经注》；二、《洛阳伽蓝记》；三、《慈恩寺三藏法师传》；四、《长春真人西游记》。

3584 卢冀野喜玩漆器，目为特殊艺术，旅居福州时，常往诸著名漆器铺，物色欣赏。

3585 杨仲子与卢冀野闲谈，杨谓南京是秋天的好。卢曰："秋天的南京，尤以玄武湖为更好。"

3586 卢冀野喜读郑柴翁之《巢经巢诗集》，因名其书斋为"柴室"，著有《柴室小品》。

3587 卢冀野（前）居白下，得暇辄赴文德桥畔之得月楼茶馆啜茗，佐葵瓜子一撮以为乐。某次远行，过高家铺，有诗忆之云："路转峰回天未晚，高家老铺一停舟。座间叫卖葵瓜子，错认烹茶得月楼。"

3588 **黄小配**之《粤东繁华梦》说部，分章刊载广州《时事画报》，凡两年始载毕，共四十回。光绪戊申夏，由上海书局用有光纸石印，且附简陋插图。小配作一弁言，自署"世界之个人"。

3589 撰《洪秀全演义》之黄小配，曾师事朱次琦。

3590 **郑太夷**诗："狂煞拿翁自天纵，字书难字不曾寻。"用拿破仑所谓字典中无难字一语，入诸吟咏，为他家所未有。

3591 郑太夷曾云："吾辈作诗如照相，妍丑听之，何必修饰。"

3592 郑太夷进肴，不啖鸡与鸭。

3593 **吴子玉**学画于蒋罗宾，子玉仅能作几笔光杆，枝叶由蒋点染。

3594 吴子玉往往有佳句。如："黄州山水秀天下，容我披蓑脱战衣。"又："一篙一笠临皋去，十里春江明翠微。"又："东风吹绿黄州岸，自起开窗画竹枝。"或谓均杨云史捉刀。

3595 吴子玉幕下多才士，据我所知，有张其锽、杨云史、郭绪栋、叶克臬。

3596 **徐傅霖**幼年时，居吴中中由吉巷，谓附近有方家场，乃明代方孝孺之故宅。

3597 上海首先教人跳舞者，乃体育家徐傅霖。

3598 **马太龙**为叔平后人，擅刻印，曾自刻"宠辱不惊"，又"窃书非雅贼"。

3599 马太龙刻印，自称印奴。彼藏书常被窃，因刻一印"窃书非雅贼"，钤于书上。

3600 **曾习经**官右丞，时何翙高戏之曰："此真诗人官职也。"

3601 曾习经，寓京师丞相胡同之潮州会馆，喜谈版本，常偕伦哲如游琉璃厂，所见谆谆指导。伦之癖书，受习经之熏陶为多。

3602 **郑质安**夜坐有句云："吹灭读书灯，一身都是月。"大为陈石遗所激赏。

3603 郑质安曾以四支韵，成律诗百首，称《百支吟》。

3604 钱崇威太史，晚年酬应文字，由郑质安代撰。

3605 鸣社诗人郑质安，于一九七五年冬，啖面过度，肠胃出血死，年八十。

3606 **王伯恭**著《蜷庐随笔》五卷，有无冰阁所印铅字本，不分卷，实则节本也。手写原本，藏尹石公处。

3607 王伯恭之《蜷庐随笔》，记山阴张小浦方伯事独详，因王曾馆于张家若干年也。

3608 王伯恭工书，新岁辄书春帖。临卒之年，犹书一帖云："儒冠误我，年矢催人。"

3609 **符铁年**评赵扬叔书画，谓均有盛气凌人之概。

3610 严孟繁诗文酬应之作，大都由符铁年庖代。

3611 **徐邦达**砚，潘君诺为之画像，陈端友镌刻。

3612 庄炎藏有《海客琴尊图》，有曹雪芹、顾太清题诗。徐邦达曾见之。

3613 **李石曾**晚年喜蓄书画，而以清代为多。一日，偕其夫人林素珊至古玩市场，购得王蓬心所作《浯溪图》四尺横幅，山水用干笔皴擦，备极苍古。石曾大喜，特制一玻璃长桌，陈列会客室中，以供众览。

3614 李石曾家藏颜鲁公《刘使君帖》手迹，纸白版新，徐邦达鉴定为惟一真迹。

3615 **赵元任**以一数理学家，忽而研究中国方音，遂开近代方音研究之先声，曾著有《国音新诗韵》《现代吴语的研究》《广西猺歌记音》《湖北方言调查报告》等书。

3616 方言学家赵元任，与杨步伟结婚，无仪式，仅请友人朱徵、胡适二人作证签名而已。

3617 **吴铁声**藏田汉致彼之书札，于十年动乱中恐被累，自行焚毁。

3618 章太炎为人书联，极少称呼，大都仅书某某。吴铁声偶于古玩市场购得太炎楹帖，上款为"书赠铁公"，为之大喜。

3619 吴铁声得一孙中山亲笔信，信为汉文，信封则为英文，系致一西人传教士，向其借用会场者。汉文中有一字笔误，有人指为伪作，铁声乃具函将信请中山夫人宋庆龄鉴藏。宋获之，转献中国革命历史博物馆，并寄铁声感谢信。

3620 吴铁声见告，其友朱君，富收藏，遇书画精品，不惜高价，曾以旧藏猫儿眼宝石及顾二娘砚等十件，与人易得李北海字卷。北海法书，为稀世之珍。

3621 吴铁声藏有洪宪元年顾鳌签署之《召开国民大会布告》，及浙江巡按司屈映光发布之《禁烟告示》，人不之重，铁声却以文献目之。

3622 倪寿川藏董其昌《云台集》，有王时敏藏印。吴铁声藏《秦淮八艳图咏》，有晚翠轩藏印。晚翠轩，戊戌六君子之一林旭斋名也。曾留周越然家，铁声辗转得之。

3623 "少师临桂侯行军印"，为瞿式耜行军印信。拓本有王国维、罗振玉等长题。于此可知瞿式耜于明季勤王，曾封临桂侯，印拓具有史料价值，藏吴铁声家而失诸浩劫中。

3624 曾在吴铁声家见到小型手抄本圣叹外书《西厢记》，作工小楷，一笔不苟，成为两函。又闻沪南书法微型刻家张云龙，用象牙片正反面刻《西厢记》全文三万余字，开本小于半个拇指甲，一度在香港展出，真神乎其技。

3625 江南石刻，校官碑外，惟瘗鹤铭为最古，当为齐梁遗迹。石旧在焦山下，天寒水落，其石始露，拓本极稀。明代所拓，仅有二十余字，鲜有得其全者。康熙间，陈沧洲移石入寺，乃大显于世。奈毡蜡不绝，剥蚀重刓，乃失其真，故世以水前拓本为贵。我在吴铁声处获观其所藏，为水前所拓与水后所拓配合者，而后者亦道光前未刓所拓，有秦曼卿题跋，已不可多得也。

3626 吴铁声于冷摊上购得陈夔龙奏稿及公牍原稿，凡十厚册，为清末重要史料，且工楷小字，亦极精审。铁声与夔龙后人昌豫有交谊，以告昌豫，愿以奉贻。不意昌豫复之，谓"此类文件，即我家处理散出者"，铁声为之怅然。

3627 吴铁声见毛甡《西河看竹图》卷，画已易为伪作，但中段书札二通，乃真迹，题跋甚多亦真，似已拆散一部分，姑购存之。解放后，铁声有友张君，于市场见有《西河看竹图》卷，亦有题跋，惜殊零落，并有虫蚀处，未之购。既而张君见铁声所藏同名手卷，深悔当时未之购取，否则两卷去伪存真，重行合装，亦不可多得之名迹也。

3628 **朱炳文**善制竹筒，以养过冬之秋虫。雕镂纤巧，无与伦比，有摹仿之者终不及也。人以忠明笼钩媲美，谓为先后两绝。

3629 沪上有朱炳文其人，行五，人以朱老五呼之，善制小虫盒，以蓄蝈蛉子之类。家中备车床等工具，为制盒之需。盒取象牙为底及面，装以椰壳，雕镂镶嵌，光致无伦。周围以细竹丝为漏窗，成图案形，面加玻璃。盒扁圆，便置衣袋中，且每盒造型不一。曩时古玩市场偶有出售，值三十金。高式熊家藏二具。

3630 **金兆蕃**，嘉兴人，留意郡人诗，谓："嘉庆以后，以钱衎石为巨擘。其诗宗梅宛陵，参以黄山谷，无一语蹈袭前人，亦无一语矜炫后学。"

3631 金兆蕃极称许胡宛春之书法。

3632 嘉兴金兆蕃，故徽州籍，世居和孝里安乐乡，清乾隆间迁鸳湖，故自署曰安乐乡人。

3633 金兆蕃、金通尹父子，均白发盈颠，人误以为老年昆仲。

3634 金兆蕃于科举未废时，即诫诸子勿应试；于女学未兴时，即令诸女勿裹足。

3635 金兆蕃有《宫井篇》长诗，咏晚清珍妃事，注释甚详赡，生前未梓行，其后人金敬渊为之蜡印成书。

3636 钱箨石八十四岁蓄一砚，镌戴笠像于砚上，铭曰："纵浪大化，不喜不惧，吾不知岁云暮。"此砚后归金兆蕃。

3637 金问源与问洙，均为诗人金兆蕃之后人。昆仲皆喜韵语，分居两地，通邮唱和不绝，衷之为《双鱼活水集》。

3638 **王京簠**藏明代陆深诗卷，"文革"中失去，以诗卷有"力学"一语，因取室名为"力学斋"，用以自励。

3639 明成化有诰命赐陆深者,现藏王京篯家。匣及包袱,均明代物,完好无损。

3640 **李平书**能诗,有《宁阳留别》,一时和者数十百家,乃汇之为《宁阳骊唱集》。平书富收藏,有毛延寿所作《水帘图》,毛之手迹未之见,难定其真伪矣。

3641 杨凝式之《韭花帖》,一度藏李平书家。

3642 李平书于常熟发现《石帆铭》一石,乃宋代元嘉十七年所刻之桥铭,为六朝楷书,承东晋二王余韵,开隋唐楷法宗风,共二百二十四字,李即斥资购归,吴昌硕于石隙加刻"吴中第一古石"数字。

3643 辛亥岁,沪上有人创设禁吸纸烟会,某日,开大会于张氏味莼园,伍廷芳邀李平书前往演讲。奈李虽不吸纸烟,却日吸吕宋烟三四枝,乃以身作则,在大会上说明从今日起,立志戒吸,且痛言纸烟之害,闻者无不动容。

3644 汉《娄寿碑》,首缺四十八字,向无足本。平泉书屋主人李平书,于壬子春,得一本完整无缺文,经诸书法家审定,确为宋拓。平书大喜,乃聘珂罗版技师日本人丰仓氏,在寓置备器具,试印各种书画,成绩良佳。继乃印《娄寿碑》,只印二百四十部,平书作一跋,以印数少,成为稀世之品。平书有《七十自叙》一书,门生故旧,醵资为之刊印,凡四卷,仿宋线装,唐驼题签。末附影印平泉书屋藏品,有禹之鼎为顾亭林所绘画像,及顾亭林、黄宗羲、梅文鼎、尤西堂、钱陆灿等手迹。《自叙》,署名且顽老人。

3645 李平书喜与人谈医,偶见歙人鲍小洲之家传医书,乃手抄本,认为平正切要,录二十方于其所著《且顽老人七十岁自叙》一书中,为病家考鉴。

3646 巨贾贝润荪购吴中狮子林废园，乃李平书所介绍，代价只一万元，但修葺整理，却耗三十万金。

3647 **邓尔雅**咏折扇诗绝佳，人称邓折扇。

3648 邓尔雅善书，楷学邓承修，篆法邓石如。

3649 邓尔雅一名万岁，乃根据《急就篇》邓万岁而来。

3650 邓尔雅写巨幅，常以纸敷壁上，悬空挥毫。

3651 邓尔雅能刻橄榄核印。

3652 邓尔雅有一印"山鬼"，徐星洲刻。

3653 邓尔雅子邓桔，著《瓦当文录》，善治印，先尔雅卒。

3654 **陈栩园**每当痛苦时，辄以如来支解为譬，谓如此则觉我身所受，总不如如来所受之难忍也。

3655 陈栩园病胃，往往已饥方食，未饱先止，谓为此东坡养生法也。

3656 洋菜为暑令食品。陈栩园谓是物原名寒琼脂，殊隽雅。

3657 章松盦有句"水月松风招白鹤"，苦无对句，陈栩园云："何不对以'石泉槐火煮乌龙'？"章大喜，请人书为楹联。

3658 陈栩园曾补陈仁玉《菌谱》之不足，更成《菌类食谱》一书。

3659 陈栩园最爱其杭州故居蝶庄，暮年著述，成于此屋为多，及避战乱去蜀，作《蝶恋花》题壁。有云："但愿归来，池馆还如旧。"岂知异地归来，旋即病死，蝶庄已易主矣。

3660 **胡雪岩**居杭州，厅事四壁，以碗砂捣细涂刷，扪之有棱，谓可以百年不败。园中筑一精致之地窖，几榻悉备，暑日居之。

3661 胡雪岩于杭州筑芝园，叠石为山，洞口题为"滴翠"。山巅置楼，题为"一览"。园中蓄金钗十二，有"红楼大观园"之喻。陈栩园曾往游，则已荒圮矣。

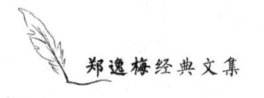

3662 《海上花列传》中之黎篆鸿，《二十年目睹之怪现状》中之古雨山，皆影射杭人胡雪岩。

3663 杭州诸梵宇之钟，什九为日本人所造。盖当明治维新，日本佛教一度衰替，诸佛寺将铜钟廉值出售；而其时胡雪岩以财雄杭州，闻之，遣人东渡，斥资收购，捐助西湖诸名刹。

3664 胡亚光家藏其曾祖胡雪岩亲笔遗嘱，动乱中被毁。

3665 **况蕙风**于南京大石坝街寓所，掘得李香君小印，佩之随身。

3666 词学家况蕙风有云："学填词先学读词，抑扬顿挫，心领神会，日久胸次郁勃，信手拈来，自然神韵谐畅。"

3667 况蕙风论词，谓："性情少，勿学稼轩；非绝顶聪明，勿学梦窗。"

3668 况蕙风喜常州兰陵酒及南翔郁金香酒，谓两种酒名，恰合"兰陵美酒郁金香"诗句。

3669 花谱云："海棠有色无香，惟蜀之嘉州者有香。"况蕙风则谓："凡海棠皆香，何尝为地限，人自心粗，知者鲜耳！"有句云："妙气清微别有香。"

3670 况蕙风于扬州访旧砖，发现砖文，隋以前，"扬州"之"扬"字，从木为"杨"，唐以后之砖文为"扬"，可知唐人之误而相沿也。又谓《战国策》文"好掩人之美而杨人之丑"，则非州名亦从木为"杨"。

3671 《浩然斋雅谈》有一联云："天下三分明月夜，扬州十里小红楼。"况蕙风谓二句皆切扬州，非他处可用。

3672 况蕙风著《天春楼脞语》，连载民国十五年之《申报》副刊《自由谈》。

3673 况蕙风为梅兰芳作词甚多，但《蕙风词集》中只选入二首。

3674 况蕙风罕作画，曾绘一罗汉像，朱古微为题，现藏陈左高处。

3675 况蕙风词人，旧居桂林之花㭴园，近辟为公园，中悬蕙风及王半塘像。

3676 况蕙风著有《阮盦笔记》五种，光绪丁未刻于白门。所谓五种：一、《选巷丛谭》；二、《卣底丛谭》；三、《兰云菱梦楼笔记》；四、《玉梅后词》。实则只四种，乃以《选巷丛谭》分为甲乙卷耳。题签者端午桥。选巷取名，有其由来，盖蕙风居扬州琼花馆街，后移寓旧城小牛录巷，巷后太傅街，仪征太傅文达阮公家庙在焉，而文选楼岿然尚存，为文达所重建。兰云，则蕙风一度赁楼五楹于常州白云溪上，为兰陵胜处。

3677 况蕙风词翁，偶绘无量寿佛，简古有致。

3678 民国初，李品仙为桂系将领，极推崇况蕙风，后随白崇禧赴台湾，不任官职，只搜罗粤西耆宿著作，尤以蕙风所著为多。

3679 况蕙风每逢萍社文虎会，常携其子，并带一包袱去，备射虎获彩，满载而归，但往往失望。

3680 况蕙风官内阁中书，王鹏运称之为"目空一世之况舍人"。况见俗字必易之，如"樽"字必涂去木旁为"尊"，"暮"字必涂去日字为"莫"，崇古不苟。冯蒿叟又称之为"况古人"。

3681 况蕙风日记，记于账簿上，共四十余册。晚年有人供以宣纸，遂端楷出之，且加朱笔圈点，凡七册。

3682 **程瞻庐**写稿极端整，不加涂乙，有误字乃挖补重书，手民德之。

3683 乾隆有"十全老人"之号，程瞻庐乃袭用之，因彼居吴中葑门十全街也。

3684 程瞻庐某岁生日，吴中星社诸子，设宴于船上以寿之，称之为"水炖寿星"。

3685 程瞻庐善治小说家言，所著《茶寮小史》《众醉独醒》，均脍炙人口；罕为诗，偶见其为陶冷月题《风磴吼泉图》云："泉自涓涓始，空山似不闻。一朝破危峡，声势挟千军。"

3686 程瞻庐卒，遗稿颇有未刊者，留置笥箧，家人不加收拾，任之散佚。

3687 **程十发**为当代名画家，本名潼，自幼能画，李仲乾为之取号十发。

3688 程十发能刻印，尝为其妻张金锜刻"金锜"二字白文印，章法与刀法，均臻上乘。

3689 某次，赴龙华寺宴会，画家程十发亦在座。酒数巡，有劝十发多进菜肴者，十发谓："我已醉饱，不能再唊，此我家程咬金三斧头之家风也。"

3690 画家吴青霞能唱青衣，有梅派韵味。程十发能唱须生，饶黄钟大吕之音。

3691 **程千帆**教授，为宁乡程颂万之从孙。颂万别署十发老人，与当代画家程十发同署，均取义《说文》"十发为一程"，乃数量名也。

3692 程千帆夫人沈祖棻工诗，有"风扇凉翻鬓浪绿，霓灯光闪酒波红"，新事物入诗，殊熨帖。祖棻以车祸死，惜哉！

3693 **胡佩蘅**，号冷庵，涿县画家，工画山水，在仲圭、黄鹤之间，著有《冷庵画诣》《课徒画稿》《画箓丛谈》《山水入门》等。程十发幼年学画，得《山水入门》一书，作为规范。

3694 胡佩蘅喜蓄石谿画，称其斋为"石墨居"。

3695 **徐世昌**之书画，署水竹村人外，有时用弢斋别号。

3696 民国初年首揆徐世昌，号水竹村人。按是村，在河南辉县之西南角，淇水流其域，《诗经》"瞻彼淇澳，菉竹猗猗"，即其地也。徐氏建桥浚池，益多种竹，筑楼居之，榜为"竹隐"。前有堂屋，为归田别墅。

3697 徐世昌诗，往往就正于柯凤孙。

3698 徐世昌与兄世光，于辛亥革命之际，避地青岛，绘《双隐读书图》。

3699 徐世昌作诗写字，辄于兴至时为之，作画辄于郁勃时为之。

3700 当徐世昌聘人选诗《晚晴簃》，吴昌绶以手抄本陈梦雷《松鹤堂诗集》示同人曰："此未刻孤本也。"关颖人知伦哲如有刻本，明日借以出示，昌绶大恚，取刻本片碎之。

3701 徐世昌能诗，有《水竹村人集》。所作往往就正于柯凤荪，凤荪则有《蓼园诗钞》。

3702 柯绍忞纂修《新元史》，历时三十年。既成，徐世昌以总统命，颁布加入正史，为《二十五史》，且送日本东京帝国大学，经大学文学部东洋史学系教授会评，授予柯为文学博士。

3703 徐菊人曾云："凡事不着急，总有办法，若先着急，则是自扰而无办法矣。"

3704 **段芝泉**虽下野，为人作书，犹钤"建威上将军"印。

3705 段芝泉鄙视徐世昌，谓其人若死，不屑致挽联。

3706 **邵力子**主持《民国日报》时，与陈望道同住一屋，又同在上海大学任课。

3707 人皆知马寅初有先见，提倡新人口论。不知邵力子在全国人大第一届会议上，即提出节制人口，当时未有响应。

3708 邵力子任《民国日报》主笔，馆址设在沪市南京路杨庆和银楼楼上。时俗尚金饰，妇女趋往，力子喜谈谐，作打油诗云："结得芳邻杨庆和，朝朝暮暮看娇娥。偶然辜负伸头望，碰见浓妆老太婆。"

3709 邵力子之媳妇杨之英，乃瞿秋白夫人杨之华之妹。

3710 **高君宾**为《科学杂志》编分类索引，谓杂志从一九一五年创刊，至一九六〇年结束，出版三十六卷，共计三百八十一期，索引辑录长短篇目，凡一万三千余条。经历四十五年，始终主持笔政者为任鸿隽。

3711 陆简敬与高君宾同年同月同日生，遂订通家之谊。

3712 顾遁叟旧藏《浙盐板晒图》，知高君宾主鹾政，即以是图赠之。

3713 **陈曾寿**喜啖苦瓜豆豉，认为清隽胜于旨腴。

3714 陈曾寿藏有其八股文手稿本，陈宝琛、李拔可为题。

3715 陈曾寿与谭鑫培为同乡，曾寿常赴谭家，谭之唱词，有时为之酌改。

3716 杭州西湖，旧有陈庄，陈曾寿之别墅也。其婿周君适，有一文记其地："陈曾寿的书房有两间，一间就是苍虬阁，还有一间，当门院中，横卧一块太湖石，两头向上翘起，像一柄如意，这间书房取名'石如意斋'。从苍虬阁的窗户望去，正对苏堤第一桥，桥外是雷峰塔和净慈寺。南屏晚钟在雷峰塔侧面，花港观鱼在第一桥与第二桥之间。陈曾寿悠然自得地说，西湖十景，我住的这个地方，已占其四了。"阅之，似身临其境。曾寿为前清遗老，我一度在其弟陈微明家见之，沉默少言，状殊端肃。

3717 周君适撰《伪满宫廷杂记》，以补溥仪《我的前半生》之不足。君适乃陈曾寿之女婿，宫廷情况，无非得之于曾寿。

3718 **钱崇威**居沪上南昌路，"四凶"肆暴时被殴，于戊申三月一日气愤死，为清代翰林之最后一人，年九十有九。

3719 钱崇威太史，与弟强斋殊友爱，强斋先卒，崇威有雁行失翼之恸，改署"存雁"。

3720 **方浚师**之侄臻荫，尝仿浚师书，可以乱真。

3721 方浚师著《蕉轩随录》。陈乃乾之《室名索引》，未载蕉轩。

3722 **江建霞**刻《灵鹣阁丛书》，有已校勘而待续刻者若干种，却因故辍止。范祥雍、吴德铎各藏其一。

3723 江建霞手录范石湖诗一册，藏吴松槑家。

3724 江建霞为徐积余刻楷书三字名章，极工整。

3725 卞玉京不仅能诗，且擅八法，江建霞曾见卞所书楹帖，有诗云："独愁一事梅村误，不誉能书只誉诗。"卞又能画，建霞更自夸眼福，有诗云："秋风红豆相思种，定为萧郎写折枝。"

3726 任立凡有一印"阿大"，江建霞有一印"金僮"。

3727 江建霞（标）二十四岁，任湖南学政。若干年后，其弟子谭延闿亦二十四岁，任湖南学政。

3728 **江小鹣**为灵鹣阁主江建霞子。在日本东京，有一日本女伶丹稻子恋之，盖小鹣固美仪容者。我与小鹣为吴中草桥学舍先后同学，彼时学名为江新。

3729 江小鹣畏蛇，见画中蛇亦惊惧失色。

3730 **吕伯攸**供职上海中华书局，例不许写外稿。当抗战时，生活艰困，不能不为报刊写稿，博取稿资，以供挹注，乃用白悠署名，借以掩塞。

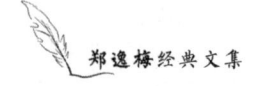

3731 吕伯攸室名"红苢蓿斋"。

3732 蒲华与吕伯攸之父友善，曾居吕家年余。故吕家多蒲氏精品。

3733 吕伯攸妻吴克勤，能自制纸扇，伯攸于扇头绘《郑侠流民图》，且题诗云："劈开细竹手排匀，小扇糊成足自珍。绘上流民图一幅，阖家人似画中人。"其时适抗战，沪上沦陷，粮食甚恐慌，有流作饿莩之势也。

3734 **李根源**养疴昆明之愉园，时谢侠逊南游，道经滇垣，根源慕其弈名，邀之对局，结果和棋。

3735 李根源之为人，似无可疵议，但在任农商总长时，某议员却痛诋之，谓"如再存盗廉妓贞之望，必贻虎苛蛇毒之忧"。真所谓求全之毁也。

3736 壬戌年，李根源探视罗瘿公病，罗以黎二樵手录陶诗十四首册子赠李以留念。

3737 蔡松坡与李根源往还书札颇多，李曾检集三十余通，装成二册。奈庚申秋，失于琼州兵变中。

3738 赵石禅工书善诗，李根源曾师事之。

3739 **谭组安**历任显职，而其同怀弟瓶斋，在沪上卖字度日，从不觅一差事，或挂名支乾薪。

3740 谭组安女谭淑，写颜字酷肖乃翁，嫁袁伯夔之弟思彦。思彦任胶澳关监督，往来公牍，由淑核办。

3741 **喻雪蕉**喜搜罗美术明信片，中外兼备。

3742 喻雪蕉能书能画，又善诗，但自谦抑，谓书输少芬（宋少芬）十筹，诗输翠楼（陈小翠）百筹，画输雪泥（孙雪泥）千筹。

3743 **贾粟香**为沪上耆宿，年老体健，我犹及晤之，询其养生之道，彼云："每餐不进饭，以粥或面充饥，不使过饱而已。"

3744 贾粟香之妻，解放后，入学读书，时年已七十。

3745 **黄公度**十岁学诗，有"春从何处去，鸠亦尽情啼"二句，师为之惊奇。

3746 黄公度之人境庐，在广东梅县，今尚有遗址，如息亭、五步楼、无壁楼、十步阁、七字廊、卧虹榭等，但已圮败不堪，兹正在修复中。公度当时有自撰联："万象函归方丈室，四围环列自家山。"又："有三分水，四分竹，添七分明月；从五步楼，十步阁，望百步长江。"无壁楼有南武山人所书联："陆沉欲借舟权住，天问翻无壁受呵。"

3747 黄公度之人境庐，有联："药是当归，花宜旋覆；虫还无恙，鸟莫奈何。"潘兰史为书。

3748 黄公度居日本，镌一印"东海黄公"。

3749 黄公度故居"人境庐"三字横额，乃日本书家成濑温之手笔。成濑曾奉明治天皇敕书《圣教序》，得赐御砚一方。

3750 黄公度以《人境庐诗》驰誉，且擅八法，曾为沈寐叟书扇，叶景葵见而大赏之。

3751 薛叔耘与黄公度，均贺升吉门下士。升吉，贺天健之曾祖父也。

3752 钱锺书评黄公度诗，谓七绝则龚定庵，取径实不甚高，语工而格卑，伧气尚存，每成俗艳；又诗掎摭声光电化诸学，以为点缀，而于西人风雅之妙，心性之微，实少解会。故其诗有新事物，而无新理致。

3753 周瘦鹃家藏一巨大之玉磬，乃大内物，叩之厥声清越。

3754 周瘦鹃蓄兰数十盆，朱德曾往访之，甚为称赏。盖朱掌戎戒偓之余，亦喜以芳草怡情者。

3755 **邓秋马**惯作伪书画，但手法不高，取其亡兄秋枚之"风雨楼"三字印章钤其上，托为秋枚所藏。

3756 顺德邓秋马，藏《尺素遗芬》四册，黑地白文，乃取书札摹刻于石然后拓印者，均德舆上款，海山仙馆故物也。秋马谓彼少时，曾至海山仙馆，虽已颓败，然尚有余屋，一莲塘极大，旁植名种荔枝。闻当盛时，凡客来游，常以鲜果见饷，客莫不朵颐大快。

3757 邓秋马喜搜罗尺牍，又擅摹仿作伪，故彼所藏者，有真有伪，人不易辨。

3758 **陆渊雷**治医，曾云："藿香，按《药名谱》，为霍去病。"

3759 陆渊雷多才艺，能书，能刻，能古文，能制印泥，精佛学、天文、历数，通英、法、德、日诸国文字，而于医道又复邃深。

3760 **谭延闿**有一印生为南人不好乘船而爱驰马试剑，为北方人书件辄钤之。

3761 谭延闿喜进鲥鱼，有诗云："夏水鲜鲥一尺鳞，裹蒸荷叶碧痕新。世间最是天然美，莫向官厨问八珍。"

3762 谭延闿与长沙龙绂瑞为总角交，往还书札甚多。绂瑞卒，其子毓莹，犹检得延闿书札有三百四十通。绂瑞著述有《武溪杂忆录》，凡二卷，上卷记遗闻逸事，下卷记有清一代之朝章掌故，后附《蘋香榭诗存》。章士钊为作序，余德沅题词，一九五二年，毓莹为刊。但只印一百部，分贻戚友，外间不易觏得也。

3763 **黄公渚**爱慕青岛崂山胜迹，对景写生，成三十余帧，每帧附以一词，影印赠友。

3764 谭正璧手杖,乃黄公渚所贻,有公渚刻文。

3765 黄公渚石孙,曾任青州守,遂家青州,周今觉赠以诗:"历下早襟名士贵,青州从事酒人传。"

3766 **陆自在**与张善子、黄宾虹友善,然不喜善子之画虎及宾虹晚年之浓墨山水。

3767 陆自在妻小名凤,陆既悼亡,乃以楼空老人自署,取凤去楼空意。

3768 **范祥雍**校注《洛阳伽蓝记》行世有年。《战国策》一百万言,在审订中;尚有校注《东坡志林》《山海经》,成稿而待刊,惜于浩劫中失之。

3769 范祥雍赠陆自在联:"流水落花春去也,粗茶淡饭自安之。"又:"江湖浪迹天随子,朝野杂闻老学庵。"

3770 范祥雍谓顾炎武《天下郡国利病书》之巨,远不及其《日知录》之精。

3771 苏子瞻之《东坡志林》,万余言而已,范祥雍作《东坡志林考释》,却有四十余万言。

3772 上海乔家浜,以乔一琦著名。范祥雍得乔札一通,公家以善价商购之,作为地方文献。

3773 **陈树人**与高剑父,同时学画于居古泉,尽得居之用粉秘奥。树人年少翩翩,居以侄女居若文妻之。

3774 陈树人用画竹法写字,别具一格。

3775 陈树人有三女,均以魂为名:长女美魂,次女善魂,三女真魂。

3776 陈树人与桂南屏、凌鸿勋,均为儿女亲家。

3777 **王季欢**嗜好杯中物,常邀友至其家宴饮清谈,往往由午至晚,客多不耐,不辞而行。

3778 王季欢作书,能由下而上,结构自然,停匀得体。

3779 王季欢为陈蝶仙弟子,有别墅在杭州西湖,榜曰"黄杨楼",与陈小蝶之别墅一水相隔。

3780 王季欢自谓藏书万卷,读书千卷,著书百卷。

3781 李栖云清末参加革命,由香港密运军械入粤,将手枪子弹置于篓底,上放毒蛇若干尾,出入从未被人发觉。

3782 **吴子深**在香港,以岐黄及丹青问世,但就医者多,求画者少。

3783 吴子深不仅善画,且擅岐黄术,彼乃御医曹沧洲之宅相,得乃舅衣钵也。

3784 吴子深谓玩物丧志,物指犬马之类而言,若误为书画古器,傎矣。

3785 吴子深弟似兰之画,颇多出于张星阶代笔。

3786 吴子深在苏,居桃花坞,因号桃坞居士;在沪则居威海卫路之桂荫书屋,以丹青遣兴。其女国筠,亦能绘事。

3787 **李释堪**擅书工诗,曾任北洋政府将军府文威将军。因此李对文士辈,以武夫自命;而对军人,却以诗人自居。

3788 李释堪别署太疏,乃于所居园中,累石为台,命之曰"疏台"。

3789 李释堪排行三,人称李三爷。

3790 李释堪妻林卫嫣能画,释堪之《桥西草堂图》,即出卫嫣手。

3791 李释堪于小园中累石为台,名之曰疏台,自署"太疏""疏畦"。

3792 李释堪赠陈墨香诗:"凤城日日添歌管,协律谁如陈墨香。"盖陈为荀慧生编撰新剧本也。

3793 李释堪刊有《鞠部丛谈》,尚有续编,未见刊行。是书乃罗瘿公之遗编,每则有阿迦居士按语。阿迦居士,为释堪别号。间有张豂子识语、樊云门眉批。

3794 李释堪诗成必屡改,且喜与人商榷,署其居曰"磨诗廊",又曰"诗病楼"。

3795 李释堪藏有朱莲芬所书团扇,绝精。释堪谓"自来伶人之善书者,当推第一"。

3796 李释堪晚年寓沪,作书甚秀劲,然鲜人问津,偶为友人写扇,钤三字印"不值钱"。

3797 **平步青**鄙视小说,谓《西厢》《牡丹》皆艳曲;施、罗平话,均不可置齿颊。施、罗者,指施耐庵《水浒》、罗贯中《三国》而言。

3798 平步青貌寝,经年不窥镜,偶取视则扑之。

3799 谢刚主曾见平步青手写《两负堂日记》及《栋山日记》。《两负》为早年所作,《栋山》起于咸丰八年,迄于光绪十二年,凡二十四册,蝇头细书,惜未刊行。

3800 **钱瘦铁**画宗仰石涛,有"石癖"二字印。

3801 钱瘦铁学艺于汉贞阁碑帖店,该店在吴中护龙街大井巷口,其师为唐伯谦。

3802 钱瘦铁尝云:"立功须在人先,享乐应在人后。"

3803 钱瘦铁曾至绍兴,访鲁迅故居,绘《鲁迅故乡揽胜图》,献诸公家。

3804 钱瘦铁于书画篆刻,受三人影响颇深:于郑大鹤得其雅逸,于俞语霜得其苍茫,于吴昌硕得其古泽。

3805 《王冰铁印谱》,郑大鹤题识累累,曾刊印问世,原稿藏钱瘦铁处。

3806 钱瘦铁晚年卜居上海外滩吴淞江畔,署斋名为"淞滨芋香宧"。

3807 钱瘦铁在日本神户卖画，有一日本人，爱其画甚，竟至典衣购之，并致书瘦铁，附示质券，瘦铁为之感叹。

3808 钱瘦铁居上海黄浦之滨，倚楼远望，大有斜晖脉脉，过尽千帆之概。

3809 钱瘦铁之子小铁，能刻印，其侄大礼能绘画，均有相当造诣。

3810 **曾农髯**（熙）喜用扶桑人所制之笔，往往嘱彼邦笔工特制，择其尤者二枝，赠朱大可。

3811 从曾农髯游者甚多，在同门中年事最长者，为马企周。农髯有联赠之云："其才诚画苑博士，以齿长吾门诸生。"

3812 曩时有以"烟锁池塘柳"征对，殊难著笔，盖五字中有金木水火土之五行也。或以"秋深梵寺钟"为偶。顷见鄂中老书家黄亮书一联云："烟锁池塘柳，茶烹凿壁泉。"亦具巧思。黄亮为曾农髯弟子。

3813 曾农髯长须秀目，如古代画中人，生平不喜访友，却好宾客来家。不能饮酒，而治肴甚精。庚午殁于沪东虹口东有恒路寓所，与余倦知之死相差一日。朱大可挽之，涉及倦知，云："大节比姜斋，千古衡阳两遗老；同归有倦叟，一时海上共招魂。"二人均湖南人也。

3814 **王莼农**偶书一联："芸阁老仙多妙语，江西文派有新图。"书就觉得联语中恰连缀"江西文芸阁"五字，即以赠同事文公达。公达，芸阁子。

3815 王莼农工八法，著有《斯冰篆谱》。

3816 王莼农可终日不饮茶，但特赏茶之韵味，谓："竹炉蟹眼，其声可听；旗枪净碧，其色可爱。"

3817 王莼农作草书，辄钤"草草劳人草草书"小印。

3818 王莼农藏有洮河绿石砚，背刻宋度宗时名伎苏翠像。有马湘兰题诗云："绿玉宋洮河，池残历劫多。佳人留砚背，疑妾旧秋波。"附识云："苏翠面目似妾，右颊亦有一痣，妾前身耶？果尔，当祝发空门，来世不再入此孽海。"可知砚为湘兰妆阁中故物，而马湘兰貌有白圭之玷，亦一特证也。

3819 王莼农子结婚，请包天笑为证婚人，奈包仓卒间印章未备，莼农乃检出一闲章，俾包暂用，文为"乐此不疲"。

3820 王莼农工词章，又谙英文，其父道平，任电报局局长，固能英语，莼农传其家学。

3821 王莼农鬻书，题润例云："短墨磨人不自聊，秋心卷尽雪中蕉。家风惭愧红鹅换，润格亲题学板桥。"

3822 诗人**许半龙**，娶殷明珠之义妹殷柔则为继室。

3823 胡石予之《半兰旧庐诗》，陈巢南之《浩歌堂诗》，均请许半龙删订。

3824 **陆枫园**阅《翁同龢日记》，谓翁在北京做官时，作书好写叩头跪拜，十足奴才态度；罢官返家乡，则看风水，修坟墓，祀祠堂，简直与鬼为邻。

3825 陆枫园于清代书家，不喜刘石庵、邓石如、何绍基。

3826 陆枫园喜啖榄豉，是物为粤产品，用乌榄去核腌制而成，可蒸鱼或肉，或拌以糖及油蒸之，为佐膳妙品。

3827 陆枫园五十生日，姚虞琴赠陆包山山水立轴，顾景炎赠陆深字屏，叶遐庵赠叶梦得尺牍，冒鹤亭赠冒辟疆手札。后均由枫园捐献其故乡三水图书馆。

3828 **王小逸**撰小说，辄署捉刀人，实则彼生平从未为人捉刀，亦生平从未有人为之捉刀。

3829 王小逸在某刊物上撰连载稿，标《鸾和散辑》，人询其取义，曰："《鸾和散辑》者，乱话三千也。"

3830 中国象棋特级大师，男为广东杨官璘，女为北京谢恩明，而以**谢侠逊**为百岁棋王。

3831 万国象棋会，一九〇三年成立，入会者，各国人士均有。我国人之与会，则以谢侠逊为第一人。

3832 潘定思与谢侠逊合创《国耻纪念象棋新局》，有鸦片战役、割地酬俄、伊犁赔款、马关和约、片马交涉、中日条款等等，在棋史上别开生面。

3833 **李鸿裔**爱吴中山水，乃挈家侨居铁瓶巷，后购网师园居之，种竹艺花，拥书数万卷，并蓄三代彝鼎、汉唐石刻、宋元以来法书名画，闭门谢客，倘徉其中。

3834 李鸿裔子赓猷，字远辰，以父生于蜀中眉州，字眉生，乃号少眉，一作少梅，官观察，搜罗其父遗稿，刊《苏邻遗诗》上下卷。

3835 苏州网师园旧主人李鸿裔，与但幼湖相莫逆。曾见鸿裔致幼湖手札，有云："大局经此一变，我两人之身世，又须另起炉灶。为兄计，将来贵州多半难归，不如此时移居长沙，联舍而住，饥则同饥，饱则同饱，出入相顾，患难相共。"其时李、但二人均游宦他乡，彼此交谊，可见一斑。但为手批《聊斋志异》贵州但明伦（云湖）之子。画家但杜宇，则幼湖哲嗣也。

3836 **潘西圃**喜闻鸡声，于竹林间畜之，谓清音入耳，恍然有风人之思，因颜其室为"风雨思君子之室"。

3837 潘西圃卧病两月，医药无效，得新会橙食之，胸次为之一开，乃大量购备，日啖一颗，病竟渐瘳。

3838 **袁梦白**患耳聋,因号无耳尊者,著《无耳尊者题画》十二卷。

3839 会稽袁梦白工丹青，斋名"八百里荷花池馆"，历参程德全，朱家宝幕，自谓"以幕养廉，不愿以官致富"。其哲嗣淡如，传家学，擅作山水。

3840 **汪允中**在沪赁一小屋，而积书甚多，非常珍惜。一次大风雨，屋漏涔涔下，书不及移去，彼时穿一狐裘，即脱裘覆以护书。

3841 皖诗翁汪允中作寿，制墨以赠戚友，正面为"聪训草堂藏烟"六字，背面为"旷公己丑八十"六字。

3842 汪允中有二：一为报人，一为诗人，我友孝文之大父也。又有释子名允中，石门人，杭州南屏方丈，善画山水。

3843 **李越缦**鄙薄唐人诗，谓宋之问一无可取，沈佺期之"卢家少妇郁金堂"一首，亦粗成章法而已，李义山古体全无骨力，温飞卿则揉弄金粉，取悦闺襜，直荡子艳词耳！

3844 李越缦薄范当世，谓有才气而质美未学。

3845 赵瓯北之《廿二史札记》，殊脍炙人口。李越缦谓出于常州一老诸生手，赵乃窃人之书为己书耳！

3846 李越缦爱一猫，名小桃，依恋主人甚，畜五年死。李裹以絮席，埋之竹下，为之设祭，且诗以悼之。

3847 李越缦于光绪丁亥除夕，自作一楹联："藏书差足五千卷，来岁便为六十人。"盖是年乃五十九岁也。

3848 **李祖韩**擅画，昆仲甚多，有祖夔、祖模、祖桐、祖莱、祖明。秋君其妹也，主持女子书画会。

3849 李祖韩曾于李越缦后人处，购得越缦之名号斋馆印数十方，钤成一册。

3850 **朱菊坪**名黄，有《樗庵诗文集》，未刊，稿藏乡人梅鹤孙处。

3851 朱菊坪有《樗庵诗文集》，未刊。稿本在梅鹤孙处。

3852 旗人**瑞麟**，不甚识字，当官两广总督，同知宓彦恒持刺投谒，曰："尔姓太僻，我不识得，尔可自报！"

3853 满族瑞麟，精饮馔，今粤酒家之潮州鱼翅，即瑞麟家厨所遗也。

3854 **陈师曾**，世称槐堂先生，俞剑华辑有《槐堂师弟子画集》，王履斋更有《槐堂画语录》。俞与王均师曾弟子也。

3855 陈师曾之画，受湘人尹和白之陶冶，有出蓝之誉。

3856 箜篌，古乐器，我国已失传，日本正仓院存仿制品。陈师曾留学东瀛见之，归国后，绘《美人箜篌图》。

3857 陈师曾作《桐江钓台图》，顷刻而就，请林宰平题诗，一搁三年，及成，师曾已下世。

3858 陈师曾自评生平艺事，谓画为上，刻印次之，诗词又次之；画以兰竹为代表。

3859 陈师曾谓："赏梅胜境，惟有二处，一武昌之乃园，一日本大森之晨光阁。"

3860 陈师曾作画，林宰平偶为牵纸，师曾骤然落笔，宰平大为惊愕，既成，乃知为一墨石。

3861 陈师曾所绘《北京风俗图》，极自珍视。一九二三年，师曾卒，图册归梁任公。

3862 **陈仁先**曾得吴镇之《苍虬图》真迹，因自号苍虬。

3863 陈仁先于诗，喜唐韩冬郎及李玉溪，称为"诗中双尤物"。

3864 陈仁先与俞恪士，常作伴登临，有句云："破壁攀天一端午，伤高啼泪六重阳。"

3865 **易大厂**刻有石章，为"王后唐前"四字，原来易任职印铸局，在王福庵之后，而在唐醉石之前。

3866 易大厂之祖香生，取斋名"宜雅"，为吴荷屋手笔。既而失之，大厂辗转访求，失而复得，奈无一椽以张悬，只名其所作为《宜雅斋词》。

3867 易大厂嗜啖芒果。

3868 易大厂妻既妒且悍，不许大厂多所交际。即通电话，亦有限制，贴有名单仅十人，凡在名单之外者，概不接话。

3869 **陆士谔**与人谈《水浒传》，谓泊人绰号，均有意义，惟朱贵之旱地忽律，人不之解，实则所谓旱地忽律，乃脱甲之鼋。鼋脱甲，畸形发展，体乃硕大无朋，一旦上岸，能伤人畜。

3870 西医余云岫与中医陆士谔，生前为讨论医道，各存门户之见。余攻击中医，肆其口诛，陆贬斥西医，恣彼笔伐，大有水火不相容之概。

3871 恽铁樵与陆士谔，均因其子误于庸医而死，遂愤而习医。

3872 医生出诊，但时例必乘轿，轿后有灯。陆士谔在青浦，轿灯标"医工陆士谔"，见者讶之，士谔曰："《周官》，医工隶于大司徒，此古称也。"

3873 岐黄家陆士谔，号云翔，知者甚少。

3874 陆士谔著《新野叟曝言》，为国内最早之科学幻想小说，谈文素臣全家至月球事。

3875 张澹冲著有《寒窗医话》，为陆士谔得意女弟子。

3876 **叶玉甫**藏赵子固画兰长卷,有顾太清题词,极难得。

3877 叶玉甫喜收山志及书院志。

3878 **凌万顷**爱聆音乐,尤喜《子夜曲》之旋律节奏,即以之入画,谓:"昔人称诗是有声画,画是无声诗,今则化无声为有声,画中充溢旋律节奏矣。"

3879 画家凌万顷之弟学沂,为飞行员。

3880 **王仁堪**,为光绪丁丑状元,其家西席汪秋轩,工诗,不自矜饰。常就村肆进粥饮茶,有句云:"小店双弓米,平台一盏茶。"

3881 王仁堪曾以三百金购明代程君房墨一锭。

3882 **杨树达**乃皮锡瑞之门生,又师事叶德辉。

3883 杨树达体魁梧,仪表俨然,为任何教授所不及。

3884 《杨树达年谱》,有云:"一九三六年,汇集为《积微居小学述林》,寄往北京审查,一九五四年出版。"出版进行之迟缓,于此可见。

3885 **贺涛**师事吴汝纶。吴汝纶子闿生,奉父命又师事贺涛。

3886 贺涛晚年,双目失明。

3887 **李慈铭**之《湖塘乡居图》及《玉河秋泛图》,乃粤人陈乔森所绘。

3888 李慈铭于光绪丙戌除夕书厅事联云:"藏书粗足五千卷,开岁便称六十翁。"则是年为五十九岁。

3889 李慈铭生平有三怕:一怕写扇,二怕作家书,三怕撰酬应文。

3890 李慈铭卧床左右,喜列书橱,复列盆花,谓书可以读,花可以赏,二者得兼,其乐无穷。

3891 "腰缠十万贯，骑鹤上扬州。"此前人句也，诵者往往不求甚解，且以扬州即指今之扬州市而言。而李慈铭却谓扬州指建业，今之江宁府。六朝以扬州刺史为宰相之职，故愿为扬州刺史，犹愿为宰相也。一欲贵，一欲富，一欲仙，皆指其极者而言。可知扬州，即今之南京市。

3892 李慈铭欲购阮刻《十三经注疏》一部，以非二十金不办，无力以致之，系之梦寐。

3893 李慈铭《越缦堂日记》，乃影印本，原稿涂抹钩乙，殊不醒目。癸酉岁，慈铭之侄文纠，摘存菁华，名之曰《越缦堂詹詹录》，铅字排印为两册。以印数少，外间殊难寓目。陆澹安藏有一部，篇末却有人加墨手批，未署名，不知为谁，骂慈铭不稍宽容。慈铭固喜骂人，殆所谓即以其人之道，还治其人之身欤！批文云："先生之文，每喜于寻常文辞中，嵌用古字僻典，所谓字古而文不古，以艰深文浅陋是也。致令读者，如食柔物，忽夹石砂，场屋中尤为大忌，晚获甲科，犹属幸事耳！"又云："《越缦》之考据词章，不成家数，以视东原、石笥诸儒，相去何啻千里。至此录所集，名为撷撮菁华，而所载不过如是。其中骂人之语，竟占篇幅十分之二，未知其意何居，岂欲树仇耶？抑借以索诈耶？真百思不得其故矣。"又云："樊山之假匿八册，未必意图盗窃，量多骂人之词，欲为先生掩过耳。"又云："总之，此种日记，绝无印行价值，而冒昧出版，结果《越缦》虚名，转因以大损，冤哉冤哉！"言太偏激，亦非中正之道。

3894 李慈铭以《越缦堂日记》负盛名，刘体智却毁之甚力，谓其："不知古礼，小柴未识门径，对于前人遗著，仅阅一序，即加评语，点阅书不终卷，草草即终。惟词章差强人意。"

3895　**邓之诚**曾于市间以二金购得沈三白画一幅。

3896　邓之诚之《清诗纪事初编》，有云："万寿祺多能艺事，诗文之外，书画雕刻，以及刺绣，无不精妙。"按寿祺工绣，未之前闻也。

3897　邓之诚搜罗名人照片，数以千计。

3898　撰《骨董琐记》之邓之诚，喜收罗旧照片。范畴为四：一衢道，二宅舍，三名人，四古树，凡数百帧。

3899　**龙榆生**能以枯笔作简易山水。

3900　龙榆生问业于朱古微，朱以校词所用朱墨两砚并为一盒以与之。龙得之大喜，因请夏剑丞为绘《传砚图》。

3901　龙榆生曾请江小鹣为朱古微造四尺像，奉祀秋雪庵之两浙词人祠中。

3902　龙榆生校订《山谷词》，其中多禅语，不易理解，乃致书马一浮、陈寅恪，有所询问。

3903　**张季鸾**早年得沈淇泉太史赏识，故季鸾对沈颇为崇敬。

3904　张季鸾嗜昆曲，力捧韩世昌。

3905　《老残游记》中之庄抚台，即**张曜**之影射，而《孽海花》中又影射之为章一豪。

3906　军阀倪嗣冲、王占元，均出张曜之门。

3907　**刘铁云**初号蝶隐，后乃谐声为铁云，曾在上海铁马路开设慎记书庄。其所著《老残游记》，最早由天津日日新闻社印行，题签出方药雨手笔。

3908　《老残游记》作者刘铁云，其手稿文物，保管于其孙刘厚泽处，甚为珍视。讵意于十年浩劫中，付诸荡然，厚泽且被折磨惨死。

3909 著《老残游记》之刘铁云，于淮安南市，开设一铺，标名"八达巴菰"，人莫知其命意所在，盖售关东烟草也。"八达"为八达岭，"淡巴菰"，烟草之译名。

3910 刘铁云居北京前门外板章胡同，乃《阅微草堂笔记》所谓四大凶宅之一。

3911 刘铁云曾从大兴张瑞珊学古琴，张著《十一弦馆琴谱》，铁云为之序。

3912 刘铁云与李瑞清友善，订交尚在清光绪二十八年。铁云之壬寅日记有云："十一月初二日，有李君梅痴来访，楚生之旧交也，名瑞清，书法甚佳，临川春湖先生之族孙，鉴别甚精。谈数小时之久，深叹恨相见之晚。"

3913 刘铁云有一白文闲章"壮游八次渡重洋"。蒋逸云所作《刘鹗年谱》，未能举述其所到之地方。

3914 前人诗："美人自古如名将，不许人间见白头。"刘铁云亦云："名士不生朱户里，美人须死少年时。"

3915 刘铁云妻王氏，六合人，三十六岁卒。时铁云年三十有七，继娶郑安香，解音律，间为小诗，有《灵岩口号》。妾先后五人，为衡氏、茅氏、王氏、郭氏。铁云游扶桑，最后纳日女榎木夷真。郑安香奇妒，郭氏被虐死，铁云甚为伤悼。

3916 刘铁云曾从张瑞珊学古琴，藏有春湖带雨琴，常弹奏之，后归王世襄。

3917 刘铁云有六子：大章、大黼、大缙、大绅、大经、大纶。有女三：儒珍、佛宝、龙宝。

3918 《刘铁云年谱长编》有云："四月中，以三十元买三幅宋画。"廉值如此，为之忾羡。

3919 **周梵生**，号无住，馆于彰德袁氏之养寿园，曾从徙南道人学琴，未成。

3920 周梵生处馆彰德洹上村袁寒云家，口甚吃，期期艾艾，却好与人辩论，人不能下。

3921 内兄周梵生，号无住，曾馆河南彰德袁氏养寿园，教袁寒云诸子家彰、家骝，凡数年。当时邮贻在养寿园中所摄影二帧，均有题识。其一云："养寿园，一亭居湖中，登亭必济以小舟。夏夜，余尝鼓琴于其中，波心一丸，万籁俱绝，微风掠衣袂，凉袭肌骨，斯景真不啻在广寒清虚间也。"其二云："养寿园之凤仪水阁，雪景绝佳，余戴暖帽，披轻裘，立卧虹桥，倩西友白克为摄影，照成自视，殊痴肥不类，不图居邺下两年，遂失却本来面目。茫茫两间，当年张绪何往？逝者如是，感慨系之矣！"时项城方逝世，又寄一遗影，题云："治乱相乘，犹昼之有晦，不可强也。劫运之来，其必有应此劫运而诞者，其应此劫运而诞者，其所作事业，为功为过，须俟此劫运外人来定，当场众喙，皆客气耳！"阳秋皮里，以蕴藉出之，耐人玩索。

3922 **黄季刚**生平有三怕：一怕兵，二怕狗，三怕雷。

3923 黄季刚熟读汪容甫文，有若干篇能背诵。

3924 古人有著书忌早之说，因此黄季刚谓"五十当著书"。一九三五年春，季刚五十称寿，乃师章太炎诗以贺之，有云："韦编三绝今知命，黄绢初裁好著书。"不料是年十月八日，季刚遽死。

3925 **刘成禺**早年来沪，住其友王培生（植善）家。

3926 刘成禺藏有清代朝考殿试试卷二十余大柜，吴郁生侍郎就之觅得其先人试卷。

3927 **唐弢**读书沪北华童公学，学名端义。

3928 唐弢于抗战时居沪西徐家汇，附近有一收购废纸处，唐与主持者相识，往往于废纸堆中得书刊，唐以贱值购之归，为彼藏书之起始。

3929 **叶誉虎**每至吴倩庵画室，见笔筒中所有未开足之笔，为之濡水开足，云宁可大才小用，不可小才大用。

3930 叶誉虎生平所绘唯一六尺巨幅松轴，在陆丹林处。叶一题再题，视为得意之作。

3931 **吴倩庵**集叶玉甫书数十通，装成一册，颜之为《积玉》。

3932 吴倩庵所用闲章，颇多为词句，如"花影吹笙满地淡黄月"，又"山抹微云"，又"吴带当风"，又"云屏闲展吴山翠"，又"满身香犹是旧荀令"。

3933 吴倩庵得马湘兰、薛素素花卉横幅，合装成一手卷，制楠木匣珍贮之。匣面镌"美人香草"四字。

3934 吴倩庵得董美人墓志铭，殊珍爱之，挟册入衾，曰"与美人同梦"。有与之相类者，浙人张耕汲，蓄西洞大鱼脑砚，以爱之甚，每夜与共寝。张逝世，砚归沈太侔诗人。

3935 **高邕之**有一印"高聋公留真迹与人间垂千古"十二字白文，其自负有如此。

3936 高邕之好李北海书，孤诣苦心，劬学致病，因号李盦，又署苦李。

3937 高邕之尝为人作楹帖，句云："韩文杜诗颜字，猪肉白菜西瓜。"

3938 高邕之嗜吸鼻烟，日耗两许。

3939 仁和高邕之，榜其斋为"绝景穷居"。

3940 **周绍良**嗜墨，著《蓄墨小言》。

3941 周绍良研究《红楼梦》,藏有曹雪芹之祖父曹寅手书楹联,联录孟郊句:"砥行碧山石,结交青松枝。"

3942 **尹润生**藏墨,颇多残断者,彼却列入忆竹簃珍品。自谓宋漫堂尝以半笏邵格之墨,辑入墨品之冠,具见古人藏墨,务以精确为宗,不徒斤斤于残断与否,漫堂此举,余颇韪之。

3943 尹润生藏有吴守默制兰樵主人藏墨一笏,自以为孤品,既而周绍良获得一笏,乃无独有偶矣。

3944 夏孙桐太史,当殿试,用汪春元当朝一品墨,取其光润,此残墨后归尹润生收藏。

3945 **于非闇**养画鸽,常登北京故宫午门,观望鸽群飞翔,以为画范。

3946 于非闇研究养鸽,故其画鸽特工,撰《都门豢鸽记》一书行世,均其畜鸽经验之谈,且有英译本。

3947 于非闇之《中国画颜色的研究》一书中,谓胭脂用红兰花与茜草制成。而江迪民《谈苏州姜思序堂国画颜料》一文,谓胭脂与洋红之原料,均一种蚁虫类动物所分泌之色素,以印度出产为多,我国云南亦有少量生产。证此可知于非闇所说之不确。

3948 **包朗孙**早起迟眠,成为习惯,因有句云:"早起离巢同晓雀,迟眠裹茧作春蚕。"

3949 包朗孙有名牌"爱而近"表,其时彼居沪北爱而近路,对是表更为爱好。一日,表忽被窃,大为懊丧,有诗云:"爱而路近天涯远,一日思君十二时。"

3950 某岁冬令,香港奇暖,包朗孙戏称大寒节为大汗节。

3951 **朱执信**侍母病数月,往往通宵不寐。母病愈,积疲之余,一寝三日始醒。

3952　著《随山馆丛稿》之汪芙生，乃朱执信之外祖父。

3953　朱执信父启连，为琴学专家，遗有寒涛琴一，系明代陈白沙遗物。启连有一记载："琴为白沙先生物，子孙世守四百余年，朽矣。其乡后进高仲和为修完之，顾贫，不能有，介高以售于余。"解放后，朱之后人献给公家。

3954　朱执信早年将资产阶级译作豪门，将无产阶级译作细民。

3955　朱执信主持《建设》杂志，开交换广告之先例。凡期刊与期刊，相互登广告，概不取费。

3956　**刘聚卿**，皖人，一度寓北京西堂子胡同，是屋先后居住者，有张季直、梁启超。

3957　刘聚卿与人书，有云："时事败坏，惟学胜国毛子晋之有汲古阁而已。"

3958　刘聚卿晚寓上海，筑楚园于戈登路，隔邻为徐镜人家，张季直来沪，曾居徐处。

3959　**程善之**幼时，其父桓生为讲《三国演义》，问彼愿学书中何人，答曰："我愿学大胆姜维。"

3960　程善之居上海巨籁达路熙村。民国三十一年，回徽州，道经常州，患脑溢血而卒。

3961　李宝森师事程善之，宝森在扬州有个园，善之常盘桓其间。

3962　**周振甫**注释鲁迅诗歌，由浙江人民出版社刊行，典故出处，王蘧常为之补充。

3963　齐己《早梅》诗："前村深雪里，昨夜数枝开。"郑谷曰："数枝非早也，未若一枝。"周振甫谓"数枝"亦可说早梅，不一定要一枝，此一字不必改。

3964　**黄岳渊**治园艺，刊《花经》一书，或谓其太夸，黄曰："我之《花经》，乃种花经验而已，何夸之有？"

3965 刬曲灌叟黄岳渊，筑一园于沪西，莳花种竹，一鹤甚驯，客来能起舞，佳境也。我偶忆钱牧斋有一诗："修竹便娟调鹤地，春风蕴藉养花天。"倩人书联以贻之。

3966 黄岳渊畜一鹤，丹顶素羽，甚为驯服，据云乃王一亭家物。解放前一年，鹤忽病死，黄殊惋惜，遂瘗诸园中，并倩人撰《新瘗鹤铭》。

3967 黄岳渊嗜花成癖，早年时，一次途遇一花贩，担上有芍药一盆，名种也，欲购之，奈囊空无分文，然又不忍失诸交臂。乃请花贩随之行，至一质铺，即脱衣质钱，购花归。

3968 黄岳渊栽有奇姿古干之五针松，五株列植一大盆中，苍郁可喜，称"五大夫"，为最珍贵之清供；后归上海植物园，松萎其一，引为遗憾。

3969 黄岳渊园艺家，谓："康乃馨，即香石竹，为婚礼点缀品，宜译之为伉俪荪。"

3970 天津**赵幼梅**，名元礼，于甲戌自刊《藏斋随笔》一书，郭则沄、张念祖、王守恂作序。内容杂论文艺，兼及养身涉世之道，且有述及时彦之言行者，用头号铅字排印，凡五十二页，作非卖品，外间绝少见。闻尚有《藏斋诗话》，则未知刊行与否。

3971 藏书家傅沅叔，斋名"藏园"，赵幼梅斋名"藏斋"，章一山误以藏园为赵幼梅，赵诗以戏答云："藏斋忽写作藏园，一字无心误笔端。我愧江安傅沅叔，图书万卷卧长安。"

3972 **姜丹书**人称姜太公，彼自称老孩儿。

3973 姜丹书自谓"生于伍员报酬浣纱女之投金濑边"，盖江苏溧阳西乡也。

3974 印度泰戈尔赴杭州讲学，姜丹书特制西湖模型一具赠之。

3975 **胡展堂**擅写曹全碑，实则其行书殊佳胜。

3976 张德瀛，字采珊，光绪间番禺举人，著有《耕烟词》。胡展堂幼年从之学。

3977 **夏穗卿**任北京图书馆馆长，却谓无书可读，盖自夸群书已读遍矣。

3978 夏穗卿谓近世学者：孙仲容，我敬之；章枚叔，我畏之；严几道，我友之。

3979 **庞莱臣**之虚斋藏画，有名海内。画幅签条，颇多汪渊若手书。

3980 海内藏家庞虚斋（莱臣），影印其藏品为《名笔集胜》，开卷第一幅为郑虔山水，附有中英文说明。郑虔三绝，名高艺苑，即故宫亦无其作品。虚斋逝世，此画流入市场，人间瑰宝，稀世极品，何致如此耶！

3981 吴彦臣出入庞虚斋家，谓虚斋所藏"四王"画凡四大箱。吴间一作画。

3982 **许瘦蝶**生平不二色，却著《我梦园十二钗传》。所谓金钗者，非粉黛中人，乃文房用具十二品也。

3983 许瘦蝶裒集其生平著作，编刊《蝶衣金粉》，内分十类。奈印刷所失慎，焚去吟社、钟楼、艳语三类，无从补存。

3984 许太和晚年署款"三十年前之瘦蝶今日之疢盦"。

3985 **刘瞻明**，为刘铭传后人，著有《曲肱散记》。

3986 刘瞻明学诗于吴曾父，晚年耽于禅寂，榜其斋为"密圆居"。

3987 名医**何鸿舫**，藏有鸡血石章一方，文曰"如是我闻室"，乃柳如是物。

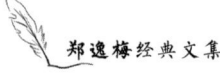

3988 老人体衰，往往阴天骨节痠疼，何鸿舫以之入诗，"老来筋骨验阴晴"，为前人所未道。

3989 **郭则澐**字啸麓，号龙顾山人。按龙顾山在台州，即澐父曾炘官台州，筑室于山麓，而则澐生于是地，因以为号。

3990 《南屋述闻》二卷，记清代历朝军机处往事，笔墨典雅，乃油印本，流传不多。著者署龙顾山人。按龙顾山人，乃郭则澐之别署，一署啸麓，又署蛰园，光绪癸卯进士，官国务院秘书，辑《词综补遗》八十万言，有《蛰园勘词图》，题咏者均一时名流，现藏纸帐铜瓶室。

3991 **陆廉夫**尝为吴愙斋幕客，吴湖帆为愙斋文孙，其画实由廉夫启蒙。

3992 陆廉夫名恢，以画名光宣间。弟子有樊少云、陈伽庵、吴湖帆、俞振飞、顾墨畦、黄裳吉、宗履谷等。

3993 陆廉夫弟子著名者，有樊少云、陈迦庵、宗履谷，尚有仁和李有邻（师德），擅作扇叶小品，早死，名乃不彰。

3994 宗履谷请其师陆廉夫为绘《寻亲闻耗图》；厥后，又请赵叔孺、樊少云、陈伽盦、吴待秋、张石园、顾墨彝、吕十千、吴琴木、汪仲山补制九图，成为十幅。

3995 樊少云、陈伽庵、宗履谷，皆陆廉夫弟子，世皆知之。实则廉夫之最早列入门墙者为沈唐，吴江人，富收藏，然早物故，名不彰，画不传。其子维经，为银行巨子陈光甫所倚重，现在国外。

3996 陆廉夫擅写恽派花卉，仕女未之见，王凤琦却有廉夫仕女扇。桐阴霭然，一婵娟倚石托腮而立，状殊端丽，金心兰题二绝云："悄立苔阶花影迟，满庭芳草最相思。绿窗也有秋消息，听得芭蕉滴露时。"又云："浅浅罗衫步欲迟，轻携小扇又凝思。要知秋在梧桐树，月澹风微夜静时。"廉夫依韵和之云："闺中凉夜漏迟迟，怅望银河有所思。无奈关山千万里，音书辜负雁归时。"

3997 **袁松年**喜以钢笔为人写扇。

3998 袁松年于抗战时，促居上海，鬻画自给，有"闲来写幅奇山水，留得千秋唤画人"句，盖敌伪招之不就也。画上常钤"仰天长啸楼主"印。

3999 **吕志伊**有《黄花岗之役纪事诗》，载《团结报》，亦南社文献也。

4000 清季黄花岗之役，思茅吕志伊，任檄文、法章及印信保管工作，未及难。事后有诗云："萧何不事收图籍，烈士应增七十三。"

4001 **郑海藏**云："余戌而寝，丑而兴，枕畔灯前，皆余作诗之时，作诗之所。"

4002 郑海藏慕郑大鹤名，曾请朱古微作介访之，不遇。及大鹤下世，始终未获一面。

4003 郑海藏娶女伶金月梅为簉室，生女金少梅，亦能演剧。郑子褒欲娶之，未成事实。

4004 **刘山农**卖字且卖文，有时写字忙，文则由许指严或朱大可代为之。

4005 刘山农尝谓一般红人，往往红得发紫，紫得发黑，毋怪腾达之流，大都黑良心也。

4006 **余天遂**，江苏昆山人。丁巳春，导吴瞿安、朱古微、徐仲可、王蕴农诸词人，进谒宋刘龙洲墓于马鞍山东麓。

4007 余天遂为《太平洋报》编辑新闻，往往在新闻内夹批评，为各报所未有。

4008 昔王于一自谓读书三十年，方悟"惭愧"二字。余天遂自谓读书四十年，方悟一"通"字。

4009 余天遂工诗，凌仲芎拟为刊印，"八一三"之役，日机轰炸，稿被毁无存。

4010 玉峰余天遂，善用鸡颖作书；海上吴野洲，善用鸡颖作画。

4011 **叶小凤**，名叶，姓名重叠为叶叶，按此例昔已有之，如明末有沈沈，清代有孙孙。

4012 叶小凤嗜酒如命，适囊空无以沽酒，乃脱衣付质库，得三百文，购酒一斤痛饮。

4013 电影有《乱世英雄》，乃取材于叶小凤之《古戍寒笳记》。

4014 叶小凤泛舟汾湖，访得叶小鸾墓，因作《汾湖吊梦图》。

4015 《金昌三月录》，笔墨类《板桥杂记》，作者署名琳琅生，实则东江叶小凤所撰。

4016 **程瑶笙**谓画佛最易，只须一角黍，上加一桂圆，便成其形。

4017 程瑶笙作画，必先凝神默对纸素，约半小时许，盖构腹稿也。章法布局定，然后濡笔挥洒，无不如意。

4018 宋芷湾生死同日，画家程瑶笙亦生死同日。

4019 程瑶笙画师，生于二月二十日，亦卒于二月二十日，年六十有八。

4020 海内藏庋程瑶笙画最富者，为刘寒枫。

4021 **吴青霞**女史善画鱼，距今数十年前，有吴青其人，亦以画鱼著。青字史臣，海阳人。

4022 吴青霞以画鲤著名，其女弟子陈衣云，画鲤毕肖乃师。

4023 吴青霞画仕女，以画尚眼神，常赴剧院，看名旦角表演，更欣赏言慧珠所饰之杜丽娘。彼又擅画鱼，家备大水缸蓄鲤。

4024 吴青霞之篆香阁中，有一巨案，长寻丈，阔三尺许，乃独幅银杏木制成，购自吴中。青霞告人："此为彭玉麟绘梅花而特制者。"周炼霞闻之，笑对青霞曰："原来是彭公案。"

4025 予初次见吴青霞在赵半跛画师处，时青霞尚属雏年，由彼之父亲仲熙携之而来。

4026 **储南强**整修宜兴善卷洞，保存吴孙皓所立之《国山碑》，特建"千二百祥之室"以庇之。所谓千二百祥者，乃是碑纪有祥瑞凡千二百事也。

4027 储南强整葺宜兴之庚桑、善卷二洞，谓巢父许由曾居善卷洞中，因筑巢许堂。唐企林斥其妄，撰书一联云："巢父掉头不肯住，许由洗耳何曾来。"

4028 宜兴茶壶，以龚春壶为最难得，如清吴兔床编《阳羡名陶录》，搜罗极广，然独缺龚春。张叔未喜收藏宜兴茶壶，彼之《清仪阁杂咏》，颇以未见龚春，自叹福薄。后储南强却于无意中，在冷摊上购得缺盖之龚春，大为惊奇，曾撰数万言之考证。

4029 储南强学佛，宣称坐关十年，事先宴客作别。不料未到一年，彼已不耐，破关而出。有人问之，则曰："我已大彻大悟，不须十年矣。"

4030 **徐志摩**之著作，封面设计，大都出于闻一多、江小鹣之手。

4031 徐志摩父光溥，字申如，因此志摩字又申。

4032 徐志摩因参加林徽因之讲演会，乘机飞北京，在山东机失事死。林托人觅得飞机残片，供置斋头，以志哀悼。

4033 徐志摩有一怪言论："世界上再没有比写诗更惨的事。"

4034 徐志摩有一信寄其母云："过几天，上海一对小姊妹袁汉云、美云要到硖石来唱三天戏，我叫她们到我家玩，妈看看她们好玩么？她们戏唱得很好，上海颇有名，绰号'小妖怪'。"按美云为志摩妻陆小曼之寄女，后嫁电影演员王引。汉云进上海文史馆，年前来舍见访，则已美人迟暮矣。

4035 赵景深、焦菊隐，均徐志摩弟子。

4036 **王半塘**以梨之为味，外甜而内酸，因名其集为《味梨》。

4037 王半塘所作词，分为七稿：乙稿曰《袖墨集》《秋虫集》，丙稿曰《味梨集》，丁稿曰《鹜翁集》，戊稿曰《蜩知集》，己稿曰《校梦龛集》，庚稿曰《庚子秋辞》《春蛰吟》，辛稿曰《南潜集》，独无甲稿。盖半塘春闱未第，不得成甲科，引为憾事，故甲稿付置缺如。半塘晚年，又自行删汰，名曰定稿，朱古微从删汰中选出若干阕，名曰剩稿。半塘逝世，一并为之刊行。

4038 江宁**夏仁虎**，著《啸盦词》行世，家藏马湘兰画兰小册，题款"辛卯花朝作于秦淮水榭"，夏作《高阳台》词以题之。

4039 有以杨柳、七夕为分咏格诗钟者，夏仁虎成一联云："三起三眠三月暮，一年一度一销魂。"

4040 沈兼巢在陕西当提学使，某年乡试，赴考者已点名归号，并放闭门炮，忽来一童生，提考篮，请求特准入闱。兼巢问明迟到原因，又询平素读何种书籍，童生云："除经史外，还留心边防情形。"兼巢命之坐，嘱彼写出长城各口之险要处，童生手不停挥，写出险要大概，兼巢喜，乃准其入闱应试。此童生即后来之报界名流张季鸾。季鸾与吴鼎昌、胡政之，为《大公报》三巨头。

4041 沈兼巢卒，遗有精拓碑帖十二箱，在其女玉还处，后均散出。

4042 沈兼巢太史女玉还，自号鸳湖沈七娘，于动乱中跳楼，未死而伤其胫足，不良于行，未几死。玉还善书。

4043 **江叔海**印有《片金碎玉集》，皆一时名流之诗笺。

4044 江叔海谓老人以健为第一，老而不健，则生趣尽，老亦奚为。

4045 江叔海、吴讷士，均足微跛。

4046 常熟**俞金门**临卒，口述自挽联："造化弄人，妇死夫生辰，夫死妇生辰，算得同生同死。"下联不能续，请其友蒋志范为之："返求诸己，知归言受命，言归知受命，庶几全受全归。"

4047 常熟俞金门家，有红豆树，高过楼檐，乃金门母氏所手植。

4048 **蒋敦复**著《兵舰》四卷，未刊。彼有《纸阁双声图》，王菽畦、丁步洲、姚石甫、汤雨生、于惺伯、姚春木、谢默卿，均有题识。

4049 灵石山人，乃蒋敦复妻，工诗，有"芳草碧如此，落花红奈何"句，又有句"红绣相思绿绣愁"，亦传诵一时。既而对敦复云："君以才名，致境遇坎坷，若再具闺房倡和之乐，不愈为造物所忌耶！"乃绝意不作诗词。

4050 **张葱玉**，鉴赏家，所鉴定书画在十万件以上，著《怎样鉴定书画》一书。

4051 张葱玉藏唐宋名画，钤一闲章，用兰亭集句"暂得于己快然自足"。

4052 **陈陶遗**，任江苏省省长，其子端白，与高君藩友善。君藩赴宁，访端白，知省长署后一园，具泉石胜迹，欲端白伴之一游，端白却之，曰："我不愿去，出入有岗警，立正致敬，甚不自在也。"

4053 金山陈陶遗，文名满江左，后经商哈尔滨，垂十年，亏折殊甚，嗒然而归。

4054 陈陶遗家金山松隐，传说系张良从赤松子游处。丁丑之难，故屋被毁，贫不能修，遂赁舍沪上。

4055 **陈柱尊**得唐蔚芝早年试卷，装潢征题。

4056 陈柱尊豪于饮，有"酒帝"之号。

4057 陈柱尊擅书法，初临《史晨碑》，后临《石门颂》，民国十年起专写《散氏盘》，民国二十一年后学章草，临松江本《急就篇》，参以《流沙坠简》，及长芝《八月帖》，右军《豹奴帖》，并涉及赵子昂、宋仲温。

4058 陈柱尊掌教无锡国学专修馆，曾谓无锡以锡山而得名，其主山名华山，多产锡，故称其地为"吴锡"，非"无锡"也。

4059 陈柱尊与陈钟凡，均喜登临，柱尊有诗无游记，钟凡有游记无诗。

4060 篆刻家**杨龙石**喜畜龟，每出携龟以俱，旧居江苏吴江小东门内富家桥畔，今为一医院。

4061 陆心源藏书，钤"其肖像"印，乃杨龙石弟子谢庸所刻。

4062 **辛仿苏**所藏书画，有名海内，晚年营商失败，将所藏质于田谿书屋主人何荔甫。

4063 清末，辛仿苏挟资数万游京师，字画书籍，意所可，不计值，于是厂肆售价乃大昂。

4064 **徐树铮**不喜阅报，虽案头中西报纸堆积数十种，从不翻检。

4065 武人徐树铮能诗，刊有《视昔轩集》，印数不多，人罕觏之。

4066 **杨葆光**好玩泥偶，大小满几案，又好为五禽之戏。

4067 杨葆光有句"酸禁梅子翠眉低"，可与杨诚斋"梅子留酸软齿牙"，同称佳什。

4068 **张宗祥**书法，受其外祖父沈韵楼之影响甚深。

4069 陈垣与张宗祥均喜抄书，累累数千册，稿本、孤本、名人手批本，赖以不失。

4070 张宗祥手编《明文海》百余万言，尚待校订，而患气管癌卒，年八十四。

4071 **金蓉镜**所遗文物及稿本，均捐献嘉兴文物保管会。

4072 金蓉镜诗，由朱孝臧校次，厘成四卷，刊有《滮湖遗老集》，首冠沈寐叟论诗书札以代序。蓉镜所作，不下二千首，此仅四百余首，且皆辛亥后作，非全豹也。

4073 瞿止庵之《超览楼图》，出于金蓉镜手绘。

4074 黄任之喜**钱梦苕**诗，见诸报端者，辄剪存之，每宴客，常以传示。梦苕乃钱玄同侄，曾师唐蔚芝、曹叔彦、朱叔子、陈柱尊。

4075 孙百朋年少能诗，尝请益于钱梦苕，钱最赏识其中二句："诗句每从闲里得，好花浑在暗中香。"

4076 **夏闰枝**子纬明，能诗善词，传其家学。

4077 江阴夏闰枝（孙桐），辛亥后寓北京，常为广和居肴馆座上客，著有《广和居店史》，记有穷京官来此饮馔，往往欠账不偿，自乾嘉迄今，为数甚巨。

4078 吴中**陈子彝**，善摹郑板桥书。

4079 同时有同姓名之陈子彝，一江苏鹿城人，一浙江钱塘人，两子彝皆能诗，我均识之。一日，我绍介两人作一晤宴，相得甚欢。钱塘子彝刊《有竹居集》，集失去，仅忆其二句："四海风尘余涕泪，暮年身世入讴吟。"

4080 **刘宣阁**曾寓武昌涵三宫街，寓多碧蕉，词以咏之。

4081 刘宣阁擅填词，著《春灯词》行世。邓樱桥一日问瞿蜕园《春灯词》如何。瞿以蕴藉语答之："刘宣阁多才多艺，恐长处不在词上。"

4082 **朱瘦菊**颀然身长,某撰《小说点将录》,以一丈青扈三娘拟之。

4083 著《歇浦潮》社会小说之海上说梦人,乃朱瘦菊之化名。朱本名俊伯,知者不多,晚年在无锡植桃,成绩不佳,即辍。

4084 海上说梦人朱瘦菊,擅著小说,而不善编撰回目。其所作长篇说部《歇浦潮》之回目,出于孙玉声手笔,瘦菊固师事玉声者。

4085 **颜韵伯**藏东坡《寒食帖》,为苏书之精品,后归日本。

4086 颜韵伯藏苏东坡《寒食帖》,又得黄山谷《伏波神祠帖》,夸为双璧。既而韵伯以《寒食帖》让与东瀛,叶恭绰知之,恐《伏波神祠帖》流至域外,即以其他文物易之归。

4087 **廖平子**邃于经学,能背诵先秦诸子旧注。

4088 廖平逝世于民国三十一年九月十九日,由其弟子梁镜尧为之料理身后,且为廖之寡妻孤儿募得赙仪二万六千余金,为生活之资。

4089 **郑叔问**论词,谓不求之于北宋,无由见骨气;不求之于南宋数大家,亦患无情韵。

4090 郑叔问藏有石涛所用烟壶,以西藏贝多树所结子为之,制作古朴,程松林且刻像及铭于壶上。郑叔问卜筑吴中竹格桥南,为吴小城故墟,所谓樵风别墅者是。篱落间杂栽梅竹,疏清远逸,望之即知为雅人之居。

4091 **王可庄**以翰林院修撰,入直南书房,颇邀宸宠,频颁上方珍物,甚至腊月廿三日之祭灶糖,亦蒙赐赏。

4092 王可庄患疝气致死。

4093 **陈浏**精于鉴别瓷器,谓铜器渊源于陶工,由陶而铜,由铜而玉,复由玉而瓷。

4094 陈浏有一忍字铜押，刀法浑肆，绿斑若绣，殊喜之。时王可庄一字忍龛，见而大赏，乃请黄绍箕代向陈浏索之。

4095 **冯展云**富收藏，多宋元名迹，一日不戒于火，冯号于众曰："有能出图卷者，酬百金。"一少年应声突火，挟数卷出，则《黄公望秋山无尽图》《范宽重山复岭图》《顾虎头洛神图》。

4096 何刚德之《春明梦录》，谈冯展云（誉骥）之状貌："风裁清峻，面瘦而须稀，颇与李太白画像相似。"寥寥数语，似见其人。

4097 **沈钧儒**等七人被诬逮捕，当时《立报》首先得知消息，即以七君子被捕情况披露报上，销数突由四万增至八万有余。

4098 司马相如"小玉"印，藏沈钧儒家，后归其弟蔚文。

4099 沈钧儒当选浙江谘议局副议长，辞去浙江两级师范学堂监督。继任者夏震武，师生以其道貌岸然，不合时宜，鄙视之，称之为木瓜。即而发生风潮，震武离去，师生举行木瓜会，联欢以肆讽。

4100 邹韬奋与萨空了，在香港及重庆所居，均为近邻。重庆寓有桐花一树，殊盛茂。沈钧儒有诗咏之云："马鞍山下粉墙边，一树桐花紫可怜。揽尽锦江春万里，低徊不及此门前。"

4101 **何子贞**之僮仆，素无工资，遇节日则随意书楹联若干副赏之，僮仆出售，往往得数十金。

4102 北京宣南菜市口半截胡同，有广和居酒肆，文士乐就之饮。何子贞居相近，遂以广和居作为外庖。

4103 北京广和居肆中藏道光间账册，尚有何子贞未偿之酒债。

4104 赵㧑叔不以何子贞书法为善，与魏稼孙书涉及之。如云："何子贞来杭州，见过数次，老辈风流，事事皆道地，真不可及。弟不与之论书，故彼此极相得，若一谈此事，必致大争

而后已，甚无趣矣。"

4105 **袁爽秋**千金置一妾，妻妒之，乃析两宅以居。袁作《檄妻文》，示其门生屠寄，屠颇不以师为然。

4106 袁爽秋之日记原本及《参军蛮语》稿，均由其子道冲珍藏，惜十年动乱中失之。

4107 朱寿田工诗，以我爱梅，见赠袁爽秋之题梅诗手迹。诗三首，有云："此花炼得冰霜劫，香遍华严卅六天。"为袁诗集外遗珠。

4108 袁道冲家藏《蒙古古迹图说》及《蒙古钱币考》合抄本一册，乃其父爽秋遗物，上钤"袁永慕堂图记"，又藏爽秋手批《柳河东诗》。

4109 **秦更年**多才艺，为一时名士，不知彼幼年乃一钱庄学徒。

4110 秦更年以曹墨琴所制墨，贻江南蘋女画家。

4111 汪士铎旧藏《惜抱轩诗集》十卷，原刻初印本也。士铎作题记及眉批，甚为精审。后入某俗人手，某不知士铎为何许人，题记及眉批，悉为割去，夹置书缝中。既而书归秦更年，更年重为黏缀，还其旧观。

4112 **施济群**主辑报刊，所载小说，凡书中之反面人物有姓施者，必易以他姓。

4113 施济群喜啖青蟹，又怕啖蟹后病腹，乃于啖蟹之前，先进痧药水。

4114 施济群办《金钢钻报》，历年甚久，颇著声誉，当时与《晶报》相伯仲。予一度任该报编辑。济群生于清光绪二十二年丙申，卒于一九四四年四十九岁，遗存该报全份在浩劫中被毁。

4115 有人以快函寄施济群，济群性缓且复懒散，往往搁置若干日，始启封，失去时效。

4116 施济群治岐黄。一次，我就之治病，彼颇风趣，在方剂中列入绿萼梅一味，莞尔曰："您是喜爱梅花的，服了这帖药，一定有特效。"

4117 施济群学医于盛茂祥，成为名岐黄家。茂祥女盛天真学诗于顾佛影，为红梵精舍女弟子中翘楚。

4118 恽铁樵晚年为名医，中年为小说家，早年为学校英文教师。施济群即从之学英文，时济群学名俊杰。

4119 济群生于清光绪二十二年丙申，卒于一九四四年，四十九岁。遗存该报全份，在浩劫中被毁。

4120 羚羊角治血压高有特效。施济群患血压高，方慎庵以羚羊角贻之。其时羚羊只野生无畜饲者，得之殊不易，故价值奇昂。济群以其贵重故，贮之以备病至严重时服用，岂知病严重而口不能言，家人又不知其贮藏处，竟致不治死。

4121 抗日英雄**谢晋元**，曾有一书答覆赵芝岩，论及军乐事。芝岩与我为比邻，知我搜罗尺牍，即以是札见贻，毛笔书殊挺拔，惜在浩劫中失之。

4122 抗战时，谢晋元率领之孤军，占据沪上四行仓库，与敌军抗战，屋顶上高升旗帜，是旗乃十四岁之女童杨惠敏所献。

4123 **张佩纶**喜穿竹布长衫，当时士大夫争效之。

4124 张佩纶于诗极推崇王半山，且以半山配义山及眉山为"三山"。

4125 张佩纶藏宋版《汉书》，于右任藏宋版《后汉书》。

4126 张佩纶初娶朱学勤女班香为妻，奁中之物，则宋版《汉书》也，后入李少荃幕府，李重其才，以第三女菊耦妻之为继室。菊耦藏宋拓《兰亭》，张亦出所蓄兰亭，互相题咏，李遂书"兰骈馆"三字颜其斋。

4127 张佩纶妻李菊耦,为合肥李少荃第三女,娴雅能文,著《兰骈馆诗》,藏诸箧中。一夕胠箧者至,疑为珠琲之属,攫之去,菊耦不追写,诗乃不传。

4128 **恽薇孙**生日,徐花农绘团扇赠之,每岁以为常例。恽积存之,恐绢素易于蔫损,乃依次装潢成册。

4129 裤带用革制,穿之以孔,肥瘦可随意伸缩,从未有人以之入诗,恽薇孙却有句云:"愁多旧带频移孔,病起新乌九覆觞。"薇孙所著古今体诗,杂留日记中,及卒,其子宝惠录成四卷,王晋卿为序,以无力付梓,用蜡纸油印,名《澄斋诗抄》。

4130 **金问源**饮于沪西地下饭店,赋《洞仙歌》一阕。

4131 金问源作诗不多,但有名句:"竹深蝉语静,花好蝶飞迟。"为人传诵。

4132 **易大庵**为杭州西湖黄龙洞道院写八尺四言门联:"黄泽不竭,老子犹龙。"每字二尺,作北碑体,彼自认为生平得意之笔。

4133 易大庵治印,最喜刻普通之石章,谓普通之石章,不致磨去改刻。有以佳石求奏刀,彼刻成,辄在火上烘焙,一经烘焙,石易碎裂,不能重刻。

4134 杭州西湖筑路,宋词人孙花翁墓被发,易大庵作图悼之。

4135 易大庵刻印刀,从不磨砺,谓愈钝愈佳。

4136 甲午战役名将邓世昌之弟瑞人,筑室杭州西子湖畔,颜曰"南阳小庐"。瑞人与易大庵有戚谊,各室题额及书画,均为易之手迹。

4137 易大庵藏有灵台镜，镜有铭："灵台虚明，万物必照。不染纤尘，本然之妙。"以贻其师张延秋。

4138 **盛伯希**藏宋版《礼记》四十本，苏黄合璧《寒食帖》一卷，刁光胤《牡丹图》，称为"三友"。逝世后，其养子善宝，以一万二千元让归景朴孙。

4139 盛伯希喜啖杏仁蜜，谓可治赢疾。

4140 盛伯希（昱）藏书多精本，不轻出借。有郑东甫者，向之借宋刻本《吕惠卿庄子解》，初不允，一再求之，乃限借三日。东甫以净布铺几上，洗手乃阅，夜则置诸枕边，恐有遗失。伯希知之，曰："借书如此，可以托孤寄命矣。"

4141 **裴伯谦**富收藏，榜其斋为"壮陶阁"，意谓更壮大于海内著名之端陶斋所藏。

4142 裴伯谦被岑春煊所参劾，谪戍新疆。迨民国，裴与岑均寓沪上，裴投谒，仍执下属礼甚恭，纵谈一切。岑不胜悦服，每谓人曰："余平生参劾多矣，皆不介意，惟于裴君，追悔无及。"

4143 **徐识耜**家近黄山，又熟读《尔雅》《本草》，凡黄山一草一木，均能道其名目，且以之入诗。

4144 徐识耜常自署徐十四。

4145 **黄楚九**处有二人主持笔札：一孙玉声，即著《海上繁华梦》之警梦痴仙；一王博谦，后曾任《新申报》编辑。楚九认为玉声仅一秀才，博谦为孝廉公，尊博谦甚，玉声不怿，拂袖去。

4146 在上海报上登全幅大广告，由黄楚九创始。黄夸口说："我能把一缸水，变成一缸黄金。"极言其生财有道也。黄曾盛极一时，但终于失败，一九三一年卒。

4147 **夏剑丞**于壬申春游华山，时年五十有八，犹能登峰造极，归绘《华山图》二十幅，且加识语，笔墨简隽，类《水经注》。

4148 谭瓶斋与夏剑丞偶赴沪西大华路之维也纳茶室，见女侍者谢曼利，婉媚可喜，深惜其沦于厮养，请夏剑丞画其像，且作《茶花诗》征和。

4149 犹太巨商哈同之妻**罗迦陵**，为华籍，既卒，丧仪耗四十余万元，相当八千石米之代价，亦云侈已。按罗本名某，迦陵乃廉南湖代取。

4150 海上爱俪园，为犹太商哈同与罗迦陵之别墅。门禁森严，闲人不得入内，我却涉足两次。一九二二年夏历七夕，哈同七十一岁，罗迦陵五十九岁，夫妇举行百卅大寿。事前大为铺张，绮幛罗帏，辉煌四壁。晚上五色电炬，满缀林梢檐角，如入不夜之城。是日，破例开放，遂得为入幕之宾，哈同、罗迦陵且出而酬客，此为最盛时期。一自哈同、罗迦陵先后下世，繁华事散，花落鸟啼，顿呈衰象。时友人朱铭新寓居其间，邀我及三四朋好，宴叙为乐，则亭榭泉石，半在荒芜倾颓之中。我携儿子汝德，在园中摄一合影，今尚在笥。而园改筑为展览馆，无复痕迹可寻。

4151 **姬觉弥**为哈同爱俪园之主管。徐铸成之《哈同外传》，一再涉及之。按姬觉弥之真姓名为潘鸿堵。

4152 姬觉弥有铜骨大型折扇，配以特制之绢质扇面，重数斤，而姬一扇在握，挥拂自如。姬写字，用铜笔，亦甚重。

4153 **王春渠**获得明赵凡夫（宧光）手书"水镜"二字横额，即以之为斋匾。同乡沙武曾、唐企林，因呼之为襄阳水镜。襄阳水镜者，三国时司马徽也。春渠居襄阳南路，尤为切合。春渠精鉴赏，刘靖基之收藏，大都由彼审定。即刘之斋名"静寄轩",亦春渠所代取,以谐声靖基。

4154 武进王春渠搜罗当代名人书幅,凡二百件,藏于白云溪之微波阁。抗战军兴,仓卒间,书画文物不及携走,只挟其友谢玉岑遗稿赴沪。微波阁被焚,当代名人书幅及其他文物籍册,付之荡然。幸书幅于抗战前已影印成册,得留痕迹。胜利后,春渠即以谢玉岑遗稿,斥资刊行,以报死友。

4155 常州王春渠,以其乡二百年来之才人,如黄仲则、吕绪承与谢玉岑,才相若,遇相若,早世亦相若,拟于云溪筑常州三才人祠,未果。

4156 刘靖基所藏元明清书画,曾在上海市博物馆公开展览。精品之多,非其他收藏家所得方驾骖靳。据云,刘氏所藏,什九经王春渠鉴定。春渠,江苏常州人,辑刊《现代名人书林》。

4157 赏家王春渠,晚年目力不济,有人以书画请定真伪,彼就强烈灯光下,再以扩大镜照之。

4158 **吴禄贞**与廉南湖为异姓兄弟。吴被狙死,遗作诗词及与南湖夫妇所通书札,均由南湖妻吴芝瑛亲自缮录,印成一册。钱基博所作《吴禄贞传》,列于卷首。

4159 骆亮公参吴禄贞幕,宾主甚相得,因此骆颇多禄贞手迹。

4160 **钱须弥**喜畜猫,彼据座阅看书报,往往左右各睡一猫,大有洪崖浮丘之概。

4161 钱须弥每逢客至,不敬茶而敬糖果。

4162 杨云史与钱须弥某次同车,自北京南归,车中闲谈,以解寂寞。钱谈及毕几庵离婚事,云史蹙颔止之云:"请弗谈此,徒增伤感。"钱不解。事后始知几庵妇乃云史之女也。

4163 **杜进高**当四十九岁，曾用东坡"四十九年穷不死"句，刻一印章。

4164 杜进高藏有六朝人书一"稳"，遂称"稳斋"。

4165 杜进高食鳖中毒死。

4166 **汪旭初**在《民报》撰文，驳斥徐佛苏，笔名弹佛。

4167 词人汪旭初，原名东宝，四十岁后，去东宝之"宝"字，只称汪东，号寄庵，别署梦秋。

4168 汪旭初任余杭县长时，觅杨乃武之档案未得，因疑此案乃夸大性之故事。

4169 汪旭初与黄花岗七十二烈士之一林时塽交甚稔。闽地有杂志《天声》，请旭初题签。旭初固擅书法，援笔立就。林氏见之，不以为然，谓"书无生气，不如我书之龙跳虎跃也"，乃书以易之，旭初为之心折。

4170 **顾明道**足跛，不良于行，然每逢朋好宴会，必勉力以赴。

4171 顾明道在《申报》副刊《春秋》，写长篇说部《血雨琼葩》，排日登载，一自日寇进入租界，干涉舆论，认为该小说篇名有"血雨"二字太刺激，限令即日停刊。

4172 顾明道逝世于沪上威海卫路停云里，身后萧条。

4173 **汤寿潜**居沪时，常就餐正兴馆，人称正兴馆为汤公馆。

4174 汤寿潜不能作大字，所书楹联，皆他人代笔。

4175 杭州烟霞洞，寺僧刻石为财神，汤寿潜以庸俗斥之，易刻苏东坡像，称为苏龛。曩时东坡曾寄游迹于此。

4176 **魏廷荣**之名章，乃丁二仲所镌，均象牙质。廷荣逝世，其妻吕澹如（演剧艺名吕美玉），请高式熊磨去，刻彼姓名。

4177 名坤伶吕美玉嫁魏廷荣，当时有自备汽车三辆，号数颇特殊：一为二二二二，一为六六六六，一为九九九九。

4178 沪西肇嘉浜路，有遂吾庐，竹树扶疏，厥境清幽，为魏廷荣与吕美玉双栖之所。黄鹤山樵所绘之《青卞隐居图》悬于堂中，引人瞩目。吕美玉为名旦角，以演《失足恨》一剧享盛誉，当时，美丽牌香烟，即标吕美玉小影。

4179 **顾颉刚**名诵坤，知者不多，小名双庆，知者更少。

4180 顾颉刚拟写《苏州封建习俗史》，未果。

4181 顾颉刚与《官场现形记》作者李伯元之嗣子祖佺，为幼时同学。

4182 南社诗人**张挥孙**，曾赴金坛访《疑雨集》作者王次回故宅，废柱危栏外，寒烟古树而已，为之怃然。

4183 丹阳有《延陵季子庙碑》，张挥孙曾月夜访拓之，有诗云："缺月林梢隐一规，让王祠宇渐倾危。呼灯我自携毡墨，手拓延陵季子碑。"

4184 **端午桥**曾对人云："我姓陶，所以称陶斋，不是满洲人。"

4185 端午桥藏有《华山碑》拓本，因颜其室为"宝华庵"，后向袁项城借贷一万两，即以华山碑为质。

4186 端午桥藏有巨玺，文为"日庚都萃车马"六字，为朱文古钵中之最大者，本为潍县郭申堂旧物。

4187 **顾景炎**喜铁钱，因颜其斋为"圜铁庐"，晚年悉以易米。

4188 顾景炎为鸣社诗人，于庚戌重九日下世。彼有《晴窗读画图》，绘图及题咏，润金耗二千圆，其时为一巨数。如沈寐叟七律一首，即馈百金。

4189 亡友顾景炎辑有《上海乡贤文物过眼录》，目录累累，典籍方面颇多手稿本，如郁泰峰之《宜稼堂日记》、陆锡熊之《陵陌献征录》、祁兆熊之《赴美日记》、丁宜福之《申江棹歌》、曹瑛之《高行竹枝词》、姚文枏之《文存》、叶凤毛之《说学斋诗文集》、王师曾之《拄颊楼诗钞》、李曾迪之《问月仙馆诗钞》、李行南之《修竹庐诗钞》、董俞之《南村渔舍诗钞》等，均未付梓，自经浩劫，不知是否留存。

4190 **陈倦鹤**（匪石）先世居南京明瓦廊，有香月楼三楹，藏书甚富。太平之役，毁于湘军，无力修复，沦为废墟。倦鹤怀念旧居，遂榜其所寓为"旧时月色斋"，取白石道人语也。

4191 陈倦鹤与邵次公虽同隶南社，然论学多不合，因此甚少晤叙。

4192 **徐自华**少年守寡，儿女早殇，孑然一身，与吴江袁希谢身世相同。袁别署寄尘，因亦取号寄尘，有《忏慧词》行世。

4193 徐自华之《寄尘诗草》稿本，留存徐益藩处。益藩于一九五三年逝世，诗草归益藩子徐畅，始终未刊，动乱中被毁。

4194 **许疑庵**藏厉樊榭《宋诗纪事》手稿三十卷。

4195 厉樊榭有《宋诗纪事》，其手稿本，藏许疑庵承尧处，夏敬观加以题识。

4196 漫画前辈**马星驰**，山东人，喜听汪桂芬唱戏，常仿汪调唱给人听。有时作戏评，一味揄扬，绝无贬语，人以为不是戏评，而是戏赞。

4197 漫画家前辈马星驰，落拓不羁。一日赴友宴，天甚热，来客均解外衣，独星驰穿竹布长衫，若无其事。主人劝之脱去，彼以实告，盖裤前后皆破，长衫用以遮蔽也。

4198 **侯宝林**为相声名家，收集中外古今有关滑稽讽刺书籍，数量甚多。美国林培瑞博士且师事之。

4199 侯宝林演相声，辑有《侯宝林相声集》，曾在最高学府举行讲座，美国林培瑞博士且从之学相声。此前尚有杜宝林其人，以"醒世谈笑"有名，凡演独脚戏者，大都受其熏陶。

4200 **江云龙**与鲁幼峰、张觐臣，结为"岁寒三友"：江为松，鲁为梅，张为竹。

4201 合肥江云龙尝言："达则为孔明，穷则为渊明。"名所居为"师二明斋"。

4202 合肥诗人有龚心容、周龙光、江云龙，有"三龙"之称。

4203 **丁惠康**，名医仲祜之子也，于一九七九年八月二十五日致书胡亚光，订期叙谈，不意信方付邮，而彼突患心肌梗塞死。

4204 海上藏陶俑最富者，乃顾巨六与丁惠康。

4205 **冯叔鸾**别署马二先生，何一雁致书，称"马二先生先生"，下加注语："双料称呼，你看好不好？"

4206 冯小隐与冯叔鸾为同怀昆仲，然一长一短，一肥一瘦，绝不相类；一捧谭鑫培，一反对谭鑫培，志趣亦不一。

4207 **金松岑**曾从木渎袁培基学画。

4208 金松岑早年刊有《孤根集》，人称之为孤根先生。

4209 金松岑幼从顾询愚读书，顾善书法，松岑观之，私购扇面十数页，学师挥毫，署名曰老询，而钤其印章。顾见而笑曰："尔书似南宫率意之笔，殊不类余，然署款则近之。"不之责。

4210 金松岑年五十，从吴中曹叔彦学《易》，具受业弟子红帖，修贽之日，行跪拜礼，曹中坐受之。时松岑诗名已满江南，而曹之年仅长五龄。

4211 金松岑乘飞机自重庆至成都，有句云："泠泠天半步虚风，落落关河着眼中。上界嬉游追凤鹄，下方饮啄付鸡虫。"

4212 金松岑家，壁悬洪钧所刻巨幅东北地图，抗战时，被日寇掠去，引为憾事。

4213 曾见金松岑遗墨，有云："一简可以驭百繁，一静可以制百动。简以处常，静以观变。"具有老庄思想，但不知所书是彼语，抑录他人语。

4214 毛光义偶署向岑，所向者，唐诗人岑参。后拜金松岑为师，金见其署名大喜，以为向往于彼也。毛不之辩，从此即常署向岑。

4215 **朱庸丈**有二巨砖：一雷峰塔砖，一安徽某地城砖，刻有平方腊文字，宋代物也，均琢之为砚，因颜"二砚斋"。

4216 朱庸丈家藏袁崇焕砚，上有太平军赖文光题识。

4217 **李香严**谓："游山水非文字助之不乐，为文字非朋友助之亦不乐。"

4218 李香严修建吴中网师园，与顾若波通函，讨论园林布置事，凡数十通，现藏上海图书馆。又香严与吴平斋及顾鹤逸之父骏叔讨论园林泉石之札，亦有若干通。

4219 **溥心畬**名儒，盖其诞生三朝，清帝为之命名曰儒，且训之曰："汝为君子儒，无为小人儒。"心畬终身佩之，即以"无为小人儒"五字刻一印。

4220 溥心畬，满族人，不能讲满语。其母粤人，心畬于粤语，能听亦不能讲。

4221 张默君有《镶园读经图》，溥心畬所绘。

4222 溥心畬畜倒挂鸟一双，作书斋清玩。

4223　溥心畬曾留学德国，但所学一无用处。民国后，即卖书画，自食其力。晚年潦倒，患鼻癌死。

4224　**苏继庼**藏有元人写本《曹子建集》，末数页缺，明人补写，钤"天一阁"印，范氏旧物也。

4225　苏继庼于冷摊上，见《石涛画谱》，为石涛手写刻本，仅书而无画，即《苦瓜和尚画语录》之定本，钤有印章"清湘老人自留藏本"数字。摊主以此乃不全之残本，索价只数角，苏立即购下。后由上海人民美术出版社向苏商借，并请朱季海加注影印出版，以广流传。此书未见于著录，为一孤本，苏氏抢救，得以保存，亦云幸矣。

4226　大明宫纸，较澄心堂纸更早，尤为稀罕。苏继庼友某，藏一纸，毁于"文革"中。按大明为南朝宋孝武帝年号。

4227　苏继庼研究海外地理数十年，著有《南海钩沉录》，凡二十余万言，已完稿，尚待整理，奈羸病未竟其功。

4228　**姚明辉**别署太平洋人，对人自称本洋人。

4229　姚明辉所辑地理书，间有出于丹徒柳逸庐代笔。

4230　**汤雨生**有印文曰"六桥驴背故将军"，又"六朝花月骚人长"。

4231　汤雨生将军，诗词美富，善画工书，又精音律。晚年刻一印"六桥驴背故将军"，甚隽雅；但"将军"之"将"，漾韵，为仄声，未免大醇小疵。

4232　玉茗堂主人汤显祖，有丈余长之行书卷，为汤雨生旧藏，后归包宗骙。

4233　汤雨生妻董琬贞，为董晓沧之女孙。晓沧赘于海盐，遂家焉。琬贞有小印"生长蓉湖家潋湖"，因以双湖自号。

4234 汤雨生、董琬贞夫妇,合作《三百三十有三士亭图》,后藏王一亭家。

4235 **缪荃孙**《云自在龛随笔》云:"薛素素小影,绢本,高一尺八寸七分,阔七寸二分,栏边画石竹,下有钩叶兰,自题小楷云'玉箫堪弄处,人在凤凰楼'十字,分二行,薛氏素君戏笔,二方印,皆白文。"

4236 翁覃谿诗文杂著手稿四十册,藏缪荃孙家。

4237 **沈瑜庆**少好买书,其父葆桢诫之曰:"读旧书自有新得,勿贪多也。"

4238 林暾谷妻沈孟雅,为沈瑜庆女,著有《崦楼词》一卷。夫妇同寓北京上斜街皮库营。

4239 清初许瓯香有别业曰"涛园",周栎园赠句云:"文献旧家余硕士,河山故国有涛园。"沈瑜庆购得之,因自号涛园。

4240 **瞿鸿禨**进肴不啖猪肉,其子兑之,亦相习摒除肉类。

4241 辛亥革命,遗老流寓上海者,有超社之组织,推瞿鸿禨为首座。若以年龄论,则缪荃孙为最长,年七十,最幼者吴士鉴,年四十六,瞿则与沈子培同为六十四。数十年后,当时超社中人,物故殆尽,瞿之后人蜕园,遂与高吹万、戴果园等,结怀超社。所谓超者,盖瞿氏故乡善化有超览楼也。

4242 壬子春,长沙瞿鸿禨邀王湘绮、廖苏畹、程子大、曾重伯、齐白石诸子作禊集,并赏海棠。若干年后,白石为作《超览楼禊集图》,鸿禨已逝世,其子蜕园题之,略云:"白石以韦布漫游,名未甚显,湘绮之挈往吾家与赏花之宴,盖欲因以重白石之名也。"

4243　瞿鸿禨斋名"赐书堂",其季子兑之,因颜其斋为"补书堂"。

4244　善化瞿鸿禨按试江南,得金天翮所为《长江赋》及《西北舆地图表》,大加称赏。

4245　**瞿蜕园**谓杜甫诗中之海棕,即现今伊拉克之枣树。

4246　瞿宣颖,一署蜕园,此前,扬州有孙惟一,亦署蜕园,著《蜕园诗文集》。

4247　瞿蜕园撰有《晚抱轩笔谈》,又《四山簃诗话》,见者不多。

4248　瞿蜕园谓名西菜为大餐,在清嘉庆时已有此称,其时张问陶兄问安所著之《亥白集》,即有"饱唊大餐齐脱帽,烟波回首十三行",盖在广州作也。

4249　瞿蜕园曩居北京粉子胡同四号,槐竹成荫,琐窗深密,乃珍妃未入宫时之妆阁。

4250　瞿蜕园与尹石公甚熟稔,曾告人,当顾维钧为国务总理时,蜕园任秘书长,时北政府度支竭蹶,不能按期发给薪资,石公为学界索薪团代表,向国务院请愿。

4251　瞿蜕园能画,由湘人尹和白启迪之。尹擅摄影,为国人先导,蜕园有《纪尹和白老人》一文,略云:"方其客江南督府时,得西人摄影术,湘人解此者,莫先于老人。尝见其手制何媛叟所藏《张黑墓女志》印本,其时上海各书局之铜版册,皆未行世也。"

4252　上海武康路有一巨宅,白玉兰两株,高出墙外,花时皎洁似雪,照映夺目。瞿蜕园居与密迩,乃置酒肴,邀二三诗友,隔墙观赏。

4253 瞿蜕园有《补书堂文录》，油印一册，乃自写自印，当时纸张匮乏，因此密行细字，殊不醒目。内容以《补书堂志》《故宅志》《壬辰秋禊记》《蔗香馆戊子春集序》《湘绮老人手书〈圆明园词〉跋》《木芙蓉赋》，最为茂美，凡四十二页。

4254 瞿蜕园作《沈万三考》，罗列《明史高后传》《明小记》《梦兰琐笔》《梅圃余谈》《蓬轩吴记》《天禄识余》《张三丰全集》《挑灯集遗》《蕉馆纪谈》《悬笥琐谈》《坚瓠集》《阅世编》《锦衣志》《七修类稿》《长安客话》所载，甚为丰备。但各家所纪，均饶神话色彩，出于情理之外者。蜕园谓："沈万三无其人，即有其人，亦无其事。"

4255 瞿蜕园每岁元旦，必赋一七律。

4256 瞿兑之，"兑"应读作"锐"，读本音者非。《汉书·天文志》："兑作锐，谓星形尖锐也。"且兑之名宣颖，颖有"锐"意。

4257 瞿兑之病肾，曾割去其一。

4258 乾嘉学者汪辉祖，著有《病榻梦痕录》。瞿兑之认为我国文人之自传，极少有成整部之书者，而该录不仅记载彼之一生经历，且将一切社会制度风俗，小至衣服饮食器用，无不详赡述写，直可以作为乾隆六十年中社会经济小史。兑之因根据之，撰成《汪辉祖传述》，于民国二十三年印行，自称回锅菜。

4259 瞿蜕园遭"四凶"之厄，死于狱中，临卒前，手书一诗："冲寒行见玉兰开，岁岁频邀屐齿来。池水料难吹皱起，不耷残梦锁楼台。"不知是宿构，抑新作，亦不测其寓意何在。

4260 **苏继卿**有一旧竹根印,印文"一生江海客"。因余寓居上海数十年,即以为赠。

4261 苏继卿藏有李鸿裔手录杜诗一册,每诗辄加评点,别具见解,末有跋语;又藏金俊明手录唐刘元宾文录一册,书法精雅,乃梁溪杨寿枢家物散出者。

4262 苏继卿藏有乾隆版之满文《三字经》,遍查各大图书馆书目,均无此书庋存,引为海内惟一孤本。

4263 **朱屺瞻**一次游黄山,为大水所阻,滞留若干日始归。

4264 朱屺瞻藏明季忠节便面,凡数十页。

4265 朱屺瞻,为唐文治之表侄,绘《太仓十二古迹》,文治为作记。唐曾居太仓南牌坊西赵家厅。

4266 画家出国,年龄最高者为朱屺瞻,九十二岁,犹应美国邀请,于一九八三年七月十九日,出席旧金山国际机场中国画布置揭幕典礼。绘葡萄一幅,高一丈二尺,大气磅礴,见者惊叹。

4267 朱屺瞻有印章"屺瞻墨戏""梅花草堂""写竹医俗""崛强风雷""不可居无竹",皆齐白石手刻也。

4268 朱屺瞻喜画兰竹,谓:"兰竹,古画家多为之,元明两代,画者特多,但成功者究属少数。盖画兰竹,用笔近书法,须有书法基础,吴镇、文衡山书法好,画兰竹亦好。"

4269 老画师朱屺瞻多弟子,弟子自分四组,每月每组宴师一次,每月四星期,则每星期有一次宴会,亦尊师之道也。

4270 **郁元英**拟制古代宫室及车舆小模型,借以证考。抗战军兴,乃中止。

4271 旧时沪上,绑案叠出。南市郁氏,以富赡称,郁葆青、郁元英父子外出有戒心,特聘镖师二人同乘自备汽车以卫之。父子二人之服御,与镖师相同,使人不辨孰为主孰为宾也。

4272 **伊秉绶**以书名,其子念曾,其孙立勋,均承家学,成为三代书家。

4273 虞澹涵,女画家,途中遗失伊秉绶对联,立即登报招寻,若有拾得送还者,愿酬一百元,可见其时伊书之珍贵。

4274 **许厪父**说话极快,人听他一句,只懂得半句。王钝根说话极慢,人听他一句,却懂得二句。

4275 许厪父寓上海梅白格路,其邻四明人,文盲也,一日,请许代写一家书,问许能写宁波字否,许为之大噱。

4276 **任政**作书,常钤一印"认真",取其谐音也。

4277 电视剧《秦王李世民》,饰李世民者,为李祥春。祥春不能书,剧中李世民挥毫,暗中由任政代笔。

4278 **邵洵美**,与邵式军为同怀兄弟。式军任伪组织高位,洵美却颇自好,不与往还。

4279 邵洵美面容绝肖其父悦如,曾孟朴与悦如熟稔,初次见洵美,几误为悦如。

4280 **周慕桥**曾为丘菽园绘《风月琴尊图》。

4281 善画三国故事之周慕桥,与善说三国故事之评话家黄兆麟相稔。时慕桥寓居沪上新闸路之酱园弄,而兆麟每晚至新闸路玉屏楼说三国,慕桥常为听客之一。既毕,慕桥辄伴兆麟同至其家,吞吐为乐,盖皆瘾君子也。兴至,二人讨论古时之武器,枪如何持,刀如何挥,方天画戟如何使用,即以烟管为替代物,且作架式,见者为之失笑。

4282 **周今觉**有邮传庐，陈葆藩有寄寸楼，皆取义于集邮。

4283 邮票大王周今觉，擅韵语，刊有《今觉盦诗》，熟谙掌故，颇多著述。当时予辑《永安月刊》，向之索稿，彼不收稿酬，只取誊抄费给其书手。

4284 周今觉自制笺，淡绿色，甚古雅，有"今觉盦制心心相印笺"九篆书，褚松窗手笔也。

4285 周今觉赁屋以居，四年三迁，曾刻"居无庐"三字印章，一自还巢小筑落成，此印废而不用。后陈病树移家来沪，觅屋维难，乃以此印赠之，并有诗云："一笑赠君无长物，聊供印上作书斋。"

4286 沪南半淞园，春秋佳日，士女杂遝，曾盛极一时。周今觉游之，殊不惬意，有句云："微惜意匠凡，未足称清华。种树失疏密，列仗如排衙。乘兴来探梅，百觅无一花。"兹者园早废，仅有一衢，称半淞园路。

4287 周煦良，为邮票大王周今觉之哲嗣，收罗我国明信片，应有尽有。

4288 孙君毅撰《周今觉传》，于一九七六年油印问世，对周备极丑诋，周下世有年，不知何所憎而云然。

4289 **叶圣陶**午年生，子至善亦午年生，孙亦午年生，取名"三午"。

4290 叶圣陶曾云："看过太湖，再看西湖，不免小了些，仿佛是小摆设。"

4291 常熟昭明读书台畔，有焦尾泉，近年重修，"焦尾泉"三字，为叶圣陶手笔。

4292 有人谓叶圣陶有厌世思想，叶即取"未厌居"三字为斋名。

4293　抗战时，叶绍钧避居四川乐山，敌机肆暴，书籍文物，悉被毁。

4294　叶圣陶晚年作书，自谓心手目三不相应，惟依习惯乱挥而已。

4295　叶圣陶九十高龄，因患胆结石，由吴蔚然大夫施行手术，经过良好。丁玲、陈明慰问之，圣陶为赋一诗，有云"昔年剖胆今割了，自谓胆量尚不小"，犹作风趣语，寿征也。

4296　**朱自清**以唐人诗"夕阳无限好，只是近黄昏"，谓太消极，翻其意为之云："但得夕阳无限好，何须惆怅近黄昏。"

4297　朱自清喜啖北京之牛奶葡萄。

4298　朱自清于一九三一年赴英国伦敦，曾访迭更斯故宅，宅中尚留有书案、手杖、书札，并有许多人物画。其名著《块肉余生述》《滑稽外史》，即在此故宅撰写。

4299　朱自清谈诗之风调，谓"风指抒情成分，调指音节铿锵"。

4300　朱自清逝世，叶圣陶、浦江清等，为辑《朱自清全集》，自清妻陈竹隐加以审阅与增删。

4301　**费韦斋**每于入浴时得佳句。

4302　吴中有"桃坞二费"之称，一费屺怀，一费韦斋。韦斋桃花坞之宅，即屺怀故居。

4303　费韦斋喜浴温泉，往往于泉畔入睡。

4304　**程景溪**诗"人与诗俱瘦"，戴禹修称之为"五字长城"。

4305　程景溪藏改七芗摹李龙眠《机杼图》，旁有舒铁云题语。

4306　**杨守敬**擅书而不工韵语，有所酬应，常请陈石遗捉刀，而杨书楹帖条幅为报。

4307　前清同光之际，新化邹代钧治新地理，宜都杨守敬治旧地理，各有独到处，二人分教两湖书院。

4308　沪上南京路，旧有易安茶馆，招牌乃杨守敬所书。

4309　杨守敬任黄州府教谕，自辟一园，颜曰"邻苏"，因黄州为苏东坡宦游之地，遗留古迹甚多也。同时李鸿裔购园于吴中阔家头巷，颜曰"苏邻"，因园与苏子美沧浪亭相近也。

4310　**袁伯夔**曾得廖莹中世彩堂所刻《韩昌黎集》，为宋本集部第一，后毁于火。

4311　冯君木逝世，其后人请陈散原撰墓志铭，致润三百金。此文《散原精舍文集》中未载，却载于袁伯夔集中。袁为散原弟子，可见是文乃伯夔所代笔。

4312　袁伯夔藏姚惜抱《使鲁湘日记》手稿，为全集所未收。

4313　**陈群**收藏日本故籍甚多，日本人阅其目录，为之咋舌。

4314　陈群参加伪组织，自知不得善终，妻妾分居三处，三处均蓄毒剂塞那，以备不时自裁，结果竟服塞那死。

4315　**景太昭**晚居北京，穷愁潦倒而死，何其巩经纪其丧。

4316　南社景太昭，号耀月，晚年任课北京大学，因拒绝日寇之引揽，被杀害。或传其潦倒以终，不确。

4317　**高梦旦**僦屋三间，有劝其移住较宽之屋，梦旦谓："上海三间楼屋，辄居数家，我已愧逾分。"郑振铎，为梦旦东床婿。

4318　四角号码，由高梦旦创始，陈文及何公敢为定方案，王云五仅继承其事而已。

4319　丁文江撰一联，请胡适之代写，赠高梦旦："吃肉走路骂中医，年老心不老；喝酒写字说官话，知难行亦难。"

4320　**谢冰心**整理其散文，辑一专集，熊秉三特以香山之双清别墅借与之。

4321 谢冰心云:"海比山强得多,说句极端的话,假如我犯了天条,赐我自杀,我也愿投海,不愿坠崖。"

4322 虞山诗人**宗子威**,以故乡红豆山庄所产红豆,分贻樊增祥、关赓麟、吴鸳、郭啸麓、王式通、侯疑始、袁寒云。寒云得之喜,以"双红豆"名其室。

4323 常熟有软栗,已绝种,宗子威诗以咏之。

4324 **高天梅**喜作豪放语,如云:"碑版闲摹张黑女,交游半属鲁朱家。"按《张黑女》原拓本,藏秦清曾处,后归公家。

4325 高天梅藏章太炎书札颇多。

4326 高天梅自用笺,梅一枝,作绿色,有"天梅我师命画辛亥秋沈翰"十一字。

4327 北京大学中文系,编刊《近代诗选》,录高天梅《咏梅步顾灵石韵》,编者不知顾之为人。按顾字景圆,一作景渊,江苏金山人,少年时与高吹万、高天梅同学,三人颇多唱和。顾著有《落叶斋诗话》《天癯阁诗草》《妙吉祥室诗稿》《忧庵诗稿》等,总名之为《漱铁和尚遗诗》,高吹万作序。

4328 **陈伯严**谓小叫天之戏,可比樊云门之诗。

4329 薛次申与陈伯严为诗友。次申临卒,以萧尺木书画卷子赠伯严,谓"睹此卷如睹我"。

4330 **俞陛云**得华山所产黑竹,为其大父曲园制一手杖。

4331 俞陛云六十后始学画,作山水萧疏有致。

4332 **洪文卿**于光绪十四年元宵节娶傅彩云,居苏州北张家巷,洪年五十岁,为傅取名梦鸾。至于赛金花,乃光绪二十四年,傅赴天津所悬艳帜之名也。

4333 吴中虎丘有拥翠山庄,为名胜之一。该山庄乃洪文卿状元与朱修庭观察所建。

4334 **赛金花**曾印一名片,中为"魏赵灵飞",左下角有"彩云适魏金溪"六小字。魏任江西财政司,及国会议员。

4335 一九○五年,赛金花在沪悬牌,应客征召,牌上附有英文,为艳帜中之创例。

4336 任立凡为赛金花造像,绝工致端丽。

4337 赛金花随洪文卿状元出使欧洲,樊增祥为作《彩云曲》前后篇,传诵艺林。曩年,我友倪寿川以任立凡所绘之赛像照片见贻,我撰一文,载《人民日报》海外版,被瑞士女作家赵淑侠见之,向我索观原照,盖淑侠研究赛金花者。我乃挂号邮去,或戏谓:"赛金花再度出洋。"

4338 **宋小坡**,初名禹,徐州符离人,擅仿姜实节、渐江和尚之字,可以乱真。

4339 宋小坡晚年殊落托,乙卯冬,偶于途间一蹶而伤,不治死,孑然一身,上海文史馆为理其丧。

4340 诗人**陆云苏**之瓜豆园,在上海龙华漕河泾之南,占地十余亩,颇具台榭花木之胜。后以扩建飞机场被毁,无复遗迹可寻。

4341 希社诗人陆云苏,取前人诗"闲爱孤云静爱僧",改署云僧,居沪西龙华瓜豆园,别署龙华野衲。后瓜豆园征辟为飞机场,乃移居康脑脱路,榜其斋为两爱庐,两爱者,云与僧也。云僧后人陆陇梅出示瓜豆园遗影,余集放翁句成二绝以题之。一咏其盛云:"世上不知何岁月,此身如在结绳前。悠然顾影成清啸,始信桃源是地仙。"一咏其衰云:"想见清伊照碧嵩,斯名岁晚亦成空。年来洗尽东陵梦,狼藉残花满地红。"

4342 **徐碧波**曾与罗振常、鲍扶九、黄太玄、程小青同寓。

4343 徐碧波著有《红雨杂谈》《影事前尘录》《双焚记弹词》,均未刊。

4344 徐碧波斋名"竟成庐""红雨楼"。

4345 星社惟一之女社员杨家乐,名梅慈,为徐碧波夫人,能文工书。

4346 **曹纕蘅**一度居北京东城,与李释堪、黄秋岳相密迩,且与隆福寺书肆小集相近,买书称便。姚茫父赠诗,因有"入市卖书千卷易,比邻得句几人同"之句。

4347 曹纕蘅喜吟咏,但不喜苦吟,有云:"留得闲身甘蠖屈,更无苦语学虫号。"

4348 曹纕蘅藏名贤手札甚多,仅盛伯羲一人札,即装有数册。

4349 曹纕蘅喜诵王渔洋"半江红树卖鲈鱼"句,倩张大千作图。

4350 曹纕蘅之《移居诗》,和之者有三百余家。

4351 曹纕蘅之《采风录》,按期载天津《国闻周报》,凡十年之久。实则《大公报》社长吴鼎昌幕后主持之。

4352 **吴荫培**发起吴中保墓会,古墓之被发现者甚多,有《山丘尚友诗》。

4353 吴荫培藏有何义门家书百通。

4354 吴荫培探花,曩曾创立吴中保墓会,古墓之被发现而保存者甚多,著有《山丘尚友诗》。

4355 探花吴荫培后人,曾得何义门手札,遂重刻《何义门集》,并搜罗义门佚文,较原刻增多,为何集佳本。惜印数少,流传不广。

4356 《何义门文集》流传甚少,清宣统初,吴荫培为之覆刻,且增家书四卷。

4357 吴荫培编修,妇悍,荫培殊畏之。

4358 **伍廷芳**曾居上海戈登路二百四十三号观渡庐。

4359 沪西江宁路,邻近北京西路,有一花园住宅,乃伍廷芳私邸,对门一园宅,则龚瞻麓太史所居。

4360 **蔡寒琼**一度收购薛慰农遗物,如薛庐诗删、词删、笔札墨迹,甚至薛庐用品,如茶壶茶杯、文房杂物,均被罗致。

4361 戊午寒食,蔡寒琼、张倾城夫妇,得黄小松手拓古碑,大喜,乃请黄宾虹绘《校碑图卷》,周梦坡、傅屯艮为题,比诸归来堂之赵明诚与李清照。

4362 **梅光羲**每赴宴会,凡打蜡地板,必去鞋,以防滑跌。

4363 梅光羲致书其子:"得妇弗求貌美,弗娶大学毕业生。"

4364 **徐小圃**富收藏,有薛涛所书《美女篇》原迹手卷,后有吴采鸾、朱淑真、管仲姬、柳如是、叶小鸾等题跋,尤为珍秘。

4365 小儿科名医徐小圃,家沪东武昌路之春辉里,擅泉石之胜,又富收藏。日本桥本关雪来沪,刘海粟、王一亭、钱瘦铁、唐吉生等,即借徐家觞宴。

4366 周蓼洲死于厂狱,其子茂兰为父草血疏以申冤。海上名医徐小圃,以万金购得是疏,并明清人题跋,装成两大手卷,苏州文献展览会一度陈列。吴湖帆向小圃商假,倩尤植仁录成全帙。

4367 **甘翰臣**筑非园于上海舟山路,极好客,藏有白兰地、威士忌佳酿,常备肴,邀陈散原、陈诒先、朱古微、王雪澄等宴饮。

4368 甘翰臣富收藏，杨惺吾为之搜罗碑帖书画，琳琅满目，辟非园于沪上虹口，名流雅集，四时不绝。

4369 简照南之南园，有一丈余高之峭石，背作龙鳞，人以龙石呼之。但简得石即病，病不治死，家人以为不祥，乃贻甘翰臣。甘在沪东塘山路有非园，以石植列园中，与槿篱竹屋相映带，颇饶雅致。

4370 **福格**之《听雨丛谈》，稿本藏傅增湘家，由中华书局刊为《清代史料笔记丛刊》之一。福格师事萧凤祥，萧又为福格父之受业师。

4371 《听雨丛谈》有云："海国有用镜照影，涂以药水，铺纸揭印，毛发毕具，宛然其人，其法甚秘，其制甚奇。"《丛谈》作者福格，生于清嘉道年间，可知其时已有摄影，但尚不普遍耳。

4372 福格谓："男子之美，乃修伟清俊，非妍皮倩目，丽如女子也。"

4373 **马叙伦**小名履官，知者甚少。

4374 马叙伦未到中年，已早蓄须。

4375 食品中之哈士蟆，"哈士"二字不可解，马叙伦加以证考，谓哈士蟆乃含脂蟆之讹书，"含脂"与"哈士"音相近也。

4376 南社中研究诸子，成就较大者，为马叙伦。

4377 马叙伦由其师陈黻宸之邀请，任教广州两广方言学堂。叙伦年少气盛，目空一切，竟谓"广东没有一个通人"。粤籍同事闻之，不与叙伦交谈，甚至粤籍学生不听叙伦课。不久，黻宸返杭州，叙伦亦随之同归。

4378 **丁仲祜**刊泉币书多种，当彼六十晋九生日，上海泉币学社社友觞之于市楼，丁赠该社古泉铜质版型一千八百余件。

4379 丁仲祜购得一宣德炉，古泽黝然。丁刮垢磨光以新之，某见而谓之曰："包浆胥捐，甚为可惜！"丁曰："若干年后，岂不由新而旧，面目如故乎！"某笑不之辩。

4380 丁仲祜编纂诸书，为之襄助者，有黄理斋、徐益之、周云青、沈伯乾、丁宝铨、丁宝泉等。

4381 **戚叔玉**书法从丁佛言，画从金北楼，均得高诣。

4382 戚叔玉喜为人刻印治砚，如巢章甫、徐世章、徐世襄、吴咏湘、寿石工、宋君方、杨拜苏、许以栗、胡若愚、李壮飞、向仲坚、王伯龙、冯武越、张颐香、方药雨等，均有叔玉镌刻件。

4383 **杜诗庭**藏有金耿庵、王忘庵等所绘水墨菊花卷，题者颇夥，因榜其居为"菊隐"，请沈思齐书。

4384 鸡翅木，产粤东琼州，干多结瘿，极少巨材，仅制扇骨等小具而已。松江杜诗庭家，有一丈余之长几，独幅厚四五寸。所谓鸡翅者，从其纹理似鸡翅耳。

4385 杜诗庭得一谧庐匾额，未几又得谧庐印，即以"谧庐"为斋名，著《谧庐过眼录》，未刊。

4386 **潘勤孟**不进甜食，人馈糖果辄谢绝。

4387 世界冠军乒乓选手曹燕华，学书于潘勤孟。

4388 潘勤孟父稚亮，工书，擅刻印，其自用印，刻"三山旧学"四字。三山者，峄山、华山、麓山，由篆而隶，由隶而楷也。

4389 **陈宝琛**八十二岁，两鬓未霜。

4390 敌伪时，有以"日中"二字为嵌字格诗钟，陈宝琛应之："日暮何堪途更远，中干未必外能强。"敌伪以其寓有讽意，深憾之。

4391 **宋平子**服御不自检点，五六月犹穿棉鞋。

4392 宋平子因人提倡国粹，彼乃提倡国糠，借以戏谑。

4393 **吴敬恒**凡戚友所贻之书札照片，悉留存之，书札凡十三万通，照片一万余帧。

4394 吴敬恒藏札，皆辛亥革命先后诸巨子，有孙中山若干通。抗战时，重庆上清寺被炸，曾毁去一部分，但尚保存什之六七。

4395 吴敬恒居重庆上清寺，客来访，辄启半户视之，愿见者开户迓之，不愿见者，则谓"吴某某不在"，实则人固识其为本人也。

4396 尚古山房，石印字帖，廉值出售，有声于时，主人为丁云亭及弟云泉。某次，吴敬恒偕丁氏弟兄，乘舟游杭州之西湖，在孤山北、放鹤亭西，发现该处竟有云亭、云泉二胜迹，敬恒立招摄影师来，为留鸿雪。

4397 **江寒汀**擅画花鸟，乃学于常熟陶松溪。

4398 江寒汀善造新罗、虚谷伪画，张石园善造任伯年伪画。

4399 **王先谦**有《前汉书补注》《荀子集解》《庄子集解》《续古文辞类纂》，傅屯艮均目为精审可读。

4400 王先谦督学江苏时，有以西学发为文辞者，往往首列之。及归湘中，与人合资营火柴业，大折阅，尽丧其资，遂仇视新学。

4401 王先谦为江苏学政，按临阳湖，庄惜抱以考童应试，时应试者几及千人，额仅二十有二，及榜发，惜抱名列第一。学政例须对考童致勉励语，而传话留案首单见。惜抱趋至，先谦在阶端相迎，连许其才，邀入室谈话，且谓汝之名原取姚姬传惜抱轩之义，究有相袭之嫌，遂为改名蕴宽。

4402 **王韵香**能画竹，著有《画竹法》一书。

4403 清嘉庆间，梁溪女冠王韵香，自号清微道人，住东门内双修庵。王吐属娴雅，小楷仿灵飞经，兼善画兰，尝请鹤渚散人绘彼容为《空山听雨图》，梁山舟首题一诗，一时名流，题咏殆遍，先后至五百余家。无何，图忽失窃，韵香怅惘不已，复请瑞芍主人补写一图，续题亦数十家，乱后又散失。沈旭庭收得此图残页，装成三巨册。光绪二年秋，秦临士觅得续图一册，题跋尚留十余家。翌年春，图册一并归叶衍兰；若干年后，转入南陵徐乃昌家，丹徒丁传靖曾据以作《福慧双修庵小记》，杨味云刊入《云在山房丛书》中。乃昌下世，后人式微，鬻书画文物，梁溪巨贾陶心华欲购残余之图册，徐氏后人索值昂，未能谐，遂请冒鹤亭代为周旋，值稍减抑，物归陶氏。孙伯亮与陶氏相识，曾邀伯亮往赏，伯亮且以《福慧双修庵小记》畀之，陶氏大乐。十年动乱期间，陶氏以之捐献公家。

4404 **叶鞠裳**曾为黄再同家西宾。

4405 叶鞠裳（昌炽）撰《藏书纪事诗》，著称艺林，其他如《奇觚庼诗文集》《寒山寺志》《辛白簃诗臠》等，亦经刊传，皆其弟子潘祖年任刊资。盖师弟谊笃，死生无间，殊可风世也。尚有《缘督庐日记》四十余册，自壮年至终年，述写不辍，由其幕友汪寿金为之誊钞，内容颇多涉及时政，又褒贬亲友，无所避忌。临卒遗命，此稿托汪寿金保存。未几，寿金亦下世，其妻贫困不能守，汪家与潘博山、景郑为中表戚，遂以此稿归潘家昆仲，昆仲酬以三百金。王季烈（君九）闻之，愿为刊行，遂假去删存四分之一，付上海蟫隐庐写印流传，被删者颇多重要文字，其中有贬及君九家者亦不录。当时由博山、景郑任校雠，成十二册，今行世者即此本也。抗战胜利后，君九与景郑相商此稿善后办法，景郑坚持捐献苏州图书馆，俾保存不失。深希有日全部影印，于清末掌故，大有参考也。

4406 **沈太侔**极誉坤伶十三旦，为南中旦角第一人。十三旦，刘姓，字昭容。

4407 沈太侔晚年窘困，携李朱涤秋为之介绍毕几庵，几庵主编《时报》副刊，太侔撰《东华琐录》，排日载之。报社例须月终发稿费，太侔急不能待，涤秋常先解囊垫付之。

4408 沈太侔有《便佳簃杂钞》二十余卷，郑韶觉、杨味云拟刊印未果。太侔作又有《宣南梦忆》，载《北洋画报》。

4409 沈太侔之《东华琐录》，所记均燕京故事，有云："恩晓峰，旗籍人，女子入梨园者，以恩为首屈一指。"我观恩晓峰演剧，则在沪上福州路之群仙茶园，凡生旦净丑，皆女子饰之，称为髦儿戏。恩演须生，袍笏登场，嗓尤宏亮，几不知为粉黛婵娟也。同时有一名龚处者，演须生，亦不弱。

4410 **唐文治**双目失明，书札均由陆景周、高涵叔二人代笔。陆，太仓人；高则高攀龙之后裔。

4411 戊子春，大中华唱片厂，为唐文治制读文灌音片，正集凡十片，每片二篇；通用集五片，每片亦二篇。时文治八十四岁。

4412 唐文治有一红木手杖，上镌"天寿平格"四字，乃国学专修馆师生所合赠者，当时曾举行献杖仪式。

4413 朱邂庸乡谥端毅，唐文治为作传。

4414 唐文治读书南菁书院，颇菲薄归震川文，其师黄漱兰以震川集命之评点，始知震川白描处极有精彩，且得力于欧曾两家。

4415 **钱萼孙**师事唐文治、曹元弼。

4416 《文芸阁年谱》，乃钱萼孙所撰。

4417 钱萼孙幼慧，十五岁即有诗名，十九岁作《近代诗评》，骈四俪六出之，刊载《学衡》杂志。

4418 **周志醒**藏一螺形石，有丁龙泓刻铭，为案头清供。志醒能书，其子坚白、女慧珺，均有书名。

4419 书家周慧珺，为周志醒之女。志醒曾请唐文治撰《竹径草堂记》，文成，而草堂因事变未筑。

4420 **邵伯䌹**太史，集南北知好，为绘花卉，装成一册，颜为"菊圃灌花"。

4421 北京城门额，都出邵伯䌹手笔。邵，仁和人，光绪癸卯翰林。

4422 邵伯䌹榜书，独步一时。旧时北京城门额，除正阳、复兴、建国、和平四门外，余十四额，均出伯䌹手笔。

4423 **沈石友**藏李易安砚、傅青主砚、朱竹垞砚、阮芸台砚、武虚谷砚、曾涤生砚。

4424 常熟沈石友手拓三砚，合装成卷：一玉溪生像砚，陆包山刻；一澂碧砚，侧镌明遗民乙木居士摹残碑凡二十四字；一阿翠像砚，阿翠为苏翠，宋乐籍中人，工墨竹及分隶，有马守真题诗。又有六砚拓本成卷者，为徐俟斋、傅青主、黄太冲、晦木、吕晚村、李是庵六砚，吴昌硕为题"砚林六逸"。

4425 沈石友庭中，玉茗一株，数百年前物。花时吟啸其下，以为乐事。石友病殁，树亦枯死，金曰"玉茗殉主"。

4426 **汪大铁**，名澜，字紫东，曾营生圹于无锡梅园公墓。大铁治篆刻，因书碑文为印人汪澜紫东之墓，有误印人为印度人，非我族类，欲撼之，大铁即将"印人"二字涂去。

4427 篆刻家汪大铁,每赴宴,得一佳肴,辄询厨者烹制法,归而述诸其妻,如法制之。倘制而不适口,则再赴菜馆,复进是肴,更向厨者请益。

4428 **王雪澄**手校《淮南子》,书页上下,均密行细字,自云一切异本,靡不迻录。

4429 华阳王雪澄藏有朱彝尊之竹垞图,海陵曹秋崖绘,时朱年四十五岁,客潞水龚金事位育幕中。

4430 **缪艺风**居海上虹口联珠楼,以得宋刊窦氏《联吟集》而名。楼上下五楹,藏书十一万卷,三万余册,触目皆佳籍也。铭心之品,则置于卧内。

4431 缪艺风钞书,常委饶心舫、丁少裘、夏炳泉为之,后荐给刘翰怡。

4432 缪艺风评郎世宁画,谓世宁,西洋人,画本西法,能以中法参之,笔下尚有七气。

4433 钱振常一度寓居吴门,其致缪艺风书有云:"前年到苏,匆匆赁屋在慕家花园,系镇洋毕秋帆尚书旧第,纯庙赐经训克家匾,尚悬厅事。屋太大太多,价太昂。今年四月,迁胥门内盛家浜,价则廉矣,卑陋湫隘,安几无窗,饭客无地,笔砚时时移置,藏获喧于耳侧,市声在二丈内,自悔失计,亟须选屋重迁。余在苏时,赁屋以居,颇领略此中况味,阅之恍似身历。"

4434 缪艺风藏禹之鼎为纳兰容若绘天香深处小像,又藏安仪周像,杨子鹤画,王石谷补竹石。

4435 **郑振铎**辑有《中国历史参考图谱》及《伟大的艺术传统图录》,在文献上确为两大巨编。但鄙意认为后者之书名,"伟大的"三字,似出多余。《传统图录》本身具有不朽价值,其伟大不言可喻，决不因有此"伟大的"三字而更伟大，亦不因无此三字而不伟大，嗣后重印，可考虑及之。

4436 书名有长至二十二字者，为明邓仕明修编，四卷一册，万历间闽建书林陈德宗梓行，书名为《新锲两京官板校正锦堂春晓翰林查对天下万民便览》，乃通俗应用书，郑振铎以五十金购之。

4437 郑振铎致刘哲民书札，今所存者，尚有一百数十通。其一云："青岛风景甚好，我所住的地方，窗外即是大海，日夜可听涛声。小园里满是松树，清幽之至。故在这里倒能够写出不少东西来。"又一通云："到了敦煌千佛洞，壁画和塑像均精采之极。百闻不如一见，见到了才知道其弘伟美丽。住三天，只是匆匆一览，走马看花而已。要细看，得住三年。"诵之，对二处景色为之神往。

4438 郑振铎一日与刘哲民闲谈，忽问哲民："你晓得人怎样死法最痛快？"哲民无从置答，振铎云："人最好从飞机上摔下来，死得最痛快。"不料一九五八年十月十七日，振铎领导文化代表团往阿富汗访问，果飞机坠毁遇难，年六十有一。

4439 郑振铎与耿济之，合设一旧书铺于蒲石路口，铺名"蕴华阁"。

4440 **汪笑侬**弃官为伶，人惜之，彼曰："我官祇七品，今则王侯将相，任我所为，快何如之！"

4441 汪笑侬有八股文、杜鹃分咏格诗钟："能使英雄皆入彀，可怜帝子已无家。"

4442 **陶菊隐**晚年，足力不济，出游山城重庆，乃雇人背负之。

4443 陶菊隐之《新语林》，记通臂猿胡七（致廷）之谈话："谭先生（嗣同）居在北京半截胡同浏阳会馆的时候，我和单刀王五（大刀王五）每天必和他见面，王五比我年轻，是我介绍给他的。"但《刘铁云年谱》有云："同治十二年，十七岁，交一时才俊。"而铁云后人大绅附识云："鹗曾住北京半壁街，与王五为邻，五妻营饭馆曰'元兴堂'，鹗宴客多于此。戊戌之变，五欲为嗣同助，亦缘鹗之介云。"二说各异矣。

4444 **徐生翁**自谓我学书画，不专从碑帖古画中寻求资粮；笔法材料，多数还是从木工之运斤，泥水匠之垩壁，石工之碾石，与诗歌、音乐及自然间一切动静物中取得之。

4445 绍兴东浦，有徐锡麟纪念堂，匾额为徐生翁书。

4446 **王壬秋**每岁七夕，作七夕诗，赓十五年之久。

4447 王壬秋之《湘绮楼日记》遗稿数十巨册，藏湘乡彭次英家。

4448 廉南湖初有"小万柳堂"之名，尚无建筑；王壬秋亦初有"湘绮楼"之名，后始葺屋作楼，以符其名。

4449 **黄秋岳**谈斜阳，谓："向晚意不适，驱车登古原。夕阳无限好，只是近黄昏。"此唐人之咏斜阳，北方高原之斜阳也。"休去倚危栏，斜阳正在烟柳断肠处。"此宋人之咏斜阳，咏南方江国之斜阳也。斜阳自以南方江国者尤胜。

4450 黄秋岳佳人作贼，死于非命，年只四十六岁。其子黄晟同死，年只二十六岁。

4451 余嘉锡之名，乃取之于《离骚》"肇锡余以嘉名"。黄秋岳名维哲，亦取《离骚》"夫维圣哲以茂行兮"意。

4452 黄秋岳有一集宋词联："几度拂行轩,篱角黄昏,认郎鹦鹉;何时共渔艇,竹西佳处,呼我盟鸥。"写作俱佳,奈其人晚节不终,惜哉!

4453 李漪请王梦白绘十二生肖,既成,又索黄秋岳题之,黄每句嵌一生肖云:"世情偃鼠已满腹,诗稿牛腰却成束。平生不帝虎狼秦,晚守兔园真碌碌。龙汉心知劫未终,贾生痛哭原蛇足。梨园烟散舞马尽,独剩羊车人似玉。子如猕猴传神通,画课鸡窗伴幽独。板桥狗肉何可羡,当羡东坡花猪肉。"

4454 **王福庵**收集青田石,刻闲章三百方,悉归公家。

4455 王福庵常将图章石及刻刀置衣袋中,随处可刻。

4456 王福庵一度在家触电,臂腕受伤,此后刻印,往往斜倚榻上为之,不能端坐奏刀。为人极和易,后辈有所询问,必详尽告之;如有所失忆,乃为查检书册,不惮烦劳。

4457 王福庵自刻印,有"印佣""我生疏懒无所能"。

4458 **张次溪**藏有林白水之遗嘱。

4459 东莞张次溪,乃张篁溪之子,浩劫前,频与我通音问。其地有徐蔚如者,搜访范伯子遗著,而次溪适有伯子文集具献之。一晤之余,蔚如颇赏识次溪之雅有文才,即以其女肇璎许之。肇璎通文翰,次溪因取一别署演肇,建"双肇楼"以居。伯子夫人姚蕴素,有诗名,伯子死,蕴素从事教育事业,有一长信致次溪,次溪珍藏之。

4460 张次溪于市肆购得《赏花留影图》,乃北京弓弦胡同张丛碧故居所摄。庭中海棠两树,花正盛开,灿然盈目。影中人自左至右,为李释堪、黄秋岳、姚玉芙、梅兰芳、陈亦侯、朱虞生、吴延清、陈半丁、齐如山、陈鹤孙、徐兰沅、白寿之、张丛碧、岳乾斋。

4461 张次溪于厂肆购得李莼客贶朱霞芬新婚联。朱霞芬于清同光间蜚声红氍毹者。

4462 虞姬墓，在淮南凤阳，相传墓草色红，与王昭君之青冢，同为异迹。张次溪于一九五一年，偶过凤阳，见虞墓荒圮，乃斥资重修，写图记之。

4463 **程伯葭**为孙东吴书扇，录其罂粟花诗若干首，二人均有烟霞癖也。

4464 岳飞之精忠柏，本在浙江按察使公廨之右，土地庙前，为宋大理寺狱风波亭故址。相传岳飞被害，柏即日就枯萎，但数百年植立不仆。清咸丰庚辛之间，毁于兵火，柏断为九，被西人取其一去。程伯葭观察恐其久而尽失也，乃移其八于西湖栖霞之麓，以铁栏围之，遂得保存。伯葭晚居沪西辛家花园之畔赓庆里，时予亦赁庑该里，因得彼此过从。彼居楼下，楼上为女画家顾青瑶，藏十二砚。凡此种种，迄今犹在目前。

4465 **胡公寿**居沪南红阑干桥，题画诗因有"我家曾住赤栏桥"之句。

4466 我有胡公寿致小愚一札，有云："接手毕，欣知旅居安吉，并得番银四锭，涸辙之鱼，忽逢河水，虽不能悠然而逝，而已有洋洋之象矣。"可见公寿当时生活之困乏。

4467 胡公寿游沪，常寓其友毛树澂家，毛朝夕观摩，亦能书画。

4468 **易顺鼎**谓贵人不易见，美人不易逢，闲人不易得。

4469 易顺鼎五岁时，其父以"鹤鸣"二字属对，顺鼎应声曰："犬吠、猿啼、凤舞、龙翔。"父大惊喜。

4470 **徐森玉**喜蓄各式金时计。

4471　徐森玉谓居处逼侧，所储文件，无法安置，惟有听其散失。

4472　徐森玉，出身于李提摩太用庚子赔款所办之山西大学，生活朴素，土蓝布、白夏布，为其常服。

4473　刘翰怡之嘉业堂藏书，宋元本让给金坛人朱鸿仪，徐森玉为之绍介也。鸿仪子嘉宾亦嗜书成癖。

4474　**蒋孟蘋**之密韵楼所藏宋元本书，后归涵芬楼，"一·二八"之役，却免于难。盖诸书犹储浙江实业银行仓库，尚未运往沪北宝山路也。

4475　贵阳陈田撰《明诗纪事》，收明人集部甚夥，及卒，书尽归蒋孟蘋。

4476　**吴挚甫**得严几道所译《天演论》，大喜，谓虽刘先主之得荆州，不足为喻。

4477　贺松坡尝学于吴挚甫，凡挚甫评点诸书，贺搜刻殆尽。

4478　**廖承志**，一度化名何柳华。

4479　廖承志能画，曾与其母何香凝合绘《垂杨系马图》《闻鸡待旦图》《子卿牧羊图》。

4480　**劳玉初**官直隶清苑县，适遭旱，请劳祀神求雨，劳以非列在祀典者不拜，县署几被毁。

4481　劳玉初卒于辛酉六月十七日，王静安挽之以联云："五岳岱宗高，尚有劳山峙东海；百朋天锡厚，不须皋羽恸西台。"玉初女劳绁，嫁沈寐叟嗣子慈护，入文史馆，我曾晤见之。

4482　**陈伏庐**藏宋牧仲画竹卷，有顾贞观题。

4483　熊秉三官热河都统，以清行宫为廨署，行宫库物尚多。既而解职归北京，以行宫中有垫足之品，甚软适，持若干以铺地。陈伏庐往访见之，讶曰："何豪奢如此，竟以貂皮障地耶！"秉三乃诧曰："此为貂皮，余固未之识也。"

4484 **朱省斋**有集扇癖，藏有五扇，尤为精品：一、周东邨之《停琴听阮图》；二、唐六如之《策杖高士图》；三、陆包山之《柳浪渔罾图》；四、莫云卿之行书及《秋山茅亭图》；五、邵瓜畴之小楷及《乘风破浪图》。

4485 朱省斋曾以陈后山句"晚知书画真有益，却悔岁月来无多"，请陈巨来刻此十四字为印。

4486 吴荣光之《历代名人年谱》，谓谢时臣卒于嘉靖丁未，年六十。而朱省斋从海外获得谢与文徵明合作之《赤壁胜游》书画真迹，画作于嘉靖戊午，谢年七十有二，则年谱有误矣。

4487 倪云林丘垅，在梁溪东北芙蓉山，祠堂则在惠山之麓五里街，朱省斋家相距不远，春秋佳日，辄往瞻拜。

4488 **张润之**之妻，年老昏聩，往往以真为梦，以梦为真，不明事理，子媳苦之。

4489 胡鄂公，武夫而喜文翰，曾撰辛亥革命有关之掌故书五种，请张润之加以笔削，中华书局刊行其一，尚有四种未刊布。

4490 **王均卿**之别署，先为学界闲民，后为新旧废物。

4491 吴兴王均卿髫年时，就童试于菰城，坊间见有《绝妙好词》钞本，以一元购得之，得间披阅，为学词之始。辛亥革命后来上海，参与萍社，得晤词人况蕙风，质其源流，探其奥窔。若干年后，拟汇辑词话，况任选事，并出所藏，自俞彦《爰园词话》始，至蒋敦复《芬陀利室词话》止，凡十种，刊为《词话丛钞》。

4492 《笔记小说大观》凡五百册，主编者王均卿，校勘者赵苕狂。

4493 **林白水**有生春红砚，乃闽中黄莘田家旧藏。黄蓄名砚凡十，因号"十砚老人"。生春砚，十砚之一也。相传黄之姬人金樱，美慧能诗，生春红砚，金樱所司也。

4494 林白水被难时，其遗嘱有云："我命在顷刻，生平不作亏心事，天必佑我家。"盖得罪潘馨航，潘固张宗昌军阀之上宾也。薛大可与白水善，闻之，立向张宗昌求援，甚至下跪，张允之，及传命，则白水已枪决矣。

4495 林白水讣告，有经某部枪决于北京天桥云云，为讣告中之创格。

4496 林白水喜藏砚，白水被祸，藏砚大都归胡维德所有。

4497 **陈冷血**喜摄影，民国十五年元旦，以所摄之影辑印一小册，题"良辰美景"四字，为《时报》新年之附送品。

4498 陈冷血居沪西宛平路，略具花木之胜。其女陈乐，从乐焕之学太极拳，焕之每星期至陈家一次，教陈乐与其他弟子。

4499 陈冷血之媳，乃董显光之女。

4500 **王佩诤**嗜书成癖，卖田买书，其妻反对之，遂不睦。家吴中颜家巷，钱崇威太史之兄崇固，画家樊少云，先后住居其宅。

4501 藏书家王佩诤之夫人，为名弹词家薛筱卿之姊。盖佩诤父与筱卿父友善，佩诤童年颖异，早入黉门，遂相攸焉。后佩诤任振华女校副校长，文名播吴下，有《平江城坊图考》一书行世，晚年增订，几倍原稿，惜未重印。尚有《周秦诸子札记》，内容精富，潘景郑介绍中华书局出版，动乱起，作罢。

4502 王佩诤喜藏书，见告文徵明所藏典籍，钤有印若干，如"竹坞""停云""悟言室""玉兰堂""翠竹斋""辛夷馆""梅花屋""玉磬山房""梅溪精舍"等。吴中七襄公所，据云为文氏故居，未知以上斋舍，尚在是处否矣。

4503　王佩诤中年患肺病，医治无效，后有人传以秘方，每餐以莼菜作羹服之，坚持二年余，肺疾竟愈，寿至八十余，"文革"中含冤以殁，著述零落，仅出版《盐铁论札记》一种。其旧撰《平江城坊图考》，为早岁之作，晚年大加补辑，内容增至二三倍，潘景郑曾请人录副未成，今不知稿本尚在否矣。其所著《续藏书纪事诗》，则草率油印，流传不多。

4504　**潘承弼**拟辑《苏州词征》，闻同邑王佩诤亦有此愿，乃致书请与合作，奈佩诤迟迟未答，承弼乃独自辑录。抗战军兴，承弼来沪，以藏笈在苏，未克从事。后闻佩诤亦未竟其功，致《苏州词征》，迄今尚付阙如。

4505　晋黄龙砖，前人著录极少，陆氏千甓亭所藏亦止一二件。潘承弼于抗战前，参加浙江文献展览会，于杭州古玩铺见有新出土之黄龙砖十余方，即悉数购下，当时浙江图书馆长陈叔谅为之装运至苏，承弼甚德之。及抗战军兴，避居沪上，砖留置故乡。解放前，承弼急函家中，所有黄龙砖，送苏南文管会保存。

4506　萍乡文素松，藏图书文物甚富，极少见者为瓦削片，曾选印《瓦削文字谱》行世。抗战初期，文氏所藏散在沪上，瓦削人不之识，潘承弼购得一百八十余片，悉以捐赠合众图书馆。主者不甚重视，以为与典籍无关，移交博物馆。法眼者所重为三代鼎彝、唐宋元明书画，于此类文物，亦等闲视之，实则此种瓦文与草隶渊源有关，足资研究。犹忆曩年邹景叔得急就奇觚瓦片一，视为瑰宝，后以数万金售与日本人，此瓦片即瓦削类也。

4507 **冯文凤**女书家,十三岁时,已对客挥毫,作屏幅绝工整。

4508 女书家冯文凤嫁邓仲和。仲和雄于赀力,放浪不羁,未几,纳一新宠,文凤甚为气恼。既而邓又续纳第三、第四宠,文凤反处之夷如。或询之,曰:"纳第一宠,气恼在我;及纳第三、第四宠,气恼在第二、第三宠,与我无干矣。"人服其量。

4509 女书家冯文凤夏日喜游泳,冬日喜骑马。

4510 民国十三年,柳亚子夫妇约刘季平、朱少屏、陆丹林游苏。时丹林任职道路协会,取得特快免费票。适冯文凤由港来沪,遂邀之同去,住阊门外铁路饭店。第一天午饭及晚饭,在冷香阁与留园进之,亚子作东道主。次日,苏地社友陈去病等宴之拙政园及狮子林,为一时胜会。文凤携有摄影机,摄照数十帧,又预书折扇二,以赠亚子伉俪,在席上传观。季平初见文凤隶书,大为赞赏。归沪后,季平邀文凤到华泾黄叶楼作客,与其女刘缃相见,从此时相过从。不幸刘缃短命而死,数年后,文凤亦逝世。

4511 **章式之**藏有黄石斋断碑砚。

4512 章式之批阅诸生文卷,往往诙谐出之,一生徒文中颇多"而"字,且用不适当,章批之云:"当而而不而,不当而而而,而今而后,已而已而。"又一生徒,乱用呜呼,章批之云:"若丧考妣。"不意该生父母,与章交涉,章不得不向之道歉。

4513 **丁健行**父名中兴。健行幼年读史,至光武中兴,则只读上二字,下二字略去,师责之,曰"避父讳也"。

4514 丁翔华为星社社员,早慧,曾从周湘学画,从陆穗英学诗,从王莼农学书,从陈微明学太极拳,又从孙禄堂学八卦拳,为武术大师李景林所称赏,允文允武,可称全才。惜不永年,一九三九年逝世,著有《蜗牛居士集》。翔华,镇海丁健行哲嗣也。

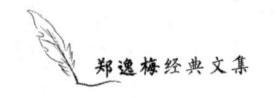

4515 **黄炎培**于胜利时，一度卖字，润例有云："非我高抬声价趋人前，无奈法币膨胀不值钱。"

4516 史量才主持《申报》，经理张竹平与史积不相能。史就商于黄炎培，黄为献移花接木计，在经理室之上，再设总管理处，由史任之。

4517 **段笏林**，名朝瑞，为一时才俊，晚境甚艰苦，其与人书有云："老病增剧，日色稍暗，即袖手枯坐，兼之家道清寒，旁无侍史，举动不适，俯仰身世，不如无生。"当其榷关淮上，居椿花阁，已病足不能行，有访之，则危坐据案，与客对话。

4518 邹湛如为淮安段笏林弟子，著《氅庐诗》，谓诗不可不作，而又不可妄作。

4519 **但杜宇**为但明伦之后裔，藏有明伦未刊之手稿数种。杜宇在沪北天通庵路设上海影戏公司，摄杨贵妃故事片，掘一池，权当温泉水池之华清。"一·二八"之役，敌寇猝犯沪北，杜宇仓惶出走，乃以明伦手稿制一小箱，埋藏已涸之池中，上覆泥土，以掩其迹。既而被炸，屋宇悉倾，而池址未动，事后发掘之，手稿以深埋故，得完整未毁。杜宇乃将手稿寄存其族人但植之家，数年后，彼赴香岛为寓公，将稿携去。

4520 但杜宇喜赤足，夏日外出，既归，先脱袜，后脱长衫。

4521 但杜宇喜备佳肴，请人恣啖，彼旁观不下箸，谓观人啖食，其味胜于自啖。

4522 但杜宇心赏卓别林之《淘金记》影片，连观七遍之多。

4523 但杜宇擅油画，而对于当代国画，却喜吴待秋之梅花、赵子云之黑鸦、程瑶笙之松鼠、袁培基之山水。

4524 但杜宇为电影界老前辈,自办上海影戏公司于沪北天通庵路。一日,忽见大门上画有大白圈,旋得一不具名之信,勒索五千元,限期送至某处。杜宇一加思考,疑乃其公司内部某某所为,遂对某某默观其神色行动。某某赁居公司附近,杜宇密遣人于夜半在其门上亦画一大白圈,某某觇见之,知事泄,不敢续有行动。

4525 梁节庵藏文与可画竹、苏东坡题跋卷,因榜其居为"岁寒堂"。

4526 梁节庵三代藏书,如玉山草堂、守鹤庐、听琅玕馆,均藏书处也。节庵于广州大东内榨粉街太史第,辟梁祠图书馆,订有《观书约》《钞书约》《借书约》《读书约》《捐书约》,以便利省会学子。

4527 昆山县千墩镇,为顾亭林读书处。亭林手植四柿树,以阅年久,枝干朽败。辛亥年,梁节庵往访遗迹,补栽四柿树。

4528 沈泊尘之姊,嫁汤国梨之侄,泊尘与沈苇窗为从兄弟。

4529 作漫画之沈泊尘,原字伯忍,谐声乃作泊尘。

4530 樊伯炎擅古乐,迄今犹保留明代琵琶。

4531 樊伯炎学琵琶于朱荇青,朱为吴梦非之高足。

4532 庞左玉适樊伯炎,夫妇均擅丹青。庞能唱程玉霜派青衣,樊善大套琵琶。

4533 陈运彰临卒,嘱将其历年所写日记,付诸一炬,因其中颇多诋讥友人处也。

4534 钟太傅名繇,世多读作"由",陈运彰谓以《世说新语》晋文帝戏钟士季兄弟语证之,乃知当时实读作"遥"也。

4535 蒋剑人年幼时,阳湖周保绪以"奇童"称之。

4536 蒋剑人游吴,曾访虎阜短簿祠及盘门内丽娃乡社神祠,则祀张士诚女婿潘元绍也。遂刻一私印"短簿祠边载酒丽娃乡里填词"。

4537 蒋剑人避人于南汇,易僧服,主荷花坞栀子庵,法名妙尘,号铁和尚,有"栀子庵荒春草绿,荷花坞小夕阳红"句。

4538 宝山蒋剑人妻灵石,能诗,有句云:"红绣相思绿绣愁。"又云:"芳草碧如此,落花红奈何。"为时传诵。

4539 蒋剑人自谓著录三万余言,非至精至当,不敢出以问世。稿由其子伯威宝藏。王紫注品评,谓词第一,诗次之,文又次之。

4540 **钱名山**于胜利前一年秋,患胃溃疡死,年正七十。死之前,曾以草书法画竹,且对客挥毫,自题画竹云:"七旬作画已知难,自扫风筠兴未阑。就使学成文与可,将来留得几多竿。"名山室中甚简陋,只方桌一,长板凳四,写字、作诗文、绘画,均在此室中。所为诗词,反对和韵、刻集,从不请人序跋题签。

4541 钱仲易为常州耆宿钱名山之哲嗣,工诗词,其友人吴君致函问疾,仲易答以《浣溪纱》一阕,下半阕云:"剡上未须移雪棹,茗边数与话晨星,郑公朱老许攀寻。"注云:"郑逸梅今年九十,朱屺瞻九十三。"蒙涉及殊感。

4542 **叶昌炽**寓沪,一夕,有小窃入室,检取书籍。叶在隔室听得,即开电灯,并大声说:"书籍不值钱,容我开室门,由你取些衣服去。"小窃闻声遁走。

4543 叶昌炽之《藏书纪事诗》,断自清季,而漏列者甚多。吴则虞有《续藏书纪事诗》,共十二卷,补列三百六十人,诗二百七十首,稿本未刊。

4544 **汪康年**在北京办一小型报,名《竹叶》。

4545 《时务报》馆址，在上海福州路石路南怀仁里，汪康年、梁启超主笔政。

4546 编《庄谐选录》之汪康年，别署醒醉生。

4547 **阮玲玉**卒于一九三五年三月八日，恰为妇女节。年二十有五。

4548 刘禺生面有痘瘢，人称麻哥。又阮玲玉，人称麻姑，阮面部略有一二瘢痕，然不掩其美。

4549 明星公司，聘**胡蝶**为电影主角，月薪一千元（时大米十元一石），并供给汽车一辆。或云："胡蝶上银幕是个美人，下银幕也是个美人，但演戏的内心表演，不及阮玲玉。"胡蝶于一九三五年与周剑云同赴苏联，参加国际电影展，放映彼主演之《姊妹花》，轰动一时，此后又游历德、法、英、意诸国，亦所至有声。

4550 上海明星影片公司摄拍《盐湖》一剧，由胡蝶任主角，地点海宁澉河，该地有椒盐桃片，胡蝶啖而甘之，因此名不出乡里之小糕点，为之名著遐迩。

4551 **孙毓修**别署绿天翁，为商务印书馆耆宿。精版本，著《中国雕版源流考》《欧美小说丛谈》《四部丛刊书录》《绿天清话》等书，又辑《涵芬楼秘笈》，颇多贡献。一自王云五主持馆务，立即摈退各部部长，凡十七人，毓修亦在被摈之列，衷心抑郁，生活拮据。当时张菊生爱莫能助，辄访问加以慰藉。

4552 孙毓修名其藏书处为"小绿天"，自制小绿天黑格纸，用写书目。孙身后，藏书散出，孙伯渊等购之，伯渊楼下三楹，堆书几满。

4553 况夔笙之《餐樱庑漫笔》，有云："夜来香开时，必有小螳螂集其下，肢翼与枝叶一色，花与虫若相依为命者。往来南北，手种是花，罔或爽也。"慈溪冯君木与况为儿女亲家，见之笑曰："若仿王桐花句例，则当云'妾是夜来香，郎是螳螂'矣。"

4554 况夔笙称吴攘之："刻印第一，画次之，书又次之。"

4555 **李文田**藏有宋拓秦篆泰山刻字与宋拓《华山碑》，因名其居为"泰华楼"。而《华山碑》曾请王懿荣、赵之谦、宗源瀚、潘祖荫、完颜崇实、沈秉成、陈澧七人为题。

4556 李文田官粤，时粤人每逢元旦有灯市之举，银花火树，踵事增华，时适在军事时期，李乃率家丁赴市摧毁之。粤人编《李学士大闹花灯》一曲，印行传唱。

4557 顺德李文田善相人术，沈子培、汪康年、汪伯唐、文芸阁、杨士骧，均就之相，且预定其禄位，有谈言微中者。

4558 **吴道镕**，番禺人，编《广东文征》未刊行。家有一仆，检书磨墨，日侍左右，亦复能书。有求道镕者，辄为代笔，书法秀劲，见者不易辨别也。

4559 吴道镕曾馆于李文田家，教文田子渊硕读书。

4560 画家张熊、任薰、任颐、蒲华、黄山寿所用印，大都出于**徐三庚**手刻。

4561 黄牧甫与徐三庚二人治印，均先学吴攘之，后宗赵之谦，黄得其刚，徐得其柔。

4562 **容庚**，字希白，广东东莞书家，任中山大学教授，马国权师事之。曩年承国权为求得其钟鼎文册页，迄今犹宝藏不失。容庚书法润例略云："余少从舅氏邓尔雅先生习篆刻，北游北平，任教大学垂二十年。虽未习唐宋之书，差幸识商周古文之字。亲友委书，堆积几案，书之则自以为苦，不书则人以为傲，依违两者之间。战争频年，朝饥欲死，不有所取，其何以堪。五十之年，倏忽已至，爰定润例以当画饼，苟能疗饥，固所欣然，若其不能，亦节劳动，并世同志，幸毋讥焉。"彼之作书经过，不难于此见之。著有《金文编》《商周彝器通考》《海外吉金图录》等。

4563 容庚嗜董香光书，力事搜罗，蔚为大观。

4564 《清史稿》既成，国民党当局以原书有反民国之语气为理由，列举是书之缺点，禁止流传。当时孟森与容庚先后著论，谓原书实无显著抵触民国处，至于缺点，则无论何书，均所难免，无庸禁止。

4565 **简朝亮**为人作书，不加称呼，仅题某某请书。

4566 关外本之《清史稿》，列简朝亮为纂修，实则当时馆长赵尔巽聘之，简力辞不就，非纂修也。

4567 **冼玉清**，女教授，藏邝湛若玛瑙冠饰，上有"明福洞主"四隶书。

4568 冼玉清谓我国人种牛痘，始于清嘉庆十四年夏，由小吕宋传入。第一人试种者，为澳门医生丘熹，丘字浩川，阮元曾请丘为其子种痘。冼星海为玉清弟子，星海以音乐负盛名，实则其书法亦有相当造诣，撰有《中国书学略谈》，又能填词。

4569 有人从广州书肆购得黎二樵《填词套目》钞本二册，冼玉清假归，录一副本。

4570 居廉为岭南画派祭酒，居十香园，门榜一联："月在荔枝树上，人行茉莉花间。"南国风光，韵致独绝。女著述家冼玉清，深喜居廉画。

4571 女诗人冼玉清,能说流利之英语。

4572 **孙东吴**为报界老前辈,晚年卜居沪西北京西路成都路口,杜门不出,自号"闭户先生"。

4573 吴中孙春阳南货铺,创始于明万历中叶。《履园丛话》载及之,谓自明至今,已二百三四十年,子孙尚食其利,无他姓顶代者。按报坛耆宿孙东吴,即其食利子孙之一。

4574 **费行简**,别署沃丘仲子,行踪南北,与耆硕相亲,所闻所见,辄笔之于书,三十年中,积得一百三十万言。丙午夏五,滇师一炬,所居凌云山麓,付诸劫灰,稿亦被烬。

4575 沃丘仲子费行简辑《近代名人小传》,南社人士列入者有黄克强、宋教仁、陈英士;又辑《当代名人小传》,南社人士列入者有于右任、李根源、白逾桓、刘成禺、冯自由、汪季新。

4576 李端棻以女弟妻梁启超。及戊戌政变,李被累戍新疆,费行简馈以资用,李覆书谢之,字工整腴润,胜于平昔,费珍留之。

4577 **王云上**治相人术,常赴动物院,静揣兽类动态,盖人往往具虎豹熊猴等形,在相术中颇有参考也。

4578 郑敦谨,曾审问张文祥刺马新贻案。我友王云上识敦谨之子,谈是案较详确,我乃间接闻之云上。诸家笔记涉及是案者,以丁悟痴之《刺马记》最为条贯,是记载《民权素》杂志中。

4579 **吴稚晖**名敬恒,又名朓,盖弱冠时得谢宣城精本诗集,奉为至宝,乃以宣城之名朓而自名。

4580 吴稚晖喜为文,章太炎诋谓:"吴稚晖何足道哉!所谓苫块昏迷,语无伦次者尔。"

4581 芜湖铁画艺师**储炎庆**,卒于一九七四年。储曾与王石岑合作巨幅铁画《迎客松》,悬于北京人民大会堂安徽厅。石岑为黄君璧弟子,画稿即出君璧手。

4582 芜湖之作铁画者,尚有储炎庆,善仿各家花卉翎毛,为仅存之硕果。

4583 **姚桐生**为上海文史馆馆员,撰有《前清幕僚》一书。

4584 姚桐生曾居苏州萧家巷,与金石家王冰铁望衡对宇。

4585 **杨践形**,精易理,丁福保礼之为上宾。其妇汪珍有贤德,践形任教职,食时未归,珍不先食;夜深未归,珍不先寝。

4586 杨践形四十岁起,即试用左手写字,自谓恐一旦右肢残废,而预为之防。

4587 **陈诒先**与高野侯友善,野侯主持中华书局辑政,诒先以所译《慈禧外纪》一书归诸中华,得稿酬二千元,遂筑屋于西湖之滨,奉母养老。

4588 杭州湖滨旗下营,有一酒肆,藏有三十年陈之百斤大坛二,一坛已售罄,尚有一坛,置诸门口。陈诒先嗜酒,欲购之,主人不之许,云欲留此以装点门面也。商之再三,主人云:"出钱不卖,若陈大先生能绘画一幅,当以酒酬之,不要一文。"陈大先生者,诒先之兄苍虬(曾寿)也,终以画易酒而归,苍虬乃赋诗四律。

4589 **秦清曾**藏有明版《韩非子》,书眉有顾亭林亲笔批注三十余则,书末有阮元跋识。

4590 秦清曾藏古雅家具,位置一室,均明代物。

4591 秦清曾与吴湖帆、梅兰芳、周信芳、郑午昌、汪亚尘等二十人结甲午同庚会,曾几何时,同庚先后下世,清曾为鲁殿灵光。清曾名淦,署明尚居士,工画山水,钤印"桐荫曾孙"。盖其先

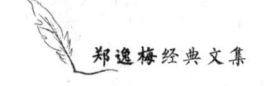

德祖永,著有《桐荫论画》也。

4592 **张謇**自署之"謇"字不易识,或谓似"宝宝"二字,因呼张为张宝宝。

4593 某岁五月上旬,张謇在南通公园举行展重五会,参加者各出家藏钟馗画像,陈列其间。最古者为南北宋,近者元明清,亦有现代者,凡七十余帧。张謇作古风一首,和者纷纷。

4594 张謇于通州狼山修建观音院,壁张书画,榜之为"赵绘沈绣之楼"。赵谓宋代赵松雪,沈谓今世余沈寿,以时人与古人并列,其推重可知。

4595 张謇墓在南通,甚宏伟,曩岁发掘,空无所有,追究其后人,始知上面为疑冢,真冢在疑冢之下,深掘之果然。

4596 **简又文**,自号大华烈士,为太平天国史料权威。其祖在广州设橘香斋药铺,又文继承之。

4597 李青崖乃李星沅之孙,一次,与简又文因谈太平天国,涉及其祖事,大开笔战。

4598 **赵之谦**与杨憩亭友善,赵四十二岁,杨为画一像,赵题识其上云:"群毁之,未毁我也,我不报也;或誉之,非誉我也,我不好也。不如画我者,能似我貌也,有疑我者,谓我侧耳听、开口笑也。"游戏出之,殊妙。

4599 赵之谦之《勇卢闲诘》,为鼻烟小史。勇卢,见《龙鱼图经》,鼻神之号也,殊僻。

4600 **林长民**擅书,自比"时花美女",一度任司法总长,为时仅三月,刻一印"三月司寇"。

4601 林长民卒于民国十四年十二月二十二日。

4602 **罗瘿公**，为太史公罗家劭子。患肝病，卒于北京德国医院，时一九二四年九月二十三日。

4603 罗瘿公遗嘱有云："讣告不著科名官职，前清已取消，述之无谓也。民国未入仕，未受荣典，但为民而已。如公府秘书、国务院秘书、国务院参议上行走，及顾问谘议之类，俱为拿钱机关，提之汗颜，不可涉及。"

4604 某岁，罗瘿公病笃，有搜彼墨迹于琉璃厂者，旋病愈，罗大为感慨。

4605 罗两峰作《鬼趣图》，罗瘿公有《鬼趣古风》一首，对于当时官僚丑态，极讽刺之能事。

4606 罗瘿公每逢修禊，辄为事阻，乃倩姚茫父绘《思禊图》以寄意。

4607 **杨宪益**谓氏族制一皮囊以渡河，称为浑脱，因此戴一皮囊相似之冠起舞，名浑脱舞。至于食品中之馄饨，无非浑脱之异译，谓其煮熟浮于沸汤中，仿佛皮囊也。朱大可却斥其说，谓馄饨乃"混沌"二字转变而来。

4608 《译余偶拾》，乃《零墨新笺》《零墨续笺》之汇编，作者杨宪益，其夫人戴乃迪，为英国人，夫妇合作，曾以《红楼梦》《儒林外史》等译成英文本，沟通中西文化。抗战时期，宪益在重庆北碚国立编译馆任职编审，从事英译《资治通鉴》，译至汉代。抗战胜利，编译馆迁南京，稿件等装箱船运，在长江险滩失事沉没。

4609 **钱镜塘**收藏明清书画，有声海上，又喜栽花，四季不断，而晶窗棐几，雅洁无尘。壁间所悬画幅，依岁时而变更。于是梅杏竞秀，桃李争春，荷净桂芳，菊黄茶白，盆卉与壁画相映照，邀客茗赏之以为乐。

4610 钱镜塘藏有金圣叹所书字幅，黄怀觉曾摹之刻石，今归上海市博物馆。

4611 **沈寐叟**居沪上新闸路，颜之为"海日楼"，屋数间，纵横皆书架。客至，不知主人何在，必高声呼之，叟自书丛中伛偻而出。

4612 沈寐叟寓宣南珠巢街，所藏善本书被窃甚多，赴武昌，又被窃书帖数十种。

4613 沈寐叟绝笔书联，上款为宝生，不知宝生为何许人。我之乳名亦名宝生。

4614 沈寐叟赴某处，戚家以讣告若干份，托彼就近代发。岂知沈置于筍箧中，事后忘之。逾三年，翻箧获得，立即代发，却丧已服阕，收到讣告者，为之莫名其妙。

4615 沈寐叟与冯蒿叟往还书札，约二百通，钱冲甫假而录存之。沈书固难识，冯书更不易辨，冲甫与其侄芥尘一同端详猜度，经多次商讨，始得无误。

4616 沈寐叟以书法名海内，鬻书订有润例，各笺扇铺代为收件。及寐叟逝世，已收润资而未交件者，积案累累，均由其门生故旧一一摹写，以了笔债。

4617 **杨草仙**作狂草，人都不识，彼乃另纸注明，给人携去。一次，某故意谓另纸遗失，请重录一过。杨照书件录之，某持归，与另纸核对，则有数字出入，盖阅日较久，杨并自己所写亦不识得也。

4618 曩年有一自称百岁老人之杨草仙，来沪鬻书。往往对客挥毫，临池必先打拳，上下腾挪，约数分钟，即握管挥洒，自谓"不如此，作书无气势"。有时左右手各执一笔，同写一字，如"河"字，左笔写"水"旁，右笔写"可"字，顷刻成为联幅，谓"此左右开弓之法"也。并向客宣传："得我寸缣尺素，可臻期颐之寿。"一味江湖口吻，为书家之野狐禅，今已无人道及之矣。

4619 **吕凤子**，名瀞，于一九五九年冬病逝吴中，生前曾刊画集，自称《凤先生仕女册》。

4620 吕凤子晚年掌教吴中，其子患精神病，凤子被惊扰死。

4621 吴中贞石斋刻碑艺人钱荣初，与画家吕凤子合作，刻制列宁像，颇具神态。

4622 名票友**江子诚**，一署梦花，善制虾仁，别有风味，有"江虾仁"之号。尝宴客会宾楼肴馆，子诚亲赴厨下，嘱厨子如法煮之，赏以两金，客均朵颐赞赏。此后会宾楼之虾仁，亦有声沪上。

4623 票友江子诚生活豪奢，尤精家庖。时上海尚无填鸭，彼特从北京带鸭来，且招厨子以俱，烤制以飨客。

4624 **胡文楷**辑有《历代妇女著作考》，是书根据《松陵文子诗征著录》，列入清吴江蒯素秋所著《浮黛集》《忏碧集》《梦蘅集》《纫华集》；后经陈巢南考之，谓："吾邑境内无蒯姓者，而黎里之蒯，为邑中望族，疑素秋系蒯氏名媛，非蒯姓也。"

4625 胡文楷之妻，喜搜罗清代女子诗文集。妻死，文楷纪念之，续事搜求，又得数百种，编刊《历代妇女著作考》。

4626 **严范孙**致陈诵洛书札甚多，范孙归道山，诵洛为印《严范孙先生遗墨》。

4627 严范孙逝世，天津南开大学，为悬半旗三日。

4628 **汪容甫**自云："笑齿啼颜，尽成罪状，跬步才蹈，荆棘已生。"余谓此数语，不啻为"四凶"当道时，所有知识分子之遭遇而言也。

4629 汪容甫卒于乾隆五十九年,厥后墓圮荒,陈含光募款修之。

4630 **费念慈**藏苏东坡与谢民师札,足与《寒食诗》媲美。

4631 费念慈读朱竹垞《鸳鸯湖棹歌》,谓大率铺张,名胜其实。念慈旧藏颍上《兰亭帖》,上有小仲观款。小仲,黄仲则之子,工书,绝少见,包慎伯《艺舟双楫》列小仲书为能品。

4632 **姚孟起**以书法名,间亦作画。

4633 姚孟起书家,居吴中桃花坞,庭中有白皮松一,为宋代物。

4634 **任堇叔**生平服膺"三霜":词则师事朱礼霜(朱古微晚号礼霜),诗则极称李怀霜,画则推重俞语霜。

4635 任堇叔曾为某富翁作寿序,某为窜改一二字,堇叔大不悦,索稿归其酬,曰:"愿生生劫劫,不复操觚为文人。"

4636 任堇叔作画不多,自谓生平惬意之作凡二:一为陈涵度所画之《天寒翠袖图》,一为赵眠云所画之《题壁图》扇面。

4637 **陈衍**尝梦至一处,重楼叠阁,阒其无人,有书数百橱,随手抽数册阅之,书侧有石遗某某数字,似为己作,醒而异之,遂自号石遗。

4638 《石遗室诗话》,陈衍作。初应梁启超之请,登载《庸言杂志》,《庸言》中辍,又应李拔可之请,续登《东方杂志》,非完书也。最后陈衍增益为三十二卷,由涵芬楼刊印四册。

4639 **程守中**谓曾见花丛四大金刚之二:一林黛玉,一金小宝,均美人迟暮,无复姿色可言。林黛玉,我亦一度见之,在某游乐场,许指严指以见告者。

4640 程守中搜罗《竹枝词》，凡三百余家。

4641 **沈景修**多病，自谓能带病苟延者，绝欲早，名利澹耳。

4642 沈景修晚年喜倚声，有一印"老去填词"。

4643 有见**丘仓海**之肖像，谓横眉阔脸，蓄八字髭，似有拂勃气不可自遏者。

4644 福建南安县，有郑成功祠，唐景崧撰一上联："由秀才封王，支持半壁旧山河，为天下读书人别开生面。"奈无下联，丘仓海属对云："驱外夷出境，自辟千秋新世界，愿中国有志者再鼓雄风。"

4645 苏州状元**陆润庠**，娶妻无子，如夫人生一子二女。子麟仲能唱京剧，喜冶游，遗存书籍，悉为来青阁杨寿祺所有。中有南宋余仁仲所刻《礼记注疏》甚精，寿祺影印流传。润庠先世皆行医，其祖有《世补斋医书》行世。

4646 宫禁中有精楷抄本《红楼梦》全部，每页十三行，抄者各注姓名于中缝，则陆润庠等数十人也。

4647 **陆陇梅**之《花好迟斋吟草》，中有《顾曲杂咏》二百数十首，均属梨园掌故。

4648 洪竹铭之勤慎堂，以藏铜瓷器有名沪上。如明建窑大士像、明五采龙凤珠、明青花漆匣、康熙美人霁笔洗、康熙郎窑宝石红大碗、雍正五采麟凤盆、乾隆粉采御题瓶、乾隆粉采将军壶、乾隆珐琅山水碗、商满花卣、周伯寰卣、商凤形彝及虎头彝、商仲父鼎、商格伯敦、周楚公钟、秦生坑嵌金银戈、唐大观元年铜锣、宋苏东坡龙凤砚、乾隆白玉蟹、乾隆碧玉插屏、乾隆精雕象牙《美人春睡图》等，凡数十件，均摄成照片，贻陆陇梅。陇梅粘存一巨册，以资欣赏。

4649 **叶德辉**刊《双梅景闇丛书》，中有《大乐赋》，为唐白行简撰，实则叶氏手笔，故作狡狯也。

4650 叶德辉之弟德煌，早卒，无著述流传。其子巘甫，将所藏古泉编为一书，凡十四卷，归美乃父，名《古泉图录》。

4651 **丘菽园**寓星洲，刻一印"无以为家不如饮酒"。

4652 丘菽园倾佩严几道备至，因署其室为"观天演斋"。菽园喜蓄名人刻印，搜罗不遗余力，又名其室为"五百石洞天"。

4653 **许幻园**珍藏其师王紫诠手书诗稿。

4654 许幻园贮《红楼梦》凡八种，如《复梦》《补梦》《后梦》《绮梦》《重梦》《演梦》等，故名其居曰"八红楼"。

4655 **蒋天枢**曾谓："当世学术界，我只钦佩陈寅恪。"

4656 蒋天枢藏有满文《金瓶梅》，后是书归民族学院收藏。

4657 **哈少甫**，回族人，不通回文。溥心畬、唐石霞，满族人，不通满文。

4658 哈少甫藏赵南星铁如意，因名斋为"铁庐"。

4659 **俞锺颖**居京师棉花二巷，沈北山、孙师郑时过访之。

4660 常熟俞锺颖，有《归田集》手稿，未刊，颇多可诵之佳句，如："浮白十觞炎暑涤，闹红一舸水云深。"又："同心旧雨神仙侣，脱口新诗造化机。"又："药碗留香残暑退，莲房坠粉嫩凉初。"又："轻寒绿萼初开后，良夜华灯午上时。"又："寻春渐觉寒威减，话旧都忘日影斜。"又："朋欢咳吐清霏玉，诗味研寻细嚼梅。"又："放歌不觉乾坤隘，摊卷全忘鬓发斑。"又："藕芽菱角饶清供，瓜熟茶香话夙因。"

4661 **李晓耘**重过芜湖陶塘，有句云："近来诗思凭谁会，一碧秋荷照晚塘。"曹缵蘅见之，大为称赏。

4662 蔡松坡眷小凤仙，书赠一联云："此地之凤毛麟角，其人如鲜露明珠。"李晓耘曾见其人，谓"貌颇丰腴，亦仅中人姿而已"。

4663 合肥李晓耘及莼季昆仲、松江庄吕尘、辽阳黄式叙，俱工诗，陈鹤柴誉之为今"四杰"。

4664 **石涛**墓存扬川，郑午昌去访之，犹见石碣；唐云往访，则蔓草荒烟，无复有存。

4665 梁烈亚讲究石涛史料，对于傅抱石所著《石涛上人年谱》，颇多纠正，且证明石涛为广西人。

4666 **田汉**不以诗名，却有《田汉诗选》。许白凤录示其游乍浦黄山诗，有云："乘兴来游小普陀，更无楼阁只渔歌。东方大港雄图在，如此江山待琢磨。"则选外之佳作也。

4667 旧社会以手指螺纹，证巧拙贫富，但甚少以之入诗。田汉狱中诗却有："何用螺纹留十指，早将鸿爪付千秋。"

4668 世界第二次大战时期，熊佛西绘一鹰，田汉题之曰"禽类中之希特勒"。

4669 **陈左高**爱护书籍殊甚，每阅书，必先洗手，因此彼所藏书，不愿出借，恐被污书本也。

4670 陈左高母绮仙，为平湖名宦朱之榛女，通文翰，暑日午睡，无疾而终，年六十有六。

4671 "文革"后，陈左高得顾廷龙钟鼎文联："巫峡千山闇，中南万里春。"寓否极泰来之意。

4672 **高络园**，杭州人，集雨花台石之图纹隐约有景物者，为"西湖十景"。

4673 高络园画梅，谓画梅不但画梅之形态，尚当画梅之性格。

4674 高络园晚年喜蓄石，颜其轩为"五百名石之居"。

4675 高络园藏印，自文三桥至赵㧑叔，凡三十六家，镌石一百方，钤成屏条四幅，各印且附边款，朱墨烂然，渊雅入古。石归诸公家，印屏犹留壁间。

4676 高络园有汉印二，绝珍稀，系于腰带间，从不离身。讵意于"文革"时，腰带忽断，二印置诸案头，乃与其他文物，被捆载而去。

4677 高络园喜搜罗名人家信。

4678 我曾在高络园处，见所藏丁敬身致焚虚禅师一札，寥寥数语，乃向禅师商借八金，于此可见敬身生计之窘迫。络园又藏有金冬心一札，为邹适庐物，络园以五十金购得者。

4679 **赵景深**搜集各国文学史，满庋一橱。

4680 赵景深喜集藏，举凡香烟牌子、作家书信、结婚请帖、名片、贺年柬、话剧特刊及戏单，无不储存。

4681 赵景深夫妇，均喜昆曲，某次，在复旦大学登辉堂演《长生殿》，赵饰李三郎，夫人饰杨玉环。

4682 **胡吉宣**藏有明代莫是龙手札一通，乃致龙阳者，札中有云："严贼为国家大蠹，今日身罹其祸，理固宜然。"所谓严贼者，指严嵩之子世蕃而言。

4683 胡吉宣见贻姚鹓雏行书直幅，所录乃姚旧作，有云："汪伦别我忽阅岁，千尺情深奈尔何！闻说官闲知政美，筍斋开处乱山多。"乃其集外诗也。

4684 胡吉宣一度居僻静处，取斋名为"幽求室"；一度居热闹处，取斋名为"远心楼"；又从事《玉篇校释》，易称"玉篇楼"，效阮元之"文选楼"也。

4685 上海圣约翰大学第一届第一名毕业生为胡浚康，乃《玉篇》专家胡吉宣之父。

4686 **余叔岩**研究音韵之学，常请教于魏铁三，因此戏剧本，均出铁三手。

4687 余叔岩之父紫云，以青衣驰名，嗜骨董，遂精于鉴赏。当时寓京之王公大臣，购买彝鼎书画，往往请紫云甄别真伪。

4688 **姜亮夫**从事考古学，遍访英法意德等国，见故国文物流散在外者，即记录之，并摄影凡三千余件。

4689 姜亮夫甚推崇徐仁甫之《广释词》，曾撰一联赠之："深邃突过俞荫甫，规模有似王念孙。"

4690 姜亮夫著作等身，晚年目力不济，自号朦叟。

4691 百岁老人**苏局仙**，曾以书法一纸赠美国威斯康新大学。红学专家冯其庸赴美开会，归时携得该大学旗帜一面，并大学校长谢函一通，转贻老人。

4692 一百零五岁老书家苏局仙，每日临池，八十年不辍，曾云："人是动物，要天天活动，天天学习和做事。动物就要动，不动便成废物。"

4693 百有九龄之苏局仙，犹能作书，有句云："只爱临池墨常新。"

4694 **沈迈士**为沈秉成（仲复）后人，秉成构园吴中小新桥巷，名耦园，以楼环园，以水环楼，在园林中别创一格。迈士绘古柏图卷，园中景物也。

4695 沈迈士藏有汉司马迁铜印一，于动乱中失之。

4696 沈迈士年九十，犹能作画。沈为龚易图之女婿，龚女曾从顾若波画山水，迈士之画，受夫人影响也。

4697 周昌枢师事沈迈士，藏迈士画之多，无出其右。

4698 **汪优游**演剧,新鸣社登一广告,谓"汪优游吹箫,三百年间无第二人",实则夸张无据。

4699 汪优游最倾佩郑鹧鸪之演戏,谓"扮商人,真入木三分"。

4700 **钱芥尘**熟于民国时代历届之内阁组织,曾撰专纪,未曾发表。

4701 报人钱芥尘,与张学良为谱兄弟。

4702 某岁大除夕,余与钱芥尘叙谈,钱问过年忙劳如何,答以一切简单化,插了梅花便过年。钱曰:"我更简单,不插梅花也过年。"相与大笑。

4703 **沈拱之**,字锦垣,号问潮馆主,吴人,工书法,当时《点石斋画报》之封面,即拱之手笔也;与吴大澂友善,大澂作书,有时不暇应付,乃由拱之代笔。

4704 拱之之曾孙子厚,家中尚有大澂署款而实为拱之所书之楹帖。

4705 **沈惟楚**,号霜厂,元和沈拱之文孙,著有《霜厂吟草》,谙英文,有句云:"佉卢文字诵当年,一勺初尝大海边。"昔年米高美影片来华放映,说明书及片名,均惟楚译之。其中如《魂断蓝桥》《乱世佳人》《忠魂鹃血》《出水芙蓉》《碧血黄沙》《绿野仙踪》《钟楼怪人》《深闺疑云》等,信、达、雅兼而有之。

4706 沈惟楚能诗,吟稿凡五卷,十年动乱,恐遭罗织,付诸一炬,并其戚陈子彝所存彼处之遗诗手稿五卷,亦悉数焚之。事后,惟楚诗以哀之云:"三绝人誉老郑虔,更兼苏晋欲逃禅。但怜身后焚诗稿,宜有新篇在九泉。"未几,惟楚亦下世,而子彝平反,举行追悼,惟楚文孙沈宽为撰一联云:"四世泽清风,艺苑称尊三绝技;十年蒙昭雪,芸编无负一书生。"

4707 **吴昌绶**曾购觅清代《御制集》,实则身登九五者,所作什九假手于侍臣,徒托御制耳。

4708 吴昌绶勤于笔札。胡仲巽所集名人书翰，其中昌绶者即有数十通之多。顾廷龙所整理刊行之《艺风堂友朋书札》，昌绶致缪艺风者多至二百十三通。张祖廉刊《松邻书札》上下册，序云："伯宛援例得内阁中书，余亦于是时入学部，两人所居又甚迩，凡赏析奇疑，走笺札以相问答者，不逾月而多如束笋焉。自是以往，迄于伯宛之殁，同居京师者前后十五六年，伯宛所致之书牍，殆不下数百通。"伯宛、松邻，皆昌绶之字。昌绶所用笺纸甚精究，有"侠嘉夜室启事"数字。

4709 **邹亚云**撼取清福晋眷恋杨小楼事，谱为《杨白花传奇》，举凡清廷之腐败与革命军之壮大，悉寓其中，佳作也。一时咏叹者，如高天梅云："风流亡国凭谁写，才子文章杨白花。"胡寄尘云："一窗风雨灯无力，寒夜人翻杨白花。"沈剑侬云："梨园他日传新唱，处处筝琶杨白花。"后柳亚子收此传奇，刊入《流霞书屋遗集》中。

4710 邹亚云见王西神所作《碧血花乐府》，乃仿而作《杨白花传奇》，纪清宫某福晋与杨小楼暧昧事，刊入《流霞书屋遗集》中。杨小楼演《霸王别姬》，饰项羽，章遏云饰虞姬，珠联璧合，我犹及见之。

4711 南社邹亚云能刻印，绝少见，曾以所刻赠费公直。

4712 钱派山水，有沈心海、谢闲鸥。溯其源，则为**钱吉生**，吉生字慧安，别署清溪樵子。彼亦有师承，其师为李二岩，人鲜知之。

4713 天津杨柳青之年画，有声于时。当时钱吉生曾为画铺设计作稿。

4714 **容希白**早年，著有《雕虫小言》，载民国初年之《小说月报》。

4715 容希白教授，有黄子久山水残幅，乃恽南田旧藏，南田有题云："此图因无款识，遂沦落东园之瓯香馆，不能不为东园称快。"瓯香馆为恽南田斋名，东园生为恽别署。

4716 **沈雁冰**生于一八九六年，岁次丙申，曾以丙申为笔名。

4717 沈雁冰与夫人孔德沚，同游苏联，在彼邦合摄一影，载《文艺春秋》四卷五期。

4718 **俞逸芬**在沪，终年寓旅馆，有家不归。

4719 严独鹤与陆蕴玉结为伉俪，作伐者俞逸芬。

4720 刀马旦华香琳，曾从俞逸芬学书法。

4721 俞逸芬为余谈，乐舞有指挥，不自今日始，古时已有之。《拾遗记》："王以缨缕拂之，二人皆舞。昭王复以衣袖麾之，舞者皆止。"

4722 **龚孝拱**有未刊之手稿二本，由北京大学购藏。

4723 常州赵惠甫与龚孝拱通谱。孝拱，定庵子也。赵偶问孝拱："尊公于金石有何撰述？"孝拱率尔答曰："他老人家不懂金石。"

4724 龚定庵子孝拱，人以狂妄诋毁之，叶景葵却誉之为精读书，非信口雌黄者。

4725 **林同济**为美国加里福尼亚大学哲学博士，研究莎士比亚，名驰中外。曩年，女画家周炼霞偕林博士同来访谈，一见如故。不意仅半年，林博士又出国，客死异域，闻耗为之惊悼，留有书札一通，毛笔字绝遒秀。

4726 国际饭店，崇高建筑，矗立于上海南京西路。招牌四字，绝遒秀，未署书者名，实则林同济教授所书也。

4727 **商承祚**辑有《中国历代书画篆刻家字号索引》，为二巨册，彼亦擅刻印，常州吕学端以一大石章请刻一"吕"

字，又以一小石章请刻一"吕"字。学端与承祚极相熟，承祚一再说："吕学端作难我。"

4728 唐人写经，均不署名，商承祚藏有署名之唐人写经本，甚名贵。

4729 中国历代书画篆刻家之字号，首编索引者，乃商承祚与黄华。自秦代至民国，凡一万六千余人，分上下二卷，上卷系仅知其字号，检之可知其姓名、籍贯、年代、技能等资料；下卷系已知其姓名，检之可知其字号。

4730 创办中华书局之**陆费伯鸿**，发声宏高，有惊座之概，头极大，帽向上海帽铺马敦和特制。

4731 创立中华书局之陆费伯鸿，早年具新头脑，晚年却与友人组织灵学会，设坛扶乩。

4732 抗战胜利后，中年书局广州分局经理郑子展，曾编写《陆费伯鸿先生年谱》，油印一大册，前列伯鸿照片，曾分赠诸老同事征求意见。

4733 **李右之**有《市虎吟》，其小引颇有趣："上海南市蓬莱路动物院，豢一虎，野性已驯。邻居有猫，常窃食，主人恶而投诸柙中，俾膏虎吻。讵意虎嗅之，不食，相处一昼夜，若相忘焉，乃出之。"

4734 李右之，能背诵《古文观止》全文。

4735 **蔡巨川**藏何邑威诗卷，皆未刊稿。

4736 扬州蔡巨川藏宁化黄恭寿之瘿瓢，瓢乃木瘿制成，口有隶书"瘿瓢"二字及草书"雍正四年黄慎制"七字。原藏真州卞氏小松园，由卞公弢传至卞仲飞，遂散失，卒归蔡氏，盖恭寿晚年流寓扬州也。

4737 **吴双热**治小说家言,偶亦作诗,如咏梁红玉云:"慧眼看低金兀尤,纤腰撑起宋山河。"

4738 所谓"礼拜六派",指王钝根所编《礼拜六》周刊而言,每册售价一角,颇受小市民欢迎。其时吴双热与之竞争,办一周刊《五铜元》,每册只售铜元五枚。但《礼拜六》号召力强,《五铜元》不之敌,不久停刊。

4739 **葛绥成**获一佳砚,自书刘禹锡之《陋室铭》,倩良工刻之,历劫未失。

4740 地理学家葛绥成,自十二岁起写日记,直至七十岁,未间断,惜于浩劫中被毁。

4741 地理学家葛绥成,与予同居养和村,晚年受"四凶"迫害,潦倒不堪,又足蹇不良于行,自出市物,拄短杖,一手持一破碗,状类丐者。及昭雪,已逝世有年矣。

4742 葛绥成与我同寓沪西养和村,几乎朝夕相见。彼名康林,字毅甫,为地理学专家,中华书局早期之地理教科书,什九出其手编;又能精绘地图,且以一人之力编成《中外地名辞典》,便利学者,为该类辞书之首创,浩劫中被迫害死。

4743 **朱天目**有一印"不死先生"。郑曼陀有一印"曼陀不死"。不数年,天目与曼陀俱死。

4744 吴兴朱天目,著《怜心词》,因有"怜心词人"之称,又有《情海归槎记》,载《大共和日报》。涉讼累及主笔张丹斧。事后,天目有文记其经过,盖当时政党林立,各报莫不含有党争性质,反对者遂捏词控诉耳。

4745 **郑曼陀**在民国初年为各杂志绘仕女封面,名震一时。某岁忽有海外东坡之谣,曼陀乃刻一印,印文"曼陀不死",彼与我通问,辄钤之。逝世三十多年,其音容笑貌,犹浮现于我脑幕

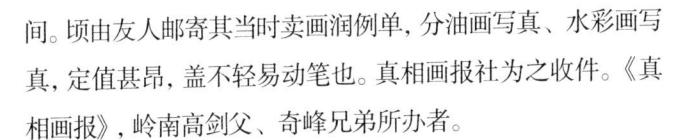

间。顷由友人邮寄其当时卖画润例单,分油画写真、水彩画写真,定值甚昂,盖不轻易动笔也。真相画报社为之收件。《真相画报》,岭南高剑父、奇峰兄弟所办者。

4746 以擅画月份牌著名之郑曼陀,初供职照相馆。

4747 **张继**原名溥,字博泉,后易名继,字溥泉。

4748 张继一度因讨论革命与立宪问题,打梁启超;又一度因讨论总理职务问题,打刘揆一。

4749 **彭雪琴**,名玉麟,清光绪十六年三月卒,埋骨其乡衡阳章木寺之旁,依山麓。其山名玉麟,适与彭名相合。

4750 人仅知彭雪琴能画梅,有见其所绘墨菊,亦殊佳胜。

4751 **谌则高**曾从李醉石画山水,但不能题,题画往往请黄太玄代笔。

4752 谌则高先后聘徐碧波、徐哲身、戚饭牛、黄太玄、教其子兆栋读书。

4753 **张大壮**其人殊瘦小,朱瘦竹其人却甚肥硕。

4754 张大壮初从李海青学画,汪洛年见之,认为可造之材,大壮遂请益于洛年。既而洛年就馆李木斋家,李家二女欲画花卉,奈洛年擅山水,花卉非其所长,且无范本,乃以大壮所画使二女临摹。如是者有年,而大壮艺益进。

4755 张大壮已早逝世,以画花卉著名,但生活甚艰苦,且体弱多病,其妻亦常抱恙,居沪市复兴中路一陋屋中,家无应门之童。有时夫妇同病,僵卧匡床,客来叩门,不能启关,乃在门闩上系一长索,直至床畔,向右拉则门自开,客去,向左拉则门自闭。

4756 **傅雷**喜阅还珠楼主之《蜀山剑侠传》。

4757　傅雷之处女作，发表于商务印书馆出版之《小说世界》上，主编为叶劲风与胡寄尘。

4758　傅雷自制笺，有"疾风迅雷楼"五字。

4759　**潘遵祁**之须静斋在吴门花桥巷，当时钱梅溪、陈用光、徐芝楣、改七芗、黄荛圃、费念慈、陈玉方、齐梅麓等，雅集其间。

4760　苏州阊门外半塘桥畔，有寿圣寺，其中龙寿山房，藏元僧善继血书《华严经》。一自洪杨之役，此经几无知之者，潘遵祁于丛残梵笈中检获之，重付装池，仍藏龙寿山房。

4761　**王培孙**在沪上福州路，开设利川书店。

4762　潘圣一于书肆购得虞阳避难叟汤氏所著《鳅闻日记》稿本，王培孙借抄一份，捐献上海历史文献图书馆，内容均洪杨史料。

4763　**严独鹤**原名子材，幼读于其乡植材小学，独鹤既为社会知名人士，植材而得子材，抑何其巧。

4764　某出版社曾请严独鹤作《白话西厢记》，未完成。史大木却有《白话琵琶记》，刊行问世。

4765　严独鹤、畹滋兄弟，与平海澜，同任世界书局英文编辑，曾向全国各大学学生征稿，刊《全国大学学生英文作文成绩选》。时林汉达投稿，被评第一名，获得奖金。

4766　严独鹤被"四凶"迫害死，由其夫人陆蕴玉出售电扇一具，得七十金，始得草草料理丧事。

4767　南社诗人**周迦陵**，谓寺院钟声，有一规例，"急三十六，缓三十六，断续三十六，合成一百零八下"。

4768　张苍水集，原名《奇零草》，章太炎刊之。周迦陵搜得苍水集外诗文，录成《补遗》一卷，惜未刊。迦陵工诗，有《小匏叶龛诗钞》。

4769 钱叔美有《雨丝风片烟波画船填词图》，藏周迦陵家。

4770 **李可染**画师赴日本，观富士山，谓："若以我国西湖比诸美女子，则日本富士山乃美男子也。"

4771 李可染自谓："我不依靠什么，我是学而知之，我是个苦学派。"

4772 **何之硕**见示其老友魏经邦所作《从褒斜道谈到石门颂》一文，经邦历尽艰苦，到达其地。石门，在云栈之东，系古代隧道。《石门颂》及《石门铭》均刻在石壁间，石壁高低不平，不易镌刻，且越岁久，历经摩拓，字迹大都漫漶。地属褒城，之硕谓："褒城为出美女之地，周幽王所宠之褒姒，即当地人。历史学家以民族矛盾发生战事之罪责，推在一个女子身上，深为不平。"

4773 青浦名医陈莲舫，治清光绪病，授刑部主事衔。沈寐叟与之同寅，书一笺赠之。后莲舫之孙与何之硕有交谊，即以笺转贻之硕。之硕知吴湖帆爱寐叟书，卒归湖帆。

4774 **潘寄沤**藏宋代王著藏砚一，鸲鹆眼多至二十有余，引为无尚佳品，因榜其斋名"著砚楼"，且有《著砚楼书跋》一书行世。

4775 王重民、杨殿珣所辑之《清代文集篇目分类索引》，分为学术文、传记文、杂文、著录文，凡四百种。潘寄沤有藏书癖，乃据以访求，复得三百六七十种，均为王重民所未采者。

4776 **黄仲则**诗："一滩复一滩，一滩高十丈。三百六十滩，新安在天上。"予以为此诗白描出之，节短韵长，饶有民歌风味。顷见《广阳杂记》，载郴谚云："一滩高一尺，十滩高一丈。仔细思量起，郴州在天上。"始知仲则套取郴谚也。

4777 黄仲则之子小仲，字乙生，擅书法，包世臣之《艺舟双楫》列之为能品，外间极少见。仲则后人黄葆树辑刊《黄仲则书法篆刻》，却以小仲隶书为殿，盖王心壶所藏也。

443

4778 **周昌枢**喜秦汉瓦当及砖文,因用老子语"道在瓦甓"四字,请高式熊、钱君匋各刻一印;又有一印"四明石室",以所藏金石而言。浩劫后,请柳北野刻"季子平安"印,钤于简札之末,盖用顾贞观寄吴汉槎金缕曲之首句"季子平安否"一语。昌枢在昆弟中居季,原字季衡。

4779 徐定戡诗人,得潘稼堂秋水明霞砚,因以稼砚为别署,常与周昌枢相唱和,刊有《于喁小唱》。

4780 吴中老画师**张星阶**,以其姓名横画太多,刻印不易工稳,乃改星阶为辛稼。

4781 吴中老画师张星阶,一署辛稼,绘《樱花燕子幅》,动乱中被斥,指为:"樱花代表日本,燕子寓归来之意,乃盼望日本军国主义之重来,反动之至。"星阶失去自由。

4782 **林仲枢**任商务印书馆编辑,撰有《读书录》一卷,"八一三"之役,涵芬楼被焚,此稿被毁,晚年著《群经食谱》《姓氏考》等书,稿不知下落。

4783 闽中耆宿方策六(兆鳌)与林仲枢(志烜)少同书院,同留学日本,同官京师。策六清壬寅科举人,甲辰科进士;仲枢癸卯科解元,甲辰科进士,入翰林,两人文章意气极相得。迁都南京后,仲枢应上海商务印书馆之聘,策六仍居北京,任大学教授。乙酉日本投降,乃南下就养,两人又会合。欢聚之余,遂多吟咏,陈声聪为录一卷,名《蓼水吟》,不幸于"文革"中失之。策六著有《五朝阙史》,都数十万言,记清道、咸、同、光、宣五朝遗闻轶事,由林宰平托范文澜交中华书局出版。"文革"起,停止未付印。陈声聪,为策六女婿,致函中华索稿,得覆云:"经调查,此稿曾经郑天挺阅过交还,现在有目无书。"盖散失矣。

4784 **陈兼与**少时在北京，与郭枫谷（则豫）书法齐名。陈弢庵、郭春榆二老七十寿辰，同乡及门生上寿之文，皆二人手笔。枫谷书小唐碑，兼与书北魏体，举座赞美。时枫谷年甫三十，兼与方廿五六也。

4785 闽中诗人陈声聪，号兼与，有人作嵌字联赠之："平生风义兼师左，天下英雄我与君。"

4786 闽诗翁陈声聪与其夫人慧君，同年同月同时生。

4787 陈兼与倩人刻闲章，一曰"坡谷之间"，一曰"倚新声玉田差近"。但刻后未曾钤用。

4788 陈兼与临王烟客《晴岚暖翠图》长卷，唐云称为"笔直起直落，饶有韵致"；又书《易渐》草篆一幅，王蘧常题以长句，且谓"乙亥鼎为草篆，后人无摹之者，兼翁可为继起"。兼与以诗名，人罕知其书与画造诣之高。

4789 某岁，上海博物馆举行古画展，陈兼与约女画家周炼霞同往参观。在稠人中，有一人独指兼与，谓人曰："此老目光与众殊异，此寿征也，可活百龄。"翌年，兼与八十，炼霞作《洞仙歌》一阕为寿，有"邂逅扁卢言，指点双胪，青炯炯，光如蓝玉"，即指此而言。

4790 **施蛰存**赴西安，参与唐代文学成立会，归而有诗，自谓"此敲锣卖糖之歌也"。糖与唐谐音，故云。

4791 施蛰存一日问尹石公："今之国学有素养者，尚有何人？"石公举陈兼与（声聪）以对。翌日，蛰存即造陈居相访，一见如故，即订交。

4792 施蛰存作小简，往往冷隽可喜，如致君练云："承饷樱笋，红破芳唇，洁逾玉版，色味两绝，口眼兼惠，无以报答，仅能泥首。连日阴翳，殊闷损，不知足下作何活计？

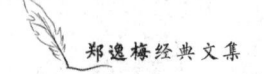

弟则在院中望地看天，学井蛙而已。"

4793 施蛰存曩任上海杂志公司编辑，翻印晚明诸书，人询其标点何错误之多，蛰存云："当时所翻印者为明刻本，为爱护明版书，排印时每页均以玻璃纸笼之，标点即加于玻璃纸上，玻璃纸一经游移，标点遂上下不相称。而校对者又疏于勘正，于是错误殊多矣。"

4794 施蛰存之父，供职苏州两江优级师范学堂，遂移家赴苏，赁庑乌鹊桥。同居东厢有沈先生者，终日绕室吟哦，不治生计，邻里皆以"沈踱头"呼之，沈不以为忤。蛰存弱冠后，稍稍知吴中人文，一日，偶与其父谈及沈修诗文之古茂，其父矍然曰："此即当年之沈踱头也。"修字绥成，尝馆于刘氏嘉业堂，民国二十年卒。同邑吴瞿安为刊其遗文，曰《未园集略》，蛰存因有诗云："绕室吟哦兴未休，箪瓢不设若为谋。未园才子无人识，道是东厢沈踱头。"

4795 施蛰存评陈声聪《兼于阁诗》："五古甚见朴茂，文字含近代语，精神则魏晋咏怀咏史之俦也。"又陈迩冬评云："文字如软泥，一经捏制，即成形象，且吐纳新意，出之自然。此手段惟道咸间郑子尹所能，翁乃过之。"

4796 施蛰存网罗前人遗著，为钩沉工作，厥功甚伟，曾费二十年之精力，裒成《王修微集》四卷。王微，字修微，为明末松江名校书，擅诗词，与柳如是齐名。诗四散，蛰存惜之，乃辗转收录其残楮零编，得诗词各一百数十首，又遗闻轶事数十则，"文革"运动起，被抄未还。

4797 施蛰存著有《云间语小录》二册，《云间碑录》一册，均为手稿本，未刊。

4798 施蛰存晚年喜蓄碑版，谓清代碑学甚盛，但成就高者不过五六家，大多数皆剽袭前人之说，甚至撰碑跋者，并碑未之睹，以误传误而已。施藏碑数千通，半数为墓志。

4799 **梁众异**为梁茝林后人。茝林有遗印二，散失殊久，其师龚瞻麓太史忽于市上物色得之，以贻众异，众异拓印征题。众异死于非命，此二印又复散失。

4800 梁众异任伪职，一再拉拢陈伯冶（兆熔）为参事。伯冶往，不参政事，但专为众异注《爱居阁诗》，极为详审。注既成，即托上海某印刷所排印，曾打样本一部，后以工价未付清，竟拆版了之。样本在伯冶处，未知今犹存在与否也。

4801 清季甲辰岁，梁众异赴北京会试，大主考为汪鸣銮，阅卷官，龚心钊其一也。众异考卷，适归龚阅，龚甚赏识之，作为荐卷，后竟落选。原来鸣銮过目，认为此卷文虽佳，语意舛乖，终非善类。故众异事龚殊敬，及众异参加伪政，致之法，龚叹曰："老前辈目光真锐利，佩服佩服。"

4802 **陈莲涛**善画猫，自号猫痴，家中畜猫数十头，时常与猫嬉戏，以观察猫之动态。绘有《百猫百卉图》，猫各具神态，卉各有名目。

4803 京剧演员姜妙香所作画，大都由陈莲涛代笔。

4804 **徐公豪**云："'太史公牛马走'，见司马迁《报任少卿书》，注'走犹仆也，言为人掌牛马之仆，自谦之辞也'。"实甚牵强，疑"牛马走"乃"先马走"之误，即马前卒也。"

4805 嘉兴徐氏为邑中望族，祠堂在嘉兴东门内大年堂前，后废为桑园，园南矗立一寻丈太湖石，有元赵子昂篆书"舞蛟"两字，镌刻石上。当徐尔藩八旬寿诞，天台山农刘文玠送一寿联："东海云呈凤，南湖石舞蛟。"款为"尔藩夫子大人八旬寿诞，门人刘文玠撰，袁克文书"。此联对仗既极工丽，而字大径尺，笔力犹雄健，可喜也。当时尔藩笑谓："如此落款，乃强拉袁君作门人耶？"山农对曰："我两人有牲盟，袁书此联时，谓君之老师，亦犹我之老师也。"我友徐公豪，为尔藩哲嗣。公豪擅书工诗文，得力于家学。

4806 **陈葆藩**于一九八四年一月十一日逝世。彼一九〇八年即开始集邮，为邮龄最高之一人，曾编有《邮典》一书。彼又喜集扇，扇以百计，均出名家手笔。又擅演昆剧，饰丑角绝妙。

4807 集邮家陈葆藩，撰《守寸楼邮话》《寄寸楼随笔》《海上邮人小志》，署名一芹。

4808 陈葆藩藏有较特殊之碗三：一为马相伯百岁纪念碗，碗上有祝颂词；一为椰子壳碗，精磨细琢，表面甚为光泽；一为薄瓷碗，以绝纤细之篾丝编成外围，紧护其碗。

4809 **蒋观云**治相宗之学，别号因明子。

4810 蒋观云办珠树园编译所于上海派克路恒余里。吴县包天笑、蔡云笙，武进杨秉铨，均任编辑，后编译所归并于广益书局。参加辛亥革命建有功勋之蒋百器，观云之子也。

4811 **陈九思**有《踢莎行·咏啤酒》云："羡他轰饮醉无休，慕尼黑度狂欢节。"注云："慕尼黑每岁以九月二十一日至十月六日为啤酒节，家家痛饮，不醉无休。"用西方典故，别饶趣致。

4812 陈九思教授以诗名，祝我九十寿七律，亦庄亦谐，情韵兼至，且附识语，如云："枕藉书丛自笑迂（尝戏自署文迂公），九旬人健笔忘劬。补天手炼娲皇石（世称补白大王），记事胸罗燕国珠（自号旧闻记者）。百本琳琅皆著述，一门风雅足欢娱。荧光屏映须眉古，胜画群仙献寿图。"

4813 **黄花奴**家宝山，后圃有古银杏一，根伸至里许外。

4814 我友黄花奴，名中，能诗文，擅撰小说，且栽花培草，兼及女红刺绣，纺棉花，无不能之，为侪辈所叹服。今之书家黄简，其文孙也。按此前有万寿祺，诗文绘事外，琴棋剑器，百工技艺，细而女红刺绣，粗而革工缝纫，无不通晓。真所谓能者无所不能。

4815 **张相文**之《沌谷笔淡》，涉及人物，有邵咏春、杨仁山、陈援庵、吴清卿、王壬秋、廉南湖、英敛之、八指头陀等，颇多史料。

4816 地理学家张相文，光绪戊子游金陵，寓居信府河一胡姓老翁家。胡翁年六十余，原为上元（属南京府治之县名）小吏，当张文祥受审时，翁亲为录供。相文与翁闲谈，谈及当时情事，历历如绘，相文记之，作《张文祥传》。该案传说纷纭，莫衷一是，相文传，可谓信史。

4817 张相文著述，刊有《南园丛稿》，计二十四卷。此外尚有《列国岁计政要》《中国学术史》《泗阳县志》《宗教志》《江苏通志稿》《革命史料》《白奄山人年谱》及《家事教科书》。

4818 **曾涤生**，一书未看完，不看他书。

4819 曾涤生课其子纪泽诗文甚严。纪泽咯血，不得已请人捉刀。王凤琦藏有纪泽致啸翁信，即请啸翁代作诗文者。啸翁乃南汇张啸山。

4820 吴绚斋曩居京师南半截胡同，是处曾涤生一度居之。

4821 **陈景韩**号冷血，自谓："余心中无欲发之言论，除职业外，不问不答。"

4822 童芷苓为《申报》总主笔陈景韩（冷血）之侄媳。

4823 **徐行恭**诗："笔端无俗韵，腕底有阳秋。"叶瑜荪以此二句，刻竹臂搁赠之。

4824 杭州徐曙岑（行恭），年逾九十，发犹未白，自署玄叟。当三十七岁时，已刻其诗《延伫园诗集》。此后又积有千首，词数千首，精楷录之影印。

4825 **王西神**为人和易，即子女扰攘，仅以笔干轻轻敲桌，说一声"讨厌"而已。

4826 王西神之《十年说梦图》，乃汪洛年、吴待秋、吴昌硕所绘。

4827 **徐凌霄**落拓不羁，一帽御数十年，既旧且破，出入交际场中，御之自若。

4828 徐凌霄喜购小骨董，往往人弃我取。

4829 **袁观澜**能摄影，有摄影册，常自翻检，借以遣兴。彼游历十八国，颇多异域风光照。

4830 袁观澜因求书者多，常倩白蕉代笔。一次写一楹联，白蕉甫写四字，即漏去其一，观澜为更换原句，应付过去。

4831 袁观澜甚俭约，结婚所用之新床，代价仅数元，数十年不易。

4832 张仲仁挽袁观澜诗，有二句云："破帽敝裘勋一世，惟知损己利人群。"

4833 **苏步青**为数学权威，辑有《数学文选》，倡例也。朱南田有诗志喜云："科台硕果原非易，辛苦耕耘五十年。"

4834 苏步青娶日本女松本米子，以十三弦古筝为信物。一九八六年，米子逝世，古筝仍悬室中。

4835 女杰**施剑翘**，工诗能书。报父施从滨仇，刺死大军阀孙传芳，轰动一时，各报刊纷载其事，剑翘得特赦，乃剪各报而粘存成册，今尚存其子处。子二：一名金刃，一名羽尧，各分剑、翘字为二也。剑一作剱。

4836 刺死大军阀孙传芳之女杰施剑翘，亦能诗，但不多见，如《嘉陵江畔》云："嘉陵江畔雾濛濛，点点残星阵阵风。渔火参差明灭里，雁声断续有无中。浮云蔽日悲何限，逝水难留造化穷。玄武湖心今夜月，凄凉不与旧时同。"

4837 **姚羲民**藏六舟和尚砚及丁敬身铭刻砚，均极珍秘，不意失诸动乱中。兹得归还，更付诸什袭。

4838 钱塘苏小小画像，御朱色衣，状殊秀丽，系清人摹写，装成小立轴，藏姚羲民家。

4839 清季显宦**陈夔龙**，鼎革后，为海上寓公，卜居孟德兰路（今江阴路）一百五十七号。每暇辄与亲友打牌为遣，输赢以一元左右为度。陈氏能诗，刊有《花近楼诗集》，又有《梦蕉亭杂记》，署名庸庵居士，小序颇有致趣。如云："虫声四壁，皓月在天，庸庵居士与儿辈，纳凉于梦蕉亭，花阴深处，默数年华，忽忽已六十八甲子矣。后此之岁月如何，天公主之，诚不敢自料。而前此一生之经历，暨耳所闻，目所见，虽无可述，亦有足资记忆者。爰成随笔若干条，命儿子昌豫录之，名曰《梦蕉亭杂记》。"九十二岁逝世，吴铁声得其临卒前所书墨迹，甚珍视之。铁声曾见陈氏讣告，首叙历任直隶总督、湖广总督、四川总督、北洋通商大臣、兵部尚书，授光禄大夫、建威将军，并有赏紫禁城骑马、赏颐和园听戏等等荣典。

4840 陈夔龙夫人，为周春圃女亭秋，擅绘梅菊，夔龙诗谓："绮窗绰约写芳姿，压倒江南老画师。"

4841 **张善孖**居吴中，畜一虎，纵之网师园。虎甚驯服，且能暱人，惟武进巢章甫去，虎则怒视之，巢惧，不敢再往。

4842 张善孖一度赴美，访罗斯福总统，总统款洽之，乃命中国女飞行员李霞卿驾驶飞机，善孖乘之，在白宫上空绕行一周。霞卿早年名旦旦，摄《木兰从军》等影片，曾从朱大可学书法。

4843 张善孖从欧美回国，道经香港，举行画展，仅三小时即飞渝，未及一周逝世。

4844 **沈眉若**处，有柳亚子所寄诗札，计盈两箧，抗战时遭焚劫，一无所存。

4845 南社诗人沈眉若，曾在梨里殷明珠家处馆二年。

4846 **陈蒙庵**藏印累累，谓："比那当代老画师齐白石的'五百石印富翁'，却不欲妄自菲薄，那数量要高得多。"

4847 陈蒙庵逝世多年，治金石学，尝谓："石刻比金文来得有趣，金文比较单纯，只有大篆、八分两种，每一件铜器的字数，也不太多。据王国维的统计，《国朝金文著录表》，顶多的字，要推毛公鼎，亦仅四百九十七字。不比石刻，多的少的，大的小的，篆隶真行，五花八门，如入山阴道上，令人目不暇接。"

4848 **华蘅芳**为金匮算学家，清末任职江南制造局翻译馆，译有科学书多种，如《代数术》《地理浅释》《御风要术》《防海新论》《微积溯源》等。世不知其于诗古文辞造诣亦殊高邃也，著有《行素轩文存》及《诗存》。其妻邹氏且有《纫余小草》。

4849 华蘅芳每出游，辄留意题壁诗，佳者录之，累累成册，作七古一首，书于册端。

4850 **冯翰飞**一日遣女佣购油条，油条摊以木版书页包之。冯审视，乃明版方志，立持旧报纸一大束易之，则已撕去过半矣。

4851　上海沦为孤岛，碑帖拓片，鲜有顾问者。冯翰飞以廉值购得一大捆，雇三轮车载回，颇多珍品，赖以保存。

4852　**何石床**工长短句，谓"填词先要当行，进而求出色"。彼对于南社虎欂子之词，极推崇之，谓"出入汴京诸家，绝无南宋以后尖薄之习"。

4853　何石床藏有夏敬观手批之《清真词》及《梦窗调》，又冒鹤亭手批之《管子》，均属未刊稿本。

4854　何石床词人，以其季弟去台未归，远怀骨肉，乃作《海峡归帆图》，付诸装池，沙曼翁为书引首。曼翁，萧蜕厂之弟子也。临夏张思温作跋，附彼所作《新归去来辞》。

4855　**谢刚主**喜蓄典籍。某岁，于北京琉璃厂购得明末黄宗羲之弟黄宗会所著《缩斋文集》，为清道光间镇海刘氏海粟楼旧抄本。不知常州之刘海粟，曾知镇海刘氏之有海粟楼否？按刚主每次来沪，必购旧书，满载而归。尝语我曰："买书已成癖，积习难除。倘我知道明天死，但今天的书还是要买的。"

4856　谢刚主与孙楷第，同寓北京建外永安南里。彼此龃龉失和，刚主徙居，仅半载，遽尔逝世。

4857　**陶乐**，字斗元，为名岐黄家。又治气功之学，研究《西游记》凡三十年，在真知灼见之下，阐发《西游记》一书与气功之关系，谓："《西游记》一名《释厄传》，书之开始，有一诗，'欲知造化会元功，须看西游释厄传'。会元功便指气功而言。该书无非托物寓意，用以比喻人生过程中所遭遇种种生理及心理方面之厄难。"一日，斗元来舍，谈及气功，探怀出一指南针盘，置诸案头，彼离案尺许，挥动手腕，指南针或左或右，无不随其驱使，云："此乃电磁作用，亦即气功作用。"

4858 陶乐治气功之学，云："所谓丹田，实为炁穴。"

4859 **吕学端**藏有莫友芝砚，刻文累累，被其家人目为"四旧"物，掷去之。

4860 吕学端得杨千里刻印若干方，又索马刀里为治印，汇储一锦匣，标之为"千里万里之印"。

4861 王伯群藏有鸡血石巨印，统体殷红，鲜艳夺目，刻文为"大兴黄氏"。吕学端见之，认为生平惟一眼福。

4862 抗战时，吕学端在渝，知叶楚伧嗜酒成癖，以特种茅台酒二罂赠之。楚伧大为兴起，酒既罄，即致一电话，谓酒大佳，问尚有存否。学端复赠两罂。

4863 **吕美荪**，旌德女诗人，居青岛崂山，自号齐鲁女布衣。

4864 旌德"三吕"之一美荪，师事蒋冠群。

4865 **戴醇士**喜蓄砚，有二十砚最所爱玩，作咏砚二十首，如《蟠螭》《浮藻》《青霞》《玉荚》《云腴》《雪蕉》《紫玉》《漱玉》《双丸》《温瑜》等，皆砚名也。

4866 杭州有陈蝶仙，复有包蝶仙。包为戴醇士之外曾孙，有《蝶因图》，出于郑大鹤手笔。

4867 **卢子枢**之画，在粤负盛名，苏沪却少知之者。谢稚柳见子枢山水，目为世之摹董香光者，无出其右。陆丹林以子枢画示吴湖帆，湖帆留置一周，借以欣赏。

4868 汪季新之《寒灯课读图》，第一图，温其球绘；第二图，卢子枢绘。

4869 **杨乃武**进申报社，系清光绪三四年间事。时郭嵩焘任驻英钦使，以《申报》译载英伦某报记其画像事，大不怿。《申报》主持者不欲得罪达官，乃辞退杨乃武。

4870 杨乃武一案之案卷，藏常熟翁曾桂家，曾桂秘不示人。有人劝其子振甫归诸公家，未果。解放后散佚。

4871 《申报》旧记者张冰独见告："申报馆楼上，曾悬有杨乃武一大照，盖杨冤案既释，一度任职该报也。"

4872 姚寒秀与常熟翁松禅后人有戚谊，曾于松禅后人处，见平反杨乃武案公文录存，共三大册，其中颇多真实史料，足正外间传说之谬误。

4873 无锡薛氏藏有杨乃武及小白菜照相，侯眸华曾见之。

4874 杨乃武一案中之小白菜，晚年出家于余杭城西南郭準提庵，庵址已毁，张鸿曾访之，有"余杭艳说动天下，此地徒存劫后灰"之句。杨乃武宅，在澄清巷口，亦蔓草荒烟，仅存小屋数椽而已。

4875 **俞运之**有宋龙泉窑瓷碗，作莲瓣状，色青，名梅子青，乃田雨梅画师所贻者。运之旧藏，悉付劫火，得此大为珍宝。

4876 柳如是墓在常熟，年久失修，白骨外暴。俞运之致函叶遐庵，请为修葺，奈遐庵事忙，不暇顾及。运之遂雇工草草掩埋，时柳之鬓丝尚有数茎存也。

4877 **李伯琦**为少荃侄孙，熟于晚清掌故，曩居沪西康定路涵养村，我常过访之。伯琦名国环，能诗，为其舅吴北山所剧赏。一度寓吴中，任安徽公学校长，每星期六课毕，辄邀诸教师至观前街进晚膳，借以慰劳。且任教师点肴，彼却喜虾米炒青菜，备天津五茄皮酒一罂，斟酌为乐。时汪已文为教导主任，推行陶行知教育法，开风气之先。已文犹于课余编《皖事汇报》，每月一期，伯琦支持之，已文夫人吴言吾专司发行。我友汪孝文，擅词翰，喜搜罗名人尺牍，与我有同癖，则已文之哲嗣也。

455

4878　李伯琦见告："光绪间，移海军军费修颐和园。其先同治十三年，即有修颐和园之议，恭亲王谏阻，旋同治逝世而中止。"

4879　李伯琦夫人吴琼华，为女诗人。子子渊，承家学，辑刊《合肥诗话》三卷。女家恒，字孝琼，曾与我同事某校。曾见其杂咏之一："绣阁寻诗兴未赊，珠帘四卷月钩斜。东风一夜瞒人至，开遍春梅万树花。"伯琦父女皆能画。

4880　王宸臣，安徽合肥人，光绪己卯举孝廉。能诗，不肯示人，李子渊辑《合肥诗话》，征其诗未得，仅录存二句："山鸟啼醒名利梦，石泉流尽古今愁。"子渊，李伯琦之子也。

4881　**徐訏**一度追求言慧珠，以所撰《风萧萧》说部寄之，言置诸不答。

4882　著《风萧萧》小说之徐訏，号白方既早，甚费解。

4883　**杨锺羲**藏有翁覃溪手写《唐诗选》六册，楷书绝精。

4884　著《雪桥诗话》之杨锺羲，自幼即有诗名。十一岁有负暄句："围炉未肯因人热，献曝常存保主心。"

4885　**费师洪**（范九）居南通，其宅南数步，旧有小潭，乃浚治之，四周植梅，名曰"诗泓"，取其与"师洪"二字谐声也。

4886　上海商务印书馆，主持美术部者，先为吴待秋，次为黄蔼农，最后则为南通费师洪（范九）。三人我皆识之，师洪为鉴清子，有弟师昶、师恒。三人中，师洪工书善诗，名独著。

4887　费师洪耽禅悦，与弘一法师通音问，弘一以所作《雪窦诗》邮贻之，"一・二八"之役失去，甚为嗟惜，弘一乃重行写寄。既而失去者复得，师洪乃合装成册。

4888　**金息侯**入文史馆，叶遐庵反对之。

4889 金梁（息侯）晚年来沪，居新闸路女婿家，喜在附近散步，奈足力不济，乃携一折叠式小凳，疲乏即展凳而坐，休息片刻，收凳复举步而行。

4890 金息侯与人谈国旗之起始，谓我国向无国旗，自与各国通商，互派公使，李鸿章奏请颁定国旗，慈禧太后始定用金龙为国旗。旗为黄色，绣以金龙，后以金黄二色，远视不易分别，有改用青色旗，或它色绸布者，遂不一律矣。

4891 金息侯之侄姓关，或讶问叔侄何以异姓，金曰："旗人随意取姓，彼侄崇拜关壮缪，因以关为姓。"

4892 金息侯既作诗，又写字，自谓诗打油，字画符。

4893 金息侯之《四朝佚闻》，记毓贤补曹州府，刘鹗曾游其幕。此实误传，刘鹗即铁云，从未做任何人幕客。

4894 金息侯生于戊寅，为寅年寅月寅日寅时。

4895 金息侯窜改《清史稿》，朱师辙揭发之。

4896 金息侯（梁）主张节食，日仅一餐，食限半斤，行之二十年，老而弥健。

4897 金梁译刊《满洲老档秘录》，孟森谓其"窃取《东华录》，作伪欺人"。

4898 金息侯（梁）自诩"教外国人学中国文，只需三个月即可应用"。人嗤其夸。

4899 张学良曾从金息侯学习篆书，为人书件，辄署毅庵，唐石霞家中藏有一幅。

4900 **张尚思**，字恂九，其后人因名恂子，与张恨水、张慧剑为小说界"三张"。

4901 张恂子以稗官驰誉，偶而作诗，颇有佳句，如云："淡宜秋水休迎夏，冷抱冬心不爱春。"二句概括四时，且别具胸怀，耐人寻味。

4902　**江庸**在日本，曾与秋瑾同寓骏河台。

4903　抗战胜利，日寇乞降，时江庸寓蜀得讯，已入睡，乃在枕上口占一绝："入蜀八年久，今将七十翁。放翁应羡我，亲见九州同。"

4904　富春江有严子陵钓台，松江佘山有陈眉公钓矶，江庸有句云："轻阴薄暝人归去，何日矶头着钓蓑。"

4905　**伊立勋**有《石琴吟馆题跋》一卷，已刊，绝少见。

4906　一九四九年，上海解放，《申报》改为《解放日报》，五月二十八日发行。《新闻报》改为《新闻日报》，六月二十九日发行。《新闻报》三字报头，本出伊立勋手笔，奈其时伊已逝世有年，不得已，乃在伊之其他书件中检得一"日"字补入之。

4907　**朱积诚**善栽杜鹃花，被厄于"四凶"，犹不废灌溉。

4908　朱积诚具诗、书、画三绝之才，其祖父士璋，父遜庸，均有诗集，真所谓一门彬彬。在"四凶"肆暴时，积诚蛰居沪西四明村之斗室中，与外界隔绝。我辄潜访以慰藉之，然竟以生活维艰，抑郁而死。周迪前为撰小传。

4909　**赵秉钧**能画，世鲜知之。吴芝瑛手写《楞严经》，卷首有秉钧所绘释迦牟尼像。越日，秉钧遽卒，成为绝笔。

4910　"刺宋案"有关之赵秉钧，自幼父母双亡，不知己为何姓，遂以《百家姓》之首为姓，死后亦无子，人称之为空前绝后。

4911　**胡先骕**译苏东坡诗为英文诗，拟携往欧洲，以饷西方人士，未果。

4912　胡先骕作扶桑游，曾谒京都宫殿及二条离宫，见离宫御座后，所图多我国名哲，如司马相如、扬雄、杜预、马周诸人像，先骕因有"郅治慕前圣，兴居亲昔贤"之诗。

4913　陈启泰参劾**蔡伯浩**，蔡撰文报上，加以诋毁，陈气愤致病卒。

4914　赵子固之落水《兰亭》，番禺蔡伯浩得之，代价五千金。其时五千金，巨数也。

4915　**姚蓬子**居沪西威海卫路云村。其人有异禀，每食常作反刍状。授课上海师范学院，出声宏亮，但动辄汗出如沈，解襟以招凉。一度任课新中国法商学院，因事辍讲，我继任之。

4916　姚蓬子于抗战时，在重庆曾编《新蜀报》附刊《蜀道》。

4917　**陈彦通**（方恪）为衡恪、寅恪之弟。陈氏昆季，在海内学术界俱负盛名，然以诗文而言，彦通成就更大。惜为痼疾所累，深居简出，故知之者少。抗战时，寓居白下延龄巷之金陵刻经处，艰苦度日，所藏夏完淳、陈子龙遗集之版片、《彊村丛书》及重刻几种词集孤本版片，均由彦通藏诸刻经处。日寇多数信仰释氏，认为佛经之类，未被抄毁，亦云幸已。

4918　陈彦通家电话七二〇九八，谐声为"请你吃酒吧"。"〇"读作圈，与吃字音相近。

4919　**梁士诒**为香港某俱乐部撰联，集四子书："君子之至于斯也；贤者亦有此乐乎！"

4920　民国初年官吏，犹有前清翰苑遗绪，什九擅书法。偶见梁士诒行书扇面，有晋唐人韵致。

4921　**庄一拂**酷爱昆曲，不仅擅作曲，且能袍笏登场，演《长生殿》全本。彼嘉兴人，曲坛上以"嘉兴唐明皇"称之。

4922　庄一拂晚从梁漱溟学佛，号箨山，而尤擅辞章之学，有"鸳湖才子"之称。乙卯重九，与徐公豪同登沪西之国际大厦，撰《登高赋》，公豪限以"九秋还对百年身"韵，一拂一挥而成，比诸王勃之与滕王阁。朱其石为书一长卷，并摄影一帧，书件贻大厦主持者吴君以留念。

4923 《樵李历代先贤象传》，乃庄逸庐所辑，蔚为乡土文献。图像大抵求诸旧家轴册，或生前所留之影，得一百六十帧。倩山阴冯悦轩、秀水陈贤林写照，郭蔗庭补图，装潢成册。及丁季世，终以落入沙叱利，幸其时引为"顽嚣之传"，姑留作批判之用，迨河清之日，竟得归还，虽已非全璧，而大都由此保存，但逸庐已下世，不及见矣。逸庐子庄一拂赓其先人遗志，续为搜集，共先后得二百家。该册前有钱崇威、张宗祥序跋，朱大可赋五古三十二韵。

4924 **袁安圃**早岁游南通，受知张季直。安圃诗："芳草江南路，浮云客去来。"有"袁芳草"之称。

4925 袁安圃斋名"鱼千里室"，冯超然为作图，萧蜕公为书耑，冒鹤亭为题诗，沈瘦东为撰记。

4926 袁安圃早年诗，张啬公为之润色。及安圃自南通返沪，啬公赋诗期之，有云："一尊临水钱，三日绕梁音。"盖安圃擅昆曲，清喉玉貌，誉腾一时也。

4927 **庞檗子**十四岁，毕读十三经，后与其兄树松结三千剑气文社，曾执教江宁思益学堂、上海澄衷中学、爱国女校、竞雄女校、圣约翰大学。

4928 南社诗人庞檗子，父继之，以争漕赋触怒大吏，被系入狱，忧愤而卒，母钱氏以身殉，时檗子年只十五。

4929 **陈寥士**之印章，如"玉谷""单云阁诗""陈寥士长年"等，均谈月色所刻。

4930 陈寥士姬人还云，善治肴，西红柿实花猪肉，尤饶至味。

4931 小说家**张舍我**择偶，拟娶一身强力壮者，病态美不之取也。徐卓呆戏谓之曰："不妨先行考试，在水门汀上摔三下，而不贴伤膏药者为合格。"

4932 号称"问题小说家"之张舍我,未及衰年,体力已衰颓,拄杖而行。

4933 **王又点**号碧栖,以喜王碧山词,故署如此。

4934 王又点著有《碧栖集》,李拔可为作序,有云:"又点看花长安,雅有杜书记之癖,"盖又点在福州台江畔,有校书雅仙,独于又点穷困中结识,而许以终身,称为风尘知己。

4935 **朱双云**于抗战时死于北碚,编有《新剧春秋》。

4936 上海新舞台演京剧与电影互参之连环戏,曾轰动一时。当时该台无女角,而电影不得以男扮女,于是邀方红叶演《凌波仙子》主角。方红叶,乃朱双云之后妻。

4937 **杨复耀**于燕市购得王蓬心山水画册,凡若干幅,极精工,乃樊云门家散出者。

4938 杨复耀,号素公,藏有董香光所书《鹦鹉赋》卷,为董书惟一精品。本为沈剑知旧物,剑知窘困,以三百金让归复耀。复耀,李叔同高足也。

4939 **曹锟**别署渤叟,又号乐寿老人,崇拜戚继光,因在保定筑光园,又绘梅花赠人,以贿选故,人不之重。

4940 靳云鹏为母祝寿,张作霖送堂戏,亲点《打鼓骂曹》,时曹锟在座,大为不怿。

4941 **孙仲威**作巨幅画,大气磅礴,曾为新昌大佛寺绘达摩像,庄严奇古,对之令人肃然,在宗教艺术上,允推高手。

4942 画家孙仲威,山水花卉人物,深得张大千称许;又精鉴别,供职博物馆,往冶炼厂抢救古代铜器,保存甚多。

4943 **经亨颐**有日记七册,毛笔行书,写于"临渊阁著书记事用纸"上。

4944 经亨颐有鉴于社会人士酒食酬应之多，耗费之大，乃拟集数人合办一肴馆，提倡素食，略备厚味，最高筵席，以四元为度，并取名"缶蔬斋"，但未成事实。

4945 西泠吴石潜以邓完白所书"秋声馆"三字额赠经亨颐，盖亨颐一字听秋也。

4946 **刘体智**，号晦之，富收藏，蓄有甲骨二万八千片，书籍二十万卷，钟鼎古器，累累盈室，著有《辟园史料两种》。当时不知辟园为何许人，后由其孙刘笃龄证明，乃其祖晦之别署。中华书局重印其书。

4947 银行家有喜藏书者，如武进陶兰泉、上海刘晦之、杭州叶景葵、丹徒吴眉孙皆是，尤其刘晦之喜收原本之《四库全书》。

4948 溥仪之日文教师刘骧业，字午原，为早期之日本留学生。晚年潦倒，在沪为人看管自行车，不久，贫病交迫而死。

4949 吴廷燮喜穿宽袍大袖，因有"吴大袖子"之绰号。

4950 新诗人汪静之，所藏之书，不喜有天地头，辄截切之。

4951 曾重伯偶事丹青，曾为梁启超画扇。

4952 钱自严太史，晚年懒于酬应文字，不能却者，辄倩金立初代为之。

4953 谈善吾别署老谈，历任《民呼报》《民吁报》《民立报》编辑，人称为"三民记者"。

4954 谢复园名凤孙，汉川人。梁鼎芬称赏之，谓"文如水，人如玉"。

4955 评剧家苏少卿，藏谭鑫培脚本若干种，毁于"一二八"之役。

4956 邹海滨妻许剑魂，辛亥革命时，从姚雨平北伐军队出发，任看护妇。

4957 钱聪甫为钱应溥子,号听松,工书,九十高龄,手抄十三经。

4958 刘健之得苏东坡读书堂记铜印,珍之如拱璧,曾绘图征诗。

4959 徐固卿晚年在沪,足废不良于行,用一特制小机车,自己驾驶,甚为便利。

4960 石征鸿任申报馆记者,曾遭炸弹之劫,幸不死,乃别署劫弹余生。

4961 丹阳姜证禅,六十二岁卒,其父若祖均死于六十二岁,三代相同。

4962 松江名画家仇炳台,有《笏东草堂人日雅集图》,题咏者,均云间一时名流。是图现藏杜诗庭家。

4963 岭南诗人金子才,少年时好驰射,每发必中。

4964 王晋卿藏唐人写经甚多,且均精品。

4965 马建忠全家为天主教徒。

4966 江易园有女名有贞,许配游姓家,以宋版《易经》一部为文定。

4967 沙武曾与顾炎武生日相同,有"我与亭林同日生"印章。

4968 画家董天野喜古代小工艺品,居室中罗列殆满。

4969 东南大学教授胡翔东及胡小石,喜啖南京马祥兴之鸡肝虾仁配制之豆腐,因有"胡先生豆腐"之称。

4970 刘声木最爱月季花,凡有关月季花之诗文笔记,抄录殆遍。

4971 俞友清著有《红豆集》,所藏红豆,于一九五六年,由范烟桥之介,悉数捐献苏州文物保管会。

4972 欧阳中鹄服膺王夫之,因夫之号姜斋,遂号瓣姜。唐才常、谭嗣同均师事之。

4973 袁伯夔（思亮）本与夏剑丞为挚友，每有新词，辄就剑丞商兑，往来甚密，后忽交恶，人咸讶之。其起因，剑丞于某刊物上撰《忍古楼词话》于伯夔词颇致推许，并云："伯夔词工于咏物，方诸宋贤，盖史梅溪（邦卿）之俦云。"伯夔见之，以为讽己，大不怿，甚至反唇相讥，二人遂不相往来。按伯夔在袁世凯执政时，任印铸局局长，而史邦卿则曾为韩侂胄之堂吏，伯夔遂以为剑丞借此指己为与佞人相伍也；实则就词而论，史邦卿为南宋名家之一，剑丞叹曰："谈何容易为史梅溪乎！"

4974 姜半秋善书，颇推重沈尹默之书法，谓沈胜于明代文徵仲。

4975 朱枫隐掌教某校，每次文课，辄作一范文以示诸生。如为史论，则示范二篇，一正论，一翻案文。

4976 曩年在钱化佛席上，遇见农劲荪，年九十余，精神矍铄，与人谈，滔滔不绝，心殊异之。及阅向恺然之《近代侠义英雄传》，始知农固侠义英雄之一。顷见《文化与生活》杂志，载有《霍元甲与精武体育会》一文，更知农为该会会长，霍乃农领导下之技击主任。深悔当时未及多多请教，未免失之交臂。

4977 白逾桓曾办《国风日报》，彼化名吴友石，谐音"无有氏"。

4978 小说家吴绮缘病剧，死而复苏，不数年苏而复死。

4979 上海大闹公堂之主要人物关炯之，喜京剧，擅唱小生。

4980 唐云旌晚年不观电影，观则首晕，不能支持。

4981 吴晓帆任上海道，致吴平斋信札，装成二十册，现藏上海图书馆。

4982 朱兆莘唉蛇羹暴卒，年五十四岁。

4983　擅画月份牌之杭稚英，乃符铁年弟子。

4984　田寄苇目盲，经手术后复明，仍能作书画，原刻有"瞎人瞎画"印，即废去之。

4985　南社黄若玄，年少能文，丰度翩翩，金松岑称之为"浪子江南美少年"。

4986　丘琼荪为海内乐律家，殁于一九六四年八月廿三日，年六十八。

4987　沈淇泉太史女道倬，号玉还，工书，绝类其父手迹。书幅常钤一印"鸳湖沈七娘"。寓居上海虹口，榜为"篱东小筑"。

4988　汪汉溪主持《新闻报》，每一文一画，必须送彼过目，以防抵触致祸。其子伯奇主持时，乃废此例。

4989　评剧家郑过宜，晚年潜心治《宋史》，颇有心得。

4990　潭水词人汪痴，善种葫芦，结实累累，长可尺许。

4991　于非闇作花鸟画，善于设色，彼所用颜料，大都故宫旧物，曾以一部分转贻张大千。

4992　沈心海作《聊斋志异》插图，以《画皮》一幅，最为惬意。

4993　周剑云喜京剧，辑《鞠部丛刊》两大册行世，藏京剧唱片，应有尽有，奈于抗战时失之。

4994　陶知行撰《古庙撞钟录》，载《申报》附刊《自由谈》，史量才以其锋铓太露，易于触迕当局，劝陶辍笔。

4995　孙智敏太史集宫词，汇为大观。

4996　王清穆，字丹揆，前清进士，官南洋宣慰使，患鼻菌而死，殓时已溃烂不成容。

4997　周南陔于民国二年反袁运动，参加吴淞战役，被炮震聋双耳，数十年无法治疗，直至一九六四年，由上海第四人民医院施行最先进之手术，居然一耳复聪。

4998 金拱北擅丹青，但彼自诩射鸟百发百中，艺高于画。

4999 黄摩西谙岐黄术，晚年两足忽蹇，不能自医。

5000 清季，杭州发行《白话报》，用木刻，月出二期，馆址设项兰生家。项晚年寓沪新闸路三元坊，应聘文史馆。

5001 王佩诤藏有随园女弟子金纤纤手抄诗稿。

5002 李复堂刻一印"三革功名两革官"。

5003 电影导演马徐维邦，寓居香港，被汽车撞死。

5004 唐六如埋骨吴中横塘，而王逸塘《今传是楼诗话》却误为光福玄墓山。

5005 黄晦闻旅况艰窘，自谓家书至不敢开封，盖恐索家用也。

5006 画家江载曦之父雪塍，居吴中天鹤卷云楼，喜收藏，能诗。沈禹锺游苏，辄食宿其家。

5007 《斐洲游记》，莫施登莱原著，虚白斋主节译为四卷。虚白斋主，梁溪邹翰飞也。

5008 松江人浦江清，有《八仙考》三万言。

5009 鄂人吴馨山，善以邮票缀成画幅，天衣无缝，为此中妙手。

5010 徐宝山请吉亮工孝廉书联，吉为撰一联云："从来名士惟耽酒，自古英雄不读书。"盖徐氏好饮不识字也。

5011 莫元英，浙江山阴人，爱其家乡，有诗云："五月杨梅三月笋，为何人不住山阴。"

5012 侯病骥在南洋婆罗洲被警察监禁十日，又拘留于泗水狱者七日。

5013 姚子梁妻周吟薇一伺婢，子梁名之曰向蕨，取首阳薇蕨之意。

5014 蒋观云著《中国人种考》及《华严阁物语》。吴敬恒曰："观云病作矣，宜服白药。"盖谓其文义古奥，非以白话文药之不可。

5015 张鸣岐评岑春煊："操切无容是其短，严厉无私是其长。"

5016 香港大学第一位华人教授，乃赖际熙，赖为广东增城人，光绪廿九年进士。

5017 满清贵胄大阿哥溥儁，晚年双目失明，贫病交迫而死。

5018 高贞白喜听雨声，因名其作品曰《听雨楼随笔》。而壁间悬有张伯雨之山水立轴，乃以伯雨为别号。

5019 秉志之容态，酷肖美国电影家乔治亚里斯。

5020 与林琴南合译小说之魏易，乃汤尔和之表弟。尔和与马夷初订金兰契，好聚书画，夷初及邵裴之同为鉴定。

5021 魏铁珊精声律，余叔岩、梅兰芳、程砚秋等请之指导。

5022 王横，字瘦月，寄寓海上，与陆子美同住一室，遂因子美得识柳亚子，入南社。

5023 画家沈子丞善绘《儿戏图》。谢闲鸥有《百子图》亦绘儿嬉。

5024 李芋仙善哭，曾涤生称之为李文哀公。

5025 杭州吴子修，十八岁而生绚斋，绚斋亦十八岁而生子。子修三十六岁，已抱孙矣。

5026 田桓擅刻印，孙中山之印，有出于田氏手刻者。

5027 印泥盒以瓷为尚，藏之最多且绝精审者，为杨沧白。

5028 马老五于丙寅丁卯间，由扬来沪，设装池铺于哈同路慈厚南里口，时高野侯居慈厚南里七百廿六号，出弄口即马所设之聚星斋也。高所藏五百本梅幅，及数百楹联，均马一手所裱。

5029 沈北山之族人同午，与军阀孙传芳同学日本士官学堂。孙任联军总司令，招同午，同午佯狂避之。

5030 高友唐晚年居南京双石鼓街，春日赴雨花台观放风筝，归即中风逝世。

5031 汪兆镛寓居广州豪贤街一百号。民国成立后，其弟兆铭返粤，特往访之，兆镛拒不接待，盖二人志趣不同也。

5032 刘开渠曾为居正作浮雕像。

5033 李洞庭之父达甫，死于庸医之手，其子国宝，亦死于庸医之手。洞庭乃慨然曰："为人子者，不可不知医；为人父者，亦不可不知医。"

5034 毛啸岑著《柳亚子传》，凡十万言，于浩劫中失之。

5035 郑大年医生，家有什锦橱数十，铜瓷玉石，光怪陆离。

5036 吴梅之《奢摩他室曲丛》，第三、四集已成而毁于兵火。

5037 仲宗江为蓄鸟专家，居室中悉为鸟笼，叠架作若干层，几充屋栋，佐以金鱼盆花，盘桓其间，引为至乐。

5038 夏自怡居沪上北京路，擅烹茶，善制印泥，精鉴赏，能医事。王蕴章为书"夏屋四艺"一横幅。又藏苏东坡砚、杨太真碧玉箫，乃倩潘勤孟书一联云："宝砚连城，琼箫稀世；泥皇万岁，茶圣千秋。"但悬诸密室中，谓不敢昭张，恐被人嗤为夸大狂也。

5039 江阴缪谷瑛擅画菊，曾绘一长卷，花计三十六种，为生平得意之作。

5040 周印昆居日本，有诗云："蓬莱自昔非人境，贪看樱花住四年。"

5041 沈匋庐藏明代复社名人手札甚多。

5042 姚民哀于敌伪时，被游击队熊剑东所戕。

5043 张啸山之抱瓮居，在松江张堰之哑子桥堍。

5044 黄磋玖创办大世界游艺场于沪市西新桥畔，设一办事处，名之为寿石山房。

5045 齐如山刊有英文本《梅兰芳传》，当时售价，每册七元。

5046 名旦角荀慧生，艺名白牡丹，有以四子句素富贵为谜面射之者，甚切当。

5047 陆懋勋，字勉侪，曾参程德全、屈映光幕，修《杭州府志》，齐耀珊病其繁，请吴庆坻芟汰之。

5048 汪蔼士画梅，钤一印"画吾自画"。

5049 丁淇藏钱牧斋书扇，钱自录其诗四首，有一句云："群虏何当悔噬脐。"下署："虞山子，钤钱谦益印。"丁谓牧斋书扇不多，尤其是书有"群虏"二字，更触当时忌讳，若被揭发，则书者藏者，俱构文字狱，遭杀身之祸矣。流传至今，难得难得。

5050 姚柳屏于钱牧斋故居得红豆，请汪伯琛写图。

5051 刘靖基藏有吴渔山八言大对，已破损，重裱一过，完好如新，裱费二百金。范祥雍亦有渔山所书直幅，渔山画多于书，甚珍稀。

5052 有惜诸宗元诗太少者，宗元曰："得此已足，若必求益，则卖菜佣所为矣。"

5053 吴汝纶幼刻苦，得一鸡卵，不食，以易松脂，夜燃之以读书。

5054 贺继唐摄有唐秦琼故宅一影，宅在山东济南西关外之江家市街。

5055 王瑶青擅画梅，以樊云门有红梅布政之称，绘红梅册以贻之。

5056 张石园善仿王石谷，刘临川善仿戴醇士。

5057 陈夔麟藏有倪云林《虞山林壑图》，以云林自署倪迂也，遂颜其室为"宝迂阁"，著有《宝迂阁书画录》四卷。

5058 王季烈推崇《长生殿传奇》，谓为近代第一曲。

5059 奚冈年三十余，尚应童子试，有诮之者曰："此非铜生（谐童为铜），乃铁生耳！"奚因自号铁生。

5060 程长庚嗜鼻烟，烟壶或玉或翠，或瓷或金，各以类分，每一类又分数种或数十种。

5061 吴中怡园，有室题名"旧时月色"。顾彦平常在是室作画。

5062 茹欲立，字卓亭，陕西三原人，于右任称许其北碑，为百年来之最佳者，抗战期间逝世。

5063 潘静淑画，不轻与人，仅一幅赠潘博山，一幅赠陈巨来。

5064 洪承点好饮，某次连饮啤酒十三瓶。

5065 辛亥革命，粤军北伐，由姚雨平为总司令，誓师文裔皇典丽，则出于叶楚伧手笔。

5066 李详疵议龚定庵，谓定庵恢奇诡怪，淆乱聪明子弟，如聚一丘之貉，篝火妄鸣，至于亡国；又疵议林琴南，谓林氏所译小说，重在言情，纤秾巧靡，淫思古意，三十年内，胥天下后生，尽驱入猥薄无行，终以亡国。

5067 蒋鹿潭自署其斋为"水云楼"，谭仲修谓其慕纳兰容若之《饮水词》与项莲生之《忆云词》而名。

5068 画家汪仲山，喜蓄水石盆景，苔色湛碧，生气盎然。

5069 吴闿生之得意弟子，一曾克崇，字履川；一吴兆璜，字稚鹤，江宁人。

5070 鲍鼎，字扶九，精金石文，晚境坎坷，居陋屋中，忽垣颓压足受创，成为残废，不久逝世。

5071 费新我右手病废，遂以左手作书画。

5072 清季以反抗美国虐待华工著名之曾少卿，能画芦雁，涉笔成趣。

5073 许迈孙，名增，曾刻一印"我与范亚父同名"。

5074 张夕庵绘有《京江名胜图》，凡十二幅，系以识语，装成一册，丹徒丁柏岩珍藏之。

5075 一九二一年，沪南重修内园，碑记出于况周颐手笔。

5076 邵仲辉以古语"力子天所富"，因取号力子，又号天富，并御一金约指，上篆"天富"二字。

5077 民国八年，杨尘因以上海罢市罢课情况，撰《民潮七日记》二万言，刊一小册子。

5078 陈万里研究宋代陶枕，获得图四十幅，印成《陶枕》一书。

5079 唐生智好佛，在军中以唪诵经咒为日课。

5080 杨濠叟旧藏龙尾砚，后为秦更年所得，用以作画。

5081 蒯礼卿撰有《三十年野获编》，惜未刊印。

5082 沈子封谓青楼揭榜，除黛语楼外，无一可取。

5083 王懿荣藏有《王渔洋诗稿》及《池北偶谈》原稿。

5084 朱积诚购得张照所书横额"诚斋"二字，即榜之为自己斋名。

5085 吴斯美年八十有三，一再倩胡亚光画扇，问其作何用，曰："我欲求佳偶，画扇所以投赠彼美也。"

5086 罗振常居沪西槟榔路玉佛寺隔壁之金城里，鲍鼎、徐碧波，亦赁庑其间。

5087 番禺杜游，工诗善画，有人为镌"姓随工部，署名与放翁同"十字印贻之。

5088 赵佑宸，清咸丰丙辰进士，有《平安如意室诗文钞》，四明吴省盦喜藏书札，以佑宸札选入《清代名人手札》中，付印后，以原札贻佑宸子叔孺。

5089 松江于仲迟家，有一石，高二丈，大数抱，盖于屋乃孙雪居旧圃，但除石外，余无所存。

5090 战国时，苏秦云："贫穷则父母不子，富贵则亲戚畏惧。"语颇感慨。陶在东却以苏语互易之曰："富贵则父母不子，贫穷则亲戚畏惧。"语更感慨。

5091 张樵野喜王石谷画，藏有百轴，名其斋曰"百谷"。

5092 金西崖擅刻竹，又能取竹根雕成各种果品。

5093 画家黄胄，藏有精刻扇骨，乃雪芹上款，称之为"尊兄大"。有人疑为伪品，谓曹雪芹未出仕，不得有"大人"之称，实则"大人"在前清为普通尊称也。

5094 衡阳萧屺泉，有蕉叶白佳砚赠锺道英，越二十年，由道英转贻施南池，施为萧之弟子。

5095 张凤为巴黎大学文学博士，其博士论文，除考古专题外，又以《孔雀东南飞》古诗译为法文。

5096 杨士猷画名海上，以黄疸病卒。

5097 夏穗卿有句"细雨疏灯过秀州"，又"如此斜阳信马蹄"，为一时传诵。

5098 黎锦熙十八岁开始写日记，时为清光绪三十四年；民国十一年，改用注音字母写日记；民国十六年后，又改用国语罗马字写日记。

5099 冯沅君不擅书，最怕为人在纪念册上题字。

5100 谭瓶斋喜收钱南园、刘文清字幅。

5101 暗杀宋教仁案中之应桂馨，最早在沪市五马路春仙茶园当案目。

5102 扬州梁公约善画芍药，有梁芍药之称。

5103 唱滩簧，乃钱文元所创始，因称钱滩，后误钱为前，又将附唱在末后之小戏为后滩。

5104 梁溪蒋东孚，喜艺兰，有佳种数百盆，当避难流离颠沛中，仍携兰以自随，榜其寓为"香草居"。

5105 陈匪石谓词乃人籁，非天籁，但必须化人籁为天籁，始入妙境。

5106 蒋确，字叔坚，华亭人，流寓上海豫园之飞丹阁，工画山水花卉，负才不与时合，乃竟潦倒死，年四十一。

5107 释弘伞，俗姓名为吴建东，与弘一同师。

5108 吕十千自称淞滨画隐。

5109 陈璚工书，题行书册云："光绪乙巳伏日，溽暑逼人，灼金铄石，仆时以临池浣涤之，而心脾自凉，胜于调冰雪藕多矣。"

5110 董康藏周密《草窗韵语》，矜为海内孤本，后归蒋孟蘋，蒋因榜其居为"密韵楼"。

5111 丁丙藏书处曰八千卷楼，盖沿先世之称，其实逾四十万卷。

5112 石决明为中药名，然有石姓决明其名者，著有《中国经济》一文，载复旦大学经济学期刊。

5113 徐石雪居北京太平巷，乃程鱼门太史旧寓。

5114 洪荆山卜居沪市福州路杏花村肴馆隔壁之弄内，因刻一印"杏花村畔人家"。

5115 传欧洲图书馆学归者，最早为昌黎袁同礼。

5116 萧穆任上海制造局文牍二十余年，月薪二十两，然极撙节，所余尽以购书，著有《敬孚类稿》。敬孚，萧之字也。

5117 屠寄性嗜酒，笔一枝、酒一壶，恒不离手，撰《蒙兀儿史记》。伦哲如问其书何时可成，屠笑曰："余今年六十矣，再须六十年可成，然余固不期其成也。"家中雇一刻工，成一篇即刻一篇，死而后已。及殁，《蒙兀儿史记》仅刻成十册。同时，柯凤孙撰刻《新元史》，坊售三四十元，屠书却售七八十元。

5118 郁平陈六笙，起家翰林，官杭州府知府，擢杭嘉湖分巡兵备道，时布政使为杨昌浚。一日，杨见陈衣冠敝旧，双履又破，曰："六翁何不易以新者？"陈跷足示之曰："底子是好的！"杨阴憾之，盖杨以军功致位，不从科第起家也。

5119 许益斋喜藏书，书端钤一印章"得之不易失之易，物无尽藏亦此理；但愿得之如我辈，即非我有亦可喜"，刻有《榆园丛书》。樊增祥极推重许之为人，谓与许抑老畅叙数次，始知此老的是晋宋间人，对之使人意远。抑老，即益斋也。

5120 李赞侯与张岱杉，每得古物，辄就询萧山朱幼平。

5121 王瑚好读《老子》，凡老子异本，收购殆遍。

5122 陈之鼏有明张萱《西园存稿》，为海内孤本，后归伦哲如。

5123 符定一之《联绵字典》手写稿本，就地叠起，高与人齐，符立其旁摄一影，称为《著作等身图》。

5124 高葩叟藏俞曲园上款之尺牍，精装十余册，汇为一箱，同光间名流几备，春在堂旧物也。葩叟以贫乏故，让与知止居士丁健行。

5125 王独清患口吃，但越吃越喜多说话。

5126 合肥江潜之,生于苏东坡之死日,其妻则生于苏东坡之生日。

5127 李孟符子浩然,文廷式子公达,二人均任职上海新闻报馆。

5128 王瑗仲藏有柳河东小印,文曰"柳是私印"。

5129 吴九珠晚年,取"生老病死"四字为联以自挽云:"生不求荣,死胡所恋;老之将至,病莫能兴。"

5130 时慧宝为老伶工中之擅书者,乃山阴魏铁三所指授。

5131 张衣言所居,即黄左田之食笋斋,尚有旧栽之丁香,应时著花。

5132 萧延平藏明杨椒山草书墨迹一帧,有屈翁山题跋。漫社第二集,萧值社,即出以征题。

5133 南浔刘翰怡书札,大都出于沈亢父手。沈名家权,一字刚甫,吴兴人,能诗,任刘记室三十余年。

5134 经学家程仰苏,本姓尤,出嗣于程。

5135 弹词艺人马如飞,字吉卿,别号沧海钓徒,江苏长洲人,与名士相结纳,如谭仲修、潘德舆、叶廷琯、石渠、陈硕甫、潘瘦羊,均常往还。陆廉夫且为画像。

5136 晚清写《冷眼观》《燃犀录》说部之八宝王郎,真姓名为王静庄,字浚卿,江苏宝应人,乃王树轩之子,王补帆之侄。

5137 广陵龚元成,别署三十六湖云水二十四桥烟月主者,曾为何良俊《四友斋丛说》作序,陈乃乾之《别号索引》未收。龚又涉及青天白日轩,《室名索引》亦缺如。

5138 海上鬻书者,有长发头陀其人,罕知其真姓名,实则姓浦,名咏。

5139 杭州王佩珩女士,幼好吟,私弄翰墨,其父不知也。长适江阴李仰山,针黹之暇,时窃讽咏,婚亦不知也,年二十有八卒。弥留之顷,出诗稿授其同怀弟福庵,始知其能诗,福庵为刊

《冷香室遗诗》一卷。福庵工篆刻，有名沪上。

5140 姚东木有别业在嘉定之南翔镇，曰蕙圃。圃临槎溪，中有竹屋，修篁环之，夏日不燠，几案亦皆竹制，书册堆积，四方宾客有所过，莫不宴集于此。自号畅累老人。妻周佩宜，亦通经有著述。

5141 马隅卿授课北大，一日伏于讲台而死。

5142 郑文焯尝梦游石芝崦，见素鹤翔于云间，因自号石芝崦主及大鹤山人。

5143 王竹楼考证越王勾践卧薪尝胆，谓尝胆见诸史册，卧薪非事实，乃《纲鉴易知录》及小说《东周列国志》所谬载。

5144 鱼肝油，认为是西人首先发明之补剂，吴德铎却谓我国唐代陈藏器之《本草拾遗》，即载及鱼脂之药用价值，在西人提创之前。

5145 陈友琴谓读书一目十行，这是所谓才子吓唬人的，凡是求读书真正有所得，还须十目一行才是。

5146 沈蓉圃为较早著名之戏曲画家，流传有为梅巧玲、时小福、陈楚卿所绘之《虹霓关》彩色戏像。

5147 左舜生订润卖字，钤农林部长印，人不之喜。

5148 著《中国医学史》之陈邦贤，提倡计划吃饭，规定每日须进蛋白质若干，脂肪若干，矿物质若干，维生素又若干。

5149 徐端甫喜蓄佳砚，凡六百数十方。徐去世，由其后人捐献公家。

5150 那桐私邸，在北京金鱼胡同，有人称之为"金鱼相国"。

5151 汤用彤曾从欧阳竟无研究佛学，遂成《汉魏两晋南北朝佛教史》。

5152 卢文彬晚年，双耳鼓膜缩短，不耐剧响。

5153 万绳栻参加复辟运动，既失败，逢人常称败辱余生，为世唾弃。

5154 藏易大岸书件最多者，为粤人梁杰庭。

5155 周邦藩谓筑一屋于北极顶点，可以四面朝南。

5156 一九〇四年，吴弱男在日本东京，一面读书，一面为孙中山及《民报》担任翻译工作。

5157 昔人谓作诗必此诗，必非好诗。林肇元衍其说："作字必此字，必非好字，学佛太似佛，则不能成佛。"

5158 朱次琦刊有《朱九江先生集》，乃其门人搜集散佚诗文等稿而成。实则次琦著述甚多，彼于临卒前焚所著书，凡一日夜始尽，所刊行者仅其什一耳。

5159 顾太清有《天游阁集》，人但知其丰于才，罕有及其貌者。冒鹤亭却于太清春游诗后，有一小诗云："太清游西山，马上弹铁琵琶，手白如玉，琵琶黑如墨。见者谓是一幅王嫱出塞图也。"观此其风致可想。

5160 陆露沙见人羞羞然，登台演剧，却老气横秋，毫不怯场。

5161 夏荸谷画家之端石砚，杨龙石为刻铭，归高络园收藏。

5162 鸣社为沪上诗文组织，最早之社长为武樗瘿。武于诗文外，更熟于京剧，曾作《三国剧论》，所论剧凡三十余出，无不深中肯綮。

5163 易廷熹发愿注《华严经》，病辍未成。

5164 陈簠斋手集古钵拓印五巨册，流散于市，蒋祖诒以巨值购之。内有一玉印，极精雅，文为"公孙縠印"。蒋遂自号縠孙以志喜。

5165 李夷崎书法娟秀，为周芷畦录《柳溪竹枝词》。

5166 王子霖代梁启超收书。子霖，琉璃厂藻玉堂书店主人也。

5167 郑轶甫藏有树根所雕之立体八仙，均浑成自然，状态生动，高二尺余，阔尺许，置诸其鸿渐馆中。

5168 马宗霍为曾、李门人，故其《书林纪事》，对于曾农髯、李梅庵特详。

5169 凌虚在"四凶"肆虐之下，右手废残，不得已，乃以左手作画，画由熟而生，别有致趣。

5170 虞山花病鹤，著述甚富，有《十朝诗话》《常熟坊巷小考》《虞山园林小识》《续三桥春游曲》《西城杂咏》《爇火集》《焦尾琴趣》，均未刊行。病气喘，于一九七九年十二月五日逝世。

5171 邵洛羊藏丰子恺书画甚多，动乱中荡然无存，丰亦冤屈死，其女一吟检得其父遗书"挑灯风雨夜往事从头说"一帧，赠邵以留念。

5172 郑板桥之《道情》原稿，藏沈端先家。又板桥《自序》墨迹，藏徐平羽家。

5173 张光宇玩世不恭，卧榻作棺木型，衣橱作墓碑型。

5174 上海治盆景有名之周志敏，为专家周祥麟子。所栽卉木，能任天致性，因此无不寿而蕃孳。及"四凶"肆暴，志敏被禁，罚为劳役，适与画家程十发同操作，因得与十发同切磋。及开禁，志敏复治园艺，所栽参以画意，益复有致。

5175 高君定居沪西中山路旁之向若楼，藏书一万四千余卷，丁丑八月，尽没于寇，著《亡书忆语》。

5176 金兰畦居松江金山卫，丁丑十月寇至，兰畦被狙击，弹入左胺几殆，卧医院数月始愈。撰《千巷脱险记事诗》，盖痛定思痛之作也。

5177 陈迦庵画师藏有清初王石谷家书百余通，迦庵逝世后散出。

5178 朱梦华手临碑帖，凡四百种，并跋识亦临之，且钩摹图章，装订成册。

5179 太仓钱溯伊，藏汉晋砖甓凡数千，按甲子年制笺纸，形式古雅，大都由缪艺风钩摹。

5180 常州唐肯，字企林，盖深慕解放黑奴林肯之为人。

5181 军阀胡景翼能绘佛像，且擅书法。

5182 钱锺书于清诗，丑诋钱箨石。

5183 戈朋云登坛演说，自称姓中，名国人。

5184 我国古代画家绘麒麟，往往以意为之，都失其真。李印泉所藏明代华亭沈明则（庆）所绘《瑞应麒麟图》，适与现今认为即长颈鹿者相类。李视为所藏画幅中第一珍品，日本人愿斥重赀求让，婉谢之。

5185 罗伯昭以家藏古泉彝鼎甲骨，以及其他骨董，凡一万二千件，捐献公家。

5186 马思聪乃陈炯明亲侄。思聪父马育航，为炯明胞弟，出嗣外祖马姓家，遂改姓马。

5187 林欧斋居福州石井巷，乃清乾嘉间石井草堂故址。

5188 赵超构浴于骊山下之华清池，谓池盘用白瓷砖砌成，全是洋味，无从发思古之幽情。

5189 林山腴乡土观念极深，每与人谈及生活起居、气候物产，例必举成都为全国之冠。

5190　雕刻家杨士惠等七人，以一百二十七斤重之大料象牙，雕成北京北海公园全景。内有一千二百余人，古代艺术建筑数十座，又有水中游帆若干艘，题一百余字，计长六尺五寸，洵巨制也。

5191　薛叔耘曾受业于束允泰，束工书法，丹阳推为祭酒。

5192　常州房绪伯工词翰，其友王炳章赠诗有云："顷刻真龙见鳞爪，一声雏凤在梧桐。"则誉绪伯之子虎卿，擅画墨龙也。

5193　张峰石诗人，自号大陆怪石，生于七月七日，又号七七生。

5194　冯蒿叟力助蒋苏盦刻《金陵丛书》四百七十余卷，蒋积存冯之手札百余通。

5195　陆费叔辰编撰《中国农业史》，已成三十万言，尚拟续写二十万言完卷，因血压高辍笔，旋卒。

5196　陆修棠擅操胡琴，著《中国乐器演奏法》一书。

5197　魏光焘之侄旭东，为体育界前辈。旭东不甚识字，却擅作擘窠大字，吴中流传其楹帖较多。

5198　华吟水曩时喜蓄仕女月份牌，累积数十年，谓于此可考女子装束之变迁。

5199　上海有三桥：一丰林桥，一茂公桥，一平阳桥，均为献媚何丰林而取名。茂公为何之号，平阳则何生山东平阳县也。

5200　袁叔畲著有《七十七年回忆录》，未刊行。《文史资料选辑》第十三辑所载之《我被白崇禧逮捕的一幕》，即回忆录之一小部分而已。

5201　某次宴会，座有名导演卜万苍，人请卜唱戏，彼云："我叫卜万苍，就是说明不会唱。"

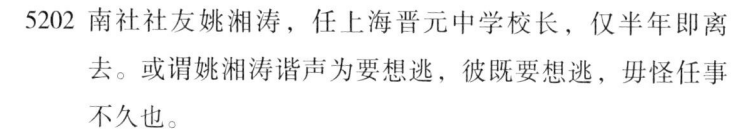

5202 南社社友姚湘涛,任上海晋元中学校长,仅半年即离去。或谓姚湘涛谐声为要想逃,彼既要想逃,毋怪任事不久也。

5203 吴笈孙别署芒鞋老人,曾被张作霖拘捕,作有《幽囚廿日记》,其子鸿翼保存之。

5204 端匋斋喜京剧,有人见其在签押房中,手批案牍,口中却哼着《秦琼卖马》。

5205 陆凤石女,为洪文卿媳。旅京江苏同乡驱逐赛金花,领衔者即陆凤石。

5206 凌大同主《大江报》笔政,文字触犯当道,欲捕之,名伶贾璧云仗义,赠资得脱。

5207 梁溪曹次庵喜藏中外货币,范鸥夷以欧战时德国所制而未流行之瓷马克赠之。

5208 薛抚屏好围棋,秉烛达旦,或演棋谱,或与客对弈。其妻王氏劝止之,不听,乃举棋局而投诸井中。

5209 李新甫掌教上海民立中学,以下肢较长,人以"长脚"呼之,彼乃易名"常觉"。与陈蝶仙合译西方说部,即以李常觉署名。

5210 梅植之号嵇庵,因得嵇叔夜琴,以志喜也。

5211 邓承修字铁香,为官专主弹劾,人以"铁汉"呼之。

5212 翁铜士撰联,借联语以谈书道,如云:"如玺著刀,如漆注简;以金写石,以帖入碑。"

5213 李亚农最后著作为《中国的封建领主制和地主制》,时病已濒危,接氧气而完成是书,一九六二年九月二日卒。

5214 刘恨我遭父丧,印一讣告,作小型报式,招登广告。

5215 乔松年同僚书，自诉苦况，有云："临淮大营，即袁午翁旧驻之营，以席为屋，夏暑冬寒，殆不可堪，不能顾矣。军饷奇绌，士不宿饱，弟直如乞丐之长耳。"

5216 陈雨芹主讲广陵书院，搜集《蟋蟀谱》。

5217 陈子清为陈寿祺之长孙，工山水，喜藏古墨。

5218 黎莼斋治古文，不喜方望溪与姚姬传。

5219 孙思昉治学，颇以章太炎、王壬秋为式，因署所居为"拜炎揖秋之盫"。

5220 王克敏之父存善，喜围棋，汇集有清一代棋谱之精华，刊有《寄青霞馆弈选》。

5221 谭钟麟有子三人：延闿、泽闿，均擅书有盛名；幼子恩闿，则默无所闻。

5222 高鸿昌考证果品，谓桔子乃由乔云而来，乔云乃橙色之云，枯皮颜邑与之相似，且剥桔时喷出香雾有类云也。

5223 郑子珍尝策蹇访集邡亭于独山，中道阻水，宿僧寺两宵，以无聊故，读《莲花经》七卷，能背诵不遗一字。人服其记忆力之强。

5224 白蕉论书，谓稳非俗，险非怪，老非枯，润非肥，审得此意，决非凡手。

5225 梁爱居藏有三十六家宋人手札，如王荆公、苏东坡、辛弃疾、岳珂等，均大内之物。梁卒，归公家。

5226 姚苏凤之第一种单行本刊物，为《心冢》。

5227 胡梯维曾为周信芳编年谱。十年动乱中，胡与妻金素雯同日死。

5228 张苣堂从丁敬为师，贽仪为南瓜两隻，各重十余斤。

5229　简琴斋有一印"海外归来始读书"。

5230　以三弦拉戏最早享盛誉者，为王玉峰。其时尚在清季，公卿争聆之，不啻明末之柳麻子说书。

5231　马建忠居上海爱文义路之眉寿里，后连梦青寓之，连曾为商务印书馆刊行之《绣像小说》写稿。《邻家语》，即连之作也。刘铁云之《老残游记》，载《绣像小说》，乃连携去订约者。连别署忧患余生。

5232　广州六榕寺方丈铁禅，以寺名六榕，而久已无榕，因补植之，并于寺中建补榕亭。

5233　军阀夏超，附庸风雅，喜种兰花。

5234　伍光建译书百余种，其子伍蠡甫，亦以擅译闻。

5235　韩紫石任江苏省省长，请萧谦中绘一立幅，并欲其加上款为紫老，萧拒之曰："彼老，我亦老矣，我固不知孰老也。署紫石先生可耳！"

5236　皮鹿门卒，其弟子李肖聃为撰年谱，未遂。鹿门孙芋岩编纂成书。

5237　陈垣藏有陈树镛书札数十通，简朝亮为树镛刻《陈庆笙茂才文集》，陈垣以书札寄之，为补遗一卷。庆笙，树镛之字也。

5238　以贞卜文字刻印，当以一粟道人杨仲子为第一人。

5239　《赵㧑叔年谱》，为赵俊民所编撰。俊民能画，擅刻印，㧑叔之从侄也。

5240　黎简工书，人争求之，新年自书春联，贴于大门上，被人揭去。

5241　刻《别下斋丛书》之蒋光煦，为蒋百里之祖父。

5242 书家顾印伯,十三岁时,即自号华元老人。

5243 范肯堂子彦殊,亦能诗,陈石遗称为怪而可喜。

5244 胡汉民被禁释放,新闻记者纷纷访问,汉民以所书楹联遍赠之。

5245 尹钟材任职《民权报》。其时党派极多,尹反对之,创立不党党,且印传单以宣传。

5246 画家周乔年之父紫瑚,擅刻竹。

5247 万绳栻编有《复辟记》,都十四章,记复辟经过,甚详。

5248 黄太玄颜其居为"今野史亭"。

5249 刘铁冷,江苏宝应人,十七世为名儒,以经学词章,相继不替。

5250 歙人黄崇惺,字次孙,著《凤山笔记》,未刊行。著者身居里中,目睹太平军进徽州,故所记甚详。

5251 松江姚济,别署茸城铁道人,著有《苟全近录》,为一稿本,记载小刀会事,可与《枭林小史》相参考。

5252 吴中孙孺忱,别署风木老人,当事变时,发愿写文信国《正气歌》万本以励世。

5253 杨毓麟著《新湖南》一书,在日本东京排印,鼓吹革命,署名湖南之湖南人。

5254 詹天佑擅打棒球,为中国留学生棒球队之选手。

5255 钱慕尹一武夫,却能作篆书,静雅有致,曾为吴湖帆书一联。

5256 戴天仇暴躁善怒,动辄忤人,胡朴安谓之曰:"君号天仇,实是人仇。"

5257 电影女艺人王汉伦喜猫,摄有猫之照片甚多,闲出展玩。

5258 陈抱一绘人体，以妻为模特儿。

5259 国人收藏西洋名画者，以孙佩苍为最著。

5260 张静庐幼年孤苦，在上海虹口某酒肆当学徒，后遇徐朗西，甚赏识之。郎西办《生活日报》，遂提携之任职报社。

5261 吴度均藏说文有关之书极富，超过丁仲祜，颇多为丁所编《说文诂林》所未有。

5262 邓孟硕每晚进莲子羹，成为习惯。

5263 杨古酝之《苏盦集》，刊于光绪癸未，而杨殁于民国壬子，其三十年中未刊之稿，又盈尺累积。杨之故旧，请高吹万为之删定。

5264 杜亚泉著有《博史》，专谈叶子戏。

5265 卢文炳年老不蓄须，而齿牙脱落，因诗以自嘲云："有须须不蓄，无齿齿偏尊。"

5266 沪上张仁友，刻蜡纸油印，最称工雅，一时诗文稿多赖以传。后张任校课，无暇及此，他人为之，莫能及也。陈兼与诗以赞之："怀铅点误频经眼，刻蜡藏锋觉有神。"

5267 艺菊名家刘挈园，每年举行菊展，常与各地诗人唱和题咏，积成一百五十余手卷。

5268 吴曾善为吴钝斋之侄，因号小钝，藏古砚八十三方，于抗战时失之。

5269 乐嗣炳藏湖南《通俗报》，谓陈天华之《猛回头弹词》，首先揭载是报，后刊单行本。

5270 熊松泉画家，能唱京剧，且从汪笑侬为师。

5271 李寿民别署还珠楼主，其写小说，往往口述而倩人笔录，月可成十八万言。

5272 刘海粟、丁慕琴、王师子、张眉孙，均从周湘学画。

5273 徐树铮提倡"十三经"中宜加入《国语》《国策》为"十五经"。

5274 燕人郭世五，为袁项城之庶务司，精鉴瓷器。景德镇之洪宪瓷，即郭所监烧者，共计四万件。

5275 泥人张第一代，名长林，号明山，生于清道光年间，而殁于光绪，曾为老伶工谭鑫培塑一小像。

5276 嘉善张祖廉，得湖州薛仰峰妆镜，背錾思娟小影，因署所居曰"娟镜楼"。

5277 美国威斯康辛省比洛伊大学，从无中国学生，而以唐庆诒为第一人。庆诒喜围棋，所藏弈谱，不下百余种。在纽约时，常与徐志摩对局；回国后，又与顾水如相弈。复喜度曲，初请赵桐寿撅笛，后请俞振飞、殷震贤教曲，并与吴瞿安时相过从。撰《忆往录》，自一八九八年始，至一九四七年止，追忆五十年来经历，述其梗概，印成一书，为非卖品，仅赠送戚友而已。

5278 《严修年谱》，李泰棻撰，油印只印十部，见者甚少。

5279 文芸阁著有《琴风余谭》，手稿未刊。

5280 红豆馆主溥侗，藏有顾太清手写词稿。

5281 汪衮甫卒，《大公报》之文学周刊，为出专号。

5282 汪辟疆将彼旧作《同光诗坛点将录》，重行修正，并增入近代诗派与地域，及近代诗人小传、近代诗人诗选，合编为《近代诗》，交中华书局排印。奈延搁未刊，而汪亦下世。

5283 有董姓某，请何诗孙书联，何鄙其人，乃撰句以讥之："贤哉不可及，卓尔末由从。"嬖臣董贤，奸臣董卓，均董家败类也。

5284 左季高谓人生读书，得力只有数年：十六以前，知识未开；二十五、六以后，人事渐杂；此数年放过，则无成矣。

5285 王蘖川学医于青浦潘澜深，隔垣为徐慎侯诗人家时闻吟哦声，慕访之，得其启导，乃始学诗。

5286 李健吾，一九三三年结婚，证婚人周岂明，演说者朱自清。

5287 龙皞臣曾任肃顺家西席。

5288 胡兆麟著《有所思斋随笔》，与其兄祥麟，有"二胡"之号。

5289 尤佩楚不狂而署名半狂，晚年潦倒，竟以狂疾死。

5290 于式枚喜阅林琴南之翻译小说，能背诵《茶花女遗事》数则。

5291 陶浚宣游顺德，曾赴锦岩冈谒陈邦彦墓，龙山访陈恭尹故居空雨楼。

5292 袁慰亭曾从谢廷萱学文、周文溥学诗、张星炳学书。

5293 赵蕴安师事崇明黄觊子，觊子名贡培，博览群书，尤精内典，年未四十即谢世，诗词散见各刊物。有一子，名曾铎，年才及冠而殁，身后存稿，散佚殆尽。

5294 刘博平撰有《说文古韵谱》，刘为黄季刚弟子，是书即根据乃师所创古韵二十八部加以排比而成。

5295 汪柳门筑万宜楼以藏书，其子以一万五千金售去。

5296 袁珏生、宝瑞臣，供奉清室，为溥仪审定书画，在北京厂肆间，一言可以上下其价。

5297 陈进宦有梁孝王宫瓦，文字绝精，寄存于重庆亲戚家，途经沙坪灞，覆车被毁，现仅存拓本。

5298　京剧演员九阵风，真姓名为阎岚秋。

5299　夏枝巢晚年失明。

5300　德静山中丞抚某省，署中一厕所绝精致，惟德一人独享，不许他人阑入，有人以公文语为题一额"实为德便"。

5301　朱竹坨析产券，为李晴澜所藏，郭频伽等有题咏。

5302　杨东山初馆于高邕之家，后馆于毛子坚家。

5303　吴北山，甲辰后，尝自改其已刊诗一卷，并近作《津沪诗》一卷，精小楷录之，以示其友江浦陈浏。陈携去不归，北山旅食京津，喜购古钱以自娱，拓有《瘿庐藏泉》四钱，如王莽金错刀及小钱、宋废帝景和钱、辽天赞钱、明建文钱，皆世所稀有。北山病中，江都方地山借观，亦未归。北山卒于沪上，墓域在静安寺第六泉旁。其妻黄裳，生二女，无子，以兄子炎世为嗣。炎世官直隶知府，寒冬拥炉草《宪政章程》，患喉疾卒，年甫二十四，时丁酉冬日也。

5304　倪小舫光禄，精鉴别，厂肆书画碑版商畏服之，称彼为"厂魔"。

5305　画碗目为俗艺，绝鲜列名画史中，《中华画人室随笔》，却载汪绂其人。汪为婺源人，字灿人，号双池，博综儒学，以宋五子为归。少时家贫，佣于江西景德镇，为画碗之役，山水人物花鸟，迥异众工，惜无款识，人罕知之。

5306　吴静庵藏苏东坡小行书《赤壁赋》，从未见著录，乃一明拓本。吴妻江南蘋为画东坡像，吴湖帆题之，装一手卷。

5307　林则徐公牍必自披阅，有人名簿四册，题曰："千古江山，凡姓之第一笔为'丿'者，入千字簿。第一笔为'一'者，入古字簿。第一笔为'丶'者，入江字簿。第一笔为'丨'者，入山字簿。"取其便于翻阅,四角号码检字,无非师其故智,而加以改良耳。

5308 赵贻琛得清梁逸民《红叶村诗稿》于医生脉枕中,乃梓以行世。

5309 翁瑞午擅昆曲,又擅推拿,推拿之术,受之于上海丁凤山。

5310 刘仲夷流寓扬州,家藏供春壶,常邀友茗集。

5311 湛则高寓沪赫德路,庭有六榆树,翁然成荫,因号六榆居士。

5312 郁屏翰悯贫寒子弟无力就学,于光绪戊子设义学,名启蒙书塾,名画家何研北董其事。

5313 言菊朋喜听刘宝全之大鼓书,谓刘之玩意儿中,有谭鑫培、杨小楼的东西。

5314 名医王仲奇处方,从不假手他人,必一笔不苟自己写。同乡黄宾虹曾谓王仲奇处方笺,笔精墨良书法好,本身就是一件美术品。

5315 章巨膺曾佐恽铁樵编《小说月报》。恽治岐黄,章濡染之,亦以医名。

5316 易家钺有君左书画印,可知彼尚能绘事。但画幅未之见。

5317 冯自由参加兴中会革命活动,时年十五岁。

5318 清末旗人完颜景贤,富收藏,有《三虞堂书画目》,所谓"三虞",乃所藏有唐虞永兴庙堂碑册、虞永兴《汝南公主墓志铭》稿卷,及虞永兴《破邪论》卷也。又关冕钧亦富收藏,有《三秋阁书画录》,所谓"三秋",乃所藏有唐阎立本《秋岭归云图》、五代黄筌《蜀江秋净图》、宋王铣《万壑秋云图》。

5319 汪向叔有《麓云楼书画记》。所谓麓云,乃藏有宋徽宗之《晴麓横云图》。

5320　李菊耦能诗，有《绿窗绣草》。当辛亥革命时，菊耦自江宁赴沪，挟稿而行，肽箧者误为珠琲宝钏，窃之而去。

5321　向迪琮能诗，但自视不及其友曹纕蘅、乔大壮，遂废而为词。

5322　梁溪胡刚复，治数学有名于时，曾主大同大学校政，学生有故意错读其名为"刚愎"，胡置若罔闻。

5323　裴伯谦得米南宫《虹县诗》真迹，曾刻一印"伯谦宝此过于明珠骏马"。

5324　黄葆戊家，藏有大兴傅以礼所钤之《西泠七家印谱》，凡四册，用花延年室原纸。黄家一度遭火灾，幸四册尚存，惟稍有水渍耳。

5325　方鸿筹居海上，为方密之之嫡裔，家藏密之手迹若干，十年动乱，献归公家。

5326　有以"醉翁之意不在酒"七字征对者，何雨苍脱口而出曰："小姑居处本无郎。"

5327　胡仲持拟为柳亚子出版《羿楼丛书》，杂稿在抗战中失去，一无所存。

5328　延子澄学士寓北京，太常仙蝶屡至，因撰《蝶仙小史》。

5329　张心芜著《洗桐随笔》，未刊行。

5330　孔裔七十七代孙孔德成之女，嫁一美籍体育家，外间因有"孔裔和番"之说。

5331　何维朴晚居上海白克路，颜曰"槃梓山房"。

5332　魏默深官高邮，不能理事，终日著书，每听讼，辄摇首不能语。

5333　苏长公句"春江水暖鸭先知"，千古传诵。江弢叔套拟之："寒生夜半足先知。"

5334 黄蔼农怕热不怕寒，自谓寒士本色。

5335 胡琴圣手孙佐臣，早年练功，严寒时，将双手插入雪中，冻得僵硬麻木，乃出胡琴练习，非到手指灵活，掌心泚然汗出不止。

5336 庄吕尘好京剧，于寓楼铺茵褥厚二寸许，习打棍出箱之吊毛，然卒以此受伤，得咯血症。

5337 沈有壬善细书，与徐凌云友善，曾取火柴梗一，于梗端写"徐凌云印"四字，以扩大镜观之，且具波磔，洵属绝技。

5338 周作民曾购樊增祥手写诗稿三本，拟影印未果。作民卒，诗稿散佚。

5339 沈伯诚画家，一署泊尘，乳名玉明，吴兴人，初习绸业，旋即弃去。作画受吴友如影响，后从潘雅声游，作《百美图》，乃拾雅声余绪而别创新意。又作戏剧画及漫画，声誉甚著，卒年只三十余。伯诚为昆曲家徐凌云之外甥，与其妻郑浩常居徐氏之双清别墅中，无子，有一女。

5340 南社诗人汪洋，于一九二一年病，误于庸医致死。有《病榻流离记》，汪口述，子大燧笔录。卒年四十有三。

5341 丁祖荫所居缃素楼，插架群籍，面对虞山，有"对酒狂吟蒙叟集，卷帘放入大痴山"之句。

5342 汪大燮一度不容于清议，有故意误书其名为"犬变"者，汪一笑置之。

5343 或询徐半梦命名之意，彼云："我学书数十年，功力只及王梦楼之半耳。"

5344 谢公展寓居张氏家，张家女浣芬，工小楷，公展甚喜之。一日，公展偶病，浣芬以盆菊环置病榻间，俾得遣闷。公展病愈，乃大画菊花，因有谢家菊之誉。

5345 李定夷晚年进上海文史馆，著有笔记三万言，未刊布。又有《民权报》《中华新报》史料，均交存文史馆资料室。

5346 唐绍仪生活豪奢，邀客赏菊，饮食器皿，均为菊花图形。赏梅，则盆盎匙碟，无一非梅。

5347 闵葆之原籍安徽歙县，因以黄山为别号。

5348 史东山初学西洋画，后为电影名导演。

5349 曹靖陶诗"万事归来都不管，开门先看手栽松"，人传诵之。靖陶一署看云楼主，有《看云楼图》，题咏都一时名流，奈于抗战中付诸劫灰。

5350 赵尔巽幕中，有"金枝玉叶"之称号，"金枝"为金还，"玉叶"为叶揆初，均以干练能文著名。

5351 唐企林不擅填词，有所作，大都程学銮代为之。

5352 南社冯壮公酷爱狸奴，自署猫盦。家畜一猫，一日走失，壮公候之兼旬不还，筑猫亭以纪念之。

5353 陶葆廉，号拙存，娶劳玉初女织文为妻。织文亦能诗，极唱随之乐。

5354 王大觉居淀山湖之渔郎村，著《乡居百绝》，印以赠人。

5355 冒广生圈点全部《资治通鉴》，续编则精力不济而止。

5356 刺恩铭之徐锡麟，曾在绍兴府学堂教授经学，夏丏尊为其弟子，锡麟命夏多读《公羊传》。

5357 画家杨清磬，其父铸先，弃家为僧，不知去向。

5358 高欣木居杭州西湖高庄，其书室中无一画，画室中无一书，取其纯一。

5359 戏剧家陈大悲，子名乐天，人询取义所在，曰："我悲了一世，难道下一代还不要快乐快乐！"

5360 李蔬畦临卒前，电话招友好来作永别，友见其神色如常，一无病态，慰藉一番而去。岂知友去不多时，李竟一瞑不视。

5361 康竹鸣喜聆昆曲，曾制小型昆曲道具，如纱帽、拂尘、宝剑、团扇、管弦、经卷、笔砚、屏幛等等，集合两件有代表性之道具为一组，暗示一戏，闻有四五百出之多。

5362 马通伯病中，成《尚书训诂》八卷。

5363 肃顺权倾朝野，人以"宫灯"称之，盖"肃"字象形似"灯"也。

5364 孙揆均一日游孤山放鹤亭，见后面石壁上，刻有"岁寒崖"三字，巨大而古朴，因自署寒崖。

5365 庄瘦岑殁于庚子闰八月廿三日，平生酷嗜黄仲则之《两当轩诗》，仲则年三十五而卒，不意瘦岑亦如之。

5366 张海若健啖，能进粥四十碗，有人戏称为真正海量。

5367 陈仲恕集周秦迄宋元钵印九百余纽，以"千印"名斋。六十生日，效董香光故事，以文物珍品，分贻同好，作为纪念。

5368 程演生藏苏曼殊手刻印，珍藏不失，友好欲观之，乃钤印以赠。

5369 无锡丁宝书不杀生，家多鼠患，却不畜猫，鼠患日甚，损物不之惜。柳州永氏之鼠寓言，竟成事实。

5370 周存伯貌清癯，飘然欲仙，任伯年为之画像。

5371 庄通百有吃蟹之好，后见煮蟹时，死状甚惨，遂不再食。

5372 孙伏园爱白色木槿花。

5373 褚德彝隶书攻汉《礼器碑》，因号礼堂。

5374 我国清末著名之化学启蒙者为徐寿，氮译成中文为淡气。

5375 张作霖喜啖鹿尾。

5376 费范九告人："冒辟疆之姬人董小宛，被旗兵污辱致死，辟疆不忍言之，故《影梅盫忆语》含糊其辞也。"

5377 王逸塘诗推重王荆公，谓半山诗律极细，愿铸金事之。

5378 何绍基，湖南道州人。道州有酸咸菜，何每餐进之，有诗云："纵有珍肴供满眼，每餐未许缺酸咸。"

5379 宋代缂丝名家朱克柔之《莲塘乳鸭图》，由庞秉礼捐献上海市文物保管会。

5380 陈玉方书法董香光，闻人藏有董书，不计路途远近，识与不识，驱车造访，借以观赏。

5381 孙慕韩不善书，却喜临池，暑日见人持白纸扇，夺去为之挥毫。

5382 冯申府酷嗜京师之烧饼麻花，及出守南方，乃雇一善制者随之往。

5383 寿富创知耻学会于京师，勉励八旗子弟力学敦行。

5384 煤球为普遍燃料，首创者乃巨商刘鸿生，因拥有大量鸿基煤屑，一时无销路，遂仿日本制造煤球；并亲赴日本考察研究，带回机器，办中华煤球公司，大得其利。

5385 孙伯渊自诩其鉴赏之审善，谓："若能欺我双目者，我亦珍视而收购之。"

5386 林忍默善作梁节庵之假字。

5387 别署苦海余生之刘锦江，能文。林琴南绘一山水直幅赠之，并题一诗，有云："此中自有丹铅手，绝代风流刘锦江。"刘名为之益扬。

5388 陈梦坡女撷芬，从潘兰史学诗，颇多佳作，但不肯示人，仅得其题《桃谿雪传奇》云："三十里坑花落处，比将桃雪更何如？衣冠多少和戎辈，可有闲情读此书。"

5389　南社高尔松，弟兄凡五人，为尔柏、尔栋、尔梁、尔材，合之为"松柏栋梁材"。高氏，松江人。

5390　方介堪由刻而书，由书而画，由画而诗，成为多才多艺之人。

5391　郭玉昆演武生，能掷剑空中，而承鞘入之。

5392　松江杜镐，字诗庭，藏二砂壶，一明天启间陈玉良制，一为清陈明远制，因绘《双壶书屋图》。

5393　尹笛云喜画罗汉。

5394　项羲，字养和，仁和项兰藻女，从申石伽游，工画，常钤印"只是旧家儿女"。

5395　著《梼杌萃编》之诞叟，真姓名为钱锡宝，字叔楚，浙江杭州人，曾官卿佐。

5396　田叔达善刻印，曾以陈仪诗刻成若干方，以贻陈仪，陈大为称赏，又能绘事。

5397　屈弹山家十一世秀才，自谓生平嗜好：籍、帖、笛、屐、弈。

5398　夏瑞芳创办商务印书馆，对于编辑员甚为恭敬，以老夫子称之。工役则称编辑员为师爷。

5399　李征五生日征诗，谓不愿人谀，却喜人骂。

5400　章钦于天行草堂东偏，起小楼二楹，颜曰"百联楼"。庋置楹帖达二百余品，撰《百联楼纪事诗》。

5401　松江沈明隼病不能饮，每逢宴集，乃以果品代酒。

5402　冯都良有日记数十册，十年动乱，乃自行销毁。

5403　林孟鸣早年曾与孙中山合摄一影，晚年凭此进上海文史馆。

5404　孙煜峰喜藏玻璃艺术品，光怪璀璨，充盈几案。

5405　十丈愁城主人，著有《述德笔记》，其真姓名为毓盈，字损之，满族人。

5406 高庆奎有"大杂拌"之号,言其演戏博而不精也。

5407 京剧演员芙蓉草,其真姓名为赵桐珊。

5408 庞独笑听王效松说武松,有句云:"和泪煎心说武松。"评弹界传诵之。实则此乃套用陈伯严诗:"执袂擎杯无杂语,喜心和泪说彭嫣。"彭嫣,名校书金菊仙也,吴彦复娶之为易名,能诗文篆刻。

5409 江阴庄翔声耽禅悦,谛闲法师圆寂,为书碑文,闭户焚香,薰沐执笔。癸酉之夏,书至第五次,正拟上石,彼犹以为未善。甲戌盛暑,重复书写至第九次,始觉洽意,其郑重有如此。

5410 廖恩焘有一印"乘长风破五十万里浪七十年十二渡太平洋"。

5411 章劲宇藏戴东原手札一大厚册。

5412 沪市新闸路泰兴路口有稼园,乃巨商辛仲卿所营菟裘,人以辛家花园称之。园早废,迄今居民犹称是地为辛家花园。

5413 罗根泽喜收罗诗话,积得四五百种。

5414 童第德藏有姜西溟手稿,因号宝姜。

5415 钱罕字太稀,工书法,市榜无人求之者,因罕与希,均与谋利相抵触也。

5416 有"交际博士"之称之黄警顽,熟悉上海龙华情况,撰有《龙华指南》一书。

5417 吴中虎阜之拥翠山庄,筑成于清光绪十年。杨见山有记,林海如有图,俞曲园有诗。

5418 何炳松治史,时请益于傅运森,著有《历史研究法》一书。

5419 有关上海秦楼楚馆之书,以徐蔚南收罗为最多。

5420 庞元济为浙江副贡生，清光绪十六年，捐直赈银三万两，李鸿章奏准赏作举人。庞号虚斋，为大收藏家，刊有《虚斋藏画集》，以"三绝"之郑虔画冠首。

5421 清光绪朝大学士宝鋆，尝对门生说："将来我死后，得谥文靖，我愿足矣！"既卒，果谥文靖。

5422 沈仲复辟园于吴中小新桥巷，夫妇双栖，名曰"耦园"，有听橹楼、鲽砚庐之胜。鲽砚者，仲复得一异石，文理自然成鱼形，剖而琢之为二砚，砚各一鱼，与其妻分用之，故名"鲽砚"，且以颜其室。妻严姓，早逝，俞曲园挽之，下联因有"耦园寻梦，听橹楼头灯火，不堪鲽砚再摩挲"语。

5423 洪述祖曾筑精舍于青岛，颜之曰"六月息"。然德侨深恶其人，摈其居止。

5424 俗称西洋参能治牙痛，谭组庵深信其说，且以谕其家人。

5425 瑞安黄体芳躯干短小，而旱烟管甚长，殊不称。

5426 吴朴堂得刘燕庭旧藏池阳宫灯，因颜其斋为"味灯室"，吴湖帆为作图，冒鹤亭为赋长句。

5427 孙琼华，诸暨举人孙蔷人女，尝游张啬公门下学诗，著有《习静闲居室诗》；又从冯超然学画，山水花鸟，无不工妙，四十二岁卒。

5428 张竹君女士，为耶教徒，但颇多驳正《圣经》之悖谬处，教中人目之为狂。

5429 清醇亲王载沣，最喜诵白居易"蜗牛角上争何事，石火光中寄此身"二句。

5430 北京图书馆，有李盛铎藏书目录，列袁克文撰《行脚集》石印本一册，为外间所未见。

5431 数十年来之小型报，为数甚多，收藏最富者，为沈仲俊。

5432 徐哲身读《红楼梦》，于书中人物，最喜邢岫烟，最不喜林黛玉。

5433 杨澄之有《刻烛集》，谈及关羽之生日，谓据关羽圹砖文，五月十三日乃羽子关平之生日，羽之生日实为六月二十四日。

5434 棋坛名手吴清源，其母张舒文，乃闽侯张元奇之妹，其父吴玉龙，兄吴浣、吴炎，均善弈。

5435 江都李毓如，眇一目，称了然先生，流寓北京四十余年，因那琴轩举荐，写"佛香阁"三字匾额，那拉氏甚为赏识，乃刻一印"恭书佛香阁匾额"。

5436 萧娴以"碧江钓月，柳岸眠琴"写联赠陆丹林，既而知丹林不置琴，认为不符事实，重书一联，改"眠琴"为"观鱼"。

5437 旧时主编《辞源》之陆尔奎，字炜士，曾任天津北洋书院教席。冯师韩为彼之学生。民国十三年，冯来沪访陆，陆已目盲，不能辨物。

5438 杨见山鬻书，润例有云："劣纸不书，老夫腕力不足。先润后墨，老夫靠此营生。"

5439 张小楼甚谦抑，自谓学草书二十年，不敢示人。

5440 金季鹤嗜酒，戏谓酒自有道：善度他人之量，圣也；劝酒，仁也；代饮，义也；打通关，礼也；侯拳，智也；照一杯，信也；摧台面，勇也。

5441 上海西藏路改为虞洽卿路，乃其女婿江一平向租界工部局提议而决定者，时为一九三六年。但不久，仍恢复原名为西藏路。

5442 缪子彬曾以《儿女英雄传》编为弹词。

5443 费西蠡与顾西津,均喜收藏赵松雪墨迹。

5444 雪鳗产永嘉枬溪,林铁尊官永嘉,病咯血,多啖雪鳗而愈。

5445 王小航曰:"贞之一字,非儒家屈抑女子之名词。乾曰,利贞,贞者事之干。岂尝专为女子言耶!"

5446 马叔平藏有乾降朱砂印泥十六两,绝佳胜。叔平卒,其子太龙王珍庋之,失于浩劫中。

5447 虞和钦精古琴,购燕赵古琴甚多,悬诸四壁殆满。

5448 丁闇公银髯盈尺,或比诸陈其年。

5449 陈诵洛谈诗,谓作诗只要单刀直入,最忌千军万马。

5450 陈作霖晚年双目失明,自号盲和尚。

5451 有人以王先谦所注《庄子》,给邓中夏阅读,邓撕毁之,曰:"在大变革时代,还关起门来啃古书,是不能解决实际问题的。"中夏原名康,字仲獬,一字安石,后署名中夏,又以大磐为笔名。

5452 曹禺从事戏剧,启导之者,为张彭春。

5453 高鱼占工书能画,诗亦隽雅,但未付梓,而散佚甚多。丙辰春,其六弟络园,蜡印成《存道诗滕》,仅印二十册,得者珍之。存道,鱼占别署也。

5454 鲍康云:"忙而心中饶闲趣,庸何伤。"

5455 蒋箸超有一印"有谁识酸翁深意"。

5456 杨锐曾居北京菜市口绳匠胡同伏魔寺内。

5457 胡佩衡善绘山水,由李静斋启迪。李名定安,工摹唐六如。

5458 形意拳名家孙禄堂来沪,寓居其徒黄建勋家,每日除锻炼拳术外,辄临书谱以为日课。

5459　潘昌煦著有《芯庐诗存》及《词存》，一九六三年，其挚友陆鸿吉为之刊行。

5460　吴伯宛临卒，手书别亲知，有云："有子早殇，夫妇奉佛。身非大宗，禁勿立后，以僧服殓。"

5461　吴江夏应祥买郭频伽灵芬馆旧址，构成新舍。

5462　雷君曜辑有《松乘》，蝇头小楷，凡十帙，都数十万言，云间稗史，于此观止，惜未刊。

5463　邓秋门尝谓他日筑小雅楼于越秀山之麓，读书其中，奈秋门于光绪二十四年十二月癸巳卒，年仅二十有一，筑楼未果。其兄秋枚为刊遗文，即以《小雅楼集》名之。

5464　倪寿川晚年，书册散失殆尽，独恋忆《花月痕》。

5465　纪晓岚之阅微草堂，在今新疆乌鲁木齐之人民公园中。一九五五年，董必武祝贺维吾尔自治区成立，游览公园，提及阅微草堂，遂就原地修建。

5466　赵质夫为赵瓯北后裔，藏有瓯北手抄《尚书》，用小楷书于夹贡宣纸上，甚为工整。

5467　龚怀西太史有供春壶，常置枕边，摩挲为乐，因自号供春壶隐。

5468　清季太监李莲英官三品，戴亮蓝顶子，乃以蓝宝石为之，值银四万两，以示豪举。

5469　宋渔父能画，人鲜知之，赵眠云之《心汉阁杂记》有云，曾见渔父画桃花一枝，且有题句云："春潮千里下江东，迎面桃花处处红。余自武陵源上至，还山无路一渔翁。迷津莫再问前途，消受江头酒一壶。容易飞花逐流水，招魂我自向秋湖。"

5470 画家嗜狗肉者，人知为郑板矫，而《国朝画征续录》，载吴江沈屺瞻，为人清介绝俗，求其画，不易得，惟煮狗肉饷之，醉以酒，则挥洒不倦。

5471 沈凤，号补萝，江阴画家，官宣城，讯窃鸡者，画鸡于贼面以辱之。

5472 董小匏，为枯匏子，喜写梅，不减玉几山人。小匏次子名宗善，字询五，画承家学，亦工写梅。抗战后，避居蜀中，旋即谢世，与朱其石为忘年交。画梅用印，均其石所刻。

5473 徐桐为清吏中之愚暗无知者，尝语人曰："世界安有许多国家，大约俄罗斯、英吉利、法兰西、日本，则真有之，余皆奸徒所诡造以恫吓朝廷耳。"

5474 徐敬吾于沪市设书铺，售革命书刊，绰号"野鸡大王"。既卒，有人挽以嵌字联："野色苍茫，回首空余爱国报；鸡鸣风雨，伤心长吊大王魂。"

5475 海王村公园，在北京窑厂前，乃民国六年钱能训所辟。

5476 崇恩有"满洲才子"之称，喜啖火腿，罢官后，甚窘迫，乃手书条幅与人，以易金华火腿。

5477 有嫉赵尔巽者，潜书一联贴其门曰："尔小生生成刻薄，巽下断断绝子孙。"

5478 顾西梅有一印"丹青不知老将至"。

5479 沈秋帆，浙江嘉兴人，旧居盛泽，有《盛湖竹枝词》百首，柳亚子为题十二绝，详加注释。

5480 张寿镛刻《四明丛书》，大都为私藏秘笈。

5481 陈援庵服膺钱竹汀、王怀祖，因而深宝其遗墨，得二家手稿甚多。援庵固喜藏书，但非切用者不收。

5482 吴平斋得周齐侯罍一器，后又续得周齐侯中罍，榜其斋为"两罍轩"。两罍，今藏上海市博物馆。

5483 章鸿钊善识宝石，谓照殿红即今之红宝石，碧珠即今之蓝宝石，水齐珠即今之水晶球，水苍玉即今之紫晶，青琅玕即今之孔雀石，虎魄即今之琥珀，祖母绿即今之猫儿眼，蔡璞即今之茶晶。

5484 吴慈鹤抱病三年，足不出户，及病稍愈，出游厂肆，购得罗两峰画长眉尊者像，为之大喜赋诗。

5485 兰溪赵人俊曾云："士不悦学，无逾今日，教室生涯，直邻牢狱。倘能师生互谅，此谋衣食，彼获凭章，两相交易，揖让而退，犹为上焉者；至于师生间咆哮诟骂，嘻笑讥刺，亦属司空见惯，不足为奇。盖师道之尊严，学问之名贵，荡然无存者，已非一日矣。"真可谓慨乎言之，其时在民国二十有四年。

5486 瞿冕，常熟铁琴铜剑楼瞿子雍之宗人也，为人言铁琴铜剑楼藏书事：初，主人公其书以供众览，凡造楼者，并供其膳宿；已而书渐失去，盖不肖者乘间窃取，典守者不易觉察也。于是扃其楼钥，而览书者遂绝足矣。

5487 伦哲如游沪，登涵芬楼，阅览竟三日，略记要目。

5488 杨子勤之《雪桥诗话》，大都借刘翰怡所藏清代各家诗集以成之。

5489 马相伯喜与后辈谈童年故事。

5490 徐积余藏有《天香满院图》，图中人物乃纳兰容若，时年三十二岁，禹之鼎手绘。

5491 在电台专谈故事之陔南轩主，真姓名为徐道明。

5492 上海杏花楼肴馆之创办人,乃李鸿章幕友、招商局首任总办之徐润(雨之),彼家厨司,颇负盛名。最初有蒙古包名菜,乃徐自北方学来,亲授家厨者。

5493 葛书澂家藏何雪渔为王伯谷刻"听鹂深处"印。是印,当时王伯谷曾赠马湘兰者。

5494 《儒林外史》巾箱本,有天目山樵评。山樵,乃上海南汇张文虎别署。

5495 洪颂炯以医问世,知园艺,擅绘事,有时作口技,妙趣横生。

5496 刘德六擅画花卉草虫,惟不善书,其题款皆出其兄德三手。刘为江苏吴江人,室名"红梨花馆"。

5497 胡叔异垂垂成翁,犹喜与青年打网球。

5498 廖树蘅自订年谱,稿藏于家,未经刊布,徐一士乃向廖之外孙梅伯纪借阅,节录若干。

5499 周权画仕女,私淑里贤胡三桥,故自号慕桥,应聘《飞影阁画报》。胡三桥则私淑里贤文三桥。

5500 有人称唐吉生:"孟尝风度,菩萨心肠。"

5501 何绍基书联,联句均出自撰,绝少相同。

5502 嘉兴庄一山,搜集地方近贤遗像,倩人精绘,凡一百数十帧。

5503 有人索刘世珩撰联,刘笑应之,略一思索,成一联云:"酒中三百六十日,座上东西南北风。"因其人好酒且嗜雀戏也。

5504 陈茗柯藏有金粟香《十二芙蓉馆诗》四巨册,均为未刊之手稿,不幸于己酉失之。

5505 左诗斨六十生日,避寿于殡仪馆。

5506 平海澜任大同大学英文教授,尝喟然叹曰:"今之学生作英文,乃肖国文,作国文乃肖英文。"

5507 华谋言曾在常州某戚家,见沈三白之《凉月对榻印存》。

5508 孙祖白家素封,以不善治生产,卒致贫困,然犹好客。客至,往往质其闺人钗钿,以供杯酌。

5509 黄绍箕爱竹,有王子猷风。其提学署中,隙地种竹殆满。

5510 骆绮兰为袁随园女弟子,与席佩兰、金纤纤齐名。骆不但能诗,且擅画,戚牧曾购得其所绘芍药小幅,有王梦楼题。

5511 黄觉寺旅欧,遍观壁画。

5512 莫楚生请张季直书墓志,酬以《古逸丛书》一部。

5513 王尚任行五,狂放不羁,人以"五疯"呼之,王乃自号五峰居士,著有《遗园诗余》《虱隐庵杂作》。

5514 林风眠出生于广东梅县山区之石匠家庭,曾从祖父学习石匠手艺。

5515 沈问梅(锡华),鬓未斑而须先白。

5516 姜颖之卖画自给。凡来求画者,必先询姓氏,其画也,则取求画者同姓之唐宋人诗,就其诗意为画材,得者喜之。

5517 杨体仁居泰兴张家花园思庐,来沪晤吴眉孙,知吴居上海张家花园,因有"眉翁流寓住张园,我亦思庐有旧垣"句。

5518 黄永玉之子,名黑蛮,七岁即有画名,尤擅作戏剧画,有人为之戏刻一印"气死关良"。关良,作戏剧画之前辈也。

5519 奉贤朱云迹,晚年食甚少,日尽粥一瓯,故自号粥叟。

5520 靳仲云谓北京大佛寺为曹雪芹故居,但不知有何根据。

5521 陈衍之《石遗室续诗话》,乃寓居吴中所作,所取不及前编之精审。

5522 邹鲁所有著作,无论诗文,均由秘书代笔,惟画兰乃亲自挥毫。

5523 川菜名厨范俊康，曾随周恩来总理出国，卓别林极赞赏彼所制之香酥鸭。

5524 诸可权工画花卉，致沈子梅书有云："髯苏以诗易肉，而区区以画换豆腐，雅则过之，得毋寒俭否？"

5525 钟骏声藏《东阿王碑》拓本，谓此碑各家金石录未收，仅见渔洋山人之《居易录》。

5526 北洋军阀王怀庆，其第宅园林，备极宏大，所有山石，大都由圆明园移来。

5527 叶鞠常有《缘督庐日记》原稿四十三册，王季烈删存十之一。故所刊印者，非全璧也。

5528 古应芬卒，有人送一幛，书"今之良臣"四大字，识者匿笑，盖《孟子》有"今之良臣，古之所谓民贼也"。

5529 四明有一桥，为宋代建筑，既圮重建，名医范文虎购得遗木，乃制寿柩二，一自用，一贻朱古微。贻朱者，冯君木为作铭，吴昌硕又篆"沤巢"二字镌刻其上。

5530 杨恩寿著有六种曲，并著《坦园日记》十册，均未刊布。稿藏其曾孙杨瑾玡家。

5531 汪憬吾为陈兰甫弟子。陈东塾先生年谱，即憬吾之子宗衍所作。

5532 新剧家，在《时事新报》上撰剧谈，署名哀鸣，颇有见地，但不知为谁。

5533 周家楣之《期不负斋日记》手稿十六册，内容甚丰赡，藏其后人周颂高处，十年动乱，失而复得。

5534 粤剧女伶李雪芳，舞衫歌扇，名震一时，词人陈述叔赏之甚。李演剧于海珠剧院，陈日往听歌，有时携佳酿往，李搴帘出场，采声四起，陈辄浮一大白。

5535 前清遗老,誓不在民国时代涉身仕宦,冒广生却无此陈腐观念,出任瓯海关监督。当赴任时,亲朋送行,有高声谓:"我们今天是来送遗老出山!"寓有讽意。

5536 书画家订润,往往以资钞为代值,然亦有例外者,如潘兰史以书换酒。尤特殊者,如廖平子(藾庵)之润例:藾庵所作书画,自娱而已,非欲炫世。奈近来见索者甚多,或以金钱约取,或则强夺,此皆伧鄙行为,不可也。藾庵愿与同好相约:"凡欲得本人书画者,最好以艺术品相赠答,庶得观摩之益;其次花草竹石等类,凡足以供幽斋赏玩者,亦足以慰笔墨之劳,否则面却则令人难堪,徒劳则趣味缺乏,尚希见谅焉。"

5537 褚礼堂逝世后,张鲁盦、秦彦冲与褚子保衡,曾辑礼堂遗印百方,刊《松窗遗印》两册行世,以精拓仅四十部,得者珍之。

5538 吴绚斋居北京上斜街,为查初白、顾侠君倡和之地。

5539 石人望为口琴名家,制石人望口琴行于时。但彼自己所用之口琴,却为德国货。

5540 钱又村摄令上海,集句作衙署联:"剪取吴淞半江水,即是河阳一县花。"

5541 居古泉作画,凡较惬意之品,辄钤一压角小印为"可以"二字。

5542 那拉后喜以己画赐宠臣,实则其画什九乃缪素筠代笔。缪名嘉蕙,云南昆明人,适陈氏,早寡。

5543 胡菊邻以篆刻著名,常居嘉兴莲花桥畔,喜搜罗曼生壶、鸡血石,及龚半千、沈南蘋诸人手迹。

5544 王季迁辑《明清书画家印鉴》一书，由商务印书馆出版。有以印文色偏黄不鲜明，认为缺憾者，王曰："此乃故意为之，盖防止翻为锌版，作书画伪章。兹色黄且澹，则欲翻制无从矣。"

5545 樊少云、陈迦庵，同师陆廉夫，而提携之者，则为罗树敏。罗为崇明人，工山水，早下世，名反不彰。罗掌教学校图画课，运粉笔作黑版画，栩栩奕奕，耐人欣赏，致其他教师授课，颇感为难，盖揩拭之则可惜，留存之则无从作板书也。

5546 李祖夔居沪西高恩路，与黄岳渊为近临。某岁，李忽出一洪宪元年帝制银币赠岳渊，云聊以留念。不三日，李被仇人狙击死，所谓留念，竟成语谶。

5547 四川军阀刘成勋，字禹九，绰号刘水漩，与赖心辉频年作战，人民苦之，但懋辛作联以为讽："流水成灾因雨久，赖人成事总心灰。"用谐音影射也。

5548 陈道一在日本昌言革命，回上海即被端午桥羽翼所捕，解往南京。朱少屏等请张季直设法营救，张致端电，有云："敌可尽乎？"端阅之，下令将陈囚系，而特殊优待，后竟释放。陈遂易名陶遗，表示生命为陶斋所遗。陶斋，端之别号也。

5549 丹徒茅北山，善度曲，落拓不事生产，常至断炊。其子向父求食，北山对之高歌数阕，其子竟不能进一辞。晚年游金陵，端方邀之主音乐传习所，著《乐说》一卷。

5550 民国初年写说部者，有包柚斧其人。包名安保，别署穷塞主，工倚声。其先人包松溪，在扬州筑有棣园，一名小方壶，又名驻春园、小盘谷，梁茞林曾觞咏其间。

5551　董逸沧家居扬州旧城北小街，与金冬心驻踪之西方寺相近，又名人史致俨、国手周小松之庐舍亦不远，固风雅之薮也。抗战军兴，遽遭兵燹，逸沧避地沪渎，赁庑成都北路，自戊寅至乙酉，凡八载，闭户著《芜城怀旧录》三卷、《补录》一卷，参证征询，不厌求详，暇则与高吹万、王欣夫谈艺论文而已。丙戌夏，举家迁北京，犹不废翰墨，考春明先达寓公之居址，成为一书。

5552　王代功为其父闿运作《湘绮府君年谱》。

5553　潘季玉家藏石绿墨一大锭，上有"明隆庆六年制龙香御墨"十字，旧为张芑堂所藏，缣裹有乾嘉名人题词。

5554　李大钊喜吟咏，有《筑声剑影楼賸稿》。一九一八年，始作新体诗，笔名有龟年、孤松、猎夫、冥冥、闇斋、守常、鼎丞。

5555　恽代英，遗有日记二册，细字绝工整。

5556　画家姚叔平掌教沪南民立中学，且寓宿校中。某岁春暮，独赴龙华观桃，及归遇雨，雇人力车，索值倍蓰，盖其时尚无公共车辆也。姚不得已，径雇一车，但指地点而不与论值，及至大南门学校相近处，即命停止，故意向一路警说明己乃客地人，今雇车自龙华至此，不知当付若干车资，请见告。路警答以相当之数，姚付值去，车夫虽未如其愿，却无从哓哓争执也。

5557　徐谦善书，著有《用笔十九法》，多为前人所未道。

5558　陆非素有一同学，云南人，姓名为爨鱻麤，共九十五画，其室名"鑾鑾龕"，七十九画。

5559　成都有一肆，榜曰"不醉无归小酒家"，售酒且售菜肴，肴多异品，座客常满，乃黄敬临之子所设也。敬临，曾为慈禧御厨，尤善制姑姑筵。

5560 《归里清谭》，为掌故笔记之一，著者署名谏书稀庵主人。其人为陈恒庆，字子久，光绪末年，官台谏。

5561 宋伯鲁目力甚锐，年逾古稀，犹能在一粒瓜仁上写七言诗一首。

5562 江一南名枫，能诗，咏雪花云："散花天女早归去，一阵雪香天地清。"未几逝世，竟成诗谶。

5563 周星誉最畏疟，谓百病可生，特不可病疟。星誉著有《鸥堂日记》，金武祥删其繁琐，略加按语，汇刻一册，共三卷。

5564 李莼客谓欧阳修之《秋声赋》、苏子瞻之《赤壁赋》，虽名重千古，实则支离软滑，不足道也。

5565 皖诗人李莼季，寄寓沪上，所居隔垣为邻氏园，台榭清疏，芳菲掩映，启窗揽胜，引为至乐，因榜其居为"借园"，自号借园主人。

5566 孙廷璋性狂傲，人以文访谒者，彼一览置诸案头，请其指疵，大笑不答。

5567 赵赤羽刊有《海沙诗钞》，颇有道人所未道语。如沪杭车上云："一箭飞原野，排窗泻绿芜。电竿五线谱，栖鸟作音符。"又以大月有三十一日，而三十一作阿剌伯字母，与华文引字颇相形似，因名三十一日为引日。有诗云："出门逢引日，囊底每萧然。"盖工资月初发，月底，往往青黄不接也。

5568 朱湘于民国二十二年十二月三日，从上海乘船赴江宁，忽于四日晨在船行时投长江自尽，遗著有《石门集》。

5569 刻前人遗诗，往往有阙文无可补，而以方框代之，此不得已之举也。但王瑗仲自刻其所著《明两庐诗》，中有一绝句，亦代以方框。诗凡三卷，一百三十三首，下为钱仲联之《梦苕盦诗》，合订为《江南二仲诗》。

5570　葬黄花冈七十二烈士之潘达微，在广州设宝光照相馆，鲁迅曾去摄影。潘卒于一九二九年，姚雨平为撰墓表。

5571　马孟容一日访友，其家器具均率陋，而壁间书画却琳琅满目，孟容戏谓其友曰："君家可谓家徒四壁。"

5572　丁宁为程善之、陈含光弟子。善之、含光先后逝世。善之遗稿《沤和室文存诗存》，含光之《含光诗》稿本，丁宁保藏之，历经战乱，随身携带，始终不失。

5573　卢慎之著《三国志集解》，辩正大小乔非乔太尉玄女，谓二乔乃庐江郡乔公女，皖人也，乔玄为睢阳人，两不相涉。果为玄女，则阿瞒方受知于玄，铜雀春深，早已如愿，伯符、公瑾，不得专此国色矣。

5574　秦伯未绘一扇，满幅皆果品，以贻戴禹修，因禹修号果园也。戴得扇，作一古风以谢之，其后半首有云："按图试举名，曰葡萄莲藕。谏果妙味回，佛手生香久。樱桃小如珠，蟠桃大可斗。青梅宜止渴，杨梅宜醒酒。西瓜滚翠罂，蜀黍绽玉豆。石榴兆多子，我以赠新妇。枇杷珍晚翠，我以遗老叟。慈姑并老芋，祭灶饷邻右。殿以长生果，祝我无量寿。"亦历举果名，如数家珍。

5575　应苏龄以珂罗版影印鄞县屠赤水（隆）手写《园居杂咏五十首》诗册，赠送戚友。

5576　盛伯羲得明张梦晋《岁寒三友》图卷，知易实甫自称梦晋后身，即以是卷贻之。

5577　常熟藏书家瞿绍基，斋名恬裕，后避光绪载湉讳，改为敦裕。其子瞿镛，获得古铁琴与古铜剑，因名"铁琴铜剑楼"。有《望江南》词云："吾庐爱，藏庋一楼书。玉轴牙签频自检，铁琴铜剑亦兼储。大好如仙居。"

5578 吴煦档案，于一九五三年在杭州发现，共九大箱，其后裔当作废纸，售与当地造纸厂，幸由浙省文物管理委员会收回。所有档案，自道光二十一年至同治四年，大都为公文书札，颇多太平天国史料。

5579 周拜花晚年颇潦倒，依居女婿家，在沪上三马路西藏路口，屋沿街，甚湫隘，所著诗稿，置衣包中。一日，衣包被窃，诗稿随之失去。

5580 闻一多于昆明被狙击之前，曾用白居易《新丰折臂翁》诗，刻"应作云南望乡鬼"一印，不久果死，抑何其巧。

5581 周芷畦有《水村第五图》，村在吴江汾湖之南。

5582 闵瑞芝父颐生，生而左右手各诎一指，自号闵八指，擅书画，钤印曰"指不若人"。

5583 徐堪乘电梯，素不与人同乘，人先后避之。

5584 高君实为其父望之编《孝靖公年谱》。秦翰才搜集年谱数千种，知而借抄之。后君实客死，年谱散佚，君实后人高锬向翰才借回录存。

5585 华亭顾遁盦有艺苑十四友赞，十四友为俞宗海、张孟劬、姚子梁、常子襄、高望之、高吹万、闵瑞之、金松岑、张伯贤、叶漱润、姚石子、冯超然、费龙丁、蔡哲夫。

5586 吴江陆明桓得庞檗子《玉玲珑馆词》，请其妇柳蒨雯手写一过，供闺中秘笈。甫蒇事，柳遽以产难卒。明桓伤之，乞其从内母舅沈雪庐绘《绣箧写词图》以为纪念。

5587 张䌹伯号守默居士，有千笏居藏墨，自谓余自一九四九年来京，偶涉足厂肆，顿触旧好，时古墨市值，一落千丈。"三反五反"以后，几至无人问津，于是人弃我取，细大不捐，随手掇拾，七年之间，充牣箧笥。然明墨仅六十笏左右，其中有未能邃定者。近时古墨轻易不见，明墨亦绝迹市上云云。张曾与张子高、叶遐庵、尹润生合刊《四家藏墨图录》。

5588 纳兰容若，曾至无锡，访顾梁汾，夜登惠山贯华阁，去梯玩月，作竟夕谈，艺林传为韵事。阁越年多，渐倾圮，乙丑年，杨味云鸠工重修，并请同邑吴观岱绘《贯华阁图》，当代名流题咏殆遍。适夏孙桐于厂肆收得梁汾诗四册，除《庐塘集》已有刊本外，尚有《楚颂亭集》《扈从集》《清平遗调》，皆世所罕见，味云为之付梓。

5589 漳浦周彬，字尚均，善治石，为文房清玩。袁励准藏其所琢寿山石佛，张矩曾藏其所刻田黄石印，纽制荷鹭，极精妙。

5590 陈器伯好搜集朱墨蓝墨初印本，以及明代闵刻套印之书，旁及粤中五色版三色版书，见即收之，蔚为大观。又有前人稿本、钞本未经剞劂者，并故友手稿尚未印行者，因拟校刻为《滂葩盦丛书》，终以资力所限，迄未实行。晚年生活艰窘，藏书十万卷，陆续斥去。曾自撰斋联云："赋诗九千篇，是变风也，是变雅也；藏书十万卷，自我聚之，自我散之。"

5591 吴可读住宅，在北京宣武门外南横街西头路北，门有"吴柳堂先生故宅"横额。

5592 老伶工钱金福，生旦丑武各角均擅之，梨园行称"钱家脸谱""钱家把子"。余叔岩、杨小楼皆从钱为师。

5593 咸丰时之范鸣琼，湖北人，为张之洞会试房师，咸丰帝以其音类"万民穷"，令改名，遂改为范鸣龢。

5594 松江诗人张琢成，字韫斯，署泖东逸少，又署阿鼻居士，清季秀才，与姚鹓雏友善，常相倡和；多才艺，诗文外，谙丹青，著《画概》一书。又能装裱，又精建筑学，庀材有方。烹饪亦所兼擅，色香味三者俱备，名厨不啻焉。思想殊新颖，所生子女，为取名：一爱苏，苏即苏菲亚；一企罗，一景兰，即革命女英雄罗兰夫人也。

5595 甬上名医范文甫，处方喜用廉值之草药，乃不欲加重病家负担也。一日，某富家延之诊治，并请其用贵重药剂，以期病之速效。范允之，即于所处方后，加列石狮子一对，黄马褂一件。某家往药肆撮取，肆伙大讶，一经询问，始知黄马褂取其贵，石狮子取其重，所以讥其富家也。

5596 陈颙盦所著《读岭南人诗绝句》，误杨鹤龄与杨衢云为一人。按杨鹤龄与孙逸仙、陈少白、尤列参加革命，清廷目为四大寇之一，与孙逸仙为香山同乡，后居广州。杨衢云，为福建海澄籍。颙盦又误"衢云"为"云衢"。

5597 汪莘伯写字，每曰："硁硁守碑，何如我无碑纵笔之乐。"

5598 李仙根五岳登其三，五湖过其四，自谓不负此生。

5599 张荫桓好收王石谷山水画，以"百石"名斋。

5600 孟宪承暑日啖西瓜，一瓜子误入气管，哽塞死。

5601 一九二五年，诸暨孝廉陈蔚文，在苎萝山南，集资重修浣溪亭，以纪念西施，并为立碑，碑文即出陈之手笔。谓西施与郑旦为同一人，因西施母姓施，父姓郑，乃施家之赘婿。东施并无其人，出于好事者所为。西施赴吴，年十六岁；吴灭，回苎萝村侍母，已三十六岁。后母卒，西施悲痛之余，投江而死，年五十有二。其族人后迁萧山。

5602 萧退闇谓篆书必须写得方，写得扁，方是好手。

5603 会文堂出版之书籍，题签什九出于嘉定周浴尘手书。周名振，号籀农，工刻印，擅岐黄术，解放后逝世。

5604 唐人诗有所谓"蒲桃美酒夜光杯"。夜光杯，产于甘肃酒泉，用水晶石或变质岩石制成，琢磨细致，光泽照人。有玉石老工人王冰和，制作夜光杯，有五十年经验。

5605 刚毅不通文墨，有以谐诗讥之："一字谁能争瘦死，万民可惜不耶生。"因刚读瘐死为瘦死，民不聊生为民不耶生也。或谓瘐死当作庾死，庾作藏匿解，庾死乃谓其死在囹圄中，无人知之也。然亦无作瘦死者。

5606 清大臣世续，贪婪甚，有非礼不动之嘲，言非礼物不受请托也。

5607 蒋香谷年七十，种松自寿。

5608 杨时百嗜古琴，入其室，榻以外，皆琴也。

5609 沪东周家渡白莲泾人董淑英，擅口技，能作蚊虫声。每当傍晚，蚊虫高飞，不易捕捉，董乃作嗡嗡声，蚊即下集，以涂过肥皂之面盆挥舞，大量之蚊虫被歼。

5610 黄花冈七十二烈士之一林觉民，在围攻清两广督署之前三日，作二遗书：一给其父，一给其妻陈意映。一九五九年，由其子陈仲新献给福建博物馆。

5611 温州艺人林岩福，以青田石雕成一座雁荡山，名胜如天柱峰、展旗峰、灵岩寺等，无不具备，其重量达一百七十余斤。

5612 操子平术之钓金鳌，见赏于赵芝珊，赵为之延誉于公卿间，名为之大噪。

5613 丁淇在青岛，于某旧书店见傅青主手稿《两汉名人韵》下册，收罗人名甚为详赡，且有朱笔修改处，以十元代价购之，颇以未获上册为憾。越年，山西图书馆忽于报端登一广告，以图书馆收得《两汉名人韵》上册，愿斥巨价征求下册。丁淇见之，立以下册邮寄山西图书馆，馆方立汇三百元为酬报，盖上册亦费三百元也。是书后竟刊印行世。

5614 沈从文自武汉来上海,晤见胡也频,见也频天寒衣单,瑟缩殊甚,乃以一新海虎绒长袍借给之以御寒。未几,也频在白色恐怖下被捕,是袍即穿之入狱,未能归还。

5615 无锡杨楚孙,名寿杓,早年游学日本明治大学,曾与同乡黄子彦发起思古诗社,当时参加者有郁曼陀、唐企林、侯疑始、刘揆一、盛倚南,以及日本汉诗学家森槐南等,社课刊为单行本。楚孙归国后,曾主《北京宪报》笔政,撰《京尘十丈录》,排日揭载报端,此外又著《楚孙撫谈》《鼠肝虫臂录》《水流云在之楼杂录》《金粉觚》《燕京竹枝词》《石破天惊录》《绍兴狱传奇》《慨翁诗存》等。既逝世,其族兄杨壶公有联挽之云:"嗟乎季兮,是郊岛一流,有数人物;传于后者,皆魏晋小品,绝妙文辞。"实则著述什九散佚,仅孙伯亮为之醵资印行《慨翁诗存》,凡二百二十首而已。

5616 朱少屏死于婆罗洲,同殉难者,尚有总领事卓还来。

5617 黄萍荪集岳鹏举、于少保、张苍水、徐伯荪、秋竞雄诸墓摄影,颜曰"湖山正气"。柳亚子为题《金缕曲》一阕。

5618 孙瘤蝯好作诗,而不拣韵,以致动辄有误,乃以难产妇不能绝欲自嘲。

5619 张岱杉见袁寒云写《辛丙秘苑》,颇思将彼所知于袁项城者,由其口述,请李涵秋为之纪录,奈涵秋不愿北上,未果。岱杉又熟知校书老林黛玉事,拟请张春帆记之,亦未果。

5620 陈融榜其室名为"颙园",请遗老多人题额,均不肯下笔,独陈石遗奋笔挥写。盖清嘉庆帝名颙琰,遗老认为须避讳也。

5621 汪仲虎晚年作书，向左倾斜，愈写愈低，自谓每况愈下。

5622 龚瞻麓太史，以蟠龙雕纽绝精之碧玉印，请陈巨来刻"进德修业"四字，每字致润十四元。既成持去，不知为谁作也。既而见康德文件钤是印，始知乃溥仪所用。

5623 徐半梅常以乳腐及花生果佐粥，自称生活腐化，化与花谐声也。

5624 洪宪时，屈映光首先称臣，人称屈臣氏。按其时适有洋商开设汽水公司，招牌为屈臣氏也。

5625 叶澄衷之子仲芳，海上有"小抖乱"之号。其人幼时行动，即殊常人。一日忽问双清别墅主人徐凌云："尔喜啖花旗蜜桔否？"徐答以喜之。翌日，仲芳持花旗蜜桔一大筐来，一一为之剖开，陈于凌云前曰："尔既喜此，请尽啖之，以觇啖桔之量。"

5626 首先发现《浮生六记》者，乃杨引传。杨号醒逋，为王韬之妻舅，在苏州刘家浜尤氏家任西席。包天笑幼时曾见其人。

5627 闵尔昌晚年居京师云海楼，病废不能事翰墨，有所作，往往口述，由其子闵孙侨书录之。

5628 胡宛春藏弹词百余种，且一一编目。

5629 吕景端嗜鱼，曾啖黄河之鲤、严濑之鲋、松花江之鲂、上都河之鲫，颇以未得一尝肇庆羚羊峡之嘉鱼为憾。

5630 史念祖善弈，弈名为诗文所掩。

5631 顾尚之邃于医理。一日，宋姓家延之诊病，家人出笺纸一束，备其取之以处方。尚之切脉问病毕，振笔疾书，详为脉案，连写十余纸，至最后一张，乃开药味，竟尽此一束。

5632 洪北江谓："虎丘泛舟，以珠翠炫目胜；秦淮泛舟，以丝竹沸耳胜。"金粟香续之云："珠江泛舟，以灯月交辉胜。"

5633 金湉生好食豆，故号菽乡。菽，豆之总称也。后改粟香，著《粟香随笔》。

5634 陈子谦别署沧客，人问其取义，曰："沧州书场老听客而已。"

5635 都小蕃得汉晋砖八，因号八砖室主，有《八砖室吟稿》。

5636 瞿子久为一时人望，有"人有华国之才，家有敌国之富，妻有倾城之色"之称。

5637 侯葆三六十后多病，因号病骥老人。

5638 军阀姜桂题，目不识丁，频见市上美孚油广告，讶曰："何此间姜姓之多耶！"

5639 江阴适园主人陈曦唐，能诗善画。游园赠画者，酬之以诗；赠诗者，答之以画。

5640 长兴金子长以《石遗室诗话》颇多失检处，摘若干则于其所著之《偕隐庑漫笔》中。

5641 有见过阎敬铭者，谓其人躯干矮小，二目一高一低，恂恂似乡老。

5642 左绍佐字笏卿，日记密行精楷，数十年如一日。

5643 孙雄治经，愿学郑玄，以玄字康成，遂名同康，字师郑，亦号郑斋。

5644 王树楠喜藏碑，不喜藏帖，以碑足备经史考证也。所收唐以上碑至数千种，残墨败纸，虽书不工，亦不惜重资购之。顾不喜丐书于人，即其人赫著耳目，独以其为今人，不足轻重。若其人已往，则又常百计搜访其遗迹，什袭之有若珍宝。

5645 新式标点及符号，读者称便。在未有标点符号前，已有提创者。清代唐彪，字翼修，兰溪人，著有《读书作文谱》，有云："凡书文有圈点，则读者易于领会。有界限断落，非画断，则章法与命意之妙不易知。有年号国号，地名官名，非加标记，

则披阅者苦于检点，不能一目了然矣。"

5646 姚永朴目短视，步行趑趄，每出门，其弟永概则肩随扶持之。

5647 松江城东孙雪居旧圃，仅存一石，修可二丈，大数抱，于仲迟访得之，作图征题。

5648 桐城张若瀛，于西郭外筑逸园，欲速成，楼台墙屋，草草而已。有言其不坚者，曰："我之年几何矣，此足自娱我，遑问我后耶！"

5649 李仲乾应聘上海中国画院，仅一月即逝世，为画院画家之最早作古者。

5650 谛闲法师，俗姓朱，家贫，随舅氏习药业。舅氏精岐黄，谛闲问舅氏曰："药能医命乎？"舅氏曰："药只能医病，安能医命。"谛闲大悟，遂有出家之想。年二十，乃遁入临海县之白云山剃度为僧。

5651 焦里堂常钤于书头册尾之印章，吴仲坰于扬州市上购得之。

5652 王翊钧名运长，湖南长沙人，善书，间为端午桥捉刀，人不易辨。

5653 陈迦陵墓被掘，赵咏岩曾见墓中有田黄石印一方，阳文小篆"阳羡陈维崧其年氏图书记，镌者许容"。咏岩拓得数纸，且歌以咏之，有云："词人阳羡尊迦陵，此劫难逃白骨露。昨见乡人持印来，片石蒸栗式奇古。"

5654 李松泉留美，尚在清光绪间，时皆蓄辫，李改御西服，不得不将发辫付诸并州一剪，其家人坚守身体发肤不敢毁伤之遗训，相与痛哭一场。李在美学得新颖魔术，归国后，上海新舞台演赈灾义务戏，李客串为戏中之戏，曾轰动一时。

5655 朱枫隐掌教某校，每次文课，辄作一范文以示诸生。如为史论，则示范二篇，一正论，一翻案文。

5656 桐乡朱方蔼，宿学能文，兼擅绘事，有《水仙卷》自跋云："是花以广陵花肆中所养者为佳，盖无欲速之意。贮之盆盎间，不着寸土，沃以清泉少许，不见日色，故叶苗恒短，花虽迟开，开则香气浓郁，氤氲一室。若虎门虎丘所售，则叶甚长，而香味薄矣。"题画而作品花语，可入水仙谱。

5657 杨昀谷宦蜀，就道前夕，赵尧生以一夜之力，作七绝百首为赠。诗中备述入川沿途山水人物情况，状物抒情，各臻其妙。京蜀报章，争相转载。

5658 马企周藏赵次闲所刻印"海外闲鸥"，即以是印赠谢闲鸥。

5659 高僧弘伞，原姓名为程中和，乃一退伍军人。

5660 潘飞声副室月子，守寡后，往九华山剃度为尼。

5661 潘诒曾，字稚亮，江苏宜兴人，工篆刻，有《还读斋印集》《薮古庐初印》《省斋印谱》《借花室印存》《潘稚亮家印谱》等，都二十余册。宜兴文物保管会，择其遗印中有关地方文献掌故景物者，凡一百方，特辟一室保存。

5662 耿道冲居松江，室绝雅洁，卷轴尊罍，盎然饶古意，庭中一栝，一罄口腊梅，发花作奇馨。彼善书，每遇友好，辄书一嵌名联以赠。

5663 黄寄萍任申报馆编辑，有询该馆电话号数者，则曰："你只要记得，韭菜你吃吗便得。"盖号数为九三二四八也。

5664 陈荣衮云："广东谓雨伞为遮，在广东则为俗话，在北方则为雅言，可知雅俗无定则。"

5665 袁雪庵画家，世居苏州木渎之下沙塘，院中古木参天，上有绶带鸟巢。

5666 程庭鹭不仅以丹青著誉，且工倚声，有《红薇别谱》稿本未刊。钱西园录副庋藏，何之硕撰《石床词话》，向之借抄。

5667 张乃燕谓人生不可不有几件极风趣之事，否则将来之传记，难于出色。

5668 尤彭熙曾谓周游欧美，到处逢到熟人，可见地球并不广大。

5669 训诂学家盛均儒，诫其后人云："有意于读书，随时随事，皆可以读书证验，不必据案展卷，始算读书。"

5670 高瞻麓太史，八十高龄，尚披榛揭石，捕捉蟋蟀，蓄诸瓦器，以为清听。

5671 常熟铁琴铜剑楼主人瞿良士，床头常挂商戈，以被不祥。

5672 金眉生晚年，喜姜白石词"仗酒祓清愁，花销英气"二句，自署销英道人。

5673 顾鼎梅一度在沪，与我为近邻，常相往还，平生搜集自汉至明之墓志四千通，取斋名"金佳石好楼"，编《中国金石史》。

5674 陶小柳诗人不能饮，而喜看人饮酌。

5675 徐心庵有一印，镌八字"吟自在诗，饮欢喜酒"。

5676 陈世镕居吴中，考证拙政园，成一专书。

5677 研究蒲松龄《聊斋志异》之路大荒，一度居济南大明湖东岸秋柳园，为清诗人王渔洋故宅。大荒于十年浩劫中，被"四凶"迫害死，时为一九七二年。

5678 周楞伽于"四凶"横行时，伪装精神病，卧床数年以避祸。

5679 胡敬蓬忽得某绝命诗，大为伤感，盖某乃胡之得意高足也。越日，途中遇见之，胡大为惊讶，某曰："适逢愚人节，故意向老师开玩笑耳。"

5680 金凤瑞为汉军旗人，精医术，为人治病，定方下药，仅用一味，往往见效，人称"一味先生"。

5681 画家顾坤伯喜吸卷烟，致自焚受伤死。

5682 顾公任论园庭布置，谓日本式之园庭往往有禅味，中国式之园庭往往有诗意。

5683 陈思萱为上海文史馆女馆员，擅画花卉，双耳失聪。其夫徐姓，名本聪，或谓思萱若易名本聪，尤为确当。

5684 费屺怀为潘伯寅编遗书总目，伯寅后人景郑据之补录，成《郑庵文賸》《郑庵诗补》。

5685 邓拓刻一闲章"书生之气不可无"。

5686 番禺杜洛川，名游，工诗善画，有人为镌"姓随工部，署名与放翁同"小印贻之。

5687 沈秉成喜藏砚，颇多名品。沈有子二人，一字砚传，一字砚裔。后所有藏砚，悉由日本人购去。

5688 王抟今曾说："《红楼梦》贾宝玉有那么一句话，女人是水做的，男人是泥做的，这句话真不错，泥一沾水就溶化了。要把男人比做水时，女人就是石头，把石头抛下水去，水就发生波浪了。"说颇有趣。

5689 景朴孙藏有宋本《于湖集》，甚精雅。吴昌绶欲以四百金购之，未可。张元济许以千金，亦未可。袁抱存夫人刘梅真，用旧纸佳墨，并加界格摹之。

5690 庚申除夕，俞语霜绘一《岁朝图》，自写眼前状况。瓶花书卷，佐以红烛，而石菖蒲、不倒翁列置其间，尤清逸可喜，自题云："祭诗瓮有屠苏酒，饥朔门无索债人。"

5691 吴沈恩孚所书也。沈字信卿，晚号若婴，又号渐盦，著《渐盦随笔》《渐盦文存》《渐盦诗存》《渐盦东游记》。

5692 林震编有《沪苏方言纪要》，自二字直至十字，且作注释。

5693 《轰天雷》说部，演沈北山参荣禄、刚毅、李莲英三凶事，作者署名藤谷古香，实出于常熟孙景贤手笔。孙字希孟，人称之为孙龙尾，生于光绪六年，卒于民国九年。

5694 许窥豹，晚号慎言，曩年为赛狗场办一小型报，名《狗报》。同时吴农花办一小型报，名《人报》。因某事，许与吴发生矛盾，吴讥许谓办《狗报》，本身就是狗。许反讥之云："狗不能办报，人为狗办报，不足奇；最奇者，明明是狗，却为人办报，真是闻所未闻。"

5695 朱铭盘之居宅，有桂树一，乃其父手植也。同治十三年，其父卒，明年桂亦枯苑，铭盘遂颜其斋为"桂之华轩"。

5696 金明斋号弈隐，嗜酒好弈，有"江南国手"之称，尝自刻印曰"爱我无如酒，输人不但棋"。杭州西泠印社中所存石棋枰，其遗物也。

5697 方尔谦与弟尔咸，久居津沽，尔谦榜其门为"大方之家"。

5698 黄竹坪寓居金陵，与诸同道合作，成《金陵诗词选注》，凡五六百首，亦地方文献也。

5699 朱星研究《金瓶梅》数十年，有《金瓶梅考证》一书，对于《金瓶梅》作者之传说纷纭，确定出于王世贞手笔。

5700 马如飞在评弹中独创马调，马擅说《珍珠塔》，深得丁日昌之赞赏。

5701 柯凤孙有诗云："燕子不来春已晚，空庭落尽紫丁香。"时年只七岁，可谓早慧。

5702 电影女艺人徐琴芳之父徐涵，字涵圣，擅画，画宗宋元，自命一时无两。尝携其画至某友处，自诩不已，既而请友品评，友曰："君自誉已至极处，余固无从再赘一辞。"涵大笑而去。

5703 光绪乙未殿试,骆成骧名列第十,以其卷中有"主忧臣辱""主辱臣死"二语,大邀宸赏,拔置第一为状元。

5704 尹和白画蝉雀蜂蝶,皆以宋人为楷范,传世不多,于非闇、周炼霞藏其遗作。尹与齐白石同籍湘潭,同为王湘绮客,而年辈先于白石。

5705 陶兰泉生日,傅增湘以王兰泉书幅赠之以祝寿。

5706 陈蘅迟自吴中来,谓天平山游客,较他处为多;山中古树,几占全市古树百分之五十,尤以四五百年前之枫树,尚存一百数十株;秋来霜叶,红映天半,现筑有观枫台,以供游客之瞻赏。

5707 上海艺苑真赏社,影印碑帖画册,素著声誉。是社为无锡秦绢孙所办。绢孙乃著《桐荫论画》秦祖永之孙,游宦闽中,丁忧返无锡,及服阕,清鼎已革,无事可为。忆及官闽时,收罗碑版甚夥,又有许多拓片,遂设该社于沪市,与罗振常所设之蟫隐庐为比邻。今皆歇业矣。

5708 王祖彝谓大丈夫不受人怜,此乃穷极无赖者,作此语聊自解嘲耳。

5709 谈月色擅以瘦金体字入印。

5710 或谓:"六经皆史也。"袁孟纯谓:"四库皆文也。"

5711 启功工书能诗,有一印"余事作诗人"。

5712 田桐创《太平杂志》,当轴有拟月助数百金者,桐力却之,曰:"言论以在野为宜,倘受政府之津贴,是何异自扼其喉舌,尚何能以言论为救世针砭耶!"

5713 程春海咏粤中名果,有诗云:"新橙甘比张仪舌,香荔腴于合德肌。"比喻奇妙。

5714 新安程啸天，作画数十年，初师张伯英，继师黄宾虹，每日挥毫，从不间断。晚上睡息时，常用手指在腹部点画，自称打腹稿。

5715 屠守拙有一斋名，游戏出之，称"之乎也者矣焉哉簃"。

5716 顷见吴大澂与皞民手札，有云："近与画友六七人，结社于怡园。廿五日第一集，笔歌墨舞，逸兴遄飞，画品以陆廉夫为最，超出刘彦冲之上，倪墨耕次之。如此清兴，直可上追衡山、雅宜、老复诸公。六月初二日为第二集，园主人欲绘《怡园集册》，当有可观。"按怡园在吴中护龙街尚书里，为明代吴宽宅，清季为顾子山家园，后人鹤逸继承之。

5717 撰《文学论稿》之王任叔，一度编《申报》副刊《自由谈》，署名巴人。

5718 林思进，字山腴，华阳人，以《华阳志》有"林生清寂"一语，因号清寂翁。

5719 应野平有一印"三上黄山绝顶人"。

5720 沪西昧园，有假山，乃园主郁葆青及其子元英自堆，葆青绘有《昧园春禊图》。

5721 陈甘簃为陈用光后裔，录存用光之《太一舟诗词钞》，发表于所辑之《青鹤杂志》。

5722 越剧名旦王文娟，曾从其表姊竺素娥学艺有成，一度标艺名为小竺素娥。

5723 余伯陶喜蓄砚，榜其室为"词砚斋"，蓄有竹节、蟠螭、古钱、破菌诸砚，均常熟陈端友所琢制。

5724 丁文江，一八八七年生，一九三五年冬，在湘潭煤气中毒死，年四十九。

5725 阳湖陈烺，著有《读画辑略》四卷，未刊。

5726 吴子鼎子国彦，能诗；女佩瑜，能画。

5727 耿鉴庭，扬州人，曾游嘉峪，登临瀚海。及读黄恭寿诗"玉关天迥驼峰耸，沙碛秋高马骨寒"，大为称赏，认为西陲关塞，历历如在目前。

5728 华邃秋女瑶姝，嫁赵君默，奁赠有黄大痴《浮岚暖翠图》、秦权、宋本《礼记》数事。

5729 名导演杨小仲手极柔软，异于常人，朋好辄喜与之握手。

5730 邵元冲、蒋作宾、竺可桢为连襟，同娶张通典女。

5731 秦瘦鸥之《御香缥渺录》，甫在《申报》上连载完毕，适原著者德龄由美来华，经过上海，寓华懋饭店，瘦鸥乃往访之，长谈二三小时。此后德龄遭车祸死，不再重晤。

5732 张友鸾喜读《牡丹亭》，著有《汤显祖与〈牡丹亭〉》一书，有云："有许多人说《牡丹亭》的坏话，我们顶好不去听他。"

5733 任中敏创造诗叶之戏，诗叶一似骨牌，共三百张，每张一字，砌成方城，每人依次取诗叶十四张，将不适用者掷出，别取他叶补充，务使成一联语，方称成局。先成者胜，迟成者败，以代骨牌。

5734 张书旗工花鸟，其叔振铎，亦擅六法，叔侄二人笔墨极相似。

5735 王云五任商务印书馆编译所所长，彼有三大计划，拟即推行：一、四角号码检字法；二、百科全书；三、万有文库。因此，云五有"四百万"之外号。

5736 聂缉椝家自制豆浆，每日饮之，戚友往访，亦即以豆浆代茗。

5737 无锡黄婆墩,一名"小金山",孙寒崖有"夕阳红上小金山"句,为时传诵。

5738 我国创办红十字会者,乃沈仲礼。其时尚在清光绪二十九年冬间,日俄之战,东北我民遭池鱼之殃,借以援救。翌年,我国政府遣使臣张德彝至瑞士缔盟入会。

5739 诸健秋,为无锡名画家,得润资,妻辄攫之去,诸乃以钞票夹于书籍中,久而忘却,友有向其借书者,展书页得钞票,即持还之。妻知而大勃谿。

5740 我国人穿绒线衫,始自清季曾纪泽,乃从法国带来者。

5741 刘十枝深恶其妻,妻既卒,人偶语及之,十枝犹悻悻然见于色。

5742 俞振飞与言慧珠赴法国巴黎演剧,失窃旦角行头及照相机。

5743 陈莲痕喜收方志,积二十年之力,得方志一千二百余种,凡一万余册。戊子夏,因贫悉让归辅仁大学。

5744 敦煌壁画专家常书鸿,早年曾服务杭州都锦生丝织厂。

5745 南京戴传纲,喜集藏名人信封,数以千计,到处搜罗,乐此不疲。

5746 朱传茗擅吹笛。一日,程砚秋在许源来家作客,清唱《渔家乐藏舟》一曲,由朱传茗吹笛,传为胜事。

5747 王培荪喜啖柚子,每岁柚子熟时,室中累累皆是,乃门生故旧知其所好而馈赠者。

5748 濮一乘治佛学,别署幻观居士。

5749 李苦禅逝世于一九八三年夏,年八十六,生平爱白荷,灵前即以白荷为供。

5750　胡克明善扎灯彩，有"灯王"之号，年逾九十，犹能别出心裁，巧制兽灯，与其子所制之人物灯，同见诸荧光屏。

5751　戴望舒初署梦鸥，在杭州组织兰社，与吴中之星社通声气。此后，望舒从事新诗，以《雨巷》一诗著名，人称之为"雨巷诗人"。

5752　周棱迦耳失聪，与人相晤，辄作笔谈，甚至有人持笔书空，彼亦领会。

5753　杭州篆刻名家韩登安，晚年体弱胃寒，一涉冬令，即终日卧床，自称"冬眠"。丙辰仲春二十二日病逝，年七十有二。

5754　江阴祝丹卿，为陶社祭酒，事母孝，曾伴母游西湖，揽"三潭印月"之胜，其母恋恋不忍去。逾年，丹卿在家乡筑怡园，爰仿"三潭印月"为怡春阁以娱母。

5755　沈若婴工书，但五十岁后，不书摺扇，谢玉岑强之，乃为之破例。及书成，而玉岑已下世。若婴挽以诗云："疏慵结习浑难破，已觉多情愧古人。"

5756　吴野洲谓："画能不设色似有色，设色如无色，始为高手。"

5757　李苏堂死后，遗物凌乱，无人处理，糜耕云独取友朋书札，贴成数册，曰《苏堂友人诗翰》，谢稚柳为题签，保存旧作不少。

5758　陈伯冶诗人，在极左思潮中被系入狱，开释后，去苏州依其亲戚以居，著《拙政园志》，不时来上海访书。一日，赴上海图书馆，以血压过高，猝倒于馆之二楼，手中尚挟书册也。陈兼与感逝诗有云："死去身应化蠹鱼，连年征录太勤渠。苏台来往无多地，不访亲朋但访书。"钱仲莲和兼与诗，亦有及伯冶云："陈园花为赵亭开，冠盖同深一网哀。日落吴山风又至，独来俯仰旧池台。"赵亭者，伯冶别署也。

5759　为上海商务印书馆首创中文打字机之周厚坤,字朋西,无锡人,为汉冶萍总公司总经夏地山之女婿,毕业交通大学,即任汉冶萍技术科长,后进商务印书馆。

5760　《南社丛谈》涉及皖人陈盛芳修理红拂墓。李为扬见告,盛芳为安源大罢工调停人之一。李立三到安源,即盛芳所介绍,其时立山名隆郅。盛芳乃土木工程司,独资建醴陵渌江桥,桥柱上有人为刻一对联:"盛事好题桥柱纪,芳声长在渌江流。"

5761　探花邹福保之子,性躁急。福保以百耐为字,中年游幕,既倦回苏,与屈伯刚合资设一书铺。后两人发生龃龉,百耐即在所居塔倪巷门前独设一肆,名"百拥楼",以家藏书为基础。当时护龙街为旧书铺荟集之地,塔倪巷近护龙街也。停业后来沪入文史馆,旋即中风去世,年六十有三。

5762　许博明名厚基,世代经商,家饶资财。博明幼孤,苏人以不读书讥之,遂发奋大购图书,耗资十七八万元,所购号称宋元明清善本。其藏书室署曰"怀辛斋",以志其母氏抚养辛劳也。又有申申阁,盖彼夫妇均申年生。博明以藏书故,得识傅沅叔、缪筱山,时以所购图书请审阅。傅、缪固版本专家,知所得宋元本,大都骏骨也。及天一阁书散出,博明购得若干明本方志,为难得之佳品。抗战时避难昆明,复赴重庆,其所藏闻归中央研究院。龙云亦得一部分。其家中所存者,尚多明清钞校善本。胜利后,戴亮吉(正诚)以一万数千关金券得之。亮吉,蜀人,解放时赴台湾,书归重庆图书馆。亮吉为郑大鹤女婿。

5763　王涤斋(源瀚),老而诗兴不衰,感时伤乱,成《落叶诗》七律十二章。谷九峰称之为"民国以来诗史",且为之索隐,附诸各章之末。

5764 丹徒尹硕公，精鉴赏，治史学，晚年事吟咏，有一印"尹硕公七十以后学诗"。

5765 与我同名之画家何逸梅，撰有《回忆录》，颇多近代掌故，惜凌乱未克梓行。

5766 古栈道，颇多处改为水泥建筑，钱定一过之，有句云："古藤千丈随崖挂，险道于今信步行。"

5767 最早刊行一折八扣书，为新文化书店，设在沪市福州路望平街口，主持者樊春霖，绍兴人。

5768 金晓东喜搜罗名瓷外，又喜收小绣片及线板，板制作细致，刻有图纹，且有小抽斗，借以储针。

5769 清季官吏升允能书，予曾见其隶书屏条，凝重工稳，甚为少觏。

5770 评戏女演员负盛名之白玉霜，原姓名为李慧敏。其女李再雯，因称小白玉霜，亦有声红氍。慧敏于一九四二年六月二十九日，以癌病死。

5771 上虞罗叔建、罗振常合设蟫隐庐书铺于沪市汉口路三十号，与新闻报馆望衡对宇。该铺亏折闭歇，振常将书携至其寓槟榔路金城里九号。《铁云藏龟》，振常翻印，请鲍鼎释文，故鲍宿其寓所。同社徐碧波赁居楼上，偶访碧波，因见振常其人。

5772 刘葆真名可毅，当义和团之役，彼雇一仆人，团中人也，葆真不之知，平日与家人谈话，辄痛骂习拳为邪术，大犯仆人之忌。及事急，携仆出城避难，遂被仆人所戕。或曰："彼名可毅，与可杀相类，宜其遭杀身之祸也。"

5773 人问滑稽剧家周柏春之特长，柏春笑曰："我一无所长，所长者死样怪气耳。"

5774 周永年，历城人，喜以书籍赠人，谓："济一时之急，则赠人以金；成终身之业，则赠人以书。"

5775 李肖白游吴中沧浪亭，有题壁诗："洒将忧国泪，哭倒看花人。"

5776 张颂华为上海女排队长，曾从陈巨来学篆刻，又从程十发、刘旦宅、陆俨少学花卉。

5777 松江吴遇春著有《青梅馆诗稿》，姚鹓雏为之题；又有《小鹿樵室词稿》，均未刊印。

5778 杭州有苏小基，嘉兴亦有苏小墓，庄敬亭诗云："南湖恰似西湖好，也有前朝苏小坟。"

5779 陈子言，号鹤柴，代狄平子撰《平等阁诗话》，又代王逸塘撰《今传是楼诗话》。彼亦有《尊瓠室诗话》，又曾辑《皖雅》。意大利查隆画师为绘肖像，冒鹤亭媳妇贺翘华作《鹤柴图》。翘华乃贺履之女，家学渊源也。

5780 太仓沈兰征，著《隐怡山房诗》，赴秣陵应秋试，畅游玄武湖、鸡鸣寺、雨花台诸胜，未入闱而赋诗满囊归。

5781 评剧家张肖伧，常州人，原名黎青。在家乡被自行车撞倒，伤重而死。

5782 许静仁极爱黄山，谓"人间有石皆奴隶，天下无山可弟兄"。

5783 陈玉堂喜蓄水盂，以瓷为主，大小不一，形式及色泽亦不一，因榜其室为"百盂斋"。

5784 陈钟凡生平有"三不""三书"之说。三不者，不求人、不求名、不求利；三书者，读书、教书、著书。

5785 陈彦衡称胡琴圣手，却盛誉吴检斋之胡琴。检斋名承仕，章太炎弟子也。

5786 成都刘开扬喜品茗，常在茶寮中撰文。

5787 吴印臣辞世，傅沅叔、章式之、叶景葵等为刊《松邻遗集》。顾廷龙又搜罗集外零星稿珍藏之。

5788 吴敬恒擅书，不知其亦能作简笔画，自敦煌归来，绘千佛洞石佛一幅。

5789 王彦行喜改人之诗，人称之为"诗医"。

5790 曾履川（克耑），每遇失意事，准备三出：出国、出家、出世。

5791 郭筱麓（则沄），著《红楼真梦》说部，有精印本，以印数少，红学家求之不得。

5792 陈名柯（文无）作篆书，不是一笔下去，每一捺一撇，必积数笔而成，自称"描鞋头花"。

5793 吴侠虎，浙江澉浦人。地产小蟹，名沙虎，味美可佐酒。当时吴兴周梦坡慕其名而未得，侠虎奉父命馈之。又以沙虎分装两罐，一赠严独鹤，一赠严谔声。谔声，侠虎之师也。

5794 彭鹤濂著《棕槐室吟稿》，大都经钱仲联点定。佳句如"信手推窗惊鹭起，船篷一半覆芦花"，又"冷翠空烟吹不散，一湖飞雨湿钟声"。

5795 周家模，字梵生，一署无住，又号十笏天花室主，喜禅学，但极反对家人顶礼烧香。

5796 吕白华，字剑吾，著《一尘草》《群经新诂》，又辑《新昌吕氏两代诗文集》。一自浩劫来临，人书俱亡，其子吕平，求之不得。

5797 葛绥成所用图章，大都出于钱君匋、郑午昌手刻。午昌刻印，外间甚少见。

5798 电影女艺人王丹凤，本名玉凤，导演朱石麟为改丹凤。

5799 影坛女艺人白杨，患胆结石，施行手术，取出结石一百三十八粒，皆似绿豆大，医生认为罕见。

5800 天一影片公司，公映《青春之火》，为陈玉梅主演，每票赠陈玉梅亲自签名之小影一帧。

5801 王铁珊有"近代第一廉吏"之称，工书。

5802 黄转陶主编《中国日报》，深羡汽车之风驰电掣，颇思备一辆以代步，奈资力不胜，不得已，斥二百元购一旧车。车无灯，不能外驶，乃置纸灯笼二，系诸车前，衢间见者，无不哗笑。

5803 袁子宽，号容舫，从章太炎学文，从冯超然学画，有相当造诣；居沪西中一村，辟一小室，书画典籍，茗碗瓶花，布置绝雅致，客来作清谈，宴如也。容舫举止娴静，类好女子，终身未娶。

5804 南社汪文溥，以诗文名，实则其兄文汉、文海，其弟文澍，均治学有成而名不彰。

5805 赴法国学美术之留学生，以吴法鼎为第一人。吴号新吾，河南信阳人。

5806 薛佛影为细刻老前辈，能在一小牙章上刻《前后赤壁赋》，一小晶章上刻《桃花源记》，见者咋舌。其细刻曾被美总统里根所赏。

5807 上海文史馆馆员吴拯寰，与其妻之死仅差五日，且均死于下午六点五十分，一同殡殓。

5808 中医有程门雪，擅书法，卒于一九七二年八月。别有程雪门，则年长于程门雪。

5809 钱荷百曾见吴中金心兰所绘梅花四条，甚精工，上款为"逸梅"，不知此逸梅为何许人。

5810 上海旧有台湾路，名票友徐凌云居三十八号，其弟贯云居三十九号，凌云之外甥沈苇窗居三十七号，因此过从甚便。

5811 王贵忱藏古泉，因喜集古泉家之手迹，得杨继震之亲笔札记《差不负古斋论泉杂稿》，凡数十则。此稿本乃容希白（庚）于三十年代初得于北平而转贻贵忱者。继震为清光绪间人，号又翁，又号齐轩道人、半缘道人，著有《百尺梧桐阁诗选》二卷行世。其泉拓现藏北京图书馆。

5812 钱叔厓游黄山归，自署黄山采药客。

5813 徐鬘仙女士，著《鬘华室诗稿》，乃小说家赵苕狂之母。

5814 "左联"五烈士之一殷夫，曾在上海同济大学读德文，学名徐文雄。

5815 常熟季今耇，名厚焘，字瀛山，与张敦斋齐名画苑，但作品极少见。

5816 李定夷撰小说，有李著十种。其中《湘娥泪》被书贾翻印，改为《春闺人梦》，《廿年苦节记》改为《薄命花》。

5817 朱江著有《扬州园林史》，为油印本，印数不多，殊难见到。

5818 冯柳东之《八砖五斋图题咏册》，有阮元、王大钧等题识，藏沈淇泉太史家。后散出，归富铁耕所有，再加金兆蕃、王蘧常、朱大可、金敬渊等题。

5819 癸卯举人步章五，号林屋，为海上寓公。喜捧角，女伶拜之为义父者，先后凡百人。时大世界剧场，有潘雪艳者，姚冶多姿，演艺又绝佳胜，步称赏之。常邀朱古微、况蕙风、吴昌硕辈，顾曲为乐，朱、况、吴力为赞誉。步提议雪艳兼拜三公为义父，且设宴况家，举行仪式，昌硕撰七古一首以纪其盛。蕙风于席上撰成二联，请古微、昌硕各书其一，并指定昌硕作行草，讵知昌硕生平罕作行草联，而以篆书应之。蕙风大不怿，认为昌硕故逆其意，有失面子，从此与昌硕不相往还。

5820 南社老社友存世不多，浙江乐清朱铎民，字镜宙，年逾九十，寄迹域外，有录示其诗一首："天涯草草一劳人，愿与烟霞结比邻。寄语山灵坚后约，十年迟我苦吟身。"

5821 常州恽宝惠诗人，晚年遵医师言"切戒用脑"，因此并亲友来信，一概置诸不复。

5822 陈景溪有"人与诗俱瘦"句，堪与"人与书俱老"相埒。

5823 陈佩忍谈诗，谓"诗戒诗蠹、诗浑、诗佣、诗盲、诗匠、诗淫"。薛一鹗复益以"诗奸"，作《诗奸篇》。

5824 清代以科场案见法之大学士柏葰，为蒙古巴里克氏。葰读作"绥"，义亦同绥，今人往往读作"俊"，实误。又清侍读学士延子清，亦蒙古巴里克氏。其孙柏仰苏，为农业科学家，亦为西北著名古汉语学者，工诗，五、七古尤佳。

5825 影印《寒云日记》之刘少岩，为浙江嘉兴人，上海圣约翰大学毕业，一九四四年逝世。抗战前，曾任汉口既济水电公司总经理，此后为沪上寓公，以收藏书画自遣。

5826 于省吾斋名"泽螺居"，别署夙兴叟，老而弥健。

5827 阳波阁词人江蔚云，居嘉善西塘镇，有所谓江南第一村者，明周器伯之故居也。器伯尝与沈启南、吴匏庵为诗侣，著有《土苴集》。黄宾虹绘《江南第一村图》赠蔚云，缀以长跋，蔚云更请林山腴题之。

5828 杭州某监狱壁上有书"杭辛斋到此"数字。及辛斋入狱，见此大讶，后知为某所书，深佩其有先见之明，及出狱，乃从之为师。

5829 江西景德镇画瓷家毕伯涛，安徽歙县叶村人，邑庠生，工诗善画，与王琦、王大凡等称"珠山八友"，誉满海内外。伯涛子渊明，承训鲤庭，长期研治陶瓷美术，精金石书画，又工韵语，才艺出众。在瓷器上画虎，悬崖腾挪，飒然生风，极生动雄迈之能事，因有"毕老虎"之称，年近耄耋，深感逢兹盛世，自署至乐老人。王大凡，其外舅也。

5830 南社烈士范鸿仙墓，于一九八三年初，发现在南京中山陵东侧，孝陵卫附近。

5831 陈仲陶由林庚白夫人北丽介绍，识柳亚子，籍隶南社。

5832 朱丙寿与吴郁生（蔚若）相稔。丙寿与人书，对郁生有微辞，如云："蔚若侍郎，颇有官气，信去不见答。"又云："蔚若久不通问，书信向不酬答，故八行稀疏也。"

5833 闽中诗人林纫庵，寄寓吴中，与费仲深比邻，因有句云："买邻待乞长房药，人坞行寻子畏花。"所居桃花坞，唐子畏故址也。

5834 范滋德，研究苍蝇三十余年，著有《苍蝇研究法》一书，现任上海昆虫研究所蝇类组领导。

5835 一八九七年，大清邮政发行红印花加盖小壹元之邮票，举世仅存一枚，且流在国外。一九四四年，集邮家马任全，斥一千美金购回，为中国第一珍贵邮票。一九五六年，马慨然献诸公家。

5836 海盐朱南田有诗云："野花不上群芳谱，也向东风岁岁开。"因名其诗稿为《野花集》，钱君匋为题签。

5837 林乾良收罗信封，有徐自华致秋瑾者。

5838 上海有题襟馆，杭州西泠印社亦有题襟馆，匾额出于金吉石手题，时为甲寅六月。吉石名尔珍，号苏盦，浙江秀水人，著有《梅花草堂诗》。子颂清，奉伊斯兰教，颇有文名。孙祖同，字寿孙，号殷尘，擅版本金石之学。次孙贵南，亦喜文翰。贵南出示其祖父吉石画像照片，乃任伯年手绘，体硕微髭，御长衫，立于峰石畔，清致洒然，为伯年得意之笔。原件于五十年代，以家境艰困，售给汤临泽，一自临泽下世，此像不知流落何处矣。

5839 平湖许白凤工篆刻，曾为钱锺书之西友高尔曼与耿德华各刻一印，又为藏族儿女治印百方。西藏女名歌家才旦卓玛，便是其中之一。

5840 著《江南园林志》之童寯，生平不乘人力车，认为有乖人道主义。

5841 汤志钧生于甲子岁，其孙亦甲子生，委题一名。我为取"循周"，谓循环一周甲也；又其外孙同生于甲子，再为题名为"子缃"，因志钧女服务图书馆，缃帙缃素均与典籍有关也。

5842 郭若愚喜赵古泥印，凡所见，一一摹为副本，收存达数千方。若愚治甲骨文，有名于时。

5843 雷君彦，名瑊，华亭增广生，肄业松江融齐书院，任松江县立图书馆馆长，凡二十余年，于地方掌故，甚为博洽，卒年八十有六。

5844 高梦旦每登丘岭，辄雇肩舆代步，蒋竹庄称之为"无足游山"。

5845 黄孝纾居青岛，执教上庠，工骈文，又擅书画，且常以崂山作为画范，钤一印"辽海军侨"。人不知其取义所在，实则彼原为汉军旗人。

5846 张厚翼藏何绍基所书《千字文》手迹一册。适上海淀山湖布置大观园，所有馆轩匾额，厚翼一一钩摹以镌木，殊为古雅。

5847 夏映厂为当代名词家。叶誉虎评曰："当世词坛尊宿，映厂合继王（半塘）朱（古微）。"识者以为公论。夏于一九五三年五月十四日逝世沪寓，享年七十九岁。夏于诸门人中，最器重何之硕,疾革,犹询前往探疾之李释堪:"之硕为何不见?"李漫应之曰:"恐在途次,即将到矣。"夏既死,之硕知之大恸。

5848 崔尔平以其家藏蕉叶白砚委作一铭,爰撰四句以应之:"艺林沾溉,奕奕煌,著书千载,寒星有铓。"高式熊镌刻,自属能手。盖砚为其先祖崔来凤之遗物。来凤名桐,明正德年间人,世居江苏通州(古称静海),善书法,神似黄山谷,浙江图书馆犹藏有崔桐手书墨迹。斋名长啸阁,砚即长啸阁旧藏。相传崔桐应试,乘舟赴京,水次忽鲤鱼跃入舱中,舟子曰:"鲤鱼跳上船,相公中状元。"舟子妇曰:"得中探花,也就不错了。"后果为探花。

5849 沈鹏年撰《孙武生平初探》一书,彼在太湖流域一带,访得寺院一百二十所,其中有孙武像者,约二十尊左右,惜都残损;又采得渔歌数十首,均涉及孙武,乃录存之,真有心人也。我赠以一诗云:"钟灵毓秀洞庭东,问俗殷勤又采风。千载服膺孙武子,一生低首树人翁。"盖彼对于鲁迅,颇有研究也。

5850 京剧女艺人袁美云,幼年貌似陆小曼,小曼喜之,认美云为寄女。

5851 方重审一度客袁项城家,擅文翰,家藏其先人方密之画帧,稀见之品也。

5852 明刻《十竹斋书画谱》,传本甚稀,坊间出售者,多为翻刻本。吴静安却藏有明刻《十竹斋书画谱》一册,虽非全帙,亦殊可珍。高野侯为作题跋。

5853 衡阳萧俊贤,晚年寓沪卖画,施南池慕之深,欲从之为师,由谢公展介绍,时方炎夏,俊贤曰:"俟天凉时再说。"及秋冬之间,谢又代为请之,俊贤又曰:"俟天暖时再说。"一再因循，公展殊感不豫，曰："允与不允，一言可决，何推诿如此！"俊贤谓："容一个月后答复。"既而俊贤询其老门人姜丹书："施之品德如何？"丹书立谓："施虽翩翩年少，而品性笃厚，无时下气习。"而施遂得列其门墙。一九四九年，俊贤逝世，南池哭之恸，悬其师遗像于室，以示终身不忘。俊贤女弟子，以常州屠实格为第一，但屠临摹乃师画，得其苍劲浑厚，可以乱真，奈不能创稿，以视南池，似逊一筹。南池早年名翀鹏，著有《中国名画观摩记》《中国画学习法》，今犹掌教上海师院。

5854 陶渊明《五柳先生传》，有"葛天氏之民欤"一语。清江都竟有葛天民其人，葛字圣逸，一字春台，精易象，通医学，慨然矢心济世，博采名山宿老诸遗编，聚书万卷，著《伤寒集注》十卷、《针灸图》四卷。

5855 李玉茹谈京剧，谓："现在有的观众，看惯了电影，就不喜欢观京剧。其实京剧也是建立在生活基础上的艺术真实，给人的感觉，比真的还要真。"

5856 最近购得《墨缘忆语》一册，为江阴章作霖之手稿本。作霖著有《润园诗词钞》，均未刊行。忆语所谈，皆人物掌故。所惜者，有若干条目，未及撰记，成为有条无文。

5857 易仙城，闽中收藏家，有仇十洲白描佛缘图。时胡朴安客闽，易出图请题，朴安悬诸壁间，观赏竟日，几忘饮食。

5858 祝心渊，为祝允明后裔，抗战前，任职苏州县政府；能文，思想新颖，与章太炎投契，为刻《訄书》于苏州毛上珍刻书铺。

5859 军阀韩复榘藏岳飞手迹一卷，乃大内物。韩不之重，后赠蒋伯诚。

5860 张雪雷,乐清诗人,籍隶南社,早年曾为国会议员,愤于政局日非,慨然归隐,热心慈善事业;解放后,被聘省文史馆,动乱时辞世,年逾九十。

5861 蔡晋镛著《雁邨词》,为木刻本,吴梅题签。我读书草桥学舍,晋镛乃前任校长。

5862 李毅士初入英国皇家美术学院,后转入英国格拉斯哥大学学物理,为争取公费,非其所好。

5863 吴中怡园主人顾则扬,号公雄,初居尚书里,为明吴宽旧宅,既而迁居胥门内朱家园,则宋代朱勔故居,公雄植梅及红豆树其间。抗战时被敌机轰炸,藏画颇多损失,乃携家逃蠡墅,旋赁庑沪上爱文义路(今北京西路)爱文坊,与杨无恙、瞿凤起结邻,常相往还。

5864 宋云彬用龚定庵语,刻一印"著书都为稻粱谋"。

5865 孙振麒,字表卿,清季奉化举人,著有《半山庐诗稿》,因结庐山腰,且又喜王半山诗,遂以"半山"榜其居,年九十八卒。人询其养生之道,曰:"不多进食,稍有不适,即饿以憩息。"

5866 张尔田出门,不辨方向,常以一仆随行。抗战时,生活拮据,售去其所藏书画典籍以自给。

5867 福州宾馆,为龚易图环碧轩故址。当时,龚一度质于他姓,及赎回,撰联张之云:"绿波照我又今日,红树笑人非少年。"

5868 汪孝文辑《渐江资料集》,谓"渐江卒于康熙二年"。俞运之题《渐江画册》,小引云:"此册苕上章紫伯定为无上逸品真迹。柔兆敦牂岁遇厄,被弃于地,幸未损阙。册内有辛亥大小三印,时为康熙十年,渐江尚在世,传已前卒者,实记载之误也,赖此孤证,以正僧腊,两字印文,重逾贞珉矣。"

5869 有署名废名者,实则冯姓名文炳。有署名匿名子者,实则为穆时英。

5870 庄蘩诗,名闲,工书,曾手写《法华经》,影印行世。

5871 陈澹庐少时,暴戾恣睢,动辄与人斗殴,既而折节读书,且治篆刻,成为名家。

5872 罗家伦有才而无仪表。

5873 唐季珊,乃茶商唐尧卿之子,娶电影明星张织云,偕之赴美,推销华茶。在美国报刊上登一广告,有云"中国茶叶皇帝与中国电影皇后同来美国",借以宣传。

5874 海军总司令杜锡珪,与顾水如为棋友。

5875 清光绪间,石印《康熙字典》,所增篆文,乃毛承基手笔。

5876 沈知方为书业巨子,曾与王均卿合办国学扶轮社,与沈骏声合办进步书局,与陈立炎合办古书流通处,与屠思聪合办舆地学社。

5877 为世界书局绘制教科书插图者,乃陈丹旭、章育青。

5878 谢兴尧籍隶南社,笔名尧公、五知,尤特殊者,为老长毛。

5879 张美君精绒绣,曾绣世界各国领导人肖像,又用六百种颜色,绣成九十厘米阔、六十二厘米高之挂毯,魄力远胜于当年之沈寿。美国里根总统来华访问,上海市政府即以绣毯为赠礼。

5880 袁清平提倡啜粥,有《啜粥谈》,略谓:"溽暑困人,脏腑疲病,怕登饭颗之山,宜啜瓦铛之粥。每于晚风凉院,箕坐胡床,一盂盛来,佐以瓜豆,徐徐而啖,口腹爽快,努力加餐,无待敦劝。"我谓老年人宜三复之。

5881 翁闿运谓"历史乃最高之政治课本"。

5882 陈名珂主持陶社,时有诗酒之会。中秋前十日举行者,名《借中秋集》;又重九后举行者,名《展重九集》,均收入《陶社丛编》中。

5883 张寿甫为松江耆宿,谈及松江有"二陆",即晋代之陆机、陆云。普照寺为陆机别宅,当陆机遭祸,其女梅花投井死,故寺中有梅花井。后人在井之四周,别浚四井,形似梅花,以符梅开五瓣之意。寺中附设二陆祠,今则辟为工厂,旧迹无复有存。又是地有三泖九峰之胜,九峰之一机山,以陆机而得名;横云山,以陆云而得名。

5884 桐城文后劲吴挚父,榜其庐为"矮栝居",盖其庭院有一古栝,大且十围,高不逾垣,故名。按栝,俗称白皮松。

5885 吴中收藏书画,当推过云楼顾氏。顾文彬所藏目,以吴道子人物压卷,实则无此画也。鹤逸所藏目,则以贯休压卷。解放后,鹤逸媳妇沈同樾以所藏捐献公家,上海市博物馆特举行过云楼书画展,贯休幅却未展出。同樾讶异之,既而始知贯休幅,由专家鉴别,非真迹也。

5886 李眉生鸿裔,光绪十一年八月,卒于吴中网师园。

5887 日本人山崎,致力研究中国越酿,获得博士头衔。

5888 杜枚叔,八月初六日生,每岁逢是日,辄作自挽诗,钤有印章"乞食生涯"。

5889 世传曾子固不能诗,方植之所著《昭昧詹言》,极推崇子固,谓"诗足比美韩黄"。

5890 沪西南翔镇之古漪园,经修葺,踵事增华,游者更多。园乃李长蘅从子李缁仲别业。

5891 王式金过桃源县白马渡,有句云:"舆中不敢搴帘望,人在悬崖影在溪。"其险可知。

5892 休宁吕佐，字西崙，号卓亭，工画金鱼，灿灿欲活，颇自珍，不轻与人，然久之遂多，其跋语数卷，题曰《在藻集》。

5893 陆念先畏水，偶乘舟，则狂饮取醉，重衾蒙首，闷卧舱中，及登岸认为复生。

5894 温应时，为一如之子，掌教教育学院。当年我参加南社纪念会之宴，与一如同席，相互交谈。一如则廷敬嗣君也。

5895 张原炜著有《无相居士日记》数十册。张生于光绪庚辰五月十五日，卒于一九五〇年庚寅二月十二日，享年七十一岁。

5896 印度泰戈尔，一度来华。姚茫父演泰之诗意，成五言二百五十六首，名《飞鸟集》。

5897 曩年襄阳公园茗叙，座有萧伯逢，名郎，字鸣骐，六桥三竺间人。我七十生辰，彼犹作诗为寿，著有《萝月盦诗钞》。其死状殊惨。彼居沪东四川北路，一日，步行衢阶间，忽一不谙驾驶之汽车司机失控，横冲阶沿，水泥路牌顿时摧毁，伯逢被压，首部受重创死。市虎杀人有如此。

5898 淮阴有"三范"，为范冠东、范绍曾、范希曾三昆仲。冠东治周秦诸子；绍曾攻物理、化学；希曾字耒研，善古文辞，为张之洞增补《书目答问》，又佐柳诒徵为南京国学图书馆编目，一九三〇年去世，年三十一。绍曾貌不扬，颇有一赘疣，我与之同事某校。逝世时，亲往吊之，年五十左右。

5899 上海旧时有一测字者，称"小糊涂"，生涯甚盛，人不知其真姓名。友人有与之相稔者，为告其人为陈兰萍，喜读老庄书，颇有心得。

5900 缪艺风、况蕙风、方药雨、吴微雨，呼风唤雨，俱有广大神通。

5901 朱朴，号省斋，初在沪上，常趋晤吴湖帆；及在香港，随张大千游，得知六法，且复笃好，撰有《省斋读画记》。

5902 南海孔氏，有三十有三万卷楼；巴陵方氏，有碧玲珑馆，均以藏书著名。金武祥谓："风雅之事，亦非孔方不为功。"缪艺风以为谑而近虐，贻书为规。

5903 金匮俞芝田，名敦培，有"海棠红得可人怜"句，何悔余以"俞海棠"呼之。芝田有《酒令丛钞》四卷，亦别裁之作。

5904 赵味辛故宅，在江阴迎春桥之南、唐家湾之东。宅内有欠山阁，毁于兵燹。

5905 叶友聪，字则庵，蒙古诗人三六桥谓"叶则庵可对花之寺"。盖清罗两峰画家，别署花之寺僧也。

5906 汪洵，字渊若，为名书家。其从弟汪兰皋，乃南社诗人，亦工隶书，以长毫作云峰山擘窠大字，尤为卓绝。

5907 宗臣《报刘一丈书》，力揭乞哀昏暮之官场丑态，可谓淋漓尽致。宗臣为明嘉靖进士，其所云云，无非斥诋奉承严介溪者。清代郑日奎，有与邓卫玉一书，写官吏上谄下傲，与宗臣书，有相类处，殆不谋而合欤！

5908 作家夫人坠楼而死者，前有袁安圃，后有陆澹安，十年动乱，樊伯炎夫人庞左玉，坠楼死。太史沈淇泉女沈玉还，坠楼未死，以伤重，不久亦死。

5909 科学家刘鼐，乃英国留学生。"文革"时，强之作检讨书，彼不善中文，而以英文代之，在检讨书中别具一格。

5910 高天栖斋名"抱琴室"，实则家无桐材，所谓琴者，其妻名也。

5911 红学家冯其庸，能绘事。

5912 吴江徐江庵，名涛，有《话雨楼诗草》，郭频伽手录成册。蔡哲夫于京师厂肆购得，南社诸子醵资付诸石印，凡一千本，分贻社友。江庵家有海棠花砚斋，郭频伽、顾竺生、沈瘦客等，常觞咏其间，引为乐事。江庵诗，尚神韵，如云："残月如钩云似海，仙山风露太清寒。"

5913 无锡荣涟，号听松山人，自扬州归，失去行笈，其二十年来历游诗草，适在行笈中，大为嗟惜，作《招诗吟》，小引云："贾岛有祭诗之情，予今有失诗之憾，吟魂若返，酹酒招之。"而无独有偶者，亡友周拜花，寓女婿家，诗稿杂置衣包内，所居湫隘，且复沿街，衣包被窃，诗亦随之，为之怅然。

5914 吴用威著有《蒹葭里馆诗》，其所用印章，出于方泽山手刻。泽山，扬州大名士方地山之弟。

5915 郭协寅，号石斋，临海人，著《三台书画志》，刻一印"小桥流水即沧州"。

5916 林贻书深慕陆放翁之诗才，因号放庵。某日，于骨董铺见改七芗所绘之一树梅花一放翁扇，画中放翁与彼之神情毕肖，即购归藏之。

5917 何刚德，丁丑会试成进士，受知于宝佩蘅，故其所著《春明梦录》，颇多述及佩蘅之往事。

5918 周春，号黍谷居士，喜渊明诗，曾得宋刻陶诗与宋刻《礼书》，颜其室为"礼陶斋"；后以贫故，出让《礼书》，改颜其室为"宝陶斋"；后又出让陶诗，又改颜其室为"梦陶斋"。

5919 李一山一度官山东泰安府知府，刻一印"太山太守"。

5920 武进邵子湘，号长蘅，为宋牧仲弟子，书法绝遒秀；晚岁，搦管手颤，字迹欹斜，与前判若两人。

5921 沈北山为清季翰林，以触忤权贵，被系入狱，当时有人为书一联："牢中旧太史，天下大忠臣。"

5922 杜云川太史，与天钧上人、听松道士荣涟，交莫逆，号九峰三逸，杨子唯、胡汀鹭为之各作一图。

5923 汪铸之，工诗文，善书法，有《责子书》，乃训其子静盦者，李超琼等为之题咏。及传至其孙毓珉，《责子书》幸尚完好，题咏已无存，乃重加装裱，请诸健秋绘《责子书图》，汪星伯、沈子丞、朱孔阳、潘景郑、沈延国等补题。

5924 郑毓修，粤东人，曾任上海法院院长，卸职后，充任律师，为女律师第一人。

5925 词人廖忏盦，字凤舒，首任我国驻古巴公使，娶古巴女为偶，女精烹饪，善制古巴红花饭及葡萄牙烧鸡，风味独绝。一九三八年秋，午社词流在沪上安登别墅雅集，时廖氏已返国，乃与夏敬观、吕贞白、夏瞿禅、冒鹤亭、林䂬庵、何之硕等参与其盛，廖妻即以红花饭、葡国鸡享客。廖云："古巴红花，高数尺，花时色泽绛丽，异香悦人，有补血健脾之功。红花煮饭，盖传自当地土人者。"廖氏著有《半舫斋词》。

5926 朱绍良（一民），其先为江苏武进人，祖父营商业，迁居于闽，遂为福建人。绍良早习兵家言，擅智计，权奇自喜，北伐时，任国民革命军总部参谋主任。平居颇自矜重，不苟言笑，诸将领咸敬惮之，称之为老大哥。又能诗，其任西北行营主任时，组织僚佐之能诗者，为千龄诗社。绍良任社长，扢扬风雅，迄今陕、甘、青各地，尚有社员存者，皆皓首苍颜矣。绍良夫人，为贵州花氏，有殊色，并精射击。

5927 华侨作家周颖南，福建仙游人，乃翁子溪，开风气之先，在仙游办振文学校，迄今犹有"仙游陶行知"之称。当时以提倡新学，遭当局之忌，勒令停办，学校有风琴一座，乃移置家中，距今数十年，尚保存不失。颖南能弹琴，其女亦偶或弹奏，三代相沿，成为传家之宝。

5928 无锡裘葆良，著《可桴文存》，而在戊戌变法前后，乃提倡白话文，谓："愚天下之具，莫文言若；智天下之具，莫白话若……文言兴而后实学废，白话行而后实学兴。实学不兴，是谓无民。"盖桐城文风靡一时，未免作矫枉过正之谈也。

5929 常州董授经喜购拓本，有时并碑石而罗致之，人称"书迷变石迷"。

5930 金石寿擅金石，工书法，为金免痴哲嗣。免痴名继，书画助赈之创始者。

5931 上海城隍神为秦景容，号蓉斋，元至正四年进士。景容亦擅书，杨东山（逸）辑《海上墨林》且列入之。有《祝大夫碑》即出景容手笔，惜是碑毁于清咸丰十年，旧家犹有藏其拓本者。秦伯未，景容后人也。

5932 袁希洛（叔畬）我师，画山水，不用宋元人画稿，却喜出所藏各地名胜风景照片，随意取一峦一壑，一木一石，而自具妙致；间作松梅，亦高逸雅澹，一洗时下画人之习。

5933 梁溪郭子韶，工篆籀，所用印，每以手绘，称为绝技，载《无声诗史》。按吾友蒋吟秋，亦能手绘印文，一如石章所钤。

5934 许荔汀富收藏，有陈喜所作芦雁，极荒寒萧瑟之致，据云："陈喜字仲乐，明太监，阉宦而擅艺事，不多见也。"

5935 朱铭新，为画家蓉庄子，擅八法，髫龄即能对客挥毫，作楹联古浑可喜，因有"神童"之号。及壮有所作，辄署园丁，按书家之署园丁者，有朝鲜闵泳翊，本椒房贵戚，国亡，避地沪上，以翰墨自娱，所居曰"千寻竹斋"。书学颜平原，擅画兰竹，笔气雄健。逢星期日，招书画名流，宴集寓庐，流连文翰以为乐。铭新曩居爱俪园中，休沐日，亦常邀诸诗文友，觞咏于林泉胜处，我亦一度为桃源问津客也。

5936 周桂笙译西文，为时较早，曾云："凡译西文者，固忌率，亦忌泥。"

5937 越南胡志明，曾从我国顾留馨学太极拳，治愈其失眠症。

5938 凌榆山官司寇，擅画梅，但知者寥寥。

5939 沈砚民一作迪民，参加辛亥革命，署名高山独立郎，后居吴中德寿坊自得斋，潜心学术，撰有《高山忆旧录》二十卷、《别录》二十卷；自谓"八次东渡日本，从孙逸仙、章太炎、陶焕卿、黄克强、宋遯初诸君游。阴结光复会，参加同盟会，誓志反清，外御列强，冒白刃，遭追捕，入囹圄，历尽艰险，而革命之志，始终不渝"。《高山忆旧录》手稿，现藏其哲嗣沈延国家。

5940 我吴画家袁子辛，人物花鸟，尤为所长，尝语人曰："鬻画之资，虽非造孽钱，然订画例，较铢锱，余不屑为也。"其子培基，号雪庵，继承家学，息影灵岩之麓。某岁，我与但杜宇同往访之。

5941 《海上墨林》载："程怀珍，字味蔬，工诗文，善山水，宗董北苑，意致淡远，一洗闺阁铅华之习。"按怀珍诗，更稀于画，敝箧却藏有其题《红藕香中顾曲图》诗一律，写作俱佳，钤印二：一"绣余"，一"味蔬女史诗画"。

5942 高僧印光法师，信笺特制，上有永明大师偈语。

5943 顾炎武手迹不易见，昆山县图书馆藏有其所书楹联，句云："鹤从珠树舞，风向玉阶飞。"字极秀润。王蘧常汇注《顾亭林诗集》，乃借之印于卷端。

5944 虚云法师，曾收美国女子詹宁士为皈依徒，为取法名宽宏。

5945 杨笃生主《神州日报》笔政，所作社论，影响社会甚大。当时有人称之："公之文欲天下哭则哭，欲天下歌则歌。"

5946 江瀚讲学山西，诸门人为筑居舍于晋祠旁，颜为"难老别庄"，以媲美俞荫甫弟子为乃师筑俞楼于西子湖头也。

5947 文徵明有《铁干寒香图》卷，长三尺余，并书《梅花百咏》于后，几达二丈，如咏古梅、早梅、绿萼梅、东阁梅等，最后为纸帐梅，我以"纸帐铜瓶室"为斋名，颇以未能目睹是卷为憾。

5948 济宁狂士李汝谦，玩世不恭，喜搜罗奸佞书画，所积殊多，常以炫人。有万其谊者，汝谦作联以谑之："一十百千，尊姓应登流水账；乡寅年戚，大名常见报丧书。"

5949 张仲仁游云南曹溪寺，寺供杨升庵像，同游者均谓仲仁状貌有类升庵，仲仁即立在升庵像旁，摄一照相。

5950 钱冲甫为应溥相国子，名士气重，不谙人情世故；赴友人家宴，及下箸，往往嫌肴馔之寡薄，甚至谓某某应时之鲜品，不登诸鼎簋，抑何俭苦乃尔！

5951 周亮夫恋白秀霞，未成佳耦，因撰《忆霞曲》，载《南社丛刻》。

5952 刘宣阁有"春灯词人"之号，写日记，数十年不辍。

5953 朱天梵，字伟长，别署银墙修月词人，书件辄署"作于寥天诗境"。

5954 沈韵初好书画，藏有《北苑夏山图》，因榜其居为"宝董室"，后专意金石，割弃名迹。

5955 刘惜闇谓："作书，与其说运笔，无宁说运墨，盖墨与人见，笔与人违也。"

5956 汪兆铭喜王虚舟篆书。

5957 杨彬瑜笔名中中，为民国初年名记者，因捧名旦荀慧生，更名怀白，盖慧生艺名白牡丹也。

5958 丁文蔚工画折枝花卉，冯文蔚亦擅丹青。若仅署文蔚，则不知孰为丁作，孰为冯作。

5959 华侨胡文虎，设虎标永安堂以营商业，居宅门前，有石虎以为广告。在香港时，由南洋运来虎头汽车，驰行通衢，引人注意。闻蓄有张善孖画虎多幅。

5960 但二春，有"东方贾克柯根"之号，盖电影小明星也；生于某岁，适两头春，因名。

5961 丁云轩为应科举试，熟读八股名文三千篇。

5962 宣古愚别署黄叶翁，闭户著书六十年，有诗文，有金石书画泉币等考证，凡四十种。

5963 李准字直绳，清季官广东水师提督，曾被刺，未死。其人善篆书，"十三经"手篆其八。

5964 叶楚伧一度任上海大学中文系主任，以彼作《古戍寒笳记》《蒙边鸣筑记》，作为学生课外阅读本。学生创作小说，择优刊登《民国日报》副刊《觉悟》栏中。上海大学当时多名教授，如李大钊、瞿秋白、蒋光赤、邵力子、章太炎、恽代英、蔡和森、张太雷、沈雁冰、高语罕、萧楚女、陈望道、刘大白、邓中夏、汪馥泉、杨杏佛、戴季陶、张君劢、朱湘、周越然等，于右任为校长。著《太阳照在桑干河上》说部之丁玲女士，即该校学生。

5965 桂南屏官严州太守，曾取东坡句"哀此狱中囚"自刻一印，以示怜悯罪人之意。

5966 江都画家林雪岩，名玉，赵叔孺弟子。偶阅蒲作英《芙蓉爇余草》，则有《宿林雪岩先生鞠泉山馆》一诗，此林雪岩名寿椿，为别一人。又有吴氏青霞馆和乩仙诗，此吴青霞，亦非龙城女史以画鲤驰誉之吴青霞也。

5967 溥西园请陈巨来刻"妙吉羊龛"四圆朱文印，附札有云："妙字请刻女字旁，勿刻玄字旁，玄字系我家所讳之字也。"西园书此"玄"字，均缺末一笔。所谓避讳，清康熙名玄烨。

5968 杭州驻防旗兵，常侮汉人。妇女过其地，辄被戏辱，虽贵家女乘舆而过，亦被揭帘弄其纤足，曰"看小脚"。梁同书知之，一日访将军，故乔为女子足，露鞋尖于舆外，驻防旗兵果来，同书以告驻防将军，杖而严禁之。

5969 毕秋帆遗砚，不方不圆，任其自然，四周刻以云纹，背有铭曰："碧崖山上，一片紫云，中有良田，可耕可耘。如此旧物，的是可珍。"

5970 杜丽云有声红氍，斋额"金香馆"，出于太史公蓝云屏手笔。

5971 陈鹿笙居杭州息庐有年，治一印"西湖寓公"。

5972 王式园富收藏，尤以瓷器为精。病胃，进饭只半碗，每宴客，往往以己量衡人，饭亦以半碗进，客不能果腹，然又不便启齿，引为苦事。

5973 钱念劬（恂）致汪穰卿书，有谓"日使缺为马廷亮、王克敏所得，马、王两王八也"。后克敏果从逆，不齿于人。

5974 陈心田多常识，谓碎玉破瓷，可用鸡蛋一，去黄取白而胶合之，了无痕迹。

5975 田文烈与闵葆之手札，有云："请公于明日上午十二点钟前，枉莅寒舍便饭。饭后同往公垣赏芍药，随至中和听剧，李桂芬两出《十八扯》《赶三关》，卢月霞一出《白水滩》，皆甚佳，不可不早到。同座为吕生次篯，无外客也。"观此可见此老晚境之优游闲适。

5976 周养庵（肇祥），在北京西山卧佛寺西北之寿安山，就景筑园，有水源头、自青榭、退翁亭诸胜。退翁，乃清孙承泽（退谷）曾居于此，故名。又有鹿岩精舍、石桧书巢、水流云在之居，均当时吟啸作画之处。养庵卒，园归公家，以其地近樱桃沟，俗称樱桃沟公园。

5977 鲁迅墓前之雕像，乃中央美术学院教授萧传玖所塑造。

5978 姜妙香妻冯金芙，不演戏，而对戏剧颇有研究。

5979 陈灵犀之室名"猫双栖庵""常欢喜斋"。

5980 左孝同作书，常钤"恪靖侯第五子"。

5981 瑞莘儒平素不喜一班候补道。一日，遇一拂意事，适候补道某来见，瑞迁怒询之："你来干什么？"某不敢说回报公事，低声曰："给大人请安。"瑞力斥之："你哪里是来上衙门，分明在窑子里玩得腻了，来我这儿打茶围！"一时官场传为笑柄，每逢上衙门，辄戏称之为打茶围。

5982 孔令贻有一床，乃紫荆树根琢成，价值甚巨。

5983 曩年之电影名演员龚稼农，乃龚铭三之子。铭三，民国初年任国会议员。

5984 钱泰吉号警石，任海宁州训导，榜其寓为"官冷身闲可读书斋"。

5985 陈莲汀善画梅竹小品，晚年惮于命笔，却喜求人丹青点染。我藏有其致友书札，有云："闻吴江学广文先生，今任秦谊亭，前任赵季梅，均善画，未识容易求否？所要临池条目，附上两张，但只有写字，如其要画，照字倍之，并且老懒不高兴也。"所谓临池条目，即鬻书润例。

5986 黎庶昌，号莼斋，辑《古逸丛书》。其兄庶蕃，号椒园，亦能诗，然名不彰。

5987 印纽大都为蟠螭伏狮之状，杨忠明却镌恐龙，状态不一，别饶致趣。

5988 孙福熙笔名丁一，凡以笔划先后为次者，彼辄居第一名。福熙为孙伏园弟，能绘画，曾为我绘纪念册。

5989 陶渊明之《归去来辞》，及苏东坡之《前后赤壁赋》，为千古名篇。孙大雨译为英文，不但达其意，且兼及其风神与韵致。

5990 吴观岱教弟子作画，必先任之观旧迹，辨其真伪妍丑，谓"不如此，则入手便差"。

5991 邵伯䌹、高鱼占、吴晋川，三人均以书名，但作书不能悬腕，悬腕则书不成字。

5992 沈镜贤于学无所不窥，高吹万誉为不世之才，著有《泖东草堂笔记》，未见刊本。

5993 吴鉴，字沄庐，写隶书四十年不辍，后易名子复。

5994 平湖葛云威工文章，翁松禅谓"清婉绝类归熙甫"，二十九岁卒。其子昌楣，少孤，不知乃翁之遗范，遂踵其父执金蓉镜之门，乞撰家传。

5995 韦兰史思揭乩坛之秘密，乃伪装为虔诚信徒，请收为乩坛弟子，以充乩手。即斋戒六十日，跪诵《黄庭经》六十遍，遂为乩神守沙子。因此得尽知其秘伪，撰《乩坛黑幕》一文，连载《金钢钻报》。

5996 女画家中，待人接物最得体者，为李秋君。

5997 梁漱溟之父梁济，于民国七年十月初七日，投北京积水潭自裁，著有《别竹辞花记》《感劬山房日记》等数十卷。

5998 张梦飞为赵正卿弟子，能唱《珍珠塔》。赵乃私淑马如飞者。

5999 应宝时之孙女应懿凝，于一九三四年夏随其夫沈君怡赴德，出席国际道路会议，留欧凡六月，历大小十余国，撰《欧游日记》，初刊《晨报》，后由中华书局为刊单行本。

6000 倪高凤喜蓄红豆，著《南国相思录》。其妻吴玮卿有同嗜，饰品以红豆点缀之，有戏称之为"红豆夫人"，高凤倩人为刻一印。

6001 虞山旧山楼主人赵古椿，植红豆树。同邑赵古泥为古椿刻一造像印。

6002 郑岳字曼青，以丹青名于时，亦擅拳术，从之者众，客死新大陆。

6003 向恺然善撰武侠长篇小说，别署平江不肖生，与玉田赵焕亭（绂章）有"北赵南向"之称。赵以《英雄走国记》为代表，向以《江湖奇侠传》为代表。二人亦间撰笔记，赵焕亭有《今夕斋丛谈》，向恺然有《猎人偶记》及《变色录》。《变色录》专谈猛虎，更虎虎有生气。

6004 杨南村谈梅，谓"梅有六宜，宜月、宜雪、宜竹外、宜水边、宜清岩幽谷、宜土垣竹篱"，似《幽梦影》语。

6005 周叔弢藏敦煌卷子二百余件，悉献公家。

6006 蓝天蔚为辛亥革命元勋之一，能诗，绝少作，偶忆其两句："天地昏昏人尽睡，风尘仆仆我孤行。"

6007 距昆山不远有黄渡镇，章篆生居是地，辑《黄渡镇志》《黄渡诗存》。

6008 金坛于秋穆（定），为于敏中后人，文颇朴雅，顾不善韵语。

6009 奉贤庄潄润诗人，纳一箧室，字之曰"竹亭"，名其所居曰"湘秋馆"。庚寅岁，潄润应试礼部，书联榜于室中："玉关杨柳愁边句，金镜芙蓉梦里人。"未几，竹亭死，竟成语谶。

6010 周谷城与谭其骧，谈刊印古籍问题，其骧主张古籍不宜轻易加上标点，谷城大为反对，引起争执甚烈。

6011 女伶刘喜奎，以色艺双绝，蜚声红氍毹上，后嫁参谋部科员崔承炽，息影津沽。民国十二年，崔患病卒，喜奎服生阿芙蓉膏以殉。

6012 张彪不学无术，其秘书为柳煦春，乃一时名士。张香涛捐馆，张彪挽以二百数十字之长联，即煦春手笔也，联载《楹联新话》。

6013 皖诗人程炎震，号病笃，人以不祥劝易之，乃改署顿迟。《说文》释笃："马行顿迟。"

6014 山阳徐遁庵，以二十年精力笺注顾亭林诗，甫刊成，即选授昆山校官，每过千墩，必谒亭林墓以申祗敬。最近王蘧常有《汇注顾亭林集》问世。

6015 文文山后有樊樊山，同时尚有顾顾山。顾名奎，一字硕山，江苏甘泉人，同治乙丑进士，散馆授编修，擅绘事。史阁部祠有铁炮，为史可法遗物，顾绘《史公遗炮图》，图藏闵葆之家。

6016 朱芷青小疾，自梦不起，遂作书诀亲友，并以诗稿嘱为留存，不久果死。

6017 谢冶盦辟亭馆为匹园，自称匹夫。

6018 刘存仁曾考证牡丹之名,始见于谢康乐诗,以前均称芍药。

6019 顾若波之子敬斋,留学美洲,归国后寓居沪上二十年,生女名申,后号青瑶,为女画家之翘楚。

6020 张静江之女荔英,擅西画,为陈友仁继室。荔英之年龄,与友仁之子相差不多。

6021 潘有猷妻唐冠玉,学画于张红薇。

6022 螃蟹性寒,因此妇女有不敢多啖者,或问诸名医施今墨,施云:"只要爱吃,尽吃不妨。"

6023 曹汝霖晚年居沪西,生活豪奢,家有厨娘,但其妻喜自制佳肴,辄亲入厨房,汝霖为之布置。因此曹家厨房之精善,为任何富家所不及。

6024 钱叔盖之次子钱式,从赵悲庵习金石篆刻。

6025 粤中林应超,蓄古玉甚富,有"古玉大王"之称。

6026 黄受照与罗秀云,二人相恋四十年,六十岁后,由粤赴沪,举行结婚典礼。男傧相邝富灼,女傧相张竹君,年龄均六十岁以上。受照为岭南大学教授,秀云为西医。

6027 俗谓"桂林山水甲天下,阳朔山水甲桂林"。孙良翰遍游各地,及至黄山,谓"黄山不减阳朔"。

6028 陈巽倩名桖,嘉定人,同治甲戌赴州试,作春阴诗,有"杨柳楼台烟漠漠"句,主试谓"诗有画意",置前列。晚年无日不临《圣教序》,著《凤翥楼诗》,年七十二卒。

6029 袁香亭有句:"科头赤足徜徉过,一领蕉衫尚觉多。"脱略形迹,抑何可喜。

6030 佘山亦属旅游佳地。九溪樵子张叔通,撰有《佘山小志》,起沿革,讫峰泖诗文,凡十数项目。

6031 "五四"运动，学生围攻曹汝霖住宅，首先攻进曹宅并纵火者，北京高等师范数学系之匡互生。互生，邵阳人，后创立达学会。

6032 徐致靖晚年，为杭州寓公，嗜好昆曲，往往邀集曲友，月作数次游湖之会。歌声笛韵，激荡烟波，及夕阳西下，始尽兴而返。

6033 陈公博被系苏狱，常在狱中挥毫作书。一日，书一楹联，上联已挥就，下联尚缺两字，而狱吏来提，立即执行死刑。公博姑作从容，谓狱吏："请稍待，容我写毕下联，并题款盖印。"狱吏许之，但补写之两字，乃笔弱不称。

6034 叶廷琯晚年，以心气衰耗，戒不作诗。

6035 刘廷琛、胡思敬、李瑞清，有"癸巳赣榜三贤"之称。

6036 张子虞太史，钱塘人，供职白门，自谓独客如僧，颇堪习静，奈家人苦念，必欲相从何！时沈子梅官金陵，乃力助之，及子虞家属抵下关，遣役吏为之提囊负橐，子虞铭感无已。

6037 何振岱（梅生）诗名震闽中。其女弟子刘蘅居螺渚，有园一，莳花种竹，拥书习静，且事吟咏，著《蕙愔阁集》，陈宝琛、陈苍虬、许承尧为题序，沈剑知为绘《蕙愔阁图》；今尚健在，年逾九十，洵鲁殿灵光也。或比诸汪旭东有女弟子沈祖棻。

6038 石湖荡沈逸轩，风雅能文，屡邀我及潘勤孟、柳北野往听雨楼作客，并观元代杨铁厓手植松。我撰《古松记》，存于松江文管会。不意逸轩患肺癌，遽于甲子五月十六日不治死。北野诗以挽之，有云："小楼听雨烧红烛，古木题名贮碧纱。"

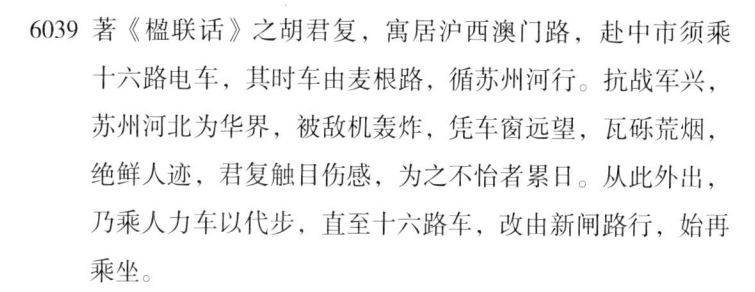

6039 著《楹联话》之胡君复，寓居沪西澳门路，赴中市须乘十六路电车，其时车由麦根路，循苏州河行。抗战军兴，苏州河北为华界，被敌机轰炸，凭车窗远望，瓦砾荒烟，绝鲜人迹，君复触目伤感，为之不怡者累日。从此外出，乃乘人力车以代步，直至十六路车，改由新闸路行，始再乘坐。

6040 丁敬唐任沪江大学一年级E班国文，因以郭汶伊为笔名，取其谐声也。

6041 吴承仕常赴一僻处静巷之小茶馆，细读《辩证唯物主义教程》，或问之，曰："我要用辩证法以整理我国之经学。"

6042 缪莆孙著有《由里山人菊谱》行世，缪为毗陵蒋克庄弟子。

6043 刘伯俨善制川肴，当时蜀腴川菜馆之名菜驰誉海上，伯俨均能仿制而胜之。

6044 廉南湖殁后，葬北京潭柘寺之左翊教寺，盖其旧居也。斋前海棠一株，忽由红转白，引以为异。

6045 郭竹书嗜红豆成癖，凡赠红豆者，辄书联为报。

6046 侯雪农幼孤，其姑丈王莐承，宦游直省，挈至署中，督课之，复为延盐山贾佩青授以经史，学因以孟晋。雪农弱冠后，负笈东瀛，继又从严几道、樊增祥游。易字疑始，主办《舆论报》，遂蜚声于都下。其妻乃廉南湖之堂侄女。

6047 蔡瀛壶，澄海人，贫甚，口不言贫，人亦鲜有知其贫者。

6048 吴霜厓《读画录》，题金孝章俊明手书诗卷云："闲房春草称幽怀，却羡君家小住佳。我自蓬莱三浅后，卜居犹得傍高斋。"注云："吴湖帆旧居，即春草闲房故宅，余家在闲房之南，相距甚近。"

6049 邓弥之幼有神慧,而思力沉苦,每吟一句,辄绕室百转。

6050 杭州西湖有刘庄,具佳景迹,主人为刘学询,当时购此庄,斥三十万金。

6051 李长傅著有《华侨南洋殖民小史》,有云:"宋亡于元,遗民之避地海外者,多趋南洋。华侨首至爪哇者,为宋遗民郑思肖,初到之地,为巴达维亚,居留之处,为八茶礶。其遗迹至今尚存,有诗咏之云,何须万里蛮荒老,志士山栖此已深。"

6052 李辅燿藏王惕甫小象砚,又王石谷小象砚。惕甫、石谷,二人神气相类,乃并拓若干份,以贻朋好。

6053 毛意香家藏牙印一,朱文"停云"二字,纽雕二小儿,一伛偻就地燃爆竹,一以两手掩耳,旁立观之,镂刻精致,神情毕露,盖文衡山遗物也。

6054 东瀛名士鹿叟,筑别墅于沪上四川北路,名"六三园",已废。周湘云仿之,辟园于延安中路,名学圃,今亦废。

6055 京剧女演员童月娟有摄影癖,每月摄影费,在生活支出中占主要一项。曩蒙见贻一帧,风姿嫣然,岁月不居,恐已美人迟暮矣。

6056 陈澹然著《异伶传》,独遗杨月楼,以其狭贵家女,骄奢放浪,流品不高也。澹然曾任齐耀琳秘书。

6057 秦岱源,别署申洁,撰《弋厂诗话》。光绪季年,与林琴南同掌教京师高等实业学堂。

6058 《申报》老编辑黄式权,晚年居南汇之周浦镇,选刊《海曲诗钞》三集。

6059 许醉侯与张寿薐,夫妇工韵语。元旦联句,醉侯云"检录旧时稿",寿薐云"抚摹新岁儿"。

6060 叶潄润家之白芍药,名种也,朱遯庸乞取分栽之,殊繁荣,花时辄邀友觞咏为乐。

6061 莫天一(伯骥),挥斥二十余万金,购书四十余万卷,编藏书目。

6062 刘醉蝶年逾九十,犹饮酒食肉,或问其养生之道,曰:"惟有三字——不动心。"

6063 蒋幼节长于金石考据之学,却痛骂包慎伯之《艺舟双楫》,谓:"所谈皆胶柱鼓瑟。其推重完白,以为直接秦汉,千古一人,尤为丧心病狂。"

6064 名旦角赵君玉嗜赌,临上场,始释博具,但其化装极神速,为他人所不及;又喜赤足,一次急于上场,不及穿鞋袜,乃低御其裙,借以掩蔽,观众均未发觉。

6065 胡伯翔为胡郯卿子,渊源家学,十八岁即来沪卖画,为各杂志绘仕女封面,颇著声誉。

6066 西画家胡瑞中,搜罗各种瓶盎,插折枝花,一切配置,甚为精究。

6067 康竹鸣某岁无以为生,乃为城隍庙司香火役,然每得余资,又复入小酒肆不醉无归矣,著《桴斋语业》。

6068 张豫泉晚年手颤,友朋通问,每令儿辈执笔,尤以长媳代笔为多。长媳乃陈子砺太史之女。

6069 何藻翔居槟榔屿,喜啖芒果鱼,是鱼于六月芒果熟时登市,故名。

6070 陈屺庐收得钱牧斋《绛云楼烬余书》一册,因名其居为"片云楼"。

6071 莫荣新任广东督军,晚喜临池,常写"横戈跃马想当年"七字以赠人。

6072 孔祥百嗜蓄画幅，抱重病，犹购胡公寿花卉四幅，悬诸病榻前，欣然自得，几忘病之在体。

6073 抗战时期，沪南城隍庙以交通阻隔，佞神者不便进香。电影导演张石川，即在吕宋路辟新城隍庙，用电影搭布景方式，简单构成，居然善男信女，纷来拈香瞻拜，石川大获其利。

6074 陈含光子陈康，治康德哲学，且通拉丁文，历任国内外哲学教授，晚居美国，颐养自得。

6075 南汇之周浦镇，以姚氏为望族，乡人有云："未有周浦镇，先有姚家厅。"后人姚养怡，我老友也，辑有《南荫堂姚氏丛刊》，可谓书香不替。

6076 张景翼藏书，钤"楚炬秦火之余"印章，乃柳北野刻，指十年浩劫，典籍什九被毁也。蒙景翼以《御制圆明园图咏》上下册见贻，亦钤是印。书为清光绪十三年七月天津石印书屋所刊，凡园中胜迹，如"镂月开云""九州清晏""天然图画""碧梧书院""杏花春馆""武陵春色""上下天光""茹古涵今""濂溪乐处""四宜书屋""接秀山房""坐石临流"等，共四十景，均有鸿胪寺序班孙祜、沈源所作图幅，且附御题诗。将来修复是园，此书可备借鉴。

6077 世知孙诒经、孙诒让能文，但绝少知其弟孙诒棫之能诗。

6078 阎甘园得元人《云山晚照图》，榜其斋为"晚照楼"。

6079 华绎之于艺事外，兼喜养蜂。

6080 毕子筠与王仲瞿为忘年交，曾登其烟霞万古楼，谓："楼凡五楹，轩窗明爽，水清木华，塔影风帆，近接几席。楼中图书卷轴，笔砚琴尊，金石彝鼎，笙箫剑戟，投壶弈枰之属，位置精雅。独无梯级，楼板上穴一圆洞，主人一跃而上，客至则挟以俱登焉。其址在秋泾桥东北髑髅滨，故相传其门联云'室中有碧水丹山，妻太聪明夫太拙；门外皆青磷白骨，人何寥落鬼何多'。兵燹后，鞠为茂草，遗迹荡然，今已改建四明会馆矣。"

6081 高络园藏太平天国钱九十多种。

6082 法国但维特神父为博物学家。国人王树衡从之学，精于剥制动物，为我国制标本之创始者，时尚在清同治年间。

6083 闽诗人林秋叶，曾任卢永祥秘书。

6084 姚公鹤撰《上海闲话》，王揖唐翻版，且据为己作，公鹤控诉之。

6085 汤子博有"面人汤"之称，不但能捏像，且能修补名瓷。

6086 桂绍盰为中华书局英文部编辑，同事马润卿博士患肺病甚剧，其时尚无特效药。医生嘱其去风景区休养，奈润卿家境清寒，彷徨焦急。绍盰悯之，即出其夫人妆奁珍品翡翠大金钱二出让，得价一千二百元，以七百元赠润卿，从事调摄，病竟获痊。解放后，绍盰应聘上海文史馆，一九八三年逝世，年八十五岁。有见其翡翠大金钱者，谓雕琢绝精，色湛碧莹润，投入水盎中，映盎水俱绿。二枚同质同形，色彩又相侔，尤为难得，真稀世瑰宝也。

6087 潘氏为吴中望族，世代书香，自潘芝轩（世恩）以下三世，入翰苑者凡若干人。潘谱琴（祖同）镌有一印"祖孙父子兄弟叔侄翰林之家"，盖有清三百年中未有能及之者。

6088 温丹铭著述等身，什九为稿本，未刊。关于广东者，有《广东宋元人物传》《广东明人物传》《广东清人物传》。粤中文献，惜无人为之整辑。

6089 文芸阁之《庐山诗》："晴日峰峦天子障，春云楼阁女儿城。"运用《水经注》典，融化迹象，诗中高手也。

6090 陈明良擅制印纽，运用较大之刀，既浑朴入古，又复流畅动人，且刻纤细之款，印纽刻款，为从来所未有。明良更以寿山石镌制古钱、水盂、茗壶，无不佳妙，今之巧工也。

6091 张冷僧闻合肥博物馆藏有王某所撰《鲍廷博年谱》，乃致函相商，录得副本，并告知专收年谱之秦翰才。

6092 王芝青工书画，应聘上海文史馆，我一度晤诸馆中，且同摄影。芝青为闽中王幼石女，幼石名福昌，清季留法国，具新思想、新习惯，归国后，每膳辄为西餐，芝青以土司、牛肉汤随侍。十岁，幼石逝世，由其长兄主持家业，长兄亦留学生。芝青幼慧，陈石遗见而喜爱之，教以诗古文辞，又介绍林琴南教画。石遗又为之作伐，适沈亮秋。亮秋，沈葆桢之曾孙，卒业日本庆应大学，任北京国务院秘书，于一九四四年病胃癌死。芝青之二姊王颖，嫁方声洞，从孙中山革命，黄花岗之役殉难，为七十二烈士之一。

6093 《红岩》小说中主要人物为许云峰，真名晓轩，与其夫人姜绮华，伉俪甚笃。绮华为文史馆馆员，生女德馨，以女科技人员资望，被举为上海市妇联会领导。晓轩胞兄瘦峰，能诗能刻，年近八旬。

6094 常州周企言（葆贻）有"秋深老树分三色"一句，隔数年，始对以"夜静疏钟荡一声"。

6095 常熟蒋志范（元庆），才思敏捷。某次与友人游杭，途经枫泾，枫泾土产"丁蹄"颇有名，购之。友人戏以"丁蹄"属对，志范自拍其腿曰："'蒋腿'如何？"盖金华"蒋腿"，亦有名土产也。

6096 何颛斋见告："满洲有八大姓，钮祜禄氏，译汉姓郎。舒穆鲁氏译汉姓舒。瓜尔佳氏译汉姓关。那拉氏译汉姓那。

完颜氏译汉姓金或王。富察氏译汉姓傅。费莫氏译汉姓费。马佳氏译汉姓马。章佳氏译汉姓章或臧。八大姓分为九姓，实则费莫、马佳乃同一族也。"

6097 香港某报载杨耐梅之照相二帧，一为在银坛享盛名时代，一为潦倒街头时代，相形之下，令人感叹。

6098 鲍琴轩在上海漕河泾办康健园，假山由吴中香溪严氏羡园搬运而来。鲍琴轩擅魔术，艺名科天影。

6099 施补华与人书，殊不满意戴望，有云："读书为人，分为两截。近来名士，大都如此，戴子高其一也，虽学综群书，名满天下，其实可谓之不通。读书是身心事，非口舌事、非笔墨事也。戴君至交，其人已殁，宜为掩覆，所以云云，欲发明读书之旨耳。"

6100 清末，粤中豪绅江孔殷，居恒坐立不安，人以虾公呼之，彼即别署"霞公"。军人李福林，出身土匪，某次外出行劫，适无手枪，以玻璃灯筒权充武器，同伴以李灯筒呼之。后李出任军职，乃以"登同"为别号。

6101 钱歌川曩时为中华书局编辑《新中华》，后赴新加坡，执教大学，今乃侨居美国，著英语参考书，如《翻译的技巧》等。歌川不仅邃于佉卢文，又为散文家。解放前，曾刊印《北平夜话》《詹詹集》《巴山随笔》《偷闲絮语》等。今年届耄耋，犹著《浪迹烟波录》《三台游赏录》《瀛壖消闲录》《楚云沧海集》，各地风光，尽收笔底。歌川为钱绍文之哲嗣，原籍武进，参谭茶陵幕，寄籍湘南。

6102 桥梁学专家茅以升之长女茅于美，工倚声，著有《夜珠词》《海贝词》各数十阕，合刊为《茅于美词集》。蒙惠寄一册，缪钺为作序，评之为"情思真淳，谨守韵律。如山中泉水，流为曲涧清溪，虽无壮阔之观，而有澄澈之致"。闻尚以英文诗体译李易安《漱玉词》，真所谓中夏奇葩，扬芬海外也。

6103 武进庄氏，一门风雅，世代不替，均擅文墨，长书画，实为难得。自庄澹庵善山水行书起，其二世南柳善行书，三世养恬善行书，四世然一善行书，五世苇塘善正、行书，六世适斋善隶书，七世筠巢善正书，八世卫生善北魏，九世心吉善隶书，十世仲求善正、行书，十一世思缄善北魏，代代世传，至十一世之久，国内殊少见。

6104 闽侯刘含章，擅山水松梅，寓居南京，榜其斋名"瑰琦书屋"，具林石之胜；好客，月举雅集，常至者，有傅抱石、汪旭初、张书旂、商衍鎏、陶心如、彭醇士、陈之佛等，均一时俊髦。

6105 有以"钱遵王、钱振锽，常熟常州，名士后先辉映"征对者，常州周佩玉对以"宋子文、宋之问，南越南朔，两先生今古流传"。可谓巧合，惜宋子文拟不与伦耳。

6106 武进汤建侯，为贻汾五世孙，继承家学，毕生致力绘事，擅工笔花卉，五色菊尤精美。七十六岁，绘《英华荟萃画册》，名花一百有二种，芳菲掩冉，有瑶台婵娟，非世间粉黛所堪比拟之概。是册现归公家保存。

6107 陈秀华善教京剧，名演员杨宝森、谭富英、刘佩君、孟小冬、张文娟、梅葆玥、小达子等，均得其指导。人称陈秀华教戏，似有一种内家拳之功。

6108 刘逸生著有《唐诗小札》《龚自珍已亥杂诗注》。其长子刘师奋有《苏曼殊诗笺注》，次子刘斯翰有《柳亚子诗选注》，人戏称之为"诗世家"。

6109 蜀中刘开扬,每天赴茶馆,喜在茶馆中写作,虽极喧哗嘈杂,有似不闻不见,《唐诗通论》巨著,即成于茗边座侧也。

6110 白寿彝教授谈:"胡作、胡扯、胡调、胡闹等名辞,均对少数民族所谓胡人而言,殊不允当。"

6111 金宝源之摄影,有声海内外,如《中国风光册》《中国矿物册》《中国岩溶册》《上海龙华盆景册》,余勇可贾,犹与陈从周合作《绍兴石梁册》。

6112 王益知病舌,施小手术,自谓"身入拔舌地狱"。

6113 上海图书馆有赵大刀者,其人名嘉福,善切书,数十册之古籍,运用大刀,迎刃而下,不爽毫厘,馆中因以赵大刀称之。曾赴北京图书馆学装订,又得其技法。更从黄怀觉学刻石碑,去年,徐光启纪念会,所刻光启墨迹,均彼一手成之。且因刻碑而治印,从治印而雕印纽,构思巧妙,型式入古。兼画山水,苍劲有奇致。旁及民族乐器,二胡三弦,应手作凄激舒和之声,闻者为之动容,集众艺于一身,向之学习者纷纷焉。

6114 程先甲,字一夔,寓居南京城南大百花弄,因自署百花仙子,著《百仙词》;早年作《金陵赋》,长三千六百余言,为一时传诵。彼邃于诗文,却在清季即提倡文字改革,与劳乃宣等举办江宁简字学堂,先办师范班,一时举贡生监纷来学习,先后毕业十三届。一方面从事汉语拼音,开风气之先。其孙嘉棣为刊《程公先甲生平学术事迹》一小册。

6115 名瓷中之郎窑,相传为意大利画家郎世宁所创造,据童书业考证,谓"郎乃郎廷极,江西巡抚,督造瓷器时,为康熙四十余年"。又年窑相传为年羹尧之兄希尧所创造,童谓"当时主持窑务者为唐英,希尧仅遥管厂事而已"。

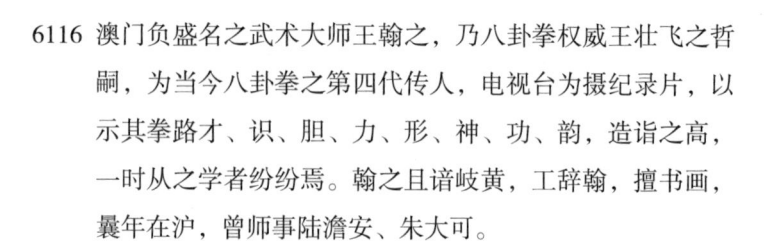

6116 澳门负盛名之武术大师王翰之，乃八卦拳权威王壮飞之哲嗣，为当今八卦拳之第四代传人，电视台为摄纪录片，以示其拳路才、识、胆、力、形、神、功、韵，造诣之高，一时从之学者纷纷焉。翰之且谙岐黄，工辞翰，擅书画，曩年在沪，曾师事陆澹安、朱大可。

6117 刘絜园培植菊花，有深赭挺秀者，名之为"东方红"。

6118 庚子之役，怀来县知县吴永迎两宫时，年三十许，有见之者，谓"状貌瘦瘁，一肩微斜，无仪容"。

6119 金陵僧枯木禅师，善弹琴，非其徒不传授。黄勉之慕之久，乃削发皈依，得窥禅师之妙艺，学成复还俗，从之者多，禅师深悔之。勉之死，古文家王树枏为作墓碑。

6120 文人中署名东雷者凡二人：一金东雷，名震，擅诗文，金松岑高足；一许东雷，号默斋，为《新闻报》撰时评，一度附刊连载集锦小说，东雷亦小说写作者。

6121 著《红日》之吴强，擅围棋。

6122 丹青家袁澹如，为南社袁天庚之后人，到处写生。一次邀游九华，兀坐泉石间，观晨曦夕照光度之比差，如痴如呆，竟日不离。

6123 袁牧之与季小波为影坛旧侣。一日，袁以所摄照片，邮寄季，季家人阅之，问："与你并坐者为谁？"季大为诧异，谓："不识其人，且从未与此人同摄一影。"既而牧之来函，问："尊像酷自否？"原来影中之小波，乃牧之所化装，而与他友合摄者。

6124 沈剑知学海军，却擅书画，且能诗，有句云："早生白发三千丈，迟见黄山二十年。"为时传诵。

6125 徐邦达初从赵叔孺学画，后从吴湖帆。陆抑非初从陈迦庵，后从吴湖帆。杨石朗初从贺天键，后从吴湖帆。

6126 名画家陆抑非，名翀（音冲），"文革"时受冲击，红卫兵不识字，叱呼之为"陆羽中"。

6127 年来颁布简体字，金石家方志疾早年即以"志疾"二字，缩为"痣"。

6128 邵飘萍为军阀所杀害。其妹一萍，擅国画，我曾见之，某次举行个人画展，复为之撰文宣传。

6129 诸暨张慕槎，号紫峰，曩参蔡廷锴将军戎幕，允武允文，著有《松韵阁诗稿》，影印问世，寓居杭州孩儿巷思获里。据慕槎谓，即宋陆放翁咏"小楼一夜听春雨，深巷明朝卖杏花"处。

6130 张蕴和曾任《申报》主编，喜藏砚，达二百方，名其室为"百砚斋"，雇巧匠配制各式精致木匣。砚有歙有端、洮河、澄泥、汉砖、晋瓦，后半归上海博物馆，半归松江博物馆。张乃松江人。

6131 王遽常与唐兰，在无锡狂歌过市，人为侧目，称之为"王奇唐怪"。二人本同学也。

6132 徐滨杰喜仿制古代帆船模型，数以百计，自称"百舸富翁"。

6133 张联芳与予同为上海文史馆馆员，曾援揽登衡山之巅，有诗云："缩地有方快绝尘，老龄竟闯南天门。"

6134 王人美为三十年代电影明星。我编《桃花梦》剧本，即由人美任主角。人美于一九八七年四月十二日辞世。当其享盛誉时，有以"美人王人美"征对，偶句为"才子袁子才"，甚为巧合。

6135 叶玉森刻有《水浒姓氏印谱》三册。

6136 汪士慎擅画梅,有人评之:"好梅而人清,嗜茶而诗苦。"刻《巢林集》,自书上版,绝精雅。

6137 诸真长、胡栗长二诗人,均南社社友,居杭有年,士林称为"西湖二长"。

6138 南社诗人朱痴萍,任上海明星影片公司文牍,客串为演员,所摄之片有《好男儿》《冯大少爷》《未婚妻》《空谷兰》《她的痛苦》《早生贵子》《可怜的闺女》《四月里底蔷薇处处开》等。西泠印社社员汪吉门,在上海影戏公司客串,饰杨贵妃之父元琰一角。

6139 词人冯煦,字梦华,"华"字读为"花",因诞生前夕,母梦有人献花也。梁溪朱梦华,则"华"字读本音,彼认为繁华一梦而已。

6140 蔡正华卒,所著《味逸遗稿》,由其女蔡雪油印。姚鹓雏卒,所著《苍雪词》,亦由其女姚明华、姚玉华油印,以贻乡里故旧。

6141 苏州贝大年与番禺沈太侔,同以《落花诗》负盛名,因有"北落花""南落花"之称。

6142 瞿止庵相国,觞客于桃源隐酒楼,酒楼主人胡定臣以风雅为怀,出家藏陶文毅公印心石屋瓷器盛肴以进食。刘炳照为作《陶器歌》。

6143 王昶之《湖海诗传》,采录戚蓼生诗,并有传略。周汝昌之《戚蓼生考》,旁征博引,却遗漏《湖海诗传》,未之列入。

6144 潘兰史居沪东横浜桥畔,颜其室为"蕴淞阁"。廉南湖居万航渡路,亦以"蕴淞阁"为斋名。王冰铁藏有伊墨卿所书"蕴淞阁"三字横额,即赠廉以张之。

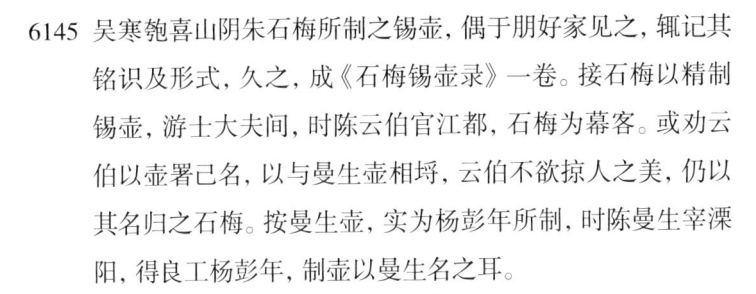

6145 吴寒匏喜山阴朱石梅所制之锡壶，偶于朋好家见之，辄记其铭识及形式，久之，成《石梅锡壶录》一卷。接石梅以精制锡壶，游士大夫间，时陈云伯官江都，石梅为幕客。或劝云伯以壶署己名，以与曼生壶相埒，云伯不欲掠人之美，仍以其名归之石梅。按曼生壶，实为杨彭年所制，时陈曼生宰溧阳，得良工杨彭年，制壶以曼生名之耳。

6146 杭州汪伯棠、海盐张菊生、如皋冒鹤亭、龙游余绍宋、奉化王正廷，均能说极流利之广东话。一次，五人在一处宴会，交谈悉用粤语，旁座听之，不知所云为何。

6147 余空我年六十六，闻邓散木六十六岁卒，沈寐叟嗣子沈慈护亦六十六岁卒，乃大惧。有人告彼古代欧阳修、苏子瞻、王安石均六十六岁卒，更大惧而特惧。幸而彼六十六岁安然度过，始释怀。

6148 周实丹、周人菊、张雪抱，有"淮上三杰"之称。

6149 己卯残年，胡汀鹭、杨无恙、顾公雄合作《祭诗送穷图》。

6150 文公达榜其居为"天倪室"，刘襄亭别号天倪，两人均报界名流，往往被人混淆。

6151 汪兆镛与汪兆铭，胡清瑞与胡汉民，廖恩焘与廖仲恺，虽弟兄而各异其志趣。

6152 范彦殊为肯堂长子，能诗，继承家学凡十代；曾克耑有《颂橘庐诗》，继承家学凡十一代，有"近代海内两大诗世家"之称。

6153 陕西人严庄，其妻为庄严，真所谓颠鸾倒凤；又唐文治子唐庆瑜，媳为俞庆棠，亦谐声而颠倒。

6154 天台山农写字，模仿清道人，而七子山人，又模仿天台山农，说者谓一蟹不如一蟹。

6155 袁思亮、李木公、陈病树，均游陈散原之门，有"陈门三高徒"之称。

6156 赵香宋、杨昀谷、蔡哲夫、邹翰飞，均曾寓居沪西徐家汇。

6157 丁树桢、吴大澂、端午桥所藏古印数千方，均归日本人藤井所藏。

6158 柳翼谋、金鹤望、陈石遗、费仲深、邓孝先诸耆老，曾赴镇江焦山松寥阁，举行鲥鱼会，以快朵颐，绘有《焦岩雅集图》。

6159 吴中曹氏三昆仲：长者曹元恒，字智安，即御医曹沧洲；次者曹福元，字哉安，光绪翰林，官河南，鼎革后殁于故乡；曹元弼，字叔彦，年最幼，为当代经学大师，章太炎、金鹤望曾师事之。又曹元忠，字揆一，工文翰，擅岐黄，与叔彦为族兄弟，别居马大箓巷。

6160 唐蔚芝、锺辟生、冒鹤亭、高吹万、吕诚之、邓钝铁、胡嘉言，称"海上七君子"。

6161 沈寐叟不食鱼，郑太夷不食鸡鸭。

6162 谢公展与人书，署名下喜用"免冠"。杨锡章喜用"合十"。史槃喜用"主臣"。李芳远喜用"顶礼"。

6163 翁宗庆以翁松禅书是尚，蔡晨笙则崇沈寐叟。我询诸书家刘惜闇，曰："此翰苑气与山林气之判异也。"

6164 冒鹤亭有赛金花致彼书，易实甫有坤伶鲜灵芝致彼书，均情致缠绵，实则好事者戏为之也。

6165 吴中有汪荣宝，又有汪宝荣。宝荣，号铁蕉，工画花卉、人物仕女，亦雅有韵致，载《墨林今话》，不知者往往误为一人。

6166 辛丑年，蔡子玉、刘立人各八十岁，陈病树与陈季鸣各七十岁，约集龙华塔下，合摄一影，并以"四人三百岁，一塔两千年"十字题之。

6167 张謇、文廷式、王懿荣、曾君表，号称"四大公车"。

6168 金石家汤安，字临泽；书画家汤涤，字定之，名与字不相呼应，若互易之，则皆适合矣。

6169 范肯堂、张季直、朱铭盘皆通州人。时张裕钊有文章大名，三人同谒之，张大喜，自诧一日得通州三生，兹事有托付矣。

6170 《福尔摩斯探案》作者柯南道尔，当时稿费，千字六百余镑。

6171 陈从周名郁文，郁达夫亦名郁文。

6172 颜文梁、顾大栋、陈垣、聂云台、蔡禹门、俞牖云、沈苇窗、王一亭、范烟桥、赵清阁诸人之名，均与建筑有关。

6173 张大千、张石园、郑午昌三人面貌相类，有人谓："张大千去掉胡须，便是郑午昌，郑午昌加上痘瘢，便是张石园。"

6174 高剑父、高奇峰、陈树人作画，按件定价，不以尺寸计。

6175 张碧梧同时有二人，一为画家，一为小说家。

6176 丁辅之、褚礼堂、叶恭绰均喜搜罗名人名刺。

6177 耿道冲晚年目盲，能书楹联。画家程瑶笙失明后，不能画，亦能作擘窠书。

6178 钱病鹤以"病"字不祥，改为钱云鹤，惟陈病树一病到底，贯彻始终。袁寒云以"寒"字不祥，改为袁抱存，惟蔡寒琼耐得岁寒，表示寒士本色。

6179 先生为尊称，但有自尊为先生者，如冯叔鸾之马二先生，陶焕卿之会稽先生，张大千之张先生，且刻"张先生"三字印。

6180 赵古泥写翁松禅字，潘勤孟与黄汝昌写胡汉民字，均可乱真。

6181 马君武、陈剑儵，先后任广西大学校长。其时任教者，有陈寅恪、李四光、梁漱溟、彭光钦。

6182 黄蔼农、严载如、吴眉孙、刘铁冷，均患疝气。

6183 南社有两君武，一马君武，一狄君武。狄君武晚年犹学俄文。

6184 以君武为名，而驰誉艺林者凡三人：一马君武，二狄君武，均南社社友；三华君武，则以漫画著称。

6185 金甸丞曾馆沪上周梦坡之晨风庐。金擅丹青，周亦喜作山水竹石，相互观摩为乐。

6186 严载如每岁元旦，必赋一诗；郑质庵每岁除夕，亦必赋一诗。人称"严元旦""郑除夕"。

6187 取"粪"字为别署者，有书法家邓散木之粪翁；取"粪"字为斋名者，有南社诗人胡颖之，字栗长，著《粪心簃诗草》，其子长风，与我为同学。

6188 吴湖帆善画，并善鉴赏。冯超然善画，不善鉴赏。张葱玉不善画，却善鉴赏。

6189 海上书画家，有所谓三吴一冯。三吴者，吴待秋、吴湖帆、吴子深；一冯者，冯超然。

6190 钱崖号瘦铁，王冠山号冰铁，吴昌硕号苦铁，邓散木号钝铁，四人均为篆刻名家，有"江南四铁"之称。

6191 沈禹钟、朱大可、徐碧波、江红蕉、余空我、吴明霞六人，同为清季戊戌年生，称"后戊戌六君子"。戌年属犬，禹钟因有《六犬吟》。

6192 傅增湘与傅增消，江标与江衡，于式枚与于式棱，秦绶章与秦夔扬，邹一桂与邹升恒，陈介祺与陈介猷，同为兄弟翰林，然一著名，一不著名。

6193 刘海粟有"艺术叛徒"之号，胡适之有"文学叛徒"之号，钱化佛曾请刘画胡书，合成"叛徒扇"。

6194 邓石圣、钱化佛、杨草仙合开书画展览会，人称"三教同源"。

6195 廉南湖、汪放湖、田北湖、但云湖、吴湖帆，及邹海滨、刘海粟、张海若、何海鸣，有"五湖四海"之称。

6196 蜀中有五老，均为学术耆宿：一、徐炯，字子休；二、赵熙，字尧生；三、方旭，字鹤斋；四、刘咸荣，字豫波；五、曾鉴，字夑如。

6197 严独鹤、沈禹钟、沙游天三人，貌有虎贲中郎之似。

6198 陈散原、王雪澄、朱古微，均住上海虹口，因有"虹口三老"之称。后陆澹安、沈禹钟、陆丹林，亦住虹口，亦延称"虹口三老"。

6199 沈禹钟、严独鹤、沙游天，三人状貌相类。

6200 汤颐琐字伯迟，擅诗古文辞，张元济聘之入商务印书馆编译所。张元济与李拔可有所作，常就正之。时沈禹钟亦在商务，更从之为师，深得其启迪。

6201 邓散木和朱大可、沈禹钟、顾佛影为同岁生，致书时辄称"年兄"。

6202 夏敬观有饭会，每周聚餐一次。丁福保有粥会，亦每周聚餐一次。

6203 或谓沈尹默、张默君、顾默飞、邵守默四人，如晤聚一堂，定必相对无言，盖均以"默"为名也。

6204 向仲坚以康熙旧墨二锭贻陆枫园，陆转赠沈尹默，沈即用是墨为写两手卷。

6205 勒深之不以康有为为然，谓有为窃取杨升庵之绪余以愚来者，误天下苍生者，必此人也。

6206 周今觉、袁伯夔、廉南湖、吴湖帆，均以货殖丧资。

6207 松江韩氏以藏书著，有读有用书斋。大埔温廷敬亦富藏书，有读无用书斋。

6208 徐虹隐太史编《东涧红豆录》，又丁芝孙辑《河东君佚事》，凡数万言。二书均谈柳如是往事，稿本为瞿氏铁琴铜剑楼所藏，徐咏绯录有副本。

6209 洪文卿居吴中状元桥头，后果中状元。吴清卿与弟谊卿，同居吴中双林巷，弟兄二人后来果为双翰林。偶然巧合有如此。

6210 杨千里任无锡知县，监察委员刘季平弹劾其贪墨，被去职。杨与刘均南社社友也。

6211 金梁有"金丝猴"之绰号。沈尹默有"鬼谷子"之绰号。

6212 或云："凡诗，押哑韵而能响者，其人必贵；押险韵而能稳者，其人必安善。"钱释云信之，因此常押险韵，谓贵不欲求，所求者，身之安善耳。

6213 徐朗西别署峪云山人，某次邀友宴叙，余亦列席，进面湛然作碧色，为从来所未见。询之，始知以菠菜切成细末，和入面粉中，然后制成面条，则迥异常品矣。

6214 青年女作家成莫愁，擅作新诗，与余相稔，余请沈宽刻一印章"洛阳女儿"四字朱文以贻之。盖梁武帝《河中之水歌》有云："河中之水向东流，洛阳女儿名莫愁。"洛阳女儿之歌后语，即莫愁也。

6215 周今觉有《今觉盦诗集》，不知其早年为数学家，致力于周髀九章，并李冶、郭守敬以迄清季项名达、戴煦、徐有壬、李善兰之书而有所阐发。又刘铁云，以《老残游记》为四大谴责小说之一，实则其早年亦治数学，著有《弧角三术》《天元勾股细草》行世。

6216 太极拳之祖师，或谓为戚继光，或谓为张三丰。余于钱菊隐老人处，见张三丰手札，书法绝洒脱。

6217 京剧院演打金枝，余适晤魏金枝，乃开玩笑对他说："您外出当心被打！"魏亦笑曰："没有人敢打，打亦不怕。"及十年动乱，魏果被打。

6218 胡宛春藏弹词本，颇多稀见珍籍，数年前，让给上海评弹社。又谭正璧亦藏弹词本甚富，亦让给评弹社，独留李东野之《孤鸿影弹词》，盖早年喜阅之书，不忍割弃也。

6219 戚蓼生本《红楼梦》，本藏俞明震家，狄葆贤得之，由有正书局出版。

6220 沪上鸣社有两徐澄宇：一名仁裕，江苏昆山传是楼后人，孙玉声弟子；一名英，与其室陈家庆同以诗驰誉。

6221 沈韵初藏董北苑画，钱叔盖为刻宝董室印，是印后归吴湖帆。吴知沈剑知宝藏董其昌书画，即以是印赠之。

6222 朱古微、夏剑丞之《填词图》，均吴湖帆所绘，袁思亮见之，亦须吴画，袁以前辈自居，吴不悦，拒之。袁背后辄讥吴，时冒鹤亭袒吴不直袁，袁竟与冒绝交，作《绝交书》，桐城古文笔法也。

6223 胡思敬月旦当时人物，有云："人而好奢者，其行必污，如唐绍怡是也。人而善周旋工酬酢者，其行必诈，如那桐、端方是也。人而骄傲自是者，其行必乱，如张之洞是也。人而薄于家庭骨肉者，其待民必不仁，事君必不忠，如袁世凯是也。观人之法，以此验之，百不失一。"

6224 我友中喜藏唱片者凡二人：一丁慕琴，为漫画家，民国初年，杂志插画都出其手；一周剑云，评剧家，辑有《鞠部丛谈》，又主持明星影片公司，与郑正秋、张石川为影坛三巨头。顷见报载，温可诤教授所藏外国唱片，遍及数十国家，有绝版者，有世界超级歌唱家者，数以千计，可谓后来居上。

6225 清季有三北山，皆有名：一吴北山，名彦复，为四公子之一；一沈北山，名鹏，以请诛三权贵，被谴入狱，《轰天雷》小说之主人公也；一茅北山，丹徒人，精古乐器，端匋斋引为上客，多女弟子，夏敬观赠诗，有"堪羡绛帷诸弟子，酡颜玉面出灯前"。

6226 清末，避溥仪讳，唐绍仪改为唐绍怡，褚德仪改为褚德彝，况周仪改为况周颐。

6227 海内藏奇石，有"北张南许"之称。许名泽初，号问石，张季直弟子。张为雍阳张曰辂，字轮远，著有《万石斋灵岩大理石谱》，治律学。

6228 藏古泉有"南张北方"之号。张谓张叔驯，方谓方药雨。方曾精选古泉百品，拓成一书，并附《古泉杂咏》，藏泉家珍视之。

6229 李拔可为伊秉绶作生日，谭泽闿为何蝯叟作生日，高吹万为苏东坡作生日，冒鹤亭为冒巢民作生日，沈剑知为董其昌作生日。

6230 民国初年，负高士之称者，常熟有季高士今鬻，吴中有朱高士竹坪。

6231 自郑板桥自称"青藤门下走狗"后，有祝桐山者，为杭州驻防旗营中之老诗人，曾刻一印"曲园门下走狗"。

6232 倪寿川藏有郑大鹤手批之《花间集》，樊樊山手批之《花月痕》及《彊村词》，均吴眉孙旧物也；又藏有姚惜抱手批之《归震川集》，且有改易字句处，则李国松旧物也。

6233 徐仲可之《天苏阁图》，黄宾虹绘；《天苏诗梦图》，吴待秋绘；《衔杯春笑图》，汪鸥客绘。

6234 苏州有钱铸，字鼎九其人；杭州有钱鼎，字铸九其人，均能绘事。

6235 李少荃督直隶，有献双鹤者，豢之署中，每月鹤俸为二百金。迄至民国，李景林仍豢之如旧，以四十年计，鹤俸为九万六千金矣。及褚玉璞督直，乃杀其雌者而烹之，褚之部下食而死者七八人。

6236 林旭死之前夕，有愤诗数首，李拔可保藏之，周志醒有林旭书扇，余有林旭书札。

6237 吕万字十千，师事任堇叔。堇叔著作，随手抛掷，吕一一检存之，录成五册，现藏余纸帐铜瓶室中。

6238 周令觉有一印"可惜先生"。

6239 唐云旌自署大郎，能诗，曩年在《新民晚报》上连载其作品，称《唐诗三百首》，但未汇刊成集。既逝世，香港为印《闲居集》。

6240 薛福辰治医，薛福成以使才著，当时有人误二人为一人；马寅初治经济，马夷初治学术，亦有误而为一者。

贰 ◎

阅世

1 今人粗解八法，便以书家自居。苏东坡与黄山谷、米海岳、蔡君谟有"四大书家"之称，然东坡诗有云："我虽不能书，知书莫若我。"其自谦如此，今之妄自夸大者，能不愧死。

2 凡最大之碗称海碗，大笔筒称为笔海。余偶阅《红楼梦》，书中有所谓玻璃盉，注云："盉音海，盛酒之大器。"始知盉乃海之本字。

3 抗战前，上海有奇书欣赏会，加入者不乏其人，每人出会费二十元，即为会员，如周越然、钱须弥、平襟亚等皆是。所印之书，有前代者，有近代者，亦有翻译本，只有会员可得，外间绝不流传，引为秘笈。

4 旧时有一种折扇，绘芙蕖菱藕等花果，然别一折叠，则为《汉宫春色图》，创之者，杭州画人王鹿春。虽不足取，却具巧思。

5 太仓旧俗，元宵灯会，盛极一时。灯彩艺人，沙溪有叶叔平、胡晋侯，直塘有罗秉连、凌叔英，所制花卉翎毛灯，独出冠时。

6 扬州艺术，有三菊之名目：一张永寿之剪纸菊，一吴砚耕之绘画菊，一钱宏才之通草菊，三者均逼真东篱之霜枝。然剪纸得其秀，绘画得其韵，通草得其逸。

7 钟表输入我国较早，前人所述，有《西清笔记》《池北偶谈》、张问安《亥白集》、冯时可《篷窗续录》、周亮工《闽小记》、许仲元《三异笔谈》，均谈其奇巧，认为鬼斧神工。寓居沪南俞家弄之王安坚，对于钟表之集藏，为海内巨擘。家中架橱几案，除生活用具外，无非钟表，凡数百具，有大有小，有高有矮，均属外间不经见之物，瑰丽雕缛，光怪陆离，一度见诸电视，无不引为观止。

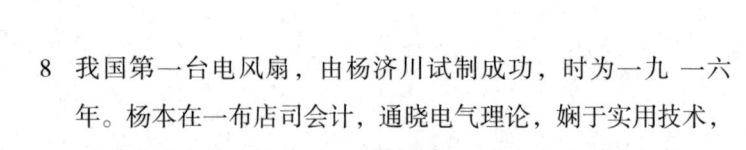

8 我国第一台电风扇,由杨济川试制成功,时为一九一六年。杨本在一布店司会计,通晓电气理论,娴于实用技术,后遂发展为华生电扇厂,所制电扇,迄今犹为名牌产品。

9 走马灯,为一种玩具,却具空气动力之科学性。清华大学教授刘仙洲,搜集走马灯之史料,认为发明于一千年以前,为现代燃气轮之始祖。

10 明嘉兴李日华筑紫桃轩,我友朱石轩谓紫桃轩原址,距彼家极近(今称解放路),为彼儿时嬉游之处。宅前一湾流水,水名螺溪,溪水流经彼家后院,因名"螺溪草堂",今已拆建,无遗迹可寻。

11 三代时尚玄色,故以黑陶为珍。有一种名蛋壳陶,更为稀世,北京历史博物馆藏有其一。盖至秦汉,盛行青铜器,乃取而代之矣。黑陶刻有文字,尤属凤毛鳞角。秀水许明农悉心研究古陶,烧制黑陶为印玺,篆刻古代吉语及古图案,且作龟鹿印纽,在篆刻上别辟蹊境,其同邑唐兰、王蘧常、钱君匋极赏之。明农又辑有《瓦当汇编》。

12 松江有"云间"之称,文风殊盛,昆曲亦代有传人。张石泉主持松江曲社,曾举行江浙昆曲名流大会唱,沪杭线由海宁王兴甫为领导,沪宁线由苏州俞粟庐为领导。粟庐本松江人,移寓吴中。

13 有以邮票剪贴成花卉或人物者,此法古已有之。《广印人传》:"高云,清山阴人,徙钱唐,字逸上,号琴山隐者。为人灵敏,多技艺,尝以草制葵花绣匣,巧妙异常。善写花鸟人物,能弃笔墨纸砚,取五色绢肖貌成形,名曰挈画。晚年专精篆刻。"可知剪贴邮票而为花卉人物,无非挈画之变相耳。

14 往时剡溪多古藤,产剡藤纸。李肇《国史补》,有云:"纸之妙者,越之剡藤。"陆龟蒙诗:"剡纸光如月。"作书者皆以剡纸相夸,致供不应求。纸工嗜利,剡藤斩伐殆尽,剡纸因之绝灭。舒元兴有《吊剡溪古藤文》,悲剡藤之遭遇也。

15 陶渊明之"渊"字,唐代避高祖李渊讳,改为陶泉明。丁慰长谓:"不仅如此,龙渊在今浙南,相传善于铸剑之欧冶子,见到该地之水,利于铸剑,曾铸剑多柄。某次淬剑时,忽出现五色龙文,因将铸剑之池名龙渊,制成之剑为龙渊剑。亦避李渊讳,改为龙泉,剑为龙泉剑。"

16 郑方泽之《中国近代文学史事编年》,载有:"一八九七年,光绪二十三年丁酉,连横由就读的上海圣约翰大学返回台湾,任职于《台南新报》汉文部,并与友人创立南社,用诗赋来表现他们爱祖国的情感。"据此,则柳亚子主持之南社,成立于苏州虎丘张东阳祠,时为一九〇九年十一月十三日,宣统元年己酉,较迟十有三年。

17 张勋丁巳复辟,段祺瑞讨逆军之南苑航空学校校长秦国镛,于五月十九日,驾驶飞机,在故宫投下三枚炸弹,为我国历史上第一次之空袭。

18 铸铜为钱,至清宣统而止。我曾于钱化佛处见"洪宪通宝"一大钱,乃袁世凯帝制自为时试铸者。"洪宪通宝"四字,浑朴有致,闻出于王寿朋手笔。

19 有无情对,殊可喜者,如三白瓜对万青藜,乌须药对黄体芳,赤奋若对朱逌然,杜鹃花对李鸿藻。

20 易实甫句"柳还魂处客销魂",周岐隐句"瘦尽诗人蛱蝶魂",宋少芬句"一年春尽瘦诗魂",均用魂字,为人传诵。

21 屡游松江醉白池，辄见一巨石，刻有鹿纹，称为"十鹿九回头"。按《华亭县志》有云："十鹿九回头碑，在普照寺桥侧，刻十鹿其上，阳纹隆起，头角峻嵘，其一顺向，余皆反顾，故松人以作事不前，谓之十鹿九回头。"王韬之《淞隐漫录》，有《十鹿九回头记》。今立醉白池，乃普照寺桥侧移来者。松江县委会文史组所编刊之《松江文史》，即以"十鹿九回头"为封面。

22 清宣统三年，英皇乔治第五行加冕典礼，清廷遣载振为大使、程璧光为副使，赴英致贺，率海圻舰，由上海首途，为中国军舰出于欧洲之第一次。

23 日寇侵华，蒋光鼐、蔡廷锴在沪奋起抗战。时通衢张贴抗战布告，由陈铭枢、蒋光鼐、蔡廷锴具名。丁辅之斥资倩人揭得一纸，装裱成轴，且加题识，以留纪念，亦抗战之珍贵文献也。

24 周南陔藏孙中山请柬，钱化佛藏黄克强讣告，汤国梨藏黎元洪书赠章太炎"东南朴学"四字横幅，均为辛亥时代革命文献。

25 上海之有女戏班，始于京剧丑角李毛儿。李蓄贫家幼女之颖秀者，教之歌曲台步，凡绅宦家有喜庆事，恒出演之，名毛儿班，后误作髦儿班，称髦儿戏。福州路有群仙戏院，以演髦儿戏著名。

26 清季，上海梨园演《刺马》新剧，饰上元县万青选，为一丑角，备极丑态，万亲观之，汗流浃背。不得已，乃与梨园主持者相商，寿三百金，改丑角为正生。

27 谭叫天擅唱《秦琼卖马》，汪桂芬因之不唱《卖马》。汪桂芬擅演《取成都》，谭叫天因之不演《取成都》。

28 四大名旦，各有专集，梅兰芳乃许姬传编，程砚秋乃金仲荪编，荀慧生乃沙游天编，尚小云乃徐汉生编。

29 剧界有"北梅南雪"之称，梅为梅兰芳，字畹华；雪为李雪芳，字浣蘩。

30 民国初年，京剧女艺人，以刘喜奎、鲜灵芝为翘楚，易实甫、罗瘿公辈大为倾倒，竞作诗歌以张之。李释堪却谓"艺固无讥，貌则实亦无足惊人"。

31 京剧演员，往往以艺名传世，真姓字反湮没不彰。如小叫天为谭鑫培，一名金福，字英秀。王凤卿字仁斋。孙菊仙名学年。余叔岩名第祺。王右宸名国栋。马连良字温如。高庆奎字子君。谭富英名豫升。谭小培名嘉宾。时慧宝字智农。贯大元字昱明。杨宝森字锺秀。刘鸿声字子余。罗小宝名葵舫。杨小楼字嘉训。俞振飞字箴非。梅兰芳名澜，字畹华。尚小云字绮霞。程砚秋字御霜。陈德霖名钧璋。王瑶卿字稚庭。小翠花即于连泉，字少青。程玉菁名玉梅。王芸芳字湘帆。郝寿臣名瑞。龚云甫名世祥。又芙蓉草为赵桐珊。想九霄为田际云。绿牡丹为黄玉麟。夜来香为周凤文。七盏灯为毛颖珂。小连生为潘月樵。粉菊花为高秋鼙。雪艳琴为黄咏霓。新艳秋为王玉华。等等都是。

32 梨园后台规则，丑角坐上首，勾脸时，丑角先开笔。相传唐庄宗为老郎神，庄宗演戏，自饰丑角，故以丑角为尊。曩年，我任职共舞台，曾至后台观之，犹有此习。按老郎神，一称老郎菩萨，有指唐庄宗而言，亦有指唐明皇者，盖明皇蓄梨园子弟也。然《山海经》有云："颛顼之子名老郎，居鬼山。其声如钟磬，为音乐所自始。"

33 南丰桔虽小而味甘,为江西特产,有"贡桔"之称,沪人喜啖之。杨澄谓:"《三国志》载,陆绩于九江见袁术,术出桔,绩去拜辞,有桔三枚堕地。术曰'陆郎作宾客而怀桔邪',答曰'欲归遗母'。虽未说明是何种桔类,然九江与南丰同属赣省,地域不成问题。时陆绩年仅六岁,小手不能取大桔,怀三枚堕地,只有小种南丰桔始可。且此桔倘无特异处,袁术不至出以奉客,陆绩亦何必怀遗母。据此,则可断言此为南丰桔也。"

34 沪东庄源大之绿豆烧,为脍炙人口之名酒。创制者乃甬人庄再豪,以高粱与烧酒,并某药物、白糖配合而成,原料中并无绿豆也。当时以配方保密,人不知之。适庄有一贩卖绿豆之亲戚,借宿铺中,人见其堆置许多绿豆,沽酒者遂猜想为造酒之主要品,纷纷传出,乃称之为绿豆烧。庄亦将错就错,即以"绿豆烧"标其酒。

35 吴中有一专制通草堆花之艺人阎照琳,曾撰一文,谓通草堆花,权舆于清初董小宛,以梅花瓣剪贴于扇头上,而传为韵事。继之者,即有如皋人石学仙、华亭人王兰荪,剪彩贴绒花卉。通草堆花,即从中演化而来之剪贴新艺术。

36 水荭花,一作水葓花,又名大蓼,常生水旁。亡友谢玉岑咏之人诗:"竹林石几静无哗,长日惟消一饼茶。怊怅轻云无雨意,残波开瘦水葓花。"又顾佛影亦有诗:"水葓花外暝烟生,小市人家欲上灯。愁煞扁舟卧居士,卷帘低烛过西兴。"一在末句,一在首句,均妙。南社叶玉森,更标其集,为《水葓花馆诗》。

37 红豆一名"相思子",不易种植。而《石遗室诗话》却谓"厦岛满山皆红豆",而十砚老人有"一春长见相思子"句。王维诗"春来发几枝",亦有作"秋来发几枝"者,诵十砚老人诗,可知秋来当作春来。

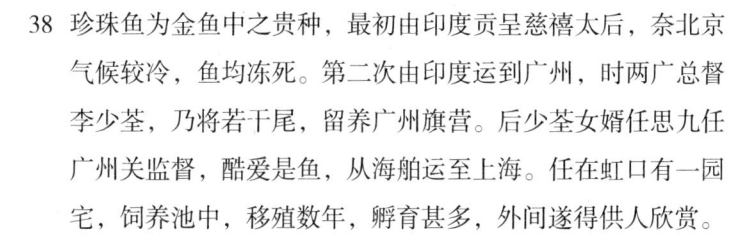

38 珍珠鱼为金鱼中之贵种，最初由印度贡呈慈禧太后，奈北京气候较冷，鱼均冻死。第二次由印度运到广州，时两广总督李少荃，乃将若干尾，留养广州旗营。后少荃女婿任思九任广州关监督，酷爱是鱼，从海舶运至上海。任在虹口有一园宅，饲养池中，移殖数年，孵育甚多，外间遂得供人欣赏。

39 袁世凯称帝，为时短促，故洪宪窑亦属瓷器中之稀品。我有洪宪印泥缸一，作龙凤形，色红有金纹。胡亚光亦有一具，作《儿嬉图》，色彩绚丽，更为佳胜。

40 上海酒楼，名"醉沤居"，乃王秉恩所设；又有"桃源隐"，则胡林翼之孙定臣所设，所用青瓷，有"印石山房"字样，盖陶澍家旧物也。二肆皆雅洁宜人，但世上俗人多，雅人少，生涯不甚盛，未几即停歇。

41 桐乡吴姓家，藏灵璧卷云石，高二尺，嶙峋可喜。张廷济刻石为赞，有"游天袤纠相斯篆，倒地弯环法华转"等语，时为清道光丁未，廷济年八十。吴待秋见而欲得之，作为抱铜庐长物，且愿酬重值。吴婉却之，旋失去。一九七九年，是石辗转为陆康声所得，经浩劫，石被搞损，乃胶合之，字迹已残缺，惜哉！

42 余姚有殉职之乡长某，地方人士为举行追悼会，标帜五大字"看看浙江人"。犹忆民国初年，上海某戏院演《五人义》，盖以吴中骂魏阉而死之颜佩韦等五人为剧材也，标帜为"看看苏州人"。

43 台湾为一风雅之薮，数十年前，有玉山吟社、海东击钵吟会等，诗人如蔡彦清、沈红梅、陈沧玉、蔡启运、蔡汝祥、郑长庚、郭涵光、林雪邨、郑香谷、王箴盘、均一时才俊。尤以王松字友竹者，为诗坛祭酒，著有《台阳诗话》。彼之佳句，五言如："墙

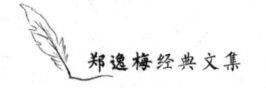

低风入座，楼广月登床。"又："渡傍春雨涨，山外夕阳低。"又："风雨孤灯夜，关山一笛秋。"又："月沉诗酒海，花笑管弦场。"又："天地来秋色，河山吊夕阳。"七言如："妙句疑经前辈说，温书如对古人言。"又："世事十年双泪眼，人情一日九回肠。"又："绕郭溪声秋雨后，满楼山色夕阳中。"均耐人寻味。以上老诗人，未知尚有享大年，婆娑岁月与否矣。

44 评弹《珍珠塔》之故事，江南一带，几乎妇孺皆知。据我友范剑威见告，故事发生于吴江同里镇。徐平阶在乡购得陈氏妆奁簿，首页即列珍珠塔一座。此簿册即转贻陈氏后裔陈毓良。《同里志》载："明代万历（一五八〇年），任南京道之监察御史陈王道住同里，府第前建有青石之侍御牌坊，门口石狮一对，石柱六，后面有亭榭园圃，当地居民呼之为陈家牌楼。相距里许，有九松亭，西约一二里，有白云庵。"由此可见弹词中之陈琏，即陈王道，书中称方卿自河南探亲到湖南襄阳，盖陈府南数里有九里湖，故称湖南，非三湘七泽之湖南也。陈府在同里镇之来安桥，九松亭在市梢。方卿遇盗在吴江北门外三里桥附近，沿着运河。

45 光绪戊申岁，上海豫园萃秀堂举行千龄会，到者二十四人，有舆地学家姚志梁、名画家钱慧安、诗人严载如之尊人严殿卿、琴僧云间上人、青浦曲水园主人宋益三等。即在园中摄一影，参差高下，立于泉石间，可媲美昔之《西园雅集图》。杨葆光亦与其盛，为每人撰一小传，印《千龄会图传》一书，后附诗录。越岁久，外间绝少见。

46 解放前，有所谓童子军者，此乃英国人贝登堡所创始，其时尚在一八五七年。直至一九一二年，武昌文华大学严家麟仿行之。继之者为上海英人所办之华童公学。一九二〇年，上海中国女子体操学校及爱国女学，开始有女童子军。

47 《小说日报》刊《换巢鸾凤》，《小说月报》亦刊《换巢鸾凤》，一星海撰，一天笑撰。

48 宝记照相馆，设于上海南京路，丁叔雅、章太炎、吴彦复、孙宝瑄，曾在此合摄一影。

49 曩教育部有姓名为法度者，人遂戏为一对。"法度度年无法度"，对"方还还债有方还"。盖教育部常欠教薪，而法度乃司会计者。方还字唯一，乃昆山耆绅，任地方公益也。

50 高尔夫球，Golf，相传发源于苏格兰，但我国金元时代，宁志斋主著有《丸经》，谈搥丸方式与竞赛规则，与高尔夫球大致相同。范生撰《我国古代搥丸运动》，认为搥丸乃高尔夫球之祖型。

51 一九六二年，摄诗人杜甫纪录片，冯至、钱杏邨、王冶秋、林延年，担任顾问。

52 一九〇五年，北京丰泰照相馆摄谭叫天之《定军山》活动影片，为京剧上银幕之始，摄者刘仲伦。

53 电影有银幕之称，始于叶劲风编辑之《小说世界》，辟若干页，载电影图片，标为银幕。电影故事，称为本事，始于导演陆洁。

54 电影中男女接吻，不足为奇，然在我国早期电影中，绝少此种镜头，起始者，乃张慧冲与徐素娥。

55 我国曾有两位电影皇帝：一王元龙，一金焰。两位电影皇后：一胡蝶，一张织云。

56 《木兰辞》传诵人口，但木兰究属何时代及何处人，迄无定论。闻梅兰芳演《木兰从军》，曾撰有《木兰考》，亦未见其文。据云，木兰易男子装，代父征戍十二年而归，人无知其为女子者。观此，可见木兰并不美貌，类粗男子，否则十二年之久，岂有不被人发觉者。世俗画古代美女，如西施、昭君、杨玉环等，亦有列入木兰者，殊不适当也。

57 《四家藏墨图录》，乃马叔雍所拓。张子高谓拓墨之技，视拓金石为尤难，润纸有燥湿之分，扑墨有浓淡之别，以至手法轻重，必一一适如其分，然后于墨体无损，而原物之精神，可以映发而无遗。

58 清故宫有内阁大库，庋藏有清一代档案，如奏折、批示、殿试墨卷，以及博学鸿儒卷，累累凡若干屋。辛亥革命后，屋久失葺，一日忽倾圮，所庋文件，以为数太多，无法处理，乃悉数以廉值售诸某书铺。罗振玉知之，遂倍其值向某书铺收还，任人选购，其中颇多珍贵文献，尤以博学鸿儒卷为最难得，罗因此大获其利。当时有购得杂卷一大束者，中有道光庚戌翰林丁绍周墨卷，丁为丹徒人，即赠诸丹徒友人丁柏岩。柏岩得之大喜，谓绍周，字廉甫，号亦溪，著有《浮玉山房诗集》《蜀游草》，乃其六叔祖也。

59 清宫内有编钟十六座，以黄金铸成，重一万三千四百余两，辛亥革命后，溥仪质于盐业银行。一九五四年，始由文化部接收，拨交故宫博物院。

60 上海圣芳济学院，创设于清同治十三年秋。光绪十年，苏松太道邵友濂参观之余，认为具有成绩，赠以大时钟一具。该校即将大钟装嵌于校门顶端，以示殊荣。

61 沪上筑愚园，石多取给于松江之啸园。啸园为沈绮云啸傲之所。绮云妻曹澧香，乃王惕甫妻曹墨琴之妹。

62 上海浙江路有地名小花园者，倪墨耕画师曾赁之辟茶室，榜之为"商余雅集"。是地略具卉木楼台之胜，且有草坪，一片绿芜，夏日夕阳西下，客就之品茗纳凉其间，钗影衫痕，一时称盛。

63 沪市南京路有"吴良材眼镜店"。吴良材乃一人名，清道光时，以其祖传之"澄明斋珠宝玉器号"，改业眼镜，始以人各为店名，以晶片眼镜负盛誉。本在南市小东门，一九三二年，其后人将店迁至南京路，以谋发展。

64 "胡开文"为一著名笔墨铺，民国初年，制开国纪念墨，有袁世凯像，且标五色国旗。

65 扬州有一肴馆，名惜余春，主人高乃超，固风雅士，诗人墨客，都觞咏其间。

66 扬州茶馆，取名有颇风雅者，如香影廊，董逸沧、杜召棠诸名流，趋之谈艺为乐。

67 昆山顾阿瑛园，以并头莲著名，园失修，姚虞琴、江小鹣、叶誉虎等重葺之。

68 常熟地名翁府前，往往误为翁松禅（同龢）之居。实则乃清初康熙间翁司寇叔元揽秀堂所在地。松禅别有彩衣堂，在坊巷之东面，设置二巷门，故称翁家巷门。

69 火腿有所谓"蒋腿"，且称"雪舫"者，实则蒋雪舫为一商人名，乃金华东阳腿，而蒋运卖之耳。

70 杭州玉皇山紫来洞，传说可通达徽州。抗战前，萧祖光、何文干等十六人，携电筒、刀剑、麻绳、指南针等器具，深入一百五十丈，已到洞之尽头，乃树立一碑，揭破通皖之谜。

71 苏州木渎石家饭店，为冯桂芬之故宅。石库门砖额，雕琢极工细，尚属旧物。

72 苏州楞伽山供五通神，清汤斌投其像于太湖中，后有人重塑。一九二九年，王引才官吴县，又投其像，香火遂断绝。

73 上海一埠，旧多私人园林。如李鸿章之丁香园，吕耀廷之憩园，郁葆青之昧园，邓雨农之雨园，奚萼衔之萼园，刘聚卿之楚园，简照南之南园，周湘云之学圃，吴文涛之九果园，陆云僧之瓜豆园，张叔和之味莼园，徐凌云之双清别墅，廉南湖之小万柳堂，西侨哈同之爱俪园，及程氏之遂吾庐，赵氏之庡虹园，陈氏之耕读园，其他如愚园、半淞园、也是园等等，不胜枚举。至于露香园建于明代，则更早矣。

74 上海旧有味莼园，无锡张叔和之别业也。园有三事，足资纪念：一为俄国沙皇侵占东三省，爱国人士在此举行拒俄大会；一为霍元甲比武，吓走所谓大力士奥比音；一为孙中山就任临时大总统，受任之前，在此开会，宣布政策。按张氏味莼园早废，迄今该处犹有张家宅之称。

75 上海愚园之名胜，有"如舫""鹿柴""虎栅""敦雅堂""花神阁""飞云楼""唐花室"等，我幼时曾历涉之。所谓"鹿柴""虎栅"，为上海园林中畜动物之创始。

76 上海杏花楼，以月饼著名。饼匣有画，甚工致，先出于杭稚英手，后出于李慕白手。

77 有作街坊旧话者，谓："沪上小南门有濮万顺刀铺，所制菜刀，锋利无比，耐用不钝，为上海名产之一，沪人称菜刀为薄刀，实则濮刀之误称也。"我一度赁庑小南门之阜民路，距该铺不远，尚见该铺临街之矮屋，悬一残破招牌，字透已不可辨，或云："曾国藩手书也。"

78 一九二二年，沪西小沙渡路设有工友俱乐部，为一革命宣传处，项英、邓中夏主持之。按小沙渡路，今改为西康路，距我家长寿路不远，但遍访之，已无旧迹矣。

79 苏州玄妙观之弥罗宝阁重修时,郑大鹤为撰碑文,李鸿裔书,略谓宝阁明周文襄建以登道藏者,逮万历毁于火;康熙嘉庆世,再废再起;咸丰庚申,圮坏夷为荒墟;壬申,钱唐胡观察以母寿,舍金三万,得以重兴。按胡观察,即大货殖家胡雪岩。是阁于辛亥革命前夕,又复付诸一炬,荡焉无存。

80 吴中顾子山之怡园,由任阜长设计,上海哈同之爱俪园,由黄宗仰设计,东莞张敬修之可园,由居廉设计。

81 广慈医院,今改称瑞金医院,为沪上医院中之具有历史者。死于该院之名人,前有陶焕卿,后有苏曼殊。

82 上海图书馆善本书目顾问凡三人:一赵千里,早卒;一周叔弢,于一九八四年春下世;一潘景郑,为仅存之硕果。

83 上海铜仁路,昔为哈同路,盖毗近哈同之爱俪园也。有民厚里,名人卜居其间,如诗人蒋梅笙,为徐悲鸿之岳丈。朱天目,著《怜心集》,自号"不死先生",刻印"读书千卷,手挥万金"。画家有朱蓉庄、缪谷瑛、胡汀鹭。

84 居住沪西康定路之绿杨村,称为"绿阳村里人家"者,先后有经亨颐、何香凝、陈季鸣、周南陔、杨宛叟。

85 高吹万居沪上海格路,颜其斋曰"格簃"。孙沧叟居辣斐德路,颜其斋曰"斐庐"。冯超然居嵩山路,颜其斋曰"嵩山草堂"。

86 苏州草桥中学,第一任校长为雁村词人蔡晋镛,严执校政,时校董蒋炳章太史之子触犯校规,蔡力主开除,有以碍及校董之面而劝阻者,蔡毅然辞职。此后袁希洛、汪鼎丞等继任校长,培植人才,如叶圣陶、顾颉刚、江小鹣、王伯祥、吴湖帆、顾廷龙、徐孝穆、范烟桥、章君畴,则其尤著者。

87 苏州多河渠，航行较便，有一种所谓枪船，凡六十岁以上之人，犹及见之。陶煦所著《贞丰里庚申见闻录》，颇多有关枪船之史料，惜未梓行。

88 松江秀野桥，世传特产四鳃鲈，白蕉诗有"苦忆松江秀野桥"之句。桥在邑之西市，沈逸轩居于斯四十年，初未闻桥下有渔人垂纶投网者，盖舟楫往来，水急流浊，不足为鲈鱼宅。沈瘦东有诗寄炼霞女士云："泛宅何年未可知，西风网罟最相思。只怜秀野桥头水，虚负徐娘七字诗。"徐娘指炼霞夫婿为徐晚蘋也。

89 吴江同里镇，有退思园，乃清季光绪间兵备道任兰生请画家袁龙设计建筑者。园有琴房、岁寒居、桂花厅、览胜阁、菰雨生凉轩、坐春望月楼。

90 吴中双林巷之春草闲房，乃金俊明故宅，后归吴湖帆，屋后方竹尚存。湖帆旧藏《石谷春草闲房图》已佚去，张艮庐劝其补作一图，与所藏孝章诗卷合装。艮庐过春草闲房，填《惜寒梅》一阕："问讯词仙，指南桥隔水一椽幽筑。满架藏书，正与高人比屋。"乃指吴霜崖所居在春草闲房之南也。

91 吴中王废基，为张士诚宫室故址，设有东斋茶肆，诸耆旧常聚其处，因有"东斋十老"之称。十老为陈石遗、邓孝先、费仲深、蔡巽堪、吴九珠、江隽之、林肖崙、陈渭士、庞次淮、宗十戴。

92 南京拆城墙，徐悲鸿以为古迹不能毁。苏州拆夏侯桥，朱梁任亦以为古迹当保留。然书生之见，当轴不之采纳也。

93 清季，日本人在沪，刊行《同文沪报》，附刊名《消闲录》，颇受读者欢迎。李定夷办一期刊，名《消闲钟》。此后我与赵眠云合辑一杂志，名《消闲月刊》，共出六期。

94 戈公振之《中国报学史》，谓《无锡白话报》之创办人为裘梅侣。实则梅侣为一女子，乃《无锡白话报》编辑人之一，创办者则为裘可桴。可桴，名廷梁，字葆良，清光绪十一年举人。

95 《时务报》，为梁启超、黄公度、汪康年所倡办，系一种旬刊，清帝光绪喜阅之。

96 《北洋画报》，为华北正式用铜锌版印画报之创始。主办者冯武樾，粤人。

97 民国初年，同盟会在上海，有嫡系报纸五家，即于右任主持之《民立报》，李怀霜主持之《天铎报》，周少衡主持之《民权报》，邵元冲主持之《民国新闻》，邓家彦主持之《中华民报》。

98 首创《时报》者，为狄楚青、刘孝实，二人姓名，一彰一晦。

99 一八八三年，即清光绪九年，《申报》版面刊载笔记、诗文，如拜红仙馆主人等所作，为后来报纸开辟副刊之滥觞。

100 上海《申报》曾刊有聚珍本小册书籍若干种，不知《新闻报》亦有书籍发行，曾见者如袁翔甫之《海上见闻录》。凡十二卷，装成二册，其时为光绪乙未春，铅字排印，且附插图，标题均为四字，如《酒馆琐谈》《西人游宴》《象牙产数》《印度纪游》《电车登山》《缅甸虐政》等等。

101 《中华民报》，创刊于民国元年七月二十日，是报附有《星期增刊》，用道林纸精印铜版图，载苏曼殊画多幅，并有跋语，但柳亚子所辑《曼殊全集》及《曼殊遗墨》，均未收载。

102 在三十年代，《大公报》附刊《国闻周报》，刊登《凌霄一士随笔》；同时《中央日报》附刊《中央时事周报》，刊登黄秋岳之《花随人圣盦摭忆》，成为对垒之作。

103 《苏报》原为胡铁梅（璋）所办，铁梅娶日本女子生驹悦为室，报即由生驹悦出面，聘邹翰飞为主笔。生驹悦一次强迫翰飞撰一索诈稿，翰飞拒之，遂辞职。翌年戊戌，陈范出资购得该报，宣传革命，而以"苏报案"轰动一时。

104 《苏报》创始者为胡铁梅，后归陈梦坡主持，赁上海河南路楼下一室，所谓主笔房、排字房、机器房，均在其内。

105 邹容之《革命军》，《苏报》刊载其序，后印单本。尚有军事小说《海国春秋》，署名蜉蝣生，则无单本问世。姚民哀藏有《苏报》，《海国春秋》首尾无缺。蜉蝣生，邹之化名也。

106 报界有四大金刚，为汪汉溪、史量才、狄楚青、席子佩。

107 《新闻报》总理汪汉溪称买办，总董福开森称大人，总编辑李浩然称师爷。浩然之前，有金世和，任过总编辑。金字煦生，既离馆他就，有一时期仍为该报附刊写稿，署名柳簑者即是。

108 《天下》英文杂志，为对国际宣传之定期刊物，编辑有林语堂、吴经熊、叶秋原等。社址设于沪西愚园路，由别发图书公司发行，十六开本，高级道林纸印行，为当时刊物之突出者。凡人物介绍、艺术作品、插图绝精审，惜印数不多，今已无从寓目。语堂所译《浮生六记》，即连载该杂志中。

109 《神州日报》最早为叶景葵之弟景华所办。景华向商务印书馆定购铜模铅字，不料出版后，销路不畅，亏折甚巨，致商务欠款无以清偿。既而遭火，得火险保费，偿欠款而有余，乃重购新印机及铅字，继续出版。

110 一九五六年，上海《文汇报》复刊，连载作品，有叶恭绰之《遐庵谈艺录》，夏枝巢之《茶余谈往》，均饶有掌故史料。

111 余槐青《上海竹枝词》，有《焚报》一首云："口诛笔伐日唏嘘，竟作官场附骨疽。差喜清朝胜秦室，长官焚报未焚书。"注云："清末，《民呼报》痛斥官场，沪道蔡某愤恨，焚之城门中。该报馆卒被封。"按《民呼报》，乃于右任主持之革命报刊。所谓蔡某，乃蔡乃煌，申言欲抉主持者之双目。于右任别办《民吁报》，去"呼"字双点为"吁"，暗示弗劳尊手，自行抉之，借以冷讽也。

112 商务印书馆美术部主任，初为吴待秋，吴书画享盛名，生涯大好，乃辞职去。时李拔可任该馆董事，乃驰函福建长乐，聘黄蔼农承乏。

113 最早之英文读本，乃商务印书馆出版之《华英初阶》及《华英进阶》，本为英人编写给印度人学习者，商务延谢洪赉翻译，用白话注释。

114 谈戏剧之专书，有《菊部丛谈》，同名者凡二种：一为常州张肖伧所辑，全书分《燕尘菊影录》《歌台摭旧录》《蒨蒨室剧话》三部分，书前附有数十帧著名演员戏装照片，由大东书局出版；一为罗瘿公遗编，李释堪校补付梓，绸面线装，绝精雅，分贻友朋，印数极少。我于张聊止之养拙轩见之，乃假而录一副本，闻释堪处亦无复有存。原稿在聊止处，被梅兰芳索去，释堪与之争，结果不知属谁。及兰芳、释堪下世，此稿更不知落于何处矣。我之副本，首冠志盦长序，以骈四俪六出之。释堪识语，略云："瘿庵偃蹇人海二十余年，日以征歌选舞为事。平居跌宕骏放，奖掖后生，故梨园子弟喜与之游，宣南乐部间，莫不知罗瘿公也。兹编作于民国己未，赅博典雅，为晚近谈剧有数文字。"樊增祥作眉批。我更从他处补录孙师郑、廉南湖、瞿蜕园等题词，益形完善。

115 张葆全之《诗话与词话》,为中国古典文学基本知识丛书之一,但于近人诗话,仅及《石遗室诗话》,实则尚有陈伯弢之《抱碧斋诗话》、杨钟羲之《雪桥诗话》、王逸塘之《今传是楼诗话》、狄平子之《平等阁诗话》、陈鹤柴之《尊瓠室诗话》、沈瘦东之《瓶粟斋诗话》、陈寥士之《单云阁诗话》、钱萼孙之《梦苕盦诗话》、陈声聪之《兼于阁诗话》,均各有其长也。

116 白居易有问刘十九诗:"绿蚁新醅酒,红泥小火炉。晚来天欲雪,能饮一杯无?"朱大可之《新注唐诗三百首》,谓刘十九就是刘禹锡。据近人选注白居易诗,谓刘十九指刘轲,河南登封人,隐居庐山。朱金城有《刘十九是谁》一文,刊载香港《大公报》,对刘轲颇有怀疑,亦未能定刘十九是谁。

117 《汉晋真迹字鉴》,乃日本松本南溟与野田白云所合编,昭和十三年印,当时只印二百部,流传甚少,钱叔崖东渡时购得一部,在国内成为孤本。全书共三册,一为木简及残札,其他二册,乃逐字放大,分类排比,整理时颇费精力。

118 《鲁滨孙飘流记》,乃因系狱中之狄福原著,为英国早期现实主义文学中之优秀作品,有人民文学出版社一九五九年之方原中译本。此前则有林琴南译本。更早有沈祖棻,译为《绝岛飘流记》,凡二十章,高梦旦作序,尚在一九〇二年。祖棻,字诵先,沈祖絜之弟。

119 《紫钗记》《南柯记》《四声猿》等,其中有吴瞿安改易处。

120 《轰天雷》说部,著者藤谷古泉,徐傅霖谓乃黄摩西化名。是书由苏州毛长珍印刷所排印,甚简陋。

121 钱芥尘谈《袁寒云日记》之精雅工整者凡四册,余则为行草书,张学良当时于四册中取二册,彼得二册。某岁,彼谋度岁

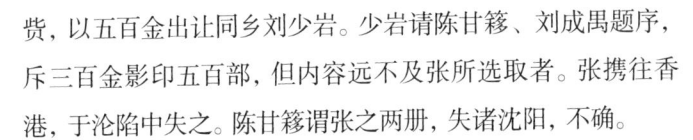

赀，以五百金出让同乡刘少岩。少岩请陈甘簃、刘成禺题序，斥三百金影印五百部，但内容远不及张所选取者。张携往香港，于沦陷中失之。陈甘簃谓张之两册，失诸沈阳，不确。

122. 《康有为年谱》，早期由康自撰，后期由其女康同璧续写，油印两厚册。《梁启超年谱》，林宰平编写，凡数十万言，印数少，不易觏见。

123. 安仪周《墨缘汇观录》谓大令有《鸭头丸帖》甚精，惜未一见。《鸭头丸帖》，由叶恭绰让给公家，陈列上海博物馆，可见今人眼福胜于前人。

124. 余越园家藏有"阅微草堂"匾额，书者桂未谷。陈伏庐藏有纪晓岚大烟斗，惜二物未能合在一处。

125. 民国初年，教育部征请名宿撰著国歌，撰进者有四家：一、章太炎；二、张季直；三、钱念劬；四、汪衮甫，均未采用。

126. 王秉恩、朱祖谋、况蕙风、周庆云、潘兰史、简琴斋等，揄扬坤伶李雪芳，人称"雪党"，编有《李雪芳》小册。

127. 上海鸣社祭酒，以武樗瘿为首，以贾粟香为末。

128. 萍社为灯谜组织之规模最大者，发起人乃姚涤源、许东雷、陆律西等。

129. 吴中有含英社，乃园艺界及爱好园艺者所组织，参加者为朱子安、沈迦庵、丁慎旃、朱犀园、周瘦鹃等。瘦鹃来上海，又与孔志清、董叔瑜、徐卓呆、莫悟奇、沈增禄、殷子敏诸家，相与研讨。

130. 谢玉岑与张善子、张大千、汤定之、符铁年、谢公展、王师子、郑午昌、陆丹林九人创九社。

131. 李常觉、吴觉迷擅英文，常口述西洋小说，由陈小蝶、小翠兄妹笔录，陈蝶仙加以润色，人称之为"译著工场"。

132 沪上有三八会之组织，每月逢三、八日举行，诗酒唱酬，引为乐事。提创者：袁伯夔；参加者：陈散原、周今觉、况蕙风、陈筱石、钱冲甫、袁帅南。

133 上海有甲午同庚会之组织，参加者，如梅兰芳、周信芳、汪亚尘、郑午昌、吴湖帆、范烟桥、杨清磬等，均生于清光绪甲午年。第一次宴会，取吉祥口采，肴馔由万寿山菜馆供应，所饮为千岁酒。

134 绘画集团有天马会，成立于一九一九年十月，定名者为丁悚（慕琴），取天马行空之意。会员有江小鹣、汪亚尘、刘海粟、唐吉生、张辰伯、王济远、杨清磬、陈晓江等。

135 天马画会，有三人生肖属马，江小鹣元旦生为马头，郑午昌五月初五生为马腹，杨清磬大除夕生为马尾。

136 苏州民兴社演新剧，李君磐领导，携来二学生，一即后来成为名小说家之张恨水，一为黄秋士。秋士演旦角，擅小楷，打泡第一日，凡包厢、正厅之观客，各赠团扇一柄，均秋士手写，且许补上款。

137 南社社友：彭侠公、冯心侠、杨殹侠、周渔侠、周侠飞、徐侠儿、沈希侠，以武犯禁之侠，抑何其多耶！

138 南社社员，多各地人士，因此有粤支部，主持者蔡哲夫；湘支部，主持者傅熊湘、阳兆鲲；闽支部，主持者邱复、邱瀣山、朱剑芒、潘希逸、罗稚华。

139 南社社员，辩才无碍者，有杨杏佛、宋教仁、汪季新、江亢虎；拙于口才者，有柳亚子、高吹万、姚石子、胡寄尘、诸贞壮、景定成、梁一余。

140 《三笑》为弹词家所说唱。我戏谓南社社员亦有三笑：一、包天笑；二、夏笑盦；三、王笑疏。

141 南社社员，家遭回禄之灾者，前有陈巢南，后有诸贞壮、陆澹安。

142 南社社员，颇多爱好戏剧曲艺者，如张冥飞编京剧，马君武编桂剧，陈耿夫编粤剧，吴瞿安编昆剧，陆澹安、戚饭牛、陈蝶仙编弹词，邓尔雅奏古琴，谈月色唱变文。至于登场表演，如李叔同、陆子美演新剧，冯春航演京剧，田桐演汉剧，宋痴萍演电影剧。易大厂、严工上又专研乐理，有所著述。

143 撰《南社影事》，署名劲草，乃南社朱凤蔚。撰《星社溯往》，署名天命，乃星社范烟桥。

144 《红薇感旧记题咏集》，南社文献也。柳亚子为傅屯艮刊印，题签者为余天遂、萧蜕庵、江南刘三，作序者为柳亚子，绘《感旧图》者为黄宾虹、蔡哲夫，首页有黄玉娇眉史倩影，尤为难得。盖屯艮主《长沙日报》笔政，多诋袁世凯包藏祸心。及袁氏爪牙汤芗铭督湘，密捕屯艮，屯艮无所容身，黄玉矫眉史尚侠义，纳而藏诸妆阁，得免于难。红薇吟馆，则屯艮之斋名也。题者百余人，什九南社社员。

145 装潢家，昔称裱画匠，世不之重，故姓名见于著录者甚少。苏州蒋吟秋、陶声甫合作之《苏州装裱艺术》及季裕庆之《古画青春》二文中，述及名装潢家，有吕彦直、孙凤、汤杰、强伯川、庄希叔、孙鸣岐、叶驶夫、秦长年、徐名扬、张子元、戴汇昌、张玉瑞、沈迎文、吴文玉、阮子英、洪寿卿、陆润泉、杨馥堂、窦道原、金汉卿、沈荷卿、刘定之、谢根宝、范广畴等。

146 游侠者流，辄称其魁为"天王老子"。按天王老子，张姓，名树声，徐州人。清吏曾逮捕之，民国肇造，始开释，居海上，门徒甚众。既逝世，某为之题旌"清授昭武都尉钦加五品衔张君之旌"。

147 妇女刻石章有名者，如萧娴、顾青瑶、谈月色、赵含英、赵林（古泥女）、钱漪兰（贺天健妻）。妇女在上海鬻书画者，先后有顾澥云、周菊仙、吴芝瑛、庄繁诗、吴杏芳、张红薇、包振玉、虞澹涵、谈玲君、胡漳平、江道樊、刘绷、汤剑我、冯文凤、陈小翠、陆小曼、项养和、庞左玉、沈玉还、李秋君、奚屠格、唐石霞、谢月眉、顾飞、周炼霞、吴青霞、陈佩秋、丁筠碧、褚保权、侯碧漪、杨雪玖、江南蘋、厉国香。

148 词人家庖之精者，当推夏敬观、廖忏庵、林纫庵三家，夏逝世，其子为新华银行负责人，庖丁均归新华。廖氏夫人能为古巴式之西餐，别具风味。

149 取名而与姓连系者，如白云、黄河、胡蝶、乔木、田汉、洪荒、汪洋、王者香、王佐才、王谢燕、关山月、梅兰芳、黑白龙、金粟香、凌万顷、吴江冷、戴天仇、李成蹊、何其愚、蔡大龟、江梦花、钱万寿、黄菊迟、威饭牛。

150 自科举废，科第人物，皆已过去，最后状元为刘春霖，最后榜眼为朱汝珍，最后探花为商衍鎏，最后传胪为张启后（启后字燕昌，与嘉道间书家张燕昌同姓名）。最后翰林钱崇威，年九十有九，遭"四凶"肆虐，被笞辱死。最后秀才，则沪东川沙苏局仙，高龄一百有五岁，尚健在，真人瑞也。

151 王秋垞、周岐隐、周采泉、忻鲁存、潘文本、宋少芬、戴雪棹、孙兆梅、王荫亭、陈寥士，均擅诗，为"东社十子"。寥士师事冯君木，君木诗有"穷居门巷比云单"，一时传诵，寥士取为斋名，曰"单云阁"。

152 以"煤"字作名号者殊少，现有陈荒煤，较前有林耕煤。林名苍，号天遗，福建闽县人，光绪甲辰进士，工诗。

153 小溲阻滞而改道者，在文人中，先后有唐文治、戴禹修、陆澹安、施蛰存。

154 医生之失聪者，前有张云骧，后有恽铁樵。云骧人称张聋髶，彼即以张龙彭为名，大有郭橐驼名我固当之概。

155 吴昌硕、高邕之、张云骧，可谓聋不讳聋，盖吴署大聋，高署聋公，张署龙朋，以谐声聋髶。林百举、恽铁樵、丁慕琴、丁柏岩、平襟亚、朱孔阳、陶冷月，可谓不聋而聋，盖七人从不以聋自标，实则双耳失聪有年。至于周南陔可谓聋而不聋，盖南陔在民国初年参加反袁革命，耳被炮声震聋，数十年医治无效，人皆以聋子目之。不料解放后，医生以先进医术，恢复彼已失之听觉，与友好晤谈，一无阻碍。

156 贪生怕死，人之常情，然有以死为别署者，如杨杏佛署死灰，何靡施署煤死。

157 有用虚字为别号者，如滕白也、陈达哉、方骏乎、胡适之。而钱梅溪之《履园丛话》谈诗，尚有方升矣其人。

158 古有五行之说，五行为水、火、金、木、土，《书经》《礼记》均载之。清代状元，却有名符五行者：甲戌之陆润庠，水也；丙子之曹鸿勋，火也；戊辰之洪钧，金也；辛未之梁耀枢，木也；丁丑之王仁堪，土也。好事者出联征对："五状元金木水火土，连科及第。"后有人对之："四川省公侯伯子男，列爵齐封。"但公侯伯子男，不知所指为谁。

159 笔名怪异者，如林语堂之毛驴，杨杏佛之死灰，徐志摩之黄狗，柳亚子之青兕，左舜生之黑头，潘汉年之泼皮，吴稚晖之燃料，施蛰存之刍尼，梁众异之诗囚。

160 刘公鲁为聚卿哲嗣，家藏双忠砚，即岳飞与文天祥之遗砚也。彭长卿曾以文天祥砚拓见贻，刻有"题襟馆"三字。题襟馆,沪杭各有一所,此题襟馆,属于杭州西泠印社,可知是砚已归公家矣。砚作长方形,有谢翱铭:"洮河石,碧于血,千年不死苌弘骨。"此砚于乾隆丁未十二月,杭州临平渔父网而得之。适王仲瞿舟过相值,知为文天祥故物,以二十元得之,旋转赠袁子才。袁仿竹垞咏玉带生故事,为作匣,并招诗流,各赋一章。

161 昔之所谓痈,即今之所谓癌也。此属恶疾,却有人取以为名者。《近代诗选》有李京痈,字璧人,号月湖,江苏通州人,清季增广生,私谥孝敏先生,工诗,如"细雨帆樯千里客,夕阳楼阁一声钟",又"古寺松杉连暝色,长江风雨壮秋声",均可诵。

162 恽毓鼎之《崇陵传信录》载,侍郎景善朝服将投井,徘徊井栏旁,子恩某自后推之堕。按恩某,乃景善长子恩澍。《景善日记》中颇多提及其子。如云:"予子笑予耳之不聪,实在不孝。"又云:"恩澍之妻大不孝。"该日记多错别字,往往有不成文理处。

163 杭人某曾得《秋笳余韵》二册,盖吴汉槎获谴赦归,诸名流所投之诗什也。有顾梁汾所书《金缕曲》等,凡四十余家,一度为张叔未所有,叔未一一书有传略。杭人某以是册有关杨味云家贯华阁故事,让给味云后人杨通谊,索值黄金二十四两,通谊如值付之,遂为杨氏物。汉槎刊有《秋笳集》,故以《秋笳余韵》名之。

164 陈大镫辑《明代版画刻工姓氏录》,王孝慈得之,大为增补;马隅卿从孝慈处转钞,又补入若干人;郑振铎转录一本,更补入若干人。

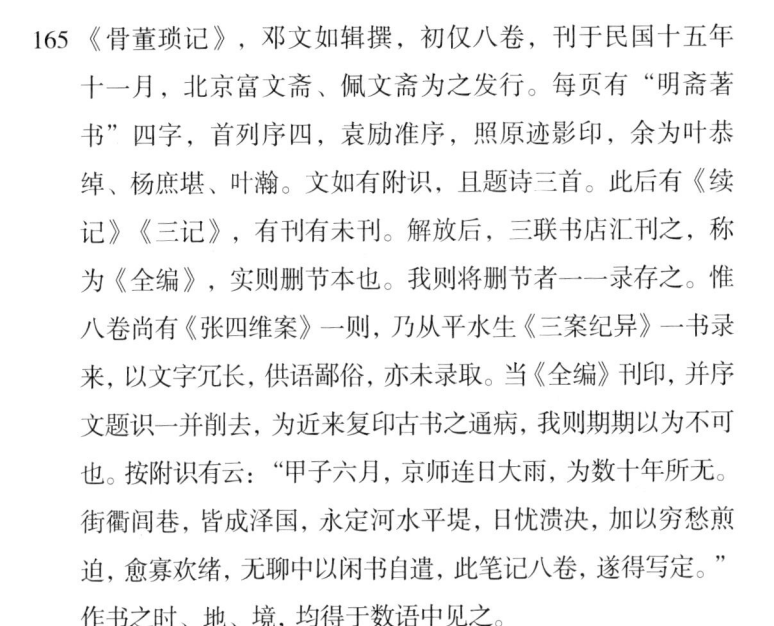

165 《骨董琐记》，邓文如辑撰，初仅八卷，刊于民国十五年十一月，北京富文斋、佩文斋为之发行。每页有"明斋著书"四字，首列序四，袁励准序，照原迹影印，余为叶恭绰、杨庶堪、叶瀚。文如有附识，且题诗三首。此后有《续记》《三记》，有刊有未刊。解放后，三联书店汇刊之，称为《全编》，实则删节本也。我则将删节者一一录存之。惟八卷尚有《张四维案》一则，乃从平水生《三案纪异》一书录来，以文字冗长，供语鄙俗，亦未录取。当《全编》刊印，并序文题识一并削去，为近来复印古书之通病，我则期期以为不可也。按附识有云："甲子六月，京师连日大雨，为数十年所无。街衢闾巷，皆成泽国，永定河水平堤，日忧溃决，加以穷愁煎迫，愈寡欢绪，无聊中以闲书自遣，此笔记八卷，遂得写定。"作书之时、地、境，均得于数语中见之。

166 瞿良士得叶小鸾疏香阁砚拓本，及郭频伽亲题《太常寺引词》一阕，授其嗣君旭初，付装成册。既而旭初又请陶运百绘小鸾小像，杨无恙、顾公雄、顾公硕各绘《疏香阁图》，陈病树、陈文无、徐虹隐、钱梦苕、季今斋、何禹昌、燕谷老人等题词。小鸾生前无遗像，无非画师悬拟也。

167 一九四五年，成都笺纸铺刊印《诗婢家诗笺谱》，选取赵扐叔、齐白石、陈师曾、吴昌硕、陈半丁、金拱北、关山月等三十余人作品，凡一百余帧。内容有双钩、造像、篆隶、人物、山水、花卉、蔬果、鸟兽、虫鱼、钟鼎、西域古迹等，颇具雅致。

168 书札大都以行楷出之，曾见俞曲园致人函，有作篆书者。至于石鼓钟鼎文，素不见诸尺牍。我友柳曾符，为史学家柳翼谋前辈之文孙，治甲骨文有年，我乃请彼作一甲骨文札致我。越日，果蒙由邮颁来，在我尺牍收藏中为创格。至于王蘧常之章草札，滕白也之指书札，沈哂之之隶书札，则早备置矣。

169 书家有隔代相传者，高吹万擅书，子君宾不能书，孙高铎能继其祖；蒋吟秋擅书，子伯康不能书，孙大新能继其祖。

170 有非羽流，而署名道士者，如潘飞声之水晶庵道士，李瑞清之玉梅花盦道士，甚至有人打醮访邀之，成为笑柄。

171 小说家兼善医道者，有蔡东藩、刘铁云、恽铁樵、张冥飞、陆士谔、施济群。

172 历来显宦，对外书翰，辄由幕友代笔，直至民国时代，亦往往由秘书为之。如田桐代孙中山，饶汉祥代黎元洪，庞国钧代陈夔龙，曾履川代孔祥熙，冯若飞代张群，罗敷庵代王宠惠，周伯敏代于右任，岳森代谭延闿，任中敏代胡汉民，张斯德代林森，曾仲鸣代汪精卫，易大厂代唐绍仪，陈景昭代叶恭绰，樊光与赵鹤琴代王正廷等。

173 有人评清季三大吏，颇趣："张之洞有学无术，袁世凯有术无学，岑春煊不学无术。"

174 国内私人藏《永乐大典》者，有梁启超、傅增湘、叶恭绰、罗振玉、李盛铎。

175 黄仲则诗"九月寒衣未剪裁"，传为名句。按唐初张说《岳州晚景》诗，即有"长沙卑湿地，九月未成衣"，仲则乃套用之也。不仅仲则如此，甚至李白推崇崔颢《黄鹤楼诗》，道"眼前有景道不得，崔颢题诗在上头"。实则崔颢乃套取刘希夷《春江花月夜》之成句。希夷云"白云一片去悠悠，青枫浦上不胜愁"，崔颢则为"白云千载空悠悠，烟波江上使人愁"，蹈袭尤为显著也。

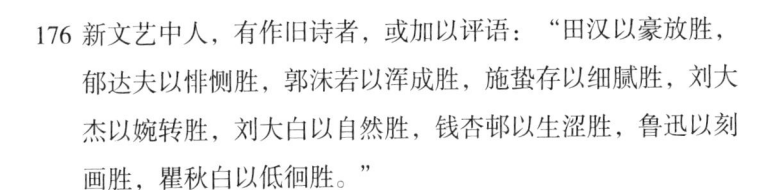

176 新文艺中人，有作旧诗者，或加以评语："田汉以豪放胜，郁达夫以悱恻胜，郭沫若以浑成胜，施蛰存以细腻胜，刘大杰以婉转胜，刘大白以自然胜，钱杏邨以生涩胜，鲁迅以刻画胜，瞿秋白以低徊胜。"

177 画熊猫之著名者，北方有吴作人，南方有胡亚光。此外有洪世清之指画熊猫，别创一格，曾绘制二丈巨幅熊猫，赠世界野生动物基金会；又赠二十幅四尺熊猫图给中国野生动物保护协会，作为义卖。

178 画家作画，自称先生者凡三人：一吴昌硕称缶先生，一吕凤子称凤先生，一张大千称张先生。

179 中国画家，在海外得崇高奖誉者，如张大千，法国戴高乐为摄电影纪录片，放映于欧美各国；汪亚尘在美，肯尼迪总统夫人拜之为师。

180 现代画家有"美男子"之称者凡六人：丁慕琴、胡亚光、汪亚尘、江小鹣、杨清磬、谢之光。

181 丹青家往往为笺铺作画笺，如林琴南取玉田、梦窗词意作山水笺，姚茫父作唐画砖笺、西域古迹笺，陈师曾蔬果笺，齐白石人物笺，缪素筠花鸟笺，吴待秋、汤定之梅花笺，其他尚有王梦白、溥心畬、陈半丁、金拱北、张大千、王雪涛、萧谦中、江南蘋等，均有所作。

182 岭南派画家居巢，寓东莞张敬修之可园甚久，以环境佳胜，作画颇多得意之品。

183 郑文焯画中常有鹤，丰子恺画中常有猫，潘君诺画中常有蜂，申石伽画中常有竹，苏曼殊画中常有野僧。

184 近代画家，不仅泼墨，且复泼彩，张大千、刘海粟均优为之。如画荷花，在荷叶上泼上石青，别有韵趣。

185 沽上大罗天,相同于北京之厂甸。张一香、杨拜苏、陈季略,日至其地,号"大罗三老"。一香貌如老衲,张大千一见奇其相,曰"此画中人也",为写一像。

186 成都杜甫草堂之诗意图,凡若干帧,大都出于柯璜、齐白石、陈半丁手笔。

187 徐谦、柳亚子、张溥泉、于右任、康有为、梁启超、吴敬恒、戴季陶、冯玉祥、江亢虎、柏文蔚、张人杰、邹海滨等,均曾订润,在沪卖字。

188 以左手作画者,前有丁叔衡,后有熊松泉、凌万顷、费新吾。

189 上海人民美术出版社所印行之《明清扇面画选集》,凡一百幅,大都有"虚斋藏扇""孔氏鉴定""少唐心赏""季彤审定""听帆楼藏"诸印章。按虚斋乃吴兴庞元济。孔氏及少唐,乃南海孔广、陶少唐。季彤则番禺潘正炜。"听帆楼",潘之斋名也。

190 韵香在梁溪,颇著声誉。其《空山听雨图》,奚铁生绘者失去,乃补绘四图,一许玉年,一吕培,一沈旭庭,一叶芸台。题者如刘石庵、英煦斋、梁山舟、孙渊如、洪亮吉、赵味辛、杨蓉裳、张船山、陈云伯、孙平叔、顾晴芬等共九十余人。叶芸台更在卷端绘韵香小像,道妆执拂,潇洒出尘。

191 印章刻文,有耐人寻味者。如王湘墅筑庐许昌,乃宋代苏叔党之斜川遗迹,因刻一印"继苏叔党六百年后小斜川主"。又陆璞卿适吴江张春水,鬻书画为生,所用小印"文章知己患难夫妻张春水陆璞卿合印"。吴恪斋画山水,有一印"曾览泰华衡山空同祁连长白罗浮匡庐蓬莱员乔方壶之胜"。项养和女史印"闲处光阴女红余事画宗北苑书法南田"。马公愚印"家在永嘉山水窟"。黄葆钺印"游惰农夫酒肉僧"。王师子印"春如许"。朱其石更镌"石上精舍"一印,谓无力建屋，只有刻石寓意，聊以慰情耳。

192 刻蜡油印，始于清季，其法由日本传来。潘振扬见告，宋人何蓬所著《春渚纪闻》有一则云："毕渐为状元，赵谂第二，初唱第，而都人急于传报，以蜡板刻印。"此刻蜡油印之滥觞也。

193 旧画洗刷污迹，今用科学药剂及新颖方法较易解决，此前装潢家颇感棘手，但亦有别出心裁者。季裕庆谈谢根宝事，颇饶趣味，如云："裱古画老艺人谢根宝，在装裱一幅明代仇十洲的洛神。这幅画，由于辗转易主，收藏不善，画面满是黄斑霉点以及破洞，简直不可拾掇。最可惜的，是那年轻美貌的洛神，脸变得乌黑，成为鸠槃荼。去掉画面上的黄斑霉点，还是比较容易的事。去黄斑，只要用开水冲清画面，连续四五次，每次两三分钟。去霉点，只要涂上适当的灰锰氧和草酸，霉点就会消失。但是要使洛神的黑脸，还原为粉白脸，却复杂得多。谢根宝说'这就要让高粱酒来显神通了'。只见他拿了一根普通的棉纱线，把洛神的黑脸全部围在里面，线圈外浇上薄薄的清水，线圈内则倒着六十度的高粱酒，划一根火柴点着，酒立刻在画面上燃烧起来。说来也真是一件怪事，一会儿工夫，洛神的脸便完全泛白了。这时谢根宝把火吹熄，取掉线圈，用吸水纸把画面上的残水残酒吸干，于是憔悴的洛神，又容光焕发了。"

194 操笔墨生涯者，颇多转身为人权保障之律师，如章行严、江翊云、黄若玄、毕倚虹、平襟亚、余空我、张恂子、鄂吕弓、凤昔醉等皆是。

195 小说家有"三张"，先为张碧梧、张舍我、张枕绿，后为张恨水、张慧剑、张恂子。

196 苏州有"四老"：程小青、周瘦鹃、范烟桥、蒋吟秋。朱大可作《怀人诗》，时瘦鹃、烟桥均作古，乃云："苏州耆旧剧凋零，却剩吟秋与小青。试向沧浪亭上坐，大家共指老人星。"

197 福州有"林氏四民"，为林长民、林肇民、林尹民、林觉民。长民为南社社员，肇民参加同盟会，尹民擅技击，觉民为黄花岗烈士。

198 郑海藏家有绿樱，李拔可家有白藤，徐仲可家有名菊，周瘦鹃家有胭脂红梅，梅兰芳家有异种牵牛，每届花时，辄邀客观赏。

199 林寒碧、苏曼殊，并葬西湖孤山之麓，徐自华亦埋骨是地，柳亚子因有"地下故人应待我，春来跃马醉孤山"之句。

200 民国二年二月，教育部分函蔡元培、王闿运、张謇、严复、梁启超、章炳麟、马良、辜鸿铭、钱恂、汪荣宝、沈曾植、沈曾桐、陈三立、樊增祥、吴士鉴等，撰作国歌。当时有应有不应，应者均认为太古奥，太典雅，不通俗大众化，未之采用。

201 有化名并姓而同化者，如周树人之何家干，杜国庠之林伯修，章士钊之黄中黄，黄克强之张守正，赵伯先之宋王孙，苏曼殊之林惠连，柳亚子之唐隐芝，蔡元培之周之余，刘申叔之金少甫，杜亚泉之陈仲逸，于右任之刘学裕，恽树珏之黄山民，姚民哀之朱兰庵，顾卧佛之上官丹，余空我之慕容随，白逾桓之吴友石，顾硕臣之芮体健，刘大白之金庆棪，何海鸣之余行乐，钱君匋之宇文节，曹之林之端木蕻良，叶景范之沈希淹，金性尧之文载道，吴崇文之文宗山，张仲明之秦时敏，升吉甫之钱大猷，徐慕兰之黄宗江，邓拓之马南邨，郑伯奇之何大白，曾今可之金凯荷，万家宝之曹禺，张天翼之铁池翰，张爱玲之梁京，陈子展之于时夏，秦牧之林觉夫，沈端先之夏衍，张光人之胡风，沈雁冰之吉卜西等。我亦一度化姓名为陶拙庵。

202 当代书家,学沈寐叟者,有马一浮、王蘧常、邹梦禅、谢凤孙等。学康有为者,有萧娴、刘细、李培基等。学李瑞清者,有李仲乾、刘海粟、刘介玉等。学曾农髯者,有张大千、蒋国榜、马企周等。学吴昌硕者,有王个簃、赵云壑、费龙丁、汪英宾、赵渔村、吴东迈等。学郑太夷者,有王鑐、曹缵蕤、赵尊岳、曾学礼等。学谭茶陵者,有谭淑、岳森等。学张季直者,有花劫庵等。学俞曲园者,有三六桥等。学于右任者,有周伯敏。学胡汉民者,有李仙根、任中敏、黄乃锠、潘勤孟等。学邓承修者,有邓梦湘、邓仲果等。学梁鼎芬者,有杨子远等。学沈兼巢者,有沈玉还等。学钱名山者,有钱小山等。学袁克文者,有曹靖陶、郑子褒、巢章父、汪大铁、俞逸芬等。学赵子谦者较多,有易大厂、马公愚、李茗柯、秦伯未、赵俊民、傅寿宜等。

203 万绳栻任张勋秘书,胡嗣瑗任冯国璋秘书,诸贞壮任瑞莘如秘书,饶汉祥任黎元洪秘书,胡栗长任卢永祥秘书,吴眉孙任梁士诒秘书,柏文蔚任胡景翼秘书,仇亮任阎锡山秘书,殷人庵任高洪恩秘书,李怀霜任李烈钧秘书,马夷初任莫伯恒秘书,古直任邹鲁秘书。

204 名人中无子嗣者,胡汉民、尤列、徐世昌、吴子玉、刘季平、汪旭初、李拔可、邓秋枚、叶恭绰、钟荣光、陈巢南、赵伯先、马相伯、朱祖谋、易大厂、陈世宜、廉泉、高奇峰、马一浮、林语堂、李梅庵、黄晦闻、谢闲鸥、潘君诺等。

205 文人字号,往往谐声出之,如叶玉甫为誉虎,陈叔伊为石遗,王聘三为病山,周美权为梅泉,胡季仁为寄尘,杨衡甫为杏佛,许志毅为指严,林亮生为凉笙,孙今身为警僧,易枚丞为梅僧,钱鸿宾为红冰,任叔永为庶允,田星六为醒陆、葛咏裘为荫梧、杨了公为蓼功、江亢虎为康瓠等皆是。

206 鬻书者往往用别署，人不知其真姓名者比比也。如清道人之为李梅庵，天台山农之为刘介玉，西湖伊兰之为董晰香，七子山人之为朱染尘，长发头陀之为浦泳，铁道人之为吴铁珊。

207 中华书局，擅楷书者有三人：一方唐驼（子权），中华招牌，即出其手；一为高云塍（建标），中华出版之小学教科书，多由高氏手写，然后影印，又有《云塍小楷》《云塍大楷》等出版，行销百万册；一为杨亦农，楷书极有功力，所书《朱柏庐治家格言》立幅，由中华印行，销南洋一带。亦农曾为我书一册页，迄今犹存。

208 恽铁樵、李定夷、赵苕狂，均读于南洋公学。其时主持校政者为唐文治。任文史课者，为吴中徐筱石，宜兴徐棠芬、储南强，嘉定黄虞孙，武进许指严。

209 有清一代，帝王之师可数者，如乾隆师朱轼、嘉庆师朱珪、道光师曹振镛、咸丰师杜受田、同治师李鸿藻、光绪师翁同龢、宣统师陈宝琛。

210 清代翰林，姓名笔画最多者，为谭鐘麟，五十九画；最少者为王尢，八画。

211 有男子以女命名者，为萧楚女；女子以男命名者，为吴弱男。

212 文人喜以瘦署名，如《拈花集》作者周瘦鹃，《歇浦潮》作者朱瘦菊，《秋海棠》作者秦瘦鸥，《蝶衣金粉》作者许瘦蝶，又电影艺人有马瘦红。

213 李大钊曾去"大"字而为李钊，马一浮曾去"一"字而为马浮，曾孟朴曾去"孟"字而为曾朴，顾默飞曾去"默"字而为顾飞，余空我曾去"空"字而为余我，可称简化派。

214 文人丧偶，往往别署以寓意，如谢玉岁为孤鸾，严子材为独鹤，吴湖帆为倩庵，徐枕亚为泣珠生，马万里为无双居士。

215 非和尚而自号和尚者，有汪绮云之复鹃和尚，林庚白之摩登和尚，彭逊之之儒冠和尚。

216 有以人名作对者，李浩然对陈达哉，汪伯奇对胡叔异，皆《新闻报》之主持辑政者。

217 参加文艺组织较多者，钱瘦铁有海上题襟馆、中国画会、素月画社、古欢今雨社、红叶书画社、蜜蜂画社、上海美术会、星社。黄宾虹有国学保存会、神州国光社、上海艺观学会、海上题襟馆、烂漫画社、中国画会、神州日报社、南社。

218 我所认识之友以"了"为名者，有侦探小说家孙了翁，金石家王了翁，诗人杨了公。

219 近代文人之口吃者，有柳亚子、朱梁任、朱剑芒、陈蒙安。

220 患天阉者，前有梁山舟、翁松禅，后有李梅庵。

221 现代女子姓名笔画最多者为闗鸘鷛（关肃霜），男子姓名笔画最简者为丁一。

222 丙戌翰林，同时获得外国博士学位者凡二人：徐世昌得法国文学博士，柯凤孙得日本文学博士。

223 《醉华馆饮食胜志》，抄本，凡二册，不知何人所撰，内容有《吴中食谱》《苏州小食志》《苏州茶食店》等。因忆范烟桥谈苏州食品，名其集为《苏味道》。以后如作饮食史话，大可补入之。

224 清宛平查礼《铜鼓书屋集印谱》，藏赵扬叔处，赵钤印累累，且于书眉上补钤彼所得之古印；后归丁辅之，由丁转入陈葆藩家，有翁方纲序，吴昌硕跋，丁亦有识语，罗振玉加以观赏题款。

225 《辛丑劫余印谱》乃丁辅之、姚羲民、高野侯及平湖葛氏所藏之丁敬身、蒋山堂、黄小松、奚铁生等名印，而用宣纸精钤，且拓边款，线装两函，当时只钤拓二十余部，为印坛瑰宝。

226 王叔明之《青卞隐居图》，古人题识甚多，近人则有朱古微、郑太夷、罗振玉、陈宝琛、金拱北。观款则有冒鹤亭、叶恭绰、吴湖帆、张学良。

227 小说与游记各有体例，然刘铁云之《老残游记》，却为小说。日记与诗话不同，然方玉润之《星烈日记汇要》，却为诗话。方玉润，字友石，云南宝宁人，著有《鸿濛室丛书》。

228 《老残游记》第一回，有一段云："后来唐朝有个王景，得了这个传授，以后就没有人知道这个方法了。"世界书局重印该说部，由赵苕狂作《〈老残游记〉考》，查出王景是后汉人，载《后汉书·循吏传》，苕狂因将唐朝改正为后汉。但苕狂之《〈老残游记〉考》，亦有误处，如云："以他（指刘鹗）这样倜傥多才，颇想干上一番大事业的人，却蒙上汉奸之名不算，还要远远地充军到新疆去，到头来好写上一部小说，来发泄他的感情，代替他的哭泣。这是何等可悲的一件事，怎能叫他不说这些牢骚的话呢！"实则刘鹗著《老残游记》，在光绪二十九年，时四十七岁。被指为汉奸，流徙新疆，乃光绪三十四年，时五十二岁事，并非因受诬被徙而借此《游记》以发牢骚。至于流徙后所写的，为《人命安和集》，为一医书，非游记也。

229 说部名而冠以"如此"二字者，如宋痴萍之《如此江湖》，孙漱石之《如此官场》，张恨水之《如此江山》，叶小凤之《如此京华》，骆无涯之《如此上海》。

230 《杨家将演义》，为明嘉靖间建阳人熊大木著。书共五十回，回目甚拙陋。解放后，由罗奋削改，存四十二回，凡涉迷信及无意义者，悉付芟汰。罗奋乃陆澹安化名。香港马力研究《杨家将》，曾来沪访陆澹安。

231 《红楼梦》为清代小说，所述大观园中人物，亦皆清人，然绘图者往往作古代装饰，实与时代不合。惟周汝昌所作之《〈红楼梦〉新证》一书，扉页列《红楼梦》人物想象图，乃萧重华绘，一清代服装之女子，手持团扇，坐于石栏上，修竹交映，为想象中之林黛玉，颇有意致。

232 《孽海花》第十一回，有云："忽见院子里踱进两人，一个是衣服破烂，满面污垢，头上一只帽子，亮晶晶的都是乌油光，却又歪戴着；一个是衣饰鲜明，神情轩朗。走近了一看，认得前头是荀子佩，名春植，后头个黄叔兰的儿子，名朝杞，号仲涛。"按荀子佩，乃影射沈子培（曾植）。我在蔡晨笙处见到康有为致沈子培书一通，请子培会见日本公使之前，整洁衣冠，以庄观瞻。可知《孽海花》云云，非无稽之谈也。

233 晚清小说，作者什九化名，不知其真姓名为何。如：《瞎骗奇闻》署茧叟撰，茧叟乃吴趼人。《梼杌萃编》作者署诞叟，真姓名为钱锡宝，字叔楚，杭州人。《九尾龟》作者署漱六山房，则为常州张春帆。《海上繁华梦》作者署警梦痴仙，则为上海孙玉声。《孽海花》署东亚病夫，为曾孟朴。《海国春秋》署蜉蝣生，为邹威丹。直至民国时代，亦多隐晦其真姓名。如《歇浦潮》署海上说梦人，为朱瘦菊。《人海潮》署网蛛生，为平襟亚。《留东外史》署不肖生，为向恺然。《王公馆》署捉刀人，为王小逸。《金陵秋》署冷红生，为林琴南。《续孽海花》署燕谷老人，为张隐南。《人间地狱》署娑婆

生,为毕倚虹。《缥缈史》署名闲主人,为胡石予。

234 晚清写稗史者,往往不具真姓名,而以别署出之,究不知伊谁所作。可考者,有《招隐居传奇》作者落落居士,乃钟祖芬。《藤花秋梦杂剧》作者瞿园,乃太湖袁祖光。《九尾狐》作者梦花馆主,乃江荫香。《后南柯传奇》作者祁黄楼主人,乃洪楝生。《东欧女豪杰》作者羽衣居士,乃张竹君。《大人国》作者中国老骥氏,乃马仰禹。《上海之维新党》作者浪荡男儿,乃叶少吾。《负曝闲谈》作者茂苑惜秋生,乃欧阳巨源(有时亦署蘧园)。《黄勋伯义勇可风》作者武陵樵石逸史,乃范渭滨。《宦海升沉》作者黄帝谪裔,乃黄世仲。《大侠锦帔客》译者蟠溪子,乃杨紫麟。《电世界》作者高阳不才子,乃许指严。他如花也怜侬为韩子云。平江不肖生为向恺然。还珠楼主为李寿民。洪都百炼生为刘铁云。南亭亭长为李伯元。龙禅居士为庞檗子。我佛山人为吴趼人。饮冰子为梁启超。警梦痴仙为孙玉声。冷血为陈景韩。亚东破佛为彭逊之。长洲呆道人为吴瘖庵。东海觉我为徐念慈。东亚病夫为曾孟朴。松陵钓叟为田铸。天游为俞丹若。之江索士为鲁迅。冷红生为林琴南。南国行人为苏曼殊。所知仅此,无可考者,不可胜数。即钱杏邨之《晚清戏曲小说目》《晚清文艺报刊述略》《小说闲谈》,张静庐之《辛亥革命时期重要报刊作者笔名录》,亦大都付诸阙如。

235 元刻本《琵琶记》,乃常熟钱氏故物,钤有钱谦孝印章。谦孝,谦益昆弟行也。转归士礼居,黄荛翁亲识其后。清季为端午桥所得,以赠翁松禅,松禅再题之。书装二册,盛以楠木椟,雕制甚精,系士礼居原件,最后归吴瘖安收藏。

236 集笔记之大成，有《说库》《笔记小说大观》（实则悉为笔记，非小说），均收至清末止，今已重版出书。实则民国初年登载各刊物之笔记，亦颇多可采者，如余天遂之《海天雁影楼墨剩》，赵眠云之《酒痕春绿馆酒痕》，袁克权之《倚梦语剩》，叶小凤之《龟年清话》，庞檗子之《墨泪龛笔记》，陈倦鹤之《燕尘走马录》，胡朴安之《病废闭门记》，杨南村之《呵冻小记》，李怀霜之《装愁盦随笔》，沈肝若之《琴心剑气楼忆墨》，张海沤之《曼陀罗轩闲话》，陈甘簃之《睇向斋秘录》，范君博之《小明月龛笔剩》，吴双热之《燕居斋笔记》，徐枕亚之《憺腾室丛拾》，汪国垣之《小奢摩馆脞录》，方瘦坡之《敝帚赘言》，徐吁公之《春明梦话》，胡石予之《松窗琐话》，许指严之《小筑茗谈》，顾佛影之《小蔍窝脞录》，谭踽盦之《宝陀盦笔记》，袁寒云之《辛丙秘苑》，陆澹安之《琼华馆笔记》，孙玉声之《沪壖话旧录》，王均卿之《蠖屈馆笔记》，柴小梵之《松海精舍笔录》，周无住之《十笏天花室笔记》，孙臞媛之《啸颅笔乘》，程善之之《四十年闻见录》，陈小蝶之《武林旧思录》，恽铁樵之《药庵随笔》，范烟桥之《鸱夷室杂札》，杨云史之《谥妻记》，包天笑之《钏影楼笔记》，许月旦之《念萱室随笔》，周今觉之《夜读书室随笔》等，均饶掌故史实。若汇刊之，可继承《说库》与《笔记小说大观》，别成一种丛刊也。

237 丙戌进士刘佛青，著有《咸同朝埜记载》若干卷，甚多掌故，未见刊行。又张幼樵著《兰骈馆日记》，每则数百字，亦有千言者，颇多史事之商榷及学术之讨论，亦未见刊行。

238 滑稽剧有祝枝山在无字对上,加以恶语,致有明伦堂评理之举。江宁邓文如之《骨董琐记》,谓:"徐文长客苏州,见无字春帖,悉题'闭门家里坐,祸从天上来'。"则异其人,实皆无稽之谈也。

239 挽联之长者,前有长沙萧大猷殿撰,计偕入都,道出沪上,与某校书有啮臂盟,及由都还,而校书已下世,挽以一联,长二百五十字;后有常熟黄摩西,挽其恋人程稚侬,长三百余字。

240 偶检敝笥,得常熟言家鼐之《江苏选拔贡卷》,时为宣统己酉科。所列履历,除数代祖宗外,又列师承,分受业师、受知师、学师、肄业师、荐举优行师等。其著名者,有王先谦、瞿子玖、樊恭煦、瑞莘儒、陆懋宗、沈期仲、何刚德。

241 北京宣武门外教场头条北口路西,有一旧式四合院三进之瓦房,为万青藜后人产,王半塘赁居之。庚子八国联军侵入北京,朱彊村、刘伯崇皆依半塘,居此避难。三人所作《庚子秋辞》,即成于是时。半塘迁居后,朱彊村遂居此,以后夏闰庵继续租居。丁未年,闰庵他徙,罗瘿公居住之。前后皆有名词家,梁鼎芬曾为瘿公书一横额,集《瘗鹤铭》字,曰"王朱前后词仙之家"。

242 冯君木夫人俞季则能诗,传诵之句,如"凉云吹散一帘秋",又"十二阑干人寂寂,秋阴都上画帘来"。其他以帘入诗之近人佳句,如江翔云:"凉生草树虫先觉,日落帘栊燕未归。"喻雪蕉:"毕竟十年风露重,帘衣坏尽水西楼。"施淑仪:"双燕不来帘半卷,孤灯微雨又黄昏。"姚吉仙:"一帘花影棋枰静,半榻松风枕簟秋。"杨了公:"帘底翠鬟残烛梦,车前红叶夕阳诗。"赵竹君:"满砌苔痕蜗结篆,一帘花气蝶销魂。"郑雪耘:"斗室香浮花写影,重帘风度鸟呼人。"汪芙生:"窥客画帘藏半面，背人小袜绣双心。"田涵斋："清客舫依沿岸树，美人帘卷傍山楼。"孙碧梧："吹灯欲禁花留影，刚卷珠帘月又来。"陈小翠："万梅潮拥望湖楼，天半风帘响玉钩。"王采蘩："几树碧烟莺睡稳，一帘红雨燕归迟。"黄星岩："有帘当槛云仍入，无客推门风自开。"郑玉臣："最怜待月湘帘下，银烛烟多怕点灯。"王大觉："珠帘夜月调金缕，宝镜春云贴翠钿。"均耐人寻味。

243 张孝伯之《梅隐阁随笔》有一则《谈三怪》。所谓三怪，乃咸同时之徐毅甫（子苓）、王谦斋（尚辰）及朱默存（景昭）。子苓、尚辰均有纪略，而默存却付阙如。按默存为诸生，精研经史，擅古文辞，入南闱，以不工制艺，不得售，从此遂决意进取，借教读为生。少与李鸿章同砚，对李之学业向轻视之，及李成翰林，任封疆大臣，心终不服，尝曰："论学问，鸿章不如我；论福命，我不如鸿章。"生平著述，散佚无存。

244 李慈铭之《慈缦堂日记》既刊有缺帙，传说被樊云门所藏匿，陈左高见到燕山出版社所印之《苟学斋日记》，断为即外间所传被樊所藏匿者。左高又抄得《癸巳琐院旬日记》，谓缺帙已什获八九矣。

245 上海以往，被帝国主义者所占据，欺凌压迫，作福作威，凡我华人，无不发指，然一班朽腐士绅却恬不知耻，观彼方之节日铺张扬厉，引以为乐者。我藏有顾寿乔致沈旭初书，有云："沪地风景依然，近为大英君主五十年践阼良辰，凡在洋人，无不兴高采烈。浦滩一带，自天后宫桥起直至大桥止，遍竖旗干，各分五色，望之旗影密若繁星。本择于榴月之朔，点灯放烟花，任人观览，不意雨师骤至，连朝不返驾，所以更期，今日未识苍苍者能否从人心愿乎！"

叁

自道与抒怀

1 予畏寒，隆冬往往早睡，改鲁迅诗为："躲进被窝成一统，管他半夜与初更。"

2 余本字际云，因刻一闲章"逸情云上"，则逸梅与际云均列入矣。

3 余早年怕鬼，晚年不怕鬼。人问之，曰："晚年去死不远，人与鬼一间矣，亲之不暇，何怕之有！"

4 余搜集他人之印拓，黏存一册，名之为《他山之石》。

5 余暑日裸坐，客来不及穿衣，自谓赤诚相见。

6 余每逢约会，必先到，谓宁可我等待人，不欲人等待我。

7 我与徐碧波之宅，相距仅一二百步，奈彼此杜门不出，有事辄付邮简以传达。

8 余之同事，有黄胜白其人，既而又来一人，姓蓝名尤青，余诧为妙对。黄为体育家，曩年长跑比赛，由沪至杭得第一名锦标者。

9 余自称无书不读，或以为夸，余曰："此实况也，盖'四凶'横行，典籍文物，悉被辇去，家无书，因此不读矣。"

10 余啖梨及蘋果，惮于削皮，往往连皮啖之，谓生活不妨带些原始性。

11 陈迩冬教授致余书，录梅宛陵诗二句："野凫眠岸有闲意，老树著花无丑枝。"谓上句暗覆一"逸"字，下句暗覆一"梅"字，甚为巧合也。

12 余深慕颜回之高风，拟觅一小型之瓢，制为茗盏，上覆一盖，镌"瓢饮"二字，为解渴之需。奈小型之瓢，殊不易得，遂未果。

13 我自幼失怙，无荫覆之福，及长，罕涉名山大川，是无眼福；不辨吴歈楚讴，是无耳福；不莳香草，是无鼻福；又复偏食偏味成性，及老齿堕，不胜咀嚼，并口福而靳之，殆佛家所谓"五蕴皆空"欤！

14 我既不能诗，亦不能弈，梦中却得一句"细雨桐风一局棋"，居然雅人深致，两者俱能。

15 为我绘像者，先后有凌万顷、谢闲鸥、胡亚光、王退斋。去岁，《团结报》刊载我漫画一幅，为台双垣作画，绘得维妙维肖，我一手持放大镜，一手执笔，正在爬格子。我不知台双垣为谁，但必为我之老友。因为过去有位外地不相识画师，为我作像，绘就寄来。画中一个老人，长发垂胸，戴了眼镜，坐书室内，斋名"纸帐铜瓶室"，当然画的是我无疑，然我生平不戴眼镜，更不蓄须，画友仅凭想象也。

16 余尝谓多识一生平未见之人，不如多读一生平未见之书。

17 我撰文不喜誊录，以撰文有趣，誊录乏味。

18 某宿旅店，有诗云："消停十日身如病，有病皆因睡板床。"余诵之大不以为然，盖余睡板床数十年，体力仍健好也。

19 余卧木板床数十年，从未有沙发床、弹簧床之享受，却老而弥健。近据医学界人士谈，从人体生理卫生角度出发，最好之睡床，乃木板床，则余固先知先觉之实行家矣。

20 儿子汝德问余，八仙中之铁拐李，画家有绘跛右足者，亦有绘跛左足者，究属所跛右足耶？抑左足耶？余不能答。

21 余幼年时，市上流行铜钱，有一种标"宽永通宝"者，不知其由来，盖清帝无宽永年号也。后见徐润自叙年谱，载："咸丰十一年，贩运日本宽永钱六十三万五千文，销行各地。"

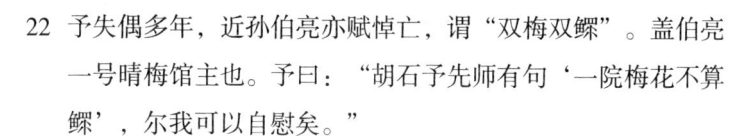

22 予失偶多年，近孙伯亮亦赋悼亡，谓"双梅双鳏"。盖伯亮一号晴梅馆主也。予曰："胡石予先师有句'一院梅花不算鳏'，尔我可以自慰矣。"

23 我喜撰小品文，散刊各报，关外某报转载之，截去署名，某抄袭家不知也，乃抄录一过，投寄《金钢钻报》，时我适主该报笔政，阅之喔噱。

24 我掌教某校，同事有宋一新者，我以王安石变法为谜面射之。

25 老人往往自称为翁为叟，如铁保称梅翁，何振岱称梅叟。余则不敢称梅翁，亦不敢称梅叟，称梅翁则与铁保争风，称梅叟则与振岱吃醋。

26 苏州文化局刊行《吴中胜迹》一书，兼及常熟，有昭明读书台照片，注语有陈从周所题《忆江南》词，及叶圣陶所书之"焦尾轩""焦尾泉"题额，均稔友手迹也。因忆清季，余读书吴中第四高等小学校，秋季旅行，曾至其地，且在读书台旁祠堂中暂宿一宵，铺稻草于地，即卧息其上。晚间万籁俱寂，惟松风谡谡，震撼窗棂，一灯耿然，照及所塑佛像，厥境幽闃清冷，殆非尘世，今日犹留印象于脑幕。

27 歌坛新秀赵玲，与余居为比邻，倩孙女有慧画朱竹，余为题之云："怀虚若谷，心赤如丹。"

28 卓别林扬无声片，而抑有声片。余笑谓人曰："我国唐代白居易有先见之明，居易之《琵琶行》，岂不有'此时无声胜有声'之句乎！"

29 予齿日益堕落，自称无耻（齿）之徒。予昔任教职，却多外骛，自称不务正业。又鳏居无偶，可谓独夫。每晨以乳腐佐粥，可谓腐儒。

30 目前社会竞讲文明,当辛亥革命,予只十余岁,其时即以文明相号召,如书铺有文明书局,新式戏剧为文明戏,新式婚礼为文明结婚,手杖名文明棍,妇女新型发髻为文明头,说部有《文明小史》。

31 孙女郑有慧生于旧历三月初三日,刻有二印:一为"多丽居",取杜少陵诗"三月三日天气新,长安水边多丽人"意;一为"生于兰亭修禊之辰",作画时钤用之。

32 人有谈及愚智问题,予谓:"大智若愚,不失其智;大愚若智,益见其愚"。

33 检得星社第一次雅集照片一帧,地点在吴中留园,影中人为范烟桥、顾明道、赵眠云、范君博、姚赓夔、范菊高、屠守拙、孙纪于及予共九人。今则八人皆下世,仅予一人偷息人间,不胜怆感。

34 朱鸳雏诗中,一再提及龙潭,如云"还忆龙潭姚伯子",又"玉人旧在龙潭住",又"绝怀一片龙潭月",又"龙潭一片聪明水"。龙潭为松江小地名,予曾莅其地。

35 舒问梅为吴中葑溪抱关吏,工诗。范君博邀予同访,彼此一见如故,且复鸡黍留宾,纵谈今古。及别,时已夜深,素月流辉,途径悄寂,相与步行而归。此情此景,耐人回想。问梅诗甚多,仅记其零句"一天风雪万年桥""要分酒气醉梅花"。

36 余从蓬阆胡石予师游,谱弟赵眠云、范君博,倩余作介,谒石予师于吴中草桥学舍之东庐,亦以师礼事之。

37 或有询我之师承者,我师甚多,凭可记忆者,为顾慰若、柴维仁、程仰苏、汪家玉、袁希洛、胡石予、樊少云、陈伽庵、程瑶笙、罗树敏、朱遂颖、龚赓禹、魏旭东、汪懋祖、吴粹伦、李叔良、杨南琴、董伯豪、陆胇绵、蒋寿芝、狄咏裳、章伯寅、费璞盦、顾子怡、练寿康、王采南、陈舲诗、方和甫、陈进贤、高祖同等。

38 余谓广州有素馨斜，北京有樱桃斜街，上海有斜桥，此三地名，均有一斜字，颇饶诗意。

39 章士钊著《柳文指要》，崇柳而抑韩。马叙伦之《论书小记》，亦云柳子厚文胜韩退之。余宿所持论也。

40 李中华集名印拓本，蔚成一册，请余为题扉页，乃借用《书经》语，题"燮理阴阳"。盖印分阴阳文也。

41 余家藏有王芑孙、曹墨琴夫妇手写诗册，为法梧门诗龛中物，册上钤印二十八方，无一相同。

42 苏子瞻以杭州之西湖比之西子，余认为嘉兴之南湖，不妨比之南威。

43 余别署纸帐铜瓶室主，有人简呼为郑纸帐，余曰："甚善，可与胡笔江、沈墨仙、吴研因合成文房四宝。"

44 务本女学，有声海上，执教者多知名之士，如邹翰飞、沈心工、陆澹安、朱大可、严独鹤、严荫武、俞剑华、李右之、李常觉、顾景蓬、沈百英、郭步陶诸子。我滥竽其间，则在后期矣。

45 陈左高名片，出张大千手笔。钱释云名片，出袁寒云手笔。我之名片，出王莼农手笔。

46 某岁，上海《新民晚报》编者唐云旌，特约苏沪六老人，为附刊《繁花》写稿，合为专栏。周瘦鹃戏作《六合吟》二首云："鹤羽犹全能起舞，鹃声报喜不啼红。今朝旧雨重相会，应谢繁花撮合功。""相对遥遥尽白头，半居沪渎半苏州。河清可俟浑忘老，鼓舞休明乐未休。"注云："六人中，独鹤、空我、逸梅均居上海，小青、烟桥、瘦鹃均居苏州，年事均逾花甲。第以晚年欣值明时，各有蔗境之感，几不知老之已至也。"曾几何时，六人中下世五人，仅我尚视息人间耳。

47 我藏红豆凡四种：一为吴中天池山物，荆人周寿梅自岳家带来；二为江阴顾山红豆树下物，乃吴凤鸣见贻者；而俞友清馈我虞山红豆山庄所产者二枚，南洋群岛者二枚。尤以南洋者，殷然浑圆，如宝石之有光，为之爱不释手，毋怪王摩诘有"红豆生南国"之句也。

48 徐积余藏有戊戌六君子手札，逝世后散出。我购得谭嗣同二札一名片，浩劫中亦散失。

49 予偶论画，谓"创新者是先天下之画而画，继承者是后天下之画而画"。

50 我不能书，有坚求者则请胡蕉翁或高锌代笔。为我亲笔写者，有《清娱漫笔》封面，字迹稚拙，再版时乃易去。

51 我年八十四岁时，陈声聪赠诗："行年八十四春秋，不杖能为数里游。"我今年九十，仍不杖能行，首句可改"行年九十度春秋"，下句仍可用也。

52 余居室窄隘，书堆旁有时置以瓶粟，或讶其太杂乱，余戏答之："深恐读书饿死耳。"

53 我之生日，为旧历九月初二日，与白居易诗"可怜九月初三夜，露似珍珠月如弓"，相差只一日。子汝德生于新历五月三十日，为国耻纪念。孙女有慧，生于三月初三日，为上巳辰，杜甫之《丽人行》有"三月三日天气新，长安水边多丽人"，因为取斋名"多丽居"。有慧之稚女名真，生于六月二十四日，俗称荷花生日，拟为取字莲芳，凡此均易记得也。

54 予交友多，儿子汝德为编一通讯录，以笔划多少为次，成一巨册。

55 我右腕关节炎，近则左胫亦欠舒适，乃自称"左右为难"。

56 与我书信往还最多者，初为周无住、包天笑，继为陆丹林、钱释云，近年来则为潘景郑、沈伟方。

57 内兄周无住，苏州人，喜啖蕈油及枣泥麻饼、松子糖，旅居他乡，辄思土物，我辄按时寄之。

58 家藏《不系舟渔集》，为陈子上遗著，凡十六卷。名高，乃清季进士，以弃家遁世，旅寓他乡，因名此集。不知伊谁手题书端："诗文都不过尔尔，无甚精采，不足以传也。"书法绝秀逸，大约亦翰苑名流。

59 我乘公共车辆，尝譬诸生命历程：有先我而乘，先我而下者，譬诸先我而生，先我而死；有后我而乘，先我而下者，譬诸后我而生，先我而死；有后我而乘，先我而下者，则见其生复见其死；有与我同乘同下者，则不啻生死之交矣。

60 我对于事物，尚古雅，不尚新奇；对于生活，尚精神，不尚物质；对于生死置诸度外，谓"生乃死之始，死乃生之终"。

61 龚定庵句"略耽掌故非勋济"，不啻为我而言。

62 我识书人多而不能书，我识画人多而不能画，我识诗人多而不能诗，我识酒人多而不能酒，我识雕刻人多而不能雕刻，甚矣我之拙也，因自号拙鸠。

63 我生平不喜吸烟，亦不饮酒，尝引宋人戒酒语以劝人："少吃不济事，多吃济甚事。有事坏了事，无事生出事。"

64 我早年在吴中，赁庑甫桥西街，桥畔有顾湘舟上舍（沅）所构之别墅，名辟疆小筑，具竹树水石之胜。至于西晋顾氏辟疆园遗址，湮没久，不可考。清嘉庆中，有人得明况太守辟疆馆记断石于西美巷五显庙井中，或云是伪品。顾湘舟曾招潘西圃于小筑饮叙观是石，潘赋诗咏之。

65 我别署逸梅，有时作一湄、抑蛮。

66 河南南阳人，称吃晚饭为喝汤，而我苏黎里，称吃午饭为吃点心。犹忆某年，殷明珠之弟鲁孟结缡，我赴喜宴即下榻殷家。翌日，既进早点，逾时，其家人又请我吃点心，我以"已吃过"对，家人知我有误，乃笑谓我曰："此间晨餐称吃早饭，午饭则称吃点心。"我始恍然。

67 我虚度九十，刘惜闇书赠一联："补白大王，九旬耆老；旧闻记者，独异群流。"

68 我九十寿，蒙吴祖荫、陈祉康、陶斗元、赵体健、唐惠民、张友琴诸友好，设宴于玉佛寺，是日适为"六一"儿童节，谓祝我"返老为童"。

69 清光绪间，官方始筑铁路，自上海通至江宁，称沪宁铁路。其初仅自上海筑至苏州，先行试车，第一日不售票，乃迎请官绅乘坐，车头结彩悬旗，座头均披红绸，车站设有乐队，奏军乐以迓贵宾。时我尚在童年，随祖父锦庭公前往一观，见乘车不凭证，亦不辨孰为官孰为绅，锦庭公竟携我昂然登座，俨为官绅贵宾。既而车开，飙轮疾驰，二小时许到达苏站，于军乐悠扬中，我随锦庭公从容下车。越日，再乘火车返沪，则按价购票为寻常乘客矣。

70 唐杜牧之诗："千里莺啼绿映红，水村山郭酒旗风。"我有一谬见，认为"千里"二字太夸大，不如易之为"处处"。

71 我曾谓："数学有点、线、面，食品亦有之。点者饭也，线者面也，面者饼也。"

72 我生于九月初二日，与孙星衍（渊如）生日相同，因倩爰书铭刻一印"我与渊如同日生"。我亦深喜渊如之生活，山斋有桐、桂、古柏,冬寒月皎,对影萧然,或出户闲吟,或焚香开卷。

73 吴中竹堂寺,为唐六如、祝允明觞咏处,王佩诤辑有《竹堂寺小志》。寺在草桥附近,我读书草桥学舍,犹及见之,今已无存矣。

74 我爱诵郑孝柽开化寺题壁,中有两句:"山檞叶黄词客面,水蕻花瘦女儿魂。"

75 我曩居吴中钮家巷之东大园,初不知东大园得名之由来,后读潘世恩之《思补斋笔记》,却述及其地,如云:"嘉庆己巳,光禄公移居城东钮家巷,有诗云'地名銮驾巷,家有凤池园。皮陆昔所憩,羊求今与论。亭台诗世界,水木道根源。善闭无关键,何知尘市喧'。园为顾中丞汧故居,今分为二,东为水园,程氏所居;予家在其西,当日所谓陆园也。园之门曰'日涉',北有庭三楹,曰蓬壶小隐,上有楼以庋赐书,背植牡丹数百本,张幄其上,天香袭人。庭前左右,有篱有廊有室,曰'凝香径',曰'绿荫榭',曰'先得月处',曰'补梅轩'。轩之外有庭,下有泉,四时不竭,曰'玉泉'。其南有屋如舫,颜曰'烟波画船'。槛外池十尺许,游鱼沉潜可乐。假山玲珑,石磴盘折,每急雨,喷薄其间,作瀑布声。四面花木环绕,有古柏参天,相传宋元时物。又老梅一株,卧地如蟠龙,别干崛起,著花无数。余如苍松银杏紫薇丹桂桃柳之属,错列如画。迤西蚪翠居后,有芍药台。缘壁蔷薇,簇成锦绣。再西一园,修竹夹径,光禄公于静摄之暇,散步游览,吟啸自适,尝诵'潜鱼跃清波,好鸟鸣高枝'之句,俯仰上下,天趣盎然。"观此可见当时不仅具景物之胜,亦属风雅之薮,但我赁居时,屋主为芦墟凌氏,已无痕迹可寻。是巷滨一小河,我居在河之对面,小桥通之。《思补斋笔记》所云,东为水园,即此无疑。

76 我曾见明代斋戒牙牌,作葫芦形,一面刻万历年号,一面镌"常持《法华经》,不入是非门"等四句。

77 上海某大商店,刊印《月季花谱》一册,夹页均商品介绍,盖广告术之一种也。我得之,拆除夹页,重行装订,成为完好之书。

78 有人以吕留良卖地券出让,索值五十金,我欲购,却被人先得,至今惜之。

79 顾默飞为黄宾虹女弟子,孙女郑有慧又师事默飞。山水气韵之佳,突轶流辈。早年喜吟咏,有句云"绿杨阴里诗魂细",唐庆诒剧称赏之。

80 俞剑华每晚做恶梦,周瘦鹃每晚做好梦,我则常梦迷路,无从问津。

81 我自号草草劳人,或询我取义,曰:"年来约稿较多,每日埋首故纸堆中,草草者,行文起草也。"

82 我之小室中,典籍充斥,既盈橱,复满架,又复纸包累累,杂置榻下。晚年记忆力弱,欲寻某书,茫无所得,乃自笑曰:"只在此山中,云深不知处。"

83 春日沐浴,我喜晨间为之,则舒适一整天;若晚浴,则舒仅一黄昏而已。

84 我得傅青主画幅,杨宛叟见而羡之,我以宛叟为长者,不与争,画卒归宛叟。

85 有人欲从我为师,且拟刻"逸梅弟子"印,我婉谢之,并谓印章文字不宜显露,不妨刻"心香一瓣拜梅花"较为蕴藉。

86 电影电视,颇多黑暗镜头,我不喜,斥之为"鬼出现";又电视往往有较长之谈话,我亦不喜,斥之为此乃电听,非电视。

87 壮士跨马,逸士骑驴。

88 柳宜莺、宜蝉、宜烟、宜雾、宜细雨、宜斜阳、宜晓风、宜残月、宜长堤、宜古道、宜红楼、宜小榭、宜系青骢、宜维画舫。

89 心中无一事萦系,然后读书得其奥,饮酒得其趣,睡眠得其适,游赏得其幽。

90 香是幽人,茶是逸士,花是美女,月是清流,宝剑是侠客,素琴是高僧,室庐有此,晨夕不患岑寂矣。

91 少言语,人不知我浅;少为文,人不知我陋;少饮酒,人不知我量;少晋接,人不知我贫。

92 读《离骚经》宜于茶余,诵《剑侠传》宜于酒后。

93 坐花茵,枕琴囊,漱清泉,啖松实,仙乎仙乎!

94 于玉梅花下临《灵飞经》,亦一韵事。

95 花多韵意,石多画意,月多洁意,云多澹意,书多古意,剑多豪意,草多生意,水多清意,鸟多慧意,琴多幽意。

96 能忽人之所明,始能明人之所忽。

97 愁无可遣,遣之于诗,遣之于酒;恨无可语,语之于月,语之于蛩。

98 舌无骨,是故巧言者什九无骨气。

99 寻梅于雪后,访菊于霜前,挹荷于露晨,剪韭于雨夕。

100 与其谈朝市,不如话桑麻。

101 恨不得十年暇,读生平未见之书,涉从来未至之境。

102 画石不妨如云,画云却不可如石。

103 柳经风梳,桃由露润,此销魂景色也。

104 文人如范仲淹,始足以讲武;武将如岳鹏举,始足以谈文。

105 胸中一团浩荡之气,不能发之于文,亦当挥之以剑。

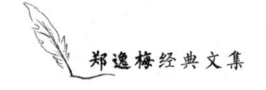

106 虚怀始能交友,素心方许读书。

107 久坐忘机,不必入定;高眠蠲虑,无异成仙。

108 画松宜巨幅,写兰宜矮笺。

109 与其热情之短,毋宁幽兴之长。

110 以画鬼之法画石,则自然丑怪;以画龙之法画松,则自然矫腾。

111 喜读书者不得书读,喜饮酒者不得酒饮,喜游山水者不得山水游,最为恨事。

112 折花斗草,俱含杀机;笼鸟盆鱼,无异桎梏。

113 味澹始真,香清自永。

114 鹤是禽中之老庄,梅是花中之仲尚。

115 桃红不如李白,蝶静终胜蜂喧。

116 看云宜负手,宜策杖,宜踞石,宜抚松。

117 惟真醉不自知,真痴不自觉。

118 桐荫涤砚,竹院煎茶,松斋弹琴,蕉窗读画,此之谓四美具。

119 野客狎鸥,逸士放鹤。

120 不读书,不看云,不焚香,不写字,则雅趣自消,俗尘自长。

121 得佳茗可以永日,获醇醪可以永宵。

122 我于陶靖节,欲师事之;我于林逋仙,欲友契之。

123 美人与其寿,不如其夭;名士与其朝,不如其野。

124 茶初熟,香初温,月初圆,花初发,是人生最受用处,不容轻易放过。

125 春弄筝,秋撅笛。

126 天有不平之气,托之于雷;人有不平之气,托之于剑。

127 会心处不在远,拂意事付淡忘。

128 中秋重阳,同是秋日佳节,然中秋蕴藉,重阳萧条;中秋宜夜,重阳宜昼;中秋多晴朗,重阳多风雨。

129 不必信佛，尽可焚香；不必能武，尽可备剑；不必善书，尽可蓄砚；不必辨乐，尽可置琴。

130 予爱梅，爱山野之梅，爱半开之梅，至若官阁媚人，烂漫满树，与予之僻性有乖，未之喜也。

131 花之佳者在韵，清次之，艳又次之，香其末也。

132 南人失之柔，不可不睹黄河之奔腾；北人失之亢，不可不见吴山之秀美。

133 人不可不有月下谈禅之逸致，亦不可不有花前说剑之豪情。

134 寻梅宜策蹇，爱枫宜停车。

135 曾子固不能诗，苏长公不能饮，陶渊明不能琴，林和靖不能棋，可谓文苑四憾。

136 天下惟善读书者，不负花月，不脱酒盏，不离山水，不绝美人。

137 诗文中常以花喻美人，人谓其妍，我谓其忍。

138 忙时心常静，静时心常忙。

139 无琴则已，有则必当弹；无剑则已，有则必当舞；无马则已，有则必当驰骋疆场；无笔则已，有则必当纵论今古。

140 读美人传宜缓，缓则愈觉缠绵；读英雄传宜急，急则豪气直达。

141 善游者随处可寄闲踪，善饮者随馔皆增豪量。

142 一琴一剑，抒我怨愤；一灯一影，伴我凄清。

143 天生一美人，即泪史中多添一人物。

144 铅刀虽钝，然鲜挫折。

145 轻云翳半月，可当裸美人画看。

146 愁人望月，几疑露滴为嫦娥之泪。

147 笑涡眼波，溺人不少。

148 月不自炫其皎，花不自炫其艳，山不自炫其高，水不自炫其清。

149 平野看山，似翠峦秀壑，近在眼前，然行行重行行，却颇费一番跋涉，读书悟理亦然。

150 把得心住，何处不可去，何事不可为。

151 如彼苍能启厥口，则叩天阍者，不知其日有万几。

152 人心当似明镜，形形色色来，便现出形形色色，形形色色去，便不着些儿痕迹。

153 英雄好杀，不杀人之所不忍杀者，好杀人之所不敢杀者；文人好骂，不骂人之所不忍骂者，好骂人之所不敢骂者。

154 大英雄不怕死，亦不轻生；大丈夫不随世浮沉，亦不矫情立异。

155 未生之我，固无负于现在之我；现在之我，辄有负于既死之我。

156 目中有，心中无，是大智慧；口中是，心中非，是真佞人。

157 不与贵交，我不贱；不与富交，我不贫。

158 "虚堂说剑邀奇士，小像焚香拜美人"，此查初白诗也，如此襟怀，予愿为之执鞭。

159 凡作文作诗，作书作画，最忌恶客来扰，恶客来则文不成，诗不就，书不佳，画不工，此古人之所以杜门谢客也；至若良朋嘉宾，素心知契，正恐其不来，决无谢之之理。

160 与其誉今人，不如誉古人，誉今人失之于谄，誉古人不损其高。

161 予爱梅，胸中如有万幅梅花稿本，惜手拙不能画，而梅之清之逸之韵之奇之疏之瘦，乃一一蕴蓄于心头，未克泄吐而出，殊闷损也。

162 竹不嫌喧，茗不嫌苦，花不嫌澹，香不嫌微。

163 架无书，壁无画，案无砚，瓶无花，陈设虽富丽，我无取焉。

164 夏蝉催眠，寒蛩警梦，同一虫也，而勤惰判矣。

165 米颠拜石,丹青家取以为人物画材。此外尚有钟毓拜酒,据云"毓偷酒,拜而后饮,曰酒以成礼,不敢不拜"。又前辈姚明晖拜经,词人周武臣拜花,合之为古今四拜。

166 茶余宜画西子,酒后宜画钟馗。

167 或谓兰花可用糖醋煎食,但予总觉太杀风景。

168 因露思荷,因雨思蕉,因风思柳,因雪思梅。

169 昔贤之明,明于察己;时彦之明,明于察人。

170 贫时不忘富,自无谄容;富时不忘贫,自无骄态。

171 求其所可求,求无不得;求其所不可求,实无一得,故人不可妄求。

172 春饮宜挟美人,秋饮宜邀名士。

173 以肥瘠度人食量,往往有失。

174 冬夏读书,春秋游览,此是世间惟一福人。

175 蚁行丈尺地,亦足自夸远游。

176 宋宣献善藏异书,皆手自校雠,常谓"校书如扫落叶,一面扫,一面生,故有一书每三四校,犹有脱谬"。予谓人之省改过失亦然。

177 一喜一怒,最足见人之真。

178 一勺水,不妨存烟波万顷之想;一拳石,亦可作云山千叠之观。

179 鸟声,花落声,竹被风声,水石相激声,俱属自在笙簧,不必闻韶听武。

180 云宜澹,雨宜疏,霜宜微,风宜细,花宜瘦,月宜清,名士宜脱略,美人宜轻盈。

181 予处事不耐用心,或问予之心何在,曰:"在山之巅,水之涯,寒云古木之间,烟柳斜阳之外,以及杏花村里,桃叶渡头,燕子矶边,莺脰湖上。"

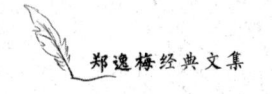

182 风可涤暑，雨足留寒。

183 检藏乐事也，检藏而得久已遗忘之物，则其乐更甚。

184 妇藏斗酒，童煮清茶，家庭之乐，无逾于此。

185 读《红楼梦》宜于暖阁，读《水浒传》宜于风廊。

186 看圆后之月，不如看缺后之月。

187 替古人嗟叹，替古人痛哭，替古人担忧，替古人叫屈，读书人真自寻烦恼。

188 静对一灯，灯中便有一世界。

189 罗两峰之鬼，蒲留仙之狐，是世态人情之真相。

190 为宦人传，不如为伶伎作起居注。

191 若成人能如儿时之生长，则人人可得摸着天之徽号。

192 我若早生若干年，或迟生若干年，必非如今日之我。

193 用情于人，不如寄情于物。

194 金钱为发笑草，常足令人现笑容。

195 人瘦影瘦，人肥影肥。

196 惟聪明人能做痴心事。

197 思钝者，临文必勤蘸笔。

198 妙想入禅，绮思成梦。

199 情海多双沤，随起随灭。

200 马嘶西风，剑鸣鞘匣，雄心一起，便绕走通宵，不能成寐。

201 英雄夜看吴钩，美人晓窥菱镜，同一妩媚。

202 世有大年，岂必常服补剂；天生名将，不关多读兵书。

203 胸中几许郁勃气，无处发泄，一旦至荒丘寒木间，尽情一哭，岂不大快。

204 昔人何必造一"老"字，致令后世无数圣贤英雄、美人才士，均断送在此"老"字中，茫茫此海，精卫难填，为之恨恨。

205 读山水记，宜于晨起开窗；读美人传，宜于夜静闭户。

206 都市有时女，无好花；村野有好花，无时女。故事求其全，终难有得。

207 独立苍茫中，自有经济在，自有学问在。

208 日之夕矣，凄其对影，此境为最难堪。

209 多啖饴糖，足以病齿，故与其分人之甘，毋宁茹我之苦。

210 冷眼以观世，虚心以读书。

211 好花簪上美人头，便不算孤负。

212 珠藏于泽，不珍而自珍；玉蕴于山，不贵而自贵。

213 能庄不能谐，庙中之木偶而已；能谐不能庄，剧院之丑角而已。故我人涉世，当亦庄亦谐，亦谐亦庄。

214 天下惟无言之契合，其契合为最真。

215 濯垢易，涤耻难。

216 人虽同怀而生，然不同其境遇。

217 萧艾不能与兰蕙共生，萧敷艾荣，则自兰摧蕙折。

218 美罗绮而耻布褐者，不知衣；甘粱肉而薄菽水者，不知食。

219 世无金窟，有之在勤山劳水之间。

220 与其看家人之呻吟床笫，毋宁己病之为爽利。

221 花是蝶之多情妇，蝶是花之薄幸郎。

222 风日晴爽不出游，有负天时；明窗净几不读书，有负地利；高朋满座不饮酒，有负人和。

223 荷宜朝露，榴宜午晴，柳宜夕烟，梨宜夜月。

224 茶余赏花，酒后啖果。

225 贪心之女子，几欲摘星以为钿，攫月以为珠。

226 暖衣饱食，尚有余钱沽酒买书，不亦快哉！

227 金谷园无非绮罗场，滕王阁不脱富贵气。

228 以惜花之情绪养民，以爱月之精神卫国。

229 虽不善饮，酒不可不备；虽无暇读，书不可不藏。

230 骂人为禽兽，人辄反唇相讥，实则禽中之鹤，兽中之鹿，其高旷闲逸，远胜于人，予固深羡之也。

231 汲清泉可以邀客，笼白云亦足赠人。

232 花是画本，月为诗源。

233 蜀中人士，称三月骤寒，谓之"桐花冻"，"桐花冻"三字，可以入诗。

234 天地之所以为天地，以其有山水也，有花木也，有图书也，有美人也，否则天地便归寂灭。

235 照人团栾者月也，照人别离者亦月也。团栾如此，别离亦如此，无动乎其中，故月也者，天下最无情之物也。

236 世间最丑之事，莫若攀龙附凤。

237 能琴者气必和，能棋者心必细，能书者品必娴雅，能画者格必清高。

238 若得地十亩，必以三亩植梅，三亩树竹石，一亩凿莲沼，而所余三亩，则筑屋庋藏文史图籍、鼎砚骨董，予偃仰舒啸其中，以度晨夕，此外则无所求矣。

239 以手擘橙，香雾濛然，颇可悦鼻，若徒知咀咮，便是伧楚。

240 面目之可憎与否，不在美与丑，在于其人之曾否读书，所谓腹有诗书气自华也。

241 美女子深以天下有盲人为憾。

242 据青桐树，执绿葵扇，与客谈鬼谈禅，谈桑麻，谈诗酒，谈名胜，谈贤彦，谈逸史古帖，谈侠士美人，无所不谈，无所不适，此暑居之无上乐事也。

243 用钱适当,则有如健儿摧赢,无不一以当百,百以当千。

244 少年作衰飒语,不祥之兆;老人作天真语,寿者之征。

245 唾面自干与睚眦必报,可谓过犹不及。

246 襟度当似秋月之朗,辞采须如春花之妍。

247 能安贫即是福,有令誉即是寿,自食其力,则禄在其中矣。

248 观云宜于秋,观瀑宜于夏。

249 明知鸩毒,耽之者众;明知祸水,溺之者多。

250 开窗即近银汉,闭户即属深山。

251 茶可以当酒,酒不可以当茶,此茶之所以胜于酒也。

252 春花妍冶,夏花腴润,秋花凄幽,冬花清逸。

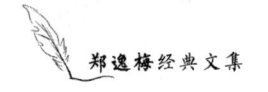

出版说明

郑逸梅先生出生于19世纪末,其创作高峰期主要集中在20世纪上半叶,特殊的历史时期,造成了他行文古奥,且有部分词句用法有别于当今规范的创作特点。为最大程度地保持原作的风貌,同时尊重作者本身的写作风格和行文习惯,本套书对于所选作品的句式及字词用法均保持原貌,不按现行规范进行修改。所做处理仅限于以下方面:将原文繁体字改为简体字;校正明显误排的文字,包括删衍字、补漏字、改错字等;文题、人名、地名、时间节点等前后不一致的情况做统一调整。特此说明。